BESTSELLER

Isabel Allende (1942), de nacionalidad chilena, nació en Lima. Ha trabajado infatigablemente como periodista y escritora desde los diecisiete años. *La casa de los espíritus* (1982) la situó en la cúspide de los narradores latinoamericanos e inauguró una brillante trayectoria literaria que, con los años, no ha dejado de acrecentar su prestigio. Ha recibido numerosos galardones, como el Premio Bancarella (1993), la Condecoración Gabriela Mistral (1994), el Premio Iberoamericano de Letras José Donoso (2003) o el Premio Nacional de Literatura de Chile (2010). También le han sido otorgadas importantes distinciones; entre otras, desde 1989 es miembro de la Academia de la Lengua de Chile, en 1994 fue nombrada Caballero de las Artes y las Letras en Francia, en 1995 ingresó en la Academia de Artes y Ciencias de Puerto Rico, y desde 2004 es miembro de la Academy of Arts and Letters de Estados Unidos. Entre sus obras, cabe mencionar también *Eva Luna, Cuentos de Eva Luna, El plan infinito, De amor y de sombra, Paula, Afrodita, Hija de la fortuna, Retrato en sepia, Mi país inventado, El zorro, Inés del alma mía, La suma de los días, La isla bajo el mar* y la trilogía «Las memorias del Águila y del Jaguar» (integrada por *La Ciudad de las Bestias, El Reino del Dragón de Oro* y *El Bosque de los Pigmeos*).

ISABEL ALLENDE

La isla bajo el mar

DEBOLSILLO

Allende, Isabel
La isla bajo el mar. - 5ª ed. - Buenos Aires : Debolsillo, 2013.
512 p. ; 19x13 cm. (Best Seller)

ISBN 978-987-566-727-3

1. Narrativa Chilena. I. Título
CDD Ch863

Primera edición en la Argentina bajo este sello: septiembre de 2011
Quinta edición en la Argentina bajo este sello: mayo de 2013

Impreso en la Argentina.
ISBN: 978-987-566-727-3
Queda hecho el depósito que previene la ley 11.723

Compuesto en Lozano Faisano, S.L. (L'Hospitalet)

Esta edición de 4.000 ejemplares se terminó de imprimir en Arcángel Maggio -
División Libros, Lafayette 1695, Buenos Aires, en el mes de mayo de 2013.

A mis hijos, Nicolás y Lori

Zarité

En mis cuarenta años, yo, Zarité Sedella, he tenido mejor suerte que otras esclavas. Voy a vivir largamente y mi vejez será contenta porque mi estrella —mi z'etoile— brilla también cuando la noche está nublada. Conozco el gusto de estar con el hombre escogido por mi corazón cuando sus manos grandes me despiertan la piel. He tenido cuatro hijos y un nieto, y los que están vivos son libres. Mi primer recuerdo de felicidad, cuando era una mocosa huesuda y desgreñada, es moverme al son de los tambores y ésa es también mi más reciente felicidad, porque anoche estuve en la plaza del Congo bailando y bailando, sin pensamientos en la cabeza, y hoy mi cuerpo está caliente y cansado. La música es un viento que se lleva los años, los recuerdos y el temor, ese animal agazapado que tengo adentro. Con los tambores desaparece la Zarité de todos los días y vuelvo a ser la niña que danzaba cuando apenas sabía caminar. Golpeo el suelo con las plantas de los pies y la vida me sube por las piernas, me recorre el esqueleto, se apodera de mí, me quita la desazón y me endulza la memoria. El mundo se estremece. El ritmo nace en la isla bajo el mar, sacude la tierra, me atraviesa como un relámpago y se va al cielo llevándose mis pesares para que Papa Bondye los mastique, se los trague y me deje limpia y contenta. Los tambores vencen al miedo. Los tambores son la herencia de mi madre, la fuerza de Guinea que está en mi sangre. Nadie puede conmigo entonces, me vuelvo arrolladora como Erzuli, loa del amor, y más veloz que el látigo. Castañetean las conchas en mis tobillos y muñecas, preguntan las calabazas, contestan los tambores Djembes con su voz de bosque y los timbales con su voz de metal, invitan los Djun Djuns que saben hablar y ronca el gran Maman cuando lo golpean para llamar a los loas. Los tambores son sagrados, a través de ellos hablan los loas.

En la casa donde me crié los primeros años, los tambores permanecían callados en la pieza que compartía con Honoré, el otro esclavo, pero salían a pasear a menudo. Madame Delphine, mi ama de entonces, no quería oír ruido de negros, sólo los quejidos melancólicos de su clavicordio. Lunes y martes daba clases a muchachas de color y el resto de la semana enseñaba en las mansiones de los grands blancs, donde las señoritas disponían de sus propios instrumentos porque no podían usar los mismos que tocaban las mulatas. Aprendí a limpiar las teclas con jugo de limón, pero no podía hacer música porque madame nos prohibía acercarnos a su clavicordio. Ni falta nos hacía. Honoré podía sacarle música a una cacerola, cualquier cosa en sus manos tenía compás, melodía, ritmo y voz; llevaba los sonidos en el cuerpo, los había traído de Dahomey. Mi juguete era una calabaza hueca que hacíamos sonar; después me enseñó a acariciar sus tambores despacito. Y eso desde el principio, cuando él todavía me cargaba en brazos y me llevaba a los bailes y a los servicios vudú, donde él marcaba el ritmo con el tambor principal para que los demás lo siguieran. Así lo recuerdo. Honoré parecía muy viejo porque se le habían enfriado los huesos, aunque en esa época no tenía más años de los que yo tengo ahora. Bebía tafia para soportar el sufrimiento de moverse, pero más que ese licor áspero, su mejor remedio era la música. Sus quejidos se volvían risa al son de los tambores. Honoré apenas podía pelar patatas para la comida del ama con sus manos deformadas, pero tocando el tambor era incansable y, si de bailar se trataba, nadie levantaba las rodillas más alto, ni bamboleaba la cabeza con más fuerza, ni agitaba el culo con más gusto. Cuando yo todavía no sabía andar, me hacía danzar sentada, y apenas pude sostenerme sobre las dos piernas, me invitaba a perderme en la música, como en un sueño. «Baila, baila, Zarité, porque esclavo que baila es libre… mientras baila», me decía. Yo he bailado siempre.

PRIMERA PARTE

Saint-Domingue, 1770-1793

El mal español

Toulouse Valmorain llegó a Saint-Domingue en 1770, el mismo año que el delfín de Francia se casó con la archiduquesa austríaca María Antonieta. Antes de viajar a la colonia, cuando todavía no sospechaba que su destino le iba a jugar una broma y acabaría enterrado entre cañaverales en las Antillas, había sido invitado a Versalles a una de las fiestas en honor de la nueva delfina, una chiquilla rubia de catorce años, que bostezaba sin disimulo en medio del rígido protocolo de la corte francesa.

Todo eso quedó en el pasado. Saint-Domingue era otro mundo. El joven Valmorain tenía una idea bastante vaga del lugar donde su padre amasaba mal que bien el pan de la familia con la ambición de convertirlo en una fortuna. Había leído en alguna parte que los habitantes originales de la isla, los arahuacos, la llamaban Haití, antes de que los conquistadores le cambiaran el nombre por La Española y acabaran con los nativos. En menos de cincuenta años no quedó un solo arahuaco vivo ni de muestra: todos perecieron, víctimas de la esclavitud, las enfermedades europeas y el suicidio. Eran una raza de piel rojiza, pelo grueso y negro, de inalterable dignidad, tan tímidos que un solo español podía vencer a diez de ellos a mano desnuda. Vivían en comunidades polígamas, cultivando la tierra con cuidado para no agotarla: camote, maíz, calabaza, maní, pimientos, patatas y mandioca. La tierra, como el cielo y el agua, no tenía dueño hasta que los extranjeros se apoderaron de ella para cultivar plantas nunca vistas con el trabajo forzado de los arahuacos. En ese tiempo comenzó la costumbre de «aperrear»: matar a personas indefensas azuzando perros contra ellas. Cuando terminaron con los indígenas, importaron esclavos secuestrados en África y blancos de Europa, convictos, huérfanos, prostitutas y revoltosos.

A fines de los mil seiscientos España cedió la parte occidental de la isla a Francia, que la llamó Saint-Domingue y que habría de convertirse en la colonia más rica del mundo. Para la época en que Toulouse Valmorain llegó allí, un tercio de las exportaciones de Francia, a través del azúcar, café, tabaco, algodón, índigo y cacao, provenía de la isla. Ya no había esclavos blancos, pero los negros sumaban cientos de miles. El cultivo más exigente era la caña de azúcar, el oro dulce de la colonia; cortar la caña, triturarla y reducirla a jarabe, no era labor de gente, sino de bestia, como sostenían los plantadores.

Valmorain acababa de cumplir veinte años cuando fue convocado a la colonia por una carta apremiante del agente comercial de su padre. Al desembarcar iba vestido a la última moda: puños de encaje, peluca empolvada y zapatos de tacones altos, seguro de que los libros de exploración que había leído lo capacitaban de sobra para asesorar a su padre durante unas semanas. Viajaba con un *valet*, casi tan gallardo como él, varios baúles con su vestuario y sus libros. Se definía como hombre de letras y a su regreso a Francia pensaba dedicarse a la ciencia. Admiraba a los filósofos y enciclopedistas, que tanto impacto habían tenido en Europa en las décadas recientes y coincidía con algunas de sus ideas liberales:

El contrato social de Rousseau había sido su texto de cabecera a los dieciocho años. Apenas desembarcó, después de una travesía que por poco termina en tragedia al enfrentarse a un huracán en el Caribe, se llevó la primera sorpresa desagradable: su progenitor no lo esperaba en el puerto. Lo recibió el agente, un judío amable, vestido de negro de la cabeza a los pies, quien lo puso al día sobre las precauciones necesarias para movilizarse en la isla, le facilitó caballos, un par de mulas para el equipaje, un guía y un miliciano para que los acompañaran a la *habitation* Saint-Lazare. El joven jamás había puesto los pies fuera de Francia y había prestado muy poca atención a las anécdotas –banales, por lo demás– que solía contar su padre en sus infrecuentes visitas a la familia en París. No imaginó que alguna vez iría a la plantación; el acuerdo tácito era que su padre consolidaría la fortuna en la isla, mientras él cuidaba a su madre y sus hermanas y supervisaba los negocios en Francia. La carta que había recibido aludía a problemas de salud y supuso que se trataba de una fiebre transitoria, pero al llegar a Saint-Lazare, después de un día de marcha a mata caballo por una naturaleza glotona y hostil, se dio cuenta de que su padre se estaba muriendo. No sufría de malaria, como él creía, sino de sífilis, que devastaba a blancos, negros y mulatos por igual. La enfermedad había alcanzado su última etapa y su padre estaba casi inválido, cubierto de pústulas, con los dientes flojos y la mente entre brumas. Las curaciones dantescas de sangrías, mercurio y cauterizaciones del pene con alambres al rojo no lo habían aliviado, pero seguía practicándolas como acto de contrición. Acababa de cumplir cincuenta años y estaba convertido en un anciano que daba órdenes disparatadas, se orinaba sin control y estaba siempre en una hamaca con sus mascotas, un par de negritas que apenas habían alcanzado la pubertad.

Mientras los esclavos desempacaban su equipaje bajo las órdenes del *valet*, un currutaco que apenas había soportado la travesía en barco y estaba espantado ante las condiciones primitivas del lugar, Toulouse Valmorain salió a recorrer la vasta propiedad. Nada sabía del cultivo de caña, pero le bastó aquel paseo para comprender que los esclavos estaban famélicos y la plantación sólo se había salvado de la ruina porque el mundo consumía azúcar con creciente voracidad. En los libros de contabilidad encontró la explicación de las malas finanzas de su padre, que no podía mantener a la familia en París con el decoro que correspondía a su posición. La producción era un desastre y los esclavos caían como chinches; no le cupo duda de que los capataces robaban aprovechándose del estremecedor deterioro del amo. Maldijo su suerte y se dispuso a arremangarse y trabajar, algo que ningún joven de su medio se planteaba: el trabajo era para otra clase de gente. Empezó por conseguir un suculento préstamo gracias al apoyo y las conexiones con banqueros del agente comercial de su padre, luego mandó a los *commandeurs* a los cañaverales, a trabajar codo a codo con los mismos a quienes habían martirizado antes y los reemplazó por otros menos depravados, redujo los castigos y contrató a un veterinario, que pasó dos meses en Saint-Lazare tratando de devolver algo de salud a los negros. El veterinario no pudo salvar a su *valet*, al que despachó una diarrea fulminante en menos de treinta y ocho horas. Valmorain se dio cuenta de que los esclavos de su padre duraban un promedio de dieciocho meses antes de escaparse o caer muertos de fatiga, mucho menos que en otras plantaciones. Las mujeres vivían más que los hombres, pero rendían menos en la labor agobiante de los cañaverales y tenían la mala costumbre de quedar preñadas. Como muy pocos críos sobrevivían, los plantadores habían calculado que la fertilidad entre los negros era tan baja, que no resultaba rentable. El joven Valmorain realizó los cambios necesarios de forma automática, sin planes y deprisa, decidido a irse muy pronto, pero cuando su padre murió, unos meses más tarde, debió enfrentarse al hecho ineludible de que estaba atrapado. No pretendía dejar sus huesos en esa colonia infestada de mosquitos, pero si se marchaba antes de tiempo perdería la plantación y con ella los ingresos y posición social de su familia en Francia.

Valmorain no intentó relacionarse con otros colonos. Los *grands blancs*, propietarios de otras plantaciones, lo consideraban un presumido que no duraría mucho en la isla; por lo mismo se asombraron al verlo con las botas embarradas y quemado por el sol. La antipatía era mutua. Para Valmorain, esos franceses trasplantados a las Antillas eran unos palurdos, lo opuesto de la sociedad que él había frecuentado, donde se exaltaban las ideas, la ciencia y las artes y nadie hablaba de dinero ni de esclavos. De la «edad de la razón» en París, pasó a hundirse en un mundo primitivo y violento en que los vivos y los muertos andaban de la mano. Tampoco hizo amistad con los *petits blancs*, cuyo único capital era el color de la piel, unos pobres diablos emponzoñados por la envidia y la maledicencia, como él decía. Provenían de los cuatro puntos cardinales y no había manera de averiguar su pureza de sangre o su pasado. En el mejor de los casos eran mercaderes, artesanos, frailes de poca virtud, marineros, militares y funcionarios menores, pero también había maleantes, chulos, criminales y bucaneros que utilizaban cada recoveco del Caribe para sus canalladas. Nada tenía él en común con esa gente.

Entre los mulatos libres o *affranchis* existían más de sesenta clasificaciones según el porcentaje de sangre blanca, que determinaba su nivel social. Valmorain nunca logró distinguir los tonos ni aprender la denominación de cada combinación de las dos razas. Los *affranchis* carecían de poder político, pero manejaban mucho dinero; por eso los blancos pobres los odiaban. Algunos se ganaban la vida con tráficos ilícitos, desde contrabando hasta prostitución, pero otros habían sido educados en Francia y poseían fortuna, tierras y esclavos. Por encima de las sutilezas del color, los mulatos estaban unidos por su aspiración común a pasar por blancos y su desprecio visceral por los negros. Los esclavos, cuyo número era diez veces mayor que el de los blancos y *affranchis* juntos, no contaban para nada, ni en el censo de la población ni en la conciencia de los colonos.

Ya que no le convenía aislarse por completo, Toulouse Valmorain frecuentaba de vez en cuando a algunas familias de *grands blancs* en Le Cap, la ciudad más cercana a su plantación. En esos viajes compraba lo necesario para abastecerse y, si no podía evitarlo, pasaba por la Asamblea Colonial a saludar a sus pares, así no olvidarían su apellido, pero no participaba en las sesiones. También aprovechaba para ver comedias en el teatro, asistir a fiestas de las *cocottes* –las exuberantes cortesanas francesas, españolas y de razas mezcladas que dominaban la vida nocturna– y codearse con exploradores y científicos que se detenían en la isla, de paso hacia otros sitios más interesantes. Saint-Domingue no atraía visitantes, pero a veces llegaban algunos a estudiar la naturaleza o la economía de las Antillas, a quienes Valmorain invitaba a Saint-Lazare con la intención de recuperar, aunque fuese brevemente, el placer de la conversación elevada que había aderezado sus años de París. Tres años después de la muerte de su padre podía mostrarles la propiedad con orgullo; había transformado aquel estropicio de negros enfermos y cañaverales secos en una de las plantaciones más prósperas entre las ochocientas de la isla, había multiplicado por cinco el volumen de azúcar sin refinar para exportación e instalado una destilería donde producía selectas barricas de un ron mucho más fino que el que solía beberse. Sus visitantes pasaban una o dos semanas en la rústica casona de madera, empapándose de la vida de campo y apreciando de cerca la mágica invención del azúcar. Se paseaban a caballo entre los densos pastos que silbaban amenazantes por la brisa, protegidos del sol por grandes sombreros de pajilla y boqueando en la humedad hirviente del Caribe, mientras los esclavos, como afiladas sombras, cortaban las plantas a ras de tierra sin matar la raíz, para que hubiera otras cosechas. De lejos, parecían insectos entre los abigarrados cañaverales que los doblaban en altura. La labor de limpiar las duras cañas, picarlas en las máquinas dentadas, estrujarlas en las prensas y hervir el jugo en profundos calderos de cobre para obtener un jarabe oscuro, resultaba fascinante para esa gente de ciudad que sólo había visto los albos cristales que endulzaban el café. Esos visitantes ponían al día a Valmorain sobre los sucesos de Europa, cada vez más remota para él, los nuevos adelantos tecnológicos y científicos y las ideas filosóficas de moda. Le abrían un portillo para que atisbara el mundo y le dejaban de regalo algunos libros. Valmorain disfrutaba con sus huéspedes, pero más disfrutaba cuando se iban; no le gustaba tener testigos en su vida ni en su propiedad. Los extranjeros observaban la esclavitud con una mezcla de repugnancia y morbosa curiosidad que le resultaba ofensiva porque se consideraba un amo justo: si supieran cómo trataban otros plantadores a sus negros, estarían de acuerdo con él. Sabía que más de uno volvería a la civilización convertido en abolicionista y dispuesto a sabotear el consumo de azúcar. Antes de verse obligado a vivir en la isla también le habría chocado la esclavitud, de haber conocido los detalles, pero su padre nunca se refirió al tema. Ahora, con cientos de esclavos a su cargo, sus ideas al respecto habían cambiado.

Los primeros años se le fueron a Toulouse Valmorain sacando a Saint-Lazare de la devastación y no pudo viajar fuera de la colonia ni una sola vez. Perdió contacto con su madre y sus hermanas, salvo por esporádicas cartas de tono formal que sólo transmitían las banalidades de la existencia diaria y la salud.

Había probado un par de administradores traídos de Francia —los criollos tenían reputación de corruptos— pero fueron un fracaso: uno murió mordido por una culebra y el otro se abandonó a la tentación del ron y las concubinas, hasta que llegó su esposa a rescatarlo y se lo llevó sin apelación. Ahora estaba probando a Prosper Cambray, quien como todos los mulatos libres en la colonia, había servido los tres años reglamentarios en la milicia —la Marechaussée— encargada de hacer respetar la ley, mantener orden, cobrar impuestos y perseguir cimarrones. Cambray carecía de fortuna o padrinos y optó por ganarse la vida en la ingrata tarea de cazar negros en esa geografía disparatada de junglas hostiles y montañas abruptas, donde ni las mulas pisaban seguras. Era de piel amarilla, marcado de viruela, con el pelo rizado color óxido, los ojos verdosos, siempre irritados, y una voz bien modulada y suave, que contrastaba como una burla con su carácter brutal y su físico de matón. Exigía servilismo abyecto de los esclavos y a la vez era rastrero con quien estuviese por encima suyo. Al principio trató de ganarse la estima de Valmorain con intrigas, pero pronto comprendió que los separaba un abismo de raza y clase. Valmorain le ofreció un buen sueldo, la oportunidad de ejercer autoridad y el anzuelo de convertirse en jefe de capataces.

Entonces dispuso de más tiempo para leer, salir de caza y viajar a Le Cap. Había conocido a Violette Boisier, la *cocotte* más solicitada de la ciudad, una muchacha libre, con reputación de ser limpia y sana, con herencia africana y aspecto de blanca. Al menos con ella no terminaría como su padre, con la sangre aguada por el «mal español».

Ave de la noche

Violette Boisier era hija de otra cortesana, una mulata magnífica que murió a los veintinueve años ensartada en el sable de un oficial francés –posiblemente el padre de Violette, aunque eso nunca fue confirmado– desquiciado de celos. La joven empezó a ejercer la profesión a los once años bajo la tutela de su madre; a los trece, cuando ésta fue asesinada, dominaba las artes exquisitas del placer, y a los quince aventajaba a todas sus rivales. Valmorain prefería no pensar con quién retozaba su *petite amie* en su ausencia, ya que no estaba dispuesto a comprar exclusividad. Se había encaprichado con Violette, puro movimiento y risa, pero poseía suficiente sangre fría para dominar su imaginación, a diferencia del militar que mató a la madre y arruinó su carrera y su nombre. Se conformaba con llevarla al teatro y a fiestas de hombres a las que no asistían mujeres blancas y donde su radiante hermosura atraía las miradas. La envidia que provocaba en otros hombres al lucirse con ella del brazo le daba una satisfacción perversa; muchos sacrificarían el honor por pasar una noche entera con Violette, en vez de una o dos horas, como era lo estipulado, pero ese privilegio le pertenecía sólo a él. Al menos así lo creía.

La joven disponía de una vivienda de tres piezas y un balcón con una reja de hierro de flores de lis en el segundo piso de un edificio cerca de la plaza Clugny, única herencia que le dejó su madre, aparte de algunos vestidos adecuados a su oficio. Allí residía con cierto lujo en compañía de Loula, una esclava africana, gruesa y amachada que ejercía de criada y guardaespaldas. Violette pasaba las horas más calurosas descansando o dedicada a su belleza: masajes con leche de coco, depilación con caramelo, baños de aceite para el cabello, infusiones de hierbas para aclarar la voz y la mirada. En algunos momentos de inspiración preparaba con Loula ungüentos para la piel, jabón de almendra, pastas y polvos de maquillaje que vendía entre sus amistades femeninas. Sus días transcurrían lentos y ociosos. Al atardecer, cuando los debilitados rayos del sol ya no podían mancharle el cutis, salía a pasear a pie, si el clima lo permitía, o en una litera de mano llevada por dos esclavos que alquilaba a una vecina; así evitaba ensuciarse con la bosta de caballo, la basura y el lodo de las calles de Le Cap. Se vestía discretamente para no insultar a otras mujeres: ni blancas ni mulatas toleraban de buen grado tanta competencia. Iba a las tiendas a hacer sus compras y al muelle a conseguir artículos de contrabando de los marineros, visitaba a la modista, al peluquero y a sus amigas. Con la excusa de tomar un jugo de frutas se detenía en el hotel o en algún café, donde nunca faltaba un caballero dispuesto a invitarla a su mesa. Conocía íntimamente a los blancos más poderosos de la colonia, incluso al militar de mayor rango, el gobernador. Después volvía a su casa a ataviarse para el ejercicio de su profesión, tarea complicada que requería un par de horas. Poseía trajes de todos los colores del arco iris en telas vistosas de Europa y el Oriente, zapatillas y bolsos que hacían juego, sombreros emplumados, chales bordados de China, capitas de piel para arrastrar por el suelo, porque el clima no permitía usarlas y un cofre de alhajas de pacotilla. Cada noche, el afortunado amigo de turno –no se llamaba cliente– la llevaba a algún espectáculo y a cenar, luego a una fiesta que duraba hasta la madrugada y por último la acompañaba a su piso, donde ella se sentía segura, porque Loula dormía en un jergón al alcance de su voz y en caso de necesidad podía deshacerse de un hombre violento. Su precio era conocido y no se mencionaba; el dinero se dejaba en una caja de laca en la mesa y de la propina dependía la próxima cita.

En un hueco entre dos tablas de la pared que sólo Loula conocía, Violette ocultaba un estuche de gamuza con sus gemas de valor, algunas regaladas por Toulouse Valmorain, de quien se podía decir de todo menos que fuese avaro, y algunas monedas de oro adquiridas poco a poco, sus ahorros para el futuro. Prefería adornos de fantasía, para no tentar a los ladrones ni provocar habladurías, pero se ponía las joyas cuando salía con quien se las había regalado. Siempre usaba un modesto anillo de ópalo de diseño anticuado, que le puso al dedo como señal de compromiso Étienne Relais, un oficial francés. Lo veía muy poco, porque pasaba su existencia a caballo, al mando de su unidad, pero si estaba en Le Cap ella postergaba a otros amigos por atenderlo. Relais era el único con quien podía abandonarse al encanto de ser protegida. Toulouse Valmorain no sospechaba que compartía con ese rudo soldado el honor de pasar la noche entera con Violette. Ella no daba explicaciones y nunca había tenido que escoger, porque los dos no habían coincidido en la ciudad.

–¿Qué voy a hacer con estos hombres que me tratan como a una novia? –le preguntó Violette a Loula en una ocasión.

–Estas cosas se resuelven solas –replicó la esclava, aspirando a fondo su cigarrito de tabaco bruto.

–O se resuelven con sangre. Acuérdate de mi madre.

—Eso no te pasará a ti, mi ángel, porque aquí estoy yo para cuidarte.

Loula tenía razón: el tiempo se encargó de eliminar a uno de los pretendientes. Al cabo de un par de años, la relación con Valmorain dio paso a una amistad amorosa que carecía de la pasión de los primeros meses, cuando él era capaz de galopar reventando cabalgaduras para abrazarla. Se espaciaron los regalos caros y a veces él visitaba Le Cap sin hacer amago de verla. Violette no se lo reprochó, porque siempre tuvo claros los límites de aquella relación, pero mantuvo el contacto, que podía beneficiar a los dos.

El capitán Étienne Relais tenía fama de incorruptible en un ambiente donde el vicio era la norma, el honor estaba en venta, las leyes se hacían para violarlas y se partía de la base que quien no abusaba del poder, no merecía tenerlo. Su integridad le impidió enriquecerse como otros en una posición similar y ni siquiera la tentación de acumular lo suficiente para retirarse a Francia, como le había prometido a Violette Boisier, logró desviarle de lo que él consideraba rectitud militar. No dudaba en sacrificar a sus hombres en una batalla o torturar a un niño para obtener información de su madre, pero jamás habría puesto la mano en dinero que no había ganado limpiamente. Era puntilloso en su honor y honradez. Deseaba llevarse a Violette donde no los conocieran, donde nadie sospechara que ella se había ganado la vida con prácticas de escasa virtud y no fuera evidente su raza mezclada: había que tener el ojo entrenado en las Antillas para adivinar la sangre africana que corría bajo su piel clara.

A Violette no le atraía demasiado la idea de irse a Francia, porque temía más los inviernos helados que las malas lenguas, contra las cuales era inmune, pero había aceptado acompañarlo. Según los cálculos de Relais, si vivía frugalmente, aceptaba misiones de gran riesgo por las que ofrecían recompensa y ascendía rápido en su carrera, podría cumplir su sueño. Esperaba que para entonces Violette hubiera madurado y no llamara tanto la atención con la insolencia de su risa, el brillo demasiado travieso de sus ojos negros y el bamboleo rítmico de su andar. Nunca pasaría inadvertida, pero tal vez podría asumir el papel de esposa de un militar retirado. *Madame* Relais… Saboreaba esas dos palabras, las repetía como un encantamiento. La decisión de casarse con ella no había sido el resultado de una minuciosa estrategia, como el resto de su existencia, sino de una corazonada tan violenta, que jamás la puso en duda. No era hombre sentimental, pero había aprendido a confiar en su instinto, muy útil en la guerra.

Había conocido a Violette un par de años antes, en pleno mercado del domingo, en medio del griterío de los vendedores y el apelotonamiento de gente y animales. En un mísero teatro, que consistía sólo en una plataforma techada con un toldo de trapos morados, se pavoneaba un tipo de exagerados bigotes y tatuado de arabescos, mientras un niño pregonaba a grito suelto sus virtudes como el más portentoso mago de Samarcanda. Aquella patética función no habría atraído al capitán sin la luminosa presencia de Violette. Cuando el mago solicitó un voluntario del público, ella se abrió paso entre los mirones y subió al entarimado con entusiasmo infantil, riéndose y saludando con su abanico. Había cumplido recién quince años, pero ya tenía el cuerpo y la actitud de una mujer experimentada, como solía ocurrir en ese clima donde las niñas, como la fruta, maduraban pronto. Obedeciendo las instrucciones del ilusionista, Violette procedió a acurrucarse dentro de un baúl pintarrajeado de símbolos egipcios. El pregonero, un negrito de diez años disfrazado de turco, cerró la tapa con dos candados macizos, y otro espectador fue llamado para comprobar su firmeza. El de Samarcanda hizo algunos pases con su capa y enseguida le entregó dos llaves al voluntario para abrir los candados. Al levantar la tapa del baúl se vio que la chica ya no estaba adentro, pero momentos más tarde un redoble de tambores del negrito anunció su prodigiosa aparición detrás del público. Todos se volvieron para admirar boquiabiertos a la chica que se había materializado de la nada y se abanicaba con una pierna sobre un barril.

Desde la primera mirada Étienne Relais supo que no podría arrancarse del alma a esa muchacha de miel y seda. Sintió que algo estallaba en su cuerpo, se le secó la boca y perdió el sentido de orientación. Necesitó hacer un esfuerzo para volver a la realidad y darse cuenta de que estaba en el mercado rodeado de gente. Tratando de controlarse, aspiró a bocanadas la humedad del mediodía y la fetidez de pescados y carnes macerándose al sol, fruta podrida, basura y mierda de animales. No sabía el nombre de la bella, pero supuso que sería fácil averiguarlo, y dedujo que no estaba casada, porque ningún marido le permitiría exponerse con tal desenfado. Era tan espléndida que todos los ojos estaban clavados en ella, de modo que nadie salvo Relais, entrenado para observar hasta el menor detalle, se fijó en el truco del ilusionista. En otras circunstancias tal vez habría desenmascarado el doble fondo del baúl y la trampa en la tarima, por puro afán de precisión, pero supuso que la muchacha participaba como cómplice del mago y prefirió evitarle un mal rato. No se quedó para ver al gitano tatuado sacar un mono de una botella ni decapitar a un voluntario, como anunciaba el niño pregonero. Apartó a la multitud a codazos y partió detrás de la muchacha, que se alejaba deprisa del brazo de un hombre de uniforme, posiblemente un soldado de su regimiento. No la alcanzó, porque lo detuvo en seco una negra de brazos musculosos cubiertos de pulseras ordinarias, que se le plantó al frente y le advirtió que se pusiera en la cola, porque no era el único interesado en su ama, Violette Boisier. Al ver la expresión desconcertada del capitán, se inclinó para susurrarle al oído el monto de la propina necesaria para que ella lo colocara en primer lugar entre los clientes de la semana. Así se enteró de que se había prendado de una de aquellas cortesanas que le daban fama a Le Cap.

Relais se presentó por primera vez en el apartamento de Violette Boisier tieso dentro de su uniforme recién planchado, con una botella de champán y un modesto regalo. Depositó el pago donde Loula le indicó y se dispuso a jugarse el futuro en dos horas. Loula desapareció discretamente y se quedó solo, sudando en el aire caliente de la salita atiborrada de muebles, levemente asqueado por el aroma dulzón de los mangos maduros que descansaban en un plato. Violette no se hizo esperar más de un par de minutos. Entró deslizándose silenciosa y le tendió las dos manos, mientras lo estudiaba con los párpados entrecerrados y una vaga sonrisa. Relais tomó esas manos largas y finas entre las suyas sin saber cuál era el paso siguiente. Ella se desprendió, le acarició la cara, halagada de que se hubiese afeitado para ella, y le indicó que abriera la botella. Saltó el corcho y la espuma de champán salió a presión antes de que ella alcanzara a poner la copa, mojándole la muñeca. Se pasó los dedos húmedos por el cuello y Relais sintió el impulso de lamer las gotas que brillaban en esa piel perfecta, pero estaba clavado en su sitio, mudo, desprovisto de voluntad. Ella sirvió la copa y la dejó, sin probarla, sobre una mesita junto al diván, luego se aproximó y con dedos expertos le desabotonó la gruesa casaca del uniforme. «Quítatela, hace calor. Y las botas también», le indicó, alcanzándole una bata china con garzas pintadas. A Relais le pareció impropia, pero se la puso sobre la camisa, lidiando con un enredo de mangas anchas, y luego se sentó en el diván, angustiado. Tenía costumbre de mandar, pero comprendió que entre esas cuatro paredes mandaba Violette. Las rendijas de la persiana dejaban entrar el ruido de la plaza y la última luz del sol, que se colaba en cuchilladas verticales, alumbrando la salita. La joven llevaba una túnica de seda color esmeralda ceñida a la cintura por un cordón dorado, zapatillas turcas y un complicado turbante bordado con mostacillas. Un mechón de cabello negro ondulado le caía sobre la cara. Violette bebió un sorbo de champán y le ofreció la misma copa, que él vació de un trago anhelante, como un náufrago. Ella volvió a llenarla y la sostuvo por el delicado tallo, esperando, hasta que él la llamó a su lado en el diván. Ésa fue la última iniciativa de Relais; a partir de ese momento ella se encargó de conducir el encuentro a su manera.

El huevo de paloma

Violette había aprendido a complacer a sus amigos en el tiempo estipulado sin dar la sensación de estar apurada. Tanta coquetería y burlona sumisión en aquel cuerpo de adolescente desarmó por completo a Relais. Ella desató lentamente la larga tela del turbante, que cayó con un tintineo de mostacillas en el suelo de madera, y sacudió la cascada oscura de su melena sobre los hombros y la espalda. Sus movimientos eran lánguidos, sin ninguna afectación, con la frescura de una danza. Sus senos no habían alcanzado aún su tamaño definitivo y sus pezones levantaban la seda verde, como piedrecillas. Debajo de la túnica estaba desnuda. Relais admiró ese cuerpo de mulata, las piernas firmes de tobillos finos, el trasero y los muslos gruesos, la cintura quebrada, los dedos elegantes, curvados hacia atrás, sin anillos. Su risa comenzaba con un ronroneo sordo en el vientre y se elevaba de a poco, cristalina, escandalosa, con la cabeza alzada, el cabello vivo y el cuello largo, palpitante. Violette partió con un cuchillito de plata un pedazo de mango, se lo puso en la boca con avidez y un hilo de jugo le cayó en el escote, húmedo de sudor y champán. Con un dedo recogió el rastro de la fruta, una gota ambarina y espesa, y se la frotó en los labios a Relais, mientras se sentaba a horcajadas sobre sus piernas con la liviandad de un felino. La cara del hombre quedó entre sus senos, olorosos a mango. Ella se inclinó, envolviéndolo en su cabello salvaje, lo besó de lleno en la boca y le pasó con la lengua el trozo de la fruta que había mordido. Relais recibió la pulpa masticada con un escalofrío de sorpresa: jamás había experimentado nada tan íntimo, tan chocante y maravilloso. Ella le lamió la barbilla, le tomó la cabeza a dos manos y lo cubrió de besos rápidos, como picotazos de pájaro, en los párpados, las mejillas, los labios, el cuello, jugando, riéndose. El hombre le rodeó la cintura y con manos desesperadas le arrebató la túnica, revelando a esa muchacha esbelta y almizclada, que se plegaba, se fundía, se desmigajaba contra los apretados huesos y los duros músculos de su cuerpo de soldado curtido en batallas y privaciones. Quiso levantarla en brazos para conducirla al lecho, que podía ver en la habitación contigua, pero Violette no le dio tiempo; sus manos de odalisca abrieron la bata de las garzas y bajaron las calzas, sus opulentas caderas culebrearon encima de él sabiamente hasta que se ensartó en su miembro pétreo con un hondo suspiro de alegría. Étienne Relais sintió que se sumergía en un pantano de deleite, sin memoria ni voluntad. Cerró los ojos, besando esa boca suculenta, saboreando el aroma del mango, mientras recorría con sus callosas manos de soldado la suavidad imposible de esa piel y la abundante riqueza de esos cabellos. Se hundió en ella, abandonándose al calor, el sabor y el olor de esa joven, con la sensación de que por fin había encontrado su lugar en este mundo, después de tanto andar solo y a la deriva. En pocos minutos estalló como un adolescente atolondrado, con un chorro espasmódico y un grito de frustración por no haberle dado placer a ella, porque deseaba, más que nada en su vida, enamorarla. Violette esperó que terminara, inmóvil, mojada, acezando, montada encima, con la cara hundida en el hueco de su hombro, murmurando palabras incomprensibles.

Relais no supo cuánto rato estuvieron así abrazados, hasta que volvió a respirar con normalidad y se despejó un poco la densa bruma que lo envolvía, entonces se dio cuenta de que todavía estaba dentro de ella, bien sujeto por esos músculos elásticos que lo masajeaban rítmicamente, apretando y soltando. Alcanzó a preguntarse cómo había aprendido esa niña aquellas artes de avezada cortesana antes de perderse nuevamente en el magma del deseo y la confusión de un amor instantáneo. Cuando Violette lo sintió de nuevo firme, le rodeó la cintura con las piernas, cruzó los pies a su espalda y le indicó con un gesto la habitación de al lado. Relais la llevó en brazos, siempre clavada en su miembro, y cayó con ella en la cama, donde pudieron gozarse como les dio la gana hasta muy entrada la noche, varias horas más de lo estipulado por Loula. La mujerona entró un par de veces dispuesta a poner fin a esa exageración, pero Violette, ablandada al ver que ese militar fogueado sollozaba de amor, la despachó sin contemplaciones.

El amor, que no había conocido antes, volteó a Étienne Relais como una tremenda ola, pura energía, sal y espuma. Calculó que no podía competir con otros clientes de aquella muchacha, más guapos, poderosos o ricos, y por eso decidió al amanecer ofrecerle lo que pocos hombres blancos estarían dispuestos a darle: su apellido. «Cásate conmigo», le pidió entre dos abrazos. Violette se sentó de piernas cruzadas sobre la cama, con el cabello húmedo pegado en la piel, los ojos incandescentes, los labios hinchados de besos. La alumbraban los restos de tres velas moribundas, que los habían acompañado en sus interminables acrobacias. «No tengo pasta de esposa», le contestó y agregó que todavía no había sangrado con los ciclos de la luna y según Loula ya era tarde para eso, nunca podría tener hijos. Relais sonrió, porque los niños le parecían un estorbo.

—Si me casara contigo estaría siempre sola, mientras tú andas en tus campañas. Entre los blancos no tengo lugar y mis amigos me rechazarían porque te tienen miedo, dicen que eres sanguinario.

—Mi trabajo lo exige, Violette. Así como el médico amputa un miembro gangrenado, yo cumplo con mi obligación para evitar un mal mayor, pero jamás le he hecho daño a nadie sin tener una buena razón.

—Yo puedo darte toda clase de buenas razones. No quiero correr la misma suerte de mi madre.

—Nunca tendrás que temerme, Violette —dijo Relais sujetándola por los hombros y mirándola a los ojos por un largo momento.

—Así lo espero —suspiró ella al fin.

—Nos casaremos, te lo prometo.

—Tu sueldo no alcanza para mantenerme. Contigo me faltaría de todo: vestidos, perfumes, teatro y tiempo para perder. Soy perezosa, capitán, ésta es la única forma en que puedo ganarme la vida sin arruinarme las manos y no me durará mucho tiempo más.

—¿Cuántos años tienes?

—Pocos, pero este oficio es de corto aliento. Los hombres se cansan con las mismas caras y los mismos culos. Debo sacarle provecho a lo único que tengo, como dice Loula.

El capitán procuró verla tan a menudo como se lo permitían sus campañas y al cabo de unos meses logró hacerse indispensable; la cuidó y la aconsejó como un tío, hasta que ella no pudo imaginar la vida sin él y empezó a considerar la posibilidad de casarse en un futuro poético. Relais calculaba que podrían hacerlo al cabo de unos cinco años. Eso les daría tiempo para poner a prueba el amor y ahorrar dinero separadamente. Se resignó a que Violette continuara en su oficio de siempre y a pagarle sus servicios como los otros clientes, agradecido de pasar algunas noches enteras con ella. Al principio hacían el amor hasta quedar magullados, pero después la vehemencia se trocó en ternura y dedicaban horas preciosas a conversar, hacer planes y descansar abrazados en la penumbra caliente del apartamento de Violette. Relais aprendió a conocer el cuerpo y el carácter de la muchacha, podía anticipar sus reacciones, evitar sus rabietas, que eran como tormentas tropicales, súbitas y breves, y darle gusto. Descubrió que esa niña tan sensual estaba entrenada para dar placer, no para recibirlo, y se esmeró en satisfacerla con paciencia y buen humor. La diferencia de edad y su temperamento autoritario compensaban la ligereza de Violette, que se dejaba guiar en algunas materias prácticas para darle gusto, pero mantenía su independencia y defendía sus secretos.

Loula administraba el dinero y manejaba a los clientes con cabeza fría. Una vez Relais encontró a Violette con un ojo amoratado y, furioso, quiso saber quién era el causante para hacerle pagar muy caro el atrevimiento. «Ya se lo cobró Loula. Nos arreglamos de lo más bien solas», se rió ella, y no hubo manera de que confesara el nombre del agresor. La formidable esclava sabía que la salud y la belleza de su ama eran el capital de ambas y que llegaría el momento en que inevitablemente comenzarían a disminuir; también había que considerar la competencia de las nuevas hornadas de adolescentes que cada año tomaban la profesión por asalto. Era una lástima que el capitán fuese pobre, pensaba Loula, porque Violette merecía una buena vida. El amor le parecía irrelevante, porque lo confundía con la pasión y había visto lo poco que ésta dura, pero no se atrevió a recurrir a intrigas para despachar a Relais. Ese hombre era de temer. Además, Violette no daba muestras de prisa por casarse y entretanto podía aparecer otro pretendiente con mejor situación financiera. Loula decidió ahorrar en serio; no bastaba con acumular baratijas en un hoyo, había que esmerarse con inversiones más imaginativas, por si no resultaba el matrimonio con el oficial. Restringió los gastos y subió la tarifa de su ama y cuanto más caro cobraba, más exclusivos se consideraban sus favores. Se encargó de inflar la fama de Violette con una estrategia de rumores: decía que su ama podía mantener a un hombre dentro de ella toda la noche o resucitar la energía del más cansado doce veces seguidas, lo había aprendido de una mora y se ejercitaba con un huevo de paloma, salía de compras, iba al teatro y a las peleas de gallos con el huevo en su lugar secreto sin quebrarlo ni dejarlo caer. No faltó quienes se batieran a sablazos por la joven *poule*, lo que contribuyó enormemente a su prestigio. Los blancos más ricos e influyentes se anotaban dócilmente en la lista y esperaban su turno. Fue Loula quien ideó el plan de invertir en oro para que los ahorros no se les escurrieran como arena entre los dedos. Relais, que no estaba en condiciones de contribuir con mucho, le dio a Violette el anillo de su madre, lo único que quedaba de su familia.

La novia de Cuba

En octubre de 1778, al octavo año de su estadía en la isla, Toulouse Valmorain realizó otro de sus breves viajes a Cuba, donde tenía negocios que no le convenía divulgar. Como todos los colonos de Saint-Domingue, debía comerciar sólo con Francia, pero existían mil maneras ingeniosas de burlar la ley y él conocía varias. No se le hacía pecado evadir impuestos, que a fin de cuentas acababan en los cofres sin fondo del Rey. La atormentada costa se prestaba para que una embarcación discreta se alejara de noche rumbo a otras ensenadas del Caribe sin que nadie se enterase, y la permeable frontera con la parte española de la isla, menos poblada y mucho más pobre que la francesa, permitía un constante tráfico de hormigas a espaldas de las autoridades. Pasaba toda clase de contrabando, desde armas hasta maleantes, pero más que nada sacos de azúcar, café y cacao de las plantaciones, que de allí partían a otros destinos, esquivando las aduanas.

Después que Valmorain salió de las deudas de su padre y empezó a acumular más beneficios de los soñados, decidió mantener reservas de dinero en Cuba, donde las tendría más seguras que en Francia y a mano en caso de necesidad. Llegó a La Habana con la intención de quedarse sólo una semana para reunirse con su banquero, pero la visita se prolongó más de lo planeado porque en un baile del consulado de Francia conoció a Eugenia García del Solar. Desde un rincón del pretencioso salón vio a lo lejos a una opulenta joven de piel diáfana, coronada por una mata de cabello castaño y vestida como una provinciana, lo opuesto de la garbosa Violette Boisier, pero a sus ojos no menos hermosa. La distinguió de inmediato entre la multitud del salón de baile y por primera vez se sintió inadecuado. Su traje, adquirido en París varios años antes, ya no se usaba, el sol le había curtido la piel como cuero, tenía las manos de un herrero, la peluca le picaba en la cabeza, los encajes del cuello lo asfixiaban y le apretaban los zapatos de petimetre, puntiagudos y de tacos torcidos, que lo obligaban a caminar como un pato. Sus modales, antes refinados, resultaban bruscos comparados con la soltura de los cubanos. Los años que llevaba en la plantación lo habían endurecido por dentro y por fuera y ahora, cuando más las necesitaba, carecía de las artes cortesanas que tan naturales eran en su juventud. Para colmo, los bailes de moda eran un rápido enredo de piruetas, reverencias, vueltas y saltitos, que se hallaba incapaz de imitar.

Se enteró de que la joven era hermana de un español, Sancho García del Solar, de una familia de la baja nobleza, con apellido pomposo, pero empobrecida desde hacía un par de generaciones. La madre había puesto fin a sus días saltando desde el campanario de una iglesia y el padre murió joven después de echar por la ventana los bienes familiares. Eugenia se educó en un helado convento de Madrid, donde las monjas le inculcaron lo necesario para adornar el carácter de una dama: recato, oraciones y bordado. Entretanto, Sancho llegó a Cuba para tentar fortuna, porque en España no había espacio para una imaginación tan desbocada como la suya; en cambio, esa isla caribeña, donde iban a parar aventureros de toda laya, se prestaba para negocios lucrativos, aunque no siempre lícitos. Allí llevaba una bulliciosa vida de soltero, en la cuerda floja de sus deudas, que pagaba a duras penas y siempre a última hora mediante aciertos en las mesas de juego y la ayuda de sus amigos. Era bien parecido, poseía una lengua de oro para engatusar al prójimo y se daba tantos aires que nadie sospechaba cuán profundo era el hoyo de su bolsillo. De repente, cuando menos lo deseaba, las monjas le enviaron a su hermana acompañada por una dueña y una escueta carta explicando que Eugenia carecía de vocación religiosa y ahora le tocaba a él, su único pariente y guardián, hacerse cargo de ella.

Con esa joven virginal bajo su techo, a Sancho se le terminaron las parrandas, tenía el deber de encontrarle un marido adecuado antes de que se pasara en edad y se quedara para vestir santos, con vocación o sin ella. Su intención era casarla con el mejor postor, alguien que los sacara a ambos de la escasez en que los sumió el derroche de sus padres, pero no supuso que el pez sería de tanto peso como Toulouse Valmorain. Sabía muy bien quién era y cuánto valía el francés, lo tenía en la mira para proponerle algunos negocios, pero no le presentó a su hermana en el baile porque estaba en franca desventaja comparada con las célebres bellezas cubanas. Eugenia era tímida, carecía de ropa adecuada y él no podía comprársela, no sabía peinarse, aunque por suerte le sobraba cabello, y no tenía el talle diminuto impuesto por la moda. Por lo mismo se sorprendió cuando al día siguiente Valmorain le pidió permiso para visitarlos con intenciones serias, como manifestó.

—Debe de ser un viejo patuleco —bromeó Eugenia, al saberlo, dándole un golpe a su hermano con el abanico cerrado.

—Es un caballero culto y rico, pero aunque fuera jorobado te casarías de todos modos. Vas a cumplir veinte años y careces de dote…

—¡Pero soy bonita! —lo interrumpió ella, riéndose.

—Hay muchas mujeres más bonitas y delgadas que tú en La Habana.

—¿Te parezco gorda?

—No puedes hacerte de rogar y mucho menos si se trata de Valmorain. Es un excelente partido y posee títulos y propiedades en Francia, aunque el grueso de su fortuna es una plantación de azúcar en Saint-Domingue —le explicó Sancho.

—¿Santo Domingo? —preguntó ella, alarmada.

—Saint-Domingue, Eugenia. La parte francesa de la isla es muy diferente a la española. Voy a mostrarte un mapa, para que veas que está muy cerca; podrás venir a visitarme cuando quieras.

—No soy una ignorante, Sancho. Sé que esa colonia es un purgatorio de enfermedades mortales y negros alzados.

—Será sólo por un tiempo. Los colonos blancos se van apenas pueden. Dentro de unos años estarás en París. ¿No es ése el sueño de todas las mujeres?

—No hablo francés.

—Lo aprenderás. Desde mañana tendrás un tutor —concluyó Sancho.

Si Eugenia García del Solar planeaba oponerse a los designios de su hermano, desistió de la idea apenas Toulouse Valmorain se presentó en su casa. Era más joven y atractivo de lo que ella esperaba, de mediana estatura, bien proporcionado, con espaldas anchas, un rostro viril de facciones armoniosas, la piel bronceada por el sol y los ojos grises. Tenía una expresión dura en la boca de labios finos. Bajo la peluca torcida le asomaban unos cabellos rubios y se veía incómodo en la ropa, que le quedaba estrecha. A Eugenia le gustó su forma de hablar sin rodeos y de mirarla como si la desnudara, provocándole un hormigueo pecaminoso que habría horrorizado a las monjas del lúgubre convento de Madrid. Pensó que era una lástima que Valmorain viviera en Saint-Domingue, pero si su hermano no la había engañado, sería por poco tiempo. Sancho invitó al pretendiente a beber sambumbia de miel de caña en la pérgola del jardín y en menos de media hora el trato se dio tácitamente por concluido. Eugenia no se enteró de los detalles posteriores, que fueron resueltos por los hombres a puerta cerrada, ella sólo se hizo cargo de su ajuar. Lo encargó a Francia aconsejada por la mujer del cónsul y su hermano lo financió con un préstamo usurario conseguido gracias a su irresistible elocuencia de charlatán. En sus misas matinales, Eugenia agradecía a Dios con fervor la suerte única de casarse por conveniencia con alguien a quien podía llegar a querer.

Valmorain se quedó en Cuba un par de meses cortejando a Eugenia con métodos improvisados, porque había perdido la costumbre de tratar con mujeres como ella; los métodos utilizados con Violette Boisier no servían en este caso. Acudía a casa de su prometida a diario de cuatro a seis de la tarde a tomar un refresco y jugar a los naipes, siempre en presencia de la dueña enteramente vestida de negro que hacía bolillos con un ojo y los vigilaba con el otro. La vivienda de Sancho dejaba mucho que desear y Eugenia carecía de vocación doméstica y no hizo nada por acomodar un poco las cosas. Para evitar que la mugre del mobiliario malograra la ropa al novio, lo recibía en el jardín, donde la voraz vegetación del trópico se desbordaba como una amenaza botánica. A veces salían de paseo acompañados por Sancho o se vislumbraban de lejos en la iglesia, donde no podían hablarse.

Valmorain había notado las precarias condiciones en que vivían los García del Solar y dedujo que si su novia estaba cómoda allí, con mayor razón lo estaría en la *habitation* Saint-Lazare. Le enviaba delicados regalos, flores y esquelas formales que ella guardaba en un cofre forrado en terciopelo, pero dejaba sin respuesta. Hasta ese momento Valmorain había tenido poco trato con españoles, sus amistades eran francesas, pero pronto comprobó que se sentía a gusto entre ellos. No tuvo problema para comunicarse, porque el segundo idioma de la clase alta y la gente culta en Cuba era el francés. Confundió los silencios de su prometida con recato, a sus ojos una apreciable virtud femenina, y no se le ocurrió que ella apenas le entendía. Eugenia no tenía buen oído y los esfuerzos del tutor resultaron insuficientes para inculcarle las sutilezas de la lengua francesa. La discreción de Eugenia y sus modales de novicia a él le parecieron una garantía de que no incurriría en la conducta disipada de tantas mujeres en Saint-Domingue, que se olvidaban del pudor con el pretexto del clima. Una vez que comprendió el carácter español, con su exagerado sentido del honor y su falta de ironía, se sintió cómodo con la muchacha y aceptó de buen talante la idea de aburrirse con ella a conciencia. No le importaba. Deseaba una esposa honrada y una madre ejemplar de su descendencia; para entretenerse tenía sus libros y sus negocios.

Sancho era lo opuesto a su hermana y a otros españoles que conocía Valmorain: cínico, liviano de sangre, inmune al melodrama y a los sobresaltos de los celos, descreído y con habilidad para coger al vuelo las oportunidades que andaban en el aire. Aunque algunos aspectos de su futuro cuñado le chocaban, Valmorain se divertía con él y se dejaba embaucar, dispuesto a perder una suma por el placer de la conversación ingeniosa y de reírse un rato. Como primer paso lo convirtió en socio en un contrabando de vinos franceses que planeaba realizar desde Saint-Domingue a Cuba, donde eran muy apreciados. Eso inició una larga y sólida complicidad que habría de unirlos hasta la muerte.

La casa del amo

A finales de noviembre Toulouse Valmorain regresó a Saint-Domingue a preparar la llegada de su futura esposa. Como todas las plantaciones, Saint-Lazare contaba con la «casa grande», que en este caso era poco más que una barraca rectangular de madera y ladrillos, sostenida por pilares a tres metros sobre el nivel del terreno para impedir inundaciones en la estación de huracanes y defenderse en una revuelta de esclavos. Contaba con una serie de dormitorios oscuros, varios de ellos con las tablas podridas, y con un salón y un comedor amplios, provistos de ventanas opuestas para que circulara la brisa y un sistema de abanicos de lona colgados del techo, que los esclavos accionaban tirando de una cuerda. Con el vaivén de los ventiladores se desprendía una tenue nube de polvo y alas secas de mosquitos, que se depositaba como caspa en la ropa. Las ventanas no tenían vidrios sino papel encerado y los muebles eran toscos, propios de la morada provisoria de un hombre solo. En el techo anidaban murciélagos, en los rincones solían encontrarse sabandijas y por la noche se oían pasitos de ratones en los cuartos. Una galería o terraza techada, con estropeados muebles de mimbre, envolvía la casa por tres costados. Alrededor había un descuidado huerto de hortalizas y apo-

43

lillados árboles frutales, varios patios donde picoteaban gallinas confundidas por el calor, un establo para los caballos finos, las perreras y una cochera, más allá el rugiente océano de los cañaverales y como telón de fondo las montañas color violeta perfiladas contra un cielo caprichoso. Tal vez antes hubo un jardín, pero no quedaba ni el recuerdo. Los trapiches, las cabañas y barracas de los esclavos no se veían desde la casa. Toulouse Valmorain recorrió todo con ojo crítico, notando por primera vez su precariedad y ordinariez. Comparada con la vivienda de Sancho era un palacio, pero frente a las mansiones de otros *grands blancs* de la isla y al pequeño *château* de su familia en Francia, que él no había pisado en ocho años, resultaba de una fealdad vergonzosa. Decidió empezar su vida de casado con buen pie y darle a su esposa la sorpresa de una casa digna de los apellidos Valmorain y García del Solar. Había que hacer algunos arreglos.

Violette Boisier recibió la noticia del matrimonio de su cliente con filosófico buen humor. Loula, que todo lo averiguaba, le comentó que Valmorain tenía una prometida en Cuba. «Te echará de menos, mi ángel, y te aseguro que volverá», dijo. Así fue. Poco después Valmorain llamó a la puerta del piso, pero no en busca de los servicios habituales sino para que su antigua amante lo ayudara a recibir a su mujer como era debido. No sabía por dónde empezar y no se le ocurrió otra persona a quien pedirle ese favor.

—¿Es cierto que las españolas duermen con un camisón de monja con un ojal adelante para hacer el amor? —le preguntó Violette.

—¿Cómo voy a saberlo? Todavía no me he casado, pero si ése es el caso, se lo arrancaré de cuajo —se rió el novio.

—No, hombre. Me traes el camisón y aquí con Loula le abrimos otro ojal por atrás —dijo ella.

La joven *cocotte* se dispuso a asesorarlo mediante una comisión razonable del quince por ciento en los gastos de alhajar la casa. Por primera vez en su trato con un hombre, no se incluían maromas en la cama y emprendió la tarea con entusiasmo. Viajó con Loula a Saint-Lazare para darse una idea de la misión que le habían encargado y apenas cruzó el umbral le cayó en el escote una lagartija del artesonado del techo. Su alarido atrajo a varios esclavos del patio, que ella reclutó para hacer una limpieza a fondo. Durante una semana esa bella cortesana, que Valmorain había visto a la luz dorada de las lámparas, ataviada de seda y tafetán, maquillada y perfumada, dirigió la cuadrilla de esclavos descalza, con una bata de tela burda y un trapo envolviéndole la cabeza. Parecía en su salsa, como si hubiese hecho ese rudo trabajo toda la vida. Bajo sus órdenes rasparon las tablas sanas y reemplazaron las podridas, cambiaron el papel de las ventanas y los mosquiteros, ventilaron, echaron veneno para los ratones, quemaron tabaco para espantar a los bichos, mandaron los muebles rotos al callejón de los esclavos y al final quedó la casa limpia y desnuda. Violette la hizo pintar de blanco por fuera y como sobró cal, la usó en las cabañas de los esclavos domésticos, que estaban cerca de la casa grande, luego hizo plantar trinitarias moradas al pie de la galería. Valmorain se propuso mantener la casa aseada y destinó varios esclavos a hacer un jardín inspirado en Versalles, aunque el clima exagerado no se prestaba para el arte geométrico de los paisajistas de la corte francesa.

Violette regresó a Le Cap con una lista de compras. «No gastes demasiado, esta casa es temporal. Apenas tenga un buen administrador general, nos iremos a Francia», le dijo Valmorain, entregándole una suma que le pareció justa. Ella no hizo caso de la advertencia, porque nada le gustaba tanto como comprar.

Por el puerto de Le Cap salía el tesoro inacabable de la colonia y entraban los productos legales y el contrabando. Una muchedumbre variopinta se codeaba en las calles embarradas, regateando en muchas lenguas entre carretones, mulas, caballos y jaurías de perros sin dueño que se alimentaban de basura. Allí se vendía desde lujos de París y chinerías del Oriente hasta el botín de los piratas, y cada día, menos el domingo, se remataban esclavos para suplir la demanda: entre veinte y treinta mil al año nada más que para mantener el número estable, porque duraban poco. Violette gastó la bolsa y siguió adquiriendo a crédito con la garantía del nombre de Valmorain. A pesar de su juventud, escogía con gran aplomo porque la vida mundana la había fogueado y le había pulido el gusto. A un capitán de barco que hacía la travesía entre las islas le encargó cubiertos de plata, cristalería y un servicio de porcelana para visitas. La novia debía aportar sábanas y manteles que sin duda había bordado desde la infancia, así es que de eso no se ocupó. Consiguió muebles de Francia para el salón, una pesada mesa americana con dieciocho sillas destinada a durar varias generaciones, tapices holandeses, biombos lacados, arcones españoles para la ropa, un exceso de candelabros de hierro y lámparas de aceite, porque sostenía que no se puede vivir a oscuras, loza de Portugal para el uso diario y un surtido de adornos, pero nada de alfombras, porque se pudrían con la humedad. Los *comptoirs* se encargaron de enviar las compras y pasarle la cuenta a Valmorain. Pronto empezaron a llegar a la *habitation* Saint-Lazare carretas cargadas hasta el tope con cajones y canastos; de entre la paja los esclavos extraían una serie interminable de objetos: relojes alemanes, jaulas de pájaros, cajas chinas, réplicas de estatuas romanas mutiladas, espejos venecianos, grabados y pinturas de diversos estilos elegidos por su tema, ya que Violette nada sabía de arte, instrumentos musicales que nadie sabía tocar y hasta un incomprensible conjunto de gruesos cristales, tubos y ruedecillas de bronce, que Valmorain armó como un rompecabezas y resultó ser un catalejo para espiar a los esclavos desde la galería. A Toulouse los muebles le parecieron ostentosos y los adornos completamente inútiles, pero se resignó porque no podía devolverlos. Una vez concluida la orgía de gastos, Violette cobró su comisión y anunció que la futura esposa de Valmorain iba a necesitar servicio doméstico, una buena cocinera, criados para la casa y una doncella. Era lo menos que se requería, como le había asegurado madame Delphine Pascal, quien conocía a toda la gente de buena sociedad en Le Cap.

—Menos a mí —apuntó Valmorain.

—¿Quieres que te ayude o no?

—Está bien, le ordenaré a Prosper Cambray que entrene a algunos esclavos.

—¡No, hombre! ¡En esto no puedes ahorrar! Los del campo no sirven, están embrutecidos. Yo misma me encargaré de buscarte los domésticos —decidió Violette.

Zarité iba a cumplir nueve años cuando Violette se la compró a madame Delphine, una francesa de rizos algodonosos y pechuga de pavo, ya madura pero bien conservada, considerando los estragos que causaba el clima. Delphine Pascal era viuda de un modesto funcionario civil francés, pero se daba aires de persona encumbrada por sus relaciones con los *grands blancs*, aunque éstos sólo acudían a ella para tráficos turbios. Estaba enterada de muchos secretos, que le daban ventaja a la hora de obtener favores. En apariencia vivía de la pensión de su difunto marido y de dar clases de clavicordio a señoritas, pero bajo mano revendía objetos robados, servía de alcahueta y en caso de emergencia practicaba abortos. También de tapadillo enseñaba francés a algunas *cocottes* que pretendían pasar por blancas y, aunque tenían el color apropiado, las traicionaba el acento. Así conoció a Violette Boisier, una de las más claras entre sus alumnas, pero sin ninguna pretensión de afrancesarse; al contrario, la chica se refería sin complejo a su abuela senegalesa. Le interesaba hablar correcto francés para hacerse respetar entre sus amigos blancos. Madame Delphine sólo tenía dos esclavos: Honoré, un viejo para todo servicio, incluso la cocina, adquirido muy barato porque tenía los huesos torcidos, y Zarité —Tété— una mulatita que llegó a sus manos con pocas semanas de vida y no le había costado nada. Cuando Violette la obtuvo para Eugenia García del Solar, la chiquilla era flaca, puras líneas verticales y ángulos, con una mata de cabello apelmazado e impenetrable, pero se movía con gracia, tenía un rostro noble y hermosos ojos color miel líquida. Tal vez descendía de una senegalesa como ella misma, pensaba Violette. Tété había aprendido temprano las ventajas de callar y cumplir órdenes con expresión vacía, sin dar muestras de entender lo que ocurría a su alrededor, pero Violette sospechó siempre que era mucho más avispada de lo que se podía inferir a primera vista. Habitualmente no se fijaba en los esclavos —con la excepción de Loula, los consideraba mercancía— pero esa criatura le provocaba simpatía. En algunos aspectos se parecían, aunque ella era libre, hermosa, y tenía la ventaja de haber sido mimada por su madre y deseada por todos los hombres que se cruzaron en su camino. Nada de eso tenía Tété en su haber; era sólo una esclava harapienta, pero Violette intuyó su fuerza de carácter. A la edad de Tété, también ella había sido un atado de huesos, hasta que en la pubertad se esponjó, las aristas se convirtieron en curvas y se definieron las formas que le darían fama. Entonces su madre empezó a entrenarla en la profesión que a ella le había dado beneficios, así no se partiría la espalda como sirvienta. Violette resultó buena alumna y para la época en que su madre fue asesinada ya podía valerse sola con ayuda de Loula, que la defendía con celosa lealtad. Gracias a esa buena mujer no necesitaba la protección de un chulo y prosperaba en un oficio ingrato en que otras jóvenes dejaban la salud y a veces la vida. Apenas surgió la idea de conseguir una esclava personal para la esposa de Toulouse Valmorain, se acordó de Tété. «¿Por qué te interesa tanto esa mocosa?», le preguntó Loula, siempre desconfiada, cuando se enteró de sus intenciones. «Es una corazonada, creo que nuestros caminos se van a cruzar algún día», fue la única explicación que se le ocurrió a Violette. Loula lo consultó con las conchas de cauri sin obtener una respuesta satisfactoria; ese método de adivinación no se prestaba para aclarar asuntos fundamentales, sólo los de poca monta.

Madame Delphine recibió a Violette en una sala diminuta, en la que el clavicordio parecía del tamaño de un paquidermo. Se sentaron en frágiles sillas de patas curvas a tomar café en tazas para enanos pintadas de flores y conversar de todo y de nada, como habían hecho otras veces. Después de algunos rodeos Violette planteó el motivo de su visita. La viuda se sorprendió de que alguien se fijara en la insignificante Tété, pero era rápida y olió de inmediato la posibilidad de una ganancia.

—No había pensado vender a Tété, pero por tratarse de usted, una amiga tan querida…

—Espero que la chica sea sana. Está muy flaca —la interrumpió Violette.

—¡No es por falta de comida! —exclamó la viuda, ofendida.

Sirvió más café y pronto hablaron del precio, que a Violette le pareció exagerado. Mientras más pagara, mayor sería su comisión, pero no podía estafar a Valmorain con demasiado descaro; todo el mundo conocía los precios de los esclavos, especialmente los plantadores, que siempre estaban comprando. Una mocosa escuálida no era un artículo de valor, sino más bien algo que se regala para retribuir una atención.

—Me da pena desprenderme de Tété —suspiró madame Delphine, secándose una lágrima invisible, después de que acordaron la cifra—. Es una buena chica, no roba y habla francés como se debe. Nunca le he permitido que se dirija a mí en la jerigonza de los negros. En mi casa nadie destroza la bella lengua de Molière.

—No sé para qué le va a servir eso —comentó Violette, divertida.

—¡Cómo que para qué! Una doncella que habla francés es muy elegante. Tété le servirá bien, se lo aseguro. Eso sí, mademoiselle, le confieso que me costó algunas palizas quitarle la pésima costumbre de escaparse.

—¡Eso es grave! Dicen que no tiene remedio…

—Así es con algunos bozales, que eran libres antes, pero Tété nació esclava. ¡Libertad! ¡Qué soberbia! —exclamó la viuda, clavando sus ojitos de gallina en la chiquilla, que esperaba de pie junto a la puerta—. Pero no se preocupe, mademoiselle, no volverá a intentarlo. La última vez anduvo perdida varios días y cuando me la trajeron estaba mordida por un perro y volada de fiebre. No sabe el trabajo que me dio curarla ¡pero no se libró del castigo!

—¿Cuándo fue eso? —preguntó Violette, tomando nota del silencio hostil de la esclava.

—Hace un año. Ahora no se le ocurriría una tontería semejante, pero de todos modos vigílela. Tiene la sangre maldita de su madre. No sea blanda con ella, necesita mano dura.

—¿Qué me dijo de la madre?

—Era una reina. Todas dicen que eran reinas allá en África —se burló la viuda—. Llegó preñada; siempre es así, son como perras en celo.

—La *pariade*. Los marineros las violan en los barcos, como usted sabe. Ninguna se libra —replicó Violette con un escalofrío, pensando en su propia abuela, que había sobrevivido a la travesía del océano.

—Esa mujer estuvo a punto de matar a su hija. ¡Imagínese! Tuvieron que quitársela de las manos. Monsieur Pascal, mi esposo, que Dios lo tenga en su gloria, me trajo a la chiquilla de regalo.

—¿Qué edad tenía entonces?

—Un par de meses, no recuerdo. Honoré, mi otro esclavo, le puso ese nombre tan raro, Zarité, y la crió con leche de burra; por eso es fuerte y trabajadora, aunque también terca. Le he enseñado todas las labores domésticas. Vale más de lo que estoy pidiéndole por ella, mademoiselle Boisier. Sólo se la vendo porque pienso regresar pronto a Marsella, todavía puedo rehacer mi vida ¿no cree?

—Seguramente, madame —replicó Violette examinando la cara empolvada de la mujer.

Se llevó a Tété ese mismo día, sin más bienes que los harapos que vestía y una tosca muñeca de palo de las que usaban los esclavos para sus ceremonias vudú. «No sé de dónde sacó esa porquería», comentó madame Delphine haciendo ademán de quitársela, pero la niña se aferró a su único tesoro con tal desesperación que Violette intervino. Honoré se despidió llorando de Tété y le prometió que iría a visitarla si se lo permitían.

Toulouse Valmorain no pudo evitar una exclamación de desagrado cuando Violette le mostró a quién había escogido para criada de su mujer. Esperaba alguien mayor, con mejor aspecto y experiencia, no esa criatura desgreñada, marcada por golpes, que se encogió como un caracol cuando él le preguntó el nombre, pero Violette le aseguró que su esposa iba a estar muy satisfecha una vez que ella la preparara como era debido.

—Y eso ¿cuánto me va a costar?

—Lo que acordemos, una vez que Tété esté lista.

Tres días más tarde Tété sacó la voz por primera vez para preguntar si ese señor iba a ser su amo; creía que Violette la había comprado para ella. «No hagas preguntas y no pienses en el futuro. Para los esclavos sólo cuenta el día de hoy», le advirtió Loula. La admiración que Tété sentía por Violette barrió su resistencia y pronto se entregó entusiasmada al ritmo de la casa. Comía con la voracidad de quien ha vivido con hambre y a las pocas semanas lucía un poco de carne sobre el esqueleto. Estaba ávida de aprender. Seguía a Violette como un perro, devorándola con los ojos, mientras alimentaba en lo más secreto del corazón el deseo imposible de llegar a ser como ella, así de bonita y elegante, pero más que nada, libre. Violette le enseñó a hacer los elaborados peinados de moda, a dar masajes, almidonar y planchar ropa fina y lo demás que su futura ama podía exigirle. Según Loula, no era necesario afanarse tanto, porque las españolas carecían del refinamiento de las francesas, eran muy burdas. Ella misma rapó el inmundo cabello a Tété y la obligaba a bañarse con frecuencia, hábito desconocido para la chica, porque según madame Delphine el agua debilita; ella sólo se pasaba un trapo húmedo por las partes escondidas y se rociaba con perfume. Loula se sentía invadida por la chiquilla, apenas cabían las dos en el cuartito que compartían de noche. La agobiaba con órdenes e insultos, más por hábito que por maldad, y solía propinarle coscorrones cuando Violette estaba ausente, pero no le escatimaba comida. «Cuanto antes engordes, antes te irás», le decía. Por contraste, era de una amabilidad exquisita con el viejo Honoré cuando aparecía tímidamente de visita. Lo instalaba en la sala en el mejor sillón, le servía ron de calidad y lo escuchaba embobada hablar de tambores y artritis. «Este Honoré es un verdadero señor. ¡Cómo quisiéramos que alguno de tus amigos fuera tan fino como él!», le comentaba después a Violette.

Zarité

*P or un tiempo, dos o tres semanas, no pensé en escaparme. Mademoi-
selle era divertida y bonita, tenía vestidos de muchos colores, olía a
flores y salía por las noches con sus amigos, que después venían a la casa y
hacían lo suyo, mientras yo me tapaba las orejas en la pieza de Loula, aunque de todos modos podía oírlos. Cuando mademoiselle despertaba, a eso
del mediodía, le llevaba su merienda al balcón, como me había ordenado,
y entonces me hablaba de sus fiestas y me mostraba los regalos de sus admi-
radores. Le pulía las uñas con un trocito de gamuza y le quedaban brillantes como conchas, le cepillaba su cabello ondulado y la frotaba con aceite
de coco. Tenía la piel como* crême caramel, *el postre de leche y yemas que
Honoré me preparaba algunas veces a espaldas de madame Delphine. Aprendí rápido. Mademoiselle decía que soy lista y nunca me pegaba. Tal vez no
me habría fugado si ella hubiera sido mi ama, pero me estaba enseñando
para servir a una española en una plantación lejos de Le Cap. Eso de ser
española no era nada bueno; según Loula, que todo lo sabía y era adivi-
na, me vio en los ojos que iba a huir antes de que yo misma lo decidiera y
se lo anunció a mademoiselle, pero ella no le hizo caso. «¡Perdimos mucho
dinero! ¿Qué hacemos ahora?», gritó Loula cuando desaparecí. «Espera-
mos», le contestó mademoiselle y siguió bebiendo su café muy tranquila.
En vez de contratar a un cazador de negros, como siempre se hace, le pidió*

a su novio, el capitán Relais, que mandara a sus guardias a buscarme sin bulla y que no me hicieran daño. Así me lo contaron. Fue muy fácil irme de esa casa. Envolví un mango y un pan en un pañuelo, salí por la puerta principal y me fui sin correr, para no llamar la atención. También me llevé mi muñeca, que era sagrada, como los santos de madame Delphine, pero más poderosa, como me dijo Honoré cuando la talló para mí. Honoré siempre me hablaba de Guinea, de los loas, del vudú, y me advirtió que nunca acudiera a los dioses de los blancos, porque son nuestros enemigos. Me explicó que en la lengua de sus padres vudú quiere decir espíritu divino. Mi muñeca representaba a Erzuli, loa del amor y la maternidad. Madame Delphine me hacía rezarle a la Virgen María, una diosa que no baila, sólo llora, porque le mataron a su hijo y porque nunca conoció el gusto de estar con un hombre. Honoré me cuidó en mis primeros años, hasta que los huesos se le pusieron nudosos como ramas secas y entonces me tocó cuidarlo a él. ¿Qué sería de Honoré? Debe de estar con sus antepasados en la isla bajo el mar, porque desde la última vez que lo vi, sentado en la sala del piso de mademoiselle en la plaza Clugny, bebiendo café con ron y saboreando los pastelitos de Loula, han pasado treinta años. Espero que haya sobrevivido a la revolución, con todas sus atrocidades, y haya alcanzado a ser libre en la República Negra de Haití antes de morirse tranquilamente de viejo. Soñaba con tener un pedazo de tierra, criar un par de animales y plantar sus vegetales, como hacían sus padres en Dahomey. Yo lo llamaba abuelo, porque según él no hay que ser de la misma sangre ni de la misma tribu para ser de la misma familia, pero en realidad debí llamarlo maman. Fue la única madre que conocí.

Nadie me detuvo en las calles cuando me fui del piso de mademoiselle, anduve varias horas y creo que crucé la ciudad entera. Me perdí en el barrio del puerto, pero las montañas se vislumbraban a lo lejos y todo era cuestión de caminar en esa dirección. Los esclavos sabíamos que los cimarrones estaban en las montañas, pero no sabíamos que detrás de las primeras cumbres *había muchas más, tantas que no se podían contar. Se hizo de noche, me comí el pan y guardé el mango. Me escondí en un establo, debajo de un montón de paja, aunque temía a los caballos, con sus patas como martillos y sus narices humeantes. Los animales estaban muy cerca, podía sentir su respiración a través de la paja, un aliento verde y dulce como las hierbas del baño de mademoiselle. Aferrada a mi muñeca Erzuli, madre de Guinea, dormí la noche entera sin malos sueños, arropada por el calor de los caballos. Al amanecer entró un esclavo al establo y me encontró roncando y con los pies asomando entre la paja; me pescó de los tobillos y me sacó de un tirón. No sé lo que esperaba encontrar, pero seguramente no una chiquilla, porque en vez de pegarme me levantó en vilo, me llevó a la luz y me observó con la boca abierta. «¿Estás loca? ¿Cómo se te ocurre esconderte aquí?», me preguntó al fin, sin levantar la voz. «Tengo que llegar a las montañas», le expliqué, también en un susurro. El castigo por ayudar a un esclavo fugitivo era por demás conocido y el hombre vaciló. «Suéltame, por favor, nadie sabrá que estuve aquí», le rogué. Lo pensó un rato y al fin me ordenó quedarme quieta en el establo, se aseguró de que no había nadie por los alrededores y salió. Pronto regresó con una galleta dura y una calabaza de café muy azucarado, esperó que comiera y después me indicó la salida de la ciudad. Si me hubiese denunciado le habrían dado una recompensa, pero no lo hizo. Espero que el Papa Bondye lo haya premiado. Eché a correr y dejé atrás las últimas casas de Le Cap. Ese día anduve sin detenerme, aunque me sangraban los pies y sudaba pensando en los perros de los cazadores de negros, la Marechaussée. El sol estaba en alto cuando entré en la selva, verde, todo verde, no se veía el cielo y la luz apenas atravesaba las hojas. Sentía ruido de animales y murmullo de espíritus. El sendero se fue borrando. Me comí el mango, pero lo vomité casi enseguida. Los guardias del capitán Relais no perdieron su tiempo buscándome, porque volví sola después de pasar la noche acurrucada entre las raíces de un árbol vivo, podía oír su corazón latiendo como el de Honoré. Así lo recuerdo.*

Eché el día caminando y caminando, preguntando y preguntando has-
ta llegar de vuelta a la plaza Clugny. Entré al piso de mademoiselle tan
hambrienta y cansada que apenas sentí la cachetada de Loula, que me
tiró lejos. En eso apareció mademoiselle, que estaba preparándose para
salir, todavía envuelta en su déshabillé y con el pelo suelto. Me cogió de
un brazo, me llevó en el aire hasta su pieza y de un empujón me sentó en
su cama; era mucho más fuerte de lo que parecía. Se quedó de pie, con los
brazos en jarras, mirándome sin decir nada, y después me pasó un pañue-
lo para que me limpiara la sangre del bofetón. «¿Por qué volviste?», me
preguntó. Yo no tenía respuesta. Me pasó un vaso de agua y entonces me
vinieron las lágrimas como lluvia caliente, mezclándose con la sangre de
la nariz. «Agradece que no te azote como mereces, mocosa tonta. ¿Adón-
de pensabas ir? ¿A las montañas? Nunca llegarías. Sólo algunos hom-
bres lo logran, los más desesperados y valientes. Si por un milagro pudie-
ras escapar de la ciudad, cruzar los bosques y los pantanos sin pisar las
plantaciones, donde te devorarían los perros, eludir a los milicianos, los
demonios y las serpientes venenosas y llegaras a las montañas, los cima-
rrones te matarían. ¿Para qué quieren una chiquilla como tú? ¿Eres capaz
de cazar, de pelear, de empuñar un machete? ¿Sabes siquiera darle con-
tento a un hombre?» Debí admitir que no. Me dijo que le sacara partido
a mi suerte, que no era mala. Le supliqué que me permitiera quedarme
con ella, pero dijo que no me necesitaba para nada. Me aconsejó que me
portara bien, si no quería acabar cortando caña. Me estaba entrenando
como esclava personal para madame Valmorain, un trabajo liviano: vivi-
ría en la casa y comería bien, estaría mejor que con madame Delphine.
Agregó que no le hiciera caso a Loula, que ser española no era una enfer-
medad, sólo significaba hablar distinto que nosotros. Ella conocía a mi
nuevo amo, dijo, un caballero decente, cualquier esclava estaría contenta
de pertenecerle. «Yo quiero ser libre, como usted», le dije entre sollozos.
Entonces me habló de su abuela, raptada en Senegal, donde se da la gen-

te más hermosa del mundo. La compró un comerciante rico, un francés que tenía una esposa en Francia, pero se enamoró de ella apenas la vio en el mercado de negros. Ella le dio varios hijos y él los emancipó a todos; pensaba educarlos para que prosperaran, como tanta gente de color en Saint-Domingue, pero se murió de repente y los dejó en la miseria, porque su esposa reclamó todos sus bienes. La abuela senegalesa puso una fritanga en el puerto para mantener a la familia, pero su hija menor, de doce años, no quiso arruinarse destripando pescado entre fumarolas de aceite rancio y optó por dedicarse a atender a caballeros. Esa niña, que heredó la belleza noble de su madre, llegó a convertirse en la cortesana más solicitada de la ciudad y a su vez tuvo una hija, Violette Boisier, a quien le enseñó lo que sabía. Así me lo contó mademoiselle. «Si no hubiera sido por los celos de un blanco que la mató, mi madre todavía sería la reina de la noche en Le Cap. Pero no te hagas ilusiones, Tété, la historia de amor de mi abuela ocurre muy rara vez. El esclavo, se queda esclavo. Si se escapa y tiene suerte, muere en la fuga. Si no la tiene, lo atrapan vivo. Sácate la libertad del corazón, es lo mejor que puedes hacer», me dijo. Enseguida me llevó donde Loula para que me diera de comer.

Cuando el amo Valmorain fue a buscarme unas semanas más tarde no me reconoció, porque yo había engordado, estaba limpia, con el pelo corto y un vestido nuevo que Loula me cosió. Me preguntó el nombre y le respondí con mi voz más firme, sin levantar la vista, porque nunca se mira a un blanco a la cara. «Zarité de Saint-Lazare, amo», como me había instruido mademoiselle. Mi nuevo amo sonrió y antes de irnos dejó una bolsa. No supe cuánto pagó por mí. En la calle esperaba otro hombre con dos caballos, que me examinó de arriba abajo y me hizo abrir la boca para verme los dientes. Era Prosper Cambray, el jefe de capataces. Me subió de un tirón a la grupa de su corcel, un animal alto, ancho y caliente, que resoplaba, inquieto. Las piernas no me alcanzaban para sujetarme y tuve que cogerme de la cintura del hombre. Nunca había cabalgado, pero me tragué el *miedo: a nadie le importaba lo que yo sintiera. El amo Valmorain montó también y nos alejamos al paso. Me volví para mirar la casa. Mademoiselle estaba en el balcón, despidiéndome con la mano hasta que doblamos la esquina y ya no pude verla. Así lo recuerdo.*

El escarmiento

Sudor y mosquitos, croar de sapos y látigo, días de fatiga y noches de miedo para la caravana de esclavos, capataces, soldados a sueldo y los amos, Toulouse y Eugenia Valmorain. Les tomaría tres jornadas largas desde la plantación hasta Le Cap, que seguía siendo el puerto más importante de la colonia, aunque ya no era la capital, que había sido trasladada a Port-au-Prince con la esperanza de controlar mejor el territorio. La medida sirvió de poco: los colonos burlaban la ley, los piratas se paseaban por la costa y miles de esclavos se fugaban a las montañas. Esos cimarrones, cada vez más numerosos y atrevidos, se dejaban caer sobre las plantaciones y los viajeros con justificada furia. El capitán Étienne Relais, «el mastín de Saint-Domingue», había capturado a cinco de los jefes, misión difícil, porque los fugitivos conocían el terreno, se movían como la brisa y se ocultaban en cimas inaccesibles para los caballos. Armados sólo con cuchillos, machetes y palos, no se atrevían a enfrentarse a los soldados a campo abierto; ésa era una guerra de escaramuzas, asaltos por sorpresa y retiradas, incursiones nocturnas, robos, incendios y asesinatos, que agotaban a las fuerzas regulares de la Marechaussée y el ejército. Los esclavos de las plantaciones los protegían, unos porque esperaban unirse a ellos, otros porque los temían. Relais nunca perdía de vista la ventaja de los cimarrones, gente desesperada que defendía vida y libertad, sobre sus soldados, que sólo obedecían órdenes. El capitán era de hierro, seco, delgado, fuerte, puro músculo y nervios, tenaz y corajudo, con ojos fríos y surcos profundos en un rostro siempre expuesto al sol y el viento, de pocas palabras, preciso, impaciente y severo. Nadie estaba cómodo en su presencia, ni los *grands blancs* cuyos intereses protegía, ni los *petits blancs* a cuya clase pertenecía, ni los *affranchis* que componían la mayor parte de sus tropas. Los civiles lo respetaban porque imponía orden y los soldados porque no les exigía nada que él mismo no estuviese dispuesto a hacer. Tardó en encontrar a los rebeldes en las montañas, siguiendo incontables pistas falsas, pero nunca dudó que lo lograría. Obtenía información con métodos tan brutales, que en tiempos normales no se mencionarían en sociedad, pero desde la época de Macandal incluso las damas se ensañaban con los esclavos alzados; las mismas que desfallecían ante un alacrán o el olor de la mierda no se perdían los suplicios y después los comentaban entre vasos de refresco y pasteles.

Le Cap, con sus casas de techos rojos, bulliciosas callejuelas y mercados, con el puerto donde siempre había docenas de barcos anclados para volver a Europa con su tesoro de azúcar, tabaco, índigo y café, seguía siendo el París de las Antillas, como lo llamaban los colonos franceses en broma, ya que la aspiración común era hacer fortuna rápida y regresar a París a olvidar el odio que flotaba en el aire de la isla, como las nubes de mosquitos y la pestilencia de abril. Algunos dejaban las plantaciones en manos de gerentes o administradores, que las manejaban a su antojo, robando y explotando a muerte a los esclavos, pero era una pérdida calculada, el precio por volver a la civilización. No era el caso de Toulouse Valmorain, quien ya llevaba varios años enterrado en la *habitation* Saint-Lazare.

El jefe de capataces, Prosper Cambray, tascaba el freno de su ambición y andaba con cuidado porque su jefe era desconfiado y no resultó presa fácil, como pensó al principio, pero tenía la esperanza de que no durara mucho en la colonia: carecía de los cojones y la sangre espesa que se requieren en una plantación y además cargaba con la española, esa mujercita de nervios enclenques cuyo único deseo era escapar de allí.

En temporada seca, la travesía hasta Le Cap podía hacerse en un día completo con buenos caballos, pero Toulouse Valmorain viajaba con Eugenia en una silla de mano y los esclavos a pie. Había dejado en la plantación a las mujeres, los niños y aquellos hombres que ya habían perdido la voluntad y no necesitaban un escarmiento. Cambray había escogido a los más jóvenes, los que todavía podían imaginar la libertad. Por mucho que los *commandeurs* hostigaran a la gente, no podían apurarla más allá de la capacidad humana. La ruta era incierta y estaban en plena estación de lluvias. Sólo el instinto de los perros y el ojo certero de Prosper Cambray, *créole*, nacido en la colonia y conocedor del terreno, impedían que se perdieran en la espesura, donde se confundían los sentidos y se podía dar vueltas para siempre. Todos iban asustados: Valmorain de un asalto de cimarrones o una rebelión de sus esclavos —no sería la primera vez que ante la posibilidad de huir los negros opusieran el pecho desnudo a las armas de fuego, creyendo que sus *loas* los protegerían de las balas—, los esclavos temían los látigos y los espíritus maléficos del bosque y Eugenia sus propias alucinaciones. Cambray sólo temblaba ante los muertos vivos, los zombis, y ese temor no consistía en enfrentarlos, ya que eran muy escasos y tímidos, sino en acabar convertido en uno. El zombi era esclavo de un brujo, un *bokor*, y ni la muerte podía liberarlo, porque ya estaba muerto.

Prosper Cambray había recorrido muchas veces esa región persiguiendo fugitivos con otros milicianos de la Marechaussée. Sabía descifrar las señales de la naturaleza, huellas invisibles para otros ojos, podía seguir un rastro como el mejor sabueso, oler el miedo y el sudor de una presa a varias horas de distancia, ver de noche como los lobos, adivinar una rebelión antes de que se gestara y demolerla. Se jactaba de que bajo su mando pocos esclavos habían huido de Saint-Lazare, su método consistía en quebrarles el alma y la voluntad. Sólo el miedo y el cansancio vencían a la seducción de la libertad. Producir, producir, producir hasta el último aliento, que no tardaba demasiado en llegar, porque nadie hacía huesos viejos allí, tres o cuatro años, nunca más de seis o siete. «No te sobrepases con los castigos, Cambray, porque me debilitás a la gente», le había ordenado Valmorain en más de una ocasión, asqueado por las llagas purulentas y las amputaciones, que inutilizaban para el trabajo, pero nunca lo contradecía delante de los esclavos; la palabra del jefe de capataces debía ser inapelable para mantener la disciplina. Así lo deseaba Valmorain, porque le repugnaba lidiar con los negros. Prefería que Cambray fuera el verdugo y él se reservaba el papel de amo benevolente, lo que calzaba con los ideales humanistas de su juventud. Según Cambray, era más rentable reemplazar a los esclavos que tratarlos con consideración; una vez amortizado su costo convenía explotarlos a muerte y luego comprar otros más jóvenes y fuertes. Si alguien tenía dudas de la necesidad de aplicar mano dura, la historia de Macandal, el mandinga mágico, se las disipaba.

Entre 1751 y 1757, cuando Macandal sembró la muerte entre los blancos de la colonia, Toulouse Valmorain era un niño mimado que vivía en las afueras de París en un pequeño *château*, propiedad de la familia desde hacía varias generaciones y no había oído nombrar a Macandal. No sabía que su padre había escapado por milagro de los envenenamientos colectivos en Saint-Domingue y que si no hubieran cogido a Macandal, el viento de la rebelión habría barrido la isla. Postergaron su ejecución para dar tiempo a los plantadores a llegar hasta Le Cap con sus esclavos; así los negros se convencerían de una vez para siempre de que Macandal era mortal. «La historia se repite, nada cambia en esta isla maldita», le comentó Toulouse Valmorain a su mujer, mientras recorrían el mismo camino que hiciera su padre años antes por la misma razón: para presenciar un escarmiento. Le explicó que ésa era la mejor forma de desalentar a los revoltosos, como habían decidido el gobernador y el intendente, quienes por una vez estuvieron de acuerdo en algo. Esperaba que el espectáculo tranquilizara a Eugenia, pero no imaginó que el viaje iba a volverse una pesadilla. Estaba tentado de dar media vuelta y regresar a Saint-Lazare, pero no podía hacerlo, los plantadores debían presentar un frente unido contra los negros. Sabía que circulaban chismes a sus espaldas, decían que estaba casado con una española medio loca, que era arrogante y aprovechaba los privilegios de su posición social, pero no cumplía con sus obligaciones en la Asamblea Colonial, donde el sillón de los Valmorain permanecía desocupado desde la muerte de su padre. El *Chevalier* había sido un monárquico fanático, pero su hijo despreciaba a Luis XVI, ese monarca irresoluto en cuyas manos gordinflonas descansaba la monarquía.

Macandal

La historia de Macandal, que su marido le había contado, desató la demencia de Eugenia, pero no la causó, porque corría por sus venas: nadie le había dicho a Toulouse Valmorain cuando aspiraba a su mano en Cuba, que había varias lunáticas en la familia García del Solar. Macandal era un bozal traído de África, musulmán, culto, leía y escribía en árabe, tenía conocimientos de medicina y plantas. Perdió el brazo derecho en un horrendo accidente, que habría matado a otro menos fuerte, y como quedó inutilizado para los cañaverales, su amo lo mandó a cuidar ganado. Recorría la región alimentándose de leche y frutos, hasta que aprendió a usar la mano izquierda y los dedos de los pies para tender trampas y hacer nudos; así pudo cazar roedores, reptiles y pájaros. En la soledad y el silencio recuperó las imágenes de su adolescencia, cuando se entrenaba para la guerra y la caza, como correspondía a un hijo de rey: frente alta, pecho erguido, piernas rápidas, ojos alerta y la lanza empuñada con firmeza. La vegetación de la isla era diferente a la de las regiones encantadas de su juventud, pero empezó a probar hojas, raíces, cortezas, hongos de muchas clases y descubrió que unos servían para curar, otros para provocar sueños y estados de trance, algunos para matar. Siempre supo que iba a fugarse, porque prefería dejar el pellejo en los peores suplicios antes que seguir siendo esclavo; pero se preparó con cuidado y esperó con paciencia la ocasión propicia. Al fin se largó a las montañas y desde allí inició la sublevación de esclavos que habría de sacudir la isla como un terrible ventarrón. Se unió a otros cimarrones y pronto se vieron los efectos de su furia y su astucia: un ataque por sorpresa en la noche más oscura, resplandor de antorchas, golpes de pies desnudos, gritos, metal contra cadenas, incendio en los cañaverales. El nombre del mandinga iba de boca en boca repetido por los negros como una oración de esperanza. Macandal, el príncipe de Guinea, se transformaba en pájaro, lagartija, mosca, pez. El esclavo atado al poste alcanzaba a ver pasar una liebre a la carrera antes de recibir el latigazo que lo sumiría en la inconsciencia: era Macandal, testigo del suplicio. Una iguana impasible observaba a la muchacha que yacía violada en el polvo. «Levántate, lávate en el río y no olvides, porque pronto vendré con el desquite», silbaba la iguana. Macandal. Gallos decapitados, símbolos pintados con sangre, hachas en las puertas, una noche sin luna, otro incendio.

Primero empezó a morir el ganado. Los colonos lo atribuyeron a una planta mortífera que crecía disimulada en los campos y emplearon, sin resultados, a botánicos europeos y hechiceros locales para descubrirla y erradicarla. Después fueron los caballos en los establos, los perros bravos y por fin cayeron fulminadas familias completas. A las víctimas se les hinchaba el vientre, se les ponían negras las encías y las uñas, se les aguaba la sangre, se les desprendía la piel a pedazos y morían en medio de atroces retortijones. Los síntomas no calzaban con ninguna enfermedad de las que asolaban las Antillas, pero sólo se manifestaban en los blancos; entonces ya no cupo duda de que era veneno. Macandal, otra vez Macandal. Caían los hombres al beber un trago de licor, las mujeres y los niños por una taza de chocolate, todos los invitados de un banquete antes de que sirvieran el postre. No se podía confiar en la fruta de los árboles ni en una botella de vino cerrada, ni siquiera en un cigarro, porque no se sabía en qué forma se administraba el veneno. Torturaron a centenares de esclavos sin averiguar cómo entraba la muerte en las casas, hasta que una chiquilla de quince años, una de tantas que el mandinga visitaba por las noches en forma de murciélago, ante la amenaza de ser quemada viva dio la pista para encontrar a Macandal. La quemaron de todos modos y su confesión condujo a los milicianos a la guarida de Macandal, escalando a pie como cabras por picos y quebradas hasta las cimas cenicientas de los antiguos caciques arahuacos. Lo cogieron vivo. Para entonces habían muerto seis mil personas. «Es el fin de Macandal», decían los blancos. «Veremos», susurraban los negros.

La plaza se hizo estrecha para el público que acudió de las plantaciones. Los *grands blancs* se instalaron bajo sus toldos, provistos de meriendas y bebidas, los *petits blancs* se resignaron a las galerías y los *affranchis* alquilaron los balcones en torno a la plaza, que pertenecían a otra gente libre de color. La mejor vista fue reservada para los esclavos, arreados por sus amos desde lugares distantes, para que comprobaran que Macandal era sólo un pobre negro manco que se asaría como un puerco. Amontonaron a los africanos alrededor de la hoguera, vigilados por los perros, que tironeaban de sus cadenas, enloquecidos por el olor humano. La mañana de la ejecución amaneció nublada, caliente y sin brisa. El tufo de la compacta multitud se mezclaba con el de azúcar quemada, grasa de las fritangas y flores salvajes que crecían enredadas en los árboles. Varios frailes asperjaban con agua bendita y ofrecían un buñuelo por cada confesión. Los esclavos habían aprendido a engañar a los frailes con pecados confusos, ya que las faltas admitidas iban directo a las orejas del amo, pero en esa ocasión nadie estaba de ánimo para buñuelos. Esperaban jubilosos a Macandal.

El cielo encapotado amenazaba con lluvia y el gobernador calculó que apenas alcanzaría el tiempo antes del chapuzón, pero debía esperar al intendente, representante del gobierno civil. Por fin aparecieron en uno de los dos palcos de honor el intendente y su esposa, una adolescente agobiada por el pesado vestido, el tocado de plumas y el disgusto; era la única francesa de Le Cap que no deseaba estar allí. Su marido, todavía joven aunque la doblaba en edad, era patizambo, nalgudo y panzón, pero tenía una hermosa cabeza de antiguo senador romano bajo su complicada peluca. Un redoble de tambores anunció la aparición del prisionero. Lo recibió un coro de amenazas e insultos de los blancos, burlas de los mulatos y gritos de frenético entusiasmo de los africanos. Desafiando a los perros, los latigazos y las órdenes de capataces y soldados, los esclavos se pusieron de pie, saltando con los brazos al cielo para saludar a Macandal. Eso produjo una reacción unánime, incluso el gobernador y el intendente se levantaron.

Macandal era alto, muy oscuro, con el cuerpo enteramente marcado de cicatrices, cubierto apenas por un calzón inmundo y manchado de sangre seca. Iba encadenado, pero erguido, altanero, indiferente. Desdeñó a blancos, soldados, frailes y perros; sus ojos recorrieron lentamente a los esclavos y cada uno supo que esas pupilas negras lo distinguían, entregándoles el soplo de su espíritu indomable. No era un esclavo quien sería ejecutado, sino el único hombre verdaderamente libre entre la muchedumbre. Así lo intuyeron todos y un silencio profundo cayó en la plaza. Por fin los negros reaccionaron y un coro incontrolable aulló el nombre del héroe, Macandal, Macandal, Macandal. El gobernador comprendió que más valía terminar deprisa, antes de que el proyectado circo se convirtiera en un baño de sangre; dio la señal y los soldados encadenaron el prisionero al poste de la hoguera. El verdugo encendió la paja y pronto la leña engrasada ardía, levantando una densa humareda. No se oía ni un suspiro en la plaza cuando se elevó la voz profunda de Macandal: «¡Volveré! ¡Volveré!».

¿Qué pasó entonces? Ésa sería la pregunta más frecuente en la isla por el resto de su historia, como solían decir los colonos. Blancos y mulatos vieron que Macandal se soltó de las cadenas y saltó por encima de los troncos ardientes, pero los soldados le cayeron encima, lo redujeron a golpes y lo condujeron de vuelta a la pira, donde minutos más tarde se lo tragaron las llamas y el humo. Los negros vieron que Macandal se soltó de las cadenas, saltó por encima de los troncos ardientes y cuando los soldados le cayeron encima se transformó en mosquito y salió volando a través de la humareda, dio una vuelta completa a la plaza, para que todos alcanzaran a despedirle, y luego se perdió en el cielo, justo antes del chapuzón que empapó la hoguera y apagó el fuego. Los blancos y *affranchis* vieron el cuerpo chamuscado de Macandal. Los negros sólo vieron el poste vacío. Los primeros se retiraron corriendo bajo la lluvia y los otros quedaron cantando, lavados por la tormenta. Macandal había vencido y cumpliría su promesa. Macandal volvería. Y por eso, porque era necesario demoler para siempre esa absurda leyenda, como le dijo Valmorain a su desequilibrada esposa, iban con sus esclavos a presenciar otra ejecución en Le Cap, veintitrés años más tarde.

La larga caravana iba vigilada por cuatro milicianos con mosquetes, Prosper Cambray y Toulouse Valmorain con pistolas y los *commandeurs*, por ser esclavos, sólo con sables y machetes. No eran de fiar, en caso de ataque podían unirse a los cimarrones. Los negros, flacos y hambrientos, avanzaban muy lentamente, llevando a la espalda los bultos y unidos por una cadena que entorpecía la marcha; al amo le parecía exagerado, pero no podía desautorizar al jefe de capataces. «Nadie intentará huir, los negros temen más a los demonios de la jungla que a las alimañas venenosas», le explicó Valmorain a su mujer, pero Eugenia no quería saber de negros, demonios o alimañas. La niña Tété iba suelta, caminando junto a la silla de mano de su ama, que cargaban dos esclavos, escogidos entre los más fuertes. El sendero se perdía en la maraña de la vegetación y el lodo, y el cortejo era una triste culebra que se arrastraba hacia Le Cap en silencio. De vez en cuando un ladrido de perros, un relincho de caballo o el silbido seco de un latigazo y un grito interrumpían el murmullo de la respiración humana y el rumor del bosque. Al comienzo Prosper Cambray pretendía que los esclavos fueran cantando para darse ánimo y advertir a las serpientes, como hacían en los cañaverales, pero Eugenia, atontada de mareo y fatiga, no lo aguantaba.

En el bosque oscurecía temprano bajo la densa cúpula de los árboles y amanecía tarde por la neblina enredada en los helechos. El día se hacía corto para Valmorain, pero eterno para los demás. La comida de los esclavos era una mazamorra de maíz o batata con carne seca y un tazón de café, distribuidos por la noche, cuando acampaban. El amo había ordenado que agregaran al café un terrón de azúcar y un chorro de tafia, el licor de caña de los pobres, para calentar a la gente, que dormía en el suelo empapada de lluvia y rocío, expuesta al asalto de un brote de fiebre. Ese año las epidemias habían sido calamitosas en la plantación: hubo que reemplazar a muchos esclavos y ningún recién nacido sobrevivió. Cambray previno a su patrón de que el licor y el dulce enviciaban a los esclavos y después no había forma de evitar que chuparan caña. Existía una pena especial para ese delito, pero Valmorain no era partidario de tormentos complicados, excepto para fugitivos, en cuyo caso seguía al pie de la letra el Código Negro. La ejecución de los cimarrones en Le Cap le parecía una pérdida de tiempo y dinero: habría bastado con ahorcarlos sin tanta alharaca.

Los milicianos y los *commandeurs* se turnaban en la noche para vigilar el campamento y las fogatas, que mantenían a raya a los animales y calmaban a la gente. Nadie estaba tranquilo en la oscuridad. Los amos dormían en hamacas dentro de una amplia tienda de lona encerada, con sus baúles y algunos muebles. Eugenia, antes golosa, ahora tenía apetito de canario, pero se sentaba con ceremonia a la mesa, porque todavía cumplía con la etiqueta. Esa noche ocupaba una silla de felpa azul, vestida de raso, con el cabello sucio sujeto en un moño, sorbiendo limonada con ron. Frente a ella, su marido sin jubón, con la camisa abierta, barba incipiente y los ojos enrojecidos, bebía el licor directamente de la botella. La mujer apenas podía contener las náuseas ante los platos: cordero cocinado con picante y especias para disimular el mal olor del segundo día de viaje, frijoles, arroz, tortas saladas de maíz y fruta en almíbar. Tété la abanicaba sin poder evitar la lástima. Se había encariñado con doña Eugenia, como ésta prefería ser llamada. El ama no le pegaba y le confiaba sus cuitas, aunque al comienzo no le entendía, porque le hablaba en español. Le contaba cómo su marido la cortejó en Cuba con galanterías y regalos, pero después, en Saint-Domingue, mostró su verdadero carácter: estaba corrompido por el mal clima y la magia de los negros, como todos los colonos de las Antillas. Ella, en cambio, era de la mejor sociedad de Madrid, de familia noble y católica. Tété no sospechaba cómo sería su ama en España o en Cuba, pero notaba que se iba deteriorando a ojos vista. Cuando la conoció, Eugenia era una joven robusta dispuesta a adaptarse a su vida de recién casada, pero en pocos meses enfermó del alma. Se asustaba por todo y lloraba por nada.

Zarité

*E*n la tienda los amos cenaban como en el comedor de la casa grande. Un esclavo barría bichos del suelo y espantaba mosquitos, mientras otros dos se mantenían de pie detrás de las sillas de los amos, descalzos,
con la librea chorreada y apestosas pelucas blancas, listos para servirlos. El
amo tragaba distraído, casi sin mascar, mientras doña Eugenia escupía
los bocados enteros en su servilleta, porque todo le sabía a azufre. Su marido le repetía que comiera tranquila, porque la rebelión había sido aplastada antes de comenzar y los cabecillas estaban encerrados en Le Cap con
más hierros encima de los que podían levantar, pero ella temía que rom-
pieran las cadenas, como el brujo Macandal. Fue mala idea del amo contarle de Macandal, pues acabó de espantarla. Doña Eugenia había oído
hablar de la quema de herejes que antes se practicaba en su país y no deseaba presenciar semejante horror. Esa noche se quejó de que un torniquete le
apretaba la cabeza, ya no podía más, quería ir a Cuba a ver a su hermano, podía ir sola, el viaje era corto. Quise secarle la frente con un pañuelo, pero me apartó. El amo le contestó que ni lo pensara, que era muy peligroso y no sería apropiado que llegara sola a Cuba. «¡Que no se hable más
de esto!», exclamó enojado, poniéndose de pie antes de que el esclavo alcanzara a retirarle la silla y salió a dar las últimas instrucciones al jefe de
capataces. Ella me hizo una seña, cogí su plato y me lo llevé a un rincón,

tapado con un trapo, para comerme las sobras más tarde, y enseguida la preparé para la noche. Ya no usaba el corsé, las medias y las enaguas que llenaban sus baúles de novia, en la plantación andaba con batas livianas, pero siempre se arreglaba para cenar. La desnudé, le traje la bacinilla, la lavé con un trapo mojado, le eché polvos de alcanfor para los mosquitos, le puse leche en la cara y las manos, le quité las horquillas del peinado y le cepillé el cabello castaño cien veces, mientras ella se dejaba hacer con la mirada perdida. Estaba transparente. El amo decía que era muy bella, pero a mí sus ojos verdes y sus colmillos en punta no me parecían humanos. Cuando terminé de asearla, se hincó en su reclinatorio y rezó en voz alta un rosario completo, coreado por mí, como era mi obligación. Había aprendido las oraciones, aunque no entendía su significado. Para entonces sabía varias palabras en español y podía obedecerle, porque no daba órdenes en francés o créole. No le correspondía a ella hacer el esfuerzo de comunicarse, sino a nosotros. Así decía. Las cuentas de nácar pasaban entre sus dedos blancos mientras yo calculaba cuánto me faltaba para comer y echarme a dormir. Por fin besó la cruz del rosario y lo guardó en una bolsa de cuero, plana y alargada como un sobre, que solía colgarse al cuello. Era su protección, como la mía era mi muñeca Erzuli. Le serví una copa de oporto para ayudarla a dormir, que bebió con una mueca de asco, la ayudé a tenderse en la hamaca, la cubrí con el mosquitero y empecé a mecerla, rogando que se durmiera pronto sin distraerse con el aletear de los murciélagos, los pasitos sigilosos de los animales y las voces que a esa hora la acosaban. No eran voces humanas, así me lo había explicado; provenían de las sombras, la jungla, el subsuelo, el infierno, África, no hablaban con palabras, sino con aullidos y risas destempladas. «Son los espectros que invocan los negros», lloraba, aterrada. «Chis, doña Eugenia, cierre los ojos, rece...» Yo estaba tan asustada como ella, aunque nunca había oído las voces ni había visto a los espectros. «Naciste aquí, Zarité, por eso tienes oídos sordos y ojos ciegos. Si vinieras de Guinea sabrías que hay espectros por todas *partes»*, me aseguraba Tante Rose, la curandera de Saint-Lazare. A ella la nombraron mi madrina cuando llegué a la plantación, tuvo que enseñarme todo y vigilar para que no me escapara. «No se te ocurra intentarlo, Zarité, te perderías en los cañaverales y las montañas están más lejos que la luna.»

Doña Eugenia se durmió y me arrastré a mi rincón, donde no llegaba la luz temblorosa de las lámparas de aceite, busqué el plato a tientas, recogí un poco del guiso de cordero con los dedos y noté que las hormigas se me habían adelantado, pero me gusta su sabor picante. Iba por el segundo bocado cuando entraron el amo y un esclavo, dos sombras largas en la tela de la tienda y el intenso olor a cuero, tabaco y caballo de los hombres. Cubrí el plato y esperé sin respirar, haciendo fuerza con el corazón para que no se fijaran en mí. «Virgen María, Madre de Dios, ruega por nosotros pecadores», murmuró el ama en sueños y agregó con un grito «¡puta del diablo!». Volé a mecer la hamaca antes de que despertara.

El amo se sentó en su silla y el esclavo le quitó las botas; después lo ayudó a desprenderse de los pantalones y el resto de la ropa, hasta que quedó sólo con la camisa, que le llegaba a las caderas y dejaba a la vista su sexo, rosado y flácido, como una tripa de puerco, en un nido de pelos pajizos. El esclavo le sostuvo la bacinilla para orinar, esperó a que lo despidiera, apagó las lámparas de aceite, pero dejó las velas, y se retiró. Doña Eugenia volvió a agitarse y esta vez despertó con los ojos despavoridos, pero yo ya le había servido otra copa de oporto. Seguí meciéndola y pronto se durmió de nuevo. El amo se acercó con una vela y alumbró a su esposa; no sé lo que buscaba, tal vez a la muchacha que lo había seducido un año antes. Hizo ademán de tocarla, pero lo pensó mejor y se limitó a observarla con una expresión extraña.

—Mi pobre Eugenia. Pasa la noche atormentada por pesadillas y el día atormentada por la realidad —murmuró.

—Sí, amo.

—*No comprendes nada de lo que digo, ¿verdad, Tété?*

—*No, amo.*

—*Mejor así. ¿Cuántos años tienes?*

—*No sé, amo. Diez, más o menos.*

—*Entonces aún te falta para hacerte mujer, ¿no?*

—*Puede ser, amo.*

Su mirada me recorrió de arriba abajo. Se llevó una mano al miembro y lo sostuvo, como pesándolo. Retrocedí con la cara ardiendo. De la vela cayó una gota de cera sobre su mano y lanzó una maldición, enseguida me ordenó ir a dormir con un ojo abierto para velar por el ama. Se tendió en su hamaca, mientras yo me escurría como un lagarto a mi rincón. Esperé que el amo se durmiera y comí con cuidado, sin el menor ruido. Afuera empezó a llover. Así lo recuerdo.

El baile del intendente

Los extenuados viajeros de Saint-Lazare llegaron a Le Cap el día anterior a la ejecución de los cimarrones, cuando la ciudad palpitaba de expectación y se había juntado tanta gente, que el aire hedía a muchedumbre y estiércol de caballos. No había dónde alojarse. Valmorain había enviado a un adelantado al galope para reservar un barracón para su gente, pero llegó tarde y sólo pudo alquilar espacio en el vientre de una goleta anclada frente al puerto. No resultó fácil subir a los esclavos a los botes y de allí al barco, porque se tiraron al suelo chillando de pavor, convencidos de que se repetiría el viaje macabro que los había traído de África. Prosper Cambray y los *commandeurs* los arrearon a la fuerza y los encadenaron en la cala para evitar que se lanzaran al mar. Los hoteles para blancos estaban llenos, habían llegado con un día de atraso y los amos no tenían habitación. Valmorain no podía llevar a Eugenia a una pensión de *affranchis*. Si hubiera estado solo no habría dudado en acudir a Violette Boisier, quien le debía algunos favores. Ya no eran amantes, pero su amistad se había fortalecido con la decoración de la casa en Saint-Lazare y un par de donaciones que él le había hecho para ayudarla a salir de sus deudas. Violette se divertía comprando a crédito sin calcular los gastos,

75

hasta que las reprimendas de Loula y Étienne Relais la habían obligado a vivir con más prudencia.

Esa noche el intendente ofrecía una cena a lo más selecto de la sociedad civil, mientras a pocas cuadras el gobernador recibía a la plana mayor del ejército para celebrar por anticipado el fin de los cimarrones. En vista de las apremiantes circunstancias, Valmorain se presentó en la mansión del intendente a pedir albergue. Faltaban tres horas para la recepción y reinaba el ánimo apresurado que precede a un huracán: los esclavos corrían con botellas de licor, jarrones de flores, muebles de última hora, lámparas y candelabros, mientras los músicos, todos mulatos, instalaban sus instrumentos bajo las órdenes de un director francés, y el mayordomo, lista en mano, contaba los cubiertos de oro para la mesa. La infeliz Eugenia llegó medio desmayada en su litera, seguida por Tété con un frasco de sales y una bacinilla. Una vez que el intendente se repuso de la sorpresa de verlos tan temprano ante su puerta, les dio la bienvenida, aunque apenas los conocía, ablandado por el prestigioso nombre de Valmorain y el lamentable estado de su mujer. El hombre había envejecido prematuramente, debía de tener cincuenta y tantos años, pero mal llevados. La panza le impedía verse los pies, caminaba con las piernas tiesas y separadas, los brazos le quedaban cortos para abrocharse la chaquetilla, resoplaba como un fuelle y su aristocrático perfil estaba perdido entre cachetes colorados y una nariz bulbosa de buen vividor, pero su esposa había cambiado poco. Estaba lista para la recepción, ataviada a la última moda de París, con una peluca adornada de mariposas y un vestido lleno de lazos y cascadas de encajes, en cuyo escote profundo se insinuaban sus pechos de niña. Seguía siendo el mismo gorrión insignificante que era a los diecinueve años, cuando asistió en un palco de honor a la quema de Macandal. Desde entonces había presenciado suficientes tormentos como para alimentar de pesadillas el resto de sus noches. Arrastrando el peso del vestido guió a sus huéspedes al segundo piso, instaló a Eugenia en una habitación y ordenó que le prepararan un baño, pero su huésped sólo deseaba descansar.

Un par de horas más tarde comenzaron a llegar los invitados y pronto la mansión se animó de música y voces, que a Eugenia, tendida en la cama, le llegaban en sordina. Las náuseas le impedían moverse, mientras Tété le aplicaba compresas de agua fría en la frente y la abanicaba. Sobre un sofá la esperaban su complicado atavío de brocado, que una esclava de la casa había planchado, sus medias de seda blanca y sus escarpines de tafetán negro con tacones altos. En el primer piso las damas bebían champán de pie, porque la amplitud de las faldas y la estrechez del corpiño les dificultaba sentarse, y los caballeros comentaban el espectáculo del día siguiente en tono mesurado, ya que no era de buen gusto excitarse en demasía con el suplicio de unos negros sublevados. Al poco rato los músicos interrumpieron la conversación con un llamado de corneta y el intendente hizo un brindis por el retorno de la normalidad a la colonia. Todos levantaron las copas y Valmorain bebió de la suya preguntándose qué diablos significaba normalidad: blancos y negros, libres y esclavos, todos vivían enfermos de miedo.

El mayordomo, con un teatral uniforme de almirante, golpeó tres veces el suelo con un bastón de oro para anunciar la cena con la pompa debida. A los veinticinco años ese hombre era demasiado joven para un puesto de tanta responsabilidad y lucimiento. Tampoco era francés, como cabía esperar, sino un hermoso esclavo africano de dientes perfectos, a quien algunas damas ya le habían guiñado el ojo. Y cómo no iban a fijarse en él... Medía casi dos metros y se conducía con más donaire y autoridad que el más encumbrado de los invitados. Después del brindis la concurrencia se deslizó hacia el fastuoso comedor, iluminado por cientos de bujías. Afuera la noche había refrescado, pero adentro el calor iba en aumento. Valmorain, atosigado por el olor pegajoso de sudor y perfumes, vio las largas mesas, refulgentes de oro y plata, cristalería de Baccarat y porcelana de Sèvres, a los esclavos de librea, uno detrás de cada silla y otros alineados contra las paredes para escanciar vino, pasar las fuentes y llevarse los platos, y calculó que sería una noche muy larga; la excesiva etiqueta le producía tanta impaciencia como la conversación banal. Tal vez era cierto que se estaba convirtiendo en un caníbal, como lo acusaba su mujer. Los invitados tardaban en acomodarse en medio de un barullo de sillas arrastradas, crujir de sedas, conversación y música. Por fin entró una doble hilera de sirvientes con el primero de los quince platos anunciados en el menú con letras de oro: minúsculas codornices rellenas con ciruelas y presentadas entre las llamas azules de coñac ardiente. Valmorain no había terminado de escarbar entre los huesitos de su pájaro cuando se le acercó el admirable mayordomo y le susurró que su esposa se encontraba indispuesta. Lo mismo le anunció en ese instante otro criado a la anfitriona, quien le hizo una seña desde el lado opuesto de la mesa. Ambos se levantaron sin llamar la atención en el cotilleo de voces y el bullicio de cubiertos contra la porcelana, y subieron al segundo piso.

Eugenia estaba verde y la habitación hedía a vómito y excremento. La mujer del intendente sugirió que la atendiera el doctor Parmentier, quien por fortuna se encontraba en el comedor, y de inmediato el esclavo de guardia ante la puerta partió a buscarlo. El médico, de unos cuarenta años, pequeño, delgado, con facciones casi femeninas, era el hombre de confianza de los *grands blancs* de Le Cap por su discreción y sus aciertos profesionales, aunque sus métodos no eran los más ortodoxos: prefería utilizar el herbario de los pobres en vez de purgantes, sangrías, enemas, cataplasmas y remedios de fantasía de la medicina europea. Parmentier había logrado desacreditar al elixir de lagarto con polvos de oro, que tenía reputación de curar la fiebre amarilla de los ricos solamente, ya que los demás no lo podían costear. Pudo probar que ese brebaje era tan tóxico, que si el paciente sobrevivía al mal de Siam, moría envenenado. No se hizo de rogar para subir a ver a madame Valmorain; al menos podría respirar un par de bocanadas de aire menos denso que el del comedor. La encontró exangüe entre los almohadones del lecho y procedió a examinarla, mientras Tété retiraba las jofainas y los trapos que había usado para limpiarla.

—Hemos viajado tres días para la función de mañana y mire el estado en que está mi esposa —comentó Valmorain desde el umbral, con un pañuelo en la nariz.

—Madame no podrá asistir a la ejecución, deberá guardar reposo por una o dos semanas —anunció Parmentier.

—¿Otra vez sus nervios? —preguntó el marido, irritado.

—Necesita descansar para evitar complicaciones. Está encinta —dijo el doctor, cubriendo a Eugenia con la sábana.

—¡Un hijo! —exclamó Valmorain, adelantándose para acariciar las manos inertes de su mujer—. Nos quedaremos aquí todo el tiempo que usted disponga, doctor. Alquilaré una casa para no imponer nuestra presencia al señor intendente y su gentil esposa.

Al oírlo, Eugenia abrió los ojos y se incorporó con inesperada energía.

—¡Nos iremos ahora mismo! —chilló.

—Imposible, *ma chérie*, usted no puede viajar en estas condiciones. Después de la ejecución, Cambray se llevará a los esclavos a Saint-Lazare y yo me quedaré aquí para cuidarla.

—¡Tété, ayúdame a vestirme! —gritó, echando a un lado la sábana.

Toulouse trató de sujetarla, pero ella le dio un empujón y con los ojos en llamas le exigió que huyeran de inmediato, porque los ejércitos de Macandal ya estaban en marcha para rescatar a los cimarrones del calabozo y vengarse de los blancos. Su marido le rogó que bajara la voz para que no la oyeran en el resto de la casa, pero siguió aullando. El intendente acudió a averiguar qué sucedía y encontró a su huésped casi desnuda luchando con su marido. El doctor Parmentier sacó de su maletín un frasco y entre los tres hombres la obligaron a tragar una dosis de láudano capaz de dormir a un bucanero. Diecisiete horas más tarde el olor a chamusquina que entraba por la ventana despertó a Eugenia Valmorain. Su ropa y la cama estaban ensangrentadas; así terminó la ilusión del primer hijo. Y así se libró Tété de presenciar la ejecución de los condenados, que perecieron en la hoguera, como Macandal.

La loca de la plantación

Siete años más tarde, en un mes ardiente y vapuleado por huracanes de 1787, Eugenia Valmorain dio a luz a su primer hijo vivo, después de varios embarazos frustrados que le costaron la salud. Ese hijo tan deseado le llegó cuando ya no podía quererlo. Para entonces era un manojo de nervios y caía en estados lunáticos en los que vagaba por otros mundos durante días, semanas a veces. En esos períodos de desvarío la sedaban con tintura de opio y el resto del tiempo la calmaban con las infusiones de plantas de Tante Rose, la sabia curandera de Saint-Lazare, que trocaban la angustia de Eugenia en perplejidad, más soportable para quienes debían convivir con ella. Al principio Valmorain se burlaba de las «hierbas de negros», pero había cambiado de opinión al comprobar el respeto del doctor Parmentier por Tante Rose. El médico acudía a la plantación cuando su trabajo se lo permitía, a pesar del descalabro que producía la cabalgata en su frágil organismo, con el pretexto de examinar a Eugenia, pero en realidad iba a estudiar los métodos de Tante Rose. Después los probaba en su hospital, anotando con fastidiosa precisión los resultados, porque pensaba escribir un tratado de remedios naturales de las Antillas, limitado a la botánica, ya que sus colegas jamás tomarían en serio la magia, que a él lo intrigaba tanto como las plantas. Una vez que Tante Rose se acostumbró a la curiosidad de ese blanco, solía permitirle que la acompañara a buscar ingredientes al bosque. Valmorain les facilitaba mulas y dos pistolas, que Parmentier llevaba cruzadas al cinto, aunque no sabía usarlas. La curandera no dejaba que los acompañara un *commandeur* armado, porque según ella era la mejor manera de atraer a los bandidos. Si Tante Rose no hallaba lo necesario en sus excursiones y no tenía oportunidad de ir a Le Cap, se lo encargaba al médico; así él llegó a conocer al dedillo las mil tiendas de hierbas y de magia del puerto, que abastecían a la gente de todos colores. Parmentier pasaba horas conversando con los «doctores de hojas» en los puestos de la calle y los sucuchos escondidos en trastiendas, donde vendían las medicinas de la naturaleza, pociones de encantamiento, fetiches vudú y cristianos, drogas y venenos, artículos de buena suerte y otros para maldecir, polvo de alas de ángel y de cuerno de demonio. Había visto a Tante Rose curar heridas que él habría resuelto amputando, efectuar limpiamente amputaciones que a él se le habrían gangrenado, y tratar con éxito las fiebres y el flujo o disentería, que solían causar estragos entre los soldados franceses hacinados en los cuarteles. «Que no tomen agua. Deles mucho café aguado y sopa de arroz», le enseñó Tante Rose. Parmentier dedujo que todo era cuestión de hervir el agua, pero se dio cuenta de que sin la infusión de hierbas de la curandera no había recuperación. Los negros se defendían mejor contra esos males, pero los blancos caían fulminados y si no perecían en pocos días, quedaban turulatos durante meses. Sin embargo, para las alteraciones mentales tan profundas como la de Eugenia los doctores negros no poseían más recursos que los europeos. Las velas benditas, los sahumerios de salvia y las friegas con grasa de culebra resultaban tan inútiles como las soluciones de mercurio y los baños de agua helada que recomendaban los textos de medicina. En el asilo de orates de Charenton, donde Parmentier había hecho una breve práctica en su juventud, no existía tratamiento para los desquiciados.

A los veintisiete años Eugenia había perdido la belleza que enamoró a Toulouse Valmorain en aquel baile del consulado en Cuba, estaba consumida por obsesiones y debilitada por el clima y los abortos espontáneos. Su deterioro comenzó a manifestarse al poco tiempo de llegar a la plantación y se acentuó con cada embarazo que no llegó a buen término. Le tomó horror a los insectos, cuya variedad era infinita en Saint-Domingue, usaba guantes, sombrero de ala ancha con un tupido velo hasta el suelo y camisas de mangas largas. Dos niños esclavos se turnaban para abanicarla y aplastar cualquier bicho que apareciera en su proximidad. Un escarabajo podía provocarle una crisis. La manía llegó a ser tan extrema, que rara vez salía de la casa, especialmente al atardecer, la hora de los mosquitos. Pasaba ensimismada y sufría momentos de terror o de exaltación religiosa, seguidos por otros de impaciencia en que golpeaba a cualquiera a su alcance, pero nunca a Tété. Dependía de la muchacha para todo, aun los menesteres más íntimos, era su confidente, la única que permanecía a su lado cuando la atormentaban los demonios. Tété cumplía sus deseos antes de que fueran formulados, estaba siempre alerta para pasarle el vaso de limonada apenas la sed se manifestaba, coger en el aire el plato que lanzaba al suelo, acomodarle las horquillas que le clavaban la cabeza, secarle el sudor o sentarla en la bacinilla. Eugenia no notaba la presencia de su esclava, sólo su ausencia. En sus ataques de espanto, cuando gritaba hasta quedar sin voz, Tété se encerraba con ella a cantarle o rezar hasta que se le disipaba la pataleta y se desmoronaba en un sueño profundo, del que emergía sin recuerdos. En sus largos períodos de melancolía la niña se introducía en su lecho para acariciarla como un amante hasta que se agotaba de llorar. «¡Qué vida tan penosa la de doña Eugenia! Es más esclava que yo, porque no puede escapar a sus terrores», le comentó una vez Tété a Tante Rose. La curandera conocía de sobra sus sueños de libertad, porque le había tocado sujetarla varias veces, pero desde hacía un par de años, la muchacha parecía resignada a su destino y no había vuelto a mencionar la idea de fugarse.

Tété fue la primera en darse cuenta de que las crisis de su ama coincidían con el llamado de los tambores en las noches de *calenda*, cuando los esclavos se reunían a bailar. Esas *calendas* solían convertirse en ceremonias vudú, que estaban prohibidas, pero Cambray y los *commandeurs* no intentaban impedirlas por temor a los poderes sobrenaturales de la *mambo*, Tante Rose. A Eugenia los tambores le anunciaba espectros, brujerías y maldiciones, todas sus desgracias eran culpa del vudú. En vano el doctor Parmentier le había explicado que el vudú nada tenía de espeluznante, era un conjunto de creencias y rituales como cualquier religión, incluso la católica, y muy necesario, porque le daba sentido a la miserable existencia de los esclavos. «¡Hereje! Francés tenía que ser para comparar la santa fe de Cristo con las supersticiones de estos salvajes», clamaba Eugenia. Para Valmorain, racionalista y ateo, los trances de los negros estaban en la misma categoría que los rosarios de su mujer y en principio no se oponía a ninguno de los dos. Toleraba con igual ecuanimidad las ceremonias vudú y las misas de los frailes que solían dejarse caer en la plantación atraídos por el ron fino de su destilería. Los africanos recibían el bautismo en masa apenas los desembarcaban en el puerto, como exigía el Código Negro, pero su contacto con el cristianismo no pasaba de eso y de aquellas misas a la carrera de los frailes trashumantes. Si el vudú los consolaba, no había razón para impedirlo, opinaba Toulouse Valmorain.

En vista del deterioro inexorable de Eugenia, su marido quiso llevársela a Cuba, a ver si el cambio de ambiente la aliviaba, pero su cuñado Sancho le explicó por carta que el buen nombre de los Valmorain y los García del Solar estaba en juego. Discreción antes que nada. Sería muy inconveniente para los negocios de ambos que se comentara la chifladura de su hermana. De paso manifestó cuán abochornado se sentía por haberle dado en matrimonio a una mujer deschavetada. En verdad no lo sospechaba, porque en el convento su hermana nunca presentó síntomas perturbadores y cuando se la mandaron parecía normal, aunque bastante corta de luces. No se acordó de los antecedentes familiares. Cómo iba a imaginar que la melancolía religiosa de la abuela y la histeria delirante de la madre fueran hereditarias. Toulouse Valmorain no hizo caso de la advertencia de su cuñado, se llevó a la enferma a La Habana y la dejó al cuidado de las monjas durante ocho meses. En ese tiempo Eugenia nunca mencionó a su marido, pero solía preguntar por Tété, que se había quedado en Saint-Lazare. En la paz y el silencio del convento se tranquilizó y cuando su marido la fue a buscar la encontró más sana y contenta. La buena salud le duró poco en Saint-Domingue. Muy pronto volvió a quedar embarazada, se repitió el drama de perder el niño y nuevamente se salvó de morir por la intervención de Tante Rose.

En las breves temporadas en que Eugenia parecía repuesta de su trastorno, la gente en la casa grande respiraba aliviada y hasta los esclavos en los cañaverales, que sólo la vislumbraban de lejos cuando se asomaba al aire libre envuelta en su mosquitero, sentían la mejoría. «¿Todavía soy bonita?», le preguntaba a Tété, palpándose el cuerpo que había perdido toda voluptuosidad. «Sí, muy bonita», le aseguraba la joven, pero le impedía mirarse en el espejo veneciano del salón antes de que la bañara, le lavara el cabello, le pusiera uno de sus vestidos finos, aunque pasados de moda, y la maquillara con carmín en las mejillas y carboncillo en los párpados. «Cierra los postigos de la casa y enciende hojas de tabaco para los insectos, voy a cenar con mi marido», le ordenaba Eugenia, más animada. Así ataviada, vacilante, con ojos desorbitados y manos temblorosas por el opio, se presentaba al comedor, donde no había puesto los pies en semanas. Valmorain la recibía con una mezcla de sorpresa y desconfianza, porque nunca se sabía cómo terminarían esas esporádicas reconciliaciones. Después de tantos sinsabores matrimoniales había optado por dejarla de lado, como si ese fantasma entrapajado no tuviese relación con él, pero cuando Eugenia aparecía vestida de fiesta en la luz halagadora de los candelabros, a él le volvía la ilusión por unos instantes. Ya no la amaba, pero era su esposa y tendrían que permanecer juntos hasta la muerte. Aquellos chispazos de normalidad solían conducirlos a la cama, donde él la asaltaba sin preámbulos, con urgencia de marinero. Esos abrazos no lograban unirlos ni traer de vuelta a Eugenia al terreno de la razón, pero a veces conducían a otro embarazo y así se repetía el ciclo de esperanza y frustración. En junio de ese año se supo que estaba encinta de nuevo y nadie, mucho menos ella, se animó a celebrar la noticia. Por coincidencia, hubo una *calenda* la misma noche que Tante Rose le confirmó su estado y ella creyó que los tambores le anunciaban la gestación de un monstruo. La criatura en su vientre estaba maldita por el vudú, era un niño zombi, un muerto vivo. No hubo forma de calmarla y su alucinación llegó a ser tan vívida que se la contagió a Tété. «¿Y si fuera cierto?», le preguntó ésta a Tante Rose, temblando. La curandera le aseguró que jamás nadie había engendrado un zombi, había que hacerlos con un cadáver fresco, un procedimiento nada fácil, y propuso conducir una ceremonia para el mal de la imaginación que sufría el ama. Esperaron a que Valmorain se ausentara y Tante Rose procedió a revertir la supuesta magia negra de los tambores con complicados rituales y encantamientos destinados a transformar al pequeño zombi en un bebé normal. «¿Cómo sabremos si esto ha dado resultado?», preguntó Eugenia al final. Tante Rose le dio a beber una tisana nauseabunda y le dijo que si orinaba azul todo había salido bien. Al día siguiente Tété retiró una bacinilla con un líquido azul que tranquilizó a Eugenia sólo a medias, porque creyó que le habían puesto algo a la bacinilla. El doctor Parmentier, a quien no le dijeron ni una palabra sobre la intervención de Tante Rose, ordenó mantener a Eugenia Valmorain en una larga duermevela hasta que diera a luz. Para entonces había perdido la esperanza de sanarla, creía que el ambiente de la isla la estaba matando poco a poco.

Oficiante de ceremonias

La drástica medida de mantener a Eugenia dopada dio mejor resultado de lo que el mismo Parmentier esperaba. En los meses siguientes se le hinchó el vientre con normalidad, mientras pasaba el tiempo echada debajo de un mosquitero en un diván de la galería, dormitando o distraída con el paso de las nubes, desconectada por completo del prodigio que ocurría en su interior. «Si siempre estuviera así de tranquila, sería perfecto», le oyó decir Tété al amo. Se alimentaba de azúcar y de una mazamorra concentrada de gallina y vegetales molidos en una piedra de mortero, capaz de resucitar a un muerto, que inventó Tante Mathilde, la cocinera. Tété cumplía sus tareas en la casa y luego se instalaba en la galería a coser el ajuar del niño y cantar con su voz ronca los himnos religiosos que le gustaban a Eugenia. A veces, cuando estaban solas, Prosper Cambray llegaba de visita con el pretexto de pedir un vaso de limonada, que bebía con pasmosa lentitud, sentado con una pierna en la baranda, golpeándose las botas con su látigo enrollado. Los ojos siempre enrojecidos del jefe de capataces se paseaban por el cuerpo de Tété.

—¿Estás calculando el precio, Cambray? No está en venta —lo sorprendió una tarde Toulouse Valmorain, apareciendo de súbito en la galería.

—¿Cómo dice, señor? —contestó el mulato en tono desafiante, sin cambiar de postura.

Valmorain lo llamó con un gesto y el otro lo siguió de mala gana a la oficina. Tété no supo lo que hablaron; su amo sólo le comunicó que no quería a nadie rondando la casa sin su autorización, ni siquiera al jefe de capataces. La actitud insolente de Cambray no cambió después de aquella encerrona con el patrón; su única precaución antes de acercarse a la galería a pedir una bebida y desnudar a Tété con los ojos era asegurarse de que él no estuviera cerca. Le había perdido el respeto a Valmorain hacía tiempo, pero no se atrevía a estirar demasiado la cuerda, porque seguía alimentando la ambición de que lo nombrara administrador general.

Al llegar diciembre, Valmorain convocó al doctor Parmentier para que se quedara en la plantación por el tiempo necesario hasta que Eugenia diera a luz, porque no quería dejar el asunto en manos de Tante Rose. «Ella sabe más que yo de esta materia», argumentó el médico, pero aceptó la invitación porque le daría tiempo de descansar, leer y anotar nuevos remedios de la curandera para su libro. A Tante Rose la consultaban de otras plantaciones y atendía por igual a esclavos y animales, combatía infecciones, cosía heridas, aliviaba fiebres y accidentes, ayudaba en partos e intentaba salvar la vida de los negros castigados. Le permitían ir lejos en busca de sus plantas y solían llevarla a Le Cap a comprar sus ingredientes, donde la dejaban con unas monedas y la recogían un par de días más tarde. Era la *mambo*, la oficiante de las *calendas*, a las que acudían negros de otras plantaciones, y tampoco a eso se oponía Valmorain, a pesar de que su jefe de capataces le había advertido que terminaban en orgías sexuales o con docenas de poseídos rodando por el suelo con los ojos en blanco. «No seas tan severo, Cambray, deja que se desahoguen, así vuelven más dóciles al trabajo», replicaba el amo de buen talante. Tante Rose se perdía durante días y cuando ya el jefe de capataces anunciaba que la mujer había huido con los cimarrones o cruzado el río hacia el territorio español, regresaba cojeando, extenuada y con su bolsa llena. Tante Rose y Tété escapaban a la autoridad de Cambray, porque éste temía que la primera lo convirtiera en zombi, y la segunda era la esclava personal del ama, indispensable en la casa grande. «Nadie te vigila. ¿Por qué no te escapas, madrina?», le preguntó una vez Tété. «¿Cómo correría con mi pierna mala? ¿Y qué sería de la gente que necesita mis cuidados? Además, no sirve de nada que yo sea libre y los demás sean esclavos», le contestó la curandera. Eso no se le había pasado por la mente a Tété y le quedó rondando como un moscardón. Muchas veces volvió a hablarlo con su madrina, pero nunca logró aceptar la idea de que su libertad estaba irremisiblemente ligada a la de todos los demás esclavos. Si pudiera escapar lo haría sin pensar en los que quedaban atrás, de eso estaba segura. Después de sus excursiones, Tante Rose la convocaba a su cabaña y se encerraban a hacer remedios que requerían materia fresca de la naturaleza, preparación exacta y ritos adecuados. Hechicería, decía Cambray, eso hacían aquel par de mujeres, nada que él no pudiera resolver con una buena azotaina. Pero no se atrevía a tocarlas.

Un día el doctor Parmentier, después de estar las horas más calientes de la tarde sumido en el sopor de la siesta, fue a visitar a Tante Rose con el propósito de averiguar si había cura para la picadura de ciempiés. Como Eugenia estaba tranquila y vigilada por una cuidadora, le pidió a Tété que lo acompañara. Encontraron a la curandera sentada en una silla de mimbre frente a la puerta de su cabaña, destartalada por las últimas tormentas, canturreando en una lengua africana, mientras separaba las hojas de una rama seca y las colocaba sobre un trapo, tan concentrada en la tarea que no los vio hasta que se le pusieron al frente. Hizo ademán de levantarse, pero Parmentier la detuvo con un gesto. El doctor se secó el sudor de la frente y el cuello con un pañuelo y la curandera le ofreció agua, que había en su cabaña. Era más amplia de lo que parecía por fuera, muy ordenada, cada cosa en un lugar preciso, oscura y fresca. El mobiliario resultaba espléndido comparado con el de otros esclavos: una mesa de tablas, un desconchado armario holandés, un baúl de latón oxidado, varias cajas que Valmorain le había facilitado para guardar sus remedios y una colección de ollitas de barro destinadas a sus cocimientos. Un montón de hojas secas y paja, cubierto con un trapo a cuadros y una delgada manta, servía de cama. Del techo de palma colgaban ramas, manojos de hierbas, reptiles disecados, plumas, collares de cuentas, semillas, conchas y otras cosas necesarias para su ciencia. El doctor bebió dos sorbos de una calabaza, esperó un par de minutos hasta recuperar el aliento y cuando se sintió más aliviado se acercó a observar el altar, donde había ofrendas de flores de papel, trozos de camote, un dedal con agua y tabaco para los *loas*. Sabía que la cruz no era cristiana, representaba las encrucijadas, pero no le cupo duda de que la estatua de yeso pintado era de la Virgen María. Tété le explicó que ella misma se la había dado a su madrina, era un regalo del ama. «Pero yo prefiero a Erzuli y mi madrina también», agregó. El médico hizo ademán de coger el sagrado *asson* del vudú, una calabaza pintada de símbolos, montada en un palo, decorada con cuentas y rellena con huesitos de un difunto recién nacido, pero se contuvo a tiempo. Nadie debía tocarlo sin permiso de su dueño. «Esto confirma lo que he oído: Tante Rose es una sacerdotisa, una *mambo*», comentó. El *asson* estaba usualmente en poder del *hungan*, pero en Saint-Lazare no había un *hungan* y era

Tante Rose quien conducía las ceremonias. El médico bebió más agua, mojó su pañuelo y se lo amarró al cuello antes de asomarse otra vez al calor. Tante Rose no levantó la vista de su meticulosa labor y tampoco les ofreció asiento, porque sólo contaba con una silla. Resultaba difícil calcular su edad, tenía el rostro joven, pero el cuerpo maltrecho. Sus brazos eran delgados y fuertes, los pechos colgaban como papayas bajo la camisa, tenía la piel muy oscura, la nariz recta y ancha en la base, los labios bien delineados y la mirada intensa. Se cubría la cabeza con un pañuelo, bajo el cual se adivinaba la masa abundante del cabello, que nunca se había cortado y llevaba dividido en rulos ásperos y apretados, como sogas de sisal. Una carreta le había pasado por encima de una pierna a los catorce años partiéndole varios huesos que soldaron mal, por eso caminaba con esfuerzo, apoyada en el bastón que un esclavo agradecido talló para ella. La mujer consideraba que el accidente había sido un golpe de suerte, porque la libró de los cañaverales. Cualquier otra esclava lisiada habría terminado revolviendo melaza hirviente o lavando ropa en el río, pero ella fue la excepción, porque desde muy joven los *loas* la distinguieron como *mambo*. Parmentier nunca la había visto en una ceremonia, pero podía imaginarla en trance, transformada. En el vudú todos eran oficiantes y podían experimentar a la divinidad al ser montados por los *loas,* el papel del *hungan* o la *mambo* consistía sólo en preparar el *houn-fort* para la ceremonia. Valmorain le había manifestado sus dudas a Parmentier de que Tante Rose fuera una charlatana que se valía de la ignorancia de sus pacientes. «Lo importante son los resultados. Ella acierta más con sus métodos que yo con los míos», le respondió el médico.

Desde los campos les llegaban las voces de los esclavos cortando caña, todos al mismo compás. El trabajo empezaba antes del amanecer, porque debían buscar forraje para los animales y leña para las hogueras, después laboraban de sol a sol, con una pausa de dos horas al mediodía, cuando el cielo se ponía blanco y la tierra sudaba. Cambray había pretendido eliminar ese descanso, estipulado por el Código Negro y rechazado por la mayoría de los plantadores, pero Valmorain lo consideraba necesario. También les daba un día de descanso a la semana para que cultivaran sus vegetales y algo de comida, nunca lo suficiente, pero más que en algunas plantaciones, donde se partía de la base que los esclavos debían sobrevivir con los cultivos de sus huertos. Tété había oído comentar una reforma del Código Negro: tres días feriados a la semana y abolición del látigo, pero también había oído que ningún colono acataría esa ley, en el caso hipotético de que el Rey la aprobara. ¿Quién iba a trabajar para otro sin látigo? El doctor no entendía las palabras de la canción de los trabajadores. Llevaba muchos años en la isla y se le había acostumbrado el oído al *créole* de la ciudad, una derivación del francés, entrecortado y con ritmo africano, pero el *créole* de las plantaciones le resultaba incomprensible, porque los esclavos lo habían convertido en una lengua en clave para excluir a los blancos; por eso necesitaba a Tété de traductora. Se inclinó para examinar una de las hojas que Tante Rose estaba separando. «¿Para qué sirven?», le preguntó. Ella le explicó que el *koulant* es para los tambores del pecho, los ruidos de cabeza, el cansancio del atardecer y la desesperación. «¿A mí me serviría? Me falla el corazón», dijo él. «Sí le serviría, porque el *koulant* también quita los pedos», replicó ella y los tres se echaron a reír. En ese momento oyeron el galope de un caballo que se aproximaba. Era uno de los *commandeurs* que venía en busca de Tante Rose porque había ocurrido un accidente en el trapiche. «¡Séraphine metió la mano donde no debía!», gritó desde la montura y partió de inmediato, sin ofrecerse para llevar a la curandera. Ella envolvió delicadamente las hojas con el trapo y las puso en su cabaña, cogió su bolsa, que siempre tenía preparada, y echó a andar lo más deprisa posible, seguida por Tété y el médico.

Por el camino adelantaron a varias carretas que avanzaban al paso lento de los bueyes, cargadas hasta el tope con un cerro de caña recién cortada, que no podía esperar más de un par de días para ser procesada. Al aproximarse a los toscos edificios de madera del molino, el denso olor de la melaza se les pegó en la piel. A ambos lados del sendero los esclavos trabajaban con cuchillos y machetes vigilados por los *commandeurs*. A la menor muestra de debilidad de sus capataces, Cambray los mandaba de vuelta a cortar caña y los reemplazaba por otros. Para reforzar a sus esclavos, Valmorain había alquilado dos cuadrillas de su vecino Lacroix, y como a Cambray no le importaba cuánto duraran, su suerte era peor. Varios niños recorrían las filas repartiendo agua con baldes y un cucharón. Muchos negros estaban en los huesos, los hombres sin más ropa que un calzón de osnaburgo y un sombrero de paja, las mujeres con una camisa larga y un pañuelo en la cabeza. Las madres cortaban caña dobladas por la cintura con sus niños a la espalda. Les daban los minutos contados para amamantarlos en los primeros dos meses y después debían dejarlos en un galpón, a cargo de una vieja y de los chiquillos mayores, que los cuidaban como podían. Muchos morían de tétanos, paralizados, con la mandíbula trabada, otro de los misterios de la isla, porque los blancos no padecían ese mal. Los amos no sospechaban que se puede provocar esos síntomas sin dejar huella clavando una aguja en el punto blando del cráneo, antes de que suelden los huesos, así el niño se iba contento a la isla bajo el mar sin sufrir la esclavitud. Era raro ver negros con el pelo gris como Tante Mathilde, la cocinera de Saint-

Lazare, quien nunca había trabajado en los campos. Cuando Violette Boisier la adquirió para Valmorain ya contaba con sus años, pero en su caso no importaba la edad, sólo la experiencia, y ella había servido en la cocina de uno de los *affranchis* más ricos de Le Cap, un mulato educado en Francia que controlaba la exportación de índigo.

En el molino encontraron a una joven tirada en el suelo en medio de una nube de moscas y el estrépito de las máquinas movidas por mulas. El proceso era delicado y se confiaba a los esclavos más hábiles, que debían determinar exactamente cuánta cal usar y cuánto hervir el jarabe para obtener azúcar de calidad. En el molino sucedían los peores accidentes y en esa ocasión la víctima, Séraphine, estaba tan ensangrentada, que Parmentier creyó que algo le había estallado en el pecho, pero luego vio que la sangre manaba del muñón en un brazo, que ella apretaba sobre su vientre redondo. De un rápido gesto Tante Rose se quitó el trapo de la cabeza y se lo amarró por encima del codo, murmurando una invocación. La cabeza de Séraphine cayó sobre las rodillas del doctor y Tante Rose se movió para acomodarla en su propio regazo, le abrió la boca y le vertió un chorro oscuro de un frasco de su bolsa. «Es sólo melaza, para reanimarla», dijo, aunque él no había preguntado. Un esclavo explicó que la joven estaba empujando caña en la trituradora, se distrajo por un momento y las paletas dentadas le atraparon la mano. Sus gritos lo alertaron y alcanzó a detener las mulas antes de que la succión de la máquina le llevara el brazo hasta el hombro. Para liberarla debió cortarle la mano con el hacha que se mantenía colgada de un garfio para ese fin. «Hay que detener la sangre. Si no se infecta, vivirá», dictaminó el doctor y mandó al esclavo que fuera a la casa grande a buscar su maletín. El hombre vaciló porque sólo recibía órdenes de los *com-*

mandeurs, pero a una palabra de Tante Rose salió corriendo. Séraphine había abierto un poco los ojos y decía algo entre dientes que el doctor apenas pudo captar. Tante Rose se inclinó para oírla. «No puedo, *p'tite*, el blanco está aquí, no puedo», le contestó en un susurro. Dos esclavos levantaron a Séraphine y se la llevaron a una barraca de tablas, donde la tendieron sobre un mesón de madera bruta. Tété espantó a las gallinas y a un cerdo, que husmeaba entre la basura del suelo, mientras los hombres sujetaban a Séraphine y la curandera la lavaba con agua de un balde. «No puedo, *p'tite*, no puedo», le repetía cada tanto en el oído. Otro hombre trajo unas brasas ardientes del molino. Por suerte Séraphine había perdido el conocimiento cuando Tante Rose procedió a cauterizar el muñón. El doctor notó que estaba preñada de unos seis o siete meses y pensó que con la pérdida de sangre seguramente abortaría.

En eso apareció en el umbral del galpón la figura de un jinete; uno de los esclavos corrió a tomar las bridas y el hombre saltó al suelo. Era Prosper Cambray, con una pistola al cinto y su látigo en la mano, vestido con pantalón oscuro y camisa de tela ordinaria, pero con botas de cuero y un sombrero americano de buena factura, idéntico al de Valmorain. Cegado por la luz de afuera, no reconoció al doctor Parmentier. «¿Qué escándalo es éste?», preguntó con su voz suave, que resultaba tan amenazante, golpeándose las botas con el látigo, como siempre hacía. Todos se apartaron para que viera por sí mismo, entonces distinguió al doctor y le cambió el tono.

—No se moleste con esta tontería, doctor. Tante Rose se ocupará de todo. Permítame acompañarlo a la casa grande. ¿Dónde está su caballo? —le preguntó con amabilidad.

—Lleven a esta joven a la cabaña de Tante Rose para que la cuide. Está preñada —replicó el doctor.

—Eso no es ninguna novedad para mí —se rió Cambray.

—Si la herida se gangrena, habrá que cortarle el brazo —insistió Parmentier, colorado de indignación—. Le repito que deben llevarla de inmediato a la cabaña de Tante Rose.

—Para eso está el hospital, doctor —le contestó Cambray.

—¡Esto no es un hospital sino un establo inmundo!

El jefe de capataces recorrió el galpón con una expresión de curiosidad, como si lo viera por primera vez.

—No vale la pena preocuparse por esta mujer, doctor; de todos modos ya no sirve para el azúcar y tendré que ocuparla en otra cosa…

—No me ha entendido, Cambray —lo interrumpió el médico, desafiante—. ¿Quiere que recurra a monsieur Valmorain para resolver esto?

Tété no se atrevió a atisbar la expresión del jefe de capataces; nunca había oído a nadie hablarle en ese tono, ni siquiera al amo, y temió que levantara el puño contra el blanco, pero cuando respondió su voz era humilde, como la de un criado.

—Tiene razón, doctor. Si Tante Rose la salva, por lo menos tendremos al crío —decidió, tocando con el mango del látigo la barriga ensangrentada de Séraphine.

Un ser que no es humano

El jardín de Saint-Lazare, que surgió como una idea impulsiva de Valmorain poco después de casarse, se había convertido con los años en su proyecto favorito. Lo diseñó copiando dibujos de un libro sobre los palacios de Luis XIV, pero en las Antillas no se daban las flores de Europa y tuvo que contratar a un botánico de Cuba, amigo de Sancho García del Solar, para que lo asesorara. El jardín resultó colorido y abundante, pero debía ser defendido de la voracidad del trópico por tres infatigables esclavos, que también se ocupaban de las orquídeas, cultivadas a la sombra. Tété salía todos los días antes de la canícula a cortar flores para los ramos de la casa. Esa mañana Valmorain paseaba con el doctor Parmentier por el estrecho sendero del jardín, que dividía los parches geométricos de arbustos y flores, explicándole que después del huracán del año anterior debió plantar todo de nuevo, pero la mente del médico andaba en otra parte. Parmentier carecía de ojo artístico para apreciar plantas decorativas, las consideraba un despilfarro de la naturaleza; le interesaban mucho más las feas matas del huerto de Tante Rose, que tenían el poder de sanar o matar. También le intrigaban los encantamientos de la curandera, porque había comprobado sus beneficios en los esclavos. Le confesó a Valmorain que más de una vez había sentido la tentación de tratar a un enfermo con los métodos de los brujos negros, pero se lo impedía su pragmatismo francés y el miedo al ridículo.

—Esas supersticiones no merecen la atención de un científico como usted, doctor —se burló Valmorain.

—He visto prodigiosas curaciones, *mon ami*, tal como he visto a gente morirse sin causa alguna, sólo porque se creen víctimas de magia negra.

—Los africanos son muy sugestionables.

—Y también los blancos. Su esposa, sin ir más lejos...

—¡Hay una diferencia fundamental entre un africano y mi esposa, por mucho que esté desquiciada, doctor! No creerá que los negros son como nosotros, ¿verdad? —lo interrumpió Valmorain.

—Desde el punto de vista biológico, hay evidencia de que lo son.

—Se ve que usted trata muy poco con ellos. Los negros tienen constitución para trabajos pesados, sienten menos dolor y fatiga, su cerebro es limitado, no saben discernir, son violentos, desordenados, perezosos, carecen de ambición y sentimientos nobles.

—Se podría decir lo mismo de un blanco embrutecido por la esclavitud, monsieur.

—¡Qué argumento tan absurdo! —sonrió el otro, desdeñoso—. Los negros necesitan mano firme. Y conste que me refiero a firmeza, no a brutalidad.

—En esto no hay términos medios. Una vez que se acepta la noción de la esclavitud, el trato viene a dar lo mismo —lo rebatió el médico.

—No estoy de acuerdo. La esclavitud es un mal necesario, la única forma de manejar una plantación, pero se puede hacer de forma humanitaria.

—No puede ser humanitario poseer y explotar a otra persona —replicó Parmentier.

—¿Nunca ha tenido un esclavo, doctor?

—No. Y tampoco lo tendré en el futuro.

—Lo felicito. Tiene usted la fortuna de no ser un plantador —dijo Valmorain—. No me gusta la esclavitud, se lo aseguro, y menos me gusta vivir aquí, pero alguien tiene que manejar las colonias para que usted pueda endulzar su café y fumar un cigarro. En Francia aprovechan nuestros productos, pero nadie quiere saber cómo se obtienen. Prefiero la honestidad de los ingleses y americanos, que aceptan la esclavitud con sentido práctico —concluyó Valmorain.

—En Inglaterra y Estados Unidos también hay quienes cuestionan seriamente la esclavitud y rehúsan consumir los productos de las islas, en especial azúcar —le recordó Parmentier.

—Son un número insignificante, doctor. Acabo de leer en una revista científica que los negros pertenecen a otra especie que la nuestra.

—¿Cómo explica el autor que dos especies diferentes tengan crías? —le preguntó el médico.

—Al cruzarse un potro con una burra se obtiene una mula, que no es lo uno ni lo otro. De la mezcla de blancos y negros nacen mulatos —dijo Valmorain.

—Las mulas no pueden reproducirse, monsieur, los mulatos sí. Dígame, un hijo suyo con una esclava ¿sería humano? ¿Tendría un alma inmortal?

Irritado, Toulouse Valmorain le dio la espalda y se dirigió a la casa. No volvieron a verse hasta la noche. Parmentier se vistió para cenar y se presentó en la sala con el dolor de cabeza tenaz que lo atormentaba desde su llegada a la plantación, trece días antes. Sufría migrañas y desfallecimientos, decía que su organismo no soportaba el clima de la isla; sin embargo no había contraído ninguna de las enfermedades que diezmaban a otros blancos. El ambiente de Saint-Lazare lo oprimía y la discusión con Valmorain lo había dejado de mal humor. Deseaba volver a Le Cap, donde lo aguardaban otros pacientes y el consuelo discreto de su dulce Adèle, pero se había comprometido a atender a Eugenia y pensaba cumplir su palabra. La había examinado esa mañana y calculaba que el parto ocurriría muy pronto. Su anfitrión lo estaba esperando y lo recibió sonriente, como si el desagradable altercado del mediodía nunca hubiera sucedido. Durante la comida hablaron de libros y de la política de Europa, cada día más incomprensible, y estuvieron de acuerdo en que la Revolución americana de 1776 había tenido una enorme influencia en Francia, donde algunos grupos atacaban a la monarquía en términos tan devastadores como los que habían usado los americanos en su Declaración de la Independencia. Parmentier no ocultaba su admiración por Estados Unidos y Valmorain la compartía, aunque apostaba a que Inglaterra recuperaría el control de su colonia americana a pólvora y sangre, como haría cualquier imperio con intenciones de seguir siéndolo. ¿Y si Saint-Domingue se independizara de Francia, como los americanos se independizaron de Inglaterra?, especuló Valmorain, aclarando enseguida que era una pregunta retórica, en ningún caso un llamado a la sedición. También se refirieron al accidente en el molino, y el médico afirmó que podrían evitarse accidentes si los turnos fueran más cortos, porque el trabajo brutal de las trituradoras y el calor de los calderos nublaba el entendimiento. Le dijo que la hemorragia de Séraphine había sido detenida y era muy pronto para detectar señales de infección, pero había perdido mucha sangre, estaba turbada y tan débil que no reaccionaba, pero se abstuvo de agregar que seguramente Tante Rose la mantenía dormida con sus pociones. No pensaba volver al tema de la esclavitud, que tanto había disgustado a su anfitrión, pero después de la cena, instalados en la galería gozando de la frescura de la noche, coñac y cigarros, el mismo Valmorain lo mencionó.

—Disculpe mi exabrupto de esta mañana, doctor. Me temo que en estas soledades he perdido el buen hábito de la conversación intelectual. No quise ofenderlo.

—No me ofendió, monsieur.

—No me va a creer, doctor, pero antes de venir aquí yo admiraba a Voltaire, Diderot y Rousseau —le contó Valmorain.

—¿Ahora no?

—Ahora pongo en duda las especulaciones de los humanistas. La vida en esta isla me ha endurecido, o digamos que me ha hecho más realista. No puedo aceptar que los negros sean tan humanos como nosotros, aunque tienen inteligencia y alma. La raza blanca ha creado nuestra civilización. África es un continente oscuro y primitivo.

—¿Ha estado allí, *mon ami*?

—No.

—Yo sí. Pasé dos años en África, viajando de un lado a otro —contó el doctor—. En Europa se sabe muy poco de ese inmenso y variado territorio. En África ya existía una compleja civilización cuando los europeos vivíamos en cuevas cubiertos de pieles. Le concedo que en un aspecto la raza blanca es superior: somos más agresivos y codiciosos. Eso explica nuestro poderío y la extensión de nuestros imperios.

—Mucho antes de que los europeos llegaran a África, los negros se esclavizaban unos a otros y todavía lo hacen —dijo Valmorain.

—Tal como los blancos se esclavizan unos a otros, monsieur —le rebatió el médico—. No todos los negros son esclavos ni todos los esclavos son negros. África es un continente de gente libre. Hay millones de africanos sometidos a la esclavitud, pero hay muchos más que son libres. Su destino no es la esclavitud, tal como tampoco lo es de los millares de blancos que también son esclavos.

—Comprendo su repugnancia por la esclavitud, doctor —dijo Valmorain—. También a mí me atrae la idea de reemplazarla por otro sistema de trabajo, pero me temo que en ciertos casos, como las plantaciones, no lo hay. La economía del mundo descansa en ella, no puede abolirse.

—Tal vez no de la noche a la mañana, pero podría hacerse de forma gradual. En Saint-Domingue ocurre lo contrario, aquí el número de esclavos aumenta cada año. ¿Se imagina lo que ocurrirá cuando se subleven? —preguntó Parmentier.

—Usted es un pesimista —comentó el otro, bebiendo el resto de su licor.

—¿Cómo podría no serlo? Llevo mucho tiempo en Saint-Domingue, monsieur, y para serle franco, estoy harto. He visto horrores. Sin ir más lejos, hace poco estuve en la *habitation* Lacroix, donde en los últimos dos meses se han suicidado varios esclavos. Dos se lanzaron dentro un caldero de melaza hirviente, cómo estarían de desesperados.

—Nada lo retiene aquí, doctor. Con su licencia real puede practicar su ciencia donde desee.

—Supongo que un día me iré —respondió el médico, pensando que no podía mencionar la única razón para quedarse en la isla: Adèle y los niños.

—Yo también deseo llevarme mi familia a París —agregó Valmorain, pero sabía que esa posibilidad era remota.

Francia estaba en crisis. Ese año el director general de finanzas había convocado a una Asamblea de Notables para obligar a la nobleza y el clero a pagar impuestos y compartir la carga económica, pero su iniciativa cayó en oídos sordos. Desde la distancia, Valmorain podía ver cómo se desmoronaba el sistema político. No era el momento de volver a Francia y tampoco podía dejar la plantación en manos de Prosper Cambray. No confiaba en él, pero no lo echaba porque llevaba muchos años a su servicio y cambiarlo sería peor que soportarlo. La verdad, que jamás habría admitido, era que le tenía miedo.

El doctor también bebió el resto de su coñac saboreando el hormigueo en el paladar y la ilusión de bienestar que lo invadía por breves instantes. Le latían las sienes y el dolor se le había concentrado en las cuencas de los ojos. Pensó en las palabras de Séraphine, que había alcanzado a escuchar en el molino, pidiéndole a Tante Rose que la ayudara a irse con su niño nonato al lugar de los Muertos y los Misterios, de vuelta a Guinea. «No puedo, *p'tite*.» Se preguntó qué habría hecho la mujer si él no hubiera estado presente. Tal vez la habría ayudado, aun a riesgo de ser sorprendida y pagarlo caro. Hay maneras discretas de hacerlo, pensó el doctor, muy cansado.

—Discúlpeme por insistir en nuestra conversación de la mañana, monsieur. Su esposa se cree víctima del vudú, dice que los esclavos la han hechizado. Pienso que podemos utilizar esa obsesión en su favor.

—No le entiendo —dijo Valmorain.

—Podríamos convencerla de que Tante Rose puede contrarrestar la magia negra. Nada perdemos con probar.

—Lo pensaré, doctor. Después que Eugenia dé a luz nos ocuparemos de sus nervios —replicó Valmorain con un suspiro.

En ese momento la silueta de Tété pasó por el patio, iluminada por la luz de la luna y de las antorchas, que mantenían encendidas de noche para la vigilancia. La mirada de los hombres la siguió. Valmorain la llamó con un silbido y un instante después ella se presentó en la galería, tan silenciosa y leve como un gato. Vestía una falda desechada por su ama, desteñida y remendada, pero de buena factura, y un ingenioso turbante con varios nudos que agregaba un palmo a su altura. Era una joven esbelta, de pómulos prominentes, ojos alargados de párpados dormidos y pupilas doradas, con gracia natural y movimientos precisos y fluidos. Irradiaba una poderosa energía, que el doctor sintió en la piel. Adivinó que bajo su apariencia austera se ocultaba la contenida energía de un felino en reposo. Valmorain señaló el vaso y ella fue al aparador del comedor, regresó con la botella de coñac y les sirvió a ambos.

—¿Cómo está madame? —preguntó Valmorain.

—Tranquila, amo —respondió ella y retrocedió para retirarse.

—Espera, Tété. A ver si nos ayudas a resolver una duda. El doctor Parmentier sostiene que los negros son tan humanos como los blancos y yo digo lo contrario. ¿Qué crees tú? —le preguntó Valmorain, en un tono que al doctor le pareció más paternal que sarcástico.

Ella permaneció muda, con los ojos en el suelo y las manos juntas.

—Vamos, Tété, responde sin miedo. Estoy esperando….

—El amo siempre tiene razón —murmuró ella al fin.

—O sea, opinas que los negros no son completamente humanos…

—Un ser que no es humano no tiene opiniones, amo.

El doctor Parmentier no pudo evitar una carcajada espontánea y Toulouse Valmorain, después de un momento de duda, se rió también. Con un gesto de la mano despidió a la esclava, que se esfumó en la sombra.

Zarité

*A*l día siguiente a media tarde doña Eugenia dio a luz. Fue rápido, aunque ella no ayudó hasta el último momento. El doctor estaba a su lado, mirando desde una silla, porque agarrar bebés no es cosa de hombres, como él mismo nos dijo. El amo Valmorain creía que una licencia de médico con un sello real valía más que la experiencia y no quiso llamar a Tante Rose, la mejor comadrona del norte de la isla; hasta las mujeres blancas acudían a ella cuando les llegaba su tiempo. Sostuve a mi ama, la refresqué, recé en español con ella y le di el agua milagrosa que le mandaron de Cuba. El doctor podía oír con claridad los latidos del corazón del niño, estaba listo para nacer, pero doña Eugenia se negaba a ayudar. Le expliqué que mi ama iba a parir un zombi y el Baron Samedi había venido a llevárselo y se echó a reír con tanto gusto que le corrían lágrimas. Ese blanco llevaba años estudiando el vudú, sabía que el Baron Samedi es el servidor y socio de Ghédé, loa del mundo de los muertos, no sé qué le causaba tanta gracia. «¡Qué idea tan grotesca! ¡No veo a ningún barón!» El Barón no se muestra ante quienes no lo respetan. Pronto comprendió que el asunto no era chistoso porque doña Eugenia estaba muy agitada. Me mandó a buscar a Tante Rose. Encontré al amo en un sillón de la sala adormecido por varios vasos de coñac, me autorizó para llamar a mi madrina y salí volando a buscarla. Me esperaba lista, con su vestido blanco de *ceremonia, su bolsa, sus collares y el* asson. *Se dirigió a la casa grande sin hacerme preguntas, subió a la galería y entró por la puerta de los esclavos. Para llegar a la pieza de doña Eugenia debía pasar por la sala y los golpes de su bastón en las tablas del suelo despertaron al amo. «Cuidado con lo que le haces a madame», le advirtió con voz gangosa, pero ella no le hizo caso y siguió adelante, recorrió el pasillo a tientas y dio con la habitación, donde había estado a menudo para atender a doña Eugenia. Esta vez no acudía como curandera, sino como* mambo, *iba a enfrentarse con el socio de la Muerte.*

Desde el umbral Tante Rose vio al Baron Samedi y la sacudió un escalofrío, pero no retrocedió. Lo saludó con una reverencia, agitando el asson *con su castañeteo de huesitos, y le pidió permiso para aproximarse a la cama. El* loa *de los cementerios y las encrucijadas, con su rostro blanco de calavera y su sombrero negro, se apartó, invitándola a acercarse a doña Eugenia, que boqueaba como un pescado, mojada, con los ojos rojos de terror, luchando contra su cuerpo que se esmeraba en soltar al niño, mientras ella apretaba con fuerza para retenerlo. Tante Rose le colocó al cuello uno de sus collares de semillas y conchas y le dijo unas palabras de consuelo, que repetí en español. Luego se volvió hacia el Baron.*

El doctor Parmentier observaba fascinado, aunque él sólo veía la parte que correspondía a Tante Rose; en cambio yo veía todo. Mi madrina encendió un cigarro y lo agitó, llenando el aire con una humareda que impedía respirar, porque la ventana permanecía siempre cerrada para cortarles el paso a los mosquitos, enseguida dibujó un círculo de tiza en torno a la cama y se puso a girar con pasos de danza, señalando las cuatro esquinas con el asson. *Una vez concluido su saludo a los espíritus, hizo un altar con varios objetos sagrados de su bolsa, donde colocó ofrendas de ron y piedrecillas, y por último se sentó a los pies de la cama, lista para negociar con el Baron. Ambos se enredaron en un prolongado regateo en* créole *tan cerrado y veloz que entendí poco, aunque escuché varias veces el nombre de*

Séraphine. Discutían, se enojaban, se reían, ella fumaba el cigarro y sopla-
ba el humo, que él se tragaba a bocanadas. Eso continuó por mucho rato y
el doctor Parmentier empezó a perder la paciencia. Trató de abrir la ven-
tana, pero llevaba mucho tiempo sin uso y estaba atrancada. Tosiendo y
lagrimeando por el humo le tomó el pulso a doña Eugenia, como si no
supiera que los niños salen por abajo, muy lejos del pulso en la muñeca.

Por fin Tante Rose y el Baron llegaron a un acuerdo. Ella se dirigió a
la puerta y con una profunda reverencia despidió al loa, que salió con sus
saltitos de rana. Después Tante Rose le explicó la situación al ama: lo que
tenía en la barriga no era carne de cementerio, sino un bebé normal que el
Baron Samedi no se llevaría. Doña Eugenia dejó de debatirse y se concen-
tró en pujar con todo su ánimo y pronto un chorro de líquido amarillento
y sangre manchó las sábanas. Cuando asomó la cabeza del crío, mi madri-
na la cogió suavemente y ayudó a salir al resto del cuerpo. Me entregó el
recién nacido y le anunció a la madre que era un varoncito, pero ella no
quiso ni verlo, volvió la cara a la pared y cerró los ojos, extenuada. Yo lo
apreté contra mi pecho, sujetándolo bien, porque estaba cubierto de man-
teca y resbaladizo. Tuve la certeza absoluta de que me tocaría querer a ese
niño como si fuera mío y ahora, después de tantos años y tanto amor, sé
que no me equivoqué. Me puse a llorar.

Tante Rose esperó que el ama expulsara lo que le quedaba adentro y la
limpió, luego se bebió de un trago la ofrenda de ron del altar, puso sus per-
tenencias en la bolsa y salió del cuarto apoyada en su bastón. El doctor
escribía deprisa en su cuaderno, mientras yo seguía llorando y lavaba al
niño, que era liviano como un gatito. Lo arropé con la manta tejida en mis
tardes en la galería y se lo llevé al padre para que lo conociera, pero el amo
tenía tanto coñac en el cuerpo que no pude despertarlo. En el pasillo aguar-
daba una esclava con los senos hinchados, recién bañada y con la cabeza
afeitada por los piojos, que le daría su leche al hijo de los amos en la casa
grande, mientras el suyo se criaba con agua de arroz en el sector de los

negros. Ninguna blanca cría a sus hijos, eso creía yo entonces. La mujer se sentó de piernas cruzadas en el suelo, se abrió la blusa y recibió al chiquito, que se prendió a su seno. Yo sentí que me ardía la piel y se me endurecían los pezones: mi cuerpo estaba listo para ese niño.

A esa misma hora, en la cabaña de Tante Rose, Séraphine se murió sola, sin darse cuenta, porque estaba dormida. Así fue.

La concubina

Lo llamaron Maurice. Su padre estaba conmovido hasta los huesos con ese inesperado regalo del cielo, que venía a combatir su soledad y sacudirle la ambición. Ese hijo iba a prolongar la dinastía Valmorain. Declaró día festivo, nadie trabajó en la plantación, hizo asar varios animales y le asignó tres ayudantes a Tante Mathilde para que no faltaran guisos picantes de maíz y un surtido de vegetales y pasteles para todo el mundo. Autorizó una *calenda* en el patio principal, frente a la casa grande, que se llenó de una muchedumbre bulliciosa. Los esclavos se adornaron con lo poco que poseían —un trapo de color, un collar de conchas, una flor—, llevaron sus tambores y otros instrumentos improvisados y al poco rato había música y gente bailando ante la mirada burlona de Cambray. El amo hizo distribuir dos barriles de tafia y cada esclavo recibió en su calabaza una buena dosis para brindar. Tété apareció en la galería con el niño envuelto en una mantilla y el padre lo tomó para levantarlo por encima de su cabeza y mostrárselo a los esclavos. «¡Éste es mi heredero! ¡Se llamará Maurice Valmorain, como mi padre!», exclamó, ronco de emoción y todavía un poco machucado por la borrachera de la noche anterior. Un silencio de fondo de mar acogió sus palabras. Hasta Cambray se asustó. Ese blanco ignorante había cometido la increíble imprudencia de darle a su hijo el nombre de un abuelo difunto, que al ser llamado podía salir de la tumba y raptar al nieto para llevárselo al mundo de los muertos. Valmorain creyó que el silencio era por respeto y dio orden de pasar una segunda vuelta de tafia y continuar con el jolgorio. Tété recuperó al recién nacido y se lo llevó corriendo, rociándole la cara con una lluvia de saliva para protegerlo de la desgracia invocada por la imprudencia de su padre.

Al día siguiente, cuando los esclavos domésticos limpiaban los desperdicios de carnaval del patio y los demás habían vuelto a los cañaverales, el doctor Parmentier se aprontó para regresar a la ciudad. El pequeño Maurice mamaba de su nodriza como ternero y Eugenia no presentaba síntomas de la fatal fiebre del vientre. Tété le había frotado los pechos con una mezcla de manteca y miel y se los había vendado con un paño rojo, método de Tante Rose para secar la leche antes de que empezara a fluir. En la mesa de noche de Eugenia se alineaban los frascos de gotas para el sueño, de obleas para la angustia y de jarabes para soportar el miedo, nada que pudiera sanarla, como el mismo doctor admitía, pero aliviaban su existencia. La española era una sombra de piel cenicienta y rostro desencajado, más por la tintura de opio que por el desquiciamiento de su mente. Maurice había sufrido dentro de su madre los efectos de la droga, le explicó el médico a Valmorain, por eso nació tan pequeño y frágil, seguramente sería enfermizo, necesitaba aire, sol y buena alimentación. Ordenó que le dieran tres huevos crudos al día a la nodriza para fortalecer la leche. «Ahora tu ama y el bebé quedan a tu cargo, Tété. No podrían estar en mejores manos», agregó. Toulouse Valmorain le pagó con largueza sus servicios y se despidió con pesar, porque estimaba de verdad a ese hombre culto y de buena índole con quien había disfrutado de incontables juegos de naipes en las tardes largas de Saint-Lazare. Le harían falta las conversaciones con él, especialmente aquéllas en que no estaban de acuerdo, porque lo obligaban a ejercitarse en el arte olvidado de argumentar por gusto. Destinó dos capataces armados para acompañar al médico de vuelta a Le Cap.

Parmentier estaba empacando, tarea que no delegaba a los esclavos, porque era muy meticuloso con sus posesiones, cuando Tété golpeó con discreción la puerta y preguntó con un hilo de voz si podía hablar una palabra con él en privado. Parmentier había estado con ella a menudo, la usaba para comunicarse con Eugenia, que parecía haber olvidado el francés, y con los esclavos, en especial con Tante Rose. «Eres muy buena enfermera, Tété, pero no trates a tu ama como a una inválida, tiene que empezar a valerse sola», le advirtió cuando la vio dándole papilla con una cuchara en la boca y se enteró de que la sentaba en la bacinilla y le limpiaba el trasero para que no se ensuciara de pie. La joven contestaba a sus preguntas con precisión, en un francés correcto, pero nunca iniciaba un diálogo ni lo miraba de frente, eso le había permitido observarla a su gusto. Debía de tener unos diecisiete años, aunque su cuerpo no parecía de adolescente, sino de mujer. Valmorain le había contado la historia de Tété en una de las cacerías que hicieron juntos. Sabía que la madre de la esclava había llegado preñada a la isla y fue comprada por un *affranchi* dueño de un negocio de caballos en Le Cap. La mujer intentó provocarse un aborto, por lo que recibió más azotes de los que otra en su estado hubiera soportado, pero la criatura en su vientre era tenaz y a su debido tiempo nació sana. Apenas la madre pudo incorporarse trató de estrellarla contra el suelo, pero se la arrebataron a tiempo. Otra esclava la cuidó durante unas semanas, hasta que su dueño decidió usarla para pagarle una deuda de juego a un funcionario francés de apellido Pascal, pero la madre no alcanzó a saberlo, porque se había lanzado al mar desde un parapeto. Valmorain le dijo que compró a Tété para doncella de su mujer y salió premiado, porque la muchacha terminó siendo enfermera y ama de llaves. Por lo visto ahora sería además la niñera de Maurice.

—¿Qué deseas, Tété? —le preguntó el doctor, mientras colocaba con cuidado sus valiosos instrumentos de plata y bronce en una caja de madera pulida.

Ella cerró la puerta y le contó con un mínimo de palabras y sin ninguna expresión en el rostro, que tenía un hijo de poco más de un año, a quien sólo había visto por un instante cuando nació. A Parmentier le pareció que se le quebraba la voz, pero cuando volvió a hablar para explicarle que tuvo al chico mientras su ama descansaba en un convento en Cuba, usó el mismo tono neutro de antes.

—El amo me prohibió mencionar al niño. Doña Eugenia no sabe nada —concluyó Tété.

—Monsieur Valmorain hizo bien. Su esposa no había podido tener hijos y se alteraba mucho cuando veía niños. ¿Alguien sabe de tu hijo?

—Sólo Tante Rose. Creo que el jefe de capataces lo sospecha, pero no lo ha podido confirmar.

—Ahora que madame tiene su propio bebé, la situación ha cambiado. Seguramente tu amo deseará recuperar a tu niño, Tété. Después de todo es de su propiedad, ¿no? —comentó Parmentier.

—Sí, es de su propiedad. Y también es su hijo.

«¡Cómo no se me había ocurrido lo más obvio!», pensó el doctor. No había vislumbrado ni la menor señal de intimidad entre Valmorain y la esclava, pero era de suponer que con una esposa en el estado de la suya, el hombre se consolaría con cualquier mujer al alcance de su mano. Tété era muy atrayente, tenía algo enigmático y sensual. Mujeres como ésas son gemas que sólo un ojo entrenado sabe distinguir entre pedruscos, pensó, son cajas cerradas que el amante debe abrir poco a poco para revelar sus misterios. Cualquier hombre podría sentirse muy afortunado con su afecto, pero dudaba que Valmorain supiera apreciarla. Recordó a su Adèle con nostalgia. Ella también era un diamante en bruto. Le había dado tres hijos y muchos años de compañía tan discreta, que él nunca necesitó dar explicaciones en la mezquina sociedad donde ejercía su ciencia. Si se hubiera sabido que tenía una concubina e hijos de color, los blancos lo habrían repudiado, en cambio aceptaban con la mayor naturalidad los rumores de que era marica y por eso estaba soltero y desaparecía con frecuencia en los barrios de los *affranchis*, donde los chulos ofrecían chicos para todos los caprichos. Por amor a Adèle y los niños no podía volver a Francia, por muy desesperado que estuviese en la isla. «Así que el pequeño Maurice tiene un hermano... En mi profesión uno se entera de todo», murmuró entre dientes. Valmorain no había mandado a su mujer a Cuba para que recuperara la salud, como anunció en esa ocasión, sino para ocultarle lo que sucedía en su propia casa. ¿Por qué tantos remilgos? Era una situación común y aceptada, la isla estaba llena de bastardos de raza mezclada, incluso le pareció ver un par de mulatitos entre los esclavos de Saint-Lazare. La única explicación era que Eugenia no habría soportado que su marido se acostara con Tété, su única ancla en la profunda confusión de su locura. Valmorain debió de adivinar que eso habría terminado de matarla y no le alcanzó el cinismo para plantearse que en realidad su mujer estaría mejor muerta. En fin, no era asunto de su incumbencia, decidió el médico. Valmorain debía de tener sus excusas y no le correspondía a él averiguarlas, pero le intrigaba saber si había vendido al niño o si sólo pretendía mantenerlo alejado por un tiempo prudente.

—¿Qué puedo hacer yo, Tété? —preguntó Parmentier.

—Por favor, doctor ¿puede preguntarle a monsieur Valmorain? Tengo que saber si mi hijo está vivo, si lo vendió y a quién…

—No me corresponde hacer eso, sería una descortesía. En tu lugar, yo no pensaría más en él.

—Sí, doctor —contestó ella, en voz casi inaudible.

—No te preocupes, estoy seguro de que está en buenas manos —agregó Parmentier, apenado.

Tété salió de la habitación y cerró la puerta sin ruido.

Con el nacimiento de Maurice cambiaron las rutinas en la casa. Si Eugenia amanecía tranquila, Tété la vestía, la sacaba a dar unos pasos por el patio y después la instalaba en la galería, con Maurice en su cuna. De lejos Eugenia parecía una madre normal vigilando el sueño de su hijo, salvo por los mosquiteros que los cubrían a ambos, pero esa ilusión se desvanecía al aproximarse y ver la expresión ausente de la mujer. Pocas semanas después de dar a luz sufrió otra de sus crisis y no quiso salir más al aire libre, convencida de que los esclavos la espiaban para asesinarla. Pasaba el día en su cuarto oscilando entre el aturdimiento del láudano y el delirio de su demencia, tan perdida que se acordaba muy poco de su hijo. Nunca preguntó cómo lo alimentaban y nadie le dijo que Maurice se estaba criando prendido al pezón de una africana, porque habría concluido que mamaba leche emponzoñada. Valmorain esperaba que el implacable instinto de la maternidad podría devolver la cordura a su mujer, como una ventolera que le llegaría a los huesos y al corazón, dejándola limpia por dentro, pero cuando la vio sacudir como un pelele a Maurice para hacerlo callar, con riesgo de quebrarle el cuello, comprendió que la amenaza más

seria contra el niño era su propia madre. Se lo arrebató y sin poder-
se contener le propinó una cachetada en la cara que la tiró de espaldas. Nunca le había pegado a Eugenia y él mismo se sorprendió
de su violencia. Tété recogió del suelo a su ama, que lloraba sin
entender lo sucedido, la acostó en la cama y se fue a prepararle
una infusión para los nervios. Toulouse la encontró a medio camino y le puso al crío en los brazos.

—Desde ahora te harás cargo de mi hijo. Cualquier cosa que le
suceda, lo pagarás muy caro. ¡No permitas que Eugenia vuelva a
tocarlo! —bramó.

—¿Y qué haré cuando el ama pida a su niño? —preguntó Tété,
apretando al diminuto Maurice contra su pecho.

—¡No me importa lo que hagas! Maurice es mi único hijo y no
dejaré que esa imbécil le haga daño.

Tété cumplió las instrucciones a medias. Le llevaba el niño a
Eugenia por ratos cortos y la dejaba sostenerlo, mientras ella vigilaba. La madre se quedaba inmóvil con el bultito en las rodillas,
mirándolo con una expresión de asombro, que pronto daba paso
a la impaciencia. A los pocos instantes se lo devolvía a Tété y su
atención vagaba en otra dirección. Tante Rose tuvo la idea de envol-
ver una muñeca de trapo en la manta de Maurice y comprobaron
que la madre no notaba la diferencia, así pudieron espaciar las visitas hasta que ya no fueron necesarias. Instalaron a Maurice en otro
cuarto, donde dormía con su nodriza, y durante el día Tété se lo
colgaba a la espalda envuelto en una pañoleta, como las africanas.
Si Valmorain estaba en la casa, lo ponía en su cuna en la sala o la
galería, para que pudiera verlo. El olor de Tété fue lo único que
Maurice identificaba durante sus primeros meses de vida; la nodriza debía ponerse una blusa usada de Tété para que el niño aceptara su pecho.

La segunda semana de julio Eugenia salió antes del amanecer, descalza y en camisa, y se fue tambaleando en dirección al río por la avenida de cocoteros, que daba acceso a la casa grande. Tété dio la voz de alarma y de inmediato se formaron cuadrillas para buscarla, que se unieron a las patrullas de vigilancia de la propiedad. Los sabuesos los condujeron al río, donde la descubrieron con el agua al cuello y los pies pegados en el barro del fondo. Nadie pudo entender cómo había llegado tan lejos, porque temía la oscuridad. Por las noches sus aullidos de endemoniada solían llegar hasta las chozas de los esclavos, poniéndoles la piel de gallina. Valmorain dedujo que Tété no le daba suficientes gotas del frasco azul, ya que dopada no se habría escapado, y por primera vez amenazó con azotarla. Ella pasó varios días esperando con terror el castigo, pero él nunca dio la orden.

Pronto Eugenia acabó de desconectarse del mundo, sólo toleraba a Tété, quien dormía de noche a su lado acurrucada en el suelo, lista para rescatarla de sus pesadillas. Cuando Valmorain deseaba a la esclava, se lo indicaba con un gesto en la cena. Ella esperaba que la enferma estuviese dormida, cruzaba la casa sigilosamente y llegaba a la habitación principal, en el otro extremo. En una ocasión así, en que despertó sola en su cuarto, Eugenia se escapó al río y tal vez por eso su marido no le hizo pagar la falta a Tété. Esos abrazos nocturnos a puerta cerrada entre el amo y la esclava en la cama matrimonial, elegida años antes por Violette Boisier, no se mencionaban jamás a la luz del día, existían sólo en el plano de los sueños. Al segundo intento de suicidio de Eugenia, esta vez con un incendio que por poco destruyó la casa, la situación se definió y ya nadie intentó mantener las apariencias. En la colonia se supo que madame Valmorain estaba desquiciada y pocos se extrañaron, porque corrían rumores desde hacía años de que la española provenía de una familia de locas rematadas. Además, no era raro que las mujeres blancas venidas de afuera se trastornaran en la colonia. Los maridos las enviaban a reponerse en otro clima y ellos se consolaban con el surtido de muchachas de todos los tonos que ofrecía la isla. Las *créoles*, en cambio, florecían en ese ambiente decadente, donde se podía sucumbir a las tentaciones sin pagar las consecuencias. En el caso de Eugenia, ya era tarde para mandarla a ninguna parte, salvo a un asilo, opción que Valmorain jamás habría considerado por sentido de responsabilidad y orgullo: los trapos sucios se lavan en casa. La suya contaba con muchas habitaciones, salón y comedor, una oficina y dos bodegas, de modo que podía pasar semanas sin ver a su mujer. Se la confió a Tété y él se volcó en su hijo. Nunca imaginó que fuese posible amar tanto a otro ser, más que la suma de todos los afectos anteriores, más que a sí mismo. Ningún sentimiento se parecía al que Maurice le provocaba. Podía pasar horas contemplándolo, se sorprendía a cada rato pensando en él y en una oportunidad dio media vuelta cuando iba camino a Le Cap y regresó al galope con el atroz presentimiento de que le había ocurrido una desgracia a su hijo. El alivio al comprobar que no era así fue tan abrumador, que se echó a llorar. Se instalaba en la poltrona con el niño en brazos, sintiendo el peso dulce de la cabeza en su hombro y la respiración caliente en su cuello, aspirando el olor a leche agria y sudor infantil. Temblaba pensando en los accidentes o pestes que podían arrebatárselo. La mitad de los niños en Saint-Domingue morían antes de alcanzar los cinco años, eran las primeras víctimas en una epidemia, y eso sin contar los peligros intangibles como maldiciones, de las que él sólo se burlaba de los dientes para afuera, o una insurrección de los esclavos en la que perecería hasta el último blanco, como Eugenia había profetizado durante años.

Esclava de todo servicio

A Valmorain la enfermedad mental de su mujer le dio una buena excusa para evitar la vida social, que lo aburría, y tres años después del nacimiento de su hijo estaba convertido en un recluso. Sus negocios lo obligaban a ir a Le Cap y de vez en cuando a Cuba, pero resultaba peligroso movilizarse por las numerosas bandas de negros que descendían de las montañas y asolaban los caminos. La quema de los cimarrones en 1780 y otras posteriores no habían logrado desalentar a los esclavos de fugarse ni a los cimarrones de atacar las plantaciones y los viajeros. Prefería quedarse en Saint-Lazare. «No necesito a nadie», se decía, con el orgullo taimado de aquellos con vocación de solitarios. A medida que pasaban los años se desencantaba más de la gente; todo el mundo, menos el doctor Parmentier, le parecía estúpido o venal. Sólo tenía relaciones comerciales, como su agente judío en Le Cap o su banquero en Cuba. La otra excepción, aparte de Parmentier, era su cuñado Sancho García del Solar, con quien mantenía tupida correspondencia, pero se veían muy poco. Sancho le divertía y los negocios que habían emprendido juntos resultaron beneficiosos para ambos. Según confesaba Sancho de muy buen humor, eso era un verdadero milagro, porque a él nada se le había dado bien antes de conocer a Valmorain. «Prepárate, cuñado, porque cualquier día te hundo en la ruina», bromeaba, pero seguía pidiéndole dinero prestado y al cabo de un tiempo se lo devolvía multiplicado.

Tété dirigía a los esclavos domésticos con amabilidad y firmeza, minimizando los problemas para evitar la intervención del amo. Su figura delgada, vestida con falda oscura, blusa de percal y un *tignon* almidonado en la cabeza, con su sonajera de llaves en la cintura y el peso de Maurice acaballado en la cadera o prendido de sus faldas cuando aprendió a caminar, parecía estar en todas partes al mismo tiempo. Nada escapaba a su atención, ni las instrucciones para la cocina, ni el blanqueado de la ropa, ni las puntadas de las costureras, ni las urgencias del amo o del niño. Sabía delegar y pudo entrenar a una esclava que ya no servía en los cañaverales para que la ayudara con Eugenia y la liberara de dormir en la pieza de la enferma. La mujer la acompañaba, pero Tété le administraba los remedios y la aseaba, porque Eugenia no se dejaba tocar por nadie más. Lo único que Tété no delegaba era el cuidado de Maurice. Adoraba con celo de madre a ese chiquillo caprichoso, delicado y sentimental. Para entonces la nodriza había vuelto al callejón de los esclavos y Tété compartía la habitación con él. Se acostaba en una colchoneta en el suelo y Maurice, que se negaba a ocupar su cuna, se encogía a su lado, apretado a su cuerpo grande y cálido, a sus senos generosos. A veces ella despertaba con la respiración del niño y en la oscuridad lo acariciaba, conmovida hasta el llanto por su olor, sus rizos alborotados, sus manitas lacias, su cuerpo abandonado en el sueño, pensando en el hijo propio y si acaso habría otra mujer en alguna parte prodigándole el mismo cariño. Le daba a Maurice todo aquello que Eugenia no podía darle: cuentos, canciones, risas, besos y de vez en cuando un coscorrón para que obedeciera. En esas raras ocasiones en que lo regañaba, el chico se tiraba de bruces al suelo pataleando y amenazaba con acusarla a su padre, pero nunca lo hizo, porque de alguna manera presentía que las consecuencias serían graves para esa mujer que era todo su universo.

Prosper Cambray no había logrado imponer su ley del terror entre la servidumbre de la casa, porque se había creado una tácita frontera entre el pequeño territorio de Tété y el resto de la plantación. La parte de ella funcionaba como una escuela, la de él como una prisión. En la casa existían tareas precisas asignadas a cada esclavo, que se cumplían con fluidez y calma. En los cañaverales la gente marchaba en filas bajo el látigo siempre listo de los *commandeurs*, obedecía sin chistar y vivía en estado de alerta, ya que cualquier descuido se pagaba con sangre. Cambray se encargaba personalmente de la disciplina. Valmorain no levantaba la mano contra los esclavos, lo consideraba degradante, pero asistía a los castigos para establecer su autoridad y asegurarse de que el jefe de capataces no se excediera. Nunca le hacía un reproche en público, pero su presencia ante el poste del tormento le imponía cierta mesura. La casa y los campos eran mundos aparte, pero a Tété y al jefe de capataces no les faltaban ocasiones de toparse, entonces el aire se cargaba con la energía amenazante de una tormenta. Cambray la buscaba, excitado por el desprecio evidente de la joven, y ella lo evitaba, inquieta por su descarada lascivia. «Si Cambray se propasa contigo, quiero saberlo de inmediato ¿me has entendido?», le advirtió más de una vez Valmorain, pero ella nunca se dio por aludida; no le convenía provocar la ira del jefe de capataces.

Por orden de su amo, que no toleraba oír a Maurice *parler nèg*, hablar negro, Tété siempre usaba francés en la casa. Con el resto de la gente en la plantación se entendía en *créole* y con Eugenia en un español que iba reduciéndose a unas pocas palabras indispensables. La enferma estaba sumida en una melancolía tan persistente y una indiferencia tan total de los sentidos, que si Tété no la alimentaba y lavaba, habría terminado desfalleciente de hambre y sucia como un cerdo, y si no la movía para cambiarla de posición se le habrían soldado los huesos, y si no la incitaba a hablar, estaría muda. Ya no sufría ataques de pánico, pasaba sus días sonámbula en un sillón con la vista fija, como un muñeco grande. Todavía rezaba el rosario, que siempre llevaba en la bolsita de cuero colgada al cuello, aunque ya no se fijaba en las palabras. «Cuando yo me muera, te quedas con mi rosario, no dejes que nadie te lo quite, porque está bendito por el Papa», le decía a Tété. En sus raros momentos de lucidez rezaba para que Dios se la llevara. Según Tante Rose, su *ti-bon-ange* estaba atascado en este mundo y se necesitaba un *servicio* especial para liberarlo, nada doloroso o complicado, pero Tété no se decidía a una solución tan irrevocable. Deseaba ayudar a su desventurada ama, pero la responsabilidad de su muerte sería una carga agobiante, aunque la compartiera con Tante Rose. Tal vez el *ti-bon-ange* de doña Eugenia todavía tenía algo que hacer en su cuerpo; debían darle tiempo para irse desprendiendo solo.

Toulouse Valmorain le imponía sus abrazos a Tété con frecuencia más por hábito que cariño o deseo, sin el apremio de la época en que ella entró en la pubertad y a él lo trastornó una pasión súbita. Sólo la demencia de Eugenia explicaba que no se hubiera dado cuenta de lo que sucedía ante su vista. «El ama lo sospecha, pero ¿qué va a hacer? No puede impedirlo», opinó Tante Rose, la única persona en quien Tété se atrevió a confiar al quedar encinta. Temía la reacción de su ama cuando empezara a notársele, pero antes de que eso ocurriera Valmorain se llevó a su mujer a Cuba, donde la habría dejado de buena gana para siempre si las monjas del convento hubieran aceptado hacerse cargo de ella. Cuando la trajo de vuelta a la plantación, el recién nacido de Tété había desaparecido y Eugenia nunca preguntó por qué a su esclava se le caían las lágrimas como piedrecitas. La sensualidad de Valmorain era glotona y apresurada en la cama. Se hartaba sin gastar tiempo en preámbulos. Tal como le fastidiaba el ritual de mantel largo y candelabros de plata, que antes Eugenia le imponía en la cena, así de inútil le parecía el juego amoroso.

Para Tété era una tarea más, que cumplía en pocos minutos, salvo en aquellas ocasiones en que el diablo se apoderaba de su amo, lo que no ocurría a menudo, aunque ella siempre lo esperaba con temor. Agradecía su suerte, porque Lacroix, el dueño de la plantación vecina a Saint-Lazare, mantenía un serrallo de niñas encadenadas en una barraca para satisfacer sus fantasías, en las que participaban sus invitados y unos negros que él llamaba «mis potros». Valmorain había asistido una sola vez a esas crueles veladas y quedó tan profundamente alterado, que no volvió más. No era hombre escrupuloso, pero creía que los crímenes fundamentales tarde o temprano se pagan y no deseaba estar cerca de Lacroix cuando a éste le tocara pagar los suyos. Era su amigo, tenían intereses comunes, desde la crianza de animales hasta el alquiler de esclavos en la zafra; asistía a sus fiestas, sus rodeos y peleas de animales, pero no quería poner los pies en esa barraca. Lacroix le tenía absoluta confianza y le entregaba sus ahorros, sin más garantía que un simple recibo firmado, para que se los depositara en una cuenta secreta cuando iba a Cuba, lejos de las zarpas codiciosas de su mujer y sus parientes. Valmorain debía emplear mucho tacto para rechazar una y otra vez las invitaciones a sus orgías.

Tété había aprendido a dejarse usar con pasividad de oveja, el cuerpo flojo, sin oponer resistencia, mientras su mente y su alma volaban a otra parte, así su amo terminaba pronto y después se desplomaba en un sueño de muerte. Sabía que el alcohol era su aliado si se lo administraba en la medida precisa. Con una o dos copas el amo se excitaba, con la tercera debía tener cuidado, porque se ponía violento, con la cuarta lo envolvía la neblina de la ebriedad y si ella lo eludía con delicadeza se dormía antes de tocarla.

Valmorain nunca se preguntó qué sentía ella en esos encuentros, tal como no se le hubiera ocurrido preguntarse qué sentía su caballo cuando lo montaba. Estaba acostumbrado a ella y raramente buscaba a otras mujeres. A veces despertaba con una vaga congoja en el lecho vacío, donde aún quedaba la huella casi imperceptible del cuerpo tibio de Tété, entonces evocaba sus remotas noches con Violette Boisier o algunos amoríos de su juventud en Francia, que parecían haberle sucedido a otro hombre, alguien que echaba a volar la imaginación ante la vista de un tobillo femenino y era capaz de retozar con renovados bríos. Ahora eso le resultaba imposible. Tété ya no lo excitaba como antes, pero no se le ocurría reemplazarla, porque le quedaba cómoda y era hombre de hábitos arraigados. A veces atrapaba al vuelo a una esclava joven, pero el asunto no iba más allá de una violación apresurada y menos placentera que una página de su libro de turno. Atribuía su desgana a un ataque de malaria que casi lo despachó al otro mundo y lo dejó debilitado. El doctor Parmentier lo previno contra los efectos del alcohol, tan pernicioso como la fiebre en los trópicos, pero él no bebía demasiado, de eso estaba seguro, sólo lo indispensable para paliar el fastidio y la soledad. Ni cuenta se daba de la insistencia de Tété por llenarle la copa. Antes, cuando todavía iba a menudo a Le Cap, aprovechaba para divertirse con alguna cortesana de moda, una de aquellas lindas *poules* que encendían su pasión, pero lo dejaban defraudado. Por el camino se prometía placeres que una vez consumados no podía recordar, en parte porque en esos viajes se embriagaba en serio. Les pagaba a aquellas muchachas para hacer lo mismo que a fin de cuentas hacía con Tété, el mismo abrazo grosero, la misma premura, y al final se iba trastabillando, con la impresión de haber sido estafado. Con Violette habría sido diferente, pero ella había dejado la profesión desde que vivía con Relais. Valmorain regresaba a Saint-Lazare antes de lo previsto, pensando en Maurice y ansioso por recuperar la seguridad de sus rutinas.

«Me estoy poniendo viejo», mascullaba Valmorain al estudiarse en el espejo cuando su esclavo lo afeitaba y ver la telaraña de finas arrugas en torno a los ojos y el comienzo de una papada. Tenía cuarenta años, la misma edad de Prosper Cambray, pero carecía de su energía y estaba engordando. «Es culpa de este clima maldito», agregaba. Sentía que su vida era una navegación sin timón ni brújula, se hallaba a la deriva, esperando algo que no sabía nombrar. Detestaba esa isla. En el día se mantenía ocupado con la marcha de la plantación, pero las tardes y las noches eran inacabables. Se ponía el sol, caía la oscuridad y empezaban a arrastrarse las horas con su carga de recuerdos, temores, arrepentimientos y fantasmas. Engañaba el tiempo leyendo y jugando a los naipes con Tété. Eran los únicos momentos en que ella bajaba las defensas y se abandonaba al entusiasmo del juego. Al principio, cuando le enseñó a jugar, siempre ganaba, pero adivinó que ella perdía a propósito por temor a enojarlo. «Así no tiene ninguna gracia para mí. Trata de ganarme», le exigió y entonces empezó a perder seguido. Se preguntaba con asombro cómo esa mulata podía competir mano a mano con él en un juego de lógica, astucia y cálculo. A Tété nadie le había enseñado aritmética, pero llevaba la cuenta de las cartas por instinto, igual que llevaba los gastos de la casa. La posibilidad de que fuera tan hábil como él lo perturbaba y confundía.

El amo cenaba temprano en el comedor, tres platos sencillos y contundentes, su comida fuerte de la jornada, servido por dos esclavos silenciosos. Bebía unas copas de buen vino, el mismo que le enviaba de contrabando a su cuñado Sancho y se vendía en Cuba al doble de lo que a él le costaba en Saint-Domingue. Después del postre Tété le traía la botella de coñac y lo ponía al día sobre los asuntos domésticos. La joven se deslizaba en sus pies descalzos como si flotara, pero él percibía el tintineo delicado de las llaves, el roce de sus faldas y el calor de su presencia antes de que entrara. «Siéntate, no me gusta que me hables por encima de mi cabeza», le repetía cada noche. Ella esperaba esa orden para sentarse a corta distancia, muy recta en la silla, las manos en la falda y los párpados bajos. A la luz de las bujías su rostro armonioso y su cuello delgado parecían tallados en madera. Sus ojos alargados y adormecidos brillaban con reflejos dorados. Contestaba a sus preguntas sin énfasis, salvo cuando hablaba de Maurice; entonces se animaba, celebrando cada travesura del chiquillo como una proeza. «Todos los muchachos corretean a las gallinas, Tété», se burlaba él, pero en el fondo compartía su creencia de que estaban criando un genio. Por eso, más que nada, Valmorain la apreciaba: su hijo no podía estar en mejores manos. A pesar de sí mismo, porque no era partidario de mimos excesivos, se conmovía al verlos juntos en esa complicidad de caricias y secretos de las madres con sus hijos. Maurice retribuía el cariño de Tété con una fidelidad tan excluyente, que su padre solía sentirse celoso. Valmorain le había prohibido que la llamara *maman*, pero Maurice le desobedecía. «*Maman*, júrame que nunca, nunca nos vamos a separar», le había oído susurrar a su hijo a sus espaldas. «Te lo juro, niño mío.» A falta de otro interlocutor, se acostumbró a confiarle a Tété sus inquietudes de negocios, del manejo de la plantación y los esclavos. No se trataba de conversaciones, ya que no esperaba respuesta, sino monólogos para desahogarse y escuchar el sonido de una voz humana, aunque fuese sólo la propia. A veces intercambiaban ideas y a él le parecía que ella no aportaba nada, porque no se daba cuenta de cómo en pocas frases lo manipulaba.

—¿Viste la mercancía que trajo ayer Cambray?

—Sí, amo. Ayudé a Tante Rose a revisarlos.

—¿Y?

—No se ven bien.

—Acaban de llegar, en el viaje pierden mucho peso. Cambray los compró en una rebatiña, todos por el mismo precio. Ese método es pésimo, no se pueden examinar y a uno le pasan gato por liebre; los negreros son expertos en supercherías. Pero en fin, supongo que el jefe de capataces sabe lo que hace. ¿Qué dice Tante Rose?

—Hay dos con flujo, no pueden tenerse en pie. Dice que se los dejen por una semana para curarlos.

—¡Una semana!

—Es preferible a perderlos, amo. Eso dice Tante Rose.

—¿Hay alguna mujer en el lote? Necesitamos otra en la cocina.

—No, pero hay un muchacho de unos catorce años...

—¿Es ése el que Cambray azotó en el camino? Dijo que quiso escaparse y tuvo que darle una lección allí mismo.

—Así dice el señor Cambray, amo.

—Y tú, Tété ¿qué crees que pasó?

—No sé, amo, pero pienso que el chico rendiría más en la cocina que en el campo.

—Aquí intentaría fugarse de nuevo, hay poca vigilancia.

—Ningún esclavo de la casa se ha escapado todavía, amo.

El diálogo quedaba inconcluso, pero más adelante, cuando Valmorain examinaba sus nuevas adquisiciones, distinguía al muchacho y tomaba una decisión. Terminada la cena, Tété partía a comprobar que Eugenia estuviese limpia y tranquila en su cama y a acompañar a Maurice hasta que se durmiera. Valmorain se instalaba en la galería, si el clima lo permitía, o en el sombrío salón, acariciando su tercer coñac, mal alumbrado por una lámpara de aceite, con un libro o un periódico. Las noticias le llegaban con semanas de retraso, pero no le importaba, los hechos ocurrían en otro universo. Despachaba a los domésticos, porque al final del día ya estaba fastidiado de que le adivinaran el pensamiento, y se quedaba leyendo solo. Más tarde, cuando el cielo era un impenetrable manto negro y sólo se escuchaba el silbido constante de los cañaverales, el murmullo de las sombras dentro de la casa y, a veces, la vibración secreta de tambores distantes, se iba a su habitación y se desvestía a la luz de una sola vela. Tété llegaría pronto.

Zarité

Así lo recuerdo. Afuera los grillos y el canto del búho, adentro la luz de la luna alumbrando a rayas precisas su cuerpo dormido. ¡Tan joven! Cuídamelo Erzuli, loa de las aguas más profundas, rogaba yo, sobando a mi muñeca, la que me dio mi abuelo Honoré y que entonces todavía me acompañaba. Ven, Erzuli, madre, amante, con tus collares de oro puro, tu capa de plumas de tucán, tu corona de flores y tus tres anillos, uno por cada esposo. Ayúdanos, loa de los sueños y las esperanzas. Protégelo de Cambray, hazlo invisible a los ojos del amo, hazlo cauteloso frente a otros, pero soberbio en mis brazos, acalla su corazón de bozal en la luz del día, para que sobreviva, y dale bravura por las noches, para que no pierda las ganas de la libertad. Míranos con benevolencia, Erzuli, loa de los celos. No nos envidies, porque esta dicha es frágil como alas de mosca. Él se irá. Si no se va, morirá, tú lo sabes, pero no me lo quites todavía, déjame acariciar su espalda delgada de muchacho antes de que se convierta en la de un hombre.

Era un guerrero, ese amor mío, como el nombre que le dio su padre, Gambo, que quiere decir guerrero. Yo susurraba su nombre prohibido cuando estábamos solos, Gambo, y esa palabra resonaba en mis venas. Le costó muchas palizas responder al nombre que le dieron aquí y ocultar su nombre verdadero. Gambo, me dijo, tocándose el pecho, la primera vez que nos amamos. Gambo, Gambo, repitió hasta que me atreví a decirlo. Entonces él hablaba en su lengua y yo le contestaba en la mía. Tardó tiempo en aprender créole y en enseñarme algo de su idioma, el que mi madre no alcanzó a darme, pero desde el comienzo no necesitamos hablar. El amor tiene palabras mudas, más transparentes que el río.

Gambo estaba recién llegado, parecía un niño, venía en los huesos, espantado. Otros cautivos más grandes y fuertes quedaron flotando a la deriva en el mar amargo, buscando la ruta hacia Guinea. ¿Cómo soportó él la travesía? Venía en carne viva por los azotes, el método de Cambray para quebrar a los nuevos, el mismo que usaba con los perros y los caballos. En el pecho, sobre el corazón, tenía la marca al rojo con las iniciales de la compañía negrera, que le pusieron en África antes de embarcarlo, y todavía no cicatrizaba. Tante Rose me indicó que le lavara las heridas con agua, mucha agua, y las cubriera con emplastos de hierba mora, aloe y manteca. Debían cerrar de adentro hacia fuera. En la quemadura, nada de agua, sólo grasa. Nadie sabía curar como ella, hasta el doctor Parmentier pretendía averiguar sus secretos y ella se los daba, aunque sirvieran para aliviar a otros blancos, porque el conocimiento viene de Papa Bondye, pertenece a todos, y si no se comparte se pierde. Así es. En esos días ella estaba ocupada con los esclavos que llegaron enfermos y a mí me tocó curar a Gambo.

La primera vez que lo vi estaba tirado boca abajo en el hospital de esclavos, cubierto de moscas. Lo incorporé con dificultad para darle un chorro de tafia y una cucharadita de las gotas del ama, que me había robado de su frasco azul. Enseguida comencé la tarea ingrata de limpiarlo. Las heridas no estaban demasiado inflamadas, porque Cambray no pudo echarles sal y vinagre, pero el dolor debía de ser terrible. Gambo se mordía los labios, sin quejarse. Después me senté a su lado para cantarle, ya que no conocía palabras de consuelo en su lengua. Quería explicarle cómo se hace para no provocar a la mano que empuña el látigo, cómo se trabaja y se obedece, mientras se va alimentando la venganza, esa hoguera que arde por dentro. Mi madrina convenció a Cambray de que el muchacho tenía peste y más valía dejarlo solo, no fuera a dársela a los demás de la cuadrilla. El jefe de capataces la autorizó para instalarlo en su cabaña, porque no perdía las esperanzas de que Tante Rose se contagiara de alguna fiebre fatal, pero ella era inmune, tenía un trato con Légbé, el loa de los encantamientos. Entretanto yo empecé a soplarle al amo la idea de poner a Gambo en la cocina. No iba a durar nada en los cañaverales, porque el jefe de capataces lo tenía en la mira desde el principio.

Tante Rose nos dejaba solos en su cabaña durante las curaciones. Adivinó. Y al cuarto día sucedió. Gambo estaba tan abrumado por el dolor y por lo mucho que había perdido —su tierra, su familia, su libertad— que quise abrazarlo como habría hecho su madre. El cariño ayuda a sanar. Un movimiento condujo al siguiente y me fui deslizando debajo de él sin tocarle las espaldas, para que apoyara la cabeza en mi pecho. Le ardía el cuerpo, todavía estaba muy afiebrado, no creo que supiera lo que hacíamos. Yo no conocía el amor. Lo que hacía conmigo el amo era oscuro y vergonzoso, así se lo dije, pero no me creía. Con el amo mi alma, mi ti-bon-ange, se desprendía y se iba volando a otra parte y sólo mi corps-cadavre estaba en esa cama. Gambo. Su cuerpo liviano sobre el mío, sus manos en mi cintura, su aliento en mi boca, sus ojos mirándome desde el otro lado del mar, desde Guinea, eso era amor. Erzuli, loa del amor, sálvalo de todo mal, protégelo. Así clamaba yo.

Tiempos revueltos

Habían transcurrido más de treinta años desde que Macandal, aquel brujo de leyenda, plantara la semilla de la insurrección y desde entonces su espíritu viajaba con el viento de un extremo a otro de la isla, se introducía en los barracones, las cabañas, las *ajoupas*, los trapiches, tentando a los esclavos con la promesa de libertad. Adoptaba forma de serpiente, escarabajo, mono, guacamaya, consolaba con el susurro de la lluvia, clamaba con el trueno, incitaba a la rebelión con el vozarrón de la tempestad. Los blancos también lo sentían. Cada esclavo era un enemigo, ya había más de medio millón y dos tercios venían directo de África con su carga inmensa de resentimiento y sólo vivían para romper sus cadenas y vengarse. Miles de esclavos llegaban a Saint-Domingue, pero nunca eran suficientes para la insaciable demanda de las plantaciones. Látigo, hambre, trabajo. Ni la vigilancia ni la represión más brutal impedían que muchos escaparan; algunos lo hacían en el puerto, apenas los desembarcaban y les quitaban las cadenas para bautizarlos. Se las arreglaban para correr desnudos y enfermos, con un solo pensamiento: huir de los blancos. Atravesaban llanuras arrastrándose en los pastizales, se internaban en la jungla y trepaban las montañas de ese territorio desconocido. Si lograban unirse a una banda de cimarrones, se salvaban de la esclavitud. Guerra, libertad. Los bozales, nacidos libres en África y dispuestos a morir por volver a serlo, les contagiaban su valor a los nacidos en la isla, que no conocían la libertad y para quienes Guinea era un reino difuso en el fondo del mar. Los plantadores vivían armados, esperando. El regimiento de Le Cap había sido reforzado con cuatro mil soldados franceses, que apenas pisaron tierra firme cayeron fulminados por cólera, malaria y disentería.

Los esclavos creían que los mosquitos, causantes de esa mortandad, eran los ejércitos de Macandal combatiendo contra los blancos. Macandal se había librado de la hoguera convertido en mosquito. Macandal había vuelto, como prometió. En Saint-Lazare habían huido menos esclavos que en otras partes y Valmorain lo atribuía a que él no se ensañaba con sus negros, nada de untarlos con melaza y exponerlos a las hormigas rojas, como hacía Lacroix. En sus extraños monólogos nocturnos le comentaba a Tété que nadie podía acusarlo de crueldad, pero si la situación seguía empeorando tendría que darle carta blanca a Cambray. Ella se cuidaba de no mencionar la palabra rebelión delante de él. Tante Rose le había asegurado que una revuelta general de los esclavos era sólo cuestión de tiempo y Saint-Lazare, como todas las demás plantaciones de la isla, iba a desaparecer entre llamas.

Prosper Cambray había comentado ese improbable rumor con su patrón. Desde que él podía acordarse se hablaba de lo mismo y nunca se concretaba. ¿Qué podían hacer unos miserables esclavos contra la milicia y hombres como él mismo, decididos a todo? ¿Cómo se iban a organizar y armar? ¿Quién los iba a dirigir? Imposible. Pasaba el día a caballo y dormía con dos pistolas al alcance de la mano y un ojo abierto, siempre alerta. El látigo era una prolongación de su puño, el lenguaje que mejor conocía y todos temían, nada lo complacía tanto como el miedo que inspiraba. Sólo los escrúpulos de su patrón le habían impedido usar métodos de represión más imaginativos, pero eso estaba por cambiar desde que se habían multiplicado los brotes de insurrección. Había llegado la oportunidad de demostrar que podía manejar la plantación aun en las peores condiciones, llevaba demasiados años esperando la posición de administrador. No podía quejarse, porque había amasado un capital nada despreciable mediante sobornos, raterías y contrabando. Valmorain no sospechaba cuánto desaparecía de sus bodegas. Se jactaba de padrote, ninguna muchacha se libraba de servirlo en la hamaca y nadie se inmiscuía en eso. Mientras no molestara a Tété, podía fornicar a su antojo, pero la única que lo incendiaba de lujuria y despecho era ella, porque estaba fuera de su alcance. La observaba de lejos, la espiaba de cerca, la atrapaba al vuelo en cualquier descuido y ella siempre se le escabullía. «Tenga cuidado, señor Cambray. Si me toca, se lo diré al amo», le advertía Tété, tratando de dominar el temblor de la voz. «Ten cuidado tú, puta, porque cuando te tenga en mis manos me las vas a pagar. ¿Quién crees que eres, desgraciada? Ya tienes veinte años, pronto tu amo te va a reemplazar por otra más joven y entonces será mi turno. Te voy a comprar. Te voy a comprar barata, porque no vales nada, ni siquiera eres buena reproductora. ¿O es que tu amo no tiene cojones? Conmigo verás lo que es bueno. Tu amo estará feliz de venderte», la amenazaba, jugando con el látigo de cuero trenzado.

Entretanto la Revolución francesa había llegado como un coletazo de dragón a la colonia, sacudiéndola hasta los fundamentos. Los *grands blancs*, conservadores y monárquicos, veían los cambios con horror, pero los *petits blancs* apoyaban a la República, que había acabado con las diferencias de clases: libertad, igualdad y fraternidad para los hombres blancos. Por su parte los *affranchis* habían enviado delegaciones a París a reclamar sus derechos ciudadanos ante la Asamblea Nacional, porque en Saint-Domingue ningún blanco, ni rico ni pobre, estaba dispuesto a dárselos. Valmorain postergó indefinidamente su regreso a Francia al comprender que ya nada lo ataba a su país. Antes rabiaba contra el despilfarro de la monarquía y ahora lo hacía contra el caos republicano. Al cabo de tantos años a contrapelo en la colonia, había terminado por aceptar que su lugar estaba en el Nuevo Mundo. Sancho García del Solar le escribió con su habitual franqueza para proponerle que se olvidara de Europa en general y Francia en particular, donde no había lugar para hombres emprendedores, que el futuro estaba en Luisiana. Contaba con buenas conexiones en Nueva Orleans, sólo le faltaba capital para poner en marcha un proyecto para el que ya tenía varios interesados, pero deseaba darle preferencia a él por sus lazos familiares y porque donde ponían el dedo juntos, brotaba oro. Le explicó que en sus comienzos Luisiana fue colonia francesa y desde hacía unos veinte años lo era de España, pero la población permanecía obstinadamente leal a sus orígenes. El gobierno era español, pero la cultura y la lengua continuaban siendo francesas. El clima se parecía al de las Antillas y se daban bien los mismos cultivos, con la ventaja de que sobraba espacio y la tierra estaba botada; podrían adquirir una gran plantación y explotarla sin problemas políticos ni esclavos alzados. Amasarían una fortuna en pocos años, le prometió.

Después de perder a su primer hijo, Tété quería ser estéril como las mulas del molino. Para amar y sufrir como madre le bastaba Maurice, ese chiquillo delicado, capaz de llorar de emoción con la música y orinarse de angustia ante la crueldad. Maurice temía a Cambray, le bastaba oír el taconeo de sus botas en la galería para volar a esconderse. Tété recurría a los remedios de Tanta Rose para evitar otra preñez, tal como hacían otras esclavas, pero no siempre daban resultado. La curandera decía que algunos niños insisten en venir al mundo, porque no sospechan lo que les aguarda. Así fue con el segundo crío de Tété. De nada sirvieron los manojos de estopa impregnados en vinagre para evitarlo, ni las infusiones de borraja, los sahumerios de mostaza y el gallo sacrificado a los *loas* para abortarlo. A la tercera luna llena sin menstruar, fue a rogarle a su madrina que acabara con su problema mediante un palo puntiagudo, pero ella se negó: el riesgo de una infección era enorme y si eran sorprendidas atentando contra la propiedad del amo, Cambray tendría un motivo perfecto para despellejarlas a azotes.

—Supongo que éste también es hijo del amo —comentó Tante Rose.

—No estoy segura, madrina. También puede ser de Gambo —murmuró Tété, azorada.

—¿De quién?

—El ayudante de la cocinera. Su verdadero nombre es Gambo.

—Es un mocoso, pero veo que ya sabe hacer como los hombres. Debe de ser cinco o seis años menor que tú.

—¿Qué importa eso? ¡Lo que importa es que si el niño me sale negro el amo nos va a matar a los dos!

—Muchas veces los niños mezclados salen oscuros como los abuelos —le aseguró Tante Rose.

Aterrada ante las posibles consecuencias de esa preñez, Tété imaginaba que tenía un tumor adentro, pero al cuarto mes sintió un aleteo de paloma, un soplo obstinado, la primera inconfundible manifestación de vida, y no pudo evitar el cariño y la compasión por el ser acurrucado en su vientre. Por las noches, tendida junto a Maurice, le pedía perdón en susurros por la ofensa terrible de traerlo al mundo como esclavo. Esta vez no fue necesario esconder la barriga ni que el amo saliera disparado con su esposa a Cuba, porque la infeliz ya no se daba cuenta de nada. Hacía mucho que Eugenia no tenía contacto con su marido y las pocas veces que lo vislumbraba en el ámbito borroso de su chifladura preguntaba quién era ese hombre. Tampoco reconocía a Maurice. En sus buenos momentos volvía a su adolescencia, tenía catorce años y jugaba con otras bulliciosas colegialas en el convento de las monjas en Madrid, mientras esperaban el chocolate espeso del desayuno. El resto del tiempo vagaba en un paisaje de neblina sin contornos precisos donde ya no sufría como antes. Tété decidió por su cuenta suprimirle de a poco el opio y no hubo ninguna diferencia en la conducta de Eugenia. Según Tante Rose, el ama había cumplido su misión al dar a luz a Maurice y ya no le quedaba nada por hacer en este mundo.

Valmorain conocía el cuerpo de Tété mejor de lo que alcanzó a conocer el de Eugenia o de ninguna de sus fugaces amantes y pronto se dio cuenta de que se le estaba engrosando la cintura y tenía los senos hinchados. La interrogó cuando estaban en la cama, después de uno de esos coitos que ella soportaba resignada y que para él eran sólo un desahogo nostálgico, y Tété se echó a llorar. Eso lo sorprendió, porque no la había visto verter lágrimas desde que le arrebató a su primer hijo. Había oído que los negros tienen menos capacidad de sufrir, la prueba era que ningún blanco aguantaría lo que ellos soportaban, y así como se les quitan los cachorros a las perras o los terneros a las vacas, se podía separar a las esclavas de sus hijos; al poco tiempo se reponían de la pérdida y después ni se acordaban. Nunca había pensado en los sentimientos de Tété, partía de la base que eran muy limitados. En ausencia suya, ella se disolvía, se borraba, quedaba suspendida en la nada hasta que él la requería; entonces se materializaba de nuevo, sólo existía para servirlo. Ya no era una muchacha, pero le parecía que no había cambiado. Recordaba vagamente a la chiquilla flaca que le entregó Violette Boisier años antes, a la muchacha frutal que emergió de ese capullo tan poco prometedor y a quien él desfloró de un zarpazo en la misma habitación donde Eugenia dormía drogada, a la joven que dio a luz sin un solo quejido con un pedazo de madera entre los dientes, a la madre de dieciséis años que se despidió con un beso en la frente del niño que nunca más habría de ver, a la mujer que mecía a Maurice con infinita ternura, la que cerraba los ojos y se mordía los labios cuando él la penetraba, la que a veces se dormía a su lado extenuada por las fatigas del día, pero pronto despertaba sobresaltada con el nombre de Maurice en los labios y se iba corriendo. Y todas esas imágenes de Tété se fundían en una sola, como si el tiempo no pasara para ella. Aquella noche en que palpó los cambios en su cuerpo, le ordenó que encendiera la lámpara para mirarla. Le gustó lo que vio, ese cuerpo de líneas largas y firmes, la piel color bronce, las caderas generosas, los labios sensuales, y concluyó que era su más valiosa posesión. Con un dedo recogió una lágrima, que se le deslizaba a lo largo de la nariz y sin pensarlo se la llevó a los labios. Era salada, como las lágrimas de Maurice.

—¿Qué te pasa? —le preguntó.

—Nada, amo.

—No llores. Esta vez podrás quedarte con tu crío, porque a Eugenia ya no puede importarle.

—Si es así, amo, ¿por qué no recupera a mi hijo?

—Eso sería muy engorroso.

—Dígame si está vivo…

—¡Por supuesto que está vivo, mujer! Debe de tener unos cuatro o cinco, años, ¿no? Tu deber es ocuparte de Maurice. No vuelvas a mencionar a ese chico delante de mí y confórmate con que te permita criar al que tienes adentro.

Zarité

*G*ambo prefería cortar caña a la labor humillante de la cocina. «Si mi padre me viera, se levantaría entre los muertos para escupirme en los pies y renegar de mí, su hijo mayor, por hacer cosas de mujer. Mi padre murió peleando contra los atacantes de nuestra aldea, como es natural que mueran los hombres.» Así me decía. Los cazadores de esclavos eran de otra tribu, venían de lejos, del oeste, con caballos y mosquetes como los del jefe de capataces. Otras aldeas habían desaparecido incendiadas, se llevaban a los jóvenes, mataban a los mayores y a los niños pequeños, pero su padre creía que ellos estaban a salvo, protegidos por la distancia y el bosque. Los cazadores vendían sus cautivos a unos seres con colmillos de hiena y garras de cocodrilo que se alimentaban de carne humana. Nadie regresaba jamás. Gambo fue el único de su familia que atraparon con vida, por suerte para mí y por desgracia para él. Resistió la primera parte del trayecto, que duró dos ciclos completos de la luna, a pie, atado a los demás con sogas y con un yugo de madera al cuello, arreado a palos, casi sin alimento ni agua. Cuando ya no podía dar un paso más, surgió ante sus ojos el mar, que ninguno en la larga fila de cautivos conocía, y un castillo imponente sobre la arena. No alcanzaron a maravillarse ante la extensión y el color del agua, que se confundía con el cielo en el horizonte, porque los encerraron. Entonces Gambo vio a los blancos por primera vez y pensó que eran *demonios; después se enteró de que eran gente, pero nunca creyó que fueran humanos como nosotros. Estaban vestidos con trapos sudados, pecheras de metal y botas de cuero, gritaban y golpeaban sin razón. Nada de colmillos ni garras, pero tenían pelos en la cara, armas y látigos y su olor era tan repugnante que mareaba a los pájaros en el cielo. Así me lo contó. Lo separaron de las mujeres y niños, lo metieron en un corral, caliente de día y frío de noche, con cientos de hombres que no hablaban su lengua. No supo cuánto tiempo estuvo allí, porque se olvidó de seguir los pasos de la luna, ni cuántos murieron, porque nadie tenía nombre y nadie llevaba la cuenta. Al principio estaban tan apretados que no podían echarse en el suelo, pero a medida que sacaban los cadáveres, hubo más espacio. Después vino lo peor, lo que él no quería recordar, pero volvía a vivirlo en los sueños: el barco. Iban tendidos uno al lado del otro, como leños, en varios pisos de tablones, con hierros al cuello y cadenas, sin saber adónde los llevaban, ni por qué se bamboleaba esa enorme calabaza, todos gimiendo, vomitando, cagándose, muriéndose. La fetidez era tanta que llegaba hasta el mundo de los muertos y su padre la olía. Tampoco allí Gambo pudo calcular el tiempo, aunque estuvo bajo el sol y las estrellas varias veces, cuando los sacaban en grupos a la cubierta para lavarlos con baldes de agua de mar y obligarlos a bailar para que no se les olvidara el uso de las piernas y los brazos.*

Los marineros lanzaban por la borda a los muertos y los enfermos, después escogían a algunos cautivos y los azotaban por diversión. A los más atrevidos los colgaban de las muñecas y los bajaban lentamente al agua, que hervía de tiburones, y cuando los subían sólo quedaban los brazos. Gambo también vio lo que hacían con las mujeres. Buscó la oportunidad de lanzarse por la borda, pensando que después del festín de los tiburones que siguieron al barco desde el África hasta las Antillas, su alma iría nadando a la isla bajo el mar a reunirse con su padre y el resto de su familia. «Si mi padre supiera que pretendía morir sin luchar, de nuevo me escupiría en los pies.» Así me lo contó.

Su única razón para permanecer en la cocina de *Tante Mathilde* era que estaba preparándose para escapar. Sabía los riesgos. En Saint-Lazare había esclavos sin nariz ni orejas o con grillos soldados en los tobillos; no se podían quitar y era imposible correr con ellos. Creo que postergaba su fuga por mí, por la forma en que nos mirábamos, los mensajes de piedrecillas en el gallinero, las golosinas que robaba para mí en la cocina, la expectativa de abrazarnos, que era como picazón de pimienta por todo el cuerpo, y por esos raros momentos en que por fin estábamos solos y nos tocábamos. «Vamos a ser libres, Zarité, y estaremos siempre juntos. Te quiero más que a nadie, más que a mi padre y sus cinco esposas, que eran mis madres, más que a mis hermanos y mis hermanas, más que a todos ellos juntos, pero no más que mi honor.» Un guerrero hace lo que debe hacer, eso es más importante que el amor, cómo no lo voy a entender. Las mujeres amamos más profundo y largo, eso también lo sé. Gambo era orgulloso y no hay peligro mayor para un esclavo que el orgullo. Le rogaba que se quedara en la cocina si quería seguir viviendo, que se volviera invisible para evitar a Cambray, pero eso era pedirle demasiado, era pedirle que llevara una existencia de cobarde. La vida está escrita en nuestra z'etoile y no podemos cambiarla. «¿Vendrás conmigo, Zarité?» No podía ir con él, estaba muy pesada y juntos no habríamos llegado lejos.

Los amantes

Hacía varios años que Violette Boisier había abandonado la vida nocturna de Le Cap, no por haberse marchitado, pues todavía podía competir con cualquiera de sus rivales, sino por Étienne Relais. La relación se había convertido en una complicidad amorosa sazonada por la pasión de él y el buen humor de ella. Llevaban juntos casi una década, que se les había hecho muy corta. Al principio pasaban separados, sólo podían verse durante las breves visitas de Relais entre campañas militares. Por un tiempo ella continuó en su oficio, pero sólo ofrecía sus magníficos servicios a un puñado de clientes, los más generosos. Se volvió tan selectiva que Loula debía suprimir de la lista a los impetuosos, los feos sin remedio y los de mal aliento; en cambio daba preferencia a los viejos, porque eran agradecidos. Pocos años después de conocer a Violette, Relais fue ascendido a teniente coronel y le encargaron la seguridad en el norte; entonces viajaba por períodos más cortos. Apenas pudo establecerse en Le Cap dejó de dormir en el cuartel y se casó con ella. Lo hizo desafiante, con pompa y ceremonia en la iglesia y anuncio en el periódico, como las bodas de los *grands blancs*, ante el desconcierto de sus compañeros de armas, incapaces de entender sus razones para desposar a una mujer de color, y además de dudosa reputación, si podía mantenerla como querida; pero ninguno se lo preguntó a la cara y él no ofreció explicaciones. Contaba con que nadie se atrevería a hacerle desaires a su mujer. Violette notificó a sus «amigos» que ya no estaba disponible, repartió entre otras *cocottes* los vestidos de fiesta que no pudo transformar en prendas más discretas, vendió su piso y se fue a vivir con Loula a una casa alquilada por Relais en un barrio de *petits blancs* y *affranchis*. Sus nuevas amistades eran mulatos, algunos bastante ricos, propietarios de tierras y esclavos, católicos, aunque en secreto solían recurrir al vudú. Descendían de los mismos blancos que los despreciaban, eran sus hijos o nietos, y los imitaban en todo, pero negaban hasta donde podían la sangre africana de sus madres. Relais no era amistoso, sólo se sentía cómodo en la ruda camaradería del cuartel, pero de vez en cuando acompañaba a su mujer a las reuniones sociales. «Sonríe, Étienne, para que mis amigos le pierdan el miedo al mastín de Saint-Domingue», le pedía ella. Violette le comentó a Loula que echaba de menos el brillo de las fiestas y espectáculos que antes llenaban sus noches. «Entonces tenías dinero y te divertías, mi ángel, ahora eres pobre y te aburres. ¿Qué has ganado con tu soldado?» Vivían con el sueldo de teniente coronel, pero sin que él lo supiera hacían negocios: pequeños contrabandos, préstamos con interés. Así aumentaban el capital que Violette había ganado y Loula sabía invertir.

Étienne Relais no había olvidado sus planes de volver a Francia, especialmente ahora que la República les había dado poder a los ciudadanos comunes como él. La vida en la colonia lo tenía harto, pero no tenía suficiente dinero ahorrado como para retirarse del ejército. No le hacía ascos a la guerra, era un centauro de muchas batallas, acostumbrado a sufrir y hacer sufrir, pero estaba cansado del alboroto. No entendía la situación en Saint-Domingue: se hacían y deshacían alianzas en cosa de horas, los blancos se peleaban entre sí y contra los *affranchis*, nadie le daba importancia a la creciente insurrección de los negros, que él consideraba lo más grave de todo. A pesar de la anarquía y la violencia, la pareja encontró una felicidad apacible que ninguno de los dos conocía. Evitaban hablar de hijos, ella no podía concebirlos y a él no le interesaban, pero cuando una tarde inolvidable Toulouse Valmorain se presentó en su casa con un recién nacido envuelto en una mantilla, lo recibieron como una mascota que llenaría las horas de Violette y Loula, sin sospechar que se iba a convertir en el hijo que no se habían atrevido a soñar. Valmorain se lo llevó a Violette porque no se le ocurrió otra solución para hacerlo desaparecer antes del regreso de Eugenia de Cuba. Debía impedir que su mujer se enterara de que el crío de Tété era también suyo. No podía ser de otro, porque él era el único blanco en Saint-Lazare. Ignoraba que Violette se había casado con el militar. No la encontró en el piso de la plaza Clugny, que ahora tenía otro propietario, pero le fue fácil averiguar su nuevo paradero y allí llegó con el chico y una nodriza que consiguió por su vecino Lacroix. Le planteó el asunto a la pareja como un arreglo temporal, sin tener idea de cómo lo iba a resolver más adelante; por lo mismo fue un alivio que Violette y su marido aceptaran al infante sin preguntar más que su nombre. «No lo he bautizado, podéis llamarlo como queráis», les dijo en esa oportunidad.

Étienne Relais seguía tan fiero, vigoroso y sano como en su juventud. Era el mismo manojo de músculos y fibra, con una mata de cabello gris y el carácter de hierro que lo encumbró en el ejército y le hizo ganar varias medallas. Primero había servido al Rey y ahora servía a la República con igual lealtad. Todavía deseaba hacer el amor con Violette muy seguido y ella lo acompañaba de buen talante en esas cabriolas de amantes, que según Loula eran impropias de esposos maduros. Era notable el contraste entre su reputación de despiadado y la blandura recóndita que derrochaba con su mujer y el niño, quien rápidamente ganó su corazón, ese órgano que a él le faltaba, según sostenían en el cuartel. «Este chiquillo podría ser mi nieto», decía a menudo y en verdad tenía chocheras de abuelo. Violette y el niño eran las únicas dos personas que había amado en su vida y, si lo apuraban un poco, admitía que también quería a Loula, aquella africana mandona que tanta guerra le dio al principio, cuando pretendía que Violette consiguiera un novio más conveniente. Relais le ofreció la emancipación; la reacción de Loula fue echarse al suelo gimiendo que pretendían deshacerse de ella, como tantos esclavos inservibles por viejos o enfermos, que los amos abandonaban en la calle para no tener que mantenerlos, que había pasado su vida cuidando a Violette y cuando no la necesitaban iban a condenarla a pedir limosna o morirse de hambre, y dale y dale a grito destemplado. Por fin Relais logró hacerse oír para asegurarle que podía seguir siendo esclava hasta su último aliento, si así lo deseaba. A partir de esa promesa cambió la actitud de la mujer y en vez de ponerle muñecos pinchados con alfileres debajo la cama, se esmeró en prepararle sus comidas favoritas.

Violette había madurado como los mangos, lentamente. Con los años no había perdido su frescura, su porte altivo o su risa torrentosa, sólo había engordado un poco, lo que a su marido le encantaba. Tenía la actitud confiada de quienes gozan del amor. Con el tiempo y la estrategia de rumores de Loula, se había convertido en una leyenda y adonde fuera la seguían miradas y murmullos, incluso de la misma gente que no la recibía en sus casas. «Se deben estar preguntando por el huevo de paloma», se reía Violette. Los hombres más soberbios se quitaban el sombrero a su paso cuando iban solos, muchos recordaban las noches ardientes en el piso de la plaza Clugny, pero las mujeres de cualquier color apartaban la vista por envidia. Violette se vestía con colores alegres y sus únicos adornos eran el anillo de ópalo, regalo de su marido, y pesados aros de oro en las orejas, que resaltaban sus rasgos magníficos y el marfil de su piel, resultado de una vida sin exponerse al rayo partido de sol. No poseía otras joyas, todas las había vendido para aumentar el capital indispensable para sus tratos de usurera. Había acumulado sus ahorros durante años en un hoyo del patio, en sólidas monedas de oro, sin levantar sospechas en su marido, hasta que llegó el momento de irse. Estaban echados en cama un domingo a la hora de la siesta, sin tocarse porque hacía demasiado calor, cuando ella le anunció que si en realidad deseaba volver a Francia, como venía diciendo desde hacía una eternidad, contaban con los medios para hacerlo. Esa misma noche, amparada por la oscuridad, desenterró su tesoro con Loula. Una vez que el teniente coronel hubo sopesado la bolsa de monedas, se repuso del asombro y dejó de lado sus objeciones de varón humillado por la astucia de las hembras, decidió presentar su renuncia al ejército. Había cumplido de sobra con Francia. Entonces la pareja empezó a planear el viaje y Loula debió resignarse a la idea de ser libre, porque en Francia se había abolido la esclavitud.

Los hijos del amo

Esa tarde los esposos Relais esperaban la visita más importante de sus vidas, como le explicó Violette a Loula. La casa del militar era algo más amplia que el apartamento de tres piezas en la plaza Clugny, cómoda, pero sin lujos. La sencillez adoptada por Violette en el vestuario se extendía a su vivienda, decorada con muebles de artesanos locales y sin las chinerías que antes tanto le gustaban. La casa era acogedora, con fuentes de frutas, floreros, jaulas de pájaros y varios gatos. El primero en presentarse esa tarde fue el notario con su joven escribiente y un libraco de tapas azules. Violette los instaló en un cuarto adyacente a la sala principal, que servía de escritorio a Relais, y les ofreció café con delicados *beignets* de las monjas, que según Loula eran sólo masa frita y ella podía hacerlos mejor. Poco después tocó a la puerta Toulouse Valmorain. Se había echado varios kilos encima y se veía más gastado y ancho de lo que Violette recordaba, pero conservaba intacta su arrogancia de *grand blanc*, que a ella siempre le había parecido cómica, porque estaba entrenada para desnudar a los hombres de una sola mirada y desnudos no valían títulos, poder, fortuna o raza; sólo contaban el estado físico y las intenciones. Valmorain la saludó con el ademán de besarle la mano, pero sin tocarla con los labios, lo que habría sido una descortesía delante de Relais, y aceptó el asiento y el vaso de jugo de fruta que le ofrecieron.

—Han pasado unos cuantos años desde la última vez que nos vimos, monsieur —dijo ella, con una formalidad nueva entre ellos, procurando disimular la ansiedad que le oprimía el pecho.

—El tiempo se ha detenido para usted, madame, está igual.

—No me ofenda, me veo mejor —sonrió ella, asombrada porque el hombre se sonrojó; tal vez estaba tan nervioso como ella.

—Como sabe por mi carta, monsieur Valmorain, pensamos irnos a Francia dentro de poco —comenzó Étienne Relais, de uniforme, tieso como un poste en su silla.

—Sí, sí —lo interrumpió Valmorain—. Antes que nada, me corresponde agradecerles a ambos que hayan cuidado al chico durante estos años. ¿Cómo se llama?

—Jean-Martin —dijo Relais.

—Supongo que ya es todo un hombrecito. Desearía verlo, si fuera posible.

—Dentro de un momento. Anda paseando con Loula y regresarán pronto.

Violette estiró la falda de su sobrio vestido de *crêpe* verde oscuro con ribetes morados y sirvió más jugo en los vasos. Le temblaban las manos. Durante un par de eternos minutos nadie habló. Uno de los canarios empezó a cantar en su jaula, rompiendo el pesado silencio. Valmorain observó con disimulo a Violette, tomando nota de los cambios en ese cuerpo que alguna vez se empecinó en amar, aunque ya no recordaba muy bien lo que hacían antes en la cama. Se preguntó qué edad tendría y si acaso usaba misteriosos bálsamos para preservar la belleza, como había leído en alguna parte que hacían las antiguas faraonas, quienes a fin de cuentas terminaban momificadas. Sintió envidia al imaginar la dicha de Relais con ella.

—No podemos llevarnos a Jean-Martin en las condiciones actuales, Toulouse —dijo al fin Violette en el tono familiar que empleaba cuando eran amantes, poniéndole una mano en el hombro.

—No nos pertenece —añadió el teniente coronel, con un rictus en la boca y los ojos fijos en su antiguo rival.

—Queremos mucho a este niño y él cree que somos sus padres. Siempre quise tener hijos, Toulouse, pero Dios no me los dio. Por eso deseamos comprar a Jean-Martin, emanciparlo y llevarlo a Francia con el apellido Relais, como nuestro hijo legítimo —dijo Violette y de pronto se echó a llorar, sacudida por los sollozos.

Ninguno de los dos hombres hizo ademán de consolarla. Se quedaron mirando los canarios, incómodos, hasta que ella logró calmarse, justamente cuando Loula entraba con un chiquillo de la mano. Era hermoso. Corrió donde Relais a mostrarle algo que apretaba en un puño, parloteando excitado, con las mejillas arreboladas. Relais le señaló al visitante y el chico se acercó, le tendió una mano regordeta y lo saludó sin timidez. Valmorain lo estudió complacido y comprobó que no se parecía en nada a él ni a su hijo Maurice.

—¿Qué tienes ahí? —le preguntó.

—Un caracol.

—¿Me lo regalas?

—No puedo, es para mi *papa* —respondió Jean-Martin, regresando junto a Relais para trepar a sus rodillas.

—Anda con Loula, hijo —le ordenó el militar. El niño obedeció de inmediato, cogió a la mujer por la falda y ambos desaparecieron.

—Si estás de acuerdo… Bueno, hemos convocado a un notario en caso que aceptes nuestra proposición, Toulouse. Después habría que ir donde un juez —balbuceó Violette, a punto de llorar de nuevo.

Valmorain había acudido a la entrevista sin un plan. Sabía lo que le iban a pedir, porque Relais se lo había explicado en su carta, pero no había tomado una decisión, deseaba ver al muchacho primero. Le había causado muy buena impresión, era guapo y por lo visto no le faltaba carácter, valía bastante dinero, pero para él sería un incordio. Lo habían mimado desde que nació, eso resultaba evidente, y no sospechaba su verdadera posición en la sociedad. ¿Qué haría con ese pequeño bastardo de sangre mezclada? Tendría que mantenerlo en la casa los primeros años. No imaginaba cómo reaccionaría Tété; seguramente se volcaría en su hijo y Maurice, quien hasta ese momento se había criado como hijo único, se sentiría abandonado. El delicado equilibrio de su hogar podía venirse abajo. También pensó en Violette Boisier, en el recuerdo impreciso del amor que le tuvo, en los servicios que se habían prestado mutuamente a lo largo de los años y en la simple verdad de que ella era mucho más madre de Jean-Martin que Tété. Los Relais ofrecían al niño lo que él no pensaba darle: libertad, educación, un apellido y una situación respetable.

—Por favor, monsieur, véndanos a Jean-Martin. Le pagaremos lo que pida, aunque como usted ve, no somos gente de fortuna —le rogó Étienne Relais, crispado y tenso, mientras Violette temblaba apoyada en el umbral de la puerta que los separaba del notario.

—Dígame, señor, ¿cuánto ha gastado en mantenerlo durante estos años? —preguntó Valmorain.

—Nunca he hecho esa cuenta —respondió Relais, sorprendido.

—Bien, eso es lo que vale el chico. Estamos a mano. Ya tiene usted a su hijo.

El embarazo de Tété transcurrió sin cambios para ella; siguió trabajando de sol a sol como siempre y acudía al lecho de su amo cada vez que a él se le antojaba para hacer como los perros cuando la barriga se convirtió en un obstáculo. Tété lo maldecía para sus adentros, pero también temía que la reemplazara por otra esclava y la vendiera a Cambray, la peor suerte imaginable.

—No te preocupes, Zarité, si llega ese momento, yo me encargo del jefe de capataces —le prometió Tante Rose.

—¿Por qué no lo hace ahora, madrina? —le preguntó la joven.

—Porque no hay que matar sin una muy buena razón.

Esa tarde Tété estaba hinchada, con la sensación de llevar una sandía adentro, cosiendo en un rincón a pocos pasos de Valmorain, que leía y fumaba en su sillón. La fragancia picante del tabaco, que en tiempos normales le gustaba, ahora le revolvía el estómago. Hacía meses que nadie llegaba de visita a Saint-Lazare, porque incluso el huésped más asiduo, el doctor Parmentier, temía el camino; no se podía viajar por el norte de la isla sin fuerte protección. Valmorain había establecido el hábito de que Tété lo acompañara después de la cena, una obligación más de las muchas que le imponía. A esa hora ella sólo deseaba tenderse, acurrucada con Maurice, y dormir. Apenas podía con su cuerpo siempre caliente, cansado, sudoroso, con la presión de la criatura en los huesos, el dolor de espalda, los senos duros, los pezones ardientes. Ese día había sido el peor, el aire se le hacía poco para respirar. Aún era temprano, pero como una tormenta había precipitado la noche y la había obligado a cerrar los postigos, la casa parecía agobiante como una prisión. Hacía media hora que Eugenia dormía acompañada por su cuidadora y Maurice la esperaba, pero había aprendido a no llamarla porque su padre se indignaba.

La tormenta cedió tan de súbito como había comenzado, se

acalló el golpeteo del agua y el azote del viento, que dieron paso a un coro de sapos. Tété se dirigió a una de las ventanas y abrió los postigos, aspirando a fondo el soplo de humedad y frescura que barrió la sala. El día se le había hecho eterno. Se había asomado un par de veces a la cocina con la excusa de hablar con Tante Mathilde, pero no había visto a Gambo. ¿Dónde se había metido el muchacho? Temblaba por él. A Saint-Lazare llegaban los rumores del resto de la isla, llevados de boca en boca por los negros y comentados abiertamente por los blancos, que jamás se cuidaban de lo que decían delante de sus esclavos. La última noticia era la Declaración de los Derechos del Hombre proclamada en Francia. Los blancos estaban en ascuas y los *affranchis*, que habían sido siempre marginados, veían por fin una posibilidad de obtener igualdad con los blancos. Los derechos del hombre no incluían a los negros, como le explicó Tante Rose a la gente reunida en una *calenda*, la libertad no era gratis, había que pelearla. Todos sabían que habían desaparecido cientos de esclavos de las plantaciones cercanas para unirse a las bandas de rebeldes. En Saint-Lazare se escaparon veinte, pero Prosper Cambray y sus hombres les dieron caza y volvieron con catorce. Los otros seis murieron a tiros, según el jefe de capataces, pero nadie vio lo cuerpos y Tante Rose creía que habían logrado llegar a las montañas. Eso fortaleció la determinación de huir de Gambo. Tété ya no podía sujetarlo y había comenzado el calvario de despedirse y arrancárselo del corazón. No hay peor sufrimiento que amar con miedo, decía Tante Rose.

Valmorain apartó la vista de la página para tomar otro sorbo de coñac y sus ojos se fijaron en su esclava, que llevaba un buen rato de pie junto a la ventana abierta. En la débil luz de las lámparas la vio jadeando, sudorosa, con las manos contraídas sobre la barriga. De pronto Tété ahogó un gemido y se recogió la falda por encima de los tobillos, mirando desconcertada el charco que se extendía en el suelo y empapaba sus pies desnudos. «Ya es hora», murmuró y salió apoyándose en los muebles en dirección a la galería. Dos minutos más tarde otra esclava acudió presurosa a trapear el suelo.

—Llama a Tante Rose —le ordenó Valmorain.

—Ya la fueron a buscar, amo.

—Avísame cuando nazca. Y tráeme más coñac.

Zarité

*R*osette nació el mismo día en que desapareció Gambo. Así fue. Rosette me ayudó a soportar la angustia de que lo atraparan vivo y el
vacío que él dejó en mi cuerpo. Estaba absorta en mi niña. Gambo corriendo por el bosque perseguido por los perros de Cambray ocupaba sólo una
parte de mi pensamiento. Erzuli, loa madre, cuida a esta niña. Nunca
había sentido esa forma de amor, porque a mi primer hijo no alcancé a
ponérmelo al pecho. El amo le advirtió a Tante Rose que yo no debía verlo, así sería más fácil la separación, pero ella me dejó sostenerlo por un
momento, antes de que él se lo llevara. Después me dijo, mientras me limpiaba, que era un chico sano y fuerte. Con Rosette, comprendí mejor lo que
había perdido. Si también me la quitaran, me volvería loca, como doña
Eugenia. Trataba de no imaginarlo, porque eso puede hacer que las cosas
sucedan, pero una esclava siempre vive con esa incertidumbre. No podemos
proteger a los hijos ni prometerles que estaremos con ellos mientras nos nece-
siten. Demasiado pronto los perdemos, por eso es mejor no traerlos a la
vida. Al fin perdoné a mi madre, que no quiso pasar por ese tormento.

Siempre supe que Gambo se iría sin mí. En la cabeza, los dos lo habíamos aceptado, pero no en el corazón. Gambo podría salvarse solo, si estaba señalado en su z'etoile y los loas lo permitían, pero ni todos los loas
juntos podrían evitar que lo cogieran si iba conmigo. Gambo me ponía la

mano en la barriga y sentía moverse al niño, seguro de que era suyo y se llamaría Honoré, en recuerdo del esclavo que me crió en casa de madame Delphine. No podía nombrarlo como su propio padre, quien estaba con los Muertos y los Misterios, pero Honoré no era mi pariente de sangre, por eso no era una imprudencia usar su nombre. Honoré es un nombre adecuado para alguien que pone el honor por encima de todo, incluso del amor. «Sin libertad no hay honor para un guerrero. Ven conmigo, Zarité.» Yo no podía hacerlo con la barriga llena, tampoco podía dejar a doña Eugenia, que ya no era más que un muñeco en su cama y mucho menos a Maurice, mi niño, a quien le había prometido que nunca nos íbamos a separar.

Gambo no alcanzó a enterarse de que di a luz, porque mientras yo pujaba en la cabaña de Tante Rose, él corría como el viento. Lo había planeado bien. Huyó al atardecer, antes de que los vigilantes salieran con los perros. Tante Mathilde no dio la voz de alarma hasta el día siguiente a mediodía, aunque notó su ausencia al amanecer, y eso le dio varias horas de ventaja. Era la madrina de Gambo. En Saint-Lazare, como en otras plantaciones, a los bozales les asignaban otro esclavo para enseñarles a obedecer, un padrino, pero como a Gambo lo pusieron en la cocina, le dieron a Tante Mathilde, quien ya tenía sus años, había perdido a sus hijos y le tomó cariño, por eso lo ayudó. Prosper Cambray andaba con un grupo de la Maréchaussée persiguiendo a los esclavos que habían huido poco antes. Como aseguraba que los había matado, nadie entendía su empeño en seguir buscándolos. Gambo partió en la dirección contraria y al jefe de capataces le tomó algo de tiempo organizarse para incluirlo en la cacería. Se fue esa noche porque se lo indicaron los loas: coincidió con la ausencia de Cambray y con la luna llena; no se puede correr en una noche sin luna. Así creo.

Mi hija nació con los ojos abiertos y alargados, del color de los míos. Tardó en tomar aliento, pero cuando lo hizo sus berridos hicieron temblar la llamita de la vela. Antes de lavarla, Tante Rose me la colocó sobre el pecho, todavía unida a mí por una gruesa tripa. La nombré Rosette por

Tante Rose, a quien le pedí que fuera su abuela, ya que no teníamos más familia. Al otro día el amo la bautizó echándole agua en la frente y murmurando unas palabras cristianas, pero el domingo siguiente Tante Rose organizó una verdadera ceremonia Rada para Rosette. El amo nos autorizó para hacer una calenda *y nos dio un par de cabras para asar. Así fue. Era un honor, porque en la plantación no se celebraban los nacimientos de esclavos. Las mujeres prepararon comida y los hombres prendieron hogueras y antorchas y tocaron los tambores en el* hounfort *de Tante Rose. Mi madrina dibujó en la tierra con una delgada línea de harina de maíz la escritura sagrada del* vévé *en torno al poste central, el* poteau-mitan, *y por allí descendieron los* loas *y montaron a varios servidores, pero no a mí. Tante Rose sacrificó una gallina: primero le quebró las alas y luego le arrancó la cabeza con los dientes, como se debe hacer. Le ofrecí mi hija a Erzuli. Bailé y bailé, los pechos pesados, los brazos en alto, las caderas locas, las piernas separadas de mi pensamiento, respondiendo a los tambores.*

Al principio el amo no se interesó en Rosette para nada. Le molestaba oírla llorar y que yo me ocupara de ella, tampoco me dejaba llevarla colgada a la espalda, como había hecho con Maurice, tenía que dejarla en un cajón mientras trabajaba. Muy pronto el amo me llamó a su pieza de nuevo, porque se excitaba con mis senos, que habían crecido el doble y bastaba mirarlos para que soltaran leche. Más tarde empezó a fijarse en Rosette porque Maurice se prendó de ella. Cuando Maurice nació era apenas un ratoncito pálido y silencioso que me cabía entero en una sola mano, muy diferente a mi hija, grande y chillona. A Maurice le hizo bien pasar sus primeros meses pegado a mí, como los niños africanos, que según me han dicho no tocan el suelo hasta que aprenden a caminar, siempre están en brazos. Con el calor de mi cuerpo y su buen apetito, creció sano y se libró de las enfermedades que matan a tantos niños. Era listo, entendía todo y desde los dos años hacía preguntas que ni su padre sabía contestar. Nadie le enseñó créole, *pero lo hablaba igual que el francés. El amo no le per-*

mitía mezclarse con los esclavos, pero se escabullía para jugar con los pocos negritos de la plantación y yo no podía reprenderlo porque no hay nada tan triste como un niño solitario. Desde el principio, Maurice se convirtió en guardián de Rosette. No se despegaba de su lado, salvo cuando su padre se lo llevaba a recorrer la propiedad para mostrarle sus posesiones. El amo siempre puso mucho empeño en su herencia, por eso sufrió tanto años más tarde con la traición de su hijo. Maurice se instalaba durante horas a jugar con sus bloques y su caballito de madera junto al cajón de Rosette, lloraba si ella lloraba, le hacía morisquetas y se moría de risa si ella respondía. El amo me prohibió decir que Rosette era hija suya, lo que de ningún modo a mí se me habría ocurrido, pero Maurice lo adivinó o lo inventó, porque la llamaba hermana. Su padre le fregaba la boca con jabón, pero no pudo quitarle la costumbre, como le había quitado la de decirme maman. A su verdadera madre le tenía miedo, no quería verla, la llamaba «la señora enferma». Maurice aprendió a decirme Tété, como todo el mundo, menos algunos que me conocen por dentro y me llaman Zarité.

El guerrero

Al cabo de varios días de perseguir a Gambo, Prosper Cambray estaba rojo de ira. No había rastro del muchacho y tenía entre manos una jauría de perros dementes, medio ciegos y con los hocicos en llagas. Le echó la culpa a Tété. Era la primera vez que la acusaba directamente y sabía que en ese momento se abría algo fundamental entre el patrón y él. Hasta entonces bastaba una palabra suya para que la condena de un esclavo fuera inapelable y el castigo inmediato, pero con Tété nunca se había atrevido.

—La casa no se maneja como la plantación, Cambray —razonó Valmorain.

—¡Ella es responsable de los domésticos! —insistió el otro—. Si no hacemos un escarmiento, van a desaparecer otros.

—Resolveré esto a mi manera —replicó el patrón, poco dispuesto a cargarle la mano a Tété, que acababa de parir y siempre había sido una impecable ama de llaves. La casa funcionaba suavemente y la servidumbre cumplía sus tareas de buen modo. Además estaba Maurice, por supuesto, y el cariño que el chico sentía por esa mujer. Azotarla, como pretendía Cambray, sería como azotar a Maurice.

—Le advertí hace tiempo, patrón, que ese negro tenía mala índole; por algo debí quebrarlo apenas lo compré, pero no fui bastante duro.

—Está bien, Cambray, cuando lo cojas puedes hacer lo que te parezca con él —lo autorizó Valmorain, mientras Tété, que escuchaba de pie en un rincón como un reo, intentaba disimular su angustia.

Valmorain andaba demasiado preocupado por sus negocios y el estado de la colonia como para afanarse por un esclavo más o menos. No lo recordaba en absoluto, era imposible distinguir a uno entre cientos. En un par de ocasiones Tété se había referido al «niño de la cocina» y él se quedó con la idea de que era un mocoso, pero no debía de serlo si se atrevió a tanto, se requerían cojones para fugarse. Estaba seguro de que Cambray no tardaría en dar con él, le sobraba experiencia en cazar negros. El jefe de capataces tenía razón: debían aumentar la disciplina; bastantes problemas había en la isla entre la gente libre como para permitir atrevimientos de los esclavos. La Asamblea Nacional, en Francia, le había quitado a la colonia el poco poder autónomo de que gozaba, es decir, unos burócratas en París, que jamás habían puesto los pies en las Antillas y escasamente sabían limpiarse el culo, como él aseguraba, ahora decidían sobre asuntos de enorme gravedad. Ningún *grand blanc* estaba dispuesto a aceptar los absurdos decretos que se les ocurrían. ¡Había que ver la ignorancia de esa gente! El resultado era estropicio y caos, como lo que pasó con un tal Vincent Ogé, un mulato rico que fue a París a exigir igualdad de derechos para los *affranchis* y volvió con el rabo entre las piernas, como cabía esperar, porque adónde iríamos a parar si se borran las distinciones naturales de clases y razas. Ogé y su compinche Chavannes, con ayuda de unos abolicionistas, de esos que nunca faltan, instigaron una rebelión en el norte, muy cerca de Saint-Lazare.

¡Trescientos mulatos bien armados! Se requirió todo el peso del regimiento de Le Cap para derrotarlos, le comentó Valmorain a Tété en una de sus charlas nocturnas. Agregó que el héroe de la jornada había sido un conocido suyo, el teniente coronel Étienne Relais, militar de experiencia y coraje, pero de ideas republicanas. Los sobrevivientes fueron capturados en una maniobra veloz y en los días siguientes se levantaron cientos de patíbulos en el centro de la ciudad, un bosque de ahorcados que se desmigajaron de a poco en el calor, un festín de buitres. A los dos jefes les dieron lento suplicio en la plaza pública sin la misericordia de un hachazo de gracia. Y no es que él fuese partidario de castigos truculentos, pero a veces resultaban edificantes para la población. Tété escuchaba muda, pensando en el entonces capitán Relais, a quien apenas recordaba y no podría reconocer si lo viera, porque estuvo con él sólo un par de veces en el piso de la plaza Clugny hacía años. Si el hombre todavía amaba a Violette, no debió serle fácil combatir a los *affranchis*, Ogé podría haber sido su amigo o pariente.

Antes de que huyera, a Gambo le habían asignado la tarea de atender a los hombres capturados por Cambray, que estaban en el muladar que servía de hospital. Las mujeres de la plantación los alimentaban con maíz, batata, okra, yuca y bananas de sus provisiones, pero Tante Rose se presentó ante el amo, ya que con Cambray la gestión sería inútil, para decirle que no sobrevivirían sin una sopa de huesos, hierbas, y el hígado de los animales que se consumían en la casa grande. Valmorain levantó la vista de su libro sobre los jardines del Rey Sol, molesto por la interrupción, pero esa extraña mujer lograba intimidarlo y la escuchó. «Esos negros ya recibieron su lección. Dales tu sopa, mujer, y si los salvas, yo no habré perdido tanto», le contestó. En los primeros días Gambo los alimentaba, porque no podían hacerlo solos, y les repartía una pasta de hojas y ceniza de quínoa, que según Tante Rose debían mantener rodando como una bola en la boca para soportar el dolor y darles energía. Era un secreto de los caciques arahuacos, que de alguna manera había sobrevivido trescientos años y que sólo algunos curanderos conocían. La planta era muy rara, no se vendía en los mercados de magia y Tante Rose no había podido cultivarla en su huerto, por eso la reservaba para los peores casos.

Gambo aprovechaba esos momentos a solas con los esclavos castigados para averiguar cómo habían escapado, por qué los habían atrapado y qué pasó con los seis que faltaban. Los que podían hablar le contaron que se habían separado al salir de la plantación y algunos se encaminaron al río con la idea de nadar aguas arriba, pero sólo se puede luchar contra la corriente un rato, al final, ella siempre vence. Oyeron tiros y no estaban seguros si a los otros los habían matado, pero cualquiera que fuese su suerte, sin duda era preferible a la de ellos. Los interrogó sobre el bosque, los árboles, las lianas, el lodo, las piedras, la fuerza del viento, la temperatura, y la luz. Cambray y otros cazadores de negros conocían la región al dedillo, pero había lugares que evitaban, como los pantanos y las encrucijadas de los muertos, donde tampoco entraban los fugitivos, por desesperados que estuviesen, y los sitios inaccesibles para mulas y caballos. Dependían por completo de sus animales y sus armas de fuego, que a veces resultaban engorrosas. A los caballos se les quebraban los tobillos y había que matarlos. Cargar un mosquete requería varios segundos, solían atascarse o la pólvora se humedecía y entretanto un hombre desnudo con un cuchillo de cortar caña aprovechaba la ventaja. Gambo comprendió que el peligro más inminente eran los perros, capaces de distinguir el olor de un hombre a un kilómetro de distancia. Nada había tan aterrador como un coro de ladridos acercándose.

En Saint-Lazare las perreras se encontraban detrás de los establos, en uno de los patios de la casa grande. Los perros de caza y vigilancia permanecían encerrados de día para que no se familiarizaran con la gente y los sacaban en las rondas nocturnas. Los dos mastines de Jamaica, cubiertos de cicatrices y entrenados para matar, pertenecían a Prosper Cambray. Los había adquirido para peleas de perros, que tenían el doble mérito de satisfacer su gusto por la crueldad y darle ganancias. Con ese deporte había reemplazado los torneos de esclavos, que debió abandonar porque Valmorain los prohibía. Un buen campeón africano, capaz de matar a su contrincante con las manos desnudas, podía ser muy lucrativo para su dueño. Cambray tenía sus trucos, los alimentaba con carne cruda, los enloquecía con una mezcla de tafia, pólvora y chile picante antes de cada torneo, los premiaba con mujeres después de una victoria y les hacía pagar cara una derrota. Con sus campeones, un congo y un mandinga, había redondeado su paga cuando era cazador de negros, pero después los vendió y compró los mastines, cuya fama había llegado hasta Le Cap. Los mantenía con hambre y sed, amarrados para que no se destrozaran uno a otro. Gambo necesitaba eliminarlos, pero si los envenenaba Cambray torturaría a cinco esclavos por cada perro hasta que alguien confesara.

En la hora de la siesta, cuando Cambray se iba a refrescar al río, el muchacho se dirigió a la cabaña del jefe de capataces, ubicada al final de la avenida de cocoteros y separada de la casa grande y de los alojamientos de los esclavos domésticos. Había averiguado los nombres de las dos concubinas que el jefe de capataces había escogido esa semana, unas niñas que recién despertaban a la pubertad y ya andaban encogidas como bestias apaleadas. Lo recibieron asustadas, pero las tranquilizó con un trozo de pastel, que robó de la cocina, y les pidió café para acompañarlo. Ellas empezaron a avivar el fuego mientras él se deslizaba al interior de la vivienda. Era de reducidas proporciones, pero cómoda, orientada para aprovechar la brisa y construida sobre una elevación del terreno, como la casa grande, para evitar daños en las inundaciones. Los muebles, escasos y simples, eran algunos de los que Valmorain había desechado cuando se casó. Gambo la recorrió en menos de un minuto. Pensaba robar una manta, pero en un rincón vio un canasto con ropa sucia y rápidamente sacó una camisa del jefe de capataces, la hizo un bollo y la tiró por la ventana a los matorrales, luego bebió su café sin apuro y se despidió de las niñas con la promesa de traerles más pastel apenas pudiera. Al anochecer regresó a buscar la camisa. En la despensa, cuyas llaves colgaban siempre de la cintura de Tété, se guardaba una bolsa de chile picante, un polvo tóxico para combatir alacranes y roedores, que después de olerlo amanecían secos. Si Tété se dio cuenta de que se estaba consumiendo demasiado chile, nada dijo.

El día señalado por los *loas* el muchacho se fue al atardecer, con el último recuerdo de luz. Tuvo que pasar por la aldea de los esclavos, que le recordó aquélla donde había vivido los primeros quince años de su vida y que ardía como una hoguera la última vez que la vio. La gente todavía no había regresado de los campos y estaba casi vacía. Una mujer, que acarreaba dos grandes baldes de agua, no se extrañó ante una cara desconocida, porque los esclavos eran muchos y siempre estaban llegando nuevos. Esas primeras horas marcarían para Gambo la diferencia entre la libertad y la muerte. Tante Rose, que podía andar de noche por donde otros no se aventuraban de día, le había descrito el terreno con el pretexto de hablarle de las plantas medicinales y también las que era necesario evitar: hongos fatídicos, árboles cuyas hojas arrancan la piel de cuajo, anémonas donde se ocultan sapos que de un escupitajo provocaban ceguera. Le explicó cómo sobrevivir en el bosque con frutos, nueces, raíces y tallos tan suculentos como un trozo de cabra asada y cómo guiarse por las luciérnagas, las estrellas y el silbido del viento. Gambo no había salido nunca de Saint-Lazare, pero gracias a Tante Rose podía ubicar en su cabeza la región de los manglares y pantanos, donde todas las víboras eran venenosas, y los sitios de encrucijadas entre dos mundos, donde esperaban los Invisibles. «He estado allí y he visto con mis ojos a Kalfou y Ghédé, pero no tuve miedo. Hay que saludarlos con respeto, pedirles permiso para pasar y preguntarles el camino. Si no es tu hora de morir, te ayudan. Ellos deciden», le dijo la curandera. El muchacho le preguntó por los zombis, de quienes había oído hablar por primera vez en la isla; nadie sospechaba su existencia en África. Ella le aclaró que se reconocen por su aspecto cadavérico, su olor a podrido y su manera de caminar, con piernas y brazos tiesos. «Hay que temerles más a algunos vivos, como Cambray, que a los zombis», añadió. El mensaje no se le escapó a Gambo.

Al salir la luna, el muchacho echó a correr zigzagueando. Cada tanto dejaba un pedazo de la camisa del jefe de capataces en la vegetación para confundir a los mastines, que sólo identificaban su olor, porque nadie más se les acercaba, y desorientar a los otros perros. Dos horas más tarde llegó al río. Se introdujo en el agua fría hasta el cuello con un gemido de alivio, pero mantuvo su bolsa seca sobre la cabeza. Se lavó el sudor y la sangre de los arañazos de ramas y las cortaduras de guijarros, y aprovechó para beber y orinar. Avanzó por el agua sin acercarse a la orilla, aunque eso no despistaría a los perros, que husmeaban en círculos cada vez más amplios hasta dar con la huella, pero podía retrasarlos. No intentó cruzar al otro lado. La corriente era implacable y había pocos lugares donde un buen nadador podía arriesgarse, pero él no los conocía y no sabía nadar. Por la posición de la luna adivinó que era más o menos la medianoche y calculó la distancia recorrida; entonces salió del agua y empezó a esparcir los polvos de chile. No sentía la fatiga, iba borracho de libertad.

Viajó tres días con sus noches sin más alimento que aquellas mágicas hojas de Tante Rose. La negra bola que llevaba en la boca le adormecía las encías y lo mantenía despierto y sin hambre. De los cañaverales pasó al bosque, la selva, los pantanos, bordeando la llanura en dirección a las montañas. No oía ladridos de perros y eso lo animaba. Bebía agua de los charcos, cuando podía hallarlos, pero debió aguantar el tercer día en seco, con un sol de fuego que pintó el mundo de un blanco incandescente. Cuando ya no podía dar otro paso, cayó un chaparrón del cielo, breve y frío, que lo resucitó. Para entonces iba a campo abierto, la ruta que sólo un demente se atrevería a emprender y que por lo mismo Cambray la descartaría. No podía perder tiempo buscando alimento y si descansaba no podría volver a ponerse de pie. Sus piernas se movían solas, impulsadas por el delirio de la esperanza y la bola de hojas en la boca. Ya no pensaba, no sentía dolor, había olvidado el miedo y todo lo que dejó atrás, incluso la forma del cuerpo de Zarité; sólo recordaba su propio nombre de guerrero. Caminó algunos trechos a pasos enérgicos, pero sin correr, venciendo los obstáculos del terreno con calma, para no agotarse ni perderse, como le había dicho Tante Rose. Le pareció que en un momento lloraba a lágrima viva, pero no estaba seguro, podía haber sido el recuerdo del rocío o de la lluvia sobre la piel. Vio una cabra balando entre dos peñascos con un pata quebrada y resistió la tentación de degollarla y beberle la sangre, tal como resistió la de esconderse en los cerros, que parecían al alcance de la mano, y la de echarse a dormir por un momento en la paz de la noche. Sabía adónde debía llegar. Cada paso, cada minuto, contaban.

Por fin alcanzó la base de las montañas y comenzó el esforzado ascenso, piedra a piedra, sin mirar hacia abajo para no sucumbir al vértigo ni hacia arriba para no desalentarse. Escupió el último bocado de hojas y de nuevo lo asaltó la sed. Tenía los labios hinchados y partidos. El aire hervía, estaba confundido, mareado, apenas podía recordar las instrucciones de Tante Rose y clamaba por sombra y agua, pero siguió trepando aferrado a rocas y raíces. De pronto se encontró cerca de su aldea, en las llanuras infinitas, cuidando el ganado de cuernos largos y aprontándose para la comida que sus madres servirían en la vivienda del padre, el centro del conjunto familiar. Sólo él, Gambo, el hijo mayor, comía con el padre, lado a lado, como iguales. Se estaba preparando desde su nacimiento para reemplazarlo; un día él también sería juez y jefe. Un tropezón y el dolor agudo del golpe contra las piedras lo devolvió a Saint-Domingue; desaparecieron las vacas, su aldea, su familia, y su *ti-bon-ange* se encontró de nuevo atrapado en el mal sueño de su cautiverio, que ya duraba un año. Ascendió las escarpadas laderas por horas y horas, hasta que ya no era él quien se movía, sino otro: su padre. La voz de su padre repetía su nombre, Gambo. Y era su padre quien mantenía a raya al pájaro negro de cogote pelado que volaba en círculos sobre su cabeza.

Llegó a un empinado y estrecho sendero que bordeaba un precipicio, culebreando entre peñascos y grietas. En un recodo se topó con la sugerencia de escalones tallados en la roca viva, uno de los caminos escondidos de los caciques, que según Tante Rose no desaparecieron cuando los mataron los blancos, porque eran inmortales. Poco antes del anochecer se encontró en una de las temibles encrucijadas. Las señales se lo advirtieron antes de verla: una cruz formada por dos palos, una calavera humana, huesos, un manojo de plumas y pelos, otra cruz. El viento traía una resonancia de lobos entre las rocas y dos negras aves de rapiña se habían unido al primero, acechándolo desde arriba. El miedo que había mantenido a la espalda por tres días, lo atacó de frente, pero ya no podía retroceder. Le castañeteaban los dientes y se le heló el sudor. El frágil sendero de los caciques desapareció de súbito frente a una lanza clavada en tierra, sostenida por un montón de piedras: el *poteau-mitan*, la intersección entre el cielo y el lugar de más abajo, entre el mundo de los *loas* y el de los humanos. Y entonces los vio. Primero dos sombras, luego el brillo del metal, cuchillos o machetes. No levantó los ojos. Saludó con humildad repitiendo la contraseña que le había dado Tante Rose. No hubo respuesta, pero percibió el calor de esos seres tan cercanos, que si tendía una mano podría tocarlos. No hedían a podredumbre ni a cementerio, despedían el mismo olor de la gente en los cañaverales. Pidió permiso a Kalfou y Ghédé para continuar y tampoco hubo respuesta. Por último, con la poca voz que logró sacar entre la arena áspera que le cerraba la garganta, preguntó cuál era el camino para seguir. Sintió que lo cogían por los brazos.

Gambo despertó mucho después en la oscuridad. Quiso incorporarse pero le dolían todas las fibras del cuerpo y no pudo moverse. Se le escapó un quejido, volvió a cerrar los ojos y se hundió en el mundo de los misterios, del que entraba y salía sin voluntad, a veces encogido de sufrimiento, otras flotando en un espacio oscuro y profundo como el firmamento en una noche sin luna. Recuperó la consciencia de a poco, envuelto en bruma, entumecido. Se quedó inmóvil y en silencio, ajustando los ojos para ver en la penumbra. Ni luna ni estrellas, ningún murmullo de la brisa, silencio, frío. Sólo pudo recordar la lanza de la encrucijada. En eso percibió una luz vacilante moviéndose a corta distancia y poco después una figura con una lamparita se inclinó a su lado, una voz de mujer le dijo algo incomprensible, un brazo lo ayudó a incorporarse y una mano le acercó una calabaza con agua a los labios. Bebió todo el contenido, desesperadamente. Así supo que había llegado a su destino: estaba en una de las grutas sagradas de los arahuacos, que servía de puesto de vigilancia a los cimarrones.

En los días, semanas y meses siguientes, Gambo iría descubriendo el mundo de los fugitivos, que existía en la misma isla y al mismo tiempo, pero en otra dimensión, un mundo como el de África, aunque mucho más primitivo y miserable, escucharía lenguas familiares e historias conocidas, comería el fufu de sus madres, volvería a sentarse junto a una fogata a afilar sus armas de guerra, como hacía con su padre, pero bajo otras estrellas. Los campamentos estaban salpicados en lo más impenetrable de las montañas, verdaderos villorrios, miles y miles de hombres y mujeres escapados de la esclavitud y sus hijos, nacidos libres. Vivían a la defensiva y desconfiaban de los esclavos escapados de las plantaciones, porque podían traicionarlos, pero Tante Rose les había comunicado mediante misteriosos conductos que Gambo iba en camino. De los veinte fugitivos de Saint-Lazare, sólo seis llegaron hasta la encrucijada y dos de ellos tan mal heridos, que no sobrevivieron. Entonces Gambo confirmó su sospecha de que Tante Rose servía de contacto entre los esclavos y las bandas de cimarrones. Ningún suplicio les había arrancado el nombre de Tante Rose a los hombres que Cambray había apresado.

La conspiración

Ocho meses más tarde, en la casa grande de la *habitation* Saint-Lazare, murió sin aspavientos ni angustia Eugenia García del Solar. Tenía treinta y un años, había pasado siete desquiciada y cuatro en la duermevela del opio. Esa madrugada su cuidadora se quedó dormida y le tocó a Tété, quien entró como siempre a darle su papilla y asearla para el día, encontrarla encogida como un recién nacido entre sus almohadones. Su ama sonreía y en el contento de morirse había recuperado un cierto aire de belleza y juventud. Tété fue la única que lamentó su muerte, porque de tanto cuidarla había acabado por quererla de verdad. La lavó, la vistió, la peinó por última vez, luego le puso el misal entre las manos cruzadas sobre el pecho. Guardó el rosario bendito en la bolsa de gamuza, la herencia que su ama le había dejado, y se lo colgó al cuello, debajo del corpiño. Antes de despedirse de ella, le quitó una pequeña medalla de oro con la imagen de la Virgen, que Eugenia siempre usaba, para dársela a Maurice. Después fue a llamar a Valmorain.

El pequeño Maurice no se dio cuenta de la muerte de su madre porque hacía meses que «la señora enferma» permanecía recluida y le impidieron ver el cadáver. Mientras sacaban de la casa el ataúd de nogal con remaches de plata, que su padre compró de contrabando a un americano en la época en que a ella le dio por suicidarse, Maurice estaba en el patio con Rosette improvisando un funeral para un gato muerto. Nunca había presenciado ritos de esa clase, pero le sobraba imaginación y pudo enterrar al animal con más sentimiento y solemnidad de los que tuvo su madre.

Rosette era atrevida y precoz. Se arrastraba por el suelo a sorprendente velocidad sobre sus rodillas regordetas, seguida por Maurice, que no la dejaba ni a sol ni a sombra. Tété hizo atrancar los arcones y los muebles, donde podía atraparse los dedos, y bloquear los accesos a la galería con rejas de gallinero para impedirle rodar hacia afuera. Se resignó a los ratones y alacranes, porque su hija podía acercar la nariz al chile fatídico, idea que a Maurice, mucho más prudente, nunca se le ocurriría. Era una niña bonita. Su madre lo admitía con pesar, porque la belleza era una desgracia para una esclava, mucho más conveniente era la invisibilidad. Tété, que tanto había deseado a los diez años ser como Violette Boisier, comprobó maravillada que por un truco de ilusionismo del destino, Rosette se parecía a esa hermosa mujer, con su cabello ondulado y su cautivadora sonrisa de hoyuelos. En la complicada clasificación racial de la isla, era una cuarterona, hija de blanco y mulata, y había salido más cercana al padre que a la madre en el color. A esa edad Rosette mascullaba una jerigonza que sonaba como lengua de renegados y Maurice traducía sin dificultad. El niño consentía sus caprichos con paciencia de abuelo, que después se transformó en un cariño diligente que habría de marcar sus vidas. Él sería su único amigo, la consolaría en sus penas y le enseñaría lo indispensable, desde evitar a los perros bravos hasta las letras del alfabeto, pero eso sería más tarde. Lo esencial que le señaló desde el comienzo fue el camino directo al corazón de su padre. Maurice hizo lo que Tété no se atrevió, le impuso la niña a Toulouse Valmorain de manera inapelable. El amo dejó de considerarla una más entre sus propiedades y empezó a buscar en sus rasgos y en su carácter algo de sí mismo. No lo halló, pero de todos modos le tomó ese cariño tolerante que inspiran las mascotas y le permitió vivir en la casa grande, en vez de enviarla al sector de los esclavos. A diferencia de su madre, cuya seriedad era casi un defecto, Rosette resultó parlanchina y seductora, un remolino de actividad que alegraba la casa, el mejor antídoto contra la incertidumbre desatada en esos años.

Cuando Francia disolvió la Asamblea Colonial de Saint-Domingue, los patriotas, como se designaban los colonos monárquicos, se negaron a someterse a las autoridades de París. Después de haber pasado mucho tiempo aislado en su plantación, Valmorain comenzó a confabularse con sus pares. Como iba con frecuencia a Le Cap, alquiló la casa amueblada de un rico comerciante portugués, que había regresado temporalmente a su país. Estaba cerca del puerto y le quedaba cómoda, pero pensaba adquirir una casa propia muy pronto con ayuda del agente que negociaba su producción de azúcar, el mismo viejo judío de extrema honradez que había servido a su padre.

Fue Valmorain quien inició conversaciones secretas con los ingleses. En su juventud había conocido a un marino que ahora comandaba la flota británica en el Caribe, cuyas instrucciones eran intervenir en la colonia francesa apenas se diera la ocasión. Para entonces los enfrentamientos entre blancos y mulatos habían alcanzado inconcebible violencia, mientras los negros aprovechaban el caos para rebelarse, primero en el occidente de la isla y luego en el norte, en Limbé. Los patriotas seguían los acontecimientos con gran atención, esperando ansiosos la coyuntura para traicionar al gobierno francés.

Valmorain llevaba un mes instalado en Le Cap con Tété, los niños y el féretro de Eugenia. Siempre viajaba con su hijo y a su vez Maurice no iba a ninguna parte sin Rosette y Tété. La situación política era demasiado inestable como para separarse del niño y tampoco quería dejar a Tété a merced de Prosper Cambray, quien le tenía puesto un ojo encima, incluso había pretendido comprarla. Valmorain suponía que otro en su situación se la vendería para dejarlo contento y de paso desprenderse de una esclava que ya no lo excitaba, pero Maurice la quería como a una madre. Además, ese asunto se había convertido en una callada lucha de voluntades entre él y el jefe de capataces. En esas semanas había participado en las reuniones políticas de los patriotas, que se llevaban a cabo en su casa en un ambiente de secreto y conspiración, aunque en realidad nadie los espiaba. Planeaba buscarle un tutor a Maurice, quien iba a cumplir cinco años en estado salvaje. Debía darle los rudimentos de educación que le permitieran ir más adelante interno a un colegio en Francia. Tété rogaba para que ese momento nunca llegara, convencida de que Maurice se moriría lejos de ella y Rosette. También tenía que disponer de Eugenia. Los niños se acostumbraron al ataúd atravesado en los pasillos y aceptaron con naturalidad que contenía los restos mortales de la señora enferma. No preguntaron qué eran exactamente los restos mortales, ahorrándole a Tété la necesidad de explicar algo que habría provocado nuevas pesadillas en Maurice, pero cuando Valmorain los sorprendió tratando de abrirlo con un cuchillo de la cocina, comprendió que era hora de tomar una decisión. Le ordenó a su agente que lo enviara al cementerio de las monjas en Cuba, donde Sancho había adquirido un nicho, porque Eugenia le había hecho jurar que no la enterraría en Saint-Domingue, donde sus huesos podían acabar en un tambor de negros. El agente pensaba aprovechar un barco que fuera en esa dirección para mandar el ataúd y mientras tanto lo puso de pie en un rincón de la bodega, donde permaneció olvidado hasta que lo consumieron las llamas dos años más tarde.

Sublevación en el norte

En la plantación, Prosper Cambray despertó al amanecer con un incendio en uno de los campos y la gritería de los esclavos, muchos de los cuales no sabían lo que ocurría, porque no habían sido incluidos en el secreto de la sublevación. Cambray aprovechó el desconcierto general para rodear el sector de los alojamientos y someter a la gente, que no tuvo tiempo de reaccionar. Los criados domésticos no participaron para nada, se quedaron apelotonados en torno a la casa grande esperando lo peor. Cambray ordenó encerrar a las mujeres y a los niños y él mismo llevó a cabo la purga entre los hombres. No había mucho que lamentar, el incendio fue controlado rápidamente, se quemaron sólo dos *carrés* de caña seca; mucho más grave fue en otras plantaciones del norte. Cuando llegaron los primeros destacamentos de la Marechaussée con la misión de devolver el orden a la zona, Prosper Cambray se limitó a entregarles a quienes consideró sospechosos. Hubiera preferido tratar personalmente con ellos, pero la idea era coordinar los esfuerzos y aplastar la revuelta de raíz. Se los llevaron a Le Cap para arrancarles los nombres de los cabecillas.

El jefe de capataces no se dio cuenta de la desaparición de Tante Rose hasta el día siguiente, cuando hubo que empezar a curar a los azotados en Saint-Lazare.

Entretanto en Le Cap, Violette Boisier y Loula terminaron de empacar las posesiones de la familia y las guardaron en una bodega del puerto a la espera del barco que conduciría la familia a Francia. Por fin, después de casi diez años de espera, trabajo, ahorro, usura y paciencia, se cumpliría el plan concebido por Étienne Relais en los primeros tiempos de su relación con Violette. Ya empezaban a despedirse de los amigos, cuando el militar fue convocado a la oficina del gobernador, el vizconde de Blanchelande. El edificio carecía de los lujos de la intendencia, tenía la austeridad de un cuartel y olía a cuero y metal. El vizconde era un hombre maduro, con una impresionante carrera militar, había sido mariscal de campo y gobernador de Trinidad antes de ser enviado a Saint-Domingue. Acababa de llegar y empezaba a tomarle el pulso al ambiente; no sabía que se gestaba una revolución en las afueras de la ciudad. Contaba con las credenciales de la Asamblea Nacional en París, cuyos caprichosos delegados podían retirarle la confianza con la misma prontitud con que se la habían otorgado. Su origen noble y su fortuna pesaban en su contra entre los grupos más radicales, los jacobinos, que pretendían acabar con todo vestigio del régimen monárquico. Étienne Relais fue conducido a la oficina del vizconde a través de varias salas casi desnudas, con oscuros cuadros de batallas multitudinarias renegridos por el hollín de las lámparas. El gobernador, vestido de civil y sin peluca, desaparecía detrás de una tosca mesa de cuartel, aporreada por muchos años de uso. A su espalda colgaba la bandera de Francia coronada por el escudo de la Revolución, y a su izquierda, en otra pared, estaba desplegado un mapa fantasioso de las Antillas, ilustrado con monstruos marinos y galeones antiguos.

–Teniente coronel Étienne Relais, del regimiento de Le Cap –se presentó el oficial, en uniforme de gala y todas sus condecoraciones, sintiéndose ridículo ante la sencillez de su superior.

–Siéntese; teniente coronel, supongo que desea un café –suspiró el vizconde, que parecía haber pasado mala noche.

Salió detrás de la mesa y lo condujo hacia dos gastados sillones de cuero. De inmediato surgió de la nada un ordenanza seguido por tres esclavos, cuatro personas para dos tacitas: uno de los esclavos sostenía la bandeja, otro vertía el café y el tercero ofrecía azúcar. Después de servir, los esclavos se retiraron retrocediendo, pero el ordenanza se cuadró entre los dos sillones. El gobernador era un hombre de mediana estatura, delgado, con profundas arrugas y escaso cabello gris. De cerca se veía mucho menos impresionante que a caballo, con sombrero emplumado, cubierto de medallas y la banda de su cargo cruzada en el pecho. Relais estaba muy incómodo en el borde del sillón, sosteniendo con torpeza la taza de porcelana que podía hacerse añicos de un soplido. No estaba acostumbrado a prescindir de la rígida etiqueta militar impuesta por el rango.

–Se estará preguntando para qué lo he citado, teniente coronel Relais –dijo Blanchelande revolviendo el azúcar del café–. ¿Qué piensa de la situación en Saint-Domingue?

–¿Qué pienso? –repitió Relais, desconcertado.

–Hay colonos que desean independizarse y tenemos una flotilla inglesa a la vista del puerto, dispuesta a ayudarlos. ¡Qué más quiere Inglaterra que anexar Saint-Domingue! Usted debe saber a quiénes me refiero, puede darme los nombres de los sediciosos.

–La lista incluiría unas quince mil personas, mariscal: todos los propietarios y gente con dinero, tanto blancos como *affranchis*.

–Eso temía. Me faltan tropas suficientes para defender la colonia y hacer cumplir las nuevas leyes de Francia. Seré franco con usted: algunos decretos me parecen absurdos, como el del 15 de mayo, que le da derechos políticos a los mulatos.

—Sólo afecta a los *affranchis* hijos de padres libres y propietarios de tierra, menos de cuatrocientos hombres.

—¡Ése no es el punto! —lo interrumpió el vizconde—. El punto es que los blancos jamás aceptarán igualdad con los mulatos y no los culpo por ello. Esto desestabiliza a la colonia. Nada está claro en la política de Francia y nosotros sufrimos las consecuencias del descalabro. Los decretos cambian a diario, teniente coronel. Un barco me trae instrucciones y el barco siguiente me trae la contraorden.

—Y está el problema de los esclavos rebeldes —agregó Relais.

—¡Ah! Los negros... No puedo ocuparme de eso ahora. La rebelión en Lembé ha sido aplastada y pronto tendremos a los cabecillas.

—Ninguno de los prisioneros ha revelado nombres, señor. No hablarán.

—Lo veremos. La Marechaussée sabe manejar esos asuntos.

—Con todo respeto, mariscal, creo que esto merece su atención —insistió Étienne Relais, colocando la taza sobre una mesita—. La situación en Saint-Domingue es diferente a la de otras colonias. Aquí los esclavos nunca han aceptado su suerte, se han sublevado una y otra vez desde hace casi un siglo, hay decenas de miles de cimarrones en las montañas. En la actualidad tenemos medio millón de esclavos. Saben que la República abolió la esclavitud en Francia y están dispuestos a luchar para obtener lo mismo aquí. La Marechaussée no podrá controlarlos.

—¿Propone que utilicemos al ejército contra los negros, teniente coronel?

—Habrá que usar al ejército para imponer orden, señor mariscal.

—¿Cómo pretende que lo hagamos? Me mandan una décima parte de los soldados que pido y apenas tocan tierra se enferman. Y a esto quería llegar, teniente coronel Relais: no puedo aceptar su retiro en este momento.

Étienne Relais se puso de pie, pálido. El gobernador lo imitó y los dos se midieron durante unos segundos.

—Señor mariscal, me incorporé al ejército a los diecisiete años, he servido durante treinta y cinco, he sido herido seis veces y ya tengo cincuenta y un años —dijo Relais.

—Yo tengo cincuenta y cinco y también quisiera retirarme a mi propiedad en Dijon, pero Francia me necesita, tal como lo necesita a usted —replicó secamente el vizconde.

—Mi retiro fue firmado por su antecesor, el gobernador De Peiner. Ya no tengo casa, señor, estoy con mi familia en una pensión, listos para embarcarnos el próximo jueves en la goleta *Marie Thérèse*.

Los ojos azules de Blanchelande se clavaron en los del teniente coronel, quien por último bajó los suyos y se cuadró.

—A sus órdenes, gobernador —aceptó Relais, vencido.

Blanchelande volvió a suspirar y se frotó los ojos, exhausto, luego le indicó con un gesto al ordenanza que llamara a su secretario y se dirigió a la mesa.

—No se preocupe, la gobernación le facilitará una casa, teniente coronel Relais. Y ahora venga aquí y muéstreme en el mapa los puntos más vulnerables de la isla. Nadie conoce el terreno mejor que usted.

Zarité

A *sí me lo contaron. Así sucedió en Bois Cayman. Así está escrito en la leyenda del lugar que ahora llaman Haití, la primera república independiente de los negros. No sé lo que eso significa, pero debe ser importante, porque los negros lo dicen aplaudiendo y los blancos lo dicen con rabia. Bois Cayman queda en el norte, cerca de las grandes llanuras, camino a Le Cap, a varias horas de distancia de* habitation *Saint-Lazare. Es un bosque inmenso, un lugar de encrucijadas y árboles sagrados, donde se aloja Dambala en su forma de serpiente,* loa *de las fuentes y los ríos, guardián del bosque. En Bois Cayman viven los espíritus de la naturaleza y de los esclavos muertos que no han encontrado el camino a Guinea. Esa noche también llegaron al bosque otros espíritus que estaban bien instalados entre los Muertos y los Misterios, pero acudieron dispuestos a combatir, porque fueron llamados. Había un ejército de cientos de miles de espíritus luchando junto a los negros, por eso al final derrotaron a los blancos. En eso estamos todos de acuerdo, incluso los soldados franceses, que sintieron su furia. El amo Valmorain, quien no creía en lo que no entendía y como entendía muy poco no creía en nada, se convenció también de que los muertos ayudaban a los rebeldes. Eso explicaba que pudieran vencer al mejor ejército de Europa, como decía. El encuentro de los esclavos en Bois Cayman ocurrió a mediados de agosto, en una noche caliente, mojada por el sudor de*

la tierra y los hombres. ¿Cómo se corrió la voz? Dicen que el mensaje lo
llevaron los tambores de calenda *en* calenda, *de* hounfort *en* hounfort,
de ajoupa *en* ajoupa; *el sonido de los tambores viaja más lejos y más rápi-*
do que el ruido de una tormenta y toda la gente conocía su lenguaje. Los
esclavos acudieron de las plantaciones del norte, a pesar de que los amos y
la Marechaussée estaban alertas desde el alzamiento en Limbé, que había
sido pocos días antes. Habían cogido vivos a varios rebeldes y se suponía
que les habían arrancado información, nadie aguanta sin confesar en los
calabozos de Le Cap. En pocas horas los cimarrones trasladaron sus cam-
pamentos a las cumbres más altas para eludir a los jinetes de la Mare-
chaussée y apresuraron la asamblea en Bois Cayman. No sabían que nin-
guno de los prisioneros había hablado y que no hablarían.

Miles de cimarrones descendieron de las montañas. Gambo llegó con
el grupo de Zamba Boukman, un gigante que inspiraba doble respeto por
ser jefe de guerra y hungan. *En el año y medio que llevaba libre, Gambo*
había alcanzado su tamaño de hombre, tenía espaldas anchas, piernas
incansables y un machete para matar. Se había ganado la confianza de
Boukman. Se introducía en las plantaciones a robar alimentos, herramien-
tas, armas y animales, pero nunca intentó ir a verme. Era arriesgado. Me
llegaban noticias de él por Tante Rose. Mi madrina no me aclaraba cómo
recibía los mensajes y llegué a temer que los inventaba para tranquilizar-
me, porque en ese tiempo mi necesidad de estar con Gambo había vuelto y
era quemante como carbones. «Dame un remedio contra este amor, Tante
Rose.» Pero no hay remedio contra eso. Me acostaba agotada por los que-
haceres del día, con un niño a cada lado, pero no podía dormir. Durante
horas escuchaba la respiración inquieta de Maurice y el ronroneo de Roset-
te, los ruidos de la casa, el ladrido de los perros, el croar de los sapos, el
canto de los gallos y cuando finalmente me dormía era como hundirme en
melaza. Esto lo digo con vergüenza: a veces, cuando yacía con el amo, ima-
ginaba que estaba con Gambo. Me mordía los labios para sujetar su nom-

bre y en el espacio oscuro de los ojos cerrados fingía que el olor a alcohol del blanco era el aliento de pasto verde de Gambo, a quien todavía no se le habían podrido los dientes por comer pescado malo, que el hombre peludo y pesado jadeante encima de mí era Gambo, delgado y ágil, con su piel joven cruzada de cicatrices, sus labios dulces, su lengua curiosa, su voz susurrante. Entonces mi cuerpo se abría y ondulaba recordando el placer. Después el amo me daba una palmada en las nalgas y se reía complacido, entonces mi ti-bon-ange *volvía a esa cama y a ese hombre y yo abría los ojos y me daba cuenta de dónde estaba. Corría al patio y me lavaba con furia antes de ir a acostarme con los niños.*

La gente anduvo horas y horas para llegar a Bois Cayman, algunos salieron de sus plantaciones de día, otros vinieron de las ensenadas de la costa, todos llegaron de noche cerrada. Dicen que una banda de cimarrones viajó desde Port-au-Prince, pero eso es muy lejos y no lo creo. El bosque estaba lleno, hombres y mujeres sigilosos deslizándose entre los árboles en completo silencio, mezclados con los muertos y las sombras, pero cuando sintieron en los pies la vibración de los primeros tambores se animaron, avivaron el paso, hablando en susurros y después a gritos, se saludaban, se nombraban. El bosque se iluminó de antorchas. Algunos conocían el camino y guiaron a los otros hacia el gran claro que Boukman, el hungan, *había escogido. Un collar de fogatas y antorchas alumbraba el* hounfort. *Los hombres habían preparado el sagrado* poteau-mitan, *un tronco grueso y alto, porque el camino debía ser ancho para los* loas. *Una larga hilera de muchachas vestidas de blanco, las* hounsis, *llegaron escoltando a Tante Rose, también de blanco, con el* asson *de la ceremonia. La gente se inclinaba para tocarle el ruedo de la falda o las pulseras que tintineaban en sus brazos. Había rejuvenecido, porque Erzuli la acompañaba desde que abandonó la* habitation *Saint-Lazare: se había hecho incansable para caminar de un lado a otro sin bastón, e invisible para que no diera con ella la Marechaussée. Los tambores en semicírculo llamaban, tam tam tam. La* gente se juntaba en grupos y comentaba lo ocurrido en Limbé y el sufrimiento de los prisioneros en Le Cap. Boukman tomó la palabra para invocar al dios supremo, Papa Bondye, y pedirle que los condujera a la victoria. «¡Escuchad la voz de la libertad, que canta en todos nuestros corazones!» gritó y los esclavos respondieron con un clamor que remeció la isla. Así me lo contaron.

Los tambores comenzaron a hablar y responderse, a marcar el ritmo para la ceremonia. Las hounsis bailaron en torno al poteau-mitan moviéndose como flamencos, agachándose, alzándose, los cuellos ondulantes, los brazos alados, y cantaron llamando a los loas, primero a Légbé, como siempre se hace, luego uno por uno a los demás. La mambo, Tante Rose, trazó el vévé en torno al poste sagrado con una mezcla de harina, para alimentar a los loas, y de ceniza para honrar a los muertos. Los tambores aumentaron su intención, el ritmo se aceleró y el bosque entero palpitaba desde las raíces más hondas hasta las estrellas más remotas. Entonces descendió Ogun con ánimo de guerra, Ogun-Feraille, dios viril de las armas, agresivo, irritado, peligroso y Erzuli soltó a Tante Rose para dar paso a Ogun, que la montó. Todos vieron la transformación. Tante Rose se irguió derecha, el doble de su tamaño, sin cojera ni años a la espalda, con los ojos en blanco, dio un salto inaudito y cayó plantada a tres metros de distancia frente a una de las fogatas. De la boca de Ogun salió un bramido de trueno y el loa danzó levantándose del suelo, cayendo y rebotando como pelota, con la fuerza de los loas, acompañado por el estruendo de los tambores. Se acercaron dos hombres, los más valientes, a darle azúcar para calmarlo, pero el loa los cogió como peleles y los lanzó lejos. Había acudido a entregar un mensaje de guerra, justicia y sangre. Ogun tomó con los dedos un carbón ardiente, se lo puso en la boca, dio una vuelta completa chupando fuego y después escupió el bocado sin quemarse los labios. Enseguida le quitó un gran cuchillo al hombre más cercano, dejó el asson por tierra, se dirigió al cerdo negro del sacrificio atado a un árbol y de un solo tajo lo degolló con su brazo de guerrero, separando la gruesa cabeza del tronco y empapándose de su sangre. Para entonces muchos servidores habían sido montados y el bosque se llenó de Invisibles, Muertos y Misterios, de loas y espíritus mezclados con los humanos, todos revueltos, cantando, danzando, saltando y revolcándose con los tambores, pisando las brasas ardientes, lamiendo hojas de cuchillo calentadas al rojo y comiendo chile picante a puñados. El aire de la noche estaba cargado, como una terrible tormenta, pero no soplaba ni una brisa. Las antorchas iluminaban como un mediodía, pero la Marechaussée que rondaba cerca no las vio. Así me lo contaron.

Mucho rato después, cuando la inmensa multitud se estremecía como una sola persona, Ogun lanzó un rugido de león para imponer silencio. De inmediato se callaron los tambores, todos menos la mambo volvieron a ser ellos mismos y los loas se retiraron a las copas de los árboles. Ogun-Feraille levantó el asson hacia el cielo y la voz del loa más poderoso estalló en boca de Tante Rose para exigir el fin de la esclavitud, llamar a la rebelión total y nombrar a los jefes: Boukman, Jean-François, Jeannot, Boisseau, Célestin y varios más. No nombró a Toussaint, porque en ese momento el hombre que se convertiría en el alma de los rebeldes estaba en la plantación en Bréda, donde servía de cochero. No se unió a la revuelta hasta varias semanas más tarde, después de poner a salvo a la familia completa de su amo. Yo no oí el nombre de Toussaint hasta un año más tarde.

Ése fue el comienzo de la revolución. Han pasado muchos años y sigue corriendo sangre que empapa la tierra de Haití, pero ya no estoy allí para llorar.

La venganza

Apenas se enteró del levantamiento de los esclavos y el asunto de los prisioneros de Limbé, que murieron sin confesar, Toulouse Valmorain le ordenó a Tété que preparara deprisa el regreso a Saint-Lazare, ignorando las advertencias de todo el mundo, en especial del doctor Parmentier, sobre el peligro que corrían los blancos en las plantaciones. «No exagere, doctor. Los negros siempre han sido revoltosos. Prosper Cambray los tiene controlados», replicó enfático Valmorain, aunque le cabían dudas. Mientras el eco de los tambores resonaba en el norte llamando a los esclavos a la convocatoria de Bois Cayman, el coche de Valmorain, protegido por una guardia reforzada, se dirigía al trote a la plantación. Llegaron en una nube de polvo, acalorados, ansiosos, con los niños desfallecientes y Tété embotada por el bamboleo del vehículo. El amo saltó del carruaje y se encerró con el jefe de capataces en la oficina para recibir el informe de las pérdidas, que en realidad eran mínimas, y luego fue a recorrer la propiedad y enfrentarse con los esclavos que según Cambray se habían amotinado, pero no tanto como para entregarlos a la Marechaussée, como había hecho con otros. Era el tipo de situación que a Valmorain lo hacía sentirse inadecuado y en los últimos tiempos se repetía con frecuencia. El jefe de capataces defendía los intereses de Saint-Lazare mejor que el propietario, actuaba con firmeza y sin remilgos, mientras él vacilaba, poco dispuesto a ensuciarse las manos con sangre. Una vez más ponía de manifiesto su ineptitud. En los veintitantos años que llevaba en la colonia no se había adaptado, seguía con la sensación de estar de paso y su carga más desagradable eran los esclavos. No se hallaba capaz de ordenar que asaran a fuego lento a un hombre, aunque la medida le pareciera indispensable a Cambray. Su argumento frente al jefe de capataces y los *grands blancs*, ya que en más de una ocasión debió justificarse, era que la crueldad resultaba ineficaz, los esclavos saboteaban lo que podían, desde el filo de los cuchillos hasta la propia salud, se suicidaban o comían carroña y se debilitaban en vómitos y mierda, extremos que él procuraba evitar. Se preguntaba si sus consideraciones servían de algo, o si era tan odiado como Lacroix. Tal vez Parmentier tenía razón y la violencia, el miedo y el odio eran inherentes a la esclavitud, pero un plantador no podía darse el lujo de tener escrúpulos. En las raras ocasiones que se acostaba sobrio, no lograba dormir, atormentado por visiones. La fortuna de su familia, iniciada por su padre y multiplicada varias veces por él, estaba ensangrentada. A diferencia de otros *grands blancs*, no podía ignorar las voces que se alzaban en Europa y América para denunciar el infierno de las plantaciones de las Antillas.

A finales de septiembre la rebelión se había generalizado en el norte, los esclavos huían en masa y antes de irse le prendían fuego a todo. Faltaban brazos en los campos y los plantadores no querían seguir comprando esclavos que huían al primer descuido. El mercado de negros en Le Cap estaba casi paralizado. Prosper Cambray duplicó el número de *commandeurs* y extremó la vigilancia y la disciplina, mientras Valmorain sucumbía a la ferocidad de su empleado sin intervenir. En Saint-Lazare nadie dormía tranquilo. La vida, que nunca fue holgada, se convirtió únicamente en esfuerzo y sufrimiento. Se suprimieron las *calendas* y horas de descanso, aunque en el bochorno insoportable del mediodía el trabajo no rendía. Desde que Tante Rose desapareció, no había quien curara, diera consejo o ayuda espiritual. El único satisfecho con la ausencia de la *mambo* era Prosper Cambray, quien no hizo amago de perseguirla, porque mientras más lejos estuviera esa bruja capaz de convertir a un mortal en zombi, mucho mejor. ¿Para qué otro fin coleccionaba polvo de tumba, hígado de pez globo, sapos y plantas ponzoñosas si no era para esas aberraciones? Por eso el jefe de capataces nunca se quitaba las botas. Ponían vidrios rotos en el suelo, el veneno entraba por las cortaduras en las plantas de los pies y la noche siguiente al funeral desenterraban el cadáver convertido en zombi y lo resucitaban mediante una paliza monumental. «¡Supongo que no crees esas patrañas!», se rió Valmorain una vez que hablaron del asunto. «De creer, nada, monsieur; pero que hay zombis, los hay», respondió el jefe de capataces.

En Saint-Lazare, como en el resto de la isla, se vivía un compás de espera. Tété escuchaba rumores repetidos por su amo o entre los esclavos, pero sin Tante Rose ya no sabía interpretarlos. La plantación se había cerrado sobre sí misma, como un puño. Los días se hacían pesados y las noches parecían no terminar nunca. Hasta la loca se echaba de menos. La muerte de Eugenia dejó un vacío, sobraban horas y espacio, la casa parecía enorme y ni los niños, con su bullanga, podían llenarla. En la fragilidad de esa época las reglas se relajaron y las distancias se acortaron. Valmorain se acostumbró a la presencia de Rosette y acabó por tolerar la familiaridad con ella. No lo llamaba amo, sino monsieur, pronunciado como un maullido de gato. «Cuando sea grande me voy a casar con Rosette», decía Maurice. Ya habría tiempo más adelante para poner las cosas en su lugar, pensaba su padre. Tété trató de inculcarles a los niños la diferencia fundamental entre ambos: Maurice tenía privilegios vedados para Rosette, como entrar a una habitación sin permiso o sentarse en las rodillas del amo sin ser llamada. El chiquillo estaba en edad de exigir explicaciones y Tété siempre contestaba sus preguntas con la verdad completa. «Porque eres hijo legítimo del amo, eres varón, blanco, libre y rico, pero Rosette no.» Lejos de conformarlo, eso le provocaba ataques de llanto a Maurice. «¿Por qué, por qué?», repetía entre sollozos. «Porque así de jodida es la vida, niño mío. Ven aquí para limpiarte los mocos», replicaba Tété. Valmorain consideraba que su hijo estaba en edad sobrada de dormir solo, pero cada vez que intentaron forzarlo sufría pataletas y se afiebraba. Siguió durmiendo con Tété y Rosette mientras se normalizaba la situación, como le advirtió su padre, pero el clima de tensión en la isla estaba lejos de normalizarse.

Una tarde llegaron varios milicianos, que recorrían el norte procurando controlar la anarquía, y entre ellos venía Parmentier. El doctor viajaba muy poco fuera de Le Cap, por los peligros del camino y sus deberes con los soldados franceses que agonizaban en su hospital. Hubo un brote de fiebre amarilla en uno de los cuarteles, que se pudo controlar antes de que se convirtiera en epidemia, pero la malaria, el cólera y el dengue causaban estragos. Parmentier se unió a los milicianos, única forma de viajar con alguna seguridad, no tanto para visitar a Valmorain, a quien solía ver en Le Cap, como para consultar a Tante Rose. Se llevó un chasco al enterarse de la desaparición de su maestra. Valmorain ofreció hospitalidad a su amigo y a los milicianos, que venían cubiertos de polvo, sedientos y extenuados. Durante un par de días la casa grande se llenó de actividad, voces masculinas y hasta música, porque varios hombres tocaban instrumentos de cuerda. Por fin se pudieron usar los que había comprado Violette Boisier por capricho cuando decoró la casa, trece años antes, que estaban desafinados, pero servibles. Valmorain hizo venir a varios esclavos con talento para los tambores y se organizó una fiesta. Tante Mathilde vació la despensa de su mejor contenido y preparó tartas de frutas y complicados guisos *créoles*, grasientos y picantes, que no había hecho por mucho tiempo. Prosper Cambray se encargó de asar un cordero, de los pocos disponibles, porque desaparecían misteriosamente. También los cerdos se esfumaban y como resultaba imposible para los cimarrones robar esos pesados animales sin la complicidad de los esclavos de la plantación, cuando faltaba uno Cambray elegía a diez negros al azar y los hacía azotar; alguien debía pagar por la falta. En esos meses el jefe de capataces, investido de más poder que nunca antes, actuaba como si fuese el verdadero amo de Saint-Lazare y su insolencia con Tété, cada vez más descarada, era su forma de desafiar a su patrón, que se había encogido desde el estallido de la rebelión. La inesperada visita de los milicianos, todos mulatos como él, aumentó su jactancia: repartía el licor de Valmorain sin consultarlo, daba órdenes perentorias en su presencia a los domésticos y bromeaba a su costa. El doctor Parmentier lo notó, como notó que Tété y los niños temblaban ante el jefe de capataces, y estuvo a punto de hacerle un comentario a su anfitrión, pero la experiencia lo había vuelto reservado. Cada plantación era un mundo aparte, con su propio sistema de relaciones, sus secretos y sus vicios. Por ejemplo, Rosette, esa niña de piel tan clara no podía ser sino hija de Valmorain. ¿Y qué había sido del otro chico de Tété? Le hubiera gustado averiguarlo, pero nunca se atrevió a preguntarle a Valmorain; las relaciones de los blancos con sus esclavas era un tema vedado en la buena sociedad.

—Supongo que ha podido apreciar los estragos de la rebelión, doctor —comentó Valmorain—. Las bandas han asolado la región.

—Así es. Cuando veníamos hacia acá, vimos la humareda de un incendio en la plantación Lacroix —le contó Parmentier—. Al aproximarnos notamos que todavía ardían los cañaverales. No había un alma. El silencio era aterrador.

—Lo sé, doctor, porque fui de los primeros en llegar a la *habitation* Lacroix después del asalto —le explicó Valmorain—. La familia Lacroix al completo, sus capataces y domésticos fueron aniquilados; el resto de los esclavos desapareció. Hicimos una fosa y enterramos los cuerpos provisoriamente, hasta que las autoridades investiguen lo ocurrido. No podíamos dejarlos tirados como carroña. Los negros se dieron una orgía de sangre.

—¿No teme que suceda algo similar aquí? —preguntó Parmentier.

—Estamos armados y alertas y confío en la capacidad de Cambray —replicó Valmorain—. Pero le confieso que estoy muy preocupado. Los negros se ensañaron con Lacroix y su familia.

—Su amigo Lacroix tenía reputación de cruel —lo interrumpió el médico—. Eso enardeció aún más a los asaltantes, pero en esta guerra nadie tiene consideraciones con nadie, *mon ami.* Hay que prepararse para lo peor.

—¿Sabía que el estandarte de los rebeldes es un infante blanco ensartado en una bayoneta, doctor?

—Todo el mundo lo sabe. En Francia hay una reacción de horror ante estos hechos. Los esclavos ya no cuentan con ningún simpatizante en la Asamblea, hasta la Sociedad de Amigos de los Negros está callada, pero estas atrocidades son la respuesta lógica a las que nosotros hemos perpetrado contra ellos.

—¡No nos incluya, doctor! —exclamó Valmorain—. ¡Usted y yo jamás hemos cometido esos excesos!

–No me refiero a nadie en particular, sino a la norma que hemos impuesto. El desquite de los negros era inevitable. Me avergüenzo de ser francés –dijo Parmentier tristemente.

–Si de desquite se trata, hemos llegado al punto de elegir entre ellos o nosotros. Los plantadores defenderemos nuestras tierras y nuestras inversiones. Vamos a recuperar la colonia como sea. ¡No nos quedaremos de brazos cruzados!

No estaban cruzados de brazos. Los colonos, la Marechaussée y el ejército salían de caza y negro rebelde que pillaban lo descueraban vivo. Importaron mil quinientos perros de Jamaica y el doble de mulas de la Martinica, entrenadas para subir montañas arrastrando cañones.

El terror

Una tras otra, las plantaciones del norte empezaron a arder. El incendio duró meses, el resplandor de las llamas se vislumbraba por las noches en Cuba y la densa humareda ahogó a Le Cap y, según los esclavos, llegó hasta Guinea. El teniente coronel Étienne Relais, quien estaba a cargo de informar al gobernador de las bajas, a finales de diciembre había contado más de dos mil entre los blancos y si sus cálculos eran correctos, había diez mil más entre los negros. En Francia, el ánimo se dio vuelta al saberse la suerte que corrían los colonos en Saint-Domingue y la Asamblea Nacional anuló el decreto reciente que otorgaba derechos políticos a los *affranchis*. Tal como le dijo Relais a Violette, esa decisión carecía por completo de lógica, ya que los mulatos nada tenían que ver con la rebelión, eran los peores enemigos de los negros y los aliados naturales de los *grands blancs* con quienes tenían todo en común menos el color. El gobernador Blanchelande, cuya simpatía no estaba con los republicanos, debió utilizar el ejército para sofocar la revuelta de los esclavos, que adquiría proporciones de catástrofe, y para intervenir en el bárbaro conflicto entre blancos y mulatos que comenzó en Port-au-Prince. Los *petits blancs* iniciaron una matanza contra los *affranchis* y éstos respondieron cometiendo peores salvajadas que los negros y los blancos combinados. Nadie estaba salvo. La isla entera trepidaba con el fragor de un odio antiguo que esperaba ese pretexto para estallar en llamas. En Le Cap la chusma blanca, enardecida por lo ocurrido en Port-au-Prince, atacó a la gente de color en las calles, entraron a rompe y raja en sus casas, ultrajaron a las mujeres, degollaron a los niños y ahorcaron a los hombres en sus propios balcones. La fetidez de los cadáveres podía olerse en los barcos anclados fuera del puerto. En una nota que le mandó Parmentier a Valmorain, le comentó las noticias de la ciudad: «No hay nada tan peligroso como la impunidad, amigo mío, es entonces cuando la gente enloquece y se cometen las peores bestialidades, no importa el color de la piel, todos son iguales. Si usted viera lo que yo he visto, tendría que cuestionar la superioridad de la raza blanca, que tantas veces hemos discutido».

Aterrado ante aquel desenfreno, el doctor pidió audiencia y se presentó en la espartana oficina de Étienne Relais, a quien conocía por su trabajo en el hospital militar. Sabía que se había casado con una mujer de color y se mostraba con ella del brazo sin parar mientes en las malas lenguas, lo que él mismo jamás se había atrevido a hacer con Adèle. Calculó que ese hombre entendería mejor que nadie su situación y se dispuso a contarle su secreto. El oficial le ofreció asiento en la única silla disponible.

—Disculpe que me atreva a molestarlo con un asunto de orden personal, teniente coronel... —tartamudeó Parmentier.

—¿En qué puedo ayudarlo, doctor? —respondió amablemente Relais, quien le debía al doctor las vidas de varios de sus subalternos.

—La verdad es que tengo una familia. Mi mujer se llama Adèle. No es exactamente mi esposa, usted entiende, ¿verdad? Pero llevamos muchos años juntos y tenemos tres hijos. Ella es una *affran-chie*.

—Ya lo sabía, doctor —le dijo Relais.

—¿Cómo lo sabía? —exclamó el otro, desconcertado.

—Mi puesto exige estar informado y mi esposa, Violette Boisier, conoce a Adèle. Le ha comprado varios vestidos.

—Adèle es excelente costurera —agregó el doctor.

—Supongo que ha venido a hablarme de los ataques contra los *affranchis*. No puedo prometerle que la situación vaya a mejorar pronto, doctor. Estamos tratando de controlar a la población, pero el ejército no cuenta con suficientes recursos. Estoy muy preocupado. Mi esposa no ha asomado la nariz fuera de la casa desde hace dos semanas.

—Temo por Adèle y los niños...

—En lo que a mí concierne, creo que la única forma de proteger a mi familia es enviarla a Cuba hasta que pase la tormenta. Partirán en barco mañana. Puedo ofrecerle lo mismo a la suya, si le parece. Irán incómodos, pero el viaje es corto.

Esa noche un pelotón de soldados escoltó a las mujeres y los niños al barco. Adèle era una mulata oscura y gruesa sin mucho atractivo a primera vista, pero de una dulzura y buen humor inagotables. Nadie dejaría de notar la diferencia entre ella, vestida como una criada y decidida a permanecer en la sombra para cuidar la reputación del padre de sus hijos, y la bella Violette con su porte de reina. No eran de la misma clase social, las separaban varios grados de color, que en Saint-Domingue determinaban el destino, así como el hecho de que una era costurera y la otra era su clienta; pero se abrazaron con simpatía, ya que enfrentarían juntas los albures del exilio. Loula lloriqueaba con Jean-Martin aferrado de la mano. Le había colgado fetiches católicos y vudú debajo de la blusa, para que Relais, agnóstico decidido, no los viera. La esclava nunca se había subido en un bote, mucho menos en un barco, y le horrorizaba aventurarse en un mar lleno de tiburones dentro de aquel atado de palos mal cosidos con unas velas que parecían enaguas. Mientras el doctor Parmentier hacía discretas señas de adiós desde lejos a su familia, Étienne Relais se despidió frente a sus soldados de Violette, la única mujer que había amado en su vida, con un beso desesperado y el juramento de que se reunirían muy pronto. No volvería a verla.

En el campamento de Zambo Boukman ya nadie pasaba hambre y la gente comenzaba a fortalecerse: los hombres no tenían el costillar a la vista, los pocos niños que había no eran esqueletos con vientres dilatados y ojos de ultratumba, y las mujeres empezaron a quedar preñadas. Antes de la rebelión, cuando los cimarrones vivían escondidos en las grietas de las montañas, el hambre se mitigaba durmiendo y la sed con gotas de lluvia. Las mujeres cultivaban unas matas raquíticas de maíz, que a menudo debían abandonar antes de cosecharlas, y defendían con sus propias vidas a las pocas cabras disponibles, porque había varios niños, nacidos en libertad, pero destinados a vivir muy corto si les faltaba la leche de esos nobles animales. Gambo y otros cinco hombres, los más atrevidos, estaban a cargo de conseguir provisiones. Uno de ellos llevaba un mosquete y era capaz de derribar a una liebre a la carrera desde una distancia imposible, pero las escasas municiones se reservaban sólo para las presas más grandes. Los hombres se introducían de noche en las plantaciones, donde los esclavos compartían con ellos sus provisiones por las buenas o las malas, pero existía el peligro tremendo de ser traicionados o sorprendidos. Si lograban entrar al sector de las cocinas o de los domésticos, podían sustraer un par de sacos de harina o un barril de pescado seco, que no era mucho, aunque peor era mascar lagartijas. Gambo, que tenía mano mágica para tratar con animales, solía arrear a una de las viejas mulas del molino, que después se aprovechaba hasta el último hueso. Esa maniobra requería tanta suerte como audacia, porque si la mula se ponía terca no había forma de moverla y si resultaba dócil debía disimularla hasta llegar con ella a las sombras de la selva, donde le pedía perdón por quitarle la vida, como le había enseñado su padre cuando salían de caza, y enseguida la sacrificaba. Entre todos cargaban la carne montaña arriba, borrando los rastros para eludir a sus perseguidores. Aquellas incursiones desesperadas ahora tenían otro cariz. Ya nadie se les oponía en las plantaciones, casi todas abandonadas, podían sacar lo que se hubiera salvado del incendio. Gracias a eso en el campamento no faltaban cerdos, gallinas, más de cien cabras, sacos de maíz, yuca, batata y frijoles, incluso ron, todo el café que pudieran desear, y azúcar, que muchos esclavos jamás habían probado, aunque habían pasado años produciéndola. Los fugitivos de antes eran los revolucionarios de ahora. Ya no se trataba de bandidos escuálidos, sino de guerreros decididos, porque no había vuelta atrás: se moría peleando o se moría supliciado. Sólo podían apostar a la victoria.

El campamento estaba cercado de picotas con calaveras y cuerpos empalados macerándose al sol. En un corralón mantenían a los prisioneros blancos esperando su turno para ser ejecutados. A las mujeres las convirtieron en esclavas y concubinas, tal como antes eran las negras en las plantaciones. Gambo no sentía compasión por los cautivos, él mismo acabaría con ellos si se presentaba la necesidad de hacerlo, pero no le habían dado esa orden. A él, que tenía piernas veloces y buen criterio, Boukman también lo enviaba con mensajes a otros jefes y a espiar. La región estaba sembrada de bandas, que el joven conocía bien. El peor campamento para los blancos era el de Jeannot, donde cada día seleccionaban a varios para darles una muerte lenta y macabra, inspirada en la tradición de atrocidades iniciada por los mismos colonos. Jeannot, como Boukman, era un poderoso *hungan*, pero la guerra lo había trastornado y el apetito de crueldad se le hizo insaciable. Se jactaba de beber la sangre de sus víctimas en una calavera humana. Hasta su propia gente le tenía terror. Gambo oyó a otros jefes discutir sobre el deber de eliminarlo antes de que sus aberraciones irritaran a Papa Bondye, pero no lo repitió, porque como espía valoraba la discreción.

En uno de los campamentos conoció a Toussaint, quien cumplía la doble función de consejero para la guerra y doctor, porque sabía de plantas curativas, y ejercía notable influencia sobre los jefes, aunque en esa época todavía se mantenía en un segundo plano. Era uno de los pocos capaces de leer y escribir; así se enteraba, aunque con atraso, de los sucesos de la isla y de Francia. Nadie conocía mejor que él la mentalidad de los blancos. Había nacido y vivido esclavo en una plantación en Bréda, se educó solo, abrazó con fervor la religión cristiana y se ganó la estima de su amo, quien incluso le confió a su familia cuando llegó el momento de huir. Esa relación provocaba sospechas, muchos creían que Toussaint se sometía a los blancos como un criado, pero Gambo le oyó decir muchas veces que el propósito de su vida era terminar con la esclavitud en Saint-Domingue y nada ni nadie lo haría desistir. Su personalidad atrajo a Gambo desde el principio y decidió que si Toussaint se convertía en jefe, él se cambiaría de bando sin vacilar. Boukman, aquel gigante con vozarrón de tempestad, el elegido de Ogun-Feraille, fue la chispa que encendió la hoguera de la rebelión en Bois Cayman, pero Gambo adivinó que la estrella más brillante del cielo era la de Toussaint, ese hombrecito feo, de quijada protuberante y piernas arqueadas, que hablaba como un predicador y le rezaba al Jesús de los blancos. Y no se equivocó, porque unos meses más tarde Boukman, el invencible, que se enfrentaba al fuego enemigo desviando las balas a latigazos con una cola de buey como si fueran moscas, fue apresado por el ejército en una escaramuza. Étienne Relais dio orden de ejecutarlo en el acto, para adelantarse a la reacción de los rebeldes de otros campamentos. Se llevaron su cabeza ensartada en una lanza y la plantaron al centro de la plaza de Le Cap, donde nadie dejó de verla. Gambo fue el único que escapó de la muerte en esa emboscada gracias a su pasmosa velocidad y pudo llevar la noticia. Después se unió al campamento donde estaba Toussaint, aunque el de Jeannot era más numeroso. Sabía que los días de Jeannot estaban contados. Y en efecto, lo atacaron al amanecer y lo ahorcaron sin aplicarle los tormentos que él le había impuesto a sus víctimas porque no les dio tiempo; estaban preparándose para parlamentar con el enemigo. Gambo creyó que después de la muerte de Jeannot y varios de sus oficiales, también les había llegado su hora a los cautivos blancos, pero prevaleció la idea de Toussaint de mantenerlos vivos y usarlos como rehenes para negociar.

En vista del desastre en la colonia, Francia envió una comisión para hablar con los jefes negros, quienes se manifestaron dispuestos a devolver a los rehenes como signo de buena voluntad. Se dieron cita en una plantación del norte. Cuando los prisioneros blancos, que habían sobrevivido meses en el infierno inventado por Jeannot, se encontraron cerca de la casa y comprendieron que no los llevaban para matarlos de alguna manera horrenda, sino para liberarlos, se produjo una estampida y mujeres y niños fueron atropellados por los hombres que corrían a ponerse a salvo. Gambo se las arregló para seguir de cerca a Toussaint y los otros encargados de conferenciar con los comisionados. Media docena de *grands blancs*, en representación del resto de los colonos, acompañaba a las autoridades recién llegadas de París, que aún no se daban cuenta cabal de cómo se manejaban las cosas en Saint-Domingue. Con un sobresalto, Gambo reconoció entre ellos a su antiguo amo y retrocedió para esconderse, pero pronto adivinó que Valmorain no se había fijado en él y que si lo hiciera no lo reconocería.

Las conversaciones se llevaron a cabo al aire libre, bajo los árboles del patio, y desde las primeras palabras la tensión fue palpable. Reinaba desconfianza y rencor entre los rebeldes y soberbia ciega entre los colonos. Pasmado, Gambo escuchó los términos de paz propuestos por sus jefes: libertad para ellos y un puñado de sus seguidores a cambio de que el resto de los rebeldes volviera calladamente a la esclavitud en las plantaciones. Los comisionados de París aceptaron de inmediato —la cláusula no podía ser más ventajosa— pero los *grands blancs* de Saint-Domingue no estaban dispuestos a otorgar nada: pretendían que los esclavos se rindieran en masa sin condiciones. «¡Qué se han imaginado! ¿Que vamos a transar con los negros? ¡Que se conformen con salvar la vida!», exclamó uno de ellos. Valmorain trató de razonar con sus pares, pero al final prevaleció la voz de la mayoría y decidieron no darles nada a esos negros alzados. Los líderes rebeldes se retiraron agraviados y Gambo los siguió, ardiendo de furia al saber que estaban dispuestos a traicionar a la gente con quien convivían y luchaban. «Apenas se me presente la ocasión, los mataré a todos, uno por uno», prometió para sus adentros. Perdió fe en la revolución. No podía imaginar que en ese momento se definía el futuro de la isla, porque la intransigencia de los colonos obligaría a los rebeldes a continuar la guerra durante muchos años hasta la victoria y el fin de la esclavitud.

Los comisionados, impotentes ante la anarquía, acabaron por abandonar Saint-Domingue y poco después otros tres delegados, encabezados por Sonthonax, un abogado joven y entrado en carnes, llegaron con seis mil soldados de refuerzo y nuevas instrucciones de París. Había vuelto a cambiar la ley para otorgar a los mulatos libres los derechos de todo ciudadano francés, que poco antes les habían negado. Varios *affranchis* fueron nombrados oficiales del ejército y muchos militares blancos rehusaron servir bajo sus órdenes y desertaron. Eso atizó los ánimos y el odio centenario entre blancos y *affranchis* alcanzó proporciones bíblicas. La Asamblea Colonial, que hasta entonces había manejado los asuntos internos de la isla, fue reemplazada por una comisión compuesta por seis blancos, cinco mulatos y un negro libre. En medio de la creciente violencia, que ya nadie podía controlar, el gobernador Blanchelande fue acusado de no obedecer los mandatos del gobierno republicano y favorecer a los monárquicos. Fue deportado a Francia con grillos en los pies y poco después perdió la cabeza en la guillotina.

El sabor de la libertad

A sí estaban las cosas en el verano del año siguiente cuando una noche Tété despertó de súbito con una mano firme tapándole la boca. Pensó que por fin había llegado el asalto a la plantación, temido por tanto tiempo, y rogó que la muerte fuera rápida, al menos para Maurice y Rosette, dormidos a su lado. Esperó sin tratar de defenderse para no despertar a los niños, y por la remota posibilidad de que fuera una pesadilla, hasta que pudo distinguir la figura inclinada sobre ella en el tenue reflejo de las antorchas del patio, que se filtraba a través del papel encerado de la ventana. No lo reconoció, porque después del año y medio que llevaban separados el muchacho ya no era el mismo, pero entonces él susurró su nombre, Zarité, y ella sintió un fogonazo en el pecho, no ya de terror, sino de dicha. Levantó las manos para atraerlo y sintió el metal del cuchillo que él sostenía entre los dientes. Se lo quitó y él, con un gemido, se dejó caer sobre aquel cuerpo que se acomodaba para recibirlo. Los labios de Gambo buscaron los de ella con la sed acumulada en tanta ausencia, su lengua se abrió paso en su boca y sus manos se aferraron a sus senos a través de la delgada camisa. Ella lo sintió duro entre sus muslos y se abrió para él, pero se acordó de los niños, a quienes por un momento había olvidado, y lo empujó. «Ven conmigo», le susurró.

Se levantaron con cuidado y pasaron por encima de Maurice. Gambo recuperó su cuchillo y se lo puso en la tira de cuero de cabra del cinturón, mientras ella estiraba el mosquitero para proteger a los niños. Tété le hizo una señal de que aguardara y salió a asegurarse de que el amo estaba en su pieza, tal como lo había dejado un par de horas antes, luego sopló la lámpara del pasillo y volvió a buscar a su amante. Lo condujo a tientas hasta la habitación de la loca, en la otra punta de la casa, desocupada desde su muerte.

Cayeron abrazados sobre el colchón, pasado a humedad y abandono, y se amaron en la oscuridad, en total silencio, sofocados de palabras mudas y gritos de placer que se deshacían en suspiros. Mientras estuvieron separados, Gambo se había desahogado con otras mujeres de los campamentos, pero no había logrado aplacar su apetito de amor insatisfecho. Tenía diecisiete años y vivía abrasado por el deseo persistente de Zarité. La recordaba alta, abundante, generosa, pero ahora era más pequeña que él y esos senos, que antes le parecían enormes, ahora cabían holgados en sus manos. Zarité se volvía espuma debajo de él. En la zozobra y la voracidad del amor tan largamente contenido no alcanzó a penetrarla y en un instante se le fue la vida en un solo estallido. Se hundió en el vacío, hasta que el aliento hirviente de Zarité en su oído lo trajo de vuelta al cuarto de la loca. Ella lo arrulló, dándole golpecitos en la espalda, como hacía con Maurice para consolarlo, y cuando sintió que empezaba a renacer lo volteó en la cama, inmovilizándolo con una mano en el vientre, mientras con la otra y sus labios mórbidos y su lengua hambrienta lo masajeaba y lo chupaba, elevándolo al firmamento, donde se perdió en las estrellas fugaces del amor imaginado en cada instante de reposo y en cada pausa de las batallas y en cada amanecer brumoso en las grietas milenarias de los caciques, donde tantas veces montaba guardia. Incapaz de sujetarse por más tiempo, el muchacho la levantó por la cintura y ella lo montó a horcajadas, ensartándose en ese miembro quemante que tanto había anhelado, inclinándose para cubrirle de besos la cara, lamerle las orejas, acariciarlo con sus pezones, columpiarse en sus caderas atolondradas, estrujarlo con sus muslos de amazona, ondulando como una anguila en el fondo arenoso del mar. Retozaron como si fuera la primera y la última vez, inventando pasos nuevos de una danza antigua. El aire del cuarto se saturó con la fragancia de semen y sudor, con la violencia prudente del placer y los desgarros del amor, con quejidos ahogados, risas calladas, embistes desesperados y jadeos de moribundo que al instante se convertían en besos alegres. Tal vez no hicieron nada que no hubieran hecho con otros, pero es muy distinto hacer el amor amando.

Agotados de felicidad se durmieron apretadamente en un nudo de brazos y piernas, aturdidos por el calor pesado de esa noche de julio. Gambo despertó a los pocos minutos, aterrado por haber bajado la guardia de esa manera, pero al sentir a la mujer abandonada, ronroneando en el sueño, se dio tiempo para palparla con liviandad, sin despertarla, y percibir los cambios en ese cuerpo, que cuando él se fue estaba deformado por el embarazo. Los senos todavía tenían leche, pero estaban más flojos y con los pezones distendidos, la cintura le pareció muy delgada, porque no recordaba como era antes de su preñez, el vientre, las caderas, las nalgas y los muslos eran pura opulencia y suavidad. El aroma de Tété también había cambiado, ya no olía a jabón, sino a leche, y en ese momento estaba impregnada del olor de ambos. Hundió la nariz en el cuello de ella, sintiendo el paso de su sangre en las venas, el ritmo de su respiración, el latido de su corazón. Tété se estiró con un suspiro satisfecho. Estaba soñando con Gambo y le tomó un instante darse cuenta de que en verdad estaban juntos y no necesitaba imaginarlo.

—Vine a buscarte, Zarité. Es tiempo de irnos —susurró Gambo.

Le explicó que no había podido llegar antes, porque no tenía adonde llevársela, pero ya no podía esperar más. No sabía si los blancos lograrían aplastar la rebelión, pero tendrían que matar hasta el último negro antes de proclamar victoria. Ninguno de los rebeldes estaba dispuesto a volver a la esclavitud. La muerte andaba suelta y al acecho en la isla. No existía ni un solo rincón seguro, pero peor que el miedo y la guerra era seguir separados. Le contó que no confiaba en los jefes, ni siquiera en Toussaint, no les debía nada y pensaba luchar a su manera, cambiando de bando o desertando, según se dieran las cosas. Por un tiempo podrían vivir juntos en su campamento, le dijo; había levantado una *ajoupa* con palos y hojas de palma y no les faltaría comida. Sólo podía ofrecerle una vida dura y ella estaba acostumbrada a las comodidades de esa casa del blanco, pero nunca se arrepentiría, porque cuando se prueba la libertad no se puede volver atrás. Sintió lágrimas calientes en la cara de Tété.

—No puedo dejar a los niños, Gambo —le dijo.

—Nos llevaremos a mi hijo.

—Es niña, se llama Rosette y no es hija tuya, sino del amo.

Gambo se incorporó, sorprendido. En ese año y medio pensado en su hijo, el niño negro que se llamaba Honoré, no se le pasó por la mente la alternativa de que fuese una mulata hija del amo.

—No podemos llevar a Maurice, porque es blanco, y tampoco a Rosette, que es muy chiquita para pasar penurias —le explicó Tété.

—Tienes que venir conmigo, Zarité. Y debe ser esta misma noche, porque mañana será tarde. Esos chicos son hijos del blanco. Olvídalos. Piensa en nosotros y los hijos que tendremos, piensa en la libertad.

—¿Por qué dices que mañana será tarde? —le preguntó ella, secándose las lágrimas con el dorso de la mano.

—Porque atacarán la plantación. Es la última que queda, todas las demás fueron destruidas.

Entonces ella entendió la magnitud de lo que Gambo le pedía, era mucho más que separarse de los niños, era abandonarlos a una suerte horrenda. Lo enfrentó con una ira tan intensa como la pasión de minutos antes: jamás los dejaría, ni por él ni por la libertad. Gambo la estrechó contra su pecho, como si pretendiera llevársela en vilo. Le dijo que Maurice estaba perdido de todos modos, pero en el campamento podrían aceptar a Rosette, siempre que no fuera demasiado clara.

—Ninguno de los dos sobreviviría entre los rebeldes, Gambo. La única forma de salvarlos es que el amo se los lleve. Estoy segura de que protegerá a Maurice con su vida, pero no a Rosette.

—No hay tiempo para eso, tu amo ya es un cadáver, Zarité —replicó él.

—Si él muere, también mueren los niños. Tenemos que sacar a los tres de Saint-Lazare antes del amanecer. Si no quieres ayudarme, lo haré sola —decidió Tété poniéndose la camisa en la penumbra.

Su plan era de una simpleza pueril, pero lo expuso con tanta determinación, que Gambo acabó por ceder. No podía forzarla a irse con él y tampoco podía dejarla. Él conocía la región, estaba habituado a esconderse, podía moverse de noche, evitar peligros y defenderse, pero ella no.

—¿Crees que el blanco se prestará a esto? —le preguntó al fin.

—¿Qué otra salida tiene? Si se queda lo destripan a él y a Maurice. No sólo aceptará, sino que pagará un precio. Espérame aquí —replicó ella.

Zarité

Tenía el cuerpo caliente y húmedo, la cara hinchada de besos y lágrimas, y la piel olorosa a eso que había hecho con Gambo, pero no me importó. En el pasillo encendí una de las lámparas de aceite, fui a su pieza y entré sin golpear, lo que nunca antes había hecho. Lo encontré embotado de licor, tendido de espaldas, la boca abierta con un hilo de saliva en el mentón, una barba de dos días y el pálido cabello revuelto. Toda la repulsión que sentía por él me remeció y creí que iba a vomitar. Mi presencia y la luz tardaron un instante en atravesar la niebla del coñac; despertó con un grito y de un manotazo rápido sacó la pistola que mantenía debajo de la almohada. Al reconocerme bajó el cañón, pero no soltó el arma. «¿Qué pasa, Tété?», me increpó, saliendo de la cama de un salto. «Vengo a proponerle algo, amo», le dije. No me temblaba la voz ni temblaba la lámpara en mi mano. No me preguntó cómo se me ocurría despertarlo en la mitad de la noche, presintió que se trataba de algo muy grave. Se sentó en la cama con la pistola en las rodillas y le expliqué que al cabo de unas horas los rebeldes asaltarían Saint-Lazare. Era inútil alertar a Cambray, se necesitaría un ejército para detenerlos. Como en otras partes, sus esclavos se sumarían a los atacantes, habría una matanza y un incendio, por eso debíamos huir de inmediato con los niños o al día siguiente estaríamos muertos. Y eso sería con suerte, peor sería estar agonizando. Así se lo dije. ¿Que *cómo lo sabía? Uno de sus esclavos, que había escapado hacía más de un año, había vuelto para avisarme. Ese hombre iba a guiarnos, porque solos jamás llegaríamos a Le Cap, la región estaba tomada por los rebeldes.*

—¿Quién es? —me preguntó mientras se vestía deprisa.

—Se llama Gambo y es mi amante...

Me volteó la cara de un bofetón que casi me aturde, pero cuando iba a pegarme de nuevo le agarré la muñeca con una fuerza que yo misma desconocía. Hasta ese momento, nunca lo había mirado a la cara y no sabía que tenía los ojos claros, como cielo nublado.

—Vamos a tratar de salvarle la vida a usted y a Maurice, pero el precio es mi libertad y la de Rosette —le dije pronunciando bien cada palabra para que me entendiera.

Me clavó los dedos en los brazos, acercándome la cara, amenazante. Le rechinaban los dientes mientras me insultaba, desorbitado por la rabia. Pasó un rato muy largo, eterno, y volví a sentir náuseas, pero no aparté los ojos. Por último se sentó de nuevo, con la cabeza entre las manos, vencido.

—Ándate con ese maldito. No necesitas que yo te dé la libertad.

—¿Y Maurice? Usted no puede protegerlo. No quiero vivir siempre huyendo, quiero ser libre.

—Está bien, tendrás lo que pides. Vamos, apúrate, vístete y prepara a los niños. ¿Dónde está ese esclavo? —me preguntó.

—Ya no es esclavo. Lo llamaré, pero antes escríbame un papel con mi libertad y la de Rosette.

Sin agregar palabra, se sentó a su mesa y escribió a la carrera en una hoja, después secó la tinta con talco, la sopló y le puso el sello de su anillo con lacre, como yo había visto que siempre hacía con los documentos importantes. Me lo leyó en voz alta, ya que yo no podía hacerlo. Se me cerró la garganta, el corazón empezó a golpearme en el pecho: ese trozo de papel tenía el poder de cambiar mi vida y la de mi hija. Lo doblé con cuidado en cuatro partes y lo puse en la bolsa del rosario de doña Eugenia, que siem-

pre llevaba colgada al cuello, bajo la blusa. Tuve que dejar el rosario y espe-
ro que doña Eugenia me perdone.

—Ahora deme la pistola —le pedí.

No quiso desprenderse del arma; me explicó que no pretendía usarla
contra Gambo, él era nuestra única salvación. No recuerdo muy bien cómo
nos organizamos, pero en pocos minutos él se armó con otras dos pistolas
y sacó todas sus monedas de oro de la oficina, mientras yo les daba láu-
dano a los niños de uno de los frascos azules de doña Eugenia, que toda-
vía teníamos. Quedaron como muertos y temí haberles dado demasiado.
No me preocupé por los esclavos del campo, mañana sería su primer día
de libertad, pero en esos asaltos la suerte de los domésticos solía ser tan
atroz como la de los amos. Gambo decidió avisar a Tante Mathilde. La
cocinera le había dado una ventaja de varias horas cuando él huyó, por lo
que fue castigada; ahora le tocaba a él devolverle el favor. Al cabo de media
hora, cuando nos hubiéramos alejado lo suficiente, ella podría reunir a los
domésticos y mezclarse con los esclavos del campo. A Maurice lo até a las
espaldas de su padre, le pasé dos paquetes de provisiones a Gambo y yo car-
gué a Rosette. El amo consideró una locura partir a pie, podíamos sacar
caballos del establo, pero según Gambo eso atraería a los vigilantes y la
ruta que íbamos a tomar no era para caballos. Cruzamos el patio por las
sombras de los edificios, evitamos la avenida de cocoteros, donde se pasea-
ba un guardia, y enfilamos hacia los cañaverales. Las ratas de colas asque-
rosas, que infestan los campos, se nos cruzaban por delante. El amo vaci-
ló, pero Gambo le puso su cuchillo en el cuello y no lo mató porque le sujeté
el brazo. Lo necesitábamos para proteger a los niños, le recordé.

Nos sumergimos en el siseo espeluznante de la caña agitada por la bri-
sa, silbidos, cuchilladas, demonios escondidos en las matas, serpientes, ala-
cranes, un laberinto donde los sonidos se distorsionan y las distancias se enros-
can y alguien puede perderse para siempre y aunque grite y grite, nunca será
encontrado. Por eso los cañaverales se dividen en carrés o manzanas y siem-

pre se corta de las orillas hacia el centro. Uno de los castigos de Cambray consistía en abandonar a un esclavo de noche en los cañaverales y al amanecer soltarle los perros. No sé cómo nos guió Gambo, tal vez por instinto o por la experiencia de robar en otras plantaciones. Íbamos en fila, pegados unos a otros para no perdernos, protegiéndonos como podíamos de las hojas afiladas, hasta que por fin, después de mucho, salimos de la plantación y entramos en la selva. Anduvimos horas, pero avanzamos poco. Al amanecer vimos claramente el cielo anaranjado del incendio de Saint-Lazare y nos sofocó el humo picante y dulzón arrastrado por el viento. Los niños dormidos nos pesaban como piedras en los hombros. Erzuli, loa madre, ayúdanos.

He andado siempre descalza, pero no estaba acostumbrada a ese terreno, tenía los pies ensangrentados. Me caía de fatiga; en cambio el amo, veinte años mayor, caminaba sin detenerse, con el peso de Maurice encima. Por último Gambo, el más joven y fuerte de los tres, dijo que debíamos descansar. Nos ayudó a desatar a los niños y los pusimos sobre un montón de hojas, después de escarbarlas con un palo para espantar a las culebras. Gambo quería las pistolas del amo, pero él lo convenció de que en sus manos eran más útiles, porque Gambo nada sabía de esas armas. Pactaron que él llevaría una y el amo las otras dos. Estábamos cerca de los pantanos y apenas entraban unos rayos de luz a través de la vegetación. El aire era como agua caliente. El lodo movedizo podía tragarse a un hombre en dos minutos, pero Gambo no parecía inquieto. Encontró un charco, bebimos, nos mojamos la ropa y la de los niños, que seguían aturdidos, nos repartimos unos panes de las provisiones y descansamos un rato.

Pronto Gambo nos puso en marcha de nuevo y el amo, que nunca había recibido órdenes, obedeció callado. Los pantanos no eran un barrizal, como yo imaginaba, sino agua sucia estancada y vapor maloliente. El lodo estaba en el fondo. Me acordé de doña Eugenia, que hubiera preferido caer en manos de los rebeldes que pasar por esa densa niebla de mosquitos; por suerte ya estaba en el cielo de los cristianos. Gambo conocía todos los pasos, *pero no era fácil seguirlo con el peso de los niños. Erzuli, loa del agua, sálvanos. Gambo desgarró mi* tignon, *me forró los pies de hojas y me los envolvió con la tela. El amo tenía botas de caña alta y Gambo creía que los colmillos de las alimañas no penetraban los callos de sus pies. Así caminamos.*

Maurice despertó primero, cuando todavía estábamos en los pantanos, y se asustó. Cuando despertó Rosette me la puse un rato al pecho sin dejar de andar y volvió a dormirse. Anduvimos el día entero y llegamos a Bois Cayman, donde no había peligro de desaparecer en el lodo, pero podíamos ser atacados. Allí Gambo había visto el comienzo de la rebelión, cuando mi madrina, montada por Ogun, llamó a la guerra y designó a los jefes. Así me lo contó Gambo. Desde entonces Tante Rose iba de un campamento a otro sanando, celebrando servicios para los loas *y viendo el futuro, temida y respetada por todos, cumpliendo el destino marcado en su z'etoile. Ella le había dicho a Gambo que se acogiera bajo el ala de Toussaint, porque él sería rey cuando terminara la guerra. Gambo le preguntó si entonces seríamos libres y ella le aseguró que sí, pero antes habría que matar a todos los blancos, incluso los recién nacidos, y habría tanta sangre en la tierra que las mazorcas brotarían coloradas.*

Les di más gotas a los niños y los acomodamos entre las raíces de un árbol grande. Gambo temía más a las jaurías de perros salvajes que a los humanos o los espíritus, pero no nos atrevimos a encender una fogata para mantenerlos alejados. Dejamos al amo con los niños, y las tres pistolas cargadas, seguros de que no se movería del lado de Maurice, mientras Gambo y yo nos apartamos un poco para hacer lo que queríamos hacer. El odio le deformó la cara al amo cuando me dispuse a seguir a Gambo, pero nada dijo. Temí lo que me iba a pasar después, porque conozco la crueldad de los blancos a la hora de la venganza y esa hora me llegaría tarde o temprano. Estaba agotada y dolorida por el peso de Rosette, pero lo único que deseaba era el abrazo de Gambo. En ese momento nada más me importaba. Erzuli, loa del placer, permite que esta noche dure para siempre. Así lo recuerdo.

Fugitivos

Los rebeldes cayeron sobre Saint-Lazare en la hora imprecisa en que retrocede la noche, momentos antes de que la campana del trabajo despertara a la gente. Al principio fue la resplandeciente cola de un cometa, puntos de luz moviéndose de prisa: las antorchas. Los cañaverales ocultaban las figuras humanas, pero cuando empezaron a emerger de la tupida vegetación se vio que eran centenares. Uno de los vigilantes alcanzó a llegar hasta la campana, pero veinte manos blandiendo cuchillos lo redujeron a una pulpa irreconocible. Las cañas secas ardieron primero, con el calor prendieron las demás y en menos de veinte minutos el incendio cubría los campos y avanzaba hacia la casa grande. Las llamas saltaban en todas direcciones, tan altas y poderosas que el cortafuego de los patios no pudo detenerlas. Al clamor del incendio se sumó el griterío ensordecedor de los asaltantes y el aullido lúgubre de las conchas que soplaban anunciando guerra. Corrían desnudos o apenas cubiertos por ropa en jirones, armados de machetes, cadenas, cuchillos, palos, bayonetas, mosquetes sin bala, que enarbolaban como garrotes. Muchos estaban pintarrajeados de hollín, otros en trance o ebrios, pero dentro de la anarquía había un propósito único: destruirlo todo. Los esclavos del campo, mezclados con los domésticos, que fueron advertidos a tiempo por la cocinera, abandonaron sus cabañas y se unieron a la turba para participar en ese saturnal de venganza y devastación. Al principio algunos vacilaban, temerosos de la violencia incontenible de los rebeldes y la represalia inevitable del amo, pero ya no tenían elección. Si echaban pie atrás, perecían.

Los *commandeurs* cayeron uno a uno en manos de la horda, pero Prosper Cambray y otros dos hombres se pertrecharon en las bodegas de la casa grande con armas y municiones para defenderse por varias horas. Confiaban en que el incendio atraería a la Marechaussée o a los soldados que recorrían la región. Las embestidas de los negros tenían la furia y la prisa de un tifón, duraban un par horas y luego se dispersaban. Al jefe de capataces le extrañó que la casa estuviese desocupada, pensó que Valmorain había preparado con anticipación un refugio subterráneo y allí estaría agazapado con su hijo, Tété y la niña. Dejó a sus hombres y fue a la oficina, que siempre se mantenía bajo llave, pero la encontró abierta. Desconocía la combinación de la caja fuerte y se dispuso a hacerla saltar a tiros, nadie sabría después quién se robó el oro, pero también estaba abierta, entonces le entró la primera sospecha de que Valmorain había huido sin avisarle. «¡Maldito cobarde!», exclamó, furioso. Por salvar su mísero pellejo había abandonado la plantación. Sin tiempo para lamentarse, se reunió con los otros justamente cuando ya tenían el vocerío del asalto encima.

Cambray oyó los relinchos de los caballos y los ladridos de los perros y pudo distinguir los de sus mastines asesinos, más roncos y fieros. Calculó que sus valiosos animales cobrarían varias víctimas antes de perecer. La casa estaba rodeada, los asaltantes habían invadido los patios y pisoteado el jardín, no quedaba una sola de las preciosas orquídeas del patrón. El jefe de capataces los sintió en la galería; estaban echando abajo las puertas, metiéndose por las ventanas y demoliendo lo que hallaban por delante, destripando los muebles franceses, rajando los tapices holandeses, vaciando los arcones españoles, haciendo astillas los biombos chinos y añicos la porcelana, los relojes alemanes, las jaulas doradas, las estatuas romanas y los espejos venecianos, todo lo adquirido en su momento por Violette Boisier. Y cuando se cansaron del estropicio empezaron a buscar a la familia. Cambray y los dos *commandeurs* habían atrancado la puerta de la bodega con sacos, barriles y muebles y empezaron a disparar entre los barrotes de hierro que protegían las pequeñas ventanas. Sólo las tablas de las paredes los separaban de los rebeldes, soberbios de libertad e indiferentes a las balas. En la luz del alba vieron caer a varios, tan cercanos que podían olerlos, a pesar de la fétida humareda de la caña quemada. Caían unos y otros pasaban por encima antes de que Cambray y sus hombres alcanzaran a recargar. Sintieron los golpes contra la puerta, las maderas retumbaban, sacudidas por un huracán de odio que llevaba cien años acumulando fuerza en el Caribe. Diez minutos más tarde la casa grande ardía en una inmensa hoguera. Los esclavos rebeldes esperaron en el patio y cuando salieron los *commandeurs* escapando de las llamas, los apresaron vivos. A Prosper Cambray, sin embargo, no pudieron cobrarle los tormentos que debía, porque prefirió meterse el cañón de la pistola en la boca y volarse la cabeza.

Entretanto Gambo y su pequeño grupo trepaban agarrados de rocas, troncos, raíces y lianas, atravesaban precipicios y se metían hasta la cintura en torrentosos arroyos. Gambo no había exagerado, no era ruta para jinetes sino para monos. En ese verde profundo de pronto surgían brochazos de color: el pico amarillo y naranja de un tucán, plumas iridiscentes de loros y guacamayas, flores tropicales colgadas de las ramas. Había agua por todas partes, riachuelos, charcos, lluvia, cristalinas cascadas cruzadas de arco iris que caían del cielo y se perdían abajo en una masa densa de brillantes helechos. Tété mojó un pañuelo y se lo amarró en la cabeza para taparse el ojo amoratado por el bofetón de Valmorain. A Gambo le dijo que la había picado un bicho en el párpado, para evitar un enfrentamiento entre los dos hombres. Valmorain se quitó las botas empapadas, porque tenía los pies en carne viva, y Gambo se rió al verlos, sin comprender cómo el blanco podía andar por la vida con esos pies blandos y rosados que parecían conejos descuerados. A los pocos pasos Valmorain tuvo que ponerse de nuevo las botas. Ya no podía cargar a Maurice. El chico caminaba unos trechos de la mano de su padre y en otros iba montado en los hombros de Gambo, aferrado a la masa dura de su pelo.

Varias veces debieron esconderse de rebeldes, que andaban por todas partes. En una ocasión Gambo dejó a los demás en una gruta y salió solo a encontrarse con un pequeño grupo que conocía, porque habían estado juntos en el campamento de Boukman. Uno de los hombres llevaba un collar de orejas, algunas resecas como cuero, otras frescas y rosadas. Compartieron sus provisiones con él, batatas cocidas y unas lonjas de carne de cabra ahumada, y descansaron un rato, comentando las vicisitudes de la guerra y los rumores sobre un nuevo jefe, Toussaint. Dijeron que no parecía humano, tenía corazón de perro de la selva, astuto y solitario; era indiferente a las tentaciones del alcohol, las mujeres y las medallas doradas, que otros jefes ambicionaban; no dormía, se alimentaba de fruta y podía pasar dos días con sus noches a lomo de caballo. Nunca alzaba la voz, pero la gente temblaba en su presencia. Era doctor de hojas y adivino, sabía descifrar los mensajes de la naturaleza, las señales en las estrellas y las intenciones más secretas de los hombres; así se libraba de traiciones y emboscadas. Al atardecer, apenas empezó a refrescar, se despidieron. Gambo tardó un poco en ubicarse, porque se había alejado mucho de la gruta, pero al fin se reunió con los demás, que desfallecían de sed y calor, pero no se habían atrevido a asomarse afuera o buscar agua. Los condujo a un charco cercano y pudieron beber hasta hartarse, pero tuvieron que racionar las escasas provisiones.

Los pies de Valmorain eran una sola llaga dentro de las botas, las punzadas de dolor le atravesaban las piernas y lloraba de rabia, tentado de echarse a morir, pero seguía adelante por Maurice. Al atardecer del segundo día vieron a un par de hombres desnudos, sin más adorno que una tira de cuero en la cintura para sujetar el cuchillo, armados de machetes. Alcanzaron a esconderse entre unos helechos, donde aguardaron por más de una hora, hasta que se perdieron en la espesura. Gambo se dirigió a una palmera, cuya copa se elevaba varios metros por encima de la vegetación, trepó por el tronco recto, aferrado a las escamas de la corteza y arrancó un par de cocos, que cayeron sin ruido sobre los helechos. Los niños pudieron beber la leche y repartirse la delicada pulpa. Dijo que desde arriba había visto la llanura; Le Cap estaba cerca. Pasaron la noche bajo los árboles y guardaron el resto de las escasas provisiones para el día siguiente. Maurice y Rosette se durmieron acurrucados vigilados por Valmorain, que en esos días había envejecido mil años, se sentía hecho trizas, había perdido el honor, su hombría, su alma y estaba reducido a un animal, carne y sufrimiento, una piltrafa ensangrentada que seguía como perro a un negro maldito que fornicaba con su esclava a pocos pasos de distancia. Podía oírlos esa noche, como en las noches anteriores, ni siquiera se cuidaban por decencia o por temor de él. Le llegaban con claridad los gemidos de placer, los suspiros del deseo, las palabras inventadas, la risa sofocada. Una, otra y otra vez copulaban como bestias, porque no era propio de humanos tanto deseo y tanta energía, lloraba de humillación el amo. Imaginaba el cuerpo conocido de Tété, sus piernas de caminante, su grupa firme, su cintura estrecha, sus senos generosos, su piel lisa, suave, dulce, húmeda de sudor, de deseo, de pecado, de insolencia y provocación. Le parecía ver su rostro en esos momentos, los ojos entrecerrados, los labios blandos para dar y recibir, la lengua atrevida, las narices dilatadas, olfateando a ese hombre. Y a pesar de todo, a pesar del tormento de sus pies, de la inconmensurable fatiga, del orgullo pisoteado y del terror a morir, Valmorain se excitaba.

–Mañana dejaremos al blanco y su hijo en la llanura. Desde allí no tiene más que andar derecho –le anunció Gambo a Tété entre beso y beso en la oscuridad.

–¿Y si los encuentran los rebeldes antes de que lleguen a Le Cap?

–Yo cumplí mi parte, los saqué vivos de su plantación. Ahora que se las arreglen solos. Nosotros nos iremos al campamento de Toussaint. Su *z'etoile* es la más brillante del cielo.

–¿Y Rosette?

–Viene con nosotros, si quieres.

–No puedo Gambo, tengo que irme con el blanco. Perdóname... –susurró ella, doblada de tristeza.

El muchacho la apartó, incrédulo. Debió repetírselo dos veces para que comprendiera la firmeza de esa decisión, la única posible, porque entre los rebeldes Rosette sería una miserable cuarterona clara, rechazada, hambrienta, expuesta a los azares de la revolución, en cambio con Valmorain estaría más segura. Le explicó que no podía separarse de los niños, pero Gambo no oyó sus argumentos, sólo captó que su Zarité prefería al blanco.

—¿Y la libertad? ¿No te importa eso? —La cogió de los hombros y la remeció.

—Soy libre, Gambo. Tengo el papel en esta bolsa, escrito y sellado. Rosette y yo somos libres. Seguiré sirviendo al amo por un tiempo, hasta que termine la guerra, y después me iré contigo donde tú quieras.

Se separaron en la llanura. Gambo se apoderó de las pistolas, les dio la espalda y desapareció corriendo rumbo a la espesura, sin despedirse y sin volverse a darles una última mirada, para no sucumbir a la poderosa tentación de matar a Valmorain y su hijo. Lo habría hecho sin vacilar, pero sabía que si le hacía daño a Maurice perdía a Tété para siempre. Valmorain, la mujer y los niños alcanzaron el camino, una trocha ancha como para tres caballos muy expuesta en caso de toparse con negros rebeldes o mulatos enardecidos contra los blancos. Valmorain no podía dar un paso más en sus pies despellejados, se arrastraba gimiendo, seguido por Maurice, que lloraba con él. Tété encontró sombra bajo unos arbustos, le dio el último bocado de las provisiones a Maurice y le explicó que volvería a buscarlo, pero podía tardar y él debía tener coraje. Le dio un beso, lo dejó junto a su padre y echó a andar por el sendero con Rosette a la espalda. De allí en adelante, era cuestión de suerte. El sol caía a plomo sobre su cabeza descubierta. El terreno, de una deprimente monotonía, estaba salpicado de peñascos y arbustos bajos, aplastados por la fuerza del viento, y cubierto de un grueso pasto, corto y duro. La tierra era seca y granulosa, no había agua por ninguna parte. Ese camino, muy transitado en tiempos normales, desde la rebelión sólo era usado por el ejército y la Marechaussée. Tété tenía una idea vaga de la distancia, pero no podía calcular cuántas horas debería andar hasta llegar a las fortificaciones cercanas a Le Cap, porque siempre había hecho el viaje en el coche de Valmorain. «Erzuli, *loa* de la esperanza, no me desampares.» Caminó decidida, sin pensar en lo que faltaba sino en lo que había avanzado. El paisaje era desolado, no había referencias, todo era igual, estaba clavada en el mismo sitio, como en los malos sueños. Rosette clamaba por agua con los labios secos y los ojos vidriosos. Le dio más gotas del frasco azul y la meció hasta que se durmió y pudo continuar.

Caminó tres o cuatro horas sin pausa, con la mente en blanco. «Agua, no podré seguir sin agua.» Un paso, otro paso, y otro más. «Erzuli, *loa* de las aguas dulces y saladas, no nos mates de sed.» Las piernas se movían solas, oía tambores: la llamada del *boula*, el contrapunto del *segon*, el suspiro profundo del *maman* quebrando el ritmo, los otros volviendo a comenzar, variaciones, sutilezas, brincos, de repente el sonido alegre de las maracas y de nuevo manos invisibles golpeando la piel tirante de los tambores. El sonido fue llenándola por dentro y empezó a moverse con la música. Otra hora. Iba flotando en un espacio incandescente. Cada vez más desprendida, ya no sentía los latigazos en los huesos ni el ruido de piedras en la cabeza. Un paso más, una hora más. «Erzuli, *loa* de la compasión, ayúdame.» De pronto, cuando se le doblaban las rodillas, el corrientazo de un relámpago la sacudió desde el cráneo hasta los pies, fuego, hielo, viento, silencio. Y entonces vino la diosa Erzuli como una ráfaga poderosa y montó a Zarité, su servidora.

Étienne Relais fue el primero en verla, porque iba a la cabeza de su pelotón de jinetes. Una línea oscura y delgada en el camino, una ilusión, una temblorosa silueta en la reverberación de aquella luz implacable. Espoleó el caballo y se adelantó para ver a quién se le ocurría un viaje tan peligroso en esas soledades y en ese calor. Al acercarse vio a la mujer de espaldas, erguida, soberbia, los brazos extendidos para volar y culebreando al ritmo de una danza secreta y gloriosa. Notó el bulto que llevaba atado atrás y dedujo que era un niño, muerto tal vez. La llamó con un grito y ella no respondió, siguió levitando como un espejismo hasta que él le atravesó el caballo por delante. Al notar los ojos en blanco comprendió que estaba demente o en trance. Había visto esa expresión exaltada en las *calendas*, pero creía que sólo se daba en la histeria colectiva de los tambores. Como militar francés, pragmático y ateo, a Relais le repugnaban esas posesiones, que consideraba una prueba más de la condición primitiva de los africanos. Erzuli se irguió ante el jinete, seductora, hermosa, su lengua de víbora entre los labios rojos, el cuerpo una sola llamarada. El oficial levantó la fusta, la tocó en un hombro y de inmediato se deshizo el encantamiento. Erzuli se esfumó y Tété cayó desplomada sin un suspiro, un montón de trapos en el polvo del camino. Los otros soldados habían alcanzado a su jefe y los caballos rodearon a la mujer postrada. Étienne Relais saltó a tierra, se inclinó sobre ella y empezó a tironear de su improvisada mochila, hasta que liberó la carga: una niña dormida o inconsciente. Volteó el bulto y vio a una mulata muy diferente a la que danzaba en el camino, una pobre joven cubierta de mugre y sudor, el rostro desencajado, un ojo a la funerala, los labios partidos de sed, los pies ensangrentados asomando entre harapos. Uno de los soldados desmontó también y se agachó para verter un chorro de agua de su cantimplora en la boca de la niña y otro en la de la mujer. Tété abrió los ojos y por varios minutos no recordaba nada, ni su marcha forzada, ni su hija, ni los tambores, ni Erzuli. La ayudaron a incorporarse y le dieron más agua, hasta que se sació y las visiones en su cabeza adquirieron algún sentido. «Rosette…», balbuceó. «Está viva, pero no responde y no podemos despertarla», le dijo Relais. Entonces el espanto de los últimos días volvió a la memoria de la esclava: láudano, la plantación en llamas, Gambo, su amo y Maurice esperándola.

Valmorain vio la polvareda en el camino y se encogió entre los arbustos, ofuscado por un miedo visceral que había empezado ante el cadáver despellejado de su vecino Lacroix y había ido en aumento hasta ese momento en que había perdido el sentido del tiempo, del espacio y las distancias, no sabía por qué estaba enterrado entre unas matas como una liebre ni quién era ese mocoso desmayado a su lado. El grupo se detuvo cerca y uno de los jinetes lo llamó a gritos por su nombre, entonces se atrevió a echar una mirada y vio los uniformes. Un alarido de alivio le brotó de las entrañas. Salió gateando, desgreñado, rotoso, cubierto de arañazos, costras y lodo seco, sollozando como un niño, y quedó de rodillas delante de los caballos repitiendo gracias, gracias, gracias. Encandilado por la luz y deshidratado como estaba, no reconoció a Relais ni se dio cuenta de que todos los hombres del pelotón eran mulatos, le bastó ver los uniformes del ejército francés para comprender que estaba a salvo. Sacó la bolsa que llevaba amarrada en la cintura y soltó un puñado de monedas frente a los soldados. El oro quedó brillando en el suelo, gracias, gracias. Asqueado ante ese espectáculo, Étienne Relais le ordenó recoger su dinero, le hizo un gesto a sus subalternos y uno de ellos se bajó para darle agua y cederle su caballo. Tété, quien iba en la grupa de otro, desmontó con dificultad, porque no estaba acostumbrada a cabalgar y llevaba a Rosette en la espalda, y fue a buscar a Maurice. Lo encontró hecho un ovillo entre los arbustos, delirando de sed.

Estaban cerca de Le Cap y pocas horas más tarde entraban a la ciudad sin haber sufrido nuevos contratiempos. En ese lapso Rosette se despabiló del sopor del láudano, Maurice durmió extenuado en brazos de un jinete y Toulouse Valmorain recuperó la compostura. Las imágenes de esos tres días empezaron a desdibujarse y la historia a cambiar en su mente. Cuando tuvo oportunidad de explicar lo ocurrido, su versión no se parecía a la que Relais había oído de Tété: Gambo había desaparecido del cuadro, él había previsto el ataque de los rebeldes y ante la imposibilidad de defender su plantación había huido para proteger a su hijo, llevándose a la esclava que había criado a Maurice y su niña. Era él, sólo él, quien los había salvado a todos. Relais no hizo comentarios.

El París de las Antillas

L e Cap estaba lleno de refugiados que habían abandonando
las plantaciones. El humo de los incendios, arrastrado por el
viento, quedaba flotando en el aire por semanas. El París de las
Antillas hedía a basura y excremento, a los cadáveres de los ejecutados pudriéndose en los patíbulos y las fosas comunes de las
víctimas de la guerra y las epidemias. El suministro era muy irre-
gular y la población dependía de los barcos y los botes pesqueros
para alimentarse, pero los *grands blancs* seguían viviendo con el
mismo lujo de antes, sólo que ahora les costaba más caro. En sus
mesas nada faltaba, el racionamiento era para los demás. Las fiestas continuaron con guardias armados en las puertas, no cerraron
los teatros ni los bares y las deslumbrantes *cocottes* todavía alegra-
ban las noches. No quedaba una sola habitación libre donde alojarse, pero Valmorain contaba con la casa del portugués que había
conseguido antes de la insurrección, donde se instaló a reponerse
del susto y los magullones físicos y morales. Lo servían seis esclavos alquilados al mando de Tété; no le convenía comprarlos justo cuando planeaba cambiar de vida. Sólo adquirió un cocinero
entrenado en Francia, que después podía vender sin perder dinero; el precio de un buen cocinero era de las pocas cosas estables

que iban quedando. Estaba seguro de que recuperaría su propiedad, no era el primer alzamiento de esclavos en las Antillas y todos habían sido aplastados, Francia no iba a permitir que unos bandidos negros arruinaran a la colonia. De todos modos, aunque la situación volviera a ser la de antes, él se marcharía de Saint-Lazare, ya lo había decidido. Estaba enterado de la muerte de Prosper Cambray, porque los milicianos habían encontrado su cuerpo entre los escombros de la plantación. «No me habría librado de él de otra manera», pensó. Su propiedad era pura ceniza, pero la tierra estaba allí, nadie podía llevársela. Conseguiría un administrador, alguien habituado al clima y con experiencia, no estaban los tiempos para gerentes traídos de Francia, como le explicó a su amigo Parmentier, mientras éste le curaba los pies con las hierbas cicatrizantes que le había visto emplear a Tante Rose.

—¿Regresará a París, *mon ami*? —le preguntó el doctor.

—No lo creo. Tengo intereses en el Caribe, no en Francia. Me asocié con Sancho García del Solar, hermano de Eugenia, que en paz descanse, y hemos adquirido unas tierras en Luisiana. Y usted ¿qué planes tiene, doctor?

—Si la situación no mejora aquí, pienso irme a Cuba.

—¿Tiene familia allí?

—Sí —admitió el médico, sonrojándose.

—La paz de la colonia depende del gobierno en Francia. Los republicanos tienen toda la culpa de lo que ha pasado aquí, el Rey jamás habría permitido que se llegara a estos extremos.

—Creo que la Revolución francesa es irreversible —replicó el médico.

—La República no sospecha cómo se maneja esta colonia, doctor. Los comisionados deportaron a medio regimiento de Le Cap y lo sustituyeron por mulatos. Es una provocación, ningún soldado blanco aceptará colocarse bajo las órdenes de un oficial de color.

—Tal vez es el momento de que blancos y *affranchis* aprendan a convivir, ya que el enemigo común son los negros.

—Me pregunto qué pretenden estos salvajes —dijo Valmorain.

—Libertad, *mon ami* —explicó Parmentier—. Uno de los jefes, Toussaint me parece que se llama, sostiene que las plantaciones pueden funcionar con mano de obra libre.

—¡Aunque les pagaran, los negros no trabajarían! —exclamó Valmorain.

—Eso nadie puede asegurarlo, porque no se ha probado. Dice Toussaint que los africanos son campesinos, están familiarizados con la tierra, cultivar es lo que saben y quieren hacer —insistió Parmentier.

—¡Lo que saben y quieren hacer es matar y destruir, doctor! Además, ese Toussaint se ha pasado para el lado español.

—Se ampara bajo la bandera española porque los colonos franceses se negaron a transar con los rebeldes —le recordó el médico.

—Yo estaba allí, doctor. Traté en vano de convencer a otros plantadores que aceptáramos los términos de paz propuestos por los negros, que sólo pedían la libertad de los jefes y sus tenientes, unos doscientos en total —le contó Valmorain.

—Entonces la culpa de la guerra no es la incompetencia del gobierno republicano en Francia, sino del orgullo de los colonos en Saint-Domingue —arguyó Parmentier.

—Le concedo que debemos ser más razonables, pero no podemos negociar de igual a igual con los esclavos, sería un mal precedente.

—Habría que entenderse con Toussaint, que parece ser el más razonable de los jefes rebeldes.

Tété prestaba atención cuando se hablaba de Toussaint. Guardó en el fondo de su alma el amor por Gambo, resignada a la idea de no verlo en mucho tiempo, tal vez nunca más, pero lo llevaba clavado en el corazón y suponía que se hallaba entre las filas de ese Toussaint. Le oyó a Valmorain que ninguna revuelta de esclavos en la historia había triunfado, pero se atrevía a soñar lo contrario y a preguntarse cómo sería la vida sin esclavitud. Organizó la casa como siempre lo había hecho, pero Valmorain le explicó que no podían seguir como en Saint-Lazare, donde sólo importaba la comodidad y daba lo mismo si servían la mesa con guantes o sin ellos. En Le Cap había que vivir con estilo. Por mucho que ardiera la revuelta en las puertas de la ciudad, él debía retribuir las atenciones de las familias que lo invitaban con frecuencia y se habían atribuido la misión de conseguirle esposa.

El amo hizo unas averiguaciones y consiguió un mentor para Tété: el mayordomo de la intendencia. Era el mismo adonis africano que servía en la mansión cuando Valmorain llegó con Eugenia enferma a pedir hospitalidad en 1780, sólo que más atrayente, porque había madurado con extraordinaria gracia. Se llamaba Zacharie y había nacido y crecido entre esas paredes. Sus padres fueron esclavos de otros intendentes, quienes los vendían a su sucesor cuando debían regresar a Francia; así llegaron a formar parte del inventario. El padre de Zacharie, tan guapo como él, lo entrenó desde muy joven para el prestigioso cargo de mayordomo, porque vio que poseía las virtudes esenciales para ese puesto: inteligencia, astucia, dignidad y prudencia. Zacharie se cuidaba del acecho de las mujeres blancas porque conocía los riesgos; así había evitado muchos problemas. Valmorain ofreció pagarle al intendente por los servicios de su mayordomo, pero éste no quiso oír hablar del tema. «Dele una propina, con eso basta. Zacharie está ahorrando para comprar su libertad, aunque no entiendo para qué la desea. Su situación actual no podría ser más ventajosa», le dijo. Acordaron que Tété acudiría a diario a la intendencia para refinarse.

Zacharie la recibió con frialdad, estableciendo desde el principio cierta distancia, ya que él tenía el cargo de mayor jerarquía entre los domésticos de Saint-Domingue y ella era una esclava sin rango, pero pronto lo traicionó su afán didáctico y acabó entregándole los secretos del oficio con una generosidad que sobrepasaba en mucho a la propina de Valmorain. Le sorprendió que esa joven no pareciera impresionada con él, estaba acostumbrado a la admiración femenina. Tenía que hacer gala de mucho tino para desviar piropos y rechazar avances de las mujeres, pero con Tété pudo relajarse en una relación sin segundas intenciones. Se trataban con formalidad, monsieur Zacharie y mademoiselle Zarité.

Tété se levantaba al alba, organizaba a los esclavos, disponía las labores domésticas, dejaba a los niños a cargo de la niñera provisoria que había alquilado el amo, y partía con su mejor blusa y su *tignon* recién almidonado a sus clases. Nunca supo cuántos criados había en total en la intendencia; sólo en la cocina había tres cocineros y siete ayudantes, pero calculó que no bajaban de cincuenta. Zacharie corría con el presupuesto y servía de enlace entre los amos y el servicio, era la máxima autoridad en aquella complicada organización. Ningún esclavo se atrevía a dirigirse a él sin ser llamado, por lo mismo todos se resintieron de las visitas de Tété, quien al cabo de pocos días se saltaba las reglas y entraba directamente al templo vedado, la minúscula oficina del mayordomo. Sin darse cuenta, Zacharie comenzó a esperarla, porque le gustaba enseñarle. Ella se presentaba a la hora en punto, tomaban café y enseguida él le impartía sus conocimientos. Recorrían las dependencias de la mansión observando el servicio. La alumna aprendía rápido y pronto dominaba las ocho copas indispensables en un banquete, la diferencia entre un tenedor de caracoles y otro parecido de langosta, a qué lado se pone el aguamanil y el orden de precedencia de las diversas clases de quesos, así como la forma más discreta de disponer de las bacinillas en una fiesta, qué hacer con una dama ebria y la jerarquía de los huéspedes en la mesa. Terminada la lección, Zacharie la invitaba a tomar otro café y aprovechaba para hablarle de política, el tema que más le apasionaba. Al comienzo ella lo escuchaba por cortesía, pensando qué podía importarle a un esclavo las rencillas entre gente libre, hasta que él mencionó la posibilidad de que se aboliera la esclavitud. «Imagínese, mademoiselle Zarité, llevo años ahorrando para mi libertad y puede ser que me la den antes de alcanzar a comprarla», se rió Zacharie. Se enteraba de todo lo que se hablaba en la intendencia, incluso los tratos a puerta cerrada. Sabía que en la Asamblea Nacional de París se discutía la incongruencia injustificable de mantener esclavitud en las colonias después de haberla abolido en Francia. «¿Sabe algo de Toussaint, monsieur?», le preguntó Tété. El mayordomo le recitó su biografía, que había leído en una carpeta confidencial del intendente, y agregó que el comisionado Sonthonax y el gobernador tendrían que llegar a un acuerdo con él, porque mandaba un ejército muy organizado y contaba con el apoyo de los españoles del otro lado de la isla.

Noches de desgracia

Gracias a las clases de Zacharie, al cabo de un par de meses el hogar de Valmorain funcionaba con un refinamiento que él no había gozado desde sus años mozos en París. Decidió dar una fiesta con los servicios caros, pero prestigiosos, de la empresa banquetera de monsieur Adrien, un mulato libre que recomendó Zacharie. Dos días antes de la fiesta monsieur Adrien invadió la casa con un equipo de sus esclavos, hizo a un lado al cocinero y lo reemplazó por cinco gordas mandonas que prepararon un menú de catorce platos inspirado en un banquete de la intendencia. Aunque la casa no se prestaba para ágapes de mucho copete, se veía elegante una vez que eliminaron los adornos horrorosos del propietario portugués y decoraron con palmeras enanas en maceteros, ramos de flores y faroles chinos. La noche señalada, el banquetero se presentó con docenas de criados de librea azul y oro, que ocuparon sus puestos con la disciplina de un batallón. La distancia entre las casas de los *grands blancs* rara vez era más de un par de cuadras, pero los invitados llegaron en coche, y cuando el desfile de carruajes concluyó, la calle era un lodazal de bosta de caballo, que los lacayos limpiaron para evitar que la fetidez interfiriera con los perfumes de las damas.

«¿Cómo me veo?», le preguntó Valmorain a Tété. Llevaba chaleco de brocato con hilos de oro y plata, suficiente encaje en puños y cuello como para un mantel, medias rosadas y calzado de baile. Ella no respondió, pasmada ante la peluca color lavanda. «Los patanes jacobinos pretenden terminar con las pelucas, pero es el toque indispensable de elegancia para una recepción como ésta. Así dice mi peluquero», le informó Valmorain.

Monsieur Adrien había ofrecido la segunda vuelta de champán entre los comensales y la orquesta había atacado otro minué, cuando uno de los secretarios de la gobernación llegó corriendo con la noticia increíble de que en Francia habían guillotinado a Luis XVI. La cabeza real fue paseada por las calles de París, tal como habían paseado la de Boukman y tantos otros en Le Cap. Los hechos, ocurridos en enero, se supieron en Saint-Domingue recién en marzo. Se produjo una estampida de pánico, los invitados se fueron de carrera y así terminó, antes de servir la comida, la primera y única fiesta de Toulouse Valmorain en aquella casa.

Esa misma noche, después de que monsieur Adrien, monárquico fanático, se retiró sollozando con su gente, Tété recogió la peluca lavanda, que Valmorain había pateado en el suelo, comprobó que Maurice estaba tranquilo, atrancó las puertas y ventanas y se fue a descansar al cuartito que ocupaba con Rosette. Valmorain había aprovechado el cambio de casa para sacar a su hijo de la habitación de Tété, con la idea de que durmiera solo, pero Maurice estaba hecho un manojo de nervios y, temiendo que volviera a afiebrarse, lo instaló en un camastro provisorio en un rincón de la suya. Desde que llegaron a Le Cap, Valmorain no había mencionado a Gambo, pero tampoco había llamado a Tété de noche. La sombra del amante se interponía. Tardó semanas en curarse de los pies y apenas pudo andar salía cada noche para olvidar los malos ratos. Por su ropa impregnada de pegajosas fragancias florales, Teté adivinó que visitaba a las *cocottes* y supuso que al fin habían terminado para ella los humillantes abrazos del amo; por lo mismo se afligió al encontrarlo en pantuflas y bata de terciopelo verde sentado a los pies de su cama, donde Rosette roncaba despatarrada con la impudicia de los inocentes. «¡Ven conmigo!», le ordenó arrastrándola de un brazo en dirección a una de las habitaciones de huéspedes. La volteó de un empujón, le arrancó la ropa a zarpazos y la violó atropelladamente en la oscuridad, con una urgencia más cercana al odio que al deseo.

A Valmorain el recuerdo de Teté copulando con Gambo lo enfurecía, pero también le provocaba irresistibles visiones. Ese desalmado se había atrevido a poner sus manos inmundas nada menos que en su propiedad. Cuando lo atrapara lo mataría. También la mujer merecía un castigo ejemplar, pero habían pasado dos meses y él no le había hecho pagar su increíble descaro. Perra. Perra caliente. No podía exigirle moral y decencia a una esclava, pero su deber era imponerle su voluntad. ¿Por qué no lo había hecho? No tenía excusa. Ella lo había desafiado y había que rectificar esa aberración. Sin embargo, también estaba en deuda con ella. Su esclava había renunciado a su libertad por salvarlos a él y Maurice. Por primera vez se preguntó qué sentía esa mulata por él. Podía revivir esas noches humillantes en la jungla cuando ella se revolcaba con su amante, los abrazos, los besos, el ardor renovado, incluso el olor de los cuerpos cuando regresaban. Teté transformada en un demonio, puro deseo, lamiendo y sudando y gimiendo. Mientras la violaba en el cuarto de huéspedes no podía arrancarse esa escena de la mente. La asaltó de nuevo, penetrándola con furia, sorprendido de su propia energía. Ella gimió y él comenzó a propinarle puñetazos, con la ira de los celos y el placer de la revancha, «perra amarilla, voy a venderte, puta, puta, y también voy a vender a tu hija». Tété cerró los ojos y se abandonó, el cuerpo flojo, sin oponer resistencia ni tratar de eludir los golpes, mientras su alma volaba a otra parte. «Erzuli, *loa* del deseo, haz que acabe rápido.» Valmorain se le desmoronó encima por segunda vez, empapado de sudor. Tété esperó sin moverse por varios minutos. La respiración de ambos se fue calmando y ella empezó a deslizarse de a poco fuera de la cama, pero él la atajó.

—No te vayas todavía —le ordenó.

—¿Quiere que encienda una vela, monsieur? —le preguntó ella con la voz cascada, porque el aire le ardía entre las costillas machucadas.

—No, prefiero así.

Era la primera vez que se dirigía a él como monsieur en vez de amo y Valmorain lo notó, pero lo dejó pasar. Tété se sentó en la cama, secándose la sangre de la boca y la nariz con la blusa, hecha jirones en el ataque.

—Desde mañana sacas a Maurice de mi pieza —dijo Valmorain—. Debe dormir solo. Lo has mimado demasiado.

—Tiene sólo cinco años.

—A esa edad yo aprendí a leer, salía a cazar en mi propio caballo y tenía clases de esgrima.

Permanecieron en la misma postura un rato y por fin ella se resolvió a hacerle la pregunta que tenía en los labios desde la llegada a Le Cap.

—¿Cuándo seré libre, monsieur? —preguntó, encogiéndose a la espera de otra paliza, pero él se incorporó, sin tocarla.

—No puedes ser libre. ¿De qué vivirías? Yo te mantengo y protejo, conmigo tú y tu hija estáis seguras. Siempre te he tratado muy bien, ¿de qué te quejas?

—No me quejo...

—La situación es muy peligrosa. ¿Ya se te olvidaron los horrores que hemos pasado? ¿Las atrocidades que se han cometido? ¡Contéstame!

—No, monsieur.

—¿Libertad, dices? ¿Acaso quieres abandonar a Maurice?

—Si a usted le parece, puedo seguir cuidando a Maurice como siempre, al menos hasta que usted se case de nuevo.

—¿Casarme? —se rió él—. ¡Con Eugenia quedé escarmentado! Eso sería lo último que haría. Si vas a seguir a mi servicio ¿para qué quieres emanciparte?

—Todos quieren ser libres.

—Las mujeres nunca lo son, Tété. Necesitan a un hombre que las cuide. Cuando son solteras pertenecen al padre y cuando se casan, al marido.

—El papel que usted me dio... Es mi libertad, ¿no? —insistió ella.

—Por supuesto.

—Pero dice Zacharie que debe firmarlo un juez para que valga.

—¿Quién es ése?

—El mayordomo de la intendencia.

—Tiene razón. Pero éste no es buen momento. Esperemos que vuelva la calma a Saint-Domingue. No hablemos más de esto. Estoy cansado. Ya sabes: mañana quiero dormir solo y que todo vuelva a ser como antes ¿me has entendido?

El nuevo gobernador de la isla, el general Galbaud, llegó con la misión de resolver el caos de la colonia. Tenía plenos poderes militares, pero la autoridad republicana estaba representada por Sonthonax y los otros dos comisionados. A Étienne Relais le tocó darle el primer informe. La producción de la isla estaba reducida a la nada, el norte era una sola humareda y en el sur no cesaban las matanzas, la ciudad de Port-au-Prince había sido quemada entera. No había transporte, puertos eficientes ni seguridad para nadie. Los negros rebeldes contaban con el apoyo de España y la armada británica controlaba el Caribe y se aprontaba para apoderarse de las ciudades de la costa. Estaban bloqueados, no podían recibir tropas ni suministros de Francia, era casi imposible defenderse. «No se preocupe, teniente coronel, encontraremos una solución diplomática», replicó Galbaud. Estaba en conversaciones secretas con Toulouse Valmorain y el Club de Patriotas, acérrimos partidarios de independizar la colonia y colocarla bajo la protección de Inglaterra. El gobernador estaba de acuerdo con los conspiradores en que los republicanos de París no entendían nada de lo que sucedía en la isla y cometían una torpeza irreparable tras otra. Entre las más graves estaba la disolución de la Asamblea Colonial; se había perdido toda autonomía y ahora cada decisión tardaba semanas en llegar de Francia. Galbaud poseía tierras en la isla y estaba casado con una *créole* de quien seguía enamorado después de varios años de matrimonio; podía entender mejor que nadie las tensiones entre razas y clases sociales.

Los miembros del Club de Patriotas encontraron un aliado ideal en el general, a quien le preocupaba más la lucha entre blancos y *affranchis* que la insurrección de los negros. Muchos *grands blancs* tenían negocios en el Caribe y Estados Unidos, no necesitaban a la madre patria para nada y consideraban la independencia como su mejor opción, a menos que las cosas cambiaran y se restaurara una monarquía fuerte en Francia. La ejecución del Rey había sido una tragedia, pero también era una estupenda oportunidad de conseguir un monarca menos bobo. A los *affranchis*, en cambio, la independencia no les convenía para nada, ya que sólo el gobierno republicano de Francia estaba dispuesto a aceptarlos como ciudadanos, lo que jamás ocurriría si Saint-Domingue se colocaba bajo la protección de Inglaterra, Estados Unidos o España. El general Galbaud creía que apenas se resolviera el problema entre blancos y mulatos, sería bastante simple aplastar a los negros, encadenarlos de nuevo e imponer orden, pero nada de esto le dijo a Étienne Relais.

–Hábleme del comisionado Sonthonax, teniente coronel –le pidió.

–Cumple órdenes del gobierno, general. El decreto del 4 de abril le dio derechos políticos a la gente libre de color. El comisionado llegó aquí con seis mil soldados a hacer cumplir ese decreto.

–Sí, sí… Eso ya lo sé. Dígame, confidencialmente, por supuesto, ¿qué clase de hombre es este Sonthonax?

–Lo conozco poco, general, pero dicen que es muy listo y toma en serio los intereses de Saint-Domingue.

–Sonthonax ha expresado que no es su intención emancipar a los esclavos, pero he oído rumores de que podría hacerlo –dijo Galbaud, estudiando el rostro impasible del oficial–. Se da cuenta de que eso sería el fin de la civilización en la isla, ¿verdad? Imagínese el caos: los negros sueltos, los blancos exiliados, los mulatos haciendo lo que les da la gana y la tierra abandonada.

–No sé nada de eso, general.

–¿Qué haría usted en ese caso?

–Cumplir mis órdenes, como siempre, general.

Galbaud necesitaba oficiales de confianza en el ejército para enfrentarse al poder de la metrópoli en Francia, pero no podía contar con Étienne Relais. Había averiguado que estaba casado con una mulata, probablemente simpatizaba con la causa de los *affran-chis*, y por lo visto admiraba a Sonthonax. Le pareció un hombre de escasas luces, con mentalidad de funcionario y sin ambición, porque se requería carecer de ella por completo para haberse casado con una mujer de color. Era notable que hubiese ascendido en su carrera con semejante lastre. Pero Relais le interesaba mucho, porque contaba con la lealtad de sus soldados: era el único capaz de mezclar sin problema en sus filas a blancos, mulatos y hasta negros. Se preguntó cuánto valía ese hombre; todo el mundo tiene un precio.

Esa misma tarde se presentó Toulouse Valmorain en el cuartel para hablar con Relais de amigo a amigo, como manifestó. Empezó por agradecerle que le hubiese salvado la vida cuando debió huir de su plantación.

—Estoy en deuda con usted, teniente coronel —le dijo en un tono que sonaba más arrogante que agradecido.

—No está en deuda conmigo, monsieur, sino con su esclava. Yo sólo pasaba por allí, fue ella quien lo salvó —replicó Relais, incómodo.

—Peca usted de modesto. Y dígame ¿cómo está su familia?

Relais sospechó de inmediato que Valmorain había venido a sobornarlo y mencionaba a la familia para recordarle que le había dado a Jean-Martin. Estaban a mano, la vida de Valmorain por el hijo adoptado. Se puso tenso, como antes de una batalla, le clavó los ojos con la frialdad que hacía temblar a sus subalternos y se quedó esperando, a ver qué pretendía exactamente su visitante. Valmorain ignoró la mirada de navaja y el silencio.

—Ningún *affranchi* está seguro en esta ciudad —dijo afablemente—. Su esposa corre peligro, por eso he venido a ofrecerle mi ayuda. Y en cuanto al niño… ¿cómo se llama?

—Jean-Martin Relais —contestó el oficial con la mandíbula apretada.

—Claro, Jean-Martin. Disculpe, con tantos problemas en la cabeza lo había olvidado. Tengo una casa bastante cómoda frente al puerto, en un buen barrio donde no hay disturbios. Puedo recibir a su señora esposa y a su hijo…

—No se preocupe por ellos, monsieur. Están a salvo en Cuba —lo interrumpió Relais.

Valmorain se desconcertó, había perdido una carta de triunfo en su juego, pero se recuperó al instante.

—¡Ah! Allí vive mi cuñado, don Sancho García del Solar. Le escribiré hoy mismo para que ampare a su familia.

—No será necesario, monsieur, gracias.

—Por supuesto que lo es, teniente coronel. Una mujer sola siempre necesita la protección de un caballero, sobre todo una tan bella como la suya.

Pálido de indignación ante el disimulado insulto, Étienne Relais se puso de pie para dar por terminada la entrevista, pero Valmorain permaneció sentado pierna arriba como si esa oficina le perteneciera y procedió a explicarle, en términos corteses, pero directos, que los *grands blancs* iban a recuperar el control de la colonia movilizando todos los recursos a su alcance y había que definirse y tomar partido. Nadie, especialmente un militar de alto rango, podía permanecer indiferente o neutral ante los terribles acontecimientos que se habían desencadenado y los que vendrían en el futuro, que sin duda serían peores. Al ejército le correspondía evitar una guerra civil. Los ingleses habían desembarcado en el sur y sería cuestión de días antes de que Saint-Domingue se declarara independiente y se acogiera bajo la bandera británica. Eso podría hacerse de forma civilizada o a sangre y fuego, dependería del ejército. Un oficial que apoyaba la noble causa de la independencia tendría mucho poder, sería el brazo derecho del gobernador Galbaud, y ese puesto naturalmente traía consigo posición económica y social. Nadie le haría desaires a un hombre casado con una mujer de color, si ese hombre era, por ejemplo, el nuevo comandante en jefe de las fuerzas armadas de la isla.

—En pocas palabras, monsieur, me incita usted a la traición —replicó Relais, sin poder evitar una sonrisa irónica, que Valmorain interpretó como una puerta abierta a continuar el diálogo.

—No se trata de traicionar a Francia, teniente coronel Relais, sino decidir qué es lo mejor para Saint-Domingue. Estamos viviendo una época de cambios profundos no sólo aquí, también en Europa y en América. Hay que adaptarse. Dígame que al menos pensará en lo que hemos conversado —dijo Valmorain.

—Lo pensaré muy cuidadosamente, monsieur —contestó Relais conduciéndolo a la puerta.

Zarité

*A*l amo le costó dos semanas conseguir que Maurice durmiera solo. Me acusó de criarlo cobarde como una mujer y le contesté en un arrebato que las mujeres no somos cobardes. Levantó la mano, pero no me pegó. Algo había cambiado. Creo que me tomó respeto. Una vez, en Saint-Lazare, se soltó uno de los perrazos de vigilancia, que destrozó a una gallina en el patio y estaba a punto de atacar a otra, cuando le salió al encuentro el perrito de Tante Mathilde. Ese chucho del porte de un gato se enfrentó a él gruñendo con los colmillos pelados y el hocico babeante. No sé lo que pasó por la cabezota de la fiera, pero dio media vuelta y salió corriendo con la cola entre las piernas, perseguido por el perrito. Después Prosper Cambray lo mató de un tiro por cobarde. El amo, acostumbrado a ladrar fuerte e inspirar miedo, se encogió como ese perrazo ante el primero que lo enfrentó: Gambo. Creo que se preocupaba tanto del coraje de Maurice porque a él le faltaba. Apenas caía la tarde Maurice empezaba a ponerse nervioso con la idea de quedarse solo. Yo lo acostaba con Rosette hasta que se dormían. Ella se desplomaba en dos minutos, pegada a su hermano, mientras él se quedaba escuchando los ruidos de la casa y la calle. En la plaza alzaban los patíbulos de los condenados y los gritos se colaban a través de las paredes y se quedaban en las piezas, podíamos sentirlos muchas horas después de que la muerte los había silenciado. «¿Los oyes, Tété?», me pregun-

taba Maurice, tiritando. Yo también los escuchaba, pero cómo se lo iba a decir. «No oigo nada, mi niño, duérmete», y le cantaba. Cuando por fin se dormía, agotado, me llevaba a Rosette a nuestro cuarto. Maurice mencionó delante de su padre que los condenados se paseaban por la casa y el amo lo encerró en un armario, se echó la llave al bolsillo y se marchó. Rosette y yo nos sentamos junto al armario a hablarle de cosas alegres, no lo dejamos solo ni un momento, pero los fantasmas se metieron adentro y cuando llegó el amo y lo sacó estaba con fiebre de tanto llorar. Pasó dos días hirviendo, mientras su padre no se despegaba del lado de su cama y yo trataba de enfriarlo con compresas de agua fría y brebajes de tilo.

El amo adoraba a Maurice, pero en esa época se le torció el corazón; sólo le importaba la política, no hablaba de otra cosa, y dejó de ocuparse de su hijo. Maurice no quería comer y empezó a mojar la cama por la noche. El doctor Parmentier, que era el único amigo verdadero del amo, dijo que el niño estaba enfermo de susto y necesitaba cariño; entonces su padre se ablandó y pude trasladarlo a mi pieza. En esa ocasión el doctor se quedó con Maurice, esperando que le bajara la fiebre, y pudimos conversar a solas. Me hizo muchas preguntas. Étienne Relais le había contado que yo ayudé a escapar al amo de la plantación, pero esa versión no calzaba con la del amo. Quiso saber los detalles. Tuve que mencionar a Gambo, pero no le hablé del amor entre nosotros. Le mostré el papel de mi libertad. «Cuídalo, Tété, porque vale oro», me dijo después de leerlo. Eso yo ya lo sabía.

El amo se reunía en la casa con otros blancos. Madame Delphine, mi primera dueña, me enseñó a ser silenciosa, vigilante y a adelantarme a los deseos de los amos; una esclava debe ser invisible, decía. Así aprendí a espiar. No comprendía mucho lo que hablaba el amo con los patriotas y en realidad sólo me interesaban las noticias de los rebeldes, pero Zacharie, de quien seguí siendo amiga después de sus clases en la intendencia, me pedía que le repitiera todo lo que hablaban. «Los blancos creen que los negros somos sordos y las mujeres tontas. Eso nos conviene mucho. Preste oreja y me cuenta, mademoiselle Zarité.» Por él supe que había miles de rebeldes acampados en las afueras de Le Cap. La tentación de ir a buscar a Gambo no me dejaba dormir, pero sabía que después no podría regresar. ¿Cómo iba a abandonar a mis niños? Le pedí a Zacharie, quien tenía contactos hasta en la luna, que averiguara si Gambo estaba entre los rebeldes, pero me aseguró que nada sabía de ellos. Tuve que limitarme a enviarle mensajes con el pensamiento a Gambo. A veces sacaba el papel de mi libertad de la bolsa, desdoblaba sus ocho pliegues con la punta de los dedos para no estropearlo y lo observaba como si pudiera aprenderlo de memoria, pero no conocía las letras.

La guerra civil estalló en Le Cap. El amo me explicó que en una guerra todos pelean contra un enemigo común y en una guerra civil se divide la gente —y también el ejército— y entonces se matan entre sí, como ahora ocurría entre blancos y mulatos. Los negros no contaban porque no eran gente, sino propiedad. La guerra civil no ocurrió de la noche a la mañana, tomó más de una semana, y entonces se acabaron los mercados y calendas de negros y la vida social de los blancos, muy pocos comercios abrían sus puertas y hasta los patíbulos de la plaza quedaron vacíos. La desgracia estaba en el aire. «Prepárate, Tété, porque las cosas están a punto de cambiar», me anunció el amo. «¿Cómo quiere que me prepare?», le pregunté, pero él mismo no lo sabía. Hice como Zacharie, quien estaba acumulando provisiones y embalando las cosas más finas, por si el intendente y su esposa decidían embarcarse rumbo a Francia.

Una noche trajeron por la puerta de servicio un cajón lleno de pistolas y mosquetes; teníamos municiones como para un regimiento, dijo el amo. El calor iba en aumento, en la casa manteníamos las baldosas del suelo mojadas y los niños andaban desnudos. En eso llegó sin anunciarse el general Galbaud, a quien casi no reconocí, aunque había acudido muchas veces a las reuniones de patriotas, porque no llevaba su colorido uniforme cuajado de medallas sino un oscuro traje de viaje. Nunca me gustó ese blan-

co, era muy altanero y estaba siempre de mal humor, sólo se ablandaba cuando sus ojos de rata se posaban en su esposa, una joven de pelo rojo. Mientras les servía vino, queso y carne fría, escuché que el comisionado Sonthonax había destituido al gobernador Galbaud, acusándolo de conspirar contra el gobierno legítimo de la colonia. Sonthonax planeaba una deportación masiva de sus enemigos políticos, ya tenía quinientos en la cala de los barcos del puerto aguardando su orden de zarpar. Galbaud anunció que había llegado la hora de actuar.

Al poco rato acudieron otros patriotas que habían sido avisados. Escuché que los soldados blancos del ejército regular y casi tres mil marineros del puerto estaban listos para luchar junto a Galbaud. Sonthonax sólo contaba con el respaldo de guardias nacionales y tropas de mulatos. El general prometió que la batalla se resolvería en pocas horas y Saint-Domingue sería independiente, Sonthonax vería su último día, los derechos de los affranchis serían revocados y los esclavos volverían a las plantaciones. Todos se pusieron de pie para brindar. Yo volví a llenar las copas, salí callada y corrí donde Zacharie, que me hizo repetirlo todo palabra por palabra. Tengo buena memoria. Me dio un trago de limonada para la zozobra y me mandó de regreso con instrucciones de cerrar la boca y trancar a machote la casa. Así lo hice.

Guerra Civil

E l comisionado Sonthonax, sudando de calor y nervios embutido en su casaca negra y su camisa de cuello apretado, le explicó en pocas palabras la situación a Étienne Relais. Omitió decirle, sin embargo, que no se había enterado de la conspiración de Galbaud a través de su compleja red de espías, sino por un chisme del mayordomo de la intendencia. Llegó a su oficina un negro muy alto y guapo, vestido como un *grand blanc*, tan fresco y perfumado como si acabara de salir del baño, que se presentó como Zacharie e insistió en hablar a solas con él. Sonthonax lo condujo a una cuarto adyacente, un hueco sofocante sin ventana entre cuatro paredes desnudas, con una litera de cuartel, una silla, un jarro de agua y una palangana en el suelo. Allí dormía desde hacía meses. Se sentó en la cama y le indicó la única silla al visitante, pero éste prefirió permanecer de pie. Sonthonax, de corta estatura y rechoncho, notó con cierta envidia la figura alta y distinguida del otro, cuya cabeza rozaba el techo. Zacharie le repitió las palabras de Tété.

—¿Por qué me cuenta esto? —preguntó Sonthonax, desconfiado. No lograba clasificar a ese hombre, que se había presentado sólo con un nombre de pila y sin apellidos, como un esclavo, pero tenía el aplomo de una persona libre y los modales de la clase alta.

—Porque simpatizo con el gobierno republicano —fue la simple respuesta de Zacharie.

—¿Cómo obtuvo esa información? ¿Tiene pruebas?

—La información proviene directamente del general Galbaud. Las pruebas las tendrán ustedes en menos de una hora, cuando oiga los primeros tiros.

Sonthonax mojó su pañuelo en el jarro de agua y se enjuagó la cara y el cuello. Le dolía el vientre, el mismo dolor sordo y persistente, una garra en las tripas, que lo atormentaba cuando estaba bajo presión, es decir, desde que pisó por primera vez Saint-Domingue.

—Vuelva a verme si se entera de algo más. Tomaré las medidas necesarias —dijo, dando por concluida la entrevista.

—Si me necesita, ya sabe que estoy en la intendencia, comisionado —se despidió Zacharie.

Sonthonax hizo llamar de inmediato a Étienne Relais y lo recibió en el mismo cuarto, porque el resto del edificio estaba invadido por funcionarios civiles y militares. Relais, el oficial de más alto rango con quien podía contar para enfrentarse a Galbaud, había actuado siempre con impecable lealtad al gobierno francés de turno.

—¿Han desertado algunos de sus soldados blancos, teniente coronel? —le preguntó.

—Acabo de comprobar que han desertado todos hoy al amanecer, comisionado. Sólo cuento con las tropas de mulatos.

Sonthonax le repitió lo que acababa de decirle Zacharie.

—Es decir, tendremos que combatir a los blancos de todos los pelajes, civiles y militares, además de los marineros de Galbaud, que suman tres mil —concluyó.

—Estamos en gran desventaja, comisionado. Necesitaremos refuerzos —dijo Relais.

—No los tenemos. Usted queda a cargo de la defensa, teniente coronel. Después de la victoria, me ocuparé de que lo asciendan —le prometió Sonthonax.

Relais aceptó la tarea con su habitual serenidad, después de negociar con el comisionado que en vez del grado superior le permitiera retirarse del ejército. Llevaba muchos años en el servicio y, francamente, ya no daba para más; su mujer y su hijo lo esperaban en Cuba, no veía la hora de reunirse con ellos, le dijo. Sonthonax le aseguró que así se haría, aunque no tenía la menor intención de cumplirlo; no estaba la situación para ocuparse de los problemas personales de nadie.

Entretanto el puerto se convirtió en un hormigueo de botes repletos de marineros armados, que asaltaron Le Cap como una horda de piratas. Formaban un extraño lote de varias nacionalidades, hombres sin ley que llevaban meses en alta mar y esperaban ansiosos unos días de juerga y desenfreno. No peleaban por convicción, ya que ni siquiera estaban seguros de los colores de su bandera, sino por el placer de pisar tierra firme y entregarse a la destrucción y el saqueo. No les habían pagado en mucho tiempo y esa rica ciudad ofrecía desde mujeres y ron hasta oro, si podían encontrarlo. Galbaud contaba con su experiencia militar para organizar el ataque, apoyado por las tropas regulares de blancos, que se sumaron de inmediato a su bando, hartos de las humillaciones que les habían hecho pasar los soldados de color. Los *grands blancs* se mantuvieron invisibles, mientras los *petits blancs* y los marineros recorrían las calles barrio por barrio, enfrentándose con grupos de esclavos, que habían aprovechado el zafarrancho para salir también a saquear. Los negros se habían declarado partidarios de

Sonthonax para desafiar a sus amos y gozar de unas cuantas horas de parranda, aunque les daba lo mismo quién ganara esa pelea en la que no estaban incluidos. Ambas facciones de improvisados rufianes asaltaron los depósitos del puerto, donde se almacenaban los barriles de ron de caña para exportación, y pronto el alcohol corría por el empedrado de las calles. Entre los ebrios circulaban ratas y perros desorientados que después de lamer el licor andaban a tropezones. Las familias de *affranchis* se atrincheraron en sus casas para defenderse como pudieran.

Toulouse Valmorain despidió a los esclavos, ya que de todos modos iban a escaparse, como había hecho la mayoría. Prefería no tener al enemigo puertas adentro, como le dijo a Tété. No eran suyos, sino alquilados, y el problema de recuperarlos sería de los dueños. «Volverán arrastrándose cuando se establezca el orden. Habrá mucho trabajo en la prisión», comentó. En la ciudad los amos preferían no ensuciarse las manos y enviaban a los esclavos culpables a la prisión para que los verdugos del Estado se encargaran de aplicarles el castigo por un precio modesto. El cocinero no quiso irse y se escondió en la leñera del patio. Ninguna amenaza logró sacarlo del hoyo en que estaba encogido, no pudieron contar con él para que preparara una sopa y Tété, que apenas sabía encender fuego, porque entre sus múltiples labores nunca estuvo la de cocinar, les dio a los niños pan, fruta y queso. Los acostó temprano, fingiendo calma, para no asustarlos, aunque ella misma tiritaba. En las horas siguientes Valmorain le enseñó a cargar las armas de fuego, tarea complicada que cualquier soldado efectuaba en pocos segundos y a ella le tomaba varios minutos. Valmorain había repartido parte de sus armas entre otros patriotas, pero se quedó con una docena para su defensa. En el fondo estaba seguro de que no habría necesidad de usarlas, no era su papel batirse, para eso estaban los soldados y marineros de Galbaud.

Poco después de la puesta de sol llegaron tres jóvenes conspiradores, que Tété había visto a menudo en las reuniones políticas, con la noticia de que Galbaud había tomado el arsenal y liberado a los prisioneros que Sonthonax mantenía en los barcos para deportarlos y naturalmente todos se habían puesto bajo las órdenes del general. Decidieron usar la casa como cuartel, por su ubicación privilegiada, con plena vista del puerto, donde se podía contar un centenar de barcos e innumerables botes que iban y venían acarreando hombres. Después de una merienda ligera partieron a combatir, como dijeron, pero el entusiasmo les duró poco y regresaron antes de una hora a repartirse unas botellas de vino y echarse a dormir por turnos.

Desde las ventanas veían pasar a la turba de asaltantes, pero una sola vez se vieron obligados a usar las armas para protegerse y no fue contra bandas de esclavos ni contra soldados de Sonthonax, sino contra sus propios aliados, unos marineros ebrios con intenciones de saquear. Los asustaron disparando al aire y Valmorain los calmó ofreciéndoles tafia. A uno de los patriotas le tocó asomarse a la calle, rodando el barril de licor, mientras los demás apuntaban a la chusma desde las ventanas. Los marineros destaparon el tonel allí mismo y al primer trago varios cayeron al suelo en el último estado de intoxicación, porque llevaban bebiendo desde la mañana. Por fin se fueron, anunciando a gritos que la supuesta batalla había sido un fiasco, no tenían con quién medirse. Era cierto. La mayor parte de las tropas de Sonthonax habían abandonado las calles sin dar la cara y estaban apostadas en las afueras de la ciudad.

A media mañana del día siguiente, Étienne Relais, herido de

bala en un hombro, pero firme en su uniforme ensangrentado, le explicó una vez más a Sonthonax, refugiado con su plana mayor en una plantación cercana, que sin ayuda de alguna clase no podrían derrotar al enemigo. El asalto ya no tenía el cariz de carnaval del primer día, Galbaud había logrado organizar a su gente y estaba a punto de apoderarse de la ciudad. El irascible comisionado se había negado a oír razones el día anterior, cuando ya era evidente la abrumadora superioridad de la fuerza enemiga, pero esta vez escuchó hasta el final. La información de Zacharie se cumplía al pie de a letra.

–Tendremos que negociar una salida honrosa, comisionado, porque no veo de dónde vamos a sacar refuerzos –concluyó Relais, pálido y ojeroso, el brazo amarrado al pecho con un improvisado cabestrillo y la manga de la casaca colgando vacía.

–Yo sí, teniente coronel Relais. Lo he pensado bien. En las afueras de Le Cap hay más de quince mil rebeldes acampados. Ellos serán los refuerzos que necesitamos –respondió Sonthonax.

–¿Los negros? No creo que quieran mezclarse en esto –replicó Relais.

–Lo harán a cambio de la emancipación. Libertad para ellos y sus familias.

La idea no era suya, se le había ocurrido a Zacharie, quien se las arregló para entrevistarse por segunda vez con él. Para entonces Sonthonax había averiguado que Zacharie era esclavo y comprendió que se jugaba entero, porque si Galbaud salía victorioso, como parecía inevitable, y se llegaba a conocer su papel de informante, sería destrozado a golpes de maza en la rueda de la plaza pública. Tal como le explicó Zacharie, la única ayuda que Sonthonax podía conseguir eran los negros rebeldes. Sólo había que darles suficiente incentivo.

—Además tendrán derecho a pillaje en la ciudad. ¿Qué le parece, teniente coronel? —le anunció Sonthonax a Relais con aire de triunfo.

—Arriesgado.

—Hay cientos de miles de negros rebeldes repartidos por la isla y voy a conseguir que se unan a nosotros.

—La mayoría está en el lado español —le recordó Relais.

—A cambio de la libertad se pondrán bajo el pabellón francés, se lo aseguro. Sé que Toussaint, entre otros, desea regresar al seno de Francia. Seleccione un pequeño destacamento de soldados negros y acompáñeme a parlamentar con los rebeldes. Están a una hora de marcha de aquí. Y cuídese ese brazo, hombre, no se le vaya a infectar.

Étienne Relais, que no confiaba en el plan, se sorprendió al ver con cuanta prontitud los rebeldes aceptaron la oferta. Habían sido traicionados una y otra vez por los blancos; sin embargo se aferraron a esa débil promesa de emancipación. El pillaje fue un anzuelo casi tan poderoso como la libertad, porque llevaban semanas inactivos y el fastidio empezaba a minar sus ánimos.

Sangre y ceniza

Toulouse Valmorain fue el primero en ver desde la ventaja de su balcón la masa oscura que avanzaba del cerro hacia la ciudad. Le costó darse cuenta de qué se trataba, porque su vista ya no era tan buena como antes y se había levantado una tenue neblina, el aire vibraba de calor y humedad.

—¡Tété! ¡Ven aquí y dime qué es eso! —le ordenó.

—Negros, monsieur. Miles de negros —respondió ella, sin poder evitar un estremecimiento, mezcla de pavor ante lo que se les venía encima y esperanza de que Gambo estuviera entre ellos.

Valmorain despertó a los patriotas que roncaban en la sala y los mandó a dar la voz de alarma. Pronto los vecinos se metieron en sus casas atrancando puertas y ventanas, mientras los hombres del general Galbaud se despabilaban de la borrachera y se aprontaban para una batalla que estaba perdida antes de comenzar. No lo sabían todavía, pero había cinco negros por cada soldado blanco y venían inflamados del valor demente que les impartía Ogun. Primero oyeron una espeluznante zarabanda de aullidos y la llamada aguda de las conchas de guerra, que fue aumentando de volumen. Los rebeldes eran mucho más numerosos y estaban más cerca de lo que nadie había sospechado. Se dejaron caer sobre Le Cap en medio de un bochinche ensordecer, casi desnudos, mal armados, sin orden ni concierto, dispuestos a arrasar con todo. Podían vengarse y destruir a gusto con toda impunidad. En un santiamén surgieron miles de antorchas y la ciudad se convirtió en una sola llamarada: las casas de madera ardían por contagio, una calle tras otra, barrios enteros. El calor se volvió intolerable, el cielo y el mar se tiñeron de rojo y naranja. Entre el crepitar de las llamas y el estrépito de los edificios que se desmoronaban envueltos en humo, se oían con claridad los gritos de triunfo de los negros y de terror visceral de sus víctimas. Las calles se llenaron de los cuerpos pisoteados por los atacantes de los que huían despavoridos y por cientos de caballos en estampida escapados de los establos. Nadie pudo oponer resistencia a semejante embate. La mayoría de los marineros fueron aniquilados en las primeras horas, mientras las tropas regulares de Galbaud intentaban poner a salvo a los civiles blancos. Millares de refugiados corrían hacia el puerto. Algunos intentaban cargar con bultos, pero los dejaban tirados a los pocos pasos en la prisa por escapar.

Desde una ventana del segundo piso Valmorain pudo darse cuenta de la situación de un vistazo. El incendio ya estaba muy cerca, una chispa bastaría para convertir su casa en una hoguera. En las calles laterales corrían bandas de negros empapados de sudor y sangre, enfrentándose sin vacilar a las armas de los pocos soldados que todavía quedaban en pie. Los asaltantes caían por docenas, pero otros venían detrás, saltando por encima de los cuerpos amontonados de sus compañeros. Valmorain vio a un grupo rodear a una familia que trataba de llegar al muelle, dos mujeres y varios niños protegidos por un hombre mayor, seguramente el padre, y un par de muchachos. Los blancos, armados de pistolas, alcanzaron a disparar un tiro a quemarropa cada uno y enseguida los envolvió la horda y desaparecieron. Mientras varios negros se llevaban las cabezas cogidas por los pelos, otros echaron abajo la puerta de una casa, cuyo techo ya ardía, y entraron vociferando. Por las ventanas lanzaron a una mujer degollada, muebles y enseres, hasta que las llamas los obligaron a salir. Momentos después Valmorain escuchó los primeros culatazos contra la puerta principal de su propia casa. El terror que lo paralizaba no le era desconocido, lo había sufrido, idéntico, cuando escapó de su plantación siguiendo a Gambo. No entendía cómo las cosas pudieron darse vuelta y la asonada bulliciosa de marineros ebrios y soldados blancos en las calles, que según Galbaud duraría sólo unas horas y terminaría en una victoria segura, se había trocado en esa pesadilla de negros embravecidos. Apretaba las armas con los dedos tan agarrotados, que no habría podido dispararlas. Lo ensopaba un sudor agrio cuya fetidez podía reconocer: era el olor de la impotencia y el terror de los esclavos martirizados por Cambray. Sentía que su suerte estaba echada y, como los esclavos en su plantación, no tenía escapatoria. Luchó contra las náuseas y contra la tentación insoportable de acurrucarse en un rincón paralizado en abyecta cobardía. Un líquido caliente le mojó los pantalones.

Tété estaba de pie en el centro de la habitación, con los niños ocultos entre sus faldas y sostenía una pistola a dos manos, con el cañón hacia arriba. Había perdido la esperanza de encontrarse con Gambo, porque si estaba en la ciudad, jamás la alcanzaría antes que la chusma. Sola no podía defender a Maurice y a Rosette. Al ver a Valmorain orinarse de miedo, comprendió que el sacrificio de haberse separado de Gambo había sido inútil, porque el amo era incapaz de protegerlos. Hubiera sido mejor irse con los rebeldes y correr el riesgo de llevar a los niños consigo. La visión de lo que estaba a punto de ocurrirles a sus niños le dio un valor ciego y la terrible calma de los que se disponen a morir. El puerto estaba sólo a un par de cuadras y aunque la distancia parecía insuperable en esas circunstancias, no había otra salvación. «Vamos a salir por atrás, por la puerta de los domésticos», anunció Tété con voz firme. La puerta principal retumbaba y se oía el estallido de los cristales de las ventanas en el primer piso, pero Valmorain creía que adentro estaban más seguros, tal vez podían esconderse en alguna parte. «Van a quemar la casa. Yo me voy con los niños», replicó ella, dándole la espalda. En ese instante Maurice asomó su carita sucia de lágrimas y mocos entre las faldas de Tété y corrió a abrazarse a las piernas de su padre. A Valmorain lo sacudió un corrientazo de amor por ese niño y tomó consciencia de su vergonzoso estado. No podía permitir que, si su hijo sobrevivía por milagro, lo recordara como un cobarde. Respiró a fondo tratando de contener el temblor del cuerpo, se encajó una pistola al cinto, gatilló la otra, cogió a Maurice de una mano y lo llevó casi en vilo tras Tété, quien ya descendía con Rosette en brazos por la angosta escalera de caracol, que unía el segundo piso con los cuartos de los esclavos en el sótano.

Se asomaron por la puerta de servicio a la callejuela trasera, salpicada de escombros y ceniza de los edificios ardientes, pero vacía. Valmorain se sintió desorientado, nunca había usado esa puerta ni ese pasaje y no sabía adónde conducía, pero Tété iba adelante sin vacilar, directo hacia la conflagración de la batalla. En ese instante, cuando el encuentro con la turba parecía inevitable, oyeron un tiroteo y vieron a un reducido pelotón de tropas regulares de Galbaud, que ya no intentaba defender la ciudad y se batía en retirada hacia los barcos. Disparaban con orden, serenos, sin romper filas. Los negros rebeldes ocupaban parte de la calle, pero la balacera los mantenía a raya. Entonces Valmorain pudo pensar con cierta claridad por primera vez y vio que no había tiempo de vacilar. «¡Vamos! ¡Corred!», gritó. Se lanzaron tras los soldados, parapetándose entre ellos y así, saltando entre cuerpos caídos y escombros en llamas, recorrieron aquel par de cuadras, las más largas de sus vidas, mientras las armas de fuego iban abriéndoles camino. Sin saber cómo, se encontraron en el puerto, iluminado como día claro por el incendio, donde ya se amontonaban miles de refugiados y seguían llegando más. Varias filas de soldados protegían a los blancos disparando contra los negros, que atacaban por tres costados, mientras la muchedumbre se peleaba como animales por subir a los botes disponibles. Nadie estaba a cargo de organizar la retirada, era un tropel despavorido. En la desesperación algunos se lanzaban al agua e intentaban nadar hacia los barcos, pero el mar hervía de tiburones atraídos por el olor de la sangre.

En eso apareció el general Galbaud a caballo, con su mujer en la grupa, rodeado por una pequeña guardia pretoriana que lo protegía y despejaba el paso, golpeando a la multitud con sus armas. El ataque de los negros había tomado a Galbaud por sorpresa, era lo último que esperaba, pero se dio cuenta de inmediato que la situación se había dado vuelta y sólo le quedaba tratar de ponerse a salvo. Tuvo el tiempo justo de rescatar a su esposa, quien llevaba un par de días en cama reponiéndose de un ataque de malaria y no sospechaba lo que ocurría afuera. Iba cubierta por un chal sobre el *déshabillé*, descalza, con el cabello recogido en una trenza que le colgaba a la espalda y una expresión indiferente, como si no percibiera la batalla y el incendio. De alguna manera había llegado hasta allí intacta; en cambio su marido tenía la barba y el pelo chamuscados y la ropa rota, manchada de sangre y hollín.

Valmorain corrió hacia el militar enarbolando la pistola, logró pasar entre los guardias, se le puso por delante y se colgó de su pierna con la mano libre. «¡Un bote! ¡Un bote!», le suplicó a quien consideraba su amigo, pero Galbaud le respondió apartándolo con una patada en el pecho. Un fogonazo de ira y desesperación cegó a Valmorain. Se desmoronó el andamio de buenos modales que lo había sostenido en sus cuarenta y tres años de vida y se convirtió en una fiera acosada. Con una fuerza y una agilidad desconocidas dio un salto, cogió a la esposa del general por la cintura y la desmontó de un tirón violento. La señora cayó despatarrada en el empedrado caliente y antes de que la guardia alcanzara a reaccionar, le puso la pistola en la cabeza. «¡Un bote o la mato aquí mismo!», amenazó con tal determinación, que a nadie le cupo duda de que lo haría. Galbaud detuvo a sus soldados. «Está bien, amigo, cálmese, le conseguiré un bote», dijo con la voz ronca por el humo y la pólvora. Valmorain cogió a la mujer por el cabello, la levantó del suelo y la obligó a marchar adelante, con la pistola en la nuca. El chal quedó en el suelo y a través de la tela del *déshabillé*, transparente en la luz anaranjada de esa noche endemoniada, se veía su cuerpo delgado avanzando a trompicones, en la punta de los pies, suspendida en el aire por la trenza. Así llegaron al bote que aguardaba a Galbaud. En el último momento el general trató de negociar: sólo había hueco para Valmorain y su hijo, alegó, no podían darle preferencia a la mulata mientras miles de blancos empujaban por subirse. Valmorain asomó a la esposa del general al borde del muelle sobre las aguas rojas por el reflejo del fuego y la sangre. Galbaud comprendió que a la menor vacilación ese hombre trastornado la lanzaría a los tiburones y cedió. Valmorain subió con los suyos al bote.

Ayudar a morir

U n mes más tarde, sobre los humeantes restos de Le Cap reducido a escombros y cenizas, Sonthonax proclamó la emancipación de los esclavos en Saint-Domingue. Sin ellos no podía luchar contra sus enemigos internos y contra los ingleses, que ya ocupaban el sur. Ese mismo día Toussaint declaró también la emancipación desde su campamento en territorio español. Firmó el documento como Toussaint Louverture, el nombre con el cual entraría en la historia. Sus filas iban en aumento, ejercía más influencia que cualquiera de los otros jefes rebeldes y para entonces ya estaba pensando cambiarse de bandera, porque sólo la Francia republicana reconocería la libertad de su gente, que ningún otro país estaba dispuesto a tolerar.

Zacharie había esperado esa oportunidad desde que tuvo uso de razón, había vivido obsesionado con la libertad, aunque su padre se encargó de remacharle desde la cuna el orgullo de ser mayordomo de la intendencia, posición que normalmente ocupaba un blanco. Se quitó su uniforme de almirante de opereta, cogió sus ahorros y se embarcó en el primer barco que zarpó del puerto ese día sin preguntar adónde iba. Se dio cuenta de que la emancipación era sólo una carta política que podía ser revocada en cualquier momento y decidió no encontrarse allí cuando eso ocurriera. De tanto convivir con los blancos había llegado a conocerlos a fondo y supuso que si triunfaban los monárquicos en la próxima elección de la Asamblea en Francia, destituirían a Sonthonax de su puesto, votarían contra la emancipación y los negros en la colonia tendrían que seguir luchando por su libertad. Pero él no deseaba sacrificarse, la guerra le parecía un despilfarro de recursos y vidas, la forma menos razonable de resolver conflictos. En cualquier caso, su experiencia de mayordomo carecía de valor en esa isla desgarrada por la violencia desde los tiempos de Colón y debía aprovechar esa oportunidad para buscar otros horizontes. Tenía treinta y ocho años y estaba listo para cambiar de vida.

Étienne Relais se enteró de la doble proclamación horas antes de morir. La herida del hombro empeoró rápidamente en los días en que Le Cap fue saqueado y quemado hasta los cimientos y cuando al fin pudo ocuparse de ella, la gangrena había comenzado. El doctor Parmentier, quien había pasado esos días sin descansar atendiendo a centenares de heridos con ayuda de las monjas que sobrevivieron a las violaciones, lo examinó cuando ya era tarde. Tenía la clavícula pulverizada y por la posición de la herida no cabía la solución extrema de amputar. Los remedios que había aprendido de Tante Rose y otros curanderos eran inútiles. Étienne Relais había visto heridas de diversas clases y por el olor supo que se estaba muriendo; lo que más lamentó fue que no podría proteger a Violette de las vicisitudes del futuro. Tendido de espaldas en un entarimado sin colchón del hospital, respiraba con dificultad, empapado del sudor pastoso de la agonía. El dolor habría sido intolerable para otro, pero él había sido herido varias veces antes, llevaba una existencia de privaciones y sentía un desprecio estoico por las miserias de su cuerpo. No se quejaba. Con los ojos cerrados evocaba a

Violette, sus manos frescas, su risa ronca, su cintura escurridiza, sus orejas traslúcidas, sus pezones oscuros, y sonreía sintiéndose el hombre más afortunado de este mundo, porque la tuvo por catorce años, Violette enamorada, hermosa, eterna, suya. Parmentier no intentó distraerlo, se limitó a ofrecerle opio, el único calmante disponible, o un bebedizo fulminante para acabar con ese suplicio en cuestión de minutos; era una opción que como médico no debía proponer, pero había presenciado tanto sufrimiento en esa isla que el juramento de preservar la vida a cualquier costo había perdido sentido; más ético en ciertos casos era ayudar a morir. «Veneno, siempre que no le haga falta para otro soldado», escogió el herido. El doctor se inclinó muy cerca para oírlo, porque la voz era sólo un murmullo. «Busque a Violette, dígale que la amo», agregó Étienne Relais antes de que el otro le vaciara un frasquito en la boca.

En Cuba, en ese mismo instante, Violette Boisier se golpeó la mano derecha contra la fuente de piedra donde había ido a buscar agua y el ópalo del anillo, que había usado por catorce años, se hizo trizas. Cayó sentada junto a la fuente, con un grito atascado y la mano apretada contra el corazón. Adèle, que estaba con ella, creyó que la había mordido un alacrán. «Étienne, Étienne…», balbuceó Violette deshecha en lágrimas.

A cinco cuadras de la fuente donde Violette supo que se había quedado viuda, Tété estaba de pie bajo un toldo en el jardín del mejor hotel de La Habana, junto a la mesa en que Maurice y Rosette bebían jugo de piña. No le estaba permitido sentarse entre los huéspedes y a Rosette tampoco, pero la niña pasaba por española, nadie sospechaba su verdadera condición. Maurice contribuía al engaño tratándola como su hermana menor. En otra mesa, Toulouse Valmorain hablaba con su cuñado Sancho y su banquero. La flota de refugiados que el general Galbaud sacó de Le Cap aquella noche fatídica navegó rumbo a Baltimore a toda vela, bajo una lluvia de ceniza, pero varios de aquellos cien barcos enfilaron hacia Cuba con los *grands blancs* que tenían familia o intereses allí. De la noche a la mañana, miles de familias francesas desembarcaron en la isla para capear el temporal político de Saint-Domingue. Fueron recibidos con generosa hospitalidad por los cubanos y españoles, quienes nunca pensaron que los despavoridos visitantes se convertirían en refugiados permanentes. Entre ellos iban Valmorain, Tété y los niños. Sancho García del Solar se los llevó a su casa, que en esos años se había deteriorado aún más sin que nadie se ocupara de apuntalarla. En vista de las cucarachas Valmorain prefirió instalarse con los suyos en el mejor hotel de La Habana, donde él y Maurice ocupaban una suite de dos balcones con vista al mar, mientras Tété y Rosette dormían en los alojamientos de los esclavos que acompañaban a sus amos en los viajes, cuartuchos con piso de tierra y sin ventana.

Sancho llevaba la existencia holgada de un soltero decidido; gastaba más de lo conveniente en fiestas, mujeres, caballos y mesas de juego, pero seguía soñando, como en su juventud, con hacer fortuna y devolver a su apellido el prestigio de los tiempos de sus abuelos. Andaba siempre a la caza de oportunidades para hacer dinero; así se le había ocurrido hacía un par de años comprar tierras en Luisiana con los medios que le facilitó Valmorain. Su aporte era visión comercial, contactos sociales y trabajo, siempre que no fuera demasiado, como dijo riéndose, mientras su cuñado contribuía con el capital. Desde que se concretó la idea había viajado a menudo a Nueva Orleans y había adquirido una propiedad a orillas del Mississippi. Al principio Valmorain se refería al proyecto como una aventura disparatada, pero ahora era lo único seguro que tenía entre manos y se propuso convertir esa tierra abandonada en una gran plantación de azúcar. Había perdido bastante en Saint-Domingue, pero no le faltaban recursos, gracias a sus inversiones, sus negocios con Sancho y el buen juicio de su agente judío y su banquero cubano. Ésa era la explicación que le había ofrecido a Sancho y a quien tuvo la indiscreción de preguntar. A solas frente al espejo, no podía evadir la verdad que lo acusaba desde el fondo de sus ojos: la mayor parte de ese capital no era suyo, había pertenecido a Lacroix. Se repetía que tenía la conciencia limpia, porque nunca intentó beneficiarse con la tragedia de su amigo ni apoderarse de ese dinero, simplemente le cayó del cielo. Cuando la familia Lacroix fue asesinada por los rebeldes en Saint-Domingue y los recibos que él había firmado por el dinero recibido se quemaron en el incendio, se encontró en posesión de una cuenta en pesos de oro que él mismo había abierto en La Habana para esconder los ahorros de Lacroix y cuya existencia nadie sospechaba. En cada uno de sus viajes había depositado el dinero que su vecino le entregaba y su banquero colocaba en una cuenta identificada sólo con un número. El banquero nada sabía de Lacroix y más tarde no puso objeción cuando Valmorain traspasó los fondos a su propia cuenta, porque partió de la base de que eran suyos. Lacroix contaba con herederos en Francia que tenían pleno derecho a esos bienes, pero Valmorain analizó los hechos y decidió que no le correspondía a él salir a buscarlos y que sería estúpido dejar el oro enterrado en la bóveda de un banco. Era uno de esos raros casos en que la fortuna toca a la puerta y sólo un bobo la dejaría pasar.

Catorce días más tarde, cuando las noticias de Saint-Domingue no dejaban dudas sobre la cruenta anarquía imperante en la colonia, Valmorain decidió irse a Luisiana con Sancho. La vida en La Habana resultaba muy entretenida para alguien dispuesto a gastar, pero él no podía perder más tiempo. Comprendió que si seguía a Sancho de garito en garito y de burdel en burdel acabaría por quemar sus ahorros y su salud. Más valía llevarse a ese cuñado encantador lejos de sus amigotes y darle un proyecto a la medida de su ambición. La plantación de Luisiana podía encender en Sancho las brasas de fortaleza moral que casi todo el mundo posee, pensó. En esos años le había tomado cariño de hermano mayor a ese hombre de cuyos defectos y virtudes él carecía. Por eso se llevaban bien. Sancho era locuaz, aventurero, imaginativo y corajudo, la clase de hombre capaz de codearse por igual con príncipes y bucaneros, irresistible para las mujeres, un pillo de corazón liviano. Valmorain no daba por perdida Saint-Lazare, pero hasta que no pudiera recuperarla podía concentrar su energía en el proyecto de Sancho en Luisiana. La política ya no le interesaba, el fiasco de Galbaud lo dejó escaldado. Había llegado la hora de volver a producir azúcar, lo único que sabía hacer.

El castigo

Valmorain le notificó a Tété que partirían en una goleta americana al cabo de dos días y le dio dinero para abastecer a la familia de ropa.

—¿Te pasa algo? —le preguntó al ver que la mujer no se movía para coger la bolsa de monedas.

—Perdone, monsieur, pero… no deseo ir a ese lugar —balbuceó ella.

—¿Cómo dices, idiota? ¡Obedece y cállate!

—¿El papel de mi libertad vale allá también? —se atrevió a inquirir Tété.

—¿Es eso lo que te preocupa? Por supuesto que vale, allá y en cualquier parte. Tiene mi firma y mi sello, es legal hasta en la China.

—Luisiana queda muy lejos de Saint-Domingue, ¿no? —insistió Tété.

—No vamos a volver a Saint-Domingue, si eso es lo que estás pensando. ¿No te bastó con todo lo que pasamos allá? ¡Eres más bruta de lo que pensaba! —exclamó Valmorain, irritado.

Tété se fue cabizbaja a preparar el viaje. La muñeca de palo que le había tallado el esclavo Honoré en la niñez había quedado en Saint-Lazare y ahora ese fetiche de buena suerte le hacía falta. «¿Volveré a ver a Gambo, Erzuli? Nos vamos más lejos, más agua entre nosotros.» Después de la siesta esperó a que la brisa del mar refrescara la tarde y se llevó a los niños de compras. Por orden del amo, que no quería ver a Maurice jugando con una chiquilla rotosa, los vestía a los dos con ropa de la misma calidad, y a los ojos de cualquiera parecían niños ricos con su niñera. Según planeaba Sancho, se instalarían en Nueva Orleans, ya que la nueva plantación quedaba a sólo una jornada de distancia de la ciudad. Ya poseían la tierra, pero faltaba lo demás: molinos, máquinas, herramientas, esclavos, alojamientos y la casa principal. Había que preparar los terrenos y plantar, antes de un par de años no habría producción, pero gracias a las reservas de Valmorain no pasarían penurias. Tal como decía Sancho, el dinero no compra felicidad, pero compra casi todo lo demás. No querían llegar a Nueva Orleans con aspecto de venir escapando de otra parte, eran inversionistas y no refugiados. Habían salido de Le Cap con lo puesto y en Cuba habían comprado lo mínimo, pero antes del viaje a Nueva Orleans necesitaban un vestuario completo, baúles y maletas. «Todo de la mejor calidad, Tété. También un par de vestidos para ti, no quiero verte como una pordiosera. ¡Y ponte zapatos!», le ordenó, pero los únicos botines que ella poseía eran un tormento. En los *comptoirs* del centro, Tété adquirió lo necesario, después de mucho regateo, como era costumbre en Saint-Domingue y supuso que también lo sería en Cuba. En la calle se hablaba español, y aunque ella había aprendido algo de esa lengua con Eugenia, no entendía el acento cubano, resbaloso y cantado, muy distinto al castellano duro y sonoro de su ama fallecida. En un mercado popular habría sido incapaz de regatear, pero en los establecimientos comerciales también se hablaba francés.

Cuando terminó con las compras pidió que se las mandaran al hotel, de acuerdo a las instrucciones de su amo. Los niños estaban hambrientos y ella cansada, pero al salir oyeron tambores y no pudo resistir al llamado. De una callecita a otra, dieron con una pequeña plaza donde se había juntado una muchedumbre de gente de color que bailaba desenfrenada al son de una banda. Hacía mucho tiempo que Tété no sentía el impulso volcánico de la danza en una *calenda*, había pasado más de un año asustada en la plantación, acosada por los aullidos de los condenados en Le Cap, huyendo, despidiéndose, esperando. Le subió el ritmo desde las desnudas plantas de los pies hasta el nudo de su *tignon*, el cuerpo entero poseído por los tambores con el mismo júbilo que sentía al hacer el amor con Gambo. Soltó a los niños y se unió a la algazara: esclavo que baila es libre mientras baila, como le había enseñado Honoré. Pero ella ya no era esclava, era libre, sólo faltaba la firma del juez. ¡Libre, libre! Y vamos moviéndonos con los pies pegados al suelo, las piernas y las caderas exaltadas, las nalgas girando provocadoras, los brazos como alas de gaviota, los senos zamarreados y la cabeza perdida. La sangre africana de Rosette también respondió al formidable requerimiento de la música y la niña de tres años saltó al centro de los danzantes, vibrando con el mismo gozo y abandono de su madre. Maurice, en cambio, retrocedió hasta quedar pegado a una pared. Había presenciado algunos bailes de esclavos en la *habitation* Saint-Lazare como espectador, a salvo de la mano de su padre, pero en esa plaza desconocida estaba solo, succionado por una masa humana frenética, aturdido por los tambores, olvidado por Tété, su Tété, que se había transformado en un huracán de faldas y brazos, olvidado también por Rosette, que había desaparecido entre las piernas de los bailarines, olvidado por todos. Se echó a llorar a gritos. Un negro burlón, apenas cubierto por un taparrabos y tres vueltas de vistosos collares, se le puso por delante saltando y agitando una maraca con ánimo de distraerlo y sólo consiguió aterrorizarlo aún más. Maurice salió volando a todo lo que le daban las piernas. Los tambores siguieron retumbando por horas y tal vez Tété habría bailado hasta que el último se callara al amanecer, si cuatro manos poderosas no la hubieran cogido por los brazos y arrastrado fuera de la parranda.

Habían pasado casi tres horas desde que Maurice salió corriendo por instinto hacia el mar, que había visto desde los balcones de su suite. Estaba descompuesto de susto, no se acordaba del hotel, pero un niño rubio y bien vestido, llorando encogido en la calle, no podía pasar inadvertido. Alguien se detuvo para ayudarlo, averiguó el nombre de su padre y preguntó en varios establecimientos hasta que dio con Toulouse Valmorain, quien no había tenido tiempo de pensar en él; con Tété su hijo estaba seguro. Cuando logró sonsacarle al chico, entre sollozos, lo que le había pasado, partió hecho una tromba en busca de la mujer, pero antes de una cuadra se dio cuenta de que no conocía la ciudad y no podría ubicarla; entonces acudió a la guardia. Dos hombres salieron a cazar a Tété, valiéndose de las vagas indicaciones de Maurice, y pronto dieron con el baile en la plaza por el ruido de los tambores. Se la llevaron pataleando a un calabozo y como Rosette los siguió chillando que soltaran a su mamá, la encerraron también.

En la oscuridad sofocante de la celda, fétida de orines y excremento, Tété se recogió en un rincón con Rosette en los brazos. Se dio cuenta de que había otras personas, pero tardó un buen rato en distinguir en la penumbra a una mujer y tres hombres, silenciosos e inmóviles, que esperaban su turno para recibir los azotes ordenados por sus amos. Uno de los hombres llevaba varios días reponiéndose de los primeros veinticinco para sufrir los que le faltaban cuando pudiera soportarlos. La mujer le preguntó algo en español, que Tété no entendió. Recién empezaba a medir las consecuencias de lo que había hecho: en la vorágine del baile abandonó a Maurice. Si algo malo le había sucedido al niño, ella lo pagaría con la muerte, por eso la habían arrestado y estaba en ese hoyo asqueroso. Más que su vida, le importaba la suerte de su niño. «Erzuli, *loa* madre, haz que Maurice esté a salvo.» ¿Y qué iba a ser de Rosette? Se tocó la bolsa bajo el corpiño. No eran libres todavía, ningún juez había firmado el papel, su hija podía ser vendida. Pasaron el resto de esa noche en el calabozo, la más larga que Tété podía recordar. Rosette se cansó de llorar y pedir agua y por último se durmió, afiebrada. La luz implacable del Caribe entró al amanecer entre los gruesos barrotes y un cuervo se posó a picotear insectos en el marco de piedra del único ventanuco. La mujer empezó a gemir y Tété no supo si era por el mal augurio de aquel pájaro negro o porque ese día le llegaba su turno. Pasaron horas, el calor aumentó, el aire se hizo tan escaso y caliente que Tété sentía la cabeza llena de algodón. No sabía cómo calmar la sed de su hija, se la puso al pecho, pero ya no tenía leche. A eso del mediodía se abrió la reja y una gruesa figura bloqueó la puerta y la llamó por su nombre. Al segundo intento Tété logró ponerse de pie; le flaqueaban las piernas y la sed le hacía ver visiones. Sin soltar a Rosette avanzó a trompicones hacia la salida. A su espalda oyó a la mujer despedirla con palabras conocidas, porque se las había oído a Eugenia: Virgen María, madre de Dios, ruega por nosotros pecadores. Tété contestó para sus adentros, porque no le salió la voz entre los labios secos: «Erzuli, *loa* de la compasión, protege a Rosette». La llevaron a un patio pequeño, con una sola puerta de acceso y rodeado de altos muros, donde se alzaban un patíbulo con una horca, un poste y un tronco negro de sangre seca para las amputaciones. El verdugo era un congo ancho como un armario, con las mejillas cruzadas de cicatrices rituales, los dientes afilados en punta, el torso desnudo y un delantal de cuero cubierto de manchas oscuras. Antes de que el hombre la tocara, Tété empujó a Rosette y le ordenó ponerse lejos. La niña obedeció lloriqueando, demasiado débil para hacer preguntas. «¡Soy libre! ¡Soy libre!», gritó Teté en el poco español que sabía, mostrándole al verdugo la bolsa que llevaba al cuello, pero la zarpa del hombre se la arrebató junto con la blusa y el corpiño, que se rajaron al primer tirón. El segundo manotazo le arrancó la falda y quedó desnuda. No intentó cubrirse. Le dijo a Rosette que se pusiera de cara al muro y no volteara por ningún motivo; luego se dejó llevar al poste y ella misma extendió las manos para que le ataran las muñecas con sogas de sisal. Oyó el silbido terrible del látigo en el aire y pensó en Gambo.

Toulouse Valmorain estaba esperando al otro lado de la puerta. Tal como había instruido al verdugo, por la paga habitual y una propina le daría un susto inolvidable a su esclava, pero sin dañarla. Nada serio le había ocurrido a Maurice, menos mal, y al cabo de dos días partían de viaje; necesitaba a Tété más que nunca y no podría llevársela recién azotada. El látigo se estrelló sacando chispas contra el empedrado del patio, pero Tété lo sintió en la espalda, el corazón, las entrañas, el alma. Se le doblaron las rodillas y quedó colgada de las muñecas. De muy lejos le llegó la risotada del verdugo y un grito de Rosette: «¡Monsieur! ¡Monsieur!». Con un esfuerzo brutal pudo abrir los ojos y girar la cabeza. Valmorain estaba a pocos pasos y Rosette lo tenía abrazado por las rodillas, con el rostro hundido en sus piernas, ahogada de sollozos. Él le acarició la cabeza y la tomó en brazos, donde la niña se abandonó, inerte. Sin una palabra para la esclava, le hizo una seña al verdugo y dio media vuelta rumbo a la puerta. El congo desató a Tété, recogió su ropa rota y se la dio. Ella, que instantes antes no podía moverse, siguió a Valmorain deprisa, tambaleándose, con la energía nacida del terror, desnuda, sujetando sus trapos contra el pecho. El verdugo la acompañó a la salida y le entregó la bolsa de cuero con su libertad.

SEGUNDA PARTE

Luisiana, 1793-1810

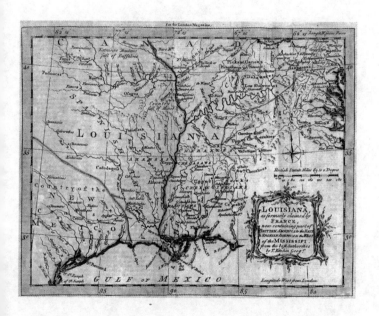

Créoles de buena sangre

L a casa en el corazón de Nueva Orleans, en la zona donde vivían los *créoles* de ascendencia francesa y sangre antigua, fue un hallazgo de Sancho García del Solar. Cada familia era una sociedad patriarcal, numerosa y cerrada, que se mezclaba sólo con otros de su mismo nivel. El dinero no abría aquellas puertas, contrariamente a lo que Sancho sostenía, aunque debería haber estado mejor informado, porque tampoco las abría entre los españoles de similar casta social; pero cuando empezaron a llegar los refugiados de Saint-Domingue hubo un resquicio por donde colarse. Al principio, antes de que se convirtiera en una avalancha humana, algunas familias *créoles* acogían a los *grands blancs* que habían perdido sus plantaciones, compadecidos y espantados por las trágicas noticias que llegaban de la isla. No podían imaginar nada peor que un alzamiento de negros. Valmorain desempolvó el título de *chevalier* para presentarse en sociedad y su cuñado se encargó de mencionar el *château* de París, por desgracia abandonado desde que la madre de Valmorain se había radicado en Italia para huir del terror impuesto por el jacobino Robespierre. A Sancho la propensión a decapitar gente por sus ideas o sus títulos, como ocurría en Francia, le revolvía las tripas. No simpatizaba con la nobleza, pero tampoco con la chusma; la república francesa le parecía tan vulgar como la democracia americana. Cuando supo que habían decapitado a Robespierre unos meses más tarde en la misma guillotina en que perecieron centenares de sus víctimas, lo celebró con una borrachera de dos días. Fue la última vez, porque entre los *créoles* nadie era abstemio, pero la ebriedad no se toleraba; un hombre que perdía la compostura con la bebida no merecía ser aceptado en ninguna parte. Valmorain, que había ignorado por años las advertencias del doctor Parmentier sobre el alcohol, también debió medirse y entonces descubrió que no bebía por vicio, como en el fondo sospechaba, sino como paliativo para la soledad.

Tal como se habían propuesto, los cuñados no llegaron a Nueva Orleans confundidos con otros refugiados, sino como dueños de una plantación de azúcar, lo más prestigioso en el escalafón de castas. La visión de Sancho para adquirir tierra había resultado providencial. «No te olvides que el futuro está en el algodón, cuñado. El azúcar tiene mala fama», le advirtió a Valmorain. Circulaban relatos pavorosos sobre la esclavitud en las Antillas y los abolicionistas estaban empeñados en una campaña internacional para sabotear el azúcar contaminada de sangre. «Créeme, Sancho, aunque los terrones fueran colorados, el consumo seguirá aumentando. El oro dulce es más adictivo que el opio», lo tranquilizó Valmorain. Nadie hablaba de eso en el cerrado círculo de la buena sociedad. Los *créoles* aseguraban que las atrocidades de las islas no ocurrían en Luisiana. Entre esa gente, unida por un complicado encaje de relaciones familiares, donde no se podían mantener secretos —todo se sabía tarde o temprano— la crueldad era mal vista e inconveniente, ya que sólo un necio dañaba su propiedad. Además, el clero, encabezado por el religioso español fray Antonio de Sedella, conocido como Père Antoine, temible por su fama de santo, se encargaba de insistir en su responsabilidad ante Dios por los cuerpos y almas de sus esclavos.

Al iniciar las gestiones para adquirir mano de obra para la plantación, Valmorain se encontró con una realidad muy diferente a la de Saint-Domingue, porque el costo de los esclavos era alto. Eso significaba una inversión mayor de la calculada y debía ser prudente con los gastos, pero se sintió secretamente aliviado. Ahora existía una razón práctica para cuidar a los esclavos, no sólo escrúpulos humanitarios que podían ser interpretados como debilidad. Lo peor de los veintitrés años en Saint-Lazare, peor que la locura de su mujer, el clima que corroía la salud y desmigajaba los principios del hombre más decente, la soledad y el hambre de libros y conversación, había sido el poder absoluto que ejercía sobre otras vidas, con su carga de tentaciones y degradación. Tal como sostenía el doctor Parmentier, la revolución de Saint-Domingue era el desquite inevitable de los esclavos contra la brutalidad de los colonos. Luisiana le ofrecía a Valmorain la oportunidad de revivir sus ideales de juventud, dormidos en los rescoldos de la memoria. Empezó a soñar con una plantación modelo capaz de producir tanto azúcar como Saint-Lazare, pero donde los esclavos llevaran una existencia humana. Esta vez pondría mucho cuidado en la elección de los capataces y su jefe. No deseaba otro Prosper Cambray.

Sancho se dedicó a cultivar amistades entre los *créoles*, sin las cuales no podían prosperar, y en poco tiempo se convirtió en el alma de las tertulias, con su voz de seda para las canciones a la guitarra, su buen talante para perder en las mesas de juego, sus ojos lánguidos y su humor fino con las matriarcas, a quienes se desvivía en halagar, porque sin su aprobación nadie cruzaba el umbral de sus casas. Jugaba al billar, backgamon, dominó y naipes, bailaba con gracia, ningún tema lo apabullaba y tenía el arte de presentarse siempre en el lugar y el momento apropiados. Su paseo favorito era el camino arbolado del dique que protegía la ciudad de inundaciones, donde se mezclaba todo el mundo, desde las familias distinguidas hasta la plebe ruidosa de marineros, esclavos, gente libre de color y los infaltables *kaintocks*, con su reputación de ebrios, matones y mujeriegos. Esos hombres bajaban por el Mississippi desde Kentucky y otras regiones del norte a vender sus productos, tabaco, algodón, pieles, madera, enfrentándose por el camino con indios hostiles y mil otros peligros; por lo mismo, andaban bien armados. En Nueva Orleans vendían los botes como leña, se divertían un par de semanas y luego emprendían el arduo viaje de regreso.

Nada más que para ser visto, Sancho asistía a las funciones de teatro y ópera, tal como iba a misa los domingos. Su sencillo traje negro, su cabello recogido en una cola y el bigote engomado contrastaban con los atuendos de brocatos y encajes de los franceses, dándole un aire ligeramente peligroso que atraía a las mujeres. Sus modales eran impecables, requisito esencial en la clase alta, donde el uso debido del tenedor era más importante que las condiciones morales de un sujeto. Tan espléndidas virtudes de nada le habrían servido a ese español algo excéntrico sin el parentesco con Valmorain, francés de pura cepa y rico, pero una vez que se introducía en los salones, nadie pensaba en echarlo. Valmorain era viudo, de sólo cuarenta y cinco años, nada mal parecido, aunque le sobraban varios kilos, y naturalmente los patriarcas del Vieux Carré trataron de atraparlo para una hija o sobrina. También el cuñado de apellido impronunciable era un candidato, ya que un yerno español era preferible al bochorno de una hija soltera.

Hubo comentarios, pero nadie se opuso cuando ese par de extranjeros alquilaron una de las mansiones del barrio y cuando más tarde el propietario se la vendió. Tenía dos pisos y mansarda, pero carecía de sótano, porque Nueva Orleans estaba construida sobre agua y bastaba cavar un palmo para mojarse. Los mausoleos del cementerio estaban elevados para que los muertos no salieran navegando en cada temporal. Como muchas otras, la casa de Valmorain era de ladrillo y madera, de estilo español, con una entrada ancha para el coche, patio empedrado de adoquines, una fuente de azulejos y frescos balcones con rejas de hierro cubiertas de fragantes enredaderas. Valmorain la decoró evitando ostentación, señal de arribismo. No era capaz ni de silbar, pero invirtió en instrumentos musicales, porque en las veladas sociales las señoritas se lucían en el piano, arpa o clavicordio y los caballeros con la guitarra.

Maurice y Rosette tuvieron que aprender música y danza con tutores privados, como otros niños ricos. Un refugiado de Saint-Domingue les daba clases de música a varillazos y un gordito melindroso les enseñaba los bailes de moda también a varillazos. En el futuro eso le sería tan útil a Maurice como la esgrima para batirse en duelo y los juegos de salón, y a Rosette le serviría para entretener a las visitas, pero sin competir jamás con las niñas blancas. Tenía gracia y buena voz; en cambio Maurice había heredado el pésimo oído de su padre y asistía a las clases con la actitud resignada de un galeote. Prefería los libros, que de poco iban a servirle en Nueva Orleans, donde el intelecto resultaba sospechoso; mucho más apreciado era el talento de la conversación liviana, la galantería y el buen vivir.

A Valmorain, acostumbrado a una existencia de ermitaño en Saint-Lazare, las horas de charla banal en los cafés y bares donde lo arrastraba Sancho le parecían perdidas. Tenía que hacer un esfuerzo para participar en juegos y apuestas, detestaba las riñas de gallos, que dejaban a la concurrencia salpicada de sangre, y las carreras de caballos y galgos, en que siempre perdía. Cada día de la semana había tertulia en un salón diferente, presidida por una matrona que llevaba la cuenta de los asistentes y los chismes. Los hombres solteros iban de casa en casa, siempre con algún regalo, por lo general un postre monstruoso de azúcar y nueces, pesado como una cabeza de vaca. Según Sancho, las tertulias eran obligatorias en esa sociedad cerrada. Danzas, *soirées*, picnics, siempre las mismas caras y nada que decir. Valmorain prefería la plantación, pero entendió que en Luisiana su tendencia a recluirse sería interpretada como avaricia.

Los salones y el comedor de la casa de la ciudad estaban en el primer piso, los dormitorios en el segundo y la cocina y los alojamientos de los esclavos en el patio trasero, separados. Las ventanas daban acceso a un jardín pequeño, pero bien cuidado. La pieza más espaciosa era el comedor, como en todas las casas *créoles*, donde la vida giraba en torno a la mesa y el orgullo de la hospitalidad. Una familia respetable poseía vajilla para veinticuatro comensales por lo menos. Uno de los cuartos del primer piso contaba con entrada separada y se destinaba a los hijos solteros; así podían parrandear sin ofender a las damas de la familia. En las plantaciones, esas *garçonnières* eran pabellones octogonales cerca del camino. A Maurice le faltaban unos doce años para exigir ese privilegio, por el momento dormía solo por primera vez en una habitación entre la de su padre y su tío Sancho.

Tété y Rosette no se alojaban con los otros siete esclavos —cocinera, lavandera, cochero, costurera, dos criadas de mano y un muchacho para los mandados— y dormían juntas en la mansarda, entre los arcones de ropa de la familia. Como siempre, Tété llevaba la casa. Una campanilla con un cordón unía los cuartos y le servía a Valmorain para llamarla por las noches.

Sancho adivinó, apenas vio a Rosette, la relación de su cuñado con la esclava y anticipó el problema. «¿Qué vas a hacer con Tété cuando te cases?», le preguntó a bocajarro a Valmorain, quien jamás había mencionado el tema ante nadie y que, pillado de sorpresa, masculló que no pensaba casarse. «Si seguimos viviendo bajo el mismo techo, uno de los dos tendrá que hacerlo o van a pensar que somos invertidos», concluyó Sancho.

En la confusión de la huida de Le Cap aquella noche fatídica, Valmorain había perdido a su cocinero, que permaneció escondido cuando él huyó con Tété y los niños, pero no lo lamentó, porque en Nueva Orleans necesitaba alguien fogueado en la *cuisine créole*. Sus nuevas amistades le advirtieron que no era cosa de comprar a la primera cocinera que le ofrecieran en el Maspero Échange, por mucho que fuese el mejor mercado de esclavos de América, o en los establecimientos de la calle Chartres, donde los disfrazaban con ropa elegante para impresionar a los clientes, pero no había ninguna garantía de la calidad. Los mejores esclavos se transaban en privado entre familiares o amigos. Así adquirió a Célestine, de unos cuarenta años, con manos mágicas para guisos y pastelería, entrenada por uno de los eximios cocineros franceses del marqués de Marigny y vendida porque nadie aguantaba sus rabietas. Le había tirado un plato de *gumbo* de mariscos a los pies al imprudente marqués porque se atrevió a pedir más sal. A Valmorain esa anécdota no lo asustó, porque lidiar con ella sería tarea de Tété. Célestine era flaca, seca y celosa, no le permitía a nadie pisar su cocina y su despensa, ella misma escogía los vinos y licores y no admitía sugerencias sobre el menú. Tété le explicó que debía medirse con las especias porque el amo sufría de dolores de estómago. «Que se aguante. Si quiere caldo de enfermo, se lo preparas tú», le contestó, pero desde que ella reinaba entre las ollas

Valmorain estaba sano. Célestine olía a canela y en secreto, para que nadie sospechara su debilidad, les preparaba a los niños *beignets* livianos como suspiros, *tarte tatin* con manzanas acarameladas, *crêpes* de mandarinas con crema, *mousse au chocolat* con galletitas de miel y otras delicias, que confirmaban la teoría de que la humanidad nunca se cansaría de consumir azúcar. Maurice y Rosette eran los únicos habitantes de la casa que no le temían a la cocinera.

La existencia de un caballero *créole* transcurría ociosa, el trabajo era un vicio de los protestantes en general y los americanos en particular. Valmorain y Sancho se veían en aprietos para ocultar los esfuerzos que requería echar a andar la plantación, abandonada hacía más de diez años, desde la muerte del dueño y la quiebra escalonada de los herederos.

Lo primero fue conseguir esclavos, unos ciento cincuenta para comenzar, bastante menos de los que había en Saint-Lazare. Valmorain se instaló en un rincón de la casa en ruinas, mientras construían otra con arreglo a los planos de un arquitecto francés. Las barracas de esclavos, carcomidas por el comején y la humedad, fueron demolidas y reemplazadas por cabañas de madera, con techos salientes para dar sombra y proteger de la lluvia, de tres piezas para albergar a dos familias cada una, alineadas en callejuelas paralelas y perpendiculares con una pequeña plaza central. Los cuñados visitaron otras plantaciones, como tanta gente que llegaba sin invitación los fines de semana aprovechando la tradición de hospitalidad. Valmorain concluyó que, comparados con los de Saint-Domingue, los esclavos de Luisiana no podían quejarse, pero Sancho averiguó que algunos amos mantenían a su gente casi desnuda, alimentada con una mazamorra que vertían en un abrevadero, como el pienso de los animales, de donde cada uno retiraba su porción con conchas de ostras, pedazos de tejas o a mano, porque no disponía ni de una cuchara.

Tardaron dos años en construir lo básico: plantar, instalar un molino y organizar el trabajo. Valmorain tenía planes grandiosos, pero debió concentrarse en lo inmediato, ya habría tiempo más adelante para hacer realidad su fantasía de un jardín, terrazas y glorietas, un puente decorativo sobre el río y otras amenidades. Vivía obsesionado con los detalles, que discutía con Sancho y comentaba con Maurice.

—Mira, hijo, todo esto será tuyo —decía, señalando los cañaverales desde su caballo—. El azúcar no cae del cielo, se requiere mucho trabajo para obtenerla.

—El trabajo lo hacen los negros —observaba Maurice.

—No te engañes. Ellos hacen la labor manual, porque no saben hacer otra cosa, pero el amo es el único responsable. El éxito de la plantación depende de mí y, en cierta medida, de tu tío Sancho. No se corta una sola caña sin mi conocimiento. Fíjate bien, porque un día te tocará tomar decisiones y mandar a tu gente.

—¿Por qué no se mandan solos, *papa*?

—No pueden, Maurice. Hay que darles órdenes, son esclavos, hijo.

—No me gustaría ser como ellos.

—Nunca lo serás, Maurice —sonrió su padre—. Eres un Valmorain.

No habría podido mostrarle Saint-Lazare a su hijo con el mismo orgullo. Estaba decidido a corregir los errores, debilidades y omisiones del pasado y, secretamente, expiar los pecados atroces de Lacroix, cuyo capital había usado para comprar esa tierra. Por cada hombre torturado y cada niña mancillada por Lacroix, habría un esclavo sano y bien tratado en la plantación Valmorain. Eso justificaba haberse apropiado del dinero de su vecino, que no podía estar mejor invertido.

A Sancho, los planes de su cuñado no le interesaban demasiado, porque no cargaba con el mismo peso en la conciencia y sólo pensaba en entretenerse. El contenido de la sopa de los esclavos o el color de sus cabañas le daban lo mismo. Valmorain estaba embarcado en un cambio de vida, pero para el español esa aventura era sólo una más entre muchas emprendidas con entusiasmo y abandonadas sin arrepentimiento. Como nada podía perder, ya que su socio asumía los riesgos, se le ocurrían ideas audaces que solían dar sorprendentes resultados, como una refinería, que les permitió vender azúcar blanca, mucho más rentable que la melaza de otros plantadores.

Sancho consiguió al jefe de capataces, un irlandés que lo asesoró en la compra de la mano de obra. Se llamaba Owen Murphy y planteó desde un principio que los esclavos debían asistir a misa. Habría que construir una capilla y conseguir curas itinerantes, dijo, para fortalecer el catolicismo antes de que se metieran los americanos a predicar sus herejías y esa gente inocente se condenara al infierno. «La moral es lo más importante», anunció. Murphy estuvo plenamente de acuerdo con la idea de Valmorain de no abusar del látigo. Ese hombrón con aspecto de jenízaro, cubierto de vellos negros, con cabello y barba del mismo color, tenía un alma dulce. Se instaló con su numerosa familia en una tienda de campaña, mientras terminaban de construir su vivienda. Su mujer, Leanne, le llegaba a la cintura, parecía una adolescente desnutrida con cara de mosca, pero su fragilidad resultaba engañosa: había dado a luz a seis varones y estaba esperando al séptimo. Sabía que era de sexo masculino, porque Dios se había propuesto probar su paciencia. Nunca levantaba la voz: con una sola mirada suya obedecían los hijos y el marido. Valmorain pensó que Maurice tendría al fin con quien jugar y no viviría a la estela de Rosette; esa manada de irlandeses era de clase social muy inferior a la suya, pero eran blancos y libres. No imaginó que los seis Murphy también andarían embobados detrás de Rosette, que había cumplido cinco años y poseía la apabullante personalidad que su padre hubiese deseado para Maurice.

Owen Murphy había trabajado desde los diecisiete años dirigiendo esclavos y conocía de memoria los errores y aciertos de esa ingrata labor. «Hay que tratarlos como a los hijos. Autoridad y justicia, reglas claras, castigo, recompensa y algo de tiempo libre; si no se enferman», le dijo a su patrón y añadió que los esclavos tenían derecho a acudir al amo por una sentencia de más de quince azotes. «Confío en usted, señor Murphy, eso no será necesario», replicó Valmorain, poco dispuesto a adoptar el papel de juez. «Por mi propia tranquilidad, prefiero que sea así, señor. Demasiado poder destruye el alma de cualquier cristiano y la mía es débil», le explicó el irlandés.

En Luisiana la mano de obra de una plantación costaba un tercio del valor de la tierra, había que cuidarla. La producción estaba a merced de desgracias imprevisibles, huracanes, sequía, inundaciones, pestes, ratas, altibajos en el precio del azúcar, problemas con la maquinaria y los animales, préstamos de los bancos, y otras incertidumbres; no había que agregar mala salud o desánimo de los esclavos, dijo Murphy. Era tan distinto a Cambray que Valmorain se preguntó si no se habría equivocado con él, pero comprobó que trabajaba sin descanso y se imponía por presencia, sin brutalidad. Sus capataces, vigilados de cerca, seguían su ejemplo y el resultado era que los esclavos rendían más que bajo el régimen de terror de Prosper Cambray. Murphy los organizó con un sistema de turnos para darles descanso en la demoledora jornada de los campos. El patrón anterior lo había despedido porque le ordenó disciplinar a una esclava y mientras ella gritaba a todo pulmón para impresionar, el látigo de Murphy resonaba contra el suelo sin tocarla. La esclava estaba encinta y, como se hacía en esos casos, la habían tendido por tierra con la barriga en un hoyo. «Le he prometido a mi esposa que nunca azotaré a niños ni a mujeres preñadas», fue la explicación del irlandés cuando Valmorain se lo preguntó.

Dieron dos días de descanso semanal a la gente para cultivar sus huertos, cuidar sus animales y cumplir con sus tareas domésticas, pero el domingo había obligación de asistir a la misa impuesta por Murphy. Podían tocar música y bailar en sus horas libres, incluso asistir de vez en cuando —bajo supervisión del jefe de capataces— a las *bambousses*, modestas fiestas de esclavos con motivo de una boda, un funeral u otra celebración. En principio los esclavos no podían visitar otras propiedades, pero en Luisiana pocos amos hacían caso de ese reglamento. El desayuno en la plantación Valmorain consistía en una sopa con carne o tocino —nada del fétido pescado seco de Saint-Lazare—, el almuerzo era tarta de maíz, carne salada o fresca y budín, y la cena una sopa contundente. Habilitaron una cabaña para hospital y consiguieron un médico que acudía una vez al mes por prevención y cuando lo llamaban para una emergencia. A las mujeres encintas se les daba más comida y descanso. Valmorain no sabía, porque nunca había preguntado, que en Saint-Lazare las esclavas parían acuclilladas entre los cañaverales, había más abortos que nacimientos y la mayor parte de los niños morían antes de cumplir tres meses. En la nueva plantación, Leanne Murphy ejercía de comadrona y velaba por los niños.

Zarité

*D*esde el barco Nueva Orleans *apareció como una luna menguante flo-tando en el mar, blanca y luminosa. Al verla supe que no volvería a Saint-Domingue. A veces tengo esas premoniciones y no se me olvidan, así estoy preparada cuando se cumplen. El dolor de haber perdido a Gambo era como una lanza en el pecho. En el puerto nos esperaba don Sancho, el her-mano de doña Eugenia, que había llegado unos días antes que nosotros y ya tenía la casa donde íbamos a vivir. La calle olía a jazmines, no a humo y sangre, como Le Cap cuando fue incendiado por los rebeldes, que después se retiraron a seguir su revolución en otras partes. La primera semana en Nue-va Orleans hice el trabajo sola, ayudada a ratos por un esclavo que nos pres-tó una familia conocida de don Sancho, pero después el amo y su cuñado compraron criados. A Maurice le asignaron un tutor, Gaspard Sévérin, refu-giado de Saint-Domingue como nosotros, pero pobre. Los refugiados iban llegando de a poco, primero los hombres a instalarse de alguna manera, y después las mujeres e hijos. Algunos traían sus familias de color y esclavos. Para entonces ya había miles y la gente de Luisiana los rechazaba. El tutor no aprobaba la esclavitud, creo que era uno de esos abolicionistas que mon-sieur Valmorain detestaba. Tenía veintisiete años, vivía en una pensión de negros, siempre usaba el mismo traje y le temblaban las manos por el mie-do que pasó en Saint-Domingue. A veces, cuando el amo no estaba, yo le* *lavaba la camisa y le limpiaba las manchas de la casaca, pero nunca pude quitarle a su ropa el olor a susto. También le daba comida para que se llevara, con disimulo, para no ofenderlo. La recibía como si me hiciera un favor, pero estaba agradecido y por eso le permitía a Rosette asistir a sus clases. Le rogué al amo que la dejara estudiar y al final cedió, aunque está prohibido educar a los esclavos, porque tenía planes para ella: quería que lo cuidara en su vejez y le leyera cuando a él le fallara la vista. ¿Se le había olvidado que nos debía la libertad? Rosette no sabía que el amo era su padre, pero igual lo adoraba y supongo que a su manera él la quería también, porque nadie resistía el hechizo de mi hija. Desde chica, Rosette fue seductora. Le gustaba admirarse en el espejo, un hábito peligroso.*

En esa época había mucha gente de color libre en Nueva Orleans, porque bajo el gobierno español no era difícil obtener o comprar la libertad; todavía los americanos no nos habían impuesto sus leyes. Yo pasaba la mayor parte del tiempo en la ciudad a cargo de la casa y de Maurice, que debía estudiar, mientras el amo se quedaba en la plantación. No me perdía las bambousses *de los domingos en la plaza del Congo, tambores y baile, a pocas cuadras de la zona donde vivíamos. Las* bambousses *eran como las* calendas *de Saint-Domingue, pero sin servicios a los* loas, *porque entonces en Luisiana todos eran católicos. Ahora muchos son bautistas, porque pueden cantar y bailar en sus iglesias y así da gusto adorar a Jesús. El vudú recién estaba comenzando, lo trajeron los esclavos de Saint-Domingue, y se mezcló tanto con las creencias de los cristianos que me cuesta reconocerlo. En la plaza del Congo bailábamos desde el mediodía hasta la noche y los blancos venían a escandalizarse, porque para darles malos pensamientos, movíamos el trasero como un remolino, y para darles envidia, nos refregábamos como enamorados.*

Por las mañanas, después de recibir el agua y la leña que reparten de casa en casa en un carretón, yo salía de compras. El Mercado Francés tenía un par de años de existencia, pero ya ocupaba varias cuadras y era el sitio pre-

ferido para la vida social, después del dique. Sigue siendo igual. Todavía se vende de todo, desde comida hasta joyas, y allí se instalan adivinos, magos y doctores de hojas. No faltan charlatanes, que curan con agua pintada de colores y un tónico de zarzaparrilla para esterilidad, dolores de parto, fiebres reumáticas, vómitos de sangre, fatiga del corazón, huesos quebradizos y casi todas las demás desgracias del cuerpo humano. No confío en ese tónico. Si fuera tan milagroso, Tante Rose lo habría usado, pero nunca se interesó por el arbusto de zarzaparrilla, aunque se daba en los alrededores de Saint-Lazare.

En el mercado hice amistad con otros esclavos y así aprendí las costumbres de Luisiana. Como en Saint-Domingue, muchas personas de color libres tienen educación, viven de sus oficios y profesiones, y algunos son dueños de plantaciones. Dicen que suelen ser más crueles que los blancos con sus esclavos, pero no me ha tocado verlo. Así me lo contaron. En el mercado se ven señoras blancas y de color con sus domésticos cargados de canastos. No llevan nada en las manos aparte de guantes y un bolsito bordado de mostacillas con el dinero. Por ley, las mulatas se visten con modestia para no provocar a las blancas, pero reservan sus sedas y sus joyas para la noche. Los caballeros usan corbatas de tres vueltas, pantalones de lana, botas altas, guantes de cabritilla y sombrero de pelo de conejo. Según don Sancho, las cuarteronas de Nueva Orleans son las mujeres más bellas del mundo. «Tú podrías ser como ellas, Tété. Fíjate cómo caminan, livianas, ondulando las caderas, la cabeza erguida, la grupa alzada, el pecho desafiante. Parecen potrancas finas. Ninguna mujer blanca puede andar así», me decía.

Yo nunca seré como esas mujeres, pero Rosette tal vez sí. ¿Qué iba a ser de mi hija? Eso mismo me preguntó el amo cuando volví a mencionarle mi libertad. «¿Quieres que tu hija viva en la miseria? No se puede emancipar a un esclavo antes de que cumpla treinta años. Te faltan seis, así es que no vuelvas a molestarme con esto.» ¡Seis años! Yo no conocía esa ley. Era una eternidad para mí, pero le daría tiempo a Rosette de crecer protegida por su padre.

Los festejos

En 1795 se inauguró la plantación Valmorain con una fiesta campestre de tres días, todo derroche, tal como quería Sancho y se usaba en Luisiana. La casa, de inspiración griega, era rectangular, de dos pisos, rodeada de columnas, con una galería en la planta baja y un balcón techado en la superior, que daba vuelta por los cuatro costados, con habitaciones luminosas y pisos de caoba, pintada en colores pastel, como preferían los *créoles* franceses y católicos, a diferencia de las casas de americanos protestantes, que siempre eran blancas. Según Sancho, parecía una réplica azucarada de la Acrópolis, pero la opinión general la catalogó como una de las mansiones más bellas del Mississippi. Todavía le faltaban adornos, pero no estaba desnuda, porque la llenaron de flores y encendieron tantas luces que las tres noches de festejo resultaron claras como días. La familia completa asistió, incluso el tutor, Gaspard Sévérin, con una casaca nueva, regalo de Sancho, y un aire menos patético, porque en el campo comía y tomaba sol. En los meses de verano, cuando lo llevaban a la plantación para que Maurice continuara sus clases, podía enviar el sueldo entero a sus hermanos en Saint-Domingue. Valmorain alquiló dos barcazas de doce remeros decoradas con toldos de colores para trasladar a sus invitados, que llegaron con sus baúles y esclavos personales, incluso sus peluqueros. Contrató orquestas de mulatos libres que se turnaban para que no faltara música y consiguió suficientes platos de porcelana y cubiertos de plata como para un regimiento. Hubo paseos, cabalgatas, cacerías, juegos de salón, danzas, y siempre el alma del holgorio fue el infatigable Sancho, mucho más hospitalario que Valmorain, capaz de sentirse a sus anchas por igual en parrandas de delincuentes en El Pantano y en fiestas de etiqueta. Las mujeres pasaban la mañana descansando, salían al aire libre después de la siesta, con velos tupidos y guantes, y por las noches se ataviaban con sus mejores galas. En la luz suave de las lámparas, todas parecían bellezas naturales de ojos oscuros, brillantes cabelleras y piel nacarada, nada de caras pintarrajeadas y lunares postizos como en Francia, pero en la intimidad del *boudoir* se oscurecían las cejas con carboncillo, se refregaban pétalos de rosas rojas en las mejillas, se retocaban los labios con carmín, se cubrían las canas, si las tenían, con borra de café y la mitad de los rizos que llevaban encima habían pertenecido a otra cabeza. Usaban colores claros y telas livianas; ni las viudas recientes se vestían de negro, un color lúgubre que no favorece ni consuela.

En los bailes de la noche las damas compitieron en elegancia, algunas seguidas por un negrito que les llevaba la cola. Maurice y Rosette, de ocho y cinco años, hicieron una demostración de vals, polca y cotillón, que justificó los varillazos del maestro y provocó exclamaciones de deleite en la concurrencia. Tété oyó el comentario de que la niña debía de ser española, hija del cuñado ¿cómo se llamaba? Sancho o algo por el estilo. Rosette, vestida de seda blanca, zapatillas negras y un lazo rosado en su cabello largo, bailaba con aplomo, mientras Maurice transpiraba de vergüenza en su traje de gala contando los pasos: dos saltitos a la izquierda, uno a la derecha, inclinación y media vuelta, atrás, adelante y reverencia. Repetir. Ella lo conducía, lista para disimular con una pirueta de inspiración propia los tropezones de su compañero. «Cuando yo sea grande, iré a bailes todas las noches, Maurice. Si quieres casarte conmigo, más vale que aprendas», le advertía en los ensayos.

Valmorain había adquirido un mayordomo para la plantación y Tété cumplía impecablemente la misma función en Nueva Orleans, gracias a las lecciones del hermoso Zacharie en Le Cap. Ambos respetaban los límites de la mutua autoridad y en la fiesta les tocó colaborar para que el servicio rodara aceitado. Destinaron tres esclavas sólo a acarrear agua y retirar bacinillas y un muchacho a limpiar la cagantina de dos perros motudos, pertenecientes a la señorita Hortense Guizot, que se enfermaron. Valmorain contrató dos cocineros, mulatos libres, y asignó varios ayudantes a Célestine, la cocinera de la casa. Entre todos apenas dieron abasto en la preparación de pescados y mariscos, aves domésticas y de caza, guisos *créoles* y postres. Sacrificaron un ternero y Owen Murphy dirigió los asados a la parrilla. Valmorain mostró a sus invitados la fábrica de azúcar, la destilería de ron y los establos, pero lo que exhibió con más orgullo fueron las instalaciones de los esclavos. Murphy les había dado tres días feriados, ropa y dulces, y después los puso a cantar en honor a la Virgen María. Varias señoras se conmovieron hasta las lágrimas con el fervor religioso de los negros. La concurrencia felicitó a Valmorain, aunque más de uno comentó a sus espaldas que con tanto idealismo iba a arruinarse.

Al principio Tété no distinguió a Hortense Guizot entre las otras damas, salvo por los fastidiosos perritos cagones; le falló el instinto para adivinar el papel que esa mujer tendría en su vida. Hortense había cumplido veintiocho años y todavía estaba soltera, no por fea ni pobre, sino porque el novio que tenía a los veinticuatro se cayó del caballo haciendo cabriolas para impresionarla y se partió el pescuezo. Había sido un raro noviazgo de amor y no de conveniencia, como era lo usual entre *créoles* de alcurnia. Denise, su esclava personal, le contó a Tété que Hortense fue la primera en acudir corriendo y verlo muerto. «No alcanzó a despedirse de él», añadió. Al término del duelo oficial, el padre de Hortense empezó a buscarle otro pretendiente. El nombre de la joven había andado de boca en boca debido a la muerte prematura del novio, pero tenía un pasado irreprochable. Era alta, rubia, rosada y robusta, como tantas mujeres de Luisiana, que comían con gusto y se movían poco. El corpiño le levantaba los senos como melones en el escote, para goce de las miradas masculinas. Hortense Guizot pasó esos días cambiándose de ropa cada dos o tres horas, alegre, porque el recuerdo del novio no la siguió a la fiesta. Se apoderó del piano, cantó con voz de soprano y bailó con bríos hasta el amanecer, agotando a todas sus parejas, menos a Sancho. No había nacido la mujer capaz de apabullarlo, como él decía, pero admitió que Hortense era una contendiente formidable.

Al tercer día, cuando las embarcaciones se habían ido con su carga de cansados visitantes, músicos, criados y perros falderos, y los esclavos estaban recogiendo el desparramo de basura, llegó Owen Murphy azorado con la noticia de que una banda de cimarrones venía por el río matando blancos e incitando a los negros a rebelarse. Se sabía de esclavos fugitivos amparados por tribus de indios americanos, pero otros sobrevivían en los pantanos transformados en seres de barro, agua y algas, inmunes a los mosquitos y el veneno de las serpientes, invisibles al ojo de sus perseguidores, armados de cuchillos y machetes oxidados, de piedras cortantes, locos de hambre y libertad. Primero se supo que los asaltantes eran alrededor de treinta, pero un par de horas después ya se hablaba de ciento cincuenta.

—¿Llegarán hasta aquí, Murphy? ¿Cree que nuestros negros se pueden alzar? —le preguntó Valmorain.

—No lo sé, señor. Están cerca y pueden invadirnos. En cuanto a nuestra gente, nadie puede predecir cómo reaccionarán.

—¿Cómo que no se puede predecir? Aquí reciben toda clase de consideraciones, en ninguna parte estarían mejor. ¡Vaya a hablar con ellos! —exclamó Valmorain paseándose muy alterado por la sala.

—Esto no se arregla hablando, señor —le explicó Murphy.

—¡Esta pesadilla me persigue! ¡Es inútil tratarlos bien! ¡Estos negros son todos incorregibles!

—Calma, cuñado —le interrumpió Sancho—. Todavía no ha pasado nada. Estamos en Luisiana, no en Saint-Domingue, donde había medio millón de negros furiosos y un puñado de blancos despiadados.

—Debo poner a salvo a Maurice. Prepare un bote, Murphy, me voy a la ciudad de inmediato —le ordenó Valmorain.

—¡Eso sí que no! —gritó Sancho—. De aquí nadie se mueve. No vamos a salir cascando como ratas. Además, el río no es seguro, los revoltosos tienen botes. Señor Murphy, vamos a proteger la propiedad. Traiga todas las armas de fuego disponibles.

Alinearon las armas sobre la mesa del comedor; los dos hijos mayores de Murphy, de trece y once años, las cargaron y luego las distribuyeron entre los cuatro blancos, incluso Gaspard Séverin, quien nunca había apretado un gatillo y no podía apuntar con sus manos temblonas. Murphy dispuso de los esclavos, los hombres encerrados en los establos y los niños en la casa del amo; las mujeres no se moverían de las cabañas sin sus hijos. El mayordomo y Tété se hicieron cargo de los domésticos, alborotados por la noticia. Todos los esclavos de Luisiana habían escuchado a los blancos mencionar el peligro de una revuelta, pero creían que eso sólo sucedía en lugares exóticos y no podían imaginarla. Teté destinó a dos mujeres a cuidar a los niños, después ayudó al mayordomo a atrancar puertas y ventanas. Célestine reaccionó mejor de lo esperado, dado su carácter. Había trabajado a seis manos durante la fiesta, enfurruñada y despótica, compitiendo con los cocineros de afuera, unos flojos descarados que recibían paga por lo mismo que ella debía hacer gratis, como mascullaba. Estaba remojándose los pies cuando llegó Tété a informarle de lo que ocurría. «Nadie pasará hambre», anunció escuetamente y se puso en acción con sus ayudantes para alimentarlos a todos.

Esperaron ese día completo, Valmorain, Sancho y el espantado Gaspard Séverin con las pistolas en las manos, mientras Murphy montaba guardia frente a los establos y sus hijos vigilaban el río para dar la voz de alarma en caso necesario. Leanne Murphy calmó a las mujeres con la promesa de que sus niños estaban seguros en la casa, donde les estaban repartiendo tazas de chocolate. A las diez de la noche, cuando ninguno podía tenerse en pie de fatiga, llegó Brandan, el mayor de los niños Murphy, a caballo con una antorcha en una mano y una pistola al cinto anunciando que se aproximaba un grupo de patrulleros. Diez minutos más tarde los hombres desmontaron frente a la casa. Valmorain, que en esas horas había revivido los horrores de Saint-Lazare y de Le Cap, los recibió con tales muestras de alivio que Sancho sintió vergüenza por él. Recibió el informe de los patrulleros y ordenó destapar botellas de su mejor licor para celebrar. La crisis había pasado: diecinueve negros rebeldes fueron detenidos, once estaban muertos y los demás serían ahorcados al amanecer. El resto se había dispersado y probablemente se dirigían a sus refugios en los pantanos. Uno de los milicianos, un pelirrojo de unos dieciocho años, excitado por la noche de aventura y el alcohol, le aseguró a Gaspard Sévérin que de tanto vivir en el lodo los ahorcados tenían patas de sapo, agallas de pez y dientes de caimán. Varios plantadores de la zona se habían sumado con entusiasmo a las patrullas para darles caza, un deporte que rara vez tenían ocasión de practicar en gran escala. Habían jurado aplastar a esos negros alzados hasta el último hombre. Las bajas de los blancos resultaron mínimas: un capataz asesinado, un plantador y tres patrulleros heridos y un caballo con una pata quebrada. La revuelta pudo ser sofocada rápidamente porque un esclavo doméstico había dado la voz de alarma. «Mañana, cuando los rebeldes cuelguen de sus horcas, ese hombre será libre», pensó Tété.

El hidalgo español

Sancho García del Solar iba y venía entre la plantación y la ciudad, pasaba más tiempo en bote o a caballo que en cualquiera de los destinos. Tété nunca sabía cuándo iba a aparecer en la casa de la ciudad, de día o de noche, con el caballo extenuado, siempre sonriente, bullicioso, glotón. Un lunes de madrugada se batió en duelo con otro español, un funcionario de la gobernación, en los jardines de Saint-Antoine, el sitio habitual de los caballeros para matarse o al menos herirse, única forma de limpiar el honor. Era un pasatiempo favorito y los jardines, con sus frondosos arbustos, ofrecía la privacidad necesaria. En la casa no se supo hasta la hora del desayuno, cuando Sancho llegó con la camisa ensangrentada pidiendo café y coñac. Le anunció a carcajadas a Tété que apenas había recibido un rasguño en las costillas; en cambio su rival quedó con la cara marcada. «¿Por qué se batieron?», le preguntó ella, mientras le limpiaba el corte de la estocada, tan cercano al corazón que si hubiera entrado un poco más tendría que haberlo vestido para el cementerio. «Porque me miró torcido», fue su explicación. Estaba feliz de no haberse echado un muerto a la espalda. Después Tété averiguó que el duelo había sido por Adi Soupir, una muchacha cuarterona de curvas turbadoras a quien ambos hombres pretendían.

Sancho despertaba a los niños en la mitad de la noche para enseñarles engañifas de naipes y si Tété se oponía la levantaba por la cintura, le daba dos vueltas en el aire y procedía a explicarle que no se puede sobrevivir en este mundo sin hacer trampas y más valía aprenderlas lo antes posible. De repente se le ocurría comer lechón asado a las seis de la mañana y había que volar al mercado en busca del animal, o anunciaba que iba al sastre, se perdía durante dos días y regresaba pasado de alcohol, acompañado por varios de sus compinches a quienes había ofrecido hospitalidad. Se vestía con esmero, aunque sobriamente, escrutando cada detalle de su apariencia en el espejo. Entrenó al esclavo de los mandados, un chico de catorce años, para que le engomara el bigote y le rasurara las mejillas con la navaja española con mango de oro que había estado en la familia García del Solar a lo largo de tres generaciones. «¿Te vas a casar conmigo cuando yo sea grande, tío Sancho?», le preguntaba Rosette. «Mañana mismo, si quieres, preciosa», y le plantaba un par de sonoros besos. A Tété la trataba como a una parienta venida a menos, con una mezcla de familiaridad y respeto, salpicada de bromas. A veces, cuando sospechaba que ella había alcanzado el límite de su paciencia, le traía un regalo y se lo ofrecía con un piropo y un beso en la mano, que ella recibía avergonzada. «Date prisa en crecer, Rosette, antes de que me case con tu madre», amenazaba, burlón.

Por las mañanas, Sancho acudía al Café des Émigrés, donde se juntaba con otros a jugar dominó. Sus divertidas fanfarronadas de hidalgo y su inalterable optimismo contrastaban con los emigrados franceses, achicados y empobrecidos por el exilio, que pasaban la vida lamentando la pérdida de sus bienes, reales o exagerados, y discutiendo de política. Las malas noticias eran que Saint-Domingue continuaba sumido en la violencia y los ingleses habían invadido varias ciudades de la costa, pero no habían logrado ocupar el centro del país y por lo tanto la posibilidad de independizar la colonia se había enfriado. Toussaint ¿cómo se llama ahora ese maldito? ¿Louverture? ¡Vaya nombre que inventó! Bueno, ese Toussaint, que estaba con los españoles, se cambió de bandera y ahora pelea junto a los franceses republicanos, que sin su ayuda estarían jodidos. Antes de cambiarse Toussaint aniquiló a las tropas españolas bajo su mando. ¡Juzguen ustedes si acaso se puede confiar en esa gentuza! El general Laveaux lo ascendió a general y comandante del Cordón Occidental y ahora ese mono anda de sombrero emplumado, para morirse de risa. ¡A lo que hemos llegado, compatriotas! ¡Francia aliada con los negros! ¡Qué humillación histórica!, exclamaban los refugiados entre dos partidas de dominó.

Pero también había algunas noticias optimistas para los emigrados, como que en Francia la influencia de los colonos monárquicos iba en aumento y el público no quería oír una palabra más de los derechos de los negros. Si los colonos obtenían los votos necesarios, la Asamblea estaría obligada a enviar suficientes tropas a Saint-Domingue y acabar con la revuelta. La isla era una mosca en el mapa, decían, jamás podría enfrentarse al poderío del ejército francés. Con la victoria, los emigrados podrían retornar y todo volvería a ser como antes. Entonces no habría misericordia para los negros, los matarían a todos y traerían carne fresca de África.

A su vez, Tété se enteraba de las noticias en los corrillos del Mercado Francés. Toussaint era brujo y adivino, podía echar una maldición de lejos y matar con el pensamiento. Toussaint ganaba una batalla tras otra y las balas no le penetraban. Toussaint gozaba de la protección de Jesús, que era muy poderoso. Tété le preguntó a Sancho, porque no se atrevía a tocar el tema con Valmorain, si regresarían a Saint-Lazare algún día y él le contestó que habría que estar demente para ir a meterse en aquella carnicería. Eso confirmó su presentimiento de que no volvería a ver a Gambo, aunque había escuchado a su amo hacer planes para recuperar su propiedad en la colonia.

Valmorain estaba concentrado en la plantación, que surgió de las ruinas de la anterior, donde pasaba buena parte del año. En la temporada de invierno se trasladaba de mala gana a la casa de la ciudad, porque Sancho insistía en la importancia de las relaciones sociales. Tété y los niños vivían en Nueva Orleans y sólo iban a la plantación en los meses de calor y epidemias, cuando todas las familias pudientes escapaban de la ciudad. Sancho hacía visitas apresuradas al campo, porque seguía con la idea de plantar algodón. Nunca había visto algodón en su estado primitivo, sólo en sus camisas almidonadas, y tenía una visión poética del proyecto que no incluía esfuerzo personal. Contrató a un agrónomo americano y antes de haber puesto la primera mata en la tierra ya planeaba comprar una desmontadora de algodón recién inventada que, según creía, iba a revolucionar el mercado. El americano y Murphy proponían alternar los cultivos; así cuando el suelo se cansaba con la caña, se plantaba algodón y a la inversa.

El único afecto constante en el caprichoso corazón de Sancho García del Solar era su sobrino. Al nacer, Maurice había sido pequeño y frágil, pero resultó más sano de lo que pronosticó el doctor Parmentier y las únicas fiebres que sufrió fueron de nervios. Lo que le sobraba en salud le faltaba en dureza. Era estudioso, sensible y llorón, prefería quedarse contemplando un hormiguero en el jardín o leyéndole cuentos a Rosette que participar en los juegos bruscos de los Murphy. Sancho, cuya personalidad no podía ser más diferente, lo defendía de las críticas de Valmorain. Para no defraudar a su padre, Maurice nadaba en agua helada, galopaba en caballos chúcaros, espiaba a las esclavas cuando se bañaban y se revolcaba a golpes en el polvo con los Murphy hasta sangrar por la nariz, pero era incapaz de matar liebres a balazos o destripar un sapo vivo para ver cómo era por dentro. Nada tenía de jactancioso, frívolo o matón, como otros niños criados con la misma indulgencia. Valmorain estaba preocupado porque su hijo era tan callado y de corazón tan blando, siempre dispuesto a proteger a los más vulnerables; le parecían signos de debilidad de carácter.

A Maurice la esclavitud le chocaba y ningún argumento había logrado hacerlo cambiar de opinión. «¿De dónde saca esas ideas si ha vivido siempre rodeado de esclavos?», se preguntaba su padre. El chico tenía una profunda e irremediable vocación de justicia, pero aprendió temprano a no hacer demasiadas preguntas al respecto, porque el tema caía pésimo y las respuestas lo dejaban insatisfecho. «¡No es justo!», repetía, dolorido ante cualquier forma de abuso. «¿Quién te dijo que la vida es justa, Maurice?», replicaba su tío Sancho. Era lo mismo que le decía Tété. Su padre le endilgaba complicados discursos sobre las categorías impuestas por la naturaleza, que separan a los seres humanos y son necesarias para el equilibrio de la sociedad, ya se daría cuenta de que mandar era muy difícil, que obedecer resultaba más sencillo.

El niño no tenía madurez ni vocabulario para rebatirlo. Tenía una vaga noción de que Rosette no era libre, como él, aunque en términos prácticos la diferencia era imperceptible. No asociaba a la niña o a Tété con los esclavos domésticos y mucho menos con los del campo. Tanto le refregaron jabón en la boca que dejó de llamarla hermana, pero no tanto por el mal rato que pasaba como por enamorado. La amaba con ese amor terrible, posesivo, absoluto con que aman los niños solitarios, y Rosette le correspondía con un cariño sin celos ni congoja. Maurice no imaginaba su existencia sin ella, sin su incesante parloteo, su curiosidad, sus caricias infantiles y la ciega admiración que ella le manifestaba. Con Rosette se sentía fuerte, protector y sabio, porque así lo veía ella. Todo le daba celos. Sufría si ella prestaba atención, aunque fuese un instante, a cualquiera de los chicos Murphy, si tomaba una iniciativa sin consultarlo, si guardaba algún secreto. Necesitaba compartir con ella hasta los más íntimos pensamientos, temores y deseos, dominarla y al mismo tiempo servirla con total abnegación. Los tres años que los separaban en edad no se notaban, porque ella parecía mayor y él parecía menor; ella era alta, fuerte, astuta, vivaz, atrevida y él era pequeño, ingenuo, concentrado, tímido; ella pretendía tragarse el mundo y él vivía abrumado por la realidad. Él lamentaba de antemano las desgracias que podían separarlos, pero ella era todavía demasiado niña para imaginar el futuro. Ambos comprendían por instinto que su complicidad estaba prohibida, era de cristal, traslúcida y quebradiza, y debían defenderla con permanente disimulo. Frente a los adultos mantenían una reserva que a Tété le parecía sospechosa, por eso los espiaba. Si los sorprendía arrinconados acariciándose, les tiraba de las orejas con una furia desproporcionada y después, arrepentida, se los comía a besos. No podía explicarles por qué esos juegos privados, tan comunes entre otros chiquillos, entre ellos eran pecado. En la época en que los tres compartían la habitación, los niños se buscaban a tientas en la oscuridad, y después, cuando Maurice dormía solo, Rosette lo visitaba en su cama. Tété despertaba a medianoche sin Rosette a su lado y tenía que ir de puntillas a buscarla a la pieza del chico. Los encontraba durmiendo abrazados, todavía en plena infancia, inocentes, pero no tanto como para ignorar lo que hacían. «Si te pillo otra vez en la cama de Maurice te voy a dar una tunda de varillazos que vas a recordar el resto de tus días. ¿Me has entendido?», amenazaba Teté a su hija, aterrada por las consecuencias que ese amor podía tener. «No sé cómo llegué aquí, mamá», lloraba Rosette con tal convicción que su madre llegó a creer que caminaba sonámbula.

Valmorain vigilaba de cerca la conducta de su hijo, temía que fuera débil o padeciera disturbios mentales, como su madre. A Sancho esas dudas de su cuñado le parecían absurdas. Le puso clases de esgrima al sobrino y se propuso enseñarle su versión de pugilismo, que consistía en puñetazos y patadas a mansalva. «El que pega primero, pega dos veces, Maurice. No esperes a que te provoquen, lanza la primera patada directo a las bolas», le explicaba, mientras el niño lloriqueaba tratando de eludir los golpes. Maurice era malo para los deportes y en cambio tenía el capricho de la lectura, heredado de su padre, el único plantador de Luisiana que había incluido una biblioteca en los planos de su casa. Valmorain no se oponía a los libros en principio, él mismo los coleccionaba, pero temía que de tanto leer su hijo acabara convertido en un currutaco. «¡Espabílate, Maurice! ¡Tienes que hacerte hombre!», y procedía a informarle que las mujeres nacen mujeres, pero los hombres se hacen con valor y dureza. «Déjalo, Toulouse. Cuando llegue el momento yo me encargaré de iniciarlo en cosas de hombre», se burlaba Sancho, pero a Teté no le hacía gracia.

La madrastra

Hortense Guizot se convirtió en madrastra de Maurice un año después de la fiesta en la plantación. Llevaba meses planeando su estrategia, con la complicidad de una docena de hermanas, tías y primas determinadas a resolver el drama de su soltería y de su padre, encantado con la perspectiva de atraer a Valmorain a su gallinero. Los Guizot eran de apabullante respetabilidad, pero no tan ricos como trataban de parecer, y una unión con Valmorain tenía muchas ventajas para ellos. Al principio éste no se dio cuenta de la estrategia para cazarlo y creyó que las atenciones de la familia Guizot iban destinadas a Sancho, más joven y guapo que él. Cuando el mismo Sancho le hizo ver su error, quiso huir a otro continente; estaba muy cómodo con sus rutinas de solterón y algo tan irreversible como el matrimonio lo espantaba.

—Apenas conozco a esa señorita, la he visto muy poco —alegó.

—Tampoco conocías a mi hermana y lo más bien que te casaste con ella —le recordó Sancho.

—¡Y mira lo mal que me fue!

—Los hombres solteros son sospechosos, Toulouse. Hortense es una mujer estupenda.

—Si tanto te gusta, cásate tú con ella —replicó Valmorain.

–Los Guizot ya me han olfateado, cuñado. Saben que soy un pobre diablo de costumbres disipadas.

–Menos disipadas que las de otros de por aquí, Sancho. En todo caso, no pienso casarme.

Pero la idea ya estaba plantada y en las semanas siguientes empezó a considerarla, primero como una tontería y luego como una posibilidad. Aún estaba a tiempo de tener más hijos, siempre quiso una familia numerosa, y la voluptuosidad de Hortense le parecía buen signo, la joven estaba lista para la maternidad. No sabía que se quitaba años: en realidad tenía treinta.

Hortense era una *créole* de impecable linaje y suficiente educación; las ursulinas le habían enseñado los fundamentos de lectura y escritura, geografía, historia, artes domésticas, bordado y catecismo, bailaba con gracia y tenía una voz agradable. Nadie dudaba de su virtud y contaba con la simpatía general, ya que por la ineptitud de aquel novio incapaz de sujetarse en un caballo quedó viuda antes de casarse. Los Guizot eran pilares de la tradición, el padre había heredado una plantación y los dos hermanos mayores de Hortense tenían un prestigioso bufete de abogados, única profesión aceptable en su clase. El linaje de Hortense compensaba su escasa dote y Valmorain deseaba ser aceptado en sociedad, no tanto por él como para allanarle el camino a Maurice.

Atrapado en la firme telaraña tejida por las mujeres, Valmorain aceptó que Sancho lo guiara en los vericuetos del cortejo, más sutiles que los de Saint-Domingue o Cuba, donde se enamoró de Eugenia. «Por el momento, nada de regalos ni mensajes para Hortense, concéntrate en la madre. Su aprobación es esencial», le advirtió Sancho. Las muchachas casaderas se presentaban muy poco en público, sólo un par de veces en la ópera acompañadas por la familia en masa, porque si eran muy vistas se «quemaban» y podían terminar solteras cuidando los críos de sus hermanas, pero Hortense contaba con algo más de libertad. Había dejado atrás la edad de merecer –entre dieciséis y veinticuatro años– y entrado en la categoría de «pasada».

Sancho y las arpías casamenteras se las arreglaron para invitar a Valmorain y Hortense a *soirées*, como se llamaban las cenas bailables de familiares y amigos en la intimidad de los hogares, donde pudieron cruzar algunas palabras, aunque jamás a solas. El protocolo obligaba a Valmorain a anunciar sus intenciones con prontitud. Sancho lo acompañó a hablar con el señor Guizot y en privado plantearon los términos económicos del enlace, cordialmente, pero con claridad. Poco después se celebró el compromiso con un *déjeuner de fiançailles*, un almuerzo en el que Valmorain entregó a su novia el anillo de moda, un rubí rodeado de diamantes engastado en oro.

Père Antoine, el clérigo más notable de Luisiana, los casó un martes por la tarde en la catedral, sin más testigos que la estricta familia Guizot, en total sólo noventa y dos personas. La novia prefería una boda privada. Entraron en la iglesia escoltados por la guardia del gobernador, y Hortense lució el vestido de seda bordado de perlas que antes habían usado su abuela, su madre y varias de sus hermanas. Le quedaba bastante estrecho, aunque le habían dado a las costuras. Después de la ceremonia, el bouquet de flores de naranjo y jazmines fue enviado a las monjas para colocar a los pies de la Virgen en la capilla. La recepción se llevó a cabo en casa de los Guizot, con despliegue de platos suntuosos preparados por los mismos banqueteros que había contratado Valmorain para la fiesta en su plantación: faisán relleno con castañas, patos en escabeche, cangrejos ardiendo en licor, ostras frescas, pescados de varias clases, sopa de tortuga y más de cuarenta postres, además de la torta de casamiento, un indestructible edificio de mazapán y frutos secos.

Después que los familiares se despidieron, Hortense esperó a su marido ataviada con una camisa de muselina y con su melena rubia suelta sobre los hombros, en su cuarto de soltera, donde sus padres habían reemplazado la cama por otra con baldaquín. En esos años hacían furor las camas de novia con dosel de seda celeste, imitando un cielo límpido de horizonte despejado, y profusión de cupidos regordetes con arcos y flechas, ramitos de flores artificiales y lazos de encaje.

Los recién casados pasaron tres días encerrados en esa pieza, como exigía la costumbre, atendidos por un par de esclavos que les llevaban la comida y les retiraban las bacinillas. Habría sido bochornoso que la novia se presentara en público, incluso delante de su familia, mientras se iniciaba en los secretos del amor. Sofocado de calor, aburrido por el encierro, con dolor de cabeza de tanto hacer cabriolas juveniles a sus años y consciente de que afuera había una docena de parientes con la oreja pegada a la pared, Valmorain comprendió que no se había casado sólo con Hortense, sino con la tribu Guizot. Por fin, al cuarto día, pudo salir de esa prisión y escapar con su mujer a la plantación, donde aprenderían a conocerse con más espacio y aire. Justamente esa semana se iniciaba la temporada de verano y todo el mundo huía de la ciudad.

Hortense nunca dudó que atraparía a Valmorain. Antes de que las implacables celestinas se pusieran en acción, ella había mandado bordar sábanas a las monjas con las iniciales de ambos entrelazadas. Las que guardaba desde hacía años en un baúl de la esperanza, perfumadas a lavanda, con las iniciales del novio anterior, no se perdieron; simplemente les hizo pegar una aplicación de flores encima de las letras y se destinaron a los cuartos de visitas. Como parte de su ajuar, llevó a Denise, la esclava que la había servido desde los quince años, la única que sabía peinarla y planchar sus vestidos a su gusto, y otro esclavo de la casa, que su padre le dio como regalo de boda cuando ella manifestó dudas sobre el mayordomo de la plantación Valmorain. Deseaba a alguien de su absoluta confianza.

Sancho volvió a preguntarle a Valmorain qué pensaba hacer con Tété y Rosette, ya que la situación no podía disimularse. Muchos blancos mantenían a mujeres de color, pero siempre separadas de la familia legal. El caso de una concubina esclava era diferente. Al casarse el amo, la relación terminaba y había que desprenderse de la mujer, que era vendida o enviada a los campos, donde la esposa no la viera, pero eso de tener a la amante y la hija en la misma casa, como pretendía Valmorain, era inaceptable. La familia Guizot y la misma Hortense entenderían que se hubiera consolado con una esclava en sus años de viudez, pero ahora debía resolver el problema.

Hortense había visto a Rosette bailando con Maurice en la fiesta y tal vez albergaba sospechas, aunque Valmorain creía que en el jolgorio y la confusión no se fijó demasiado. «No seas ingenuo, cuñado, las mujeres tienen instinto para estas cosas», replicó Sancho. El día en que Hortense fue a conocer la casa de la ciudad acompañada por su corte de hermanas, Valmorain le ordenó a Tété desaparecer con Rosette hasta el fin de la visita. No deseaba hacer nada apresurado, le explicó a Sancho. Fiel a su carácter, prefirió postergar la decisión esperando que las cosas se arreglaran solas. No mencionó el tema a Hortense.

Por un tiempo, el amo siguió acostándose con Tété cuando estaban bajo el mismo techo, pero no le pareció necesario decirle que pensaba casarse: ella se enteró por los chismes que circulaban como un ventarrón. En la fiesta de la plantación había conversado con Denise, mujer de lengua suelta, a quien volvió a ver en el Mercado Francés en más de una oportunidad, y por ella supo que su futura ama era de genio arrebatado y celosa. Sabía que cualquier cambio sería desfavorable y no podría proteger a Rosette. Una vez más comprobó, abrumada de ira y temor, cuán profunda era su impotencia. Si su amo le hubiera dado entrada, se habría postrado a sus pies, se habría sometido agradecida a todos sus caprichos, cualquier cosa con tal de mantener la situación como estaba, pero desde que se anunció el noviazgo con Hortense Guizot, éste no volvió a llamarla a su cama. «Erzuli, *loa* madre, ampara por lo menos a Rosette.» Presionado por Sancho, a Valmorain se le ocurrió la solución temporal de que Tété se quedara con la niña cuidando la casa de la ciudad de junio a noviembre, mientras él se iba con la familia a la plantación; así tendría tiempo para prepararle el ánimo a Hortense. Eso significaba seis meses más de incertidumbre para Tété.

Hortense se instaló en una habitación decorada en azul imperial, donde dormía sola, porque ni ella ni su marido tenían costumbre de hacerlo acompañados; y después de la sofocante luna de miel necesitaban su propio espacio. Sus juguetes de niña, espeluznantes muñecas con ojos de vidrio y pelo humano, adornaban su cuarto y sus perros motudos dormían sobre la cama, un mueble de dos metros de ancho, con pilares tallados, baldaquín, cojines, cortinas, flecos y pompones, más un cabezal de tela que ella misma había bordado con punto de cruz en el colegio de las ursulinas. De lo alto pendía el mismo cielo de seda con angelotes gordos que sus padres le habían regalado para la boda.

La recién casada se levantaba después del almuerzo y pasaba

dos tercios de su vida en cama, desde donde manejaba los destinos ajenos. La primera noche de casados, cuando todavía estaba en la casa paterna, recibió a su marido en un *déshabillé* con plumitas de cisne en el escote, muy asentador, pero fatal para él, porque las plumas le produjeron un ataque incontrolable de estornudos. Tan mal comienzo no impidió que consumaran el matrimonio y Valmorain tuvo la agradable sorpresa de que su esposa respondía a sus deseos con más generosidad que la que Eugenia o Tété jamás demostraron.

Hortense era virgen, pero apenas. De alguna manera se las había arreglado para burlar la vigilancia familiar y enterarse de cosas que las solteras no sospechaban. El novio fallecido se fue a la tumba sin saber que ella se le había entregado ardorosamente en su imaginación y seguiría haciéndolo en los años siguientes en la privacidad de su cama, martirizada por el deseo insatisfecho y el amor frustrado. Sus hermanas casadas le habían facilitado información didáctica. No eran expertas, pero al menos sabían que cualquier hombre aprecia ciertas muestras de entusiasmo, aunque no demasiadas, para evitar sospechas. Hortense decidió por su cuenta que ni ella ni su marido estaban en edad de mojigatería. Sus hermanas le dijeron que la mejor manera de dominar al marido era hacerse la tonta y complacerlo en la cama. Lo primero habría de resultar mucho más difícil que lo segundo para ella, que de tonta no tenía un pelo.

Valmorain aceptó como un regalo la sensualidad de su mujer sin hacerle preguntas cuyas respuestas prefería no saber. El cuerpo contundente de Hortense, con sus curvas y hoyuelos, le recordaba el de Eugenia antes de la locura, cuando todavía rebosaba del vestido y desnuda parecía hecha de pasta de almendra: pálida, blanda, fragante, todo abundancia y dulzura. Después, la infeliz se redujo a un espantapájaros y sólo podía abrazarla si estaba embrutecido de alcohol y desesperado. En el resplandor dorado de las velas Hortense era un goce para la vista, una ninfa opulenta de las pinturas mitológicas. Sintió renacer su virilidad, que ya daba por irremisiblemente disminuida. Su esposa lo excitaba como alguna vez lo hicieron Violette Boisier en su piso de la plaza Clugny y Tété en su voluptuosa adolescencia. Le asombraba ese ardor renovado cada noche y a veces incluso al mediodía, cuando llegaba de sopetón, con las botas embarradas y la sorprendía bordando entre los almohadones de su cama, expulsaba a los perros a manotazos y se dejaba caer sobre ella con la alegría de volver a sentirse de dieciocho años. En uno de esos corcoveos se desprendió un cupido del cielo raso de la cama y le cayó en la nuca, aturdiéndolo por breves minutos. Despertó cubierto de sudor helado, porque en las brumas de la inconsciencia se le apareció su antiguo amigo Lacroix a reclamarle el tesoro que le había robado.

En la cama Hortense exhibía la mejor parte de su carácter: hacía bromas livianas, como tejer a crochet un primoroso capuchón con lacitos para el piripicho de su marido, y otras más pesadas, como asomarse en el culo una tripa de pollo y anunciar que se le estaban saliendo los intestinos. De tanto enredarse en las sábanas con iniciales de las monjas acabaron por quererse, tal como ella había previsto. Estaban hechos para la complicidad del matrimonio, porque eran esencialmente diferentes, él era temeroso, indeciso y fácil de manipular, y ella poseía la determinación implacable que a él le faltaba. Juntos moverían montañas.

Sancho, quien tanto abogó por el casorio de su cuñado, fue el primero en captar la personalidad de Hortense y arrepentirse. Fuera de su cuarto azul, Hortense era otra persona, mezquina, avara y fastidiosa. Sólo la música lograba elevarla brevemente por encima de su devastador sentido común, iluminándola con un fulgor angélico, mientras la casa se llenaba de trinos temblorosos que pasmaban a los esclavos y provocaban aullidos en los perros falderos. Había pasado varios años en el ingrato papel de solterona y estaba harta de ser tratada con disimulado desdén; deseaba ser envidiada y para eso su marido debía colocarse alto. Valmorain necesitaría mucho dinero para compensar su carencia de raíces entre las antiguas familias *créoles* y el hecho lamentable de que provenía de Saint-Domingue.

Sancho se propuso evitar que esa mujer destruyera la camaradería fraternal entre él y su cuñado y se dedicó a halagarla con sus triquiñuelas, pero Hortense resultó inmune a ese derroche de encanto que a sus ojos carecía de un fin práctico inmediato. No le gustaba Sancho y lo mantenía a la distancia, aunque lo trataba con cortesía para no herir a su marido, cuya debilidad por ese cuñado le resultaba incomprensible. ¿Para qué necesitaba a Sancho? La plantación y la casa de la ciudad eran suyas, podía desprenderse de ese socio que nada aportaba. «El plan de venir a Luisiana fue de Sancho, se le ocurrió antes de la revolución en Saint-Domingue y compró la tierra. Yo no estaría aquí si no fuera por él», le explicó Valmorain cuando se lo preguntó. Para ella esa lealtad masculina era de un sentimentalismo inútil y oneroso. La plantación comenzaba a despegar, faltaban por lo menos tres años antes de poder declararla un éxito, y mientras su marido invertía capital, trabajaba y ahorraba, el otro gastaba como un duque. «Sancho es como mi hermano», le dijo Valmorain con ánimo de zanjar el asunto. «Pero no lo es», replicó ella.

Hortense puso todo bajo llave, partiendo de la base de que los criados robaban, e impuso drásticas medidas de ahorro que paralizaron la casa. Los trocitos de azúcar, que se cortaban con cincel de un cono duro como piedra colgado de un gancho en el techo, se contaban antes de colocarlos en el azucarero y alguien llevaba la cuenta del consumo. La comida sobrante de la mesa ya no se repartía entre los esclavos, como siempre, sino que se transformaba en otros platos. Célestine montó en cólera. «Si quieren comer restos de restos y pocos de pocos, no me necesitan, cualquier negro de los cañaverales puede servirles de cocinero», anunció. Su ama no podía tragarla, pero se había corrido la voz de que sus ancas de rana al ajillo, pollos con naranja, *gumbo* de cerdo y canastillos de milhojas con langostinos eran incomparables, y cuando surgieron un par de interesados en comprar a Célestine por un precio exorbitante, decidió dejarla en paz y volvió su atención a los esclavos del campo. Calculó que podían reducir paulatinamente la comida en la misma medida en que aumentaba la disciplina, sin afectar demasiado a la productividad. Si daba resultado con las mulas, valía la pena intentarlo con los esclavos. Valmorain se opuso en principio a esas medidas, porque no calzaba con su proyecto original, pero su esposa argumentó que así se hacía en Luisiana. El plan duró una semana, hasta que Owen Murphy estalló en una rabieta que remeció los árboles y el ama debió aceptar a regañadientes que los campos, como la cocina de su casa, tampoco eran de su incumbencia. Murphy se impuso, pero el clima de la plantación cambió. Los esclavos de la casa andaban de puntillas y los del campo temían que el ama despidiera a Murphy.

Hortense reemplazaba y eliminaba a los criados como un interminable juego de ajedrez, nunca se sabía a quién pedirle algo y nadie tenía claras sus obligaciones. Eso la irritaba y acababa golpeándolos con una fusta de caballo, que llevaba en la mano como otras señoras llevaban el abanico. Convenció a Valmorain de vender al mayordomo y lo reemplazó por el esclavo que trajo de la casa de sus padres. Ese hombre corría con los manojos de llaves, espiaba al resto del personal y la mantenía informada. El proceso de cambio demoró poco, porque ella contaba con el beneplácito incondicional de su marido, a quien le notificaba sus decisiones entre dos brincos de trapecista en la cama, «ven aquí mi amor, para que me muestres cómo se desahogan los seminaristas». Entonces, cuando la casa marchaba a su gusto, Hortense se preparó para abordar los tres problemas pendientes: Maurice, Tété y Rosette.

Zarité

El amo se casó, se fue con su esposa y Maurice a la plantación y me quedé varios meses sola con Rosette en la casa de la ciudad. A los niños les dio una pataleta cuando los separaron y después anduvieron enfurruñados durante semanas, culpando a madame Hortense. Mi hija no la conocía, pero Maurice se la había descrito, burlándose de sus cantos, sus perritos, sus vestidos y sus modales; era la bruja, la intrusa, la madrastra, la gorda. Se negó a llamarla maman *y, como su padre no le permitía dirigirse a ella en otra forma, dejó de hablarle. Le impusieron que la saludara con un beso y él se las arreglaba para dejarle siempre restos de saliva o comida en la cara, hasta que la misma madame Hortense lo liberó de esa obligación. Maurice le escribía notas y le enviaba regalitos a Rosette, que le llegaban a través de don Sancho, y ella le contestaba con dibujos y las palabras que sabía escribir.*

Fue un tiempo de incertidumbre, pero también de libertad, porque nadie me controlaba. Don Sancho pasaba buena parte de su tiempo en Nueva Orleans, pero no se fijaba en los detalles; le bastaba ser atendido en lo poco que pedía. Se había prendado de la cuarterona por quien se batió a duelo, una tal Adi Soupir, y estaba más con ella que con nosotros. Hice averiguaciones sobre la mujer y no me gustó nada lo que oí. A los dieciocho años ya tenía fama de frívola, codiciosa y de haberle quitado la fortuna a varios pretendientes. Así me lo contaron. No me atreví a prevenir a don Sancho, porque se habría enfurecido. Por las mañanas salía con Rosette al Mercado Francés, donde me juntaba con otras esclavas y nos sentábamos a la sombra a conversar. Algunas hacían trampa con el vuelto de sus amos y se compraban un vaso de refresco o una docena de ostras frescas aliñadas con limón, pero a mí nadie me pedía cuentas y no necesitaba robar. Eso fue antes de que madame Hortense viniera a la casa de la ciudad. Muchas personas se fijaban en Rosette, que parecía una niña de buena familia, con su vestido de tafetán y sus botines de charol. Siempre me ha gustado el mercado, con los puestos de frutas y verduras, las fritangas de comida picante, el ruidoso gentío de compradores, predicadores y charlatanes, indios inmundos vendiendo canastos, mendigos mutilados, piratas tatuados, frailes y monjas, músicos callejeros.

Un miércoles llegué al mercado con los ojos hinchados, porque había llorado mucho la noche anterior pensando en el futuro de Rosette. Tanto preguntaron mis amigas, que acabé admitiendo los temores que no me dejaban dormir. Las esclavas me aconsejaron conseguir un gris-gris *para protección, pero yo ya tenía uno de esos amuletos, un saquito de hierbas, huesos, uñas mías y de mi hija, preparado por una oficiante de vudú. No me había servido de nada. Alguien me habló del Père Antoine, un religioso español con el corazón inmenso, que servía por igual a señores y esclavos. La gente lo adoraba. «Anda a confesarte con él, tiene magia», me dijeron. Nunca me había confesado, porque en Saint-Domingue los esclavos que lo hacían terminaban pagando sus pecados en este mundo y no en el otro, pero no tenía a quien acudir y por eso fui a verlo con Rosette. Esperé un buen rato, fui la última de la cola de suplicantes, cada uno con sus culpas y peticiones. Cuando llegó mi turno no supe qué hacer, nunca había estado tan cerca de un* hungan *católico. El padre Antonio era todavía joven, pero con cara de viejo, de nariz larga, ojos oscuros y bondadosos, barba como crines de caballo y patas de tortuga en sanda-*

lias muy gastadas. Nos llamó con un gesto, levantó a Rosette y la sentó en sus rodillas. Mi hija no se resistió, aunque él olía a ajo y su hábito marrón estaba roñoso.

—¡Mira maman! Tiene pelos en la nariz y migas en la barba —comentó Rosette, ante mi horror.

—Soy muy feo —respondió él, riéndose.

—Yo soy bonita —dijo ella.

—Eso es verdad, niña, y en tu caso Dios perdona el pecado de vanidad.

Su francés sonaba como español con catarro. Después de bromear con Rosette por unos minutos, me preguntó en qué podía ayudarme. Mandé a mi hija a jugar afuera, para que no oyera. Erzuli loa amiga, perdóname, no pensaba acercarme al Jesús de los blancos, pero la voz cariñosa del Père Antoine me desarmó y empecé a llorar de nuevo, aunque había gastado mucho llanto en la noche. Las lágrimas nunca se acaban. Le conté que nuestra suerte pendía de un hilo, la nueva ama era dura de sentimiento y en cuanto sospechara que Rosette era hija de su marido iba a vengarse no de él, sino de nosotras.

—¿Cómo sabes eso, hija mía? —me preguntó.

—Todo se sabe, mon père.

—Nadie sabe el futuro, sólo Dios. A veces lo que más tememos resulta ser una bendición. Las puertas de esta iglesia están siempre abiertas, puedes venir cuando quieras. Tal vez Dios me permita ayudarte, cuando llegue el momento.

—Me da miedo el dios de los blancos, Père Antoine. Es más cruel que Prosper Cambray.

—¿Quién?

—El jefe de capataces de la plantación en Saint-Domingue. No soy servidora de Jesús, mon père. Lo mío son los loas que acompañaron a mi madre desde Guinea. Pertenezco a Erzuli.

—Sí, hija, conozco a tu Erzuli —sonrió el sacerdote—. Mi Dios es el mismo Papa Bondye tuyo, pero con otro nombre. Tus loas son como mis santos. En el corazón humano hay espacio para todas las divinidades.

—El vudú estaba prohibido en Saint-Domingue, mon père.

—Aquí puedes seguir con tu vudú, hija mía, porque a nadie le importa, siempre que no haya escándalo. El domingo es el día de Dios, ven a misa por la mañana y por la tarde vas a la plaza del Congo a bailar con tus loas. ¿Cuál es el problema?

Me pasó un trapo inmundo, su pañuelo, para que me secara las lágrimas, pero preferí usar el ruedo de mi falda. Cuando ya nos íbamos me habló de las monjas ursulinas. Esa misma noche habló con don Sancho. Así fue.

Temporada de huracanes

Hortense Guizot fue un viento de renovación en la vida de Valmorain que lo llenó de optimismo, al contrario de lo que sintieron el resto de la familia y la gente de la plantación. Algunos fines de semana la pareja recibía huéspedes en el campo, según la hospitalidad *créole*, pero las visitas disminuyeron y pronto terminaron cuando fue evidente el disgusto de Hortense si alguien se dejaba caer sin ser invitado. Los Valmorain pasaban sus días solos. Oficialmente, Sancho vivía con ellos, como tantos otros solteros allegados a una familia, pero se veían poco. Sancho buscaba pretextos para evitarlos y Valmorain echaba de menos la camaradería que siempre habían compartido. Ahora sus horas transcurrían jugando a los naipes con su mujer, escuchándola trinar en el piano o leyendo mientras ella pintaba un cuadrito tras otro de doncellas en columpios y gatitos con bolas de lana. Hortense volaba con la aguja de crochet haciendo mantelitos para cubrir todas las superficies disponibles. Tenía manos albas y delicadas, regordetas, de uñas impecables, manos hacendosas para labores de tejido y bordado, ágiles en el teclado, audaces en el amor. Hablaban poco, pero se entendían con miradas afectuosas y besitos soplados de una silla a otra en el inmenso comedor, donde cenaban solos, porque Sancho rara vez aparecía por la casa y ella había sugerido que Maurice, cuando estaba con ellos, comiera con su tutor en la glorieta del jardín, si el tiempo lo permitía, o en el comedor de diario, pues así aprovechaba ese rato para continuar con las lecciones. Maurice tenía nueve años, pero actuaba como un crío, según Hortense, quien contaba con una docena de sobrinos y se consideraba experta en crianza de niños. Le hacía falta foguearse con otros chicos de su clase social, no sólo con esos Murphy, tan ordinarios. Estaba muy mimado, parecía una niña, había que exponerlo a los rigores de la vida, decía.

Valmorain rejuveneció, se quitó las patillas y bajó un poco de peso con las maromas nocturnas y las porciones raquíticas que ahora servían en su mesa. Había encontrado la dicha conyugal que no tuvo con Eugenia. Hasta el temor de una rebelión de esclavos, que lo perseguía desde Saint-Domingue, pasó a segundo plano. La plantación no le quitaba el sueño, porque Owen Murphy era de una eficiencia encomiable y lo que no alcanzaba a hacer, se lo encargaba a su hijo Brandan, un adolescente fornido como su padre y práctico como su madre, que había trabajado desde los seis años a lomo de caballo.

Leanne Murphy había dado a luz al séptimo crío, idéntico a sus hermanos, robusto y de pelo negro, pero sacaba tiempo para atender el hospital de esclavos, donde acudía a diario con su bebé en una carretilla. No podía ver a su patrona ni en pintura. La primera vez que Hortense intentó inmiscuirse en su territorio, se plantó frente a ella, con los brazos cruzados y una expresión de helada calma. Así había dominado a la pandilla de los Murphy por más de quince años y también le resultó con Hortense. Si el jefe de capataces no hubiera sido tan buen empleado, Hortense Guizot se habría desprendido de todos ellos sólo para aplastar a ese insecto de irlandesa, pero le interesaba más la producción. Su padre, un plantador de ideas anticuadas, decía que el azúcar había mantenido a los Guizot por generaciones y no había necesidad de experimentos, pero ella había averiguado las ventajas del algodón con el agrónomo americano y, como Sancho, estaba considerando las ventajas de ese cultivo. No podía prescindir de Owen Murphy.

Un fuerte huracán de agosto inundó buena parte de Nueva Orleans; nada grave, ocurría a menudo y a nadie le inquietaban demasiado las calles convertidas en canales y el agua sucia paseándose por sus patios. La vida continuaba como siempre, sólo que mojados. Ese año los damnificados fueron escasos, sólo los muertos pobres emergieron de sus fosas flotando en una sopa de barro, pero los muertos ricos continuaron descansando en paz en sus mausoleos, sin verse expuestos a la indignidad de perder los huesos en las fauces de perros vagabundos. En algunas calles el agua llegó a las rodillas y varios hombres se emplearon transportando gente en la espalda de un punto a otro, mientras los niños gozaban revolcándose en los charcos entre desperdicios y bosta de caballo.

Los médicos, siempre alarmistas, advirtieron que habría una pavorosa epidemia, pero el Père Antoine organizó una procesión con el Santísimo a la cabeza y nadie se atrevió a burlarse de ese método para dominar al clima, porque siempre daba resultado. Para entonces el sacerdote ya tenía fama de santo, aunque hacía sólo tres años que estaba instalado en la ciudad. Había vivido allí muy brevemente en 1790, cuando la Inquisición lo envió a Nueva Orleans con la misión de expulsar a los judíos, castigar a los herejes y propagar la fe a sangre y fuego, pero nada tenía de fanático y se alegró cuando los indignados ciudadanos de Luisiana, poco dispuestos a tolerar a un inquisidor, lo deportaron a España sin miramientos. Regresó en 1795 como rector de la catedral de Saint-Louis, recién construida después del incendio de la anterior. Llegó dispuesto a tolerar a los judíos, hacer la vista gorda a los herejes y propagar la fe con compasión y caridad. Atendía a todos por igual, sin distinguir entre libres y esclavos, criminales y ciudadanos ejemplares, damas virtuosas y de vida alegre, ladrones, bucaneros, abogados, verdugos, usureros y excomulgados. Todos cabían, codo con codo, en su iglesia. Los obispos lo detestaban por insubordinado, pero el rebaño de sus fieles lo defendía con lealtad. Père Antoine, con su hábito de capuchino y su barba de apóstol, era la antorcha espiritual de aquella pecaminosa ciudad. Al día siguiente de su procesión el agua retrocedió de las calles y ese año no hubo epidemia.

La casa de los Valmorain fue la única de la ciudad afectada por la inundación. El agua no llegó de la calle, sino que surgió del suelo borboteando como un sudor espeso. Los cimientos habían resistido heroicamente la perniciosa humedad durante años, pero ese ataque insidioso los venció. Sancho consiguió un maestro de obras y un equipo de albañiles y carpinteros que invadieron el primer piso con andamios, palancas y poleas. Transportaron el mobiliario al segundo piso, donde se acumularon cajones y muebles cubiertos con sábanas. Debieron levantar los adoquines del patio, poner drenajes y demoler los alojamientos de los esclavos domésticos, hundidos en el lodazal.

A pesar de los inconvenientes y el gasto, Valmorain estaba satisfecho, porque aquel estropicio le daba más tiempo para abordar el problema de Tété. En las visitas que hacía con su mujer a Nueva Orleans, él por negocios y ella para hacer vida social, se quedaban en la casa de los Guizot, un poco estrecha, pero mejor que un hotel. Hortense no demostró ninguna curiosidad por ver las obras, pero exigió que la casa estuviera lista en octubre; así la familia podría pasar la temporada en la ciudad. Muy sano eso de vivir en el campo, pero era necesario establecer su presencia entre la gente bien, es decir, los de su clase. Habían estado ausentes demasiado tiempo.

Sancho llegó a la plantación cuando las reparaciones de la casa habían concluido, bullanguero como siempre, pero con la impaciencia contenida de quien debe resolver un asunto desagradable. Hortense lo notó y supo por instinto que se trataba de la esclava cuyo nombre estaba en el aire, la concubina. Cada vez que Maurice preguntaba por ella o por Rosette, Valmorain se ponía morado. Hortense prolongó la cena y el juego de dominó para no darles a los hombres ocasión de hablar a solas. Temía la influencia de Sancho, a quien consideraba nefasto, y necesitaba prepararle el ánimo a su marido en la cama para cualquier eventualidad. A las once de la noche Valmorain se estiró bostezando y anunció que había llegado la hora de ir a dormir.

—Debo hablar contigo en privado, Toulouse —le anunció Sancho, poniéndose de pie.

—¿En privado? No tengo secretos con Hortense —contestó el otro, de buen humor.

—Claro que no, pero esto es cosa de hombres. Vamos a la biblioteca. Perdóneme, Hortense —dijo Sancho, desafiando a la mujer con la mirada.

En la biblioteca los esperaba el mayordomo de guantes blancos con la excusa de servir coñac, pero Sancho le dio orden de retirarse y cerrar la puerta, luego se volvió a su cuñado y lo conminó a decidir la suerte de Tété. Faltaban sólo once días para octubre y la casa estaba lista para recibir a la familia.

—No pienso hacer cambios. Esa esclava seguirá sirviendo como siempre y más vale que lo haga de buen talante —le explicó Valmorain, arrinconado.

—Le prometiste su libertad, Toulouse, incluso le firmaste un documento.

—Sí, pero no quiero que me presione. Lo haré a su debido tiempo. Si llega el caso, le contaré todo a Hortense. Estoy seguro de que entenderá. ¿Por qué te interesa esto, Sancho?

—Porque sería lamentable que afectara tu matrimonio.

—Eso no ocurrirá. ¡Cualquiera diría que soy el primero en haberse acostado con una esclava, Sancho, por Dios!

—¿Y Rosette? Su presencia será humillante para Hortense —insistió Sancho—. Es obvio que es tu hija. Pero se me ocurre una forma de quitarla del medio. Las ursulinas reciben niñas de color y las educan tan bien como a las blancas, pero separadas, por supuesto. Rosette podría pasar los próximos años interna en las monjas.

—No me parece necesario, Sancho.

—El documento que Tété me mostró incluye a Rosette. Cuando sea libre tendrá que ganarse la vida y para eso se requiere cierta educación, Toulouse. ¿O pretendes seguir manteniéndola para siempre?

En esos días decretaron en Saint-Domingue que los colonos residentes fuera de la isla, en cualquier parte menos Francia, se consideraban traidores y sus propiedades serían confiscadas. Algunos emigrados estuvieron dispuestos a volver para reclamar sus tierras, pero Valmorain dudaba: no había razón para suponer que el odio racial hubiese disminuido. Decidió aceptar el consejo de su antiguo agente en Le Cap, quien le propuso por carta que registrara temporalmente la *habitation* Saint-Lazare a su nombre, para evitar que se la quitaran. A Hortense eso le pareció grotesco; era obvio que el hombre se apoderaría de la plantación, pero Valmorain confiaba en el anciano, que había servido a su familia durante más de treinta años, y como ella no pudo ofrecer una alternativa, así se hizo.

Toussaint Louverture se había convertido en comandante en jefe de las fuerzas armadas; se entendía directamente con el gobierno de Francia y había anunciado que daría de baja a la mitad de sus tropas para que regresaran a las plantaciones como mano de obra libre. Eso de libre resultaba relativo: debían cumplir por lo menos tres años de trabajo forzado bajo control militar y a los ojos de muchos negros eso era una vuelta disimulada a la esclavitud. Valmorain pensó hacer un rápido viaje a Saint-Domingue para evaluar la situación por sí mismo, pero Hortense puso un grito de espanto en el cielo. Estaba embarazada de cinco meses; su marido no podía abandonarla en ese estado y exponer su vida en esa isla desgraciada, más aún navegando por alta mar en plena temporada de huracanes. Valmorain postergó el viaje y le prometió que si recuperaba su propiedad en Saint-Domingue la pondría en manos de un administrador y ellos se quedarían en Luisiana. Eso tranquilizó a la mujer por un par de meses, pero luego se le puso entre ceja y ceja que no debían tener inversiones en Saint-Domingue. Por una vez, Sancho estuvo de acuerdo con ella. Tenía la peor opinión de la isla, donde había estado un par de veces para visitar a su hermana Eugenia. Propuso vender Saint-Lazare al primer postor, y con ayuda de Hortense le torció el brazo a Valmorain, quien acabó por ceder después de semanas de indecisión. Esa tierra estaba ligada a su padre, al nombre de la familia, a su juventud, dijo, pero sus argumentos se estrellaron contra la realidad irrefutable de que la colonia era un reñidero de gente de todos colores matándose mutuamente.

El humilde Gaspard Sévérin se volvió a Saint-Domingue sin hacer caso de las advertencias de otros refugiados, que seguían llegando a Luisiana en un triste goteo. Las noticias que traían eran deprimentes, pero Sévérin no había logrado adaptarse y prefirió volver a reunirse con su familia, aunque seguía con sus pesadillas de sangre y sus manos temblonas. Habría regresado tan miserable como salió si Sancho García del Solar no le hubiera entregado una suma discreta a modo de préstamo, como dijo, aunque los dos sabían que nunca sería devuelta. Sévérin llevó al agente la autorización de Valmorain para vender la tierra. Lo encontró en la misma dirección que siempre tuvo, aunque el edificio era nuevo, porque el anterior había sido reducido a ceniza en el incendio de Le Cap. Entre los artículos almacenados para exportación que se quemaron en las bodegas estaba el féretro de nogal y plata de Eugenia García del Solar. El anciano seguía con sus negocios, vendiendo lo poco que producía la colonia e importando casas de madera de ciprés de Estados Unidos, que le llegaban en pedazos, listas para ser ensambladas como juguetes. La demanda era insaciable, porque toda escaramuza entre enemigos terminaba en incendio. Ya no había compradores para los objetos que tanta ganancia le dieron en el pasado: telas, sombreros, herramientas, muebles, monturas, grillos, calderos para hervir melaza...

Dos meses después de la partida del tutor, Valmorain recibió la respuesta del agente: había conseguido un comprador para Saint-Lazare: un mulato, oficial del ejército de Toussaint. Podía pagar muy poco, pero fue el único interesado y el agente le recomendó a Valmorain que aceptara la oferta, porque desde la emancipación de los esclavos y la guerra civil, nadie daba nada por la tierra. Hortense debió admitir que se había equivocado de medio a medio con el agente, que resultó más honrado de lo que se podía esperar en esos tiempos tormentosos en que la brújula moral andaba desquiciada. El agente vendió la propiedad, cobró su comisión y le mandó el resto del pago a Valmorain.

A golpes de fusta

Con la partida de Sévérin terminaron las lecciones privadas de Maurice y comenzó su calvario en una escuela para niños de clase alta en Nueva Orleans, donde no aprendía nada pero debía defenderse de los matones que se ensañaron con él, lo cual no lo hizo más atrevido, como esperaban su padre y su madrastra, sino más prudente, como temía su tío Sancho. Volvió a sufrir sus pesadillas de los condenados de Le Cap y en un par de ocasiones se orinó en la cama, pero nadie lo supo porque Tété se encargó de lavar las sábanas a hurtadillas. Ni siquiera contaba con el consuelo de Rosette, porque su padre no lo dejó visitarla en las ursulinas y le prohibió mencionarla delante de Hortense.

Toulouse Valmorain había esperado con exagerada aprensión el encuentro de Hortense con Tété, porque no sabía que en Luisiana algo tan banal no merecía una escena. Entre los Guizot, como en toda familia *créole*, nadie se atrevía a cuestionar al patriarca; las mujeres soportaban los caprichos del marido mientras fueran discretos, y siempre lo eran. Sólo la esposa y los hijos legítimos contaban en este mundo y en el próximo; sería indigno gastar celos en una esclava; mejor reservarlos para las célebres cuarteronas libres de Nueva Orleans, capaces de apoderarse de la voluntad de

321

un hombre hasta su último resuello. Pero aun en el caso de aquellas cortesanas, una dama bien nacida fingía ignorancia y se quedaba muda; así habían criado a Hortense. Su mayordomo, quien se quedó en la plantación a cargo del numeroso personal doméstico, le había confirmado sus sospechas sobre Tété.

—Monsieur Valmorain la compró cuando ella tenía alrededor de nueve años y se la trajo de Saint-Domingue. Es la única concubina que se le conoce, ama —le dijo.

—¿Y la mocosa?

—Antes de casarse, monsieur la trataba como a una hija y el joven Maurice la quiere como a una hermana.

—Mi hijastro tiene mucho que aprender —masculló Hortense.

Le pareció mal signo que su marido hubiese recurrido a complicadas estrategias para mantener a esa mujer alejada durante meses; tal vez todavía lo perturbaba, pero el día en que entraron en la casa de la ciudad se tranquilizó. Los recibieron los criados en hilera y de punta en blanco, con Tété a la cabeza. Valmorain hizo las presentaciones con nerviosa cordialidad, mientras su mujer medía a la esclava de arriba abajo y de adentro hacia fuera, para decidir finalmente que no representaba una tentación para nadie y menos para el marido que ella tenía comiendo de su mano. Esa mulata era tres años menor que ella, pero estaba gastada por el trabajo y la falta de cuidado, tenía los pies callosos, los senos flojos y una expresión sombría. Admitió que era esbelta y digna para ser esclava y que tenía un rostro interesante. Lamentó que su marido fuera tan blando; a esa mujer se le habían subido los humos a la cabeza. En los días siguientes Valmorain abrumó de atenciones a Hortense, que ella interpretó como un deseo expreso de humillar a la antigua concubina. «No es necesario que te molestes —pensó—, yo me encargaré de ponerla en su lugar», pero Tété no le dio motivo de queja. La casa los esperaba impecable, no quedaba ni el recuerdo del estrépito de martillos, el barrizal del patio, las nubes de polvo y el sudor de los albañiles. Cada cosa estaba en su sitio, las chimeneas limpias, las cortinas lavadas, los balcones con flores y las habitaciones aireadas.

Al principio Tété servía asustada y muda, pero al cabo de una semana empezó a relajarse, porque aprendió las rutinas y manías de su nueva ama y se esmeró en no provocarla. Hortense era exigente e inflexible: una vez que daba una orden, por irracional que fuera, debía cumplirse. Se fijó en las manos de Tété, largas y elegantes, y la puso a lavar ropa, mientras la lavandera pasaba el día ociosa en el patio, porque Célestine no la quiso de ayudanta; la mujer era de una torpeza monumental y olía a lejía. Después decidió que Tété no podía retirarse a descansar antes que ella: tenía que esperar vestida hasta que ellos regresaran de la calle, aunque se levantara al amanecer y tuviera que trabajar el día entero tropezando por el sueño atrasado. Valmorain argumentó débilmente que eso no era necesario, ya que el muchacho de los mandados se encargaba de apagar las lámparas y cerrar la casa y a Denise le correspondía desvestirla, pero Hortense insistió. Era déspota con los criados, que debían soportar sus gritos y golpes, pero le faltaba agilidad y tiempo para imponerse a golpes de fusta, como en la plantación, porque estaba hinchada por el embarazo y muy ocupada con su vida social, *soirées* y espectáculos, además de sus cuidados de belleza y salud.

Después de almorzar, Hortense ocupaba unas horas en sus ejercicios de voz, en vestirse y peinarse. No emergía hasta las cuatro o cinco de la tarde, cuando estaba ataviada para salir y lista para dedicar su atención completa a Valmorain. La moda impuesta por Francia le sentaba bien: vestidos de telas livianas en colores claros, orillados con grecas, la cintura alta, la falda redonda y amplia con pliegues y el imprescindible chal de encaje sobre los hombros. Los sombreros eran sólidas construcciones de plumas de avestruz, cintas y tules que ella misma transformaba. Tal como había pretendido usar las sobras de comida, reciclaba los sombreros, sacaba pompones de uno para ponerlos en otro y le quitaba flores al segundo para agregárselas al primero, incluso teñía las plumas sin que perdieran la forma, de modo que cada día lucía uno diferente.

Un sábado a medianoche, cuando llevaban un par de semanas en la ciudad y regresaban del teatro en coche, Hortense le preguntó a su marido por la hija de Tété.

—¿Dónde está esa mulatita, querido? No la he visto desde que llegamos y Maurice no se cansa de preguntar por ella —dijo en tono inocente.

—¿Te refieres a Rosette? —tartamudeó Valmorain desatándose el lazo del cuello.

—¿Así se llama? Debe de tener la edad de Maurice, ¿verdad?

—Va a cumplir siete. Es bastante alta. No pensé que te acordarías de ella, la viste una sola vez —replicó Valmorain.

—Se veía graciosa bailando con Maurice. Ya tiene edad de trabajar. Podemos obtener un buen precio por ella —comentó Hortense, acariciando a su marido en la nuca.

—No tengo planes de venderla, Hortense.

—¡Pero ya tengo compradora! Mi hermana Olivie se prendó de ella en la fiesta y quiere regalársela a su hija cuando cumpla quince años, dentro de un par de meses. ¿Cómo vamos a negársela?

—Rosette no está en venta —repitió él.

—Espero que no tengas ocasión de arrepentirte, Toulouse. Esa mocosa no nos sirve para nada y puede darnos problemas.

—¡No quiero hablar más de esto! —exclamó su marido.

—Por favor, no me grites… —murmuró Hortense a punto de llorar, sujetándose el vientre redondo con sus manos enguantadas.

—Perdóname, Hortense. ¡Qué calor hace en este coche! Más adelante tomaremos una decisión, querida, no hay prisa.

Ella comprendió que había cometido una torpeza. Debía actuar como su madre y sus hermanas, que movían sus hilos en la sombra, con astucia, sin enfrentarse a los maridos y haciéndoles creer que ellos tomaban las decisiones. El matrimonio es como pisar huevos: había que andar con mucho cuidado.

Cuando su barriga fue evidente y debió recluirse —ninguna dama se presentaba en público con la prueba de haber copulado—, Hortense permanecía recostada tejiendo como una tarántula. Sin moverse, sabía exactamente lo que ocurría en su feudo, los chismes de sociedad, las noticias locales, los secretos de sus amigas y cada paso del infeliz Maurice. Sólo Sancho escapaba a su vigilancia, porque era tan desordenado e impredecible que resultaba difícil seguirle la pista. Hortense dio a luz en Navidad, atendida por el médico de mejor reputación en Nueva Orleans, en la casa invadida por las mujeres Guizot. A Tété y el resto de los domésticos les faltaron manos para servir a las visitas. A pesar del invierno, el ambiente era sofocante y destinaron dos esclavos a mover los ventiladores del salón y de la habitación de la señora.

Hortense ya no estaba en la primera juventud y el médico advirtió que podían presentarse complicaciones, pero en menos de cuatro horas nació una niña tan rubicunda como todos los Guizot. Toulouse Valmorain, de rodillas junto a la cama de su esposa, anunció que la pequeña se llamaría Marie-Hortense, como correspondía a la primogénita, y todos aplaudieron emocionados, menos Hortense que se puso a llorar de rabia porque esperaba un varón que compitiera con Maurice por la herencia.

Pusieron a la nodriza en la mansarda y relegaron a Tété a una celda del patio, que compartía con otras dos esclavas. Según Hortense, esa medida debió tomarse mucho antes para quitarle a Maurice la mala costumbre de pasarse a la cama de la esclava.

La pequeña Marie-Hortense rechazaba el pezón con tal determinación, que el médico aconsejó reemplazar a la nodriza antes de que la criatura muriera de inanición. Coincidió con su bautizo, que se celebró con lo mejor del repertorio de Célestine: lechón con cerezas, patos escabechados, mariscos picantes, diversas clases de *gumbo*, concha de tortuga rellena con ostras, pastelería de inspiración francesa y una torta de varios pisos coronada por una cunita de porcelana. Por costumbre la madrina pertenecía a la familia de la madre, en este caso una de sus hermanas, y el padrino a la del padre, pero Hortense no quiso que un hombre tan disipado como Sancho, único pariente de su marido, fuese el guardián moral de su hija y el honor cayó en uno de los hermanos de ella. Ese día hubo regalos para cada invitado —cajas de plata con el nombre de la niña rellenas de almendras acarameladas— y unas monedas para los esclavos. Mientras los comensales comían a dos carrillos, la bautizada bramaba de hambre, porque también había rechazado a la segunda nodriza. La tercera no alcanzó a durar dos días.

Tété trató de ignorar ese llanto desesperado, pero le flaqueó la voluntad y se presentó ante Valmorain para explicarle que Tante Rose había tratado un caso semejante en Saint-Lazare con leche de cabra. Mientras conseguían una cabra, puso a hervir arroz hasta que se deshizo, le agregó una pizca de sal y una cucharadita de azúcar, lo coló y se lo dio a la niña. Cuatro horas más tarde preparó otro cocimiento similar, esta vez de avena, y así, de papilla en papilla y con la cabra que ordeñaba en el patio, la salvó. «A veces estas negras saben más que uno», comentó el médico, asombrado. Entonces Hortense decidió que Tété regresara a la mansarda para cuidar a su hija a tiempo completo. Como su ama todavía estaba recluida, Tété no tenía que aguardar el canto del gallo para acostarse, y como la niña no molestaba de noche, por fin pudo descansar.

El ama pasó casi tres meses en cama, con los perros encima, la chimenea encendida y las cortinas abiertas para dar paso al sol invernal, consolándose del aburrimiento con visitas femeninas y comiendo dulces. Nunca había apreciado más a Célestine. Cuando por fin puso término a su reposo, a instancia de su madre y sus hermanas, preocupadas por esa pereza de odalisca, ningún vestido le cruzaba y siguió usando los mismos del embarazo, con los arreglos necesarios para que parecieran otros. Emergió de su postración con nuevas ínfulas, dispuesta a aprovechar los placeres de la ciudad antes de que terminara la temporada y tuvieran que irse a la plantación. Salía en compañía de su marido o de sus amigas a dar unas vueltas en el ancho dique, bien llamado el camino más largo del mundo, con sus arboledas y rincones encantadores, donde siempre había coches de paseo, muchachas con sus chaperonas y jóvenes a caballo espiándolas de reojo, además de la chusma invisible para ella. A veces mandaba a un par de esclavos delante con la merienda y los perros, mientras ella tomaba aire seguida por Tété con Marie-Hortense en brazos.

En esos días, el marqués de Marigny ofreció su espléndida hospitalidad a un miembro de la nobleza francesa durante su prolongada visita a Luisiana. Marigny había heredado una fortuna descomunal cuando apenas tenía quince años y se decía que era el hombre más rico de América. Si no lo era, hacía lo posible por parecerlo: encendía sus puros con billetes. Cómo serían su derroche y extravagancia, que hasta la decadente clase alta de Nueva Orleans estaba estupefacta. El Père Antoine denunciaba aquellos alardes de opulencia desde su púlpito, recordándole a los feligreses que antes pasaría un camello por el ojo de una aguja que un rico por la puerta del cielo, pero su mensaje de moderación le entraba a la congregación por una oreja y le salía por la otra. Las familias más soberbias se arrastraban para conseguir una invitación de Marigny; ningún camello, por bíblico que fuese, los haría renunciar a esas fiestas.

Hortense y Toulouse no fueron invitados por sus apellidos, como ellos esperaban, sino gracias a Sancho, que se había convertido en compinche de parrandas de Marigny y entre dos tragos le sopló que sus cuñados deseaban conocer al noble. Sancho tenía mucho en común con el joven marqués, el mismo valor heroico para arriesgar el pellejo en duelos por ofensas imaginarias, la energía inagotable para divertirse, el gusto desmedido por el juego, los caballos, las mujeres, la buena cocina y el licor, el mismo desprecio divino por el dinero. Sancho García del Solar merecía ser un *créole* de pura cepa, proclamaba Marigny, quien se jactaba de reconocer a ojos cerrados a un verdadero caballero.

El día del baile, la casa Valmorain se puso en estado de emergencia. Los criados trotaron desde el amanecer cumpliendo las órdenes perentorias de Hortense, escaleras arriba y escaleras abajo con baldes de agua caliente para el baño, cremas de masajes, infusiones diuréticas para deshacer en tres horas los rollos de varios años, pasta para aclarar el cutis, zapatos, vestidos, chales, cintas, joyas, maquillaje. La costurera no daba abasto y el peluquero francés sufrió un soponcio y debió ser resucitado con friegas de vinagre. Valmorain, arrinconado por la frenética agitación colectiva, se fue con Sancho a matar las horas en el Café des Émigrés, donde nunca faltaban amigos para apostar a los naipes. Por fin, después de que el peluquero y Denise terminaron de apuntalar la torre de rizos de Hortense, adornada de plumas de faisán y un broche de oro y diamante idénticos al collar y los pendientes, llegó el instante solemne de colocarle el vestido de París. Denise y la costurera se lo pusieron por abajo, para no tocar el peinado. Era un portento de velos blancos y pliegues profundos que le daban a Hortense el aspecto turbador de una enorme estatua grecorromana. Cuando intentaron cerrarlo en la espalda mediante treinta y ocho minúsculos botones de nácar, comprobaron que por mucho tironeo y esfuerzo no le cruzaba, porque a pesar de los diuréticos, esa semana había aumentado otro par de kilos por los nervios. Hortense lanzó un alarido que por poco hizo añicos las lámparas y atrajo a todos los habitantes de la casa.

Denise y la costurera retrocedieron a un rincón y se acurrucaron en el suelo a esperar la muerte, pero Tété, que conocía menos al ama, tuvo la mala idea de proponer que prendieran el vestido con alfileres disimulados mediante el lazo del cinturón. Hortense respondió con otro chillido destemplado, cogió la fusta, que siempre tenía a mano, y se le abalanzó encima escupiendo insultos de marinero y golpeándola con el resentimiento acumulado contra ella, la concubina, y con la irritación que sentía contra sí misma por haber engordado.

Tété cayó de rodillas, encogida, cubriéndose la cabeza con los brazos. ¡Chas!, ¡chas!, sonaba la fusta y cada gemido de la esclava inflamaba más la hoguera del ama. Ocho, nueve, diez azotes cayeron resonando como fogonazos ardientes sin que Hortense, roja y sudando, con la torre del peinado desmoronándose en mechones patéticos, diera muestras de saciarse.

En ese instante Maurice irrumpió en la habitación como un toro, apartando a quienes presenciaban la escena paralizados, y de un tremendo empujón, totalmente inesperado en un muchacho que había pasado los once años de su vida tratando de eludir la violencia, lanzó a su madrastra al suelo. Le arrebató la fusta y le propinó un golpe destinado a marcarle la cara, pero le dio en el cuello, cortándole el aire y el grito en el pecho. Levantó el brazo para seguir pegándole, tan fuera de sí como un segundo antes había estado ella, pero Tété se arrastró como pudo, lo cogió por las piernas y lo tiró hacia atrás. El segundo azote de la fusta cayó sobre los pliegues del vestido de muselina de Hortense.

Aldea de esclavos

A Maurice lo mandaron interno a un colegio en Boston, donde los estrictos maestros americanos lo harían hombre, como tantas veces había amenazado su padre, mediante métodos didácticos y disciplinarios de inspiración militar. Maurice partió con sus pocas pertenencias en un baúl, acompañado por un chaperón contratado para ese fin, que lo dejó en las puertas del establecimiento con una palmadita de consuelo en el hombro. El niño no alcanzó a despedirse de Tété, porque a la mañana siguiente de la paliza la enviaron sin miramientos a la plantación con instrucciones para Owen Murphy de ponerla de inmediato a cortar caña. El jefe de capataces la vio llegar cubierta de verdugones, cada uno del grueso de una soga para tirar bueyes, pero afortunadamente ninguno en la cara, y la mandó al hospital de su mujer. Leanne, ocupada con un nacimiento complicado, le indicó que se aplicara una pomada de aloe, mientras ella se concentraba en una joven que gritaba, aterrada por la tormenta que sacudía su cuerpo desde hacía muchas horas.

Leanne, quien había parido siete hijos deprisa y sin muchos aspavientos, escupidos por su esqueleto de pollo entre dos padrenuestros, se dio cuenta de que tenía una desgracia entre manos. Se llevó a Tété aparte y le explicó en voz baja, para que la otra no oyera, que el niño estaba atravesado y así no había forma de que saliera. «Nunca se me ha muerto una mujer en un parto, ésta será la primera», dijo en un susurro. «Déjeme ver, señora», replicó Tété. Convenció a la madre de que le permitiera examinarla, se aceitó una mano y con sus dedos finos y expertos comprobó que estaba lista y el diagnóstico de Leanne era acertado. A través de la tensa piel adivinaba la forma del niño como si lo viera. La hizo ponerse de rodillas con la cabeza apoyada en el suelo y el trasero elevado, para aliviar la presión en la pelvis, mientras le masajeaba el vientre, presionando a dos manos para girarlo desde afuera. Nunca había realizado esa maniobra, pero había visto proceder a Tante Rose y no lo había olvidado. En ese instante a Leanne se le salió un grito: una manito empuñada había asomado por el canal de nacimiento. Tété la empujó hacia adentro delicadamente para no descoyuntar el brazo, hasta que desapareció dentro de la madre, y continuó su tarea con paciencia. Al cabo de un tiempo que pareció muy largo, sintió el movimiento de la criatura, que se volteaba lentamente y por fin encajó la cabeza. No pudo evitar un sollozo de agradecimiento, y le pareció ver a Tante Rose sonriendo a su lado.

Leanne y ella sostuvieron a la madre, que había comprendido lo que estaba pasando y colaboraba, en vez de debatirse enloquecida de miedo, y la hicieron caminar en círculos, hablándole, acariciándola. Afuera se había puesto el sol y se dieron cuenta de que estaban a oscuras. Leanne encendió una lámpara de sebo y continuaron paseando hasta que llegó el momento de recibir al crío. «Erzuli, *loa* madre, ayúdalo a nacer», rogó Tété en alta voz. «San Ramón Nonato, presta atención, no vas a permitir que una santa africana se te adelante», respondió Leanne en el mismo tono y las dos se echaron a reír. Pusieron a la madre en cuclillas sobre un paño limpio, sujetándola por los brazos, y diez minutos después Tété tenía en las manos un bebé amoratado, a quien obligó a respirar con una palmada en el trasero, mientras Leanne cortaba el cordón.

Una vez que la madre estuvo limpia y con su hijo al pecho, recogieron los trapos ensangrentados y los restos del parto y se sentaron en un banquito en la puerta, para descansar bajo un negro cielo estrellado. Así las encontró Owen Murphy, que llegó balanceando un farol en una mano y un jarro de café caliente en la otra.

—¿Cómo va ese asunto? —preguntó el hombrón pasándoles el café sin acercarse demasiado, porque los misterios femeninos lo intimidaban.

—Tu patrón ya tiene otro esclavo y yo tengo una ayudanta —le contestó su mujer señalando a Tété.

—No me compliques la vida, Leanne. Tengo orden de ponerla en una cuadrilla en los cañaverales —masculló Murphy.

—¿Desde cuándo obedeces las órdenes de otro antes que las mías? —sonrió ella, alzándose de puntillas para besarlo en el cuello, donde terminaba su barba negra.

Así se hizo y nadie preguntó, porque Valmorain no quería saber y Hortense había dado por concluido el fastidioso asunto de la concubina y se la había quitado de la mente.

En la plantación, Tété compartía una cabaña con tres mujeres y dos niños. Se levantaba como todos los demás con los campanazos del amanecer y pasaba el día ocupada en el hospital, la cocina, los animales domésticos y los mil menesteres que le encargaban el jefe de capataces y Leanne. El trabajo le parecía liviano comparado con los caprichos de Hortense. Siempre había servido en la casa y cuando la mandaron al campo se creyó condenada a una muerte lenta, como había visto en Saint-Domingue. No imaginó que encontraría algo parecido a la felicidad.

Había casi doscientos esclavos, algunos provenientes de África o las Antillas, pero la mayoría nacidos en Luisiana, unidos por la necesidad de apoyarse y la desgracia de pertenecer a otro. Después de la campana de la tarde, cuando las cuadrillas regresaban de los campos, comenzaba la verdadera vida en comunidad. Las familias se reunían y mientras hubiera luz se quedaban afuera, porque en las cabañas no había espacio ni aire. De la cocina de la plantación mandaban la sopa, que se repartía desde una carretilla, y la gente aportaba vegetales, huevos y, si había algo que celebrar, gallinas o liebres. Siempre tenían labores pendientes: cocinar, coser, regar el huerto, reparar un techo. A menos que lloviera o hiciera mucho frío, las mujeres se daban tiempo para conversar y los hombres para jugar con piedrecillas en un tablero dibujado en el suelo o tocar el banjo. Las muchachas se peinaban unas a otras, los niños correteaban, se formaban corrillos para oír una historia. Los cuentos favoritos eran de Bras Coupé, que aterrorizaba por igual a niños y adultos, un negro manco y gigantesco que rondaba los pantanos y se había librado de la muerte más de cien veces.

Era una sociedad jerárquica. Los más apreciados eran los buenos cazadores, que Murphy mandaba en busca de carne, venados, pájaros y puercos salvajes, para la sopa. En el tope del escalafón estaban los que poseían un oficio, como herreros o carpinteros, y los menos cotizados eran los recién llegados. Las abuelas mandaban, pero el de más autoridad era el predicador, de unos cincuenta años y piel tan oscura que parecía azul, encargado de mulas, bueyes y caballos de tiro. Dirigía los cantos religiosos con una irresistible voz de barítono, citaba parábolas de santos de su invención y servía de árbitro en las disputas, porque nadie quería ventilar sus problemas fuera de la comunidad. Los capataces, aunque eran esclavos y vivían con los demás, tenían pocos amigos. Los domésticos solían visitar los alojamientos, pero nadie los quería, porque se daban aires, se vestían y comían mejor y podían ser espías de los amos. A Tété la recibieron con cauteloso respeto, porque se supo que había girado al niño dentro de su madre. Ella dijo que había sido un milagro combinado de Erzuli y san Ramón Nonato y su explicación satisfizo a todos, incluso a Owen Murphy, quien no había oído de Erzuli y la confundió con una santa católica.

En las horas de descanso los capataces dejaban en paz a los esclavos, nada de hombres armados patrullando, ladridos exacerbados de perros bravos, ni Prosper Cambray en las sombras con su látigo enroscado reclamando a una virgen de once años para su hamaca. Después de la cena pasaba Owen Murphy con su hijo Brandan a echar una última mirada y verificar el orden antes de retirarse a su casa, donde lo esperaba su familia para comer y rezar. No se daba por aludido cuando a medianoche el olor a carne asada indicaba que alguien había salido a cazar rabopelados en la oscuridad. Mientras el hombre se presentara al trabajo puntualmente al amanecer, no tomaba medidas.

Como en todas partes, los esclavos descontentos rompían herramientas, provocaban incendios y maltrataban a los animales, pero eran casos aislados. Otros se embriagaban y nunca faltaba alguien que iba al hospital con una enfermedad fingida para descansar un rato. Los enfermos de verdad confiaban en remedios tradicionales: rodajas de papa aplicadas donde doliera, grasa de caimán para los huesos artríticos, espinas hervidas para soltar los gusanos intestinales y raíces indias para los cólicos. Fue inútil que Tété tratara de introducir algunas fórmulas de Tante Rose. Nadie quería experimentar con la propia salud.

Tété comprobó que muy pocos de sus compañeros padecían la obsesión de escaparse, como en Saint-Domingue, y si lo hacían, por lo general regresaban solos al cabo de dos o tres días, cansados de vagar en los pantanos, o capturados por los vigilantes de caminos. Recibían una azotaina y se reincorporaban a la comunidad humillados, porque no encontraban mucha simpatía, nadie quería problemas. Los frailes itinerantes y Owen Murphy les machacaban la virtud de la resignación, cuya recompensa estaba en el cielo, donde todas las almas gozaban de igual felicidad. A Tété eso le parecía más conveniente para los blancos que para los negros; mejor sería que la felicidad estuviese bien distribuida en este mundo, pero no se atrevió a planteárselo a Leanne por la misma razón que atendía las misas con buena cara, para no ofenderla. No confiaba en la religión de los amos. El vudú que ella practicaba a su manera también era fatalista, pero al menos podía experimentar el poder divino al ser montada por los *loas*.

Antes de convivir con la gente del campo, la esclava no sabía cuán solitaria había sido su existencia, sin más cariño que el de Maurice y Rosette, sin nadie con quien compartir recuerdos y aspiraciones. Se acostumbró rápidamente a esa comunidad, sólo echaba de menos a los dos niños. Los imaginaba solos de noche, asustados, y se le partía el alma de pena.

—La próxima vez que Owen vaya a Nueva Orleans te traerá noticias de tu hija —le prometió Leanne.

—¿Cuándo será eso, señora?

—Tendrá que ser cuando lo mande su patrón, Tété. Es muy caro ir a la ciudad y estamos ahorrando cada centavo.

Los Murphy soñaban con comprar tierra y trabajarla codo con codo con sus hijos, como tantos otros inmigrantes, como algunos mulatos y negros libres. Existían pocas plantaciones tan grandes como la de Valmorain; la mayoría eran campos medianos o pequeños cultivados por familias modestas, que si poseían algunos esclavos, éstos llevaban la misma existencia que sus amos. Leanne le contó a Tété que llegó a América en brazos de sus padres, que se habían contratado en una plantación como siervos por diez años para pagar el costo del pasaje en barco desde Irlanda, lo cual en la práctica no era diferente a la esclavitud.

—¿Sabes que también hay esclavos blancos, Tété? Valen menos que los negros, porque no son tan fuertes. Por las mujeres blancas pagan más. Ya sabes para qué las usan.

—Nunca he visto esclavos blancos, señora.

—En Barbados hay muchos, y también aquí.

Los padres de Leanne no calcularon que sus patrones les cobrarían cada pedazo de pan que se echaban a la boca y les descontarían cada día que no trabajaban, aunque fuera por culpa del clima, de modo que la deuda, en vez de disminuir, fue aumentando.

—Mi padre murió después de doce años de trabajo forzado, y mi madre y yo seguimos sirviendo varios años más, hasta que Dios nos envió a Owen, que se enamoró de mí y gastó todos sus ahorros en cancelar nuestra deuda. Así recuperamos la libertad mi madre y yo.

—Nunca me imaginé que usted hubiera sido esclava —dijo Tété, conmovida.

—Mi madre estaba enferma y murió poco después, pero alcanzó a verme libre. Sé lo que significa la esclavitud. Se pierde todo, la esperanza, la dignidad y la fe —agregó Leanne.

—El señor Murphy... —balbuceó Tété, sin saber cómo plantear su pregunta.

—Mi marido es un buen hombre, Tété, trata de aliviar las vidas de su gente. No le gusta la esclavitud. Cuando tengamos nuestra tierra, la cultivaremos sólo con nuestros hijos. Nos iremos al norte, allá será más fácil.

—Les deseo suerte, señora Murphy, pero aquí todos quedaremos desolados si ustedes se van.

El capitán La Liberté

El doctor Parmentier llegó a Nueva Orleans a comienzos del año 1800, tres meses después de que Napoleón Bonaparte se proclamara Primer Cónsul de Francia. El médico había salido de Saint-Domingue en 1794, después de la matanza de más de mil civiles blancos a manos de los rebeldes. Entre ellos había varios conocidos suyos, y eso, más la certeza de que no podía vivir sin Adèle y sus hijos, lo decidió a irse. Después de mandar a su familia a Cuba continuó trabajando en el hospital de Le Cap con la esperanza irracional de que la tormenta de la revolución amainara y los suyos pudieran volver. Se salvó de redadas, conspiraciones, ataques y matanzas por ser uno de los pocos médicos que iban quedando y Toussaint Louverture, que respetaba esa profesión como ninguna otra, le otorgó su protección personal. Más que protección, era una orden disimulada de arresto, que Parmentier logró violar con la complicidad secreta de uno de los más cercanos oficiales de Toussaint, su hombre de confianza, el capitán La Liberté. A pesar de su juventud –acababa de cumplir veinte años– el capitán había dado pruebas de lealtad absoluta, había estado junto a su general de noche y de día desde hacía varios años y éste lo señalaba como ejemplo de verdadero guerrero, valiente y cauteloso. No serían los héroes imprudentes que desafiaban a la muerte quienes ganarían esa larga guerra, decía Toussaint, sino hombres como La Liberté, que deseaban vivir. Le encargaba las misiones más delicadas, por su discreción, y las más audaces, por su sangre fría. El capitán era un adolescente cuando se puso bajo sus órdenes, llegó casi desnudo y sin más capital que piernas veloces, un cuchillo de cortar caña afilado como navaja y el nombre que le había dado su padre en África. Toussaint lo elevó al rango de capitán después de que el joven le salvó la vida por tercera vez, cuando otro jefe rebelde le tendió una emboscada cerca de Limbé, donde mataron a su hermano Jean-Pierre. La venganza de Toussaint fue instantánea y definitiva: arrasó el campamento del traidor. En una conversación distendida al amanecer, mientras los sobrevivientes cavaban fosas y las mujeres amontonaban los cadáveres antes de que se los quitaran los buitres, Toussaint le preguntó al joven por qué luchaba.

—Por lo que luchamos todos, mi general, por la libertad —respondió éste.

—Ya la tenemos, la esclavitud fue abolida. Pero podemos perderla en cualquier momento.

—Sólo si nos traicionamos unos a otros, general. Unidos somos fuertes.

—El camino de la libertad es tortuoso, hijo. A veces parecerá que retrocedemos, pactamos, perdemos de vista los principios de la revolución… —murmuró el general, observándolo con su mirada de puñal.

—Yo estaba allí cuando los jefes les ofrecieron a los blancos devolver a los negros a la esclavitud a cambio de libertad para ellos, sus familias y algunos de sus oficiales —replicó el joven, consciente de que sus palabras podían interpretarse como un reproche o una provocación.

–En la estrategia de la guerra muy pocas cosas son claras, nos movemos entre sombras –explicó Toussaint, sin alterarse–. A veces es necesario negociar.

–Sí, mi general, pero no a ese precio. Ninguno de sus soldados volverá a ser esclavo, todos preferimos la muerte.

–Yo también, hijo –dijo Toussaint.

–Lamento la muerte de su hermano Jean-Pierre, general.

–Jean-Pierre y yo nos queríamos mucho, pero las vidas personales deben sacrificarse por la causa común. Eres muy buen soldado, muchacho. Te ascenderé a capitán. ¿Te gustaría tener un apellido? ¿Cuál, por ejemplo?

–La Liberté, mi general –respondió el otro sin vacilar, cuadrándose con la disciplina militar que las tropas de Toussaint copiaban de los franceses.

–Bien. Desde ahora serás Gambo La Liberté –dijo Toussaint.

El capitán La Liberté decidió ayudar al doctor Parmentier a salir calladamente de la isla, porque puso en la balanza el estricto cumplimiento del deber, que le había enseñado Toussaint, y la deuda de gratitud que tenía con el médico. Pesó más la gratitud. Los blancos se iban apenas conseguían un pasaporte y acomodaban sus finanzas. La mayoría de las mujeres y niños se fueron a otras islas o a Estados Unidos, pero para los hombres era muy difícil obtener pasaporte, porque Toussaint los necesitaba para engrosar sus tropas y dirigir las plantaciones. La colonia estaba casi paralizada, faltaban artesanos, agricultores, comerciantes, funcionarios y profesionales de todas las ramas, sólo sobraban bandidos y cortesanas, que sobrevivían en cualquier circunstancia. Gambo La Liberté le debía al discreto doctor una mano del general Toussaint y su propia vida. Después de que las monjas emigraron de la isla, Parmentier manejaba el hospital militar con un equipo de enfermeras entrenadas por él. Era el único médico y el único blanco del hospital.

En el ataque al fuerte Belair una bala de cañón le destrozó los dedos a Toussaint, una herida complicada y sucia, cuya solución evidente habría sido amputar, pero el general consideraba que eso debía ser un último recurso. En su experiencia como «doctor de hojas», Toussaint prefería mantener a sus pacientes enteros, mientras fuese posible. Se envolvió la mano en una cataplasma de hierbas, montó en su noble caballo, el famoso Bel Argent, y Gambo La Liberté lo condujo a todo galope al hospital de Le Cap. Parmentier examinó la herida asombrado de que sin tratamiento y expuesta al polvo del camino, no se hubiese infectado. Pidió medio litro de ron para aturdir al paciente y dos ordenanzas para que lo sujetaran, pero Toussaint rechazó la ayuda. Era abstemio y no permitía que nadie lo tocara fuera de su familia. Parmentier realizó la dolorosa tarea de limpiar las heridas y colocar los huesos uno a uno en su sitio, bajo el ojo atento del general, quien por todo consuelo apretaba entre los dientes un grueso trozo de cuero. Cuando terminó de vendarlo y ponerle el brazo en cabestrillo, Toussaint escupió el cuero masticado, le agradeció cortésmente y le indicó que atendiera a su capitán. Entonces Parmentier se volvió por primera vez hacia el hombre que había llevado al general hasta el hospital y lo vio apoyado contra la pared, con los ojos vidriosos, sobre un charco de sangre.

Gambo estuvo con un pie en la fosa un par de veces durante las cinco semanas en que Parmentier lo retuvo en el hospital y cada vez volvió a la vida sonriente y con el recuerdo intacto de lo que había visto en el paraíso de Guinea, donde lo esperaba su padre y siempre había música, donde los árboles se doblaban de fruta, los vegetales crecían solos y los peces saltaban del agua y se podían

coger sin esfuerzo, donde todos eran libres: la isla bajo el mar.
Había perdido mucha sangre por los tres agujeros de bala que le
perforaban el cuerpo, dos en un muslo y el tercero en el pecho.
Parmentier pasó días y noches enteros a su lado, peleándoselo a
brazo partido a la muerte, sin darse nunca por vencido, porque el
capitán le cayó bien. Era de un valor excepcional, como a él mismo le hubiese gustado ser.

–Me parece que lo he visto antes en alguna parte, capitán –le
dijo durante una de las terribles curaciones.

–¡Ah! Veo que usted no es de esos blancos incapaces de distinguir un negro de otro –se burló Gambo.

–En este trabajo el color de la piel es lo de menos, todos san-
gran igual, pero le confieso que a veces me cuesta distinguir a un
blanco de otro –replicó Parmentier.

–Tiene buena memoria, doctor. Me debe haber visto en la plantación Saint-Lazare. Yo era el ayudante de la cocinera.

–No lo recuerdo, pero su cara me resulta familiar –dijo el médico–. En esa época yo visitaba a mi amigo Valmorain y a Tante
Rose, la curandera. Creo que se escapó antes de que los rebeldes
atacaran la plantación. No he vuelto a verla, pero siempre pienso
en ella. Antes de conocerla, yo hubiera empezado por cortarle a
usted la pierna, capitán, y luego trataría de curarlo con sangrías.
Lo habría matado en el acto y con la mejor intención. Si sigue vivo,
es por los métodos que ella me enseñó. ¿Tiene noticias suyas?

–Es «doctora de hojas» y *mambo*. La he visto varias veces, porque hasta mi general Toussaint la consulta. Va de un campamento a otro curando y aconsejando. Y usted, doctor, ¿sabe algo de
Zarité?

–¿De quién?

–Una esclava del blanco Valmorain. Tété, le decían.

–Sí, la conocí. Se fue con su amo después del incendio de Le Cap, creo que a Cuba –dijo Parmentier.

–Ya no es esclava, doctor. Tiene su libertad en un papel firmado y sellado.

–Tété me mostró ese papel, pero cuando salieron de aquí todavía no habían legalizado su emancipación –le aclaró el doctor.

Durante esas cinco semanas, Toussaint Louverture solía preguntar por el capitán y en cada ocasión la respuesta de Parmentier era la misma, «si quiere que se lo devuelva, no me apure, general». Las enfermeras estaban enamoradas de La Liberté y, apenas pudo sentarse, más de una se deslizaba de noche en su cama, se le subía encima sin aplastarlo y le administraba en dosis medidas el mejor remedio contra la anemia, mientras él murmuraba el nombre de Zarité. Parmentier no lo ignoraba, pero concluyó que si así el herido iba sanando, pues que lo siguieran amando. Finalmente Gambo se recuperó lo suficiente como para subir a su corcel, echarse un mosquete al hombro y partir a reunirse con su general.

–Gracias, doctor. No pensé que llegaría a conocer a un blanco decente –le dijo al despedirse.

–Yo no pensé que llegaría a conocer a un negro agradecido –replicó el doctor, sonriendo.

–Nunca olvido un favor ni una ofensa. Espero poder pagarle lo que ha hecho por mí. Cuente conmigo.

–Puede retribuir ahora mismo, capitán, si lo desea. Necesito juntarme con mi familia en Cuba y ya sabe usted que salir de aquí es casi imposible.

Once días más tarde el bote de un pescador se llevó al doctor Parmentier a golpes de remo en una noche sin luna hasta una fragata anclada a cierta distancia del puerto. El capitán Gambo La Liberté le había conseguido salvoconducto y pasaje, una de las pocas gestiones que hizo a espaldas de Toussaint Louverture en su refulgente carrera militar. Le puso como condición al médico que si volvía a ver a Tété le diera un recado: «Dígale que lo mío es la guerra y no el amor; que no me espere, porque ya la he olvidado». Parmentier sonrió ante la contradicción del mensaje.

Vientos adversos empujaron a Jamaica la fragata en que viajaba Parmentier con otros refugiados franceses, pero allí no les permitieron desembarcar y después de muchas vueltas en las corrientes traicioneras del Caribe, eludiendo tifones y bucaneros, llegaron a Santiago de Cuba. El doctor se fue por tierra a La Habana en busca de Adèle. En el tiempo que estuvieron separados no había podido enviarle dinero y no sabía en qué estado de miseria iba a encontrar a su familia. Tenía en su poder una dirección, que ella le había indicado por carta varios meses antes, y así llegó a un barrio de viviendas modestas, pero bien mantenidas, en una calle de adoquines, donde las casas eran talleres de diversos oficios: talabarteros, fabricantes de pelucas, zapateros, mueblistas, pintores y cocineras que preparaban comida en sus patios para vender en la calle. Negras grandes y majestuosas, con sus vestidos de algodón almidonado y sus *tignos* de colores brillantes, impregnadas de la fragancia de especias y azúcar, salían de sus casas balanceando canastos y bandejas con sus deliciosos guisos y pasteles, rodeadas de niños desnudos y perros. Las casas no tenían número, pero Parmentier llevaba la descripción y no le costó dar con la de Adèle, pintada de azul cobalto con techo de tejas rojas, una puerta y dos ventanas adornadas con maceteros de begonias. Un cartel colgado en la fachada anunciaba con letras gruesas en español: «Madame Adèle, moda de París». Golpeó con el corazón galopando, oyó un ladrido, unos pasos de carrera, se abrió la puerta y se encontró con su hija menor, un palmo más alta de lo que recordaba. La niña dio un grito y se le lanzó al cuello, loca de gusto, y en pocos segundos el resto de la familia lo rodeaba, mientras a él se le doblaban las rodillas de fatiga y amor. Había imaginado muchas veces que no volvería a verlos nunca más.

Refugiados

Adèle había cambiado tan poco que llevaba el mismo vestido con que se fue año y medio antes de Saint-Domingue. Se ganaba la vida cosiendo, como siempre había hecho, y sus modestos ingresos le alcanzaban a duras penas para pagar el alquiler y alimentar a su prole, pero no estaba en su carácter quejarse por lo que le faltaba sino agradecer lo que tenía. Se adaptó con sus niños entre los numerosos negros libres de la ciudad y pronto había adquirido una clientela fiel. Conocía muy bien el oficio del hilo y la aguja, pero no entendía de moda. De los diseños se encargaba Violette Boisier. Las dos compartían esa intimidad que suele unir en el exilio a quienes no se habrían echado una segunda mirada en su lugar de origen.

Violette se había instalado con Loula en una casa modesta en un barrio de blancos y mulatos, varios escalones más elevado en la jerarquía de clases que el de Adèle, gracias a su prestancia y el dinero ahorrado en Saint-Domingue. Había emancipado a Loula contra su voluntad y colocado a Jean-Martin interno en una escuela de curas para darle la mejor educación posible. Tenía planes ambiciosos para él. A los ocho años el chico, un mulato color bronce, era de facciones y gestos tan armoniosos, que si no llevara el cabello muy corto, habría pasado por niña. Nadie –y menos él mismo– sabía que era adoptado; eso era un secreto sellado de Violette y Loula.

Una vez que su hijo estuvo seguro en manos de los frailes, Violette echó sus redes para conectarse con la gente de buena posición que podía facilitarle la existencia en La Habana. Se movía entre franceses, porque los españoles y los cubanos despreciaban a los refugiados que habían invadido la isla en los años recientes. Los *grands blancs* que llegaban con dinero terminaban por irse a las provincias, donde sobraba tierra y podían plantar café o caña de azúcar, pero el resto sobrevivía en las ciudades, algunos de sus rentas o del alquiler de sus esclavos, otros trabajaban o hacían negocios, no siempre legítimos, mientras el periódico denunciaba la competencia desleal de los extranjeros, que amenazaba la estabilidad de Cuba.

Violette no necesitaba hacer labores mal pagadas, como tantos compatriotas, pero la vida era cara y debía ser cuidadosa con sus ahorros. No tenía edad ni deseo de volver a su antigua profesión. Loula pretendía que atrapara un marido con dinero, pero ella seguía amando a Étienne Relais y no quería darle un padrastro a Jean-Martin. Había pasado la existencia cultivando el arte de caer bien y pronto contaba con un grupo de amistades femeninas entre quienes vendía las lociones de belleza preparadas por Loula y los vestidos de Adèle; así se ganaba la vida. Esas dos mujeres llegaron a ser sus íntimas amigas, las hermanas que no tuvo. Con ellas tomaba su cafecito de los domingos en chancletas, bajo un toldo en el patio, haciendo planes y sacando cuentas.

–Tendré que contarle a madame Relais que su marido murió –le dijo Parmentier a Adèle cuando oyó la historia.

–No es necesario, ella ya lo sabe.

—¿Cómo puede saberlo?

—Porque se le quebró el ópalo del anillo —le explicó Adèle, sirviéndole una segunda porción de arroz con plátano frito y carne mechada.

El doctor Parmentier, quien se había propuesto en sus noches solitarias compensar a Adèle por el amor sin condiciones y siempre a la sombra que le había dado por años, repitió en La Habana la doble vida que llevaba en Le Cap y se instaló en una casa separada, ocultando su familia ante los ojos de los demás. Se convirtió en uno de los médicos más solicitados entre los refugiados, aunque no logró tener acceso a la alta sociedad criolla. Era el único capaz de curar el cólera con agua, sopa y té, el único con la suficiente honradez para admitir que no hay remedio contra la sífilis ni el vómito negro, el único que podía detener la infección en una herida e impedir que una picadura de alacrán acabara en funeral. Tenía el inconveniente de que atendía por igual a gente de todos colores. Su clientela blanca lo soportaba porque en el exilio las diferencias naturales tienden a borrarse y no estaban en condiciones de exigir exclusividad, pero no le hubieran perdonado una esposa e hijos de sangre mezclada. Así se lo dijo a Adèle, aunque ella nunca le pidió explicaciones.

Parmentier alquiló una casa de dos pisos en un barrio de blancos y destinó la planta baja a consultorio y la segunda a su habitación. Nadie supo que pasaba las noches a varias cuadras de distancia en una casita azul cobalto. Veía a Violette Boisier los domingos en casa de Adèle. La mujer tenía treinta y seis años muy bien llevados y gozaba de la buena reputación de una viuda virtuosa en la comunidad de emigrados. Si alguien creía reconocer en ella a una célebre *cocotte* de Le Cap, de inmediato descartaba la duda como una imposibilidad. Violette seguía usando el anillo con el ópalo quebrado y no pasaba un solo día sin que pensara en Étienne Relais.

Ninguno de ellos pudo adaptarse en Cuba y varios años más tarde seguían siendo tan extranjeros como el primer día, con el agravante de que el resentimiento de los cubanos contra los refugiados se había exacerbado, porque su número seguía aumentando y ya no eran *grands blancs* adinerados, sino gente arruinada que se aglomeraba en barriadas, donde fermentaban crímenes y enfermedades. Nadie los quería. Las autoridades españolas los hostigaban y les sembraban el camino de obstáculos legales, con la esperanza de que se mandaran a cambiar de una vez para siempre.

Un decreto del gobierno anuló las licencias profesionales que no habían sido obtenidas en España y Parmentier se encontró ejerciendo medicina de forma ilegal. De nada le servía el sello real de Francia en su pergamino, y en esas condiciones sólo podía atender a esclavos y pobres que rara vez podían pagarle. Otro inconveniente era que no había aprendido ni una sola palabra de español, a diferencia de Adèle y sus hijos, que lo hablaban a toda velocidad con acento cubano.

Por su parte, Violette Boisier terminó por ceder a la presión de Loula y había estado a punto de casarse con el dueño de un hotel, un gallego sesentón, rico y de mala salud, perfecto según Loula, porque iba a despacharse pronto de muerte natural o con un poco de ayuda de su parte y dejarlas aseguradas. El hotelero, deschavetado por ese amor tardío, no quiso aclarar los rumores de que Violette no era blanca, porque le daba lo mismo. Nunca había deseado a nadie como a esa voluptuosa mujer y cuando la tuvo por fin en sus brazos descubrió que le provocaba una insensata ternura de abuelo, que a ella le quedaba cómoda, porque no competía con el recuerdo de Étienne Relais. El gallego le abrió su bolsa para que gastara como una sultana, si se le antojaba, pero se le olvidó mencionarle que estaba casado. Su esposa se había quedado en España con el único hijo de ambos, sacerdote dominico, y ninguno de los dos tenía interés en ese hombre a quien no habían visto en veintisiete años. Madre e hijo suponían que vivía en pecado mortal, refocilándose con mujeres culonas en las depravadas colonias del Caribe, pero mientras les mandara dinero regularmente no les importaba el estado de su alma. El hotelero creyó que si desposaba a la viuda Relais su familia jamás se enteraría, y así habría sido sin la intervención de un codicioso abogado, que averiguó su pasado y se propuso esquilmarlo. Comprendió que no podía comprar el silencio del leguleyo, porque el chantaje se repetiría mil veces. Se armó un lío epistolar y unos meses más tarde apareció de improviso el hijo fraile dispuesto a salvar a su padre de las garras de Satanás y la herencia de las garras de aquella meretriz. Violette, aconsejada por Parmentier, renunció al matrimonio, aunque siguió visitando de vez en cuando a su enamorado para que no se muriera de pena.

Ese año Jean-Martin cumplía trece años y llevaba cinco diciendo que iba a seguir la carrera militar en Francia, como su padre. Orgulloso y testarudo, como siempre había sido, se negó a oír las razones de Violette, que no quería separarse de él y le tenía horror al ejército, donde un muchacho tan apuesto podía acabar sodomizado por un sargento. La insistencia de Jean-Martin fue tan inquebrantable, que al final su madre debió ceder. Violette aprovechó su amistad con un capitán de barco, a quien había conocido en Le Cap, para enviarlo a Francia. Allí lo recibió un hermano de Étienne Relais, también militar, que lo llevó a la escuela de cadetes de París, donde se habían formado todos los hombres de su familia. Sabía que su hermano se había casado con una antillana y no le llamó la atención el color del chico; no sería el único de sangre mezclada en la Academia.

En vista de que la situación en Cuba se ponía cada vez más difícil para los refugiados, el doctor Parmentier decidió probar fortuna en Nueva Orleans y, si las cosas se le daban bien, llevarse después a la familia. Entonces Adèle se impuso por primera vez en los dieciocho años que estaban juntos y planteó que no volverían a separarse: se iban todos juntos o no se iba nadie. Estaba dispuesta a seguir viviendo oculta, como un pecado del hombre que amaba, pero no permitiría que su familia se desintegrara. Le propuso que viajaran en el mismo barco, pero ella y los niños en tercera clase, y desembarcaran separados, de modo que no los vieran juntos. Ella misma consiguió pasaportes después de sobornar a las autoridades correspondientes, como era habitual, y de probar que era libre y mantenía a sus hijos con su trabajo. No iba a Nueva Orleans a pedir limosna, le dijo al cónsul con su característica suavidad, sino a coser vestidos.

Cuando Violette Boisier se enteró de que sus amigos pensaban emigrar por segunda vez, tuvo una de aquellas fulminantes pataletas de rabia y llanto que solían darle en la juventud y no había vuelto a sufrir en años. Se sintió traicionada por Adèle.

—¿Cómo puedes seguir a ese hombre que no te reconoce como la madre de sus hijos? —sollozó.

—Me quiere como puede —respondió Adèle sin alterarse.

—¡Les ha enseñado a los niños a fingir en público que no lo conocen! —exclamó Violette.

—Pero los mantiene, los educa y los quiere mucho. Es un buen padre. Mi vida está unida a la de él, Violette, y no vamos a separarnos más.

—¿Y yo? ¿Qué será de mí sola aquí? —preguntó Violette desconsolada.

—Podrías venir con nosotros… —sugirió su amiga.

La idea le pareció espléndida a Violette. Había oído que en Nueva Orleans existía una floreciente sociedad de gente de color libre donde todos podrían prosperar. Sin perder tiempo lo consultó con Loula y ambas decidieron que nada las retenía en Cuba. Nueva Orleans sería la última oportunidad de echar raíces y planear para la vejez.

Toulouse Valmorain, que había permanecido en contacto con Parmentier durante esos siete años mediante cartas esporádicas, le ofreció su ayuda y hospitalidad, pero le advirtió que en Nueva Orleans había más médicos que panaderos y la competencia sería fuerte. Por suerte la licencia real de Francia le servía en Luisiana. «Y aquí no le hará falta hablar español, mi estimado doctor, porque la lengua es el francés», agregó en su carta. Parmentier descendió del barco y cayó en el abrazo de su amigo, que lo esperaba en el muelle. No se veían desde 1793. Valmorain no lo recordaba tan pequeño y frágil, y a su vez Parmentier no lo recordaba tan rotundo. Valmorain tenía un nuevo aire de satisfacción, nada quedaba del hombre atormentado con quien sostenía interminables discusiones filosóficas y políticas en Saint-Domingue.

Mientras el resto de los pasajeros desembarcaba, ellos esperaron el equipaje. Valmorain no se fijó para nada en Adèle, una mulata oscura con dos muchachos y una niña, que procuraba conseguir un carretón de alquiler para transportar sus bultos, pero distinguió en la muchedumbre a una mujer con un fino traje de viaje color bermellón, sombrero, bolso y guantes del mismo color, tan hermosa que habría sido imposible no fijarse en ella. La reconoció al punto, aunque ése era el último lugar donde esperaba volver a verla. Se le escapó su nombre en un grito y corrió a saludarla con el entusiasmo de un chico. «Monsieur Valmorain, ¡qué sorpresa!», exclamó Violette Boisier tendiéndole una mano enguantada, pero él la tomó por los hombros y le plantó tres besos en la cara, al estilo francés. Comprobó, encantado, que Violette había cambiado muy poco y la edad la había vuelto aún más deseable. Ella le contó en pocas palabras que había enviudado y que Jean-Martin estaba estudiando en Francia. Valmorain no recordaba quién era ese Jean-Martin, pero al enterarse de que había llegado sola lo acosaron los deseos de su juventud. «Espero que me concedas el honor de visitarte», se despidió en el tono de intimidad que no había usado con ella desde hacía una década. En ese instante los interrumpió Loula, que se batía a palabrotas con un par de cargadores para que transportaran sus baúles. «Las reglas no han cambiado, tendrá que ponerse en la cola si pretende ser recibido por madame», le dijo, apartándolo de un codazo.

Adèle alquiló un chalet en la calle Rampart, donde vivían mujeres libres de color, la mayoría mantenidas por un protector blanco, según el tradicional sistema de *plaçage* o «colocación», que había comenzado en los primeros tiempos de la colonia, cuando no resultaba fácil convencer a una joven europea de seguir a los hombres a esas tierras salvajes. Había cerca de dos mil arreglos de este tipo en la ciudad. La vivienda de Adèle era similar a las demás de la misma calle, pequeña, cómoda, bien ventilada y provista de un patio trasero con los muros cubiertos de buganvillas. El doctor Parmentier tenía un piso a pocas cuadras de distancia, donde también había instalado su clínica, pero pasaba las horas libres con su familia en forma mucho más abierta que en Le Cap o La Habana. Lo único raro de esa situación resultaba la edad de los participantes, porque el *plaçage* era un arreglo entre blancos y mulatas de quince años; el doctor Parmentier iba a cumplir sesenta y Adèle parecía la abuela de cualquiera de sus vecinas.

Violette y Loula consiguieron una casa más grande en la calle

Chartres. Les bastaron unas vueltas por la plaza de Armas, el dique a la hora de los paseos y la iglesia del Père Antoine el domingo a mediodía, para darse cuenta de la vanidad de las mujeres. Las blancas habían logrado pasar una ley que prohibía a las de color usar sombrero, joyas o vestidos ostentosos en público bajo pena de azotes. El resultado fue que las mulatas se ataban el *tignon* con tal gracia, que superaba al más fino sombrero de París, lucían un escote tan tentador, que cualquier joya habría sido una distracción y caminaban con tal garbo, que por comparación las blancas parecían lavanderas. Violette y Loula calcularon de inmediato los beneficios que podían obtener con sus lociones de belleza, en especial la crema de baba de caracol y perlas disueltas en jugo de limón para aclarar la piel.

El colegio de Boston

El golpe con la fusta que recibió de Maurice no le impidió a Hortense Guizot asistir al célebre baile de Marigny, porque lo disimuló con un delgado velo que le caía por atrás hasta el suelo y cubría los alfileres que cerraban el vestido en la espalda, pero le dejó una fea marca morada durante varias semanas. Con ese moretón convenció a Valmorain de mandar a su hijo a Boston. También tenía otro argumento: había menstruado una sola vez desde el nacimiento de Marie-Hortense, estaba encinta de nuevo y debía cuidarse de los nervios, así que sería mejor alejar al chico por un tiempo. Su fertilidad no era un prodigio, como pretendió difundir entre sus amigas, porque a las dos semanas de dar a luz ya estaba retozando con su marido con la misma determinación de la luna de miel. Esta vez se trataba de un niño, estaba segura, destinado a prolongar el apellido y la dinastía de la familia. Nadie se atrevió a recordarle que ya existía Maurice Valmorain.

Maurice detestó el colegio desde el momento en que cruzó el umbral y se cerró a sus espaldas la doble puerta de pesada madera. El disgusto le duró intacto hasta el tercer año, cuando tuvo un maestro excepcional. Llegó a Boston en invierno, bajo una llovizna helada y se encontró en un mundo enteramente gris, el cielo encapotado, plazas cubiertas de escarcha y árboles esqueléticos con unos cuantos pajarracos entumecidos en las ramas desnudas. No conocía el frío verdadero. El invierno se eternizó, andaba con los huesos doloridos, las orejas azules y las manos rojas de sabañones, no se quitaba el abrigo ni para dormir y vivía oteando el cielo a la espera de un misericordioso rayo de sol. El dormitorio contaba con una estufa a carbón en un extremo, que sólo encendían dos horas por la tarde para que los muchachos secaran los calcetines. Las sábanas estaban siempre gélidas, las paredes manchadas de una flora verdosa y había que romper una costra de hielo en las jofainas para lavarse por las mañanas.

Los muchachos, bulliciosos y pendencieros, con uniformes tan grises como el paisaje, hablaban un idioma que Maurice apenas lograba descifrar gracias a su tutor Gaspard Sévérin, quien conocía unas pocas palabras de inglés y el resto lo había improvisado en sus clases mediante un diccionario. Pasaron meses antes de que pudiera contestar las preguntas de los maestros y un año antes de compartir las bromas de sus compañeros americanos, que lo llamaban «el franchute» y lo martirizaban con ingeniosos suplicios. Las peculiares nociones de pugilismo de su tío Sancho resultaron útiles, porque le permitían defenderse lanzando patadas a los testículos de sus enemigos, y las prácticas de esgrima le sirvieron para salir victorioso en los torneos impuestos por el director del colegio, quien hacía apuestas con los maestros y después castigaba al perdedor.

La comida cumplía el fin puramente didáctico de templar el carácter. Quien fuera capaz de tragar hígado hervido o cogotes de pollo con restos de plumas, acompañados de coliflor y arroz quemado, podía enfrentar los azares de la existencia, incluso la guerra, para la cual los americanos siempre se estaban preparando.

Maurice, acostumbrado a la refinada cocina de Célestine, pasó trece días ayunando como un faquir sin que a nadie le importara un bledo y por último, cuando se desmayó de hambre, no le quedó otra alternativa que comer lo que le ponían en el plato.

La disciplina era tan férrea como absurda. Los infelices muchachos debían saltar de la cama al amanecer, desperezarse con agua helada, correr tres vueltas por el patio resbalando en los charcos para entrar en calor −si calor podía llamarse el hormigueo en las manos−, estudiar latín durante dos horas antes de un desayuno de cacao, pan seco y avena con grumos, aguantar varias horas de clases y hacer deporte, para lo cual Maurice era negado. Al final del día, cuando las víctimas desfallecían de fatiga, les daban una charla moralizante de una o dos horas, según la inspiración del director. El calvario terminaba recitando en coro la Declaración de Independencia.

Maurice, que se había criado consentido por Tété, se sometió a ese régimen carcelario sin quejarse. El esfuerzo de seguir el paso de los otros muchachos y defenderse de los matones lo tenía tan ocupado, que se le acabaron las pesadillas y no volvió a pensar en los patíbulos de Le Cap. Le gustaba aprender. Al principio disimuló su avidez por los libros para no pecar de arrogante, pero pronto empezó a ayudar a otros en las tareas y así se hizo respetar. No le confesó a nadie que sabía tocar el piano, bailar cuadrillas y rimar versos, porque lo habrían destrozado. Sus camaradas lo veían escribir cartas con dedicación de monje medieval, pero no se burlaban abiertamente porque les dijo que iban destinadas a su madre inválida. La madre, como la patria, no se prestaba para bromas: era sagrada.

Maurice pasó el invierno tosiendo, pero con la primavera se espabiló. Durante meses había permanecido acurrucado dentro de su abrigo, con la cabeza sumida entre los hombros, agachado, invisible. Cuando el sol le entibió los huesos y pudo quitarse los dos chalecos, los calzones de lana, la bufanda, los guantes, el abrigo y caminar erguido, se dio cuenta de que la ropa le quedaba estrecha y corta. Había dado uno de los clásicos estirones de la pubertad y de ser el más esmirriado de su curso pasó a convertirse en uno de los más altos y fuertes. Observar el mundo desde arriba con varios centímetros de ventaja le dio seguridad.

El verano con su caliente humedad no afectó a Maurice, acostumbrado al clima hirviente del Caribe. El colegio se desocupó, los alumnos y la mayoría de los maestros partieron de vacaciones y Maurice quedó prácticamente solo esperando instrucciones para regresar con su familia. Las instrucciones nunca llegaron; en cambio su padre mandó a Jules Beluche, el mismo chaperón que lo había acompañado en el largo y deprimente viaje en barco desde su hogar en Nueva Orleans, por las aguas del golfo de México, bordeando la península de Florida, capeando el mar de los Sargazos y enfrentándose a las olas del océano Atlántico, hasta el colegio en Boston. El chaperón, un pariente remoto y venido a menos de la familia Guizot, era un hombre de mediana edad, que le tomó lástima al chiquillo y procuró hacerle la travesía lo más agradable posible, pero en el recuerdo de Maurice siempre estaría asociado con su exilio del hogar paterno.

Beluche se presentó en el colegio con una carta de Valmorain explicándole a su hijo las razones por las cuales ese año no iría a casa y con suficiente dinero para comprarle ropa, libros y cualquier capricho que se le antojara a modo de consuelo. Sus órdenes consistían en guiar a Maurice en un viaje cultural a la histórica ciudad de Filadelfia, que todo joven de su posición debía conocer, porque allí había germinado la semilla de la nación americana, como anunciaba pomposamente la carta de Valmorain. Maurice partió con Beluche y durante esas semanas de turismo obligado permaneció silencioso e indiferente, procurando disimular el interés que el viaje le suscitaba y combatir la simpatía que empezaba a sentir por ese pobre diablo de Beluche.

El verano siguiente nuevamente el muchacho se quedó esperando dos semanas en el colegio con su baúl preparado, hasta que se apersonó el mismo chaperón para conducirlo a Washington y otras ciudades que no deseaba visitar.

Harrison Cobb, uno de los pocos profesores que permanecían en el colegio durante la semana de Navidad, se fijó en Maurice Valmorain, porque era el único alumno que no recibía visitas ni regalos y pasaba esas fiestas leyendo solo en el edificio casi vacío. Cobb pertenecía a una de las más antiguas familias de Boston, establecida en la ciudad desde mediados del siglo XVII y de origen noble, como todos sabían, aunque él lo negaba. Era defensor fanático de la república americana y abominaba de la nobleza. Fue el primer abolicionista que conoció Maurice e iba a marcarlo profundamente. En Luisiana el abolicionismo era peor visto que la sífilis, pero en el estado de Massachusetts la cuestión de la esclavitud se discutía constantemente, porque su Constitución, redactada veinte años antes, contenía una cláusula que la prohibía.

Cobb encontró en Maurice un intelecto ávido y un corazón ferviente, en el que sus argumentos humanitarios echaron raíces de inmediato. Entre otros libros, le dio a leer *La interesante narrativa de la vida de Olaudah Equiano*, publicado con enorme éxito en Londres en 1789. Esa dramática historia de un esclavo africano, escrita en primera persona, había causado conmoción en el público europeo y americano, pero pocos se enteraron en Luisiana y el chico no la había oído mencionar. El profesor y su alumno pasaban las tardes estudiando, analizando y discutiendo; Maurice pudo al fin articular la desazón que siempre le había producido la esclavitud.

—Mi padre posee más de doscientos esclavos, que un día serán míos —le confesó Maurice a Cobb.

—¿Es eso lo que quieres, hijo?

—Sí, porque podré emanciparlos.

—Entonces habrá doscientos y pico negros abandonados a su suerte y un muchacho imprudente en la pobreza. ¿Qué se gana con eso? —le rebatió el profesor—. La lucha contra la esclavitud no se hace plantación por plantación, Maurice, hay que cambiar la forma de pensar de la gente y las leyes en este país y en el mundo. Debes estudiar, prepararte y participar en política.

—¡Yo no sirvo para eso, señor!

—¿Cómo lo sabes? Todos tenemos adentro una insospechada reserva de fortaleza que emerge cuando la vida nos pone a prueba.

Zarité

*A*lcancé a estar en la plantación casi dos años, según mis cálculos, antes de que los amos me pusieran de nuevo a servir entre los domésticos. En todo ese tiempo no vi a Maurice ni una sola vez, porque durante las vacaciones su padre no le permitía volver a casa; siempre se las arreglaba para enviarlo de viaje a otras partes y al fin, cuando terminó de estudiar, se lo llevó a Francia a conocer a su abuela. Pero eso fue más tarde. El amo quería mantenerlo alejado de madame Hortense. Tampoco pude ver a Rosette, pero el señor Murphy me traía noticias de ella cada vez que iba a Nueva Orleans. «¿Qué vas a hacer con esa niña tan bonita, Tété? Deberás mantenerla encerrada para que no provoque tumultos en la calle», me decía en broma.

Madame Hortense dio a luz a su segunda hija, Marie-Luise, que nació con el pecho cerrado. El clima no le convenía, pero como nadie puede cambiar el clima, salvo el Père Antoine en casos extremos, no era mucho lo que se podía hacer para aliviarla. Por ella me llevaron de vuelta a la casa de la ciudad. Ese año llegó el doctor Parmentier, que había estado mucho tiempo en Cuba, y reemplazó al médico de la familia Guizot. Lo primero que hizo fue eliminar las sanguijuelas y fricciones de mostaza, que estaban matando a la niña, y enseguida preguntó por mí. No sé cómo se acordaba de mí, después de tantos años. Convenció al amo de que yo era la más indicada para cuidar a Marie-Luise, porque había aprendido mucho de Tante Rose. Entonces le ordenaron al jefe de capataces enviarme a la ciudad. Me despedí de mis amigos y de los Murphy con mucha pena y por primera vez viajé sola, con un permiso para que no me arrestaran.

Muchas cosas habían cambiado en Nueva Orleans durante mi ausencia: había más basura, coches y gente y una fiebre de construir casas y alargar las calles. Hasta el mercado se había extendido. Don Sancho ya no vivía en la casa de Valmorain; se había mudado a un piso en el mismo barrio. Según Célestine, había olvidado a Adi Soupir y andaba enamorado de una cubana, a quien nadie en la casa había tenido ocasión de ver. Me instalé en la mansarda con Marie-Luise, una chiquita pálida y tan débil que no lloraba. Se me ocurrió amarrármela al cuerpo, porque me había dado buen resultado con Maurice, que también nació enfermizo, pero madame Hortense dijo que eso estaba bueno para los negros, no para su hija. No quise ponerla en una cuna, porque se habría muerto, y opté por llevarla siempre en brazos.

Apenas pude hablé con el amo para recordarle que ese año yo cumplía treinta años y me correspondía mi libertad.

—¿Quién va a cuidar a mis hijas? —me preguntó.

—Yo, si le parece, monsieur.

—Es decir que todo seguiría igual.

—No igual, monsieur, porque si soy libre puedo irme si quiero, ustedes no me pueden golpear y tendrían que pagarme un poco para que pueda vivir.

—¡Pagarte! —exclamó sorprendido.

—Así trabajan cocheros, cocineras, enfermeras, costureras y otras personas libres, monsieur.

—Veo que estás muy bien informada. Entonces sabes que nadie emplea una niñera, siempre es alguien que forma parte de la familia, como una segunda madre y después como una abuela, Tété.

—No soy de su familia, monsieur. Soy su propiedad.

—¡Siempre te he tratado como si fueras de la familia! En fin, si eso es lo que pretendes, necesitaré tiempo para convencer a madame Hortense, aunque es un pésimo precedente y dará mucho que hablar. Haré lo que pueda.

Me dio permiso para ir a ver a Rosette. Mi hija siempre fue alta y a los once años parecía de quince. El señor Murphy no me había mentido, era muy bonita. Las monjas lograron domarle la impetuosidad, pero no le borraron su sonrisa de hoyuelos y su mirada seductora. Me saludó con una reverencia formal y cuando la abracé se puso rígida, creo que estaba avergonzada de su madre, una esclava café con leche. Mi hija era lo que más me importaba en el mundo. Habíamos vivido pegadas como un solo cuerpo, una sola alma, hasta que el miedo de que la vendieran o de que su propio padre la violara en la pubertad, como había hecho conmigo, me obligó a separarme de ella. Más de una vez había visto al amo palpándola como los hombres tocan a las niñas para saber si ya están maduras. Eso fue antes de que se casara con madame Hortense, cuando mi Rosette era una criatura sin malicia y se le sentaba en la falda por cariño. La frialdad de mi hija me dolió: por protegerla, tal vez la había perdido.

De sus raíces africanas, a Rosette no le quedaba nada. Sabía de mis loas y de Guinea, pero en el colegio se olvidó de todo eso y se volvió católica; las monjas le tenían casi tanto horror al vudú como a los protestantes, a los judíos y a los kaintocks. ¿Cómo podía reprocharle que ambicionara una vida mejor que la mía? Ella quería ser como los Valmorain y no como yo. Me hablaba con falsa cortesía, en un tono que no reconocí, como si yo fuese una extraña. Así lo recuerdo. Me comentó que le gustaba el colegio, que las monjas eran bondadosas y le estaban enseñando música, religión y a escribir con buena letra, pero nada de danza, porque eso tentaba al demonio. Le pregunté por Maurice y me dijo que estaba bien, pero se sentía solo y quería regresar. Ella sabía de él porque se escribían, como siempre habían hecho desde que se separaron. Las cartas demoraban bastante, pero ellos las mandaban seguido, sin esperar respuesta, como una conversación de tontos. Rosette me contó que a veces llegaba media docena el mismo día, pero después pasaban varias semanas sin noticias. Ahora, cinco años después, sé que en esa correspondencia se llamaban hermanos para despistar a las monjas, que abrían la correspondencia de las pupilas. Tenían una clave religiosa para referirse a sus sentimientos: el Espíritu Santo significaba amor, besos eran rezos, Rosette posaba de ángel de la guarda, él podía ser cualquier santo o mártir del calendario católico y, lógicamente, las ursulinas eran demonios. Una típica misiva de Maurice podía ser que el Espíritu Santo lo visitaba de noche, cuando él soñaba con el ángel de la guarda, y que despertaba con deseos de rezar y rezar. Ella le contestaba que ella rezaba por él y debía tener cuidado con las huestes de demonios que siempre amenazaban a los mortales. Ahora yo guardo esas cartas en una caja y aunque no puedo leerlas, sé lo que contienen, porque Maurice me leyó algunas partes, las que no son demasiado atrevidas.

Rosette me agradeció los regalos de dulces, cintas y libros que le llegaban, pero yo no se los había enviado. ¿Cómo podía hacerlo sin dinero? Supuse que se los llevaba el amo Valmorain, pero ella me dijo que nunca la había visitado. Era don Sancho quien le daba regalos en mi nombre. ¡Que Bondye me lo bendiga al bueno de don Sancho! Erzuli, loa madre, no tengo nada que ofrecerle a mi hija. Así era.

Promesa por cumplir

En la primera ocasión disponible Tété fue a hablar con el Père Antoine. Debió esperarlo un par de horas, porque andaba en la cárcel visitando a los presos. Les llevaba comida y les limpiaba las heridas sin que los guardias se atrevieran a impedírselo, porque se había corrido la voz de su santidad y existían testimonios de que había sido visto en varias partes al mismo tiempo y a veces andaba con un plato luminoso flotando sobre su cabeza. Por fin el capuchino llegó a la casita de piedra, que le servía de vivienda y oficina, con su canasto vacío y unas ganas enormes de echarse a descansar, pero lo aguardaban otros necesitados y todavía faltaba para la puesta del sol, hora de la oración en la que sus huesos reposaban, mientras su alma subía al cielo. «Mucho lamento, hermana Lucie, que no me alcance el ánimo para rezar más y mejor», solía decirle a la monja que lo atendía. «¿Y para qué va a rezar más, *mon père*, si ya es santo?», le contestaba ella invariablemente. Recibió a Tété con los brazos abiertos, como a todo el mundo. No había cambiado, tenía la misma dulce mirada de perro grande y olor a ajo, llevaba la misma sotana inmunda, su cruz de madera y su barba de profeta.

—¡Qué te habías hecho, Tété! —exclamó.

—Usted tiene miles de feligreses, *mon père*, y se acuerda de mi nombre —notó ella, conmovida.

Le explicó que había estado en la plantación, le mostró por segunda vez el documento de su libertad, amarillo y quebradizo, que guardaba desde hacía años y no le había servido de nada, porque su amo siempre encontraba una razón para postergar lo prometido. El Père Antoine se caló unas gruesas gafas de astrónomo, acercó el papel a la única vela del cuarto y lo leyó lentamente.

—¿Quién más sabe de esto, Tété? Me refiero a alguien que viva en Nueva Orleans.

—El doctor Parmentier lo vio cuando estábamos en Saint-Domingue, pero ahora vive aquí. También se lo mostré a don Sancho, el cuñado de mi amo.

El fraile se sentó a una mesita de patas temblorosas y escribió con dificultad, porque las cosas de este mundo las veía envueltas en una ligera niebla, aunque las del otro las percibía con claridad. Le entregó dos mensajes salpicados de manchas de tinta, con instrucciones de dárselos en mano a esos caballeros.

—¿Qué dicen estas cartas, *mon père*? —quiso saber Tété.

—Que vengan a hablar conmigo. Y tú también debes venir aquí el próximo domingo después de la misa. Entretanto yo guardaré este documento —dijo el fraile.

—Perdóneme, *mon père*, pero nunca me he separado de ese papel… —replicó Tété con aprensión.

—Entonces ésta será la primera vez —sonrió el capuchino poniéndolo en un cajón de la mesita—. No te preocupes, hija, aquí está seguro.

Esa mesa destartalada no parecía el mejor lugar para su más valiosa posesión, pero Tété no se atrevió a manifestar dudas.

El domingo se juntaba media ciudad en la catedral, entre ellos las familias Guizot y Valmorain con varios de sus domésticos. Era el único sitio en Nueva Orleans, aparte del mercado, donde gente blanca y de color, libres y esclavos, se mezclaba, aunque las mujeres se colocaban a un lado y los hombres en el otro. Un pastor protestante de visita en la ciudad había escrito en un periódico que la iglesia del Père Antoine era el lugar más tolerante de la cristiandad. Tété no siempre podía asistir a la misa; dependía del asma de Marie-Luise, pero ese día la pequeña amaneció bien y pudieron sacarla de la casa. Después de la ceremonia le entregó las niñas a Denise y le anunció a su ama que iba a demorarse un poco porque debía hablar con el santo.

Hortense no se opuso, pensando que por fin esa mujer iba a confesarse. Tété había traído de Saint-Domingue sus satánicas supersticiones y nadie poseía más autoridad que el Père Antoine para salvar su alma del vudú. Sus hermanas y ella comentaban a menudo que los esclavos de las Antillas estaban introduciendo ese temible culto africano en Luisiana, así lo habían comprobado cuando iban con sus maridos y amigos a la plaza del Congo a presenciar, por sana curiosidad, las orgías de los negros. Antes era puro menearse y ruido, ahora había una bruja que danzaba como posesa con una culebra larga y gorda enroscada en el cuerpo y la mitad de los participantes caía en trance. Sanité Dédé, se llamaba y había llegado de Saint-Domingue con otros negros y con el diablo en el cuerpo. Había que ver el grotesco espectáculo de hombres y mujeres echando espumarajos por la boca y con los ojos en blanco, los mismos que después reptaban detrás de los arbustos a revolcarse como animales. Esa gente adoraba a una mezcolanza de dioses africanos, santos católicos, Moisés, los planetas y un lugar llamado Guinea. Sólo el Père Antoine entendía ese revoltijo y por desgracia lo permitía. Si no fuese santo, ella misma iniciaría una campaña pública para que lo apartaran de la catedral, aseguraba Hortense Guizot. Le habían contado de ceremonias vudú en que bebían sangre de animales sacrificados y se aparecía el demonio en persona para copular con las mujeres por delante y con los hombres por detrás. No le extrañaría que la esclava a quien ella le confiaba nada menos que sus inocentes hijas, participara en esas bacanales.

En la casita de piedra ya estaban el capuchino, Parmentier, Sancho y Valmorain en sus sillas, intrigados, porque no sabían por qué habían sido convocados. El santo conocía el valor estratégico del ataque por sorpresa. La anciana hermana Lucie, que llegó arrastrando las chancletas y equilibrando con dificultad una bandeja, les sirvió un vino ordinario en desconchadas tacitas de barro y se retiró. Ésa era la señal que esperaba Tété para entrar, como le había ordenado el fraile.

—Los he llamado a esta casa de Dios para rectificar un malentendido, hijos míos –dijo el Père Antoine, sacando el papel de la gaveta–. Esta buena mujer, Tété, debió haber sido emancipada hace siete años, según este documento. ¿No es así, monsieur Valmorain?

—¿Siete años? ¡Pero si Tété acaba de cumplir treinta! ¡No podía liberarla antes! –exclamó el aludido.

—Según el Código Negro, un esclavo que le salva la vida a un miembro de la familia del amo tiene derecho a su libertad inmediata, cualquiera que sea su edad. Tété le salvó la vida a usted y a su hijo Maurice.

—Eso no se puede probar, *mon père* –replicó Valmorain con una mueca desdeñosa.

—Su plantación de Saint-Domingue fue quemada, sus capataces fueron asesinados, todos sus esclavos escaparon para unirse a los rebeldes. Dígame, hijo mío, ¿usted cree que habría sobrevivido sin la ayuda de esta mujer?

Valmorain tomó el papel y le dio una mirada por encima, resoplando.

—Esto no tiene fecha, *mon père*.

—Cierto, parece que usted olvidó ponerla en la prisa y la angustia de la huida. Es muy comprensible. Por suerte el doctor Parmentier vio este papel en 1793 en Le Cap, así es que podemos suponer que data de ese tiempo. Pero eso es lo de menos. Estamos entre caballeros cristianos, hombres de fe y con buenas intenciones. Le pido, monsieur Valmorain, en nombre de Dios, que cumpla su palabra —y los ojos hundidos del santo le desnudaron el alma.

Valmorain se volvió hacia Parmentier, quien tenía los ojos fijos en su tacita de vino, paralizado entre la lealtad a su amigo, a quien tanto debía, y su propia nobleza, a la cual el Père Antoine acababa de recurrir magistralmente. Sancho, en cambio, apenas podía ocultar una sonrisa bajo sus atrevidos bigotes. El asunto le hacía una inmensa gracia, porque llevaba años recordándole a su cuñado la necesidad de resolver el problema de la concubina, pero se había requerido nada menos que intervención divina para que le hiciera caso. No entendía por qué retenía a Tété si ya no la deseaba y era un incordio evidente para Hortense. Los Valmorain podían escoger otra niñera para sus hijas entre sus numerosas esclavas.

—No se preocupe, *mon père*, mi cuñado hará lo que es justo —intervino, después de un breve silencio—. El doctor Parmentier y yo seremos sus testigos. Mañana iremos al juez para legalizar la emancipación de Tété.

—De acuerdo, hijos míos. Enhorabuena, Tété, desde mañana serás libre —anunció el Père Antoine levantando su copita para brindar.

Los hombres hicieron ademán de vaciar las suyas, pero ninguno podía tragar ese brebaje, y se pusieron de pie para salir. Tété los detuvo.

—Un momento, por favor. ¿Y Rosette? También ella tiene derecho a la libertad. Eso dice el documento.

A Valmorain le subió la sangre a la cabeza y el aire se le hizo escaso entre las costillas. Apretó la empuñadura de su bastón con los nudillos blancos, controlándose a duras penas para no levantarlo contra aquella esclava insolente, pero antes de que alcanzara a actuar intervino el santo.

—Por supuesto, Tété. Monsieur Valmorain sabe que Rosette está incluida. Mañana ella también será libre. El doctor Parmentier y don Sancho verán que todo se haga de acuerdo a la ley. Que Dios los bendiga, hijos míos…

Los tres hombres salieron y el fraile invitó a Tété a tomar una taza de chocolate para celebrar. Una hora más tarde, cuando ella volvió a la casa, sus amos la esperaban en el salón, como dos severos magistrados sentados lado a lado en sillas de respaldo alto, Hortense rabiosa y Valmorain ofendido, porque no le cabía en la mente que esa mujer, con quien había contado durante veinte años, lo hubiese humillado delante del sacerdote y sus más cercanos amigos. Hortense anunció que llevaría el asunto ante los tribunales, ese documento había sido escrito bajo presión y no era válido, pero Valmorain no le permitió continuar por ese camino: no deseaba un escándalo.

Los amos se arrebataban la palabra para cubrir a la esclava de recriminaciones que ella no escuchaba, porque tenía una alegre sonajera de cascabeles en la cabeza. «¡Mal agradecida! Si lo único que quieres es irte, pues te irás de inmediato. Hasta tu ropa nos pertenece, pero puedes llevártela para que no salgas desnuda. Te doy media hora para dejar esta casa y te prohíbo volver a pisarla. ¡A ver qué será de ti cuando estés en la calle! ¡Ofrecerte a los marineros como una bellaca, es lo único que podrás hacer!», rugió Hortense golpeando las patas de su silla con la fusta.

Tété se retiró, cerró la puerta con cuidado y fue a la cocina, donde el resto de los criados ya sabía lo ocurrido. A riesgo de echarse encima la ira de su ama, Denise le ofreció que durmiera con ella y se fuera al amanecer, así no estaría en la calle sin salvoconducto durante la noche. Todavía no era libre y si la cogía la guardia iría a dar a la cárcel, pero ella no veía las horas de marcharse. Abrazó a cada uno con la promesa de verlos en misa, en la plaza del Congo o en el mercado; no pensaba irse lejos, Nueva Orleans era la ciudad perfecta para ella, dijo. «No tendrás un amo que te proteja, Tété, puede pasarte cualquier cosa, hay mucho peligro allá afuera. ¿De qué vas a vivir?», le preguntó Célestine.

—De lo que he vivido siempre, de mi trabajo.

No se detuvo en su cuarto a recoger sus ínfimas posesiones, se llevó sólo su papel de la libertad y la cesta de comida que le preparó Célestine, cruzó la plaza ligera sobre los pies, dio la vuelta a la catedral y golpeó la puerta de la casita del santo. Le abrió la hermana Lucie con una vela en la mano y sin hacer preguntas la condujo por el corredor que unía la vivienda con la iglesia, hacia una sala mal iluminada, donde había una docena de indigentes sentados a la mesa, con platos de sopa y pan. El Père Antoine estaba comiendo con ellos. «Siéntate, hija, te estábamos esperando. Por el momento la hermana Lucie te facilitará un rincón donde dormir», le dijo.

Al día siguiente el santo la acompañó al juzgado. A la hora exacta se presentaron Valmorain, Parmentier y Sancho a legalizar la emancipación de «la moza Zarité, a quien llaman Tété, mulata, treinta años, de buena conducta, por leales servicios. Mediante este documento su hija Rosette, cuarterona, de once años, pertenece como esclava a la dicha Zarité». El juez hizo colocar una notificación pública para que «las personas que tengan objeción legal se presenten en esta Corte en el plazo máximo de cuarenta días a partir de esta fecha». Terminado el trámite, que demoró apenas nueve minutos, todos se retiraron de buen ánimo, incluso Valmorain, porque durante la noche, una vez que Hortense se durmió cansada de rabiar y lamentarse, se dio tiempo de pensar a fondo y comprendió que Sancho tenía razón, y que debía desprenderse de Tété. En la puerta del edificio la detuvo por un brazo.

–Aunque me has hecho un grave perjuicio, no te guardo rencor, mujer –le dijo en tono paternal, satisfecho de su propia generosidad–. Supongo que vas a terminar mendigando, pero al menos salvaré a Rosette. Seguirá en las ursulinas hasta completar su educación.

–Su hija se lo agradecerá, monsieur –replicó ella y se fue por la calle bailando.

El santo de Nueva Orleans

Las dos primeras semanas Tété se ganó la comida y un jergón de paja para dormir ayudando al Père Antoine en sus múltiples tareas de caridad. Se levantaba antes del amanecer, cuando él ya llevaba un buen rato rezando, y lo acompañaba a la cárcel, el hospital, el asilo de locos, el orfanato y algunas casas particulares para dar la comunión a ancianos y enfermos postrados. El día entero, bajo sol o lluvia, la figura esmirriada del fraile con su túnica marrón y su barba enmarañada circulaba por la ciudad; lo veían en las mansiones de los ricos y en las chabolas miserables, en los conventos y los burdeles, pidiendo limosna en el mercado y en los cafés, ofreciendo pan a los mendigos mutilados y agua a los esclavos de los remates en el Maspero Échange, siempre seguido por una leva de perros famélicos. Nunca olvidaba consolar a los castigados en los cepos instalados en la calle, detrás del Cabildo, las ovejas más desgraciadas de su rebaño, a quienes les limpiaba las heridas con tal torpeza, porque era corto de vista, que Tété debía intervenir.

—¡Qué manos de ángel tienes, Tété! El Señor te ha señalado para que seas enfermera. Tendrás que quedarte a trabajar conmigo —le propuso el santo.

373

—No soy monja, *mon père,* no puedo trabajar gratis para siempre, debo mantener a mi hija.

—No sucumbas a la codicia, hija, el servicio al prójimo tiene su pago en el cielo, como prometió Jesús.

—Dígale que mejor me paga aquí mismo, aunque sea poca cosa.

—Se lo diré, hija, pero Jesús tiene muchos gastos —respondió el fraile con una risa socarrona.

Al atardecer volvían a la casita de piedra, donde los esperaba la hermana Lucie con agua y jabón para lavarse antes de comer con los indigentes. Tété se iba a remojar los pies en un balde con agua y cortar tiras para hacer vendajes, mientras él oía confesiones, actuaba de árbitro, resolvía entuertos y disipaba animosidades. No daba consejos, porque según su experiencia era una pérdida de tiempo, cada uno comete sus propios errores y aprende de ellos.

Por la noche el santo se cubría con una manta apolillada y salía con Tété a codearse con la chusma más peligrosa, provisto de una lámpara, ya que ninguno de los ochenta faroles de la ciudad estaba colocado donde a él podía servirle. Los delincuentes lo toleraban, porque respondía a las palabrotas con bendiciones sarcásticas y nadie lograba intimidarlo. No llegaba con ínfulas de condenación ni propósito de salvar almas, sino a vendar acuchillados, separar violentos, impedir suicidios, socorrer mujeres, recoger cadáveres y arrear niños al orfanato de las monjas. Si por ignorancia alguno de los kaintocks se atrevía a tocarlo, cien puños se alzaban para enseñarle al forastero quién era el Père Antoine. Entraba al barrio de El Pantano, el peor antro de depravación del Mississippi, protegido por su inalterable inocencia y su incierta aureola. Allí se aglomeraban en garitos de juego y lupanares los remeros de los botes, piratas, chulos, putas, desertores del ejército, marineros de juerga, ladrones y asesinos. Tété, aterrada, avanzaba entre barro, vómito, mierda y ratas, cogida del hábito del capuchino, invocando a Erzuli en alta voz, mientras él saboreaba el placer del peligro. «Jesús vela por nosotros, Tété», le aseguraba, feliz. «¿Y si se distrae, *mon père*?»

Al término de la segunda semana Tété tenía los pies llagados, la espalda partida, el corazón oprimido por las miserias humanas y la sospecha de que era mucho más aliviado cortar caña que repartir caridad entre los mal agradecidos. Un martes se encontró en la plaza de Armas con Sancho García del Solar, vestido de negro y tan perfumado que ni las moscas se le acercaban, muy contento, porque acababa de ganarle un juego de *écarte* a un americano demasiado confiado. La saludó con una florida reverencia y un beso en la mano, ante varios mirones asombrados y luego la invitó a tomar un café.

—Tendrá que ser rápido, don Sancho, porque estoy esperando a *mon père*, que anda curando las pústulas de un pecador y no creo que demore mucho.

—¿No lo ayudas, Tété?

—Sí, pero este pecador tiene el mal español y *mon père* no me deja verle las partes privadas. ¡Como si fuera novedad para mí!

—El santo tiene toda la razón, Tété. Si me atacara esa enfermedad, ¡ni Dios lo permita!, no quisiera que una bella mujer ofendiera mi pudor.

—No se burle, don Sancho, mire que esa desgracia le puede pasar a cualquiera. Menos al Père Antoine, por supuesto.

Se sentaron en una mesita frente a la plaza. El propietario de la cafetería, un mulato libre conocido de Sancho, no ocultó su sorpresa ante el contraste que presentaban el español y su acompañante, él con aire de realeza y ella como una mendiga. También

Sancho notó el aspecto patético de Tété y cuando ella le contó lo que había sido su vida en esas dos semanas, soltó una sonora carcajada.

—Ciertamente la santidad es un agobio, Tété. Tienes que escapar del Père Antoine o vas a terminar tan decrépita como la hermana Lucie —dijo.

—No puedo abusar de la gentileza del Père Antoine por mucho tiempo más, don Sancho. Me iré cuando se cumplan los cuarenta días de la notificación del juez y tenga mi libertad. Entonces veré qué hago, tengo que conseguir trabajo.

—¿Y Rosette?

—Sigue en las ursulinas. Sé que usted la visita y le lleva regalos en mi nombre. ¿Cómo puedo pagarle lo bueno que usted ha sido con nosotras, don Sancho?

—No me debes nada, Tété.

—Necesito ahorrar algo para recibir a Rosette cuando salga del colegio.

—¿Qué dice el Père Antoine de eso? —le preguntó Sancho, echándole cinco cucharadas de azúcar y un chorro de coñac a su taza de café.

—Que Dios proveerá.

—Espero que así sea, pero por si acaso sería bueno que tuvieras un plan alternativo. Necesito un ama de llaves, mi casa es un desastre, pero si te empleo los Valmorain no me lo perdonarían.

—Entiendo, señor. Alguien me empleará, estoy segura.

—El trabajo pesado lo hacen esclavos, desde el cultivo de los campos hasta criar niños. ¿Sabías que hay tres mil esclavos en Nueva Orleans?

—¿Y cuántas personas libres, señor?

—Unos cinco mil blancos y dos mil de color, según dicen.

—O sea, hay más del doble de personas libres que esclavos —calculó ella—. ¡Cómo no voy a encontrar a alguien que me necesite! Un abolicionista, por ejemplo.

—¿Abolicionista en Luisiana? Si los hay, están bien escondidos —se rió Sancho.

—No sé leer, escribir ni cocinar, señor, pero sé hacer los trabajos de la casa, traer bebés al mundo, coser heridas y curar enfermos —insistió ella.

—No será fácil, mujer, pero voy a tratar de ayudarte —le dijo Sancho—. Una amiga mía sostiene que los esclavos salen más caros que los empleados. Se necesitan varios esclavos para hacer de mala gana el trabajo que una persona libre hace de buen grado. ¿Entiendes?

—Más o menos —admitió ella, memorizando cada palabra para repetírsela al Père Antoine.

—El esclavo carece de incentivos, le conviene trabajar lento y mal, ya que su esfuerzo sólo beneficia al amo, pero la gente libre trabaja para ahorrar y progresar, ése es su incentivo.

—El incentivo en Saint-Lazare era el látigo del señor Cambray —comentó ella.

—Y ya ves cómo terminó esa colonia, Tété. No se puede imponer el terror indefinidamente.

—Usted debe ser un abolicionista disimulado, don Sancho, porque habla como el tutor Gaspard Sévérin y monsieur Zacharie en Le Cap.

—No repitas eso en público porque me vas a traer problemas. Mañana quiero verte aquí mismo, limpia y bien vestida. Iremos a visitar a mi amiga.

Al otro día el Père Antoine partió solo a sus quehaceres, mientras Tété, con su único vestido recién lavado y su *tignon* almidonado, iba con Sancho a buscar empleo por primera vez. No anduvieron lejos, sólo unas pocas cuadras por la abigarrada calle Chartres, con sus tiendas de sombreros, encajes, botines, telas y cuanto existe para alimentar la coquetería femenina, y se detuvieron ante una casa de dos pisos pintada de amarillo con rejas de hierro verde en los balcones.

Sancho golpeó la puerta con un pequeño aldabón en forma de sapo y les abrió una negra gorda, que al reconocer a Sancho cambió el gesto de mal humor por una sonrisa enorme. Tété creyó que había recorrido veinte años en círculos para terminar en el mismo lugar donde estaba cuando dejó la casa de madame Delphine. Era Loula. La mujer no la reconoció, eso habría sido imposible, pero como venía con Sancho, le dio la bienvenida y los condujo a la sala. «Madame vendrá pronto, don Sancho. Lo está esperando», dijo y desapareció haciendo retumbar las tablas del suelo con sus pasos de elefanta.

Minutos más tarde Tété, con el corazón saltando, vio entrar a la misma Violette Boisier de Le Cap, tan hermosa como entonces y con la seguridad que otorgan los años y los recuerdos. Sancho se transformó en un instante. Desapareció su fanfarronería de varón español y se redujo a un muchacho tímido que se inclinaba a besar la mano de la bella, mientras la punta de su espadín derribaba una mesita. Tété alcanzó a coger en el aire a un trovador medieval de porcelana y lo sostuvo contra el pecho, observando pasmada a Violette. «Supongo que ésta es la mujer de quien me hablaste, Sancho», dijo ella. Tété notó la familiaridad en el trato y la turbación de Sancho, recordó los chismes y comprendió que Violette era la cubana que, según Célestine, había reemplazado a Adi Soupir en el enamoradizo corazón del español.

—Madame… Nos conocimos hace mucho. Usted me compró

de madame Delphine cuando yo era niña —logró articular Tété.

—¿Sí? No lo recuerdo —titubeó Violette.

—En Le Cap. Usted me compró para monsieur Valmorain. Soy Zarité.

—¡Por supuesto! Acércate a la ventana para verte bien. ¿Cómo iba a reconocerte? Entonces eras una chica flaca con la obsesión de escaparte.

—Ahora soy libre. Bueno, casi libre.

—Dios mío, ésta es una coincidencia demasiado extraña. ¡Loula! ¡Ven a ver quién está aquí! —gritó Violette.

Loula entró arrastrando su corpachón y cuando entendió de quién se trataba la estrujó en un abrazo de gorila. Un par de lágrimas sentimentales asomaron en los ojos de la mujer al recordar a Honoré, asociado en su memoria con la chiquilla que Tété había sido. Le contó que antes de volver a Francia, madame Delphine trató de venderlo, pero no valía nada, era un viejo enfermo, y tuvo que soltarlo para que se las arreglara solo pidiendo limosna.

—Se fue con los rebeldes antes de la revolución. Vino a despedirse de mí, éramos amigos. Un verdadero caballero ese Honoré. No sé si alcanzó a llegar a las montañas, porque el camino era empinado y él tenía los huesos chuecos. Si llegó, quién sabe si lo aceptaron, porque no estaba en condiciones de pelear en ninguna guerra —suspiró Loula.

—Seguro que lo aceptaron, porque sabía tocar tambores y cocinar. Eso es más importante que empuñar un arma —la consoló Tété.

Se despidió del sacerdote y la anciana hermana Lucie con la promesa de ayudarlos con los enfermos cuando pudiera, y se trasladó a vivir con Violette y Loula, como tanto había deseado a los diez años. Para satisfacer una curiosidad pendiente desde hacía dos décadas, averiguó cuánto había pagado Violette por ella a madame Delphine y se enteró de que fue el costo de un par de cabras, aunque después su precio aumentó un quince por ciento cuando fue traspasada a Valmorain. «Es más de lo que valías, Tété. Eras una chiquilla fea y mal criada», le aseguró Loula seriamente.

Le asignaron el único cuarto de esclavos de la casa, una celda sin ventilación, pero limpia, y Violette hurgó entre sus cosas y encontró algo adecuado para vestirla. Sus tareas eran tantas que no se podían enumerar, pero básicamente consistían en cumplir las órdenes de Loula, quien ya no tenía edad ni aliento para labores domésticas y pasaba el día en la cocina preparando ungüentos para la hermosura y jarabes para la sensualidad. Ningún cartel en la calle pregonaba lo que se ofrecía dentro de esas paredes; bastaba el rumor de boca en boca, que atraía a una fila interminable de mujeres de todas las edades, la mayoría de color, aunque también llegaban algunas blancas disimuladas bajo tupidos velos.

Violette atendía sólo por las tardes, no había perdido la costumbre de dedicar las horas de la mañana a sus cuidados personales y el ocio. Su cutis, rara vez tocado por la luz directa del sol, seguía tan delicado como la *crème caramel* y las finas arrugas de los ojos le daban carácter; sus manos, que jamás habían lavado ropa ni cocinado, lucían juveniles, y sus formas se habían acentuado con varios kilos que la suavizaban sin darle aspecto de matrona. Las lociones misteriosas habían preservado el color azabache de su cabello, que peinaba como antes en un moño complicado, con algunos rizos sueltos para deleite de la imaginación. Todavía provocaba deseo en los hombres y celos en las mujeres, y esa certeza agregaba vaivén a su andar y ronroneo a su risa. Sus clientas le confiaban sus cuitas, le pedían consejo en susurros y adquirían sus pociones sin regatear, en la más absoluta reserva. Tété la acompañaba a comprar los ingredientes; desde perlas para aclarar la piel, que conseguía de los piratas, hasta frascos de vidrio pintado, que un capitán le traía de Italia. «El envase vale más que el contenido. Lo que importa es la apariencia», le comentó Violette a Tété. «El Père Antoine sostiene lo contrario», se rió la otra.

Una vez por semana iban donde un escribano y Violette le dictaba a grandes rasgos una carta para su hijo en Francia. El escribano se encargaba de poner sus pensamientos en frases floridas y hermosa caligrafía. Las cartas demoraban sólo dos meses en llegar a manos del joven cadete, quien respondía puntualmente con cuatro frases en jerga militar para decir que su estado era positivo y estaba estudiando la lengua del enemigo, sin especificar de qué enemigo en particular, dado que Francia contaba con varios. «Jean-Martin es igual que su padre», suspiraba Violette cuando leía esas misivas escritas en clave. Tété se atrevió a preguntarle cómo había logrado que la maternidad no le aflojara las carnes y Violette lo atribuyó a la herencia de su abuela senegalesa. No le confesó que Jean-Martin era adoptado, tal como nunca le mencionó sus amoríos con Valmorain. Sin embargo, le habló de su larga relación con Étienne Relais, amante y marido, a cuya memoria fue fiel hasta que apareció Sancho García del Solar, porque ninguno de los pretendientes anteriores en Cuba, incluso aquel gallego que estuvo a punto de casarse con ella, logró enamorarla.

—He tenido siempre compañía en mi cama de viuda para mantenerme en forma. Por eso tengo buen cutis y buen humor.

Tété calculó que pronto ella misma estaría arrugada y melancólica, porque llevaba años consolándose sola, sin más incentivo que el recuerdo de Gambo.

—Don Sancho es un señor muy bueno, madame. Si lo quiere ¿por qué no se casan?

—¿En qué mundo vives, Tété? Los blancos no se casan con

mujeres de color, es ilegal. Además, a mi edad no hay que casarse y menos con un parrandero incurable como Sancho.

—Podrían vivir juntos.

—No quiero mantenerlo. Sancho morirá pobre, mientras que yo pienso morirme rica y que me entierren en un mausoleo coronado con un arcángel de mármol.

Un par de días antes de que se cumpliera el plazo para la emancipación de Tété, Sancho y Violette la acompañaron al colegio de las ursulinas a contarle la noticia a Rosette. Se reunieron en la sala de visitas, amplia y casi desnuda, con cuatro sillas de madera tosca y un gran crucifijo colgado del techo. Sobre una mesita había tazas de chocolate tibio, con una costra de nata coagulada flotando encima, y una urna para las limosnas que ayudaban a mantener a los mendigos allegados al convento. Una monja asistía a la entrevista y vigilaba de reojo, porque las alumnas no podían estar sin chaperona en presencia masculina, aunque fuese el obispo y con mayor razón un tipo tan seductor como ese español.

Tété rara vez había tocado el tema de la esclavitud con su hija. Rosette sabía vagamente que ella y su madre pertenecían a Valmorain y lo comparaba con la situación de Maurice, quien dependía por completo de su padre y no podía decidir nada por sí mismo. No le parecía raro. Todas las mujeres y niñas que conocía, libres o no, pertenecían a un hombre: padre, marido o Jesús. Sin embargo, ése era el tema constante de las cartas de Maurice, que siendo libre, vivía mucho más angustiado que ella por la absoluta inmoralidad de la esclavitud, como la llamaba. En la infancia, cuando las diferencias entre ambos eran mucho menos aparentes, Maurice solía sumirse en estados de ánimo trágicos causados por los dos temas que lo obsesionaban: la justicia y la esclavitud. «Cuando seamos grandes, tú serás mi amo, yo seré tu esclava, y viviremos contentos», le dijo Rosette en una ocasión. Maurice la sacudió, atorado de llanto: «¡Yo nunca tendré esclavos! ¡Nunca! ¡Nunca!».

Rosette era una de las chicas de piel más clara entre las estudiantes de color y nadie dudaba de que fuera hija de padres libres; sólo la monja superiora conocía su verdadera condición y la había aceptado por la donación que hizo Valmorain al colegio y la promesa de que sería emancipada en un futuro cercano. Esa visita resultó más distendida que las anteriores, en las cuales Tété había estado a solas con su hija sin nada que decirse, ambas incómodas. Rosette y Violette simpatizaron de inmediato. Al verlas juntas, Tété pensó que en cierta forma se parecían, no tanto por los rasgos como por el colorido y la actitud. Pasaron la hora de visita conversando animadamente, mientras ella y Sancho las observaban mudos.

—¡Qué niña tan lista y tan bonita es tu Rosette, Tété! ¡Es la hija que desearía tener! —exclamó Violette cuando salieron.

—¿Qué será de ella cuando salga del colegio, madame? Está acostumbrada a vivir como rica, no ha trabajado nunca y se cree blanca —suspiró Tété.

—Falta para eso, mujer. Ya veremos —replicó Violette.

Zarité

*E*l día señalado me aposté en la puerta del tribunal a esperar al juez. La notificación todavía estaba pegada en la pared, como la había visto cada tarde durante esos cuarenta días, cuando iba, con el alma en un hilo y un gris-gris de buena suerte en la mano, a averiguar si alguien se oponía a mi emancipación. Madame Hortense podía impedirlo, era muy fácil para ella; le bastaría acusarme de costumbres disipadas o mala índole, pero parece que no se atrevió a desafiar a su marido. Monsieur Valmorain le tenía horror a los chismes. En esos días tuve tiempo para pensar y tuve muchas dudas. Me sonaban en la cabeza las advertencias de Célestine y las amenazas de los Valmorain: la libertad significaba que no podía contar con ayuda, no tendría protección ni seguridad. Si no encontraba trabajo o me enfermaba, terminaría en la cola de mendigos que alimentaban las ursulinas. ¿Y Rosette? «Calma, Tété. Confía en Dios, que nunca nos abandona», me consolaba el Père Antoine. Nadie se presentó en el tribunal para oponerse y el 30 de noviembre de 1800 el juez firmó mi libertad y me entregó a Rosette. Sólo el Père Antoine estaba allí, porque don Sancho y el doctor Parmentier, que me habían prometido asistir, se olvidaron. El juez me preguntó con qué apellido quería inscribirme y el santo me autorizó para usar el suyo. Zarité Sedella, treinta años, mulata, libre. Rosette, once años, cuarterona, esclava, propiedad de Zarité Sedella. Eso decía el papel que el Père Antoine me leyó palabra a palabra antes de darme su bendición y un apretado abrazo. Así fue.

El santo partió enseguida a atender a sus necesitados y yo me senté en un banquito de la plaza de Armas a llorar de alivio. No sé cuánto rato estuve así, pero fue un llanto largo, porque el sol se desplazó en el cielo y la cara se me secó en la sombra. Entonces sentí que me tocaban el hombro y una voz que reconocí al instante me saludó: «¡Por fin se calma, mademoiselle Zarité! Creí que se iba a disolver en lágrimas». Era Zacharie, que había estado sentado en otro banco observándome sin apuro. Era el hombre más guapo del mundo, pero yo no lo había notado antes porque estaba ciega de amor por Gambo. En la intendencia de Le Cap, con su librea de gala, era una figura imponente y allí en la plaza, con chaleco bordado de seda color musgo, camisa de batista, botas con hebillas labradas y varios anillos de oro, se veía todavía mejor. «¡Zacharie! ¿Es usted realmente?» Parecía una visión, muy distinguido, con algunas canas en las sienes y un bastón delgado con mango de marfil.

Se sentó a mi lado y me pidió que dejáramos el trato formal, tú mejor que de usted, en vista de nuestra antigua amistad. Me contó que había salido a toda prisa de Saint-Domingue apenas se anunció el fin de la esclavitud y se había embarcado en una goleta americana que lo dejó en Nueva York, donde no conocía un alma, tiritaba de frío y no entendía una palabra de la jerigonza que hablaba esa gente, como dijo. Sabía que la mayoría de los refugiados de Saint-Domingue estaban instalados en Nueva Orleans y se las arregló para llegar hasta aquí. Le iba muy bien. Un par de días antes había visto por casualidad la notificación de mi libertad en el tribunal, hizo unas averiguaciones y cuando estuvo seguro de que se trataba de la misma Zarité que él conocía, esclava de monsieur Toulouse Valmorain, decidió aparecer en la fecha indicada, ya que de todos modos su bote estaría anclado en Nueva Orleans. Me vio entrar con el Père Antoine en el tribunal, me esperó en la plaza de Armas y después tuvo la delicadeza de dejarme llorar a gusto antes de saludarme.

—Esperé treinta años este momento y cuando llega, en vez de bailar de alegría, me pongo a llorar —le dije, avergonzada.

—Ya tendrás tiempo de bailar, Zarité. Saldremos a celebrar esta misma tarde —me ofreció.

—¡No tengo nada que ponerme!

—Tendré que comprarte un vestido; es lo menos que mereces en este día, el más importante de tu vida.

—¿Eres rico, Zacharie?

—Soy pobre pero vivo como rico. Eso es más sabio que ser rico y vivir como pobre —y se echó a reír—. Cuando me muera, mis amigos tendrán que hacer una colecta para enterrarme, pero mi epitafio dirá con letras de oro: aquí yace Zacharie, el negro más rico del Mississippi. Ya mandé inscribir la lápida y la guardo debajo de mi cama.

—Eso mismo desea madame Violette Boisier: una tumba impresionante.

—Es lo único que queda, Zarité. Dentro de cien años los visitantes del cementerio podrán admirar las tumbas de Violette y Zacharie e imaginar que tuvimos una buena vida.

Me acompañó a la casa. A medio camino nos cruzamos con dos hombres blancos, casi tan bien vestidos como Zacharie, que lo miraron de arriba abajo con expresión burlona. Uno de ellos lanzó un escupitajo muy cerca de los pies de Zacharie, pero él no se dio cuenta o prefirió desdeñarlo.

No fue necesario que me comprara un vestido, porque madame Violette quiso arreglarme para la primera cita de mi vida. Con Loula me bañaron, me masajearon con crema de almendras, pulieron mis uñas y me arreglaron los pies lo mejor posible, pero no pudieron disimular los callos de tantos años andando descalza. Madame me maquilló, pero en el espejo no apareció mi cara pintarrajeada, sino una Zarité Sedella casi bonita. Me puso un vestido suyo de corte imperio de muselina con una capa del mismo color durazno y me anudó a su manera un *tignon* de seda. Me prestó sus zapatillas de tafetán y sus grandes aros de oro, su única joya, aparte del anillo de ópalo roto, que nunca se quitaba del dedo. No tuve que ir con chancletas y llevar las zapatillas en una bolsa para no ensuciarlas en la calle, como siempre se hace, porque Zacharie llegó en un coche de alquiler. Supongo que Violette, Loula y varias vecinas que acudieron a curiosear, se preguntaban por qué un caballero como él perdía su tiempo con alguien tan insignificante como yo.

Zacharie me trajo dos gardenias, que Loula me prendió en el escote, y nos fuimos al Teatro de la Ópera. Esa noche presentaban una obra del compositor Saint-Georges, hijo de un plantador de Guadalupe y su esclava africana. El rey Luis XVI lo nombró director de la Ópera de París, pero no duró mucho, porque divas y tenores se negaban a cantar bajo su batuta. Así me contó Zacharie. Tal vez ninguno de los blancos del público, que tanto aplaudieron, sabía que la música era de un mulato. Teníamos los mejores asientos en la parte reservada a la gente de color, segundo piso al centro. El denso aire del teatro olía a alcohol, sudor y tabaco, pero yo sólo olía mis gardenias. En las galerías había varios kaintocks que interrumpían con burlas gritonas, hasta que por fin los sacaron a empellones y la música pudo continuar. Después fuimos al Salón Orleans, donde tocaban valses, cuadrillas y polca, los mismos bailes que Maurice y Rosette aprendieron a varillazos. Zacharie me guió sin pisarme los pies ni atropellar a otras parejas, teníamos que hacer figuras en la pista sin aletear ni sacudir el rabo. Había algunos hombres blancos, pero ninguna mujer blanca y Zacharie era el más negro, aparte de los músicos y meseros, y también el más bello. Pasaba a todo el mundo en altura, bailaba como si fuera flotando y sonreía con sus dientes perfectos.

Nos quedamos en el baile una media hora, pero Zacharie se dio cuenta de que yo no calzaba allí para nada y nos fuimos. Lo primero que hice al subir al coche fue quitarme los zapatos.

Terminamos cerca del río, en una callecita discreta lejos del centro. Me

llamó la atención que, frente a ella, hubiera varios coches con lacayos ador-
mecidos en los pescantes, como si llevaran un buen rato esperando. Nos
detuvimos frente a un muro cubierto de hiedra y una puerta angosta, mal
alumbrada por un farol y vigilada por un blanco armado con dos pistolas
que saludó a Zacharie con respeto. Entramos en un patio donde había una
docena de caballos ensillados y oímos los acordes de una orquesta. La casa,
que no era visible desde la calle, era de buen tamaño pero sin pretensiones,
con el interior oculto por gruesos cortinajes en las ventanas.

—Bienvenido a Chez Fleur, la casa de juego más famosa de Nueva
Orleans —me anunció Zacharie con un gesto que abarcó la fachada.

Pronto nos encontramos en un amplio salón. Entre la humareda de los
cigarros vi hombres blancos y de color, unos junto a las mesas de juego, otros
bebiendo y algunos bailando con mujeres escotadas. Alguien nos puso copas
de champán en las manos. No podíamos avanzar, porque a Zacharie lo
detenían a cada paso para saludarlo.

Bruscamente estalló una riña entre varios jugadores y Zacharie hizo
ademán de intervenir, pero se le adelantó una persona enorme con una
mata de cabello duro como paja seca, un cigarro entre los dientes y botas
de leñador, que repartió unos bofetones sonoros y la pelea se disolvió. Dos
minutos más tarde los hombres estaban sentados con los naipes en la mano,
bromeando, como si no acabaran de ser cacheteados. Zacharie me presen-
tó a quien había impuesto orden. Pensé que era un hombre con senos, pero
resultó ser una mujer con pelos en la cara. Tenía un delicado nombre de
flor y pájaro que no correspondía a su aspecto: Fleur Hirondelle.

Zacharie me explicó que con el dinero que había ahorrado durante años
para comprar su libertad, que se llevó cuando se fue de Saint-Domingue,
más un préstamo del banco, conseguido por su socia Fleur Hirondelle, pudie-
ron comprar la casa, que estaba en malas condiciones, pero la arreglaron
con todas las comodidades y hasta cierto lujo. No tenían problemas con las
autoridades, porque una parte del presupuesto se destinaba a sobornos.

Vendían licor y comida, había música alegre de dos orquestas y ofrecían las damas de la noche más vistosas de Luisiana. No eran empleadas de la casa, sino artistas independientes, porque *Chez Fleur* no era un lupanar: de ésos había muchos en la ciudad y no se necesitaba uno más. En las mesas se perdían y a veces se ganaban fortunas, pero el grueso quedaba en la casa de juego. *Chez Fleur* era buen negocio, aunque todavía estaban pagando el préstamo y tenían muchos gastos.

—Mi sueño es tener varias casas de juego, Zarité. Claro que necesitaría socios blancos, como Fleur Hirondelle, para conseguir el dinero.

—¿Ella es blanca? Parece un indio.

—Francesa de pura cepa, pero quemada por el sol.

—Tuviste suerte con ella, Zacharie. Los socios no son convenientes, es mejor pagarle a alguien para que preste el nombre. Así hace madame Violette para dar esquinazo a la ley. Don Sancho da la cara, pero ella no lo deja husmear en sus negocios.

En el local bailé a mi modo y la noche pasó volando. Cuando Zacharie me llevó de regreso a casa estaba amaneciendo. Tuvo que sostenerme por un brazo, porque me daba vueltas la cabeza de contento y champán, que nunca antes había tomado. «Erzuli, loa el amor, no permitas que me enamore de este hombre, porque voy a sufrir», rogué esa noche, pensando en cómo lo miraban las mujeres en el Salón Orleans y se le ofrecían en el *Chez Fleur*.

Desde la ventanilla del carruaje vimos al Père Antoine que regresaba a la iglesia arrastrando sus sandalias después de una noche de buenas obras. Iba agotado y nos detuvimos para llevarlo, aunque me dio vergüenza mi aliento de alcohol y mi vestido escotado. «Veo que has celebrado en grande tu primer día de libertad, hija mía. Nada más merecido en tu caso que un poco de disipación», fue todo lo que dijo antes de darme su bendición.

Tal como Zacharie me había prometido, ése fue un día feliz. Así lo recuerdo.

La política del día

E n Saint-Domingue, Pierre-François Toussaint, llamado Louverture por su habilidad para negociar, mantenía un precario control bajo su dictadura militar, pero los siete años de violencia habían devastado la colonia y empobrecido a Francia. Napoleón no iba a permitir que ese patizambo, como lo llamaba, le impusiera condiciones. Toussaint se había proclamado gobernador vitalicio inspirado en el título napoleónico de primer cónsul vitalicio, y trataba a éste de igual a igual. Bonaparte pensaba aplastarlo como a una cucaracha, poner a los negros a trabajar en las plantaciones y recuperar la colonia bajo dominio de los blancos. En el Café des Émigrés en Nueva Orleans, los parroquianos seguían con vehemente atención los confusos acontecimientos de los meses siguientes, porque no perdían la esperanza de regresar a la isla. Napoleón envió una numerosa expedición bajo el mando de su cuñado, el general Leclerc, quien llevaba consigo a su bella esposa Pauline Bonaparte. La hermana de Napoleón viajaba con cortesanos, músicos, acróbatas, artistas, muebles, adornos y todo lo deseable para instalar en la colonia una corte tan espléndida como la que había dejado en París.

Salieron de Brest a fines de 1801 y dos meses más tarde Le Cap fue bombardeado por los buques de Leclerc y reducido a cenizas por segunda vez en diez años. A Toussaint Louverture no se le movió una ceja. Impasible, aguardaba en cada instancia el momento preciso de atacar o de replegarse y cuando eso sucedía sus tropas dejaban la tierra arrasada, sin un árbol de pie. Los blancos que no alcanzaban a ponerse bajo la protección de Leclerc, eran aniquilados. En abril la fiebre amarilla cayó como otra maldición sobre las tropas francesas, poco acostumbradas al clima y sin defensa contra la epidemia. De los diecisiete mil hombres que llevaba Leclerc al comenzar la expedición, le quedaron siete mil en lamentables condiciones; del resto había cinco mil agonizantes y otros cinco mil bajo tierra. Nuevamente Toussaint agradeció la oportuna ayuda de los ejércitos alados de Macandal.

Napoleón mandó refuerzos y en junio otros tres mil soldados y oficiales murieron de la misma fiebre; no alcanzaba la cal viva para cubrir los cuerpos en las fosas comunes, donde buitres y perros les arrancaban pedazos. Sin embargo, ese mismo mes la *z'etoile* de Toussaint se apagó en el firmamento. El general cayó en una trampa tendida por los franceses con el pretexto de parlamentar, fue arrestado y deportado a Francia con su familia. Napoleón había vencido al «general negro más grande de la historia», como lo calificaban. Leclerc anunció que la única forma de restaurar la paz sería matar a todos los negros de las montañas y la mitad de los de las llanuras, hombres y mujeres, y dejar vivos sólo a los niños menores de doce años, pero no alcanzó a ejecutar su plan, porque se enfermó.

Los emigrados blancos de Nueva Orleans, incluso los monárquicos, brindaron por Napoleón, el invencible, mientras Toussaint Louverture se moría lentamente en una celda helada en un fuerte de los Alpes, a dos mil novecientos metros de altura, cerca de la frontera con Suiza. La guerra continuó implacable durante todo el año 1802 y muy pocos hicieron la cuenta de que en esa breve campaña Leclerc había perdido casi treinta mil hombres antes de perecer él mismo del mal de Siam en noviembre. El primer cónsul prometió enviar a Saint-Domingue otros treinta mil soldados.

Una tarde de invierno de 1802, el doctor Parmentier y Tété conversaban en el patio de Adèle, donde se encontraban con frecuencia. Tres años antes, cuando el doctor vio a Tété en casa de los Valmorain poco después de haber llegado de Cuba, cumplió con darle el mensaje de Gambo. Le habló de las circunstancias en que lo había conocido, sus horrendas heridas y la larga convalecencia, que les permitió conocerse. También le contó la ayuda que el bravo capitán le había prestado para salir de Saint-Domingue cuando eso era casi imposible. «Dijo que no lo esperaras, Tété, porque ya te había olvidado, pero si te envió ese recado, es que no te había olvidado», le comentó el médico en esa ocasión. Suponía que Tété se había librado del fantasma de ese amor. Conocía a Zacharie y cualquiera podía adivinar sus sentimientos por Tété, aunque el doctor nunca había sorprendido entre ellos esos gestos posesivos que delatan intimidad. Tal vez el hábito de cautela y disimulo, que les había servido en la esclavitud, tenía raíces demasiado profundas. La casa de juego mantenía ocupado a Zacharie que, además, viajaba de vez en cuando a Cuba y otras islas a abastecerse de licores, cigarros y otras mercancías para su negocio. Tété nunca estaba preparada cuando Zacharie aparecía en la casa de la calle Chartres. Parmentier se había encontrado con él varias veces cuando Violette lo invitaba a cenar. Era amable y formal, y siempre llegaba con el clásico pastel de almendras para coronar la mesa. Con él, Zacharie hablaba de política, su tema predilecto; con Sancho de apuestas, caballos y negocios de fantasía, y con las mujeres de todo lo que las halagaba. De vez en cuando lo acompañaba su socia, Fleur Hirondelle, quien parecía tener una curiosa afinidad con Violette. Depositaba sus armas en la entrada, se sentaba a tomar té en la salita y luego desaparecía en el interior de la casa tras los pasos de Violette. El doctor podía jurar que regresaba sin vellos en la cara y una vez la había visto guardar un frasquito en su faltriquera de pólvora, seguramente un perfume, porque le había oído decir a Violette que todas las mujeres tienen un rescoldo de coquetería en el alma y bastan unas gotas fragantes para encenderlo. Zacharie fingía no darse cuenta de esas debilidades de su socia, mientras esperaba que Tété se engalanara para salir con él.

Una vez llevaron al doctor a Chez Fleur y allí pudo ver a Zacharie y Fleur Hirondelle en su ambiente y apreciar la dicha de Tété bailando descalza. Tal como Parmentier había imaginado al conocerla en la *habitation* Saint-Lazare, cuando ella era muy joven, Tété poseía una gran reserva de sensualidad, que en esa época ocultaba bajo su expresión severa. Viéndola bailar, el médico concluyó que al ser emancipada no sólo había cambiado su condición legal, sino que se había liberado ese aspecto de su carácter.

En Nueva Orleans la relación de Parmentier con Adèle era normal, pues varios de sus amigos y pacientes mantenían familias de color. Por primera vez el doctor no necesitaba recurrir a estrategias indignas para visitar a su mujer, nada de andar de madrugada con precauciones de bandido para no ser visto. Cenaba casi todas las noches con ella, dormía en su cama y al otro día se iba a paso tranquilo a las diez de la mañana a su consultorio, sordo a los comentarios que pudiese suscitar. Había reconocido a sus hijos, que ahora llevaban su apellido, y ya los dos varones estaban estudiando en Francia, mientras la niña lo hacía en las ursulinas. Adèle trabajaba en su costura y ahorraba, como siempre lo había hecho. Dos mujeres la ayudaban con los corsés de Violette Boisier, unas armaduras reforzadas con barbas de ballena, que le daban curvas a la mujer más plana y no se notaban, de modo que los vestidos parecían flotar sobre el cuerpo desnudo. Las blancas se preguntaban cómo una moda inspirada en la Grecia antigua podía lucir mejor en las africanas que en ellas. Tété iba y venía entre ambas casas con dibujos, medidas, telas, corsés y vestidos terminados, que después Violette se encargaba de vender entre sus clientas. En una de esas oportunidades Parmentier se encontró conversando con Tété y Adèle en el patio de las buganvillas, que en esa época del año eran unos palos secos sin flores ni hojas.

–Hace siete meses que murió Toussaint Louverture. Otro crimen de Napoleón. Lo mataron de hambre, frío y soledad en la prisión, pero no será olvidado: el general entró en la historia –dijo el doctor.

Estaban bebiendo jerez después de una cena de bagre con vegetales, ya que entre sus muchas virtudes, Adèle era buena cocinera. El patio era el lugar más agradable de la casa, incluso en noches frías como aquélla. La tenue luz provenía de un brasero, que Adèle había encendido para obtener los carbones de la plancha y de paso calentar al pequeño círculo de amigos.

–La muerte de Toussaint no significa el fin de la revolución. Ahora el general Dessalines está al mando. Dicen que es un hombre implacable –continuó el médico.

–¿Qué habrá sido de Gambo? No confiaba en nadie, tampoco en Toussaint –comentó Tété.

–Después cambió de opinión respecto a Toussaint Louverture. En más de una ocasión arriesgó su vida por salvarlo, era el hombre de confianza del general.

–Entonces estaba con él cuando lo arrestaron –dijo Tété.

–Toussaint acudió a una cita con los franceses para negociar una salida política a la guerra, pero lo traicionaron. Mientras él aguardaba dentro de una casa, afuera asesinaron a mansalva a sus guardias y los soldados que lo acompañaban. Me temo que el capitán La Liberté cayó ese día defendiendo a su general —le explicó tristemente Parmentier.

—Antes Gambo me rondaba, doctor.

—¿Cómo?

—En sueños —dijo Tété vagamente.

No aclaró que antes lo llamaba cada noche con el pensamiento, como una oración, y a veces lograba invocarlo tan certeramente, que despertaba con el cuerpo pesado, caliente, lánguido, con la dicha de haber dormido abrazada a su amante. Sentía el calor y el olor de Gambo en su propia piel y en esas ocasiones no se lavaba, para prolongar la ilusión de haber estado con él. Esos encuentros en el territorio de los sueños eran el único consuelo en la soledad de su cama, pero de eso hacía mucho tiempo y ya había aceptado la muerte de Gambo, porque si estuviera vivo se habría comunicado con ella de alguna manera. Ahora tenía a Zacharie. En las noches que compartían, cuando él estaba disponible, ella descansaba satisfecha y agradecida después de haber hecho el amor, con la mano grande de Zacharie encima. Desde que él estaba en su vida, no había vuelto al hábito secreto de acariciarse llamando a Gambo, porque desear los besos de otro, aunque fuese un fantasma, habría sido una traición que él no merecía. El cariño seguro y tranquilo que compartían llenaba su vida; no necesitaba nada más.

—Nadie salió con vida de la encerrona que le dieron a Toussaint. No hubo prisioneros, fuera del general y después su familia, que también fue arrestada —agregó Parmentier.

—Sé que no cogieron vivo a Gambo, doctor, porque jamás se

habría rendido. ¡Tanto sacrificio y tanta guerra para que al final ganen los blancos!

—Todavía no han ganado. La revolución continúa. El general Dessalines acaba de vencer a las tropas de Napoleón y los franceses han empezado a evacuar la isla. Pronto tendremos aquí otra ola de refugiados y esta vez serán bonapartistas. Dessalines ha llamado a los colonos blancos para que recuperen sus plantaciones, porque los necesita para producir la riqueza que antes tenía la colonia.

—Ese cuento ya lo hemos oído varias veces, doctor, lo mismo hizo Toussaint. ¿Volvería usted a Saint-Domingue? —le preguntó Tété.

—Mi familia está mejor aquí. Nos quedaremos. ¿Y tú?

—Yo también. Aquí soy libre y Rosette lo será muy pronto.

—¿No es muy joven para ser emancipada?

—El Père Antoine me está ayudando. Conoce a medio mundo a lo largo y ancho del Mississippi y ningún juez se atrevería a negarle un favor.

Esa noche Parmentier le preguntó a Tété sobre su relación con Tante Rose. Sabía que además de asistirla en partos y curaciones, solía ayudarla en la preparación de medicamentos y estaba interesado en las recetas. Ella recordaba la mayoría y le aseguró que no eran complicadas y se podían conseguir los ingredientes a través de los «doctores de hojas» en el Mercado Francés. Hablaron de la forma de cortar hemorragias, bajar la fiebre y evitar infecciones, de las infusiones para limpiar el hígado y aliviar los cálculos de vesícula y riñón, de las sales contra la migraña, las hierbas para abortar y curar el flujo, los diuréticos, laxantes y fórmulas para fortalecer la sangre, que Tété sabía de memoria. Se rieron a dos voces del tónico de zarzaparrilla, que los *créoles* usaban para todos sus males, y estuvieron de acuerdo en que hacían mucha falta los conocimientos de Tante Rose. Al día siguiente Parmentier se presentó ante Violette Boisier a proponerle que ampliara su negocio de lociones de belleza con una lista de productos curativos de la farmacopea de Tante Rose, que Tété podía preparar en la cocina y él se comprometía a comprar en su totalidad. Violette no tuvo que pensarlo, el negocio le pareció redondo para todos los interesados: el doctor obtendría los remedios, Tété cobraría lo suyo y ella se quedaría con el resto sin hacer el menor esfuerzo.

Los americanos

Entonces Nueva Orleans fue sacudida por el rumor más inverosímil. En cafés y tabernas, en calles y plazas, la gente se reunió con ánimo exacerbado a comentar la noticia, todavía incierta, de que Napoleón Bonaparte le había vendido Luisiana a los americanos. Con el correr de los días prevaleció la idea de que se trataba sólo de una calumnia, pero siguieron hablando del corso maldito, porque recuerden, señores, que Napoleón es de Córcega, no se puede decir que sea francés, nos ha vendido a los *kaintocks*. Era la transacción de terreno más formidable y barata de la historia: más de dos millones de kilómetros cuadrados por la suma de quince millones de dólares, es decir, unos cuantos centavos por hectárea. La mayor parte de ese territorio, ocupado por desperdigadas tribus indígenas, no había sido explorado debidamente por blancos y nadie lograba imaginarlo, pero cuando Sancho García del Solar hizo circular un mapa del continente hasta el más lerdo pudo calcular que los americanos habían aumentado el doble el tamaño de su país. «Y ahora ¿qué será de nosotros? ¿Cómo metió el guante Napoleón en semejante negocio? ¿No somos colonia española?» Tres años antes España le había entregado Luisiana a Francia mediante el tratado secreto de San Ildefonso, pero la mayoría no se había enterado aún porque la vida continuó como siempre. El cambio de gobierno no se notó, las autoridades españolas permanecieron en sus puestos, mientras Napoleón guerreaba contra turcos, austríacos, italianos y cualquiera que se le pusiera por delante, además de los rebeldes en Saint-Domingue. Debía luchar en demasiados frentes, incluso contra Inglaterra, su enemigo ancestral, y necesitaba tiempo, tropas y dinero; no podía ocupar ni defender Luisiana, temía que cayera en manos de los británicos y prefirió vendérsela al único interesado, el presidente Jefferson.

En Nueva Orleans todos, menos los ociosos del Café des Émigrés que ya estaban con un pie en el barco para volver a Saint-Domingue, recibieron la noticia con espanto. Creían que los americanos eran unos bárbaros cubiertos de pieles de búfalo que comían con las botas sobre la mesa y carecían por completo de decencia, mesura y honor. ¡Y ni hablemos de clase! Sólo les interesaba apostar, beber y darse tiros o puñetazos, eran de un desorden diabólico y para colmo, protestantes. Además, no hablaban francés. Bueno, tendrían que aprenderlo, si no ¿cómo pensaban vivir en Nueva Orleans? La ciudad entera estuvo de acuerdo en que pertenecer a Estados Unidos equivalía al fin de la familia, la cultura y la única religión verdadera. Valmorain y Sancho, que mantenían tratos con americanos por sus negocios, aportaron una nota conciliadora en aquel bochinche, explicando que los *kaintocks* eran hombres de frontera, más o menos como bucaneros, y no se podía juzgar a todos los americanos por ellos. De hecho, dijo Valmorain, en sus viajes había conocido a muchos americanos, la gente más bien educada y tranquila; si acaso, se les podía reprochar que fuesen demasiado moralistas y espartanos en sus costumbres, lo opuesto de los *kaintocks*. Su defecto más notable era considerar el trabajo como una virtud, incluso el trabajo manual. Eran materialistas, triunfadores y los animaba un entusiasmo mesiánico por reformar a quienes no pensaban como ellos, pero no representaban un peligro inmediato para la civilización. Nadie quiso oírlos, salvo un par de locos como Bernard de Marigny, quien olió las enormes posibilidades comerciales de congraciarse con los americanos, y el Père Antoine, quien vivía en las nubes.

Primero se hizo el traspaso oficial, con tres años de retraso, de la colonia española a las autoridades francesas. Según el exagerado discurso del prefecto ante la multitud que acudió a la ceremonia, los habitantes de Luisiana tenían «las almas inundadas con el delirio de extrema felicidad». Celebraron con bailes, concierto, banquetes y espectáculos teatrales, en la mejor tradición *créole*, una verdadera competencia de cortesía, nobleza y despilfarro entre el depuesto gobierno español y el flamante gobierno francés, pero duró poco, porque justamente cuando estaban enarbolando la bandera de Francia atracó un barco proveniente de Burdeos con la confirmación de la venta del territorio a los americanos. ¡Vendidos como vacas! Humillación y furia reemplazaron el ánimo festivo del día anterior. El segundo traspaso, esta vez de los franceses a los americanos, que estaban acampados a dos millas de la ciudad, listos para ocuparla, tuvo lugar diecisiete días más tarde, el 20 de diciembre de 1803, y no fue ningún «delirio de extrema felicidad», sino duelo colectivo.

Ese mismo mes Dessalines proclamó la independencia de Saint-Domingue con el nombre de República Negra de Haití, bajo una nueva bandera azul y roja. Haití, «tierra de montañas», era el nombre que los desaparecidos indígenas arahuacos le daban a su isla. Con la intención de borrar el racismo, que había sido la maldición de la colonia, todos los ciudadanos, sin importar el color de su piel, se denominaban *nègs* y todos los que no eran ciudadanos se llamaban *blancs*.

–Creo que Europa y hasta Estados Unidos tratarán de hundir a esa pobre isla, porque su ejemplo puede incitar a otras colonias a independizarse. Tampoco permitirán que se propague la abolición de la esclavitud –le comentó Parmentier a su amigo Valmorain.

–A nosotros, en Luisiana, nos conviene el desastre de Haití, porque vendemos más azúcar y a mejor precio –concluyó Valmorain, a quien la suerte de la isla ya no le incumbía, porque todas sus inversiones estaban afuera.

Los emigrados de Saint-Domingue en Nueva Orleans no alcanzaron a pasmarse ante esa primera república negra, porque los acontecimientos en la ciudad requerían toda su atención. En un brillante día de sol se juntó en la plaza de Armas una multitud variopinta de *créoles*, franceses, españoles, indios y negros para ver a las autoridades americanas que entraban a caballo, seguidas por un destacamento de dragones, dos compañías de infantería y una de carabineros. Nadie sentía simpatía por esos hombres que se pavoneaban como si cada uno de ellos hubiera puesto de su bolsillo los quince millones de dólares para comprar Luisiana.

En una breve ceremonia oficial en el Cabildo le entregaron las llaves de la ciudad al nuevo gobernador y luego se efectuó el cambio de banderas en la plaza, bajaron lentamente el pabellón tricolor de Francia y elevaron la bandera estrellada de Estados Unidos. Al cruzarse ambas al medio, se detuvieron por un momento y un cañonazo dio la señal, que fue respondida de inmediato por un coro de fogonazos de los barcos en el mar. Una banda de músicos tocó una canción popular americana y la gente escuchó en silencio; muchos lloraban a mares y más de una dama desfalleció de pena. Los recién llegados se dispusieron a ocupar la ciudad en la forma menos agresiva posible, mientras los nativos se dispusieron a hacerles la vida muy difícil. Los Guizot ya habían hecho circular cartas instruyendo a sus relaciones de mantenerlos marginados, nadie debía colaborar con ellos ni recibirlos en sus casas. Hasta el más lamentable mendigo de Nueva Orleans se sentía superior a los americanos.

Una de las primeras medidas tomadas por el gobernador Claiborne fue declarar el inglés idioma oficial, lo cual fue recibido con burlona incredulidad por los *créoles*. ¿Inglés? Habían vivido décadas como colonia española hablando francés; los americanos debían estar definitivamente dementes si esperaban que su jerga gutural reemplazara a la lengua más melódica del mundo.

Las monjas ursulinas, aterrorizadas con la certeza de que los bonapartistas primero y los *kaintocks* después iban a arrasar la ciudad, profanar su iglesia y violarlas, se aprontaron para embarcarse en masa hacia Cuba, a pesar de las súplicas de sus pupilas, sus huérfanos y los cientos de indigentes que ayudaban. Sólo nueve de las veinticinco monjas se quedaron, las otras dieciséis desfilaron cabizbajas hacia el puerto, envueltas en sus velos y llorando, rodeadas por un séquito de amigos, conocidos y esclavos que las acompañaron hasta el barco.

Valmorain recibió un mensaje escrito deprisa conminándolo a retirar a su protegida del colegio en el plazo de veinticuatro horas. Hortense, quien esperaba otro hijo con la esperanza de que esta vez fuese el tan deseado varón, le dio a entender sin lugar a dudas a su marido que esa muchacha negra no pisaría su casa y tampoco quería que nadie la viera con él. La gente era mal pensada y seguramente echarían a correr rumores –falsos, por supuesto– de que Rosette era su hija.

Con la derrota de las tropas napoleónicas en Haití llegó una segunda avalancha de refugiados a Nueva Orleans, tal como predijo el doctor Parmentier; primero cientos y luego miles. Eran bonapartistas, radicales y ateos, muy diferentes de los monárquicos católicos que habían llegado antes. El choque entre emigrados fue inevitable y coincidió con la entrada de los americanos a la ciudad. El gobernador Claiborne, un militar joven, de ojos azules y corta melena amarilla, no hablaba palabra de francés y no entendía la mentalidad de los *créoles*, que consideraba perezosos y decadentes.

De Saint-Domingue llegaba un barco tras otro cargado de civiles y soldados enfermos de fiebre, que representaban un peligro político por sus ideas revolucionarias, y de salud pública por la posibilidad de una epidemia. Claiborne procuró aislarlos en campamentos alejados, pero la medida fue muy criticada y no impidió el chorreo de refugiados, que de algún modo se las arreglaban para llegar a la ciudad. Puso en la cárcel a los esclavos que traían los blancos, temiendo que incitaran a los locales con el germen de la rebelión; pronto no hubo espacio en las celdas y lo desbordó el clamor de los amos, indignados porque su propiedad había sido confiscada. Alegaban que sus negros eran leales y de probado buen carácter, que de otro modo no los hubieran traído. Además, hacían mucha falta. Aunque en Luisiana nadie respetaba la prohibición de importar esclavos y los piratas abastecían el mercado, de todos modos había mucha demanda. Claiborne, que no era partidario de la esclavitud, cedió a la presión del público y se dispuso a considerar cada caso individualmente, lo cual podía llevar meses, mientras Nueva Orleans estaba en ascuas.

Violette Boisier se aprontó para acomodarse al impacto de los americanos. Adivinó que los amables *créoles*, con su cultura del ocio, no resistirían la pujanza de esos hombres emprendedores y prácticos. «Fíjate en lo que te digo, Sancho, en poco tiempo estos *parvenus* nos van a borrar de la faz de la tierra», le advirtió a su amante. Había oído hablar del espíritu igualitario de los americanos, inseparable de la democracia, y pensó que si antes había espacio para la gente de color libre en Nueva Orleans, con mayor razón lo habría en el futuro. «No te engañes, son más racistas que ingleses, franceses y españoles juntos», le explicó Sancho, pero ella no le creyó.

Mientras otros se negaban a mezclarse con los americanos, Violette se dedicó a estudiarlos de cerca, a ver qué aprendía de ellos y cómo podía mantenerse a flote en los cambios inevitables que traerían a Nueva Orleans. Estaba satisfecha con su vida, tenía independencia y comodidad. Hablaba en serio cuando decía que iba a morir rica. Con las ganancias de sus cremas y consejos de moda y belleza había comprado en menos de tres años la casa de la calle Chartres y planeaba adquirir otra. «Hay que invertir en propiedades, es lo único que queda, lo demás se lo lleva el viento», le repetía a Sancho, quien nada propio poseía, ya que la plantación era de Valmorain. El proyecto de comprar tierra y hacerla producir, le había parecido fascinante a Sancho el primer año, soportable el segundo y de ahí en adelante un tormento. El entusiasmo por el algodón se le esfumó apenas Hortense demostró interés, pues prefería no tener tratos con esa mujer. Sabía que Hortense estaba conspirando para sacárselo del medio y reconocía que no le faltaban razones: él era una carga que Valmorain llevaba al hombro por amistad. Violette le aconsejaba que resolviera sus problemas con una esposa rica. «¿Es que no me quieres?», replicaba Sancho, ofendido. «Te quiero, pero no tanto como para mantenerte. Cásate y seguimos siendo amantes.»

Loula no compartía el entusiasmo de Violette por las propiedades. Sostenía que en esa ciudad de catástrofes estaban sujetas a los caprichos del clima y los incendios, había que invertir en oro y dedicarse a prestar dinero, como habían hecho antes con tan buenos resultados, pero a Violette no le convenía echarse enemigos encima con maniobras de usurera. Había alcanzado la edad de la prudencia y estaba labrando su posición social. Sólo le preocupaba Jean-Martin, que según sus crípticas misivas seguía inamovible en su propósito de seguir los pasos de su padre, cuya memoria veneraba. Ella pretendía algo mejor para su hijo, conocía de sobra la dureza de la vida militar, no había más que ver las condiciones desastrosas en que llegaban los soldados derrotados de Haití. No podría disuadirlo mediante cartas dictadas a un escribano; tendría que ir a Francia y convencerlo de que estudiara una profesión rentable, como abogado. Por incompetente que fuese, ningún abogado acababa pobre. El hecho de que Jean-Martin no hubiese demostrado interés por la justicia no era importante, muy pocos abogados lo tenían. Después lo casaría en Nueva Orleans con una chica lo más blanca posible, alguien como Rosette, pero con fortuna y de buena familia. Según su experiencia, la piel clara y el dinero facilitaban casi todo. Quería que sus nietos vinieran al mundo con ventaja.

Rosette

Valmorain había visto a Tété en la calle, era imposible no toparse en esa ciudad, y había hecho como si no la conociera, pero sabía que trabajaba para Violette Boisier. Tenía muy poco contacto con la bella de sus antiguos amores, porque antes de que alcanzaran a reanudar la amistad, como planeaba cuando la vio llegar a Nueva Orleans, Sancho se había cruzado con su galantería, su buena pinta y la ventaja de ser soltero. Valmorain aún no entendía cómo pudo ganarle la partida su cuñado. Su relación con Hortense había perdido lustre desde que ella, absorta en la maternidad, había descuidado las acrobacias en la gran cama matrimonial con angelotes. Estaba siempre preñada, no alcanzaba a reponerse de una niña y ya estaba esperando a la siguiente, cada vez más cansada, gorda y tiránica.

A Valmorain se le hacían tediosos los meses en Nueva Orleans, se sofocaba en el ambiente femenino de su hogar y con la compañía constante de los Guizot; por eso escapaba a la plantación, dejando a Hortense con las niñas en la casa de la ciudad. En el fondo ella también lo prefería así: su marido ocupaba demasiado espacio. En la plantación se notaba menos, pero en la ciudad los cuartos se les hacían estrechos y las horas muy largas. Él tenía su propia vida puertas afuera, pero a diferencia de otros hombres de su condición, no mantenía a una querida que le endulzara algunas tardes de la semana. Cuando vio a Violette Boisier en el muelle, pensó que sería la amante ideal, hermosa, discreta e infértil. La mujer ya no estaba tan joven, pero él no deseaba una muchacha de quien pronto se cansaría. Violette siempre fue un desafío y con la madurez sin duda lo era aún más, con ella nunca podría aburrirse. Sin embargo, por una norma entre caballeros, no intentó verla después de que Sancho se enamoró de ella. Ese día fue a la casa amarilla con la esperanza de verla y la nota de las ursulinas en la chaqueta. Tété, con quien no había cruzado palabra en tres años, le abrió la puerta.

–Madame Violette no está en este momento –le anunció en el umbral.

–No importa, vine a hablar contigo.

Ella lo guió a la sala y le ofreció un café, que él aceptó para recuperar el aliento, aunque el café le producía ardor de estómago. Se sentó en un sillón redondo donde apenas pudo acomodar el trasero, con el bastón entre las piernas, acezando. No hacía calor, pero en los últimos tiempos le faltaba el aire con frecuencia. «Debo adelgazar un poco», se decía cada mañana cuando luchaba con el cinturón y el corbatín de tres vueltas; hasta el calzado le apretaba. Tété regresó con una bandeja, le sirvió café como a él le gustaba, retinto y amargo, luego se sirvió otra taza para ella con mucho azúcar. Valmorain notó, entre divertido e irritado, un dejo de altanería en su antigua esclava. Aunque no lo miraba a los ojos y no cometió la insolencia de sentarse, se atrevía a beber café en su presencia sin pedirle permiso y en su voz no encontró la sumisión de antes. Admitió que se veía mejor que nunca; seguramente había aprendido algunos trucos de Violette, cuyo recuerdo le agitó el corazón: su piel de gardenia, su melena negra, sus ojos sombreados por largas pestañas. Tété no podía compararse, pero ahora que no era suya le parecía deseable.

—¿A qué debo su visita, monsieur? —preguntó ella.

—Se trata de Rosette. No te alarmes. Tu hija está bien, pero mañana saldrá del colegio porque las monjas se irán a Cuba por el asunto de los americanos. Es una reacción exagerada y sin duda volverán, pero ahora tienes que hacerte cargo de Rosette.

—¿Cómo puedo hacer eso, monsieur? —dijo Tété, azorada—. No sé si madame Violette aceptará que la traiga aquí.

—Eso no me incumbe. Mañana a primera hora debes ir a buscarla. Tú verás qué haces con ella.

—Rosette también es su responsabilidad, monsieur.

—Esa chiquilla ha vivido como señorita y recibido la mejor educación gracias a mí. Llegó la hora de que se enfrente con su realidad. Tendrá que trabajar, a menos que consiga un marido.

—¡Tiene catorce años!

—Edad sobrada para casarse. Las negras maduran temprano —y se puso trabajosamente de pie para marcharse.

La indignación abrasó a Tété como una llamarada, pero treinta años de obedecer a ese hombre y el temor que siempre le había inspirado le impidió decirle lo que tenía en la punta de los labios. No había olvidado la primera violación del amo, cuando era una niña, el odio, el dolor, la vergüenza, ni los abusos posteriores que soportó por años. Callada, temblorosa, le entregó su sombrero y lo condujo a la puerta. En el umbral él se detuvo.

—¿Te ha servido de algo la libertad? Vives más pobre que antes, ni siquiera cuentas con un techo para tu hija. En mi casa Rosette siempre tuvo su lugar.

—El lugar de una esclava, monsieur. Prefiero que viva en la miseria y sea libre —replicó Tété, conteniendo las lágrimas.

–El orgullo será tu condenación, mujer. No perteneces a ninguna parte, no tienes un oficio y ya no eres joven. ¿Qué vas a hacer? Me das lástima, por eso voy ayudar a tu hija. Esto es para Rosette.

Le entregó una bolsa con dinero, descendió los cinco escalones que conducían a la calle y se fue caminando, satisfecho, en dirección a su casa. Diez pasos más adelante ya había olvidado el asunto, tenía otras cosas en que pensar.

Esa temporada Violette Boisier andaba con una idea fija que había empezado a darle vueltas en la cabeza un año antes y se concretó cuando las ursulinas dejaron a Rosette en la calle. Nadie conocía mejor que ella las flaquezas de los hombres y las necesidades de las mujeres, pensaba aprovechar su experiencia para hacer dinero y de paso ofrecer un servicio que hacía mucha falta en Nueva Orleans. Con ese fin ofreció hospitalidad a Rosette. La chica llegó con su ropa escolar, seria y altiva, seguida a dos pasos de distancia por su madre, que cargaba los bultos y no se cansaba de bendecir a Violette por haberlas acogido bajo su techo.

Rosette tenía los huesos nobles y los ojos con rayos dorados de su madre, la piel de almendra de las mujeres en las pinturas españolas, los labios color ciruela, el cabello ondulado y largo hasta la mitad de la espalda y las curvas suaves de la adolescencia. A los catorce años conocía plenamente el poder temible de su hermosura y, a diferencia de Tété, que había trabajado desde la infancia, parecía hecha para ser servida. «Está fregada, nació esclava y se da aires de reina. Yo la pondré en su lugar», opinó Loula con un resoplido desdeñoso, pero Violette le hizo ver el potencial de su idea: inversión y ganancia, conceptos de los americanos que Loula había adoptado como propios, y la convenció de que le cediera su pieza a Rosette y se fuera a dormir con Tété en la celda de servicio. La niña necesitaría mucho descanso, dijo.

—Una vez me preguntaste qué ibas a hacer con tu hija cuando saliera del colegio. Se me ha ocurrido una solución —le anunció Violette a Tété.

Le recordó que para Rosette las alternativas eran muy escasas. Casarla sin una buena dote equivalía a una condena de trabajo forzado junto a un marido pobretón. Debían descartar de plano a un negro, sólo podía ser un mulato y ésos procuraban casarse para mejorar su situación social o financiera, lo que Rosette no ofrecía. Tampoco tenía pasta de costurera, peluquera, enfermera u otro de los oficios propios de su condición. Por el momento su único capital era la belleza, pero había muchas chicas hermosas en Nueva Orleans.

—Vamos a arreglar las cosas para que Rosette viva bien sin tener que trabajar —anunció Violette.

—¿Cómo haremos eso, madame? —sonrió Tété, incrédula.

—*Plaçage*. Rosette necesita un hombre blanco que la mantenga.

Violette había estudiado la mentalidad de las clientas que compraban sus lociones de belleza, sus armaduras de barbas de ballena y los vestidos vaporosos que cosía Adèle. Eran tan ambiciosas como ella y todas deseaban que su descendencia prosperara. Les daban un oficio o una profesión a los hijos, pero temblaban por el futuro de las hijas. Colocarlas con un blanco solía ser más conveniente que casarlas con un hombre de color, pero había diez muchachas disponibles por cada blanco soltero y sin tener buenas conexiones era muy difícil hacerlo. El hombre escogía a la niña y después la trataba a su antojo, un arreglo muy cómodo para él y arriesgado para ella. Habitualmente la unión duraba hasta que a él le llegaba la hora de casarse con alguien de su clase, alrededor de los treinta años, pero también existían casos en que la relación continuaba por el resto de la vida y otras en que por amor a una mujer de color, el blanco permanecía soltero. De todas maneras la suerte de ella dependía de su protector. El plan de Violette consistía en imponer cierta justicia: la muchacha *placée* debía exigir seguridad para ella y sus hijos, ya que ofrecía total dedicación y fidelidad. Si el joven no podía dar garantías, su padre debía hacerlo, tal como la madre de la chica garantizaba la virtud y la conducta de su hija.

—¿Qué va a opinar Rosette de esto, madame…? —balbuceó Tété, asustada.

—Su opinión no cuenta para nada. Piénsalo, mujer. Esto está muy lejos de ser prostitución, como dicen algunos. Puedo asegurarte, por experiencia propia, que la protección de un blanco es indispensable. Mi vida habría sido muy diferente sin Étienne Relais.

—Pero usted se casó con él… —alegó Tété.

—Aquí eso es imposible. Dime, Tété, ¿qué diferencia hay entre una blanca casada y una chica de color *placée*? Las dos son mantenidas, sometidas, destinadas a servir a un hombre y darle hijos.

—El matrimonio significa seguridad y respeto —alegó Tété.

—El *plaçage* debería ser lo mismo —dijo Violette, enfática—. Tiene que ser ventajoso para ambas partes, no un coto de caza para los blancos. Voy a comenzar con tu hija, que no tiene dinero ni buena familia, pero es bonita y ya es libre, gracias al Père Antoine. Será la niña mejor *placée* de Nueva Orleans. Dentro de un año la presentaremos en sociedad, dispongo del tiempo justo para prepararla.

—No sé… —Y Tété se calló, porque no tenía nada más conveniente para su hija y confiaba en Violette Boisier.

No lo consultaron con Rosette, pero la niña resultó más lista de lo esperado, lo adivinó y no se opuso porque ella también tenía un plan.

En las semanas siguientes Violette visitó una por una a las madres de adolescentes de color de la clase alta, las matriarcas de la *Société du Cordon Bleu*, y les expuso su idea. Esas mujeres mandaban en su medio, muchas poseían negocios, tierras y esclavos, que en algunos casos eran sus propios parientes. Sus abuelas habían sido esclavas emancipadas que tuvieron hijos con sus amos, de quienes recibieron ayuda para prosperar. Las relaciones de familia, aunque fuesen de diferentes razas, eran el andamiaje que sostenía el complejo edificio de la sociedad *créole*. La idea de compartir a un hombre con una o varias mujeres no era extraña para esas cuarteronas cuyas bisabuelas provenían de familias polígamas de África. Su obligación era darles bienestar a sus hijas y nietos, aunque ese bienestar proviniera del marido de otra mujer.

Aquellas formidables madrazas, cinco veces más numerosas que los hombres de su misma clase, rara vez conseguían un yerno apropiado; sabían que la mejor forma de velar por sus hijas era colocarlas con alguien que pudiera protegerlas; de otro modo estaban a merced de cualquier predador. El rapto, la violencia física y la violación no eran crímenes si la víctima era una mujer de color, aunque fuese libre.

Violette les explicó a las madres que su idea era ofrecer un baile lujoso en el mejor salón disponible, financiado por cuotas entre ellas. Los invitados serían jóvenes blancos con fortuna interesados seriamente en el *plaçage*, acompañados por sus padres en caso necesario, nada de galanes sueltos en busca de una incauta para divertirse sin compromiso. Más de alguna madre sugirió que los hombres pagaran su entrada, pero según Violette eso abría la puerta a indeseables, como sucedía en los bailes de carnaval o los del Salón Orleans y el Teatro Francés, donde por un precio módico entraba cualquiera, siempre que no fuera negro. Éste sería un baile tan selectivo como los de debutantes blancas. Habría tiempo de averiguar los antecedentes de los invitados, ya que nadie deseaba entregar su hija a alguien de malas costumbres o con deudas. «Por una vez, los blancos tendrán que aceptar nuestras condiciones», dijo Violette.

Para no inquietarlas, omitió decirles que en el futuro pensaba agregar americanos a la lista de invitados, a pesar de que Sancho le había advertido que ningún protestante entendería las ventajas del *plaçage*. En fin, ya habría tiempo para eso; por el momento debía concentrarse en el primer baile.

El blanco podría bailar con la elegida un par de veces y si le gustaba, él o su padre debían comenzar las negociaciones de inmediato con la madre de la niña, nada de perder tiempo en galanteo inútil. El protector debía aportar una casa, una pensión anual y educar a los hijos de la pareja. Una vez acordados esos puntos, la muchacha *placée* se trasladaría a su nueva casa y comenzaba la convivencia. Ella ofrecía discreción durante el tiempo que estuvieran juntos y la certeza de que no habría drama cuando terminara la relación, lo cual dependía por entero de él. «El *plaçage* debe ser un contrato de honor, a todos les conviene respetar las reglas», dijo Violette. Los blancos no podían abandonar en la inopia a sus jóvenes amantes, porque peligraba el delicado equilibrio del concubinato aceptado. No había contrato escrito, pero si un hombre violaba la palabra empeñada, las mujeres se encargarían de arruinar su reputación. El baile se llamaría *Cordon Bleu* y Violette se comprometió a convertirlo en el evento más esperado del año para los jóvenes de todos los colores.

Zarité

*T*erminé *por aceptar el* plaçage, *que las madres de otras chicas asumían con naturalidad, pero a mí me chocaba. No me gustaba para mi hija, pero ¿qué otra cosa le podía ofrecer? Rosette lo comprendió de inmediato cuando me atreví a decírselo. Tenía más sentido común que yo.*

Madame Violette organizó el baile con ayuda de unos franceses que montaban espectáculos. También creó una Academia de Etiqueta y Belleza, como pasó a llamarse la casa amarilla, donde preparaba a las chicas que tomaron sus clases. Dijo que ésas serían las más solicitadas y podrían regodearse en la elección del protector, así convenció a las madres y nadie se quejó del costo. Por primera vez en sus cuarenta y cinco años madame Violette salía temprano de la cama. Yo la despertaba con un café retinto y salía escapando antes de que me lo lanzara por la cabeza. El mal humor le duraba media mañana. Madame aceptó sólo una docena de alumnas, no tenía capacidad para más, pero planeaba conseguir un local apropiado al año siguiente. Contrató maestros de canto y danza; las niñas andaban con una taza de agua en la cabeza para mejorar la postura, les enseñó a peinarse y maquillarse y en las horas libres yo les explicaba cómo se lleva una casa, porque de eso sé bastante. También les diseñó un vestuario a cada una según su figura y colorido, que después madame Adèle y sus ayudantas cosían. El doctor Parmentier propuso que las niñas también tuvieran temas de conversación, pero según madame Violette a ningún hombre le interesa lo que dice una mujer y don Sancho estuvo de acuerdo. El doctor, en cambio, siempre escucha las opiniones de Adèle y sigue sus consejos, porque él no tiene cabeza más que para curar. Ella toma las decisiones de la familia. Compraron la casa de la calle Rampart y están educando a los hijos con su trabajo y sus inversiones, porque el dinero del doctor se hace humo.

A mitad del año las alumnas habían progresado tanto que don Sancho apostó a sus compinches del Café des Émigrés que todas serían bien colocadas. Yo observaba las clases con disimulo, a ver si algo podía servirme para complacer a Zacharie. A su lado parezco una criada, no tengo el encanto de madame Violette ni la inteligencia de Adèle; no soy coqueta, como me aconsejaba don Sancho, ni entretenida como desearía el doctor Parmentier.

En el día mi hija andaba presa en un corsé y de noche dormía embetunada con crema blanqueadora, con un cintillo para aplastarle las orejas y una cincha de caballo estrujándole la cintura. La belleza es ilusión, decía madame, a los quince años todas son lindas, pero para seguir siéndolo se requiere disciplina. Rosette debía leer en voz alta los listados de la carga de los barcos en el puerto, así se entrenaba para soportar con buena cara a un hombre aburrido, apenas comía, se alisaba el pelo con hierros calientes, se depilaba con caramelo, se daba friegas de avena y limón, pasaba horas ensayando reverencias, danzas y juegos de salón. ¿De qué le servía ser libre si debía portarse así? Ningún hombre merece tanto, decía yo, pero madame Violette me convenció de que era la única forma de asegurar su futuro. Mi hija, que nunca había sido dócil, se sometía sin quejarse. Algo había cambiado en ella, ya no se esmeraba en complacer a nadie, se había vuelto callada. Antes vivía contemplándose, ahora sólo usaba el espejo en las clases, cuando madame lo exigía.

Madame enseñaba la forma de halagar sin servilismo, de callar los reproches, ocultar los celos y vencer la tentación de probar otros besos. Lo más importante, según ella, era aprovechar el fuego que las mujeres tenemos en el vientre. Eso es lo que más temen y desean los hombres. Aconsejaba a las niñas conocer su cuerpo y darse gusto con los dedos, porque sin placer no hay salud ni belleza. Eso mismo trató de enseñarme Tante Rose en la época en que comenzaron las violaciones del amo Valmorain, pero no le hice caso, yo era una mocosa y andaba demasiado asustada. Tante Rose me daba baños de hierbas y me ponía una masa de arcilla en la barriga y los muslos, que al principio se sentía fría y pesada, pero luego se calentaba y parecía hervir, como si estuviera viva. Así me sanaba. La tierra y el agua curan el cuerpo y el alma. Supongo que con Gambo sentí por primera vez eso que madame mencionaba, pero nos separamos demasiado pronto. Después no sentí nada por años, hasta que vino Zacharie a despertarme el cuerpo. Me quiere y tiene paciencia. Aparte de Tante Rose, él es el único que ha contado mis cicatrices en los sitios secretos donde algunas veces el amo apagó su cigarro. Madame Violette es la única mujer a quien le he oído esa palabra: placer. «¿Cómo vais a dárselo a un hombre si vosotras no lo conocéis?», les decía. Placer del amor, de amamantar a un niño, de bailar. Placer es también esperar a Zacharie sabiendo que vendrá.

Ese año estuve muy ocupada con mi trabajo en la casa, además de atender a las alumnas, correr con recados donde madame Adèle y preparar los remedios para el doctor Parmentier. En diciembre, poco antes del baile del Cordon Bleu, saqué la cuenta de que llevaba tres meses sin sangrar. Lo único sorprendente fue que no hubiera quedado encinta antes, porque hacía tiempo que estaba con Zacharie sin tomar las precauciones que me había enseñado Tante Rose. Él quiso que nos casáramos apenas se lo anuncié, pero primero yo debía colocar a mi Rosette.

Maurice

Durante las vacaciones del cuarto año de colegio, Maurice esperó como siempre a Jules Beluche. Para entonces ya no deseaba encontrarse con su familia y la única razón para volver a Nueva Orleans era Rosette, aunque la posibilidad de verla sería remota. Las ursulinas no permitían visitas espontáneas de nadie y menos de un muchacho incapaz de probar un parentesco cercano. Sabía que su padre jamás le daría autorización, pero no perdía la esperanza de acompañar a su tío Sancho, a quien las monjas conocían, porque nunca había dejado de visitar a Rosette.

Por las cartas se enteró de que Tété fue relegada a la plantación después del incidente con Hortense y no podía por menos que culparse; la imaginaba cortando caña de sol a sol y sentía un puño cerrado en la boca del estómago. No sólo él y Tété habían pagado caro ese golpe de fusta, por lo visto también Rosette había caído en desgracia. La chica le había escrito varias veces a Valmorain rogándole que la fuera a ver, pero nunca recibió respuesta. «¿Qué he hecho para perder la estima de tu padre? Antes era como su hija, ¿por qué me ha olvidado?», clamaba reiteradamente en sus cartas a Maurice, pero él no podía darle una respuesta honrada. «No te ha olvidado, Rosette, *papa* te quiere como siempre y está pendiente de tu bienestar, pero la plantación y sus negocios lo mantienen ocupado. Yo tampoco lo he visto desde hace más de tres años.» ¿Para qué decirle que Valmorain nunca la consideró una hija? Antes de ser exiliado a Boston, le pidió a su padre que lo llevara a visitar a su hermana al colegio y éste replicó encolerizado que su única hermana era Marie-Hortense.

Ese verano Jules Beluche no se presentó en Boston; en cambio llegó Sancho García del Solar con un sombrero de ala ancha, a galope tendido y con otro caballo a remolque. Desmontó de un salto y se sacudió el polvo de la ropa a sombrerazos antes de abrazar a su sobrino. Jules Beluche había recibido una cuchillada por deudas de juego y los Guizot intervinieron para evitar habladurías porque, por muy lejano que fuese el parentesco que los unía, las malas lenguas se encargarían de asociar a Beluche con la rama honorable de la familia. Hicieron lo que cualquier *créole* de su clase hacía en similares circunstancias: pagaron sus deudas, lo albergaron hasta que sanó de la herida y pudo valerse solo, le dieron dinero de bolsillo y lo pusieron en un barco con instrucciones de no bajarse hasta Texas y no regresar jamás a Nueva Orleans. Todo esto le contó Sancho a Maurice, doblado de risa.

—Ése podría haber sido yo, Maurice. Hasta ahora he tenido suerte, pero cualquier día te traen la noticia de que a tu tío favorito lo han cosido a puñaladas en un garito de mala muerte —agregó.

—Ni Dios lo quiera, tío. ¿Viene a llevarme a casa? —le preguntó Maurice con una voz que pasaba de barítono a soprano en la misma frase.

—¡Cómo se te ocurre, muchacho! ¿Quieres ir a enterrarte todo el verano en la plantación? Tú y yo nos iremos de viaje —le anunció Sancho.

—O sea, lo mismo que hice antes con Beluche.

—No me compares, Maurice. No pienso contribuir a tu formación cívica mostrándote monumentos, pienso pervertirte ¿qué te
parece?

—¿Cómo, tío?

—En Cuba, sobrino. No hay mejor lugar para un par de truha-
nes como nosotros. ¿Cuántos años tienes?

—Quince.

—¿Y aún no terminas de cambiar la voz?

—Ya la cambié, tío, pero tengo catarro —tartamudeó el muchacho.

—A tu edad yo era un rajadiablo. Estás atrasado, Maurice.
Prepara tus cosas, porque partimos mañana mismo —le ordenó
Sancho.

Había dejado numerosos amigos y no pocas amantes en Cuba,
que se propusieron agasajarlo durante las vacaciones y tolerar a su
acompañante, ese chico extraño que se lo pasaba escribiendo cartas y proponía temas absurdos de conversación, como esclavitud
y democracia, de los cuales ninguno de ellos tenía una opinión formada. Les divertía ver a Sancho en el papel de niñera, que cumplía con insospechada dedicación. Se abstenía de las mejores juer-
gas por no dejar solo al sobrino y dejó de asistir a las peleas de
animales —toros con osos, serpientes con comadrejas, gallos con
gallos, perros con perros— porque a Maurice lo descomponían.
Sancho se propuso enseñar a beber al chico y noche por medio
terminaba limpiándole los vómitos. Le reveló todos sus trucos de
naipes, pero Maurice carecía de malicia y a él le tocaba saldar las
deudas después de que otros más vivos lo esquilmaban. Pronto
debió abandonar también la idea de iniciarlo en las lides del amor,
porque cuando lo intentó casi lo mata de susto. Había arreglado
los detalles con una amiga suya, nada joven pero todavía atracti-

va y de buen corazón, que se dispuso a servirle de maestra al sobrino por el puro gusto de hacerle un favor al tío. «Este mocoso está muy verde todavía…», masculló Sancho, abochornado, cuando Maurice salió escapando al ver a la mujer en un provocativo vestido de talle alto reclinada en un diván. «Nadie me había hecho un desaire semejante, Sancho. Cierra la puerta y ven a consolarme», se rió ella. A pesar de esos tropiezos, Maurice tuvo un verano inolvidable y regresó al colegio más alto, fuerte, bronceado y con definitiva voz de tenor. «No estudies demasiado, porque malogra la vista y el carácter, y prepárate para el próximo verano. Te voy a llevar a Nueva España», se despidió Sancho. Cumplió su palabra y desde entonces Maurice esperaba ansioso el verano.

En 1805, último año de colegio, no llegó Sancho a buscarlo, como en ocasiones anteriores, sino su padre. Maurice dedujo que venía a anunciarle alguna desgracia y temió por Tété o Rosette, pero no se trataba de nada parecido. Valmorain había organizado un viaje a Francia para visitar a una abuela del joven y dos tías hipotéticas que su hijo nunca había oído mencionar. «¿Y después iremos a casa, monsieur?», le preguntó Maurice, pensando en Rosette, cuyas cartas tapizaban el fondo de su baúl. A su vez le había escrito ciento noventa y tres cartas sin pensar en los cambios inevitables que ella había experimentado en esos nueve años de separación, la recordaba como la niña vestida de cintas y encajes que viera por última vez poco antes de la boda de su padre con Hortense Guizot. No podía imaginarla de quince, tal como ella no lo imaginaba a él de dieciocho. «Claro que iremos a casa, hijo; tu madre y tus hermanas te aguardan», mintió Valmorain.

La travesía, primero en un barco que debió sortear tormentas de verano y escapar a duras penas de un ataque de los ingleses, y luego en coche hasta París, no logró acercar al padre y al hijo. Valmorain había ideado el viaje para evitarle por unos meses más a su mujer el desagrado de reencontrarse con Maurice, pero no podía postergarlo indefinidamente; pronto debería enfrentar una situación que los años no habían suavizado. Hortense no perdía oportunidad de destilar veneno contra ese hijastro, a quien cada año procuraba en vano reemplazar con un hijo propio, mientras seguía procreando niñas. Por ella, Valmorain había excluido a Maurice de la familia y ahora se arrepentía. Llevaba una década sin ocuparse en serio de su hijo, siempre absorto en sus asuntos, primero en Saint-Domingue, luego en Luisiana, y finalmente con Hortense y el nacimiento de las niñas. El muchacho era un desconocido que contestaba sus escasas cartas con un par de frases formales sobre el progreso de sus estudios y nunca había preguntado por algún miembro de la familia, como si quisiera dejar sentado que ya no pertenecía a ella. Ni siquiera se dio por aludido cuando él le contó en una sola línea que Tété y Rosette habían sido emancipadas y ya no tenía contacto con ellas.

Valmorain temió haber perdido a su hijo en algún momento de esos agitados años. Ese joven introvertido, alto y guapo, con los mismos rasgos de su madre, no se parecía en nada al chiquillo de mejillas coloradas que él había acunado en brazos rogando al cielo que lo protegiera de todo mal. Lo quería igual que siempre o tal vez más, porque el sentimiento estaba teñido de culpa. Trataba de convencerse de que su cariño de padre era retribuido por Maurice, aunque estuviesen temporalmente alejados, pero le cabían dudas. Había trazado ambiciosos planes para él, aunque todavía no le había preguntado qué deseaba hacer con su vida. En realidad nada sabía de sus intereses o experiencias, hacía siglos que no conversaban. Deseaba recuperarlo e imaginó que esos meses juntos y solos en Francia servirían para establecer una relación de adultos. Tenía que probarle su afecto y aclararle que Hortense y sus hijas no modificaban su condición de único heredero, pero cada vez que quiso tocar el tema no hubo respuesta. «La tradición del mayorazgo es muy sabia, Maurice: no se deben repartir los bienes entre los hijos, porque con cada división se debilita la fortuna de la familia. Por ser el primogénito, recibirás mi herencia completa y tendrás que velar por tus hermanas. Cuando yo no esté, tú serás la cabeza de los Valmorain. Es tiempo de empezar a prepararte, aprenderás a invertir dinero, manejar la plantación y relacionarte en sociedad», le dijo. Silencio. Las conversaciones morían antes de empezar. Valmorain navegaba de un monólogo a otro.

Maurice observó sin comentarios la Francia napoleónica, siempre en guerra, los museos, palacios, parques y avenidas que su padre quiso mostrarle. Visitaron el *château* en ruinas donde la abuela vivía sus últimos años cuidando a dos hijas solteronas más deterioradas por el tiempo y la soledad que ella. Era una anciana orgullosa, vestida a la moda de Luis XVI, decidida a desdeñar los cambios del mundo. Estaba firmemente plantada en la época anterior a la Revolución francesa y había borrado de su memoria el Terror, la guillotina, el exilio en Italia y el regreso a una patria irreconocible. Al ver a Toulouse Valmorain, ese hijo ausente desde hacía más de treinta años, le ofreció su mano huesuda con anillos anticuados en cada dedo para que se la besara y enseguida dio orden a sus hijas de servir el chocolate. Valmorain le presentó al nieto y trató de resumirle su propia historia desde que se embarcó hacia las Antillas a los veinte años hasta ese momento. Ella lo escuchó sin hacer comentarios, mientras las hermanas ofrecían tacitas humeantes y platos de pasteles añejos, ojeando a Valmorain con cautela. Recordaban al joven frívolo que se despidió de ellas con un beso distraído para irse con su valet y varios baúles a pasar unas semanas con el padre en Saint-Domingue y nunca más volvió. No reconocían a ese hermano de escaso cabello, con papada y barriga, que hablaba con un acento extraño. Algo sabían de la insurrección de esclavos en la colonia, habían escuchado algunas frases sueltas por aquí y por allá sobre las atrocidades cometidas en esa isla decadente, pero no lograban relacionarlas con un miembro de su familia. Jamás habían demostrado curiosidad por averiguar de dónde provenían los medios de que vivían. Azúcar ensangrentada, esclavos rebeldes, plantaciones incendiadas, exilio y lo demás que mencionaba el hermano les resultaba tan incomprensible como una conversación en chino.

La madre, en cambio, sabía con exactitud a qué se refería Valmorain, pero ya nada le interesaba demasiado en este mundo; tenía el corazón seco para los afectos y las novedades. Lo escuchó en un silencio indiferente y al final la única pregunta que le hizo fue si podía contar con más dinero, porque la suma que le enviaba regularmente apenas les alcanzaba. Era indispensable reparar ese caserón marchito por los años y las vicisitudes, dijo; no podía morirse dejando a sus hijas en la intemperie. Valmorain y Maurice se quedaron dos días entre esas paredes lúgubres, que les parecieron tan largos como dos semanas. «Ya no volveremos a vernos. Mejor así», fueron las palabras de la vieja dama al despedirse de su hijo y de su nieto.

Maurice acompañó dócilmente a su padre a todas partes, menos a un burdel de lujo donde Valmorain planeaba festejarlo con las profesionales más caras de París.

—¿Qué te pasa, hijo? Esto es normal y necesario. Hay que descargar los humores del cuerpo y despejar la mente, así uno puede concentrarse en otras cosas.

—No tengo dificultad en concentrarme, monsieur.

—Te he dicho que me llames *papa*, Maurice. Supongo que en los viajes con tu tío Sancho... Bueno, no te habrán faltado oportunidades...

—Eso es un asunto privado —lo interrumpió Maurice.

—Espero que el colegio americano no te haya hecho religioso ni afeminado —comentó su padre en tono de broma, pero le salió como un gruñido.

El muchacho no dio explicaciones. Gracias a su tío no era virgen, porque en las últimas vacaciones Sancho había conseguido iniciarlo mediante un ingenioso recurso dictado por la necesidad. Sospechaba que su sobrino padecía los deseos y fantasías propios de su edad, pero era un romántico y le repugnaba el amor disminuido a una transacción comercial. A él le correspondía ayudarlo, decidió. Estaban en el próspero puerto de Savannah, en Georgia, que Sancho deseaba conocer por las incontables diversiones que ofrecía, y Maurice también, porque el profesor Harrison Cobb lo citaba como ejemplo de moral negociable.

Georgia, fundada en 1733, fue la decimotercera y última colonia británica en América del Norte y Savannah era su primera ciudad. Los recién llegados mantuvieron relaciones amistosas con las tribus indígenas, evitando así la violencia que azotaba a otras colonias. En sus orígenes, no sólo la esclavitud estaba prohibida en Georgia, también el licor y los abogados, pero pronto se dieron cuenta de que el clima y la calidad del suelo eran ideales para el cultivo de arroz y algodón y legalizaron la esclavitud. Después de la independencia, Georgia se convirtió en estado de la Unión y Savannah floreció como puerto de entrada del tráfico de africanos para abastecer las plantaciones de la región. «Esto te demuestra,

Maurice, que la decencia sucumbe rápidamente ante la codicia. Si de enriquecerse se trata, la mayoría de los hombres sacrifican el alma. No puedes imaginarte cómo viven los plantadores de Georgia gracias al trabajo de sus esclavos», peroraba Harrison Cobb. El joven no necesitaba imaginarlo, lo había vivido en Saint-Domingue y Nueva Orleans, pero aceptó la propuesta de su tío Sancho de pasar las vacaciones en Savannah para no defraudar al maestro. «No basta el amor a la justicia para derrotar la esclavitud, Maurice, hay que ver la realidad y conocer a fondo las leyes y los engranajes de la política», sostenía Cobb, quien lo estaba preparando para que triunfara donde él había fallado. El hombre conocía sus propias limitaciones, no tenía temperamento ni salud para pelear en el Congreso, como deseaba en su juventud, pero era buen maestro: sabía reconocer el talento de un alumno y modelar su carácter.

Mientras Sancho García del Solar disfrutaba a sus anchas del refinamiento y la hospitalidad de Savannah, Maurice sufría la culpa de pasarlo bien. ¿Qué iba a decirle a su profesor cuando volviera al colegio? Que había estado en un hotel encantador, atendido por un ejército de criados solícitos y no le habían alcanzado las horas para divertirse como un irresponsable.

Llevaban apenas un día en Savannah cuando ya Sancho había hecho amistad con una viuda escocesa que residía a dos cuadras del hotel. La dama se ofreció para mostrarles la ciudad, con sus mansiones, monumentos, iglesias y parques, que había sido reconstruida bellamente después de un incendio devastador. Fiel a su palabra, la viuda apareció con su hija, la delicada Giselle y los cuatro salieron de paseo, iniciando así una amistad muy conveniente para el tío y el sobrino. Pasaron muchas horas juntos.

Mientras la madre y Sancho jugaban interminables partidas de naipes y de vez en cuando desaparecían del hotel sin dar explicaciones, Giselle se encargó de mostrarle a Maurice los alrededores. Hacían excursiones a caballo solos, lejos de la vigilancia de la viuda escocesa, lo cual sorprendía a Maurice, que nunca había visto tanta libertad en una chica. En varias ocasiones Giselle lo condujo a una playa solitaria, donde compartían una ligera merienda y una botella de vino. Ella hablaba poco y lo que decía era de una banalidad tan categórica, que Maurice no se sentía intimidado y le brotaban a raudales las palabras que normalmente se le atoraban en el pecho. Por fin tenía una interlocutora que no bostezaba ante sus temas filosóficos, sino que lo escuchaba con evidente admiración. De vez en cuando los dedos femeninos lo rozaban como al descuido y de esos roces a caricias más atrevidas fue cuestión de tres puestas de sol. Esos asaltos al aire libre, picoteados de insectos, enredados en la ropa y temerosos de ser descubiertos dejaban a Maurice en la gloria y a ella más bien aburrida.

El resto de las vacaciones pasó demasiado pronto y, naturalmente, Maurice terminó enamorado como el adolescente que era. El amor exacerbó el remordimiento de haber manchado la honra de Giselle. Existía sólo una forma caballerosa de enmendar su falta, como le explicó a Sancho apenas juntó suficiente valor.

—Voy a pedir la mano de Giselle —le anunció.

—¿Has perdido el seso, Maurice? ¡Cómo te vas a casar si no sabes soplarte los mocos!

—No me falte el respeto, tío. Ya soy un hombre hecho y derecho.

—¿Porque te acostaste con la moza? —Y Sancho lanzó una estruendosa risotada.

El tío alcanzó apenas a esquivar el puñetazo que le mandó Maurice a la cara. El entuerto se resolvió poco después cuando la dama escocesa aclaró que la muchacha no pensaba ser su hija y Giselle confesó que ése era su nombre de teatro, que no tenía dieciséis años sino veinticuatro y que Sancho García del Solar le había pagado para entretener a su sobrino. El tío admitió que había cometido una tontería descomunal y trató de tomarlo a broma, pero se le había ido la mano y Maurice, destrozado, le juró que no volvería a hablarle en su vida. Sin embargo, cuando llegaron a Boston había dos cartas de Rosette esperándolo y la pasión por la bella de Savannah se diluyó; entonces pudo perdonar a su tío. Al despedirse se abrazaron con la camaradería de siempre y la promesa de volver a verse pronto.

En el viaje a Francia Maurice no le contó a su padre nada de lo sucedido en Savannah. Valmorain insistió un par de veces más en divertirse con damas del amanecer, después de ablandar a su hijo con licor, pero no logró hacerlo cambiar de opinión y al fin decidió no volver a mencionar el tema hasta que llegaran a Nueva Orleans, donde pondría a su disposición un piso de soltero, como tenían los jóvenes *créoles* de su condición social. Por el momento no permitiría que la sospechosa castidad de su hijo rompiera el precario equilibrio de su relación.

Los espías

Jean-Martin Relais apareció en Nueva Orleans cuando faltaban tres semanas para el primer baile del Cordon Bleu organizado por su madre. Venía sin el uniforme de la academia militar, que había usado desde los trece años, en calidad de secretario
de Isidore Morisset, un científico que viajaba para evaluar las condiciones del terreno en las Antillas y Florida con la idea de establecer nuevas plantaciones de azúcar, dadas las pérdidas de la colonia de Saint-Domingue, que parecían definitivas. En la nueva
República Negra de Haití el general Dessalines estaba aniquilan-
do de forma sistemática a todos los blancos, los mismos a quienes
había invitado a regresar. Si Napoleón pretendía llegar a un acuerdo comercial con Haití, ya que no había logrado ocuparlo con sus
tropas, desistió después de aquellas pavorosas matanzas en que
hasta los infantes acababan en fosas comunes.

Isidore Morisset era un hombre de mirada impenetrable, nariz
quebrada y espaldas de luchador que reventaban las costuras de
su chaqueta, rojo como un ladrillo por el sol inmisericorde de la
travesía marítima y provisto de un vocabulario monosilábico que
lo hacía antipático apenas abría la boca. Sus frases –siempre demasiado breves– sonaban como estornudos. Contestaba a las pregun-

tas con resoplidos elementales y la expresión desconfiada de quien espera lo peor del prójimo. Fue recibido de inmediato por el gobernador Claiborne con las atenciones debidas a un extranjero de tanto respeto, como atestiguaban las cartas de recomendación de varias sociedades científicas que entregó el secretario en una carpeta de cuero verde repujado.

A Claiborne, vestido de duelo por la muerte de su esposa y su hija, víctimas de la reciente epidemia de fiebre amarilla, le llamó la atención el color oscuro del secretario. Por la forma en que Morisset se lo había presentado, supuso que ese mulato era libre y lo saludó como tal. Nunca se sabe cuál es la etiqueta debida con esos pueblos mediterráneos, pensó el gobernador. No era hombre capaz de apreciar fácilmente la belleza viril, pero no pudo menos que fijarse en las facciones delicadas del joven —las pestañas tupidas, la boca femenina, el mentón redondo con un hoyuelo— que contrastaban con su cuerpo delgado y elástico, de proporciones sin duda masculinas. El joven, culto y de impecables modales, sirvió de intérprete, porque Morisset sólo hablaba francés. El dominio del idioma inglés del secretario dejaba bastante que desear, pero fue suficiente, dado que Morisset era de muy pocas palabras.

El olfato le advirtió al gobernador de que los visitantes ocultaban algo. La misión azucarera le pareció tan sospechosa como el físico de matón de aquel hombre, que no calzaba con su idea de un científico, pero esas dudas no lo excusaban de prodigarle la hospitalidad de rigor en Nueva Orleans. Después del frugal almuerzo, servido por negros libres, ya que él no poseía esclavos, les ofreció alojamiento. El secretario tradujo que no sería necesario, venían por pocos días y se quedarían en un hotel a la espera del barco para regresar a Francia.

Apenas se fueron, Claiborne los hizo seguir discretamente y

así se enteró de que por la tarde los dos hombres salieron del hotel, el joven de color a pie rumbo a la calle Chartres y el musculoso Morisset en un caballo alquilado hacia un modesto taller de herrería al final de la calle Saint Philippe.

El gobernador había acertado con sus sospechas: de científico, Morisset nada tenía, era un espía bonapartista. En diciembre de 1804 Napoleón se había convertido en emperador de Francia, plantándose él mismo la corona sobre la cabeza, porque ni el Papa, invitado especialmente para la ocasión, le pareció digno de hacerlo. Napoleón ya había conquistado media Europa, pero tenía entre ceja y ceja a Gran Bretaña, esa pequeña nación de horrendo clima y gente fea que lo desafiaba desde el otro lado del estrecho llamado Canal de la Mancha. El 21 de octubre de 1805 ambas naciones se enfrentaron en el suroeste de España, en Trafalgar, por un lado la flota franco-española con treinta y tres barcos y por el otro los ingleses con veintisiete, al mando del célebre almirante Horatio Nelson, genio de la guerra en el mar. Nelson murió en la contienda, después de una victoria espectacular en la que destrozó la flota enemiga y acabó con el sueño napoleónico de invadir Inglaterra. Justamente en esos días, Pauline Bonaparte visitó a su hermano para darle el pésame por el chasco de Trafalgar. Pauline se había cortado el cabello para colocarlo en el ataúd de su marido, el cornudo general Leclerc, muerto de fiebre en Saint-Domingue y enterrado en París. Ese gesto dramático de viuda inconsolable sacudió de risa a Europa. Sin su larga melena color caoba, que antes llevaba al estilo de las diosas griegas, Pauline se veía irresistible y muy pronto su peinado se puso de moda. Ese día llegó adornada con una tiara de los célebres diamantes Borghese y acompañada por Morisset.

Napoleón sospechó que el visitante era otro de los amantes de su hermana y lo recibió de mal talante, pero se interesó de inmediato cuando Pauline le contó que el barco en que viajaba Morisset por el Caribe había sido atacado por piratas y él permaneció prisionero de un tal Jean Laffitte durante varios meses, hasta que pudo pagar su rescate y volver a Francia. En su cautiverio había desarrollado cierta amistad con Laffitte basada en torneos de ajedrez. Napoleón interrogó al hombre sobre la notable organización de Laffitte, que controlaba el Caribe con su flota; ningún barco estaba a salvo excepto los de Estados Unidos, que por una caprichosa lealtad del pirata hacia los americanos nunca eran atacados.

El emperador condujo a Morisset a una salita, donde pasaron dos horas en privado. Tal vez Laffitte era la solución a un dilema que lo atormentaba desde el desastre de Trafalgar: cómo impedir que los ingleses se adueñaran del comercio marítimo. Como no tenía capacidad naval para detenerlos, había pensado aliarse con los americanos, que estaban en disputa con Gran Bretaña desde la guerra de Independencia en 1775, pero el presidente Jefferson deseaba consolidar su territorio y no pensaba intervenir en los conflictos europeos. En un chispazo de inspiración, como tantos que lo condujeron de las modestas filas del ejército a la cumbre del poder, Napoleón le encargó a Isidore Morisset reclutar piratas para hostigar a los barcos ingleses en el Atlántico. Morisset entendió que se trataba de una misión delicada, porque el emperador no podía aparecer aliado con facinerosos, y supuso que con su cobertura de científico podría viajar sin llamar demasiado la atención. Los hermanos Jean y Pierre Laffitte se habían enriquecido impunemente durante años con el botín de sus asaltos y toda suerte de contrabando, pero las autoridades americanas no toleraban evasión de impuestos y, a pesar de la manifiesta simpatía de los Laffitte por la democracia de Estados Unidos, los declararon fuera de la ley.

Jean-Martin Relais no conocía al hombre a quien iba a acompañar a través del Atlántico. Un lunes por la mañana lo citó el director de la academia militar en su despacho, le entregó dinero y le ordenó comprarse ropa de civil y un baúl, porque se embarcaría al cabo de dos días. «No comente ni una palabra de esto, Relais, es una misión confidencial», aclaró el director. Fiel a su educación militar, el joven obedeció sin hacer preguntas. Más tarde supo que lo habían seleccionado por ser el alumno más avispado del curso de inglés y porque el director supuso que como provenía de las colonias no caería fulminado a la primera picadura de un mosquito tropical.

El joven viajó a mata caballo hasta Marsella, donde lo esperaba Isidore Morisset con los pasajes en la mano. Agradeció calladamente que el hombre apenas lo mirara, porque estaba nervioso pensando que ambos compartirían un estrecho camarote durante el viaje. Nada hería tanto su inmenso orgullo como las insinuaciones que solía recibir de otros hombres.

—¿No desea saber adónde vamos? —le preguntó Morisset cuando ya llevaban varios días en alta mar sin cruzar más que unas cuantas palabras de cortesía.

—Yo voy donde Francia me mande —replicó Relais cuadrándose, a la defensiva.

—Nada de saludos militares, joven. Somos civiles ¿entiende?

—Positivo.

—¡Hable como la gente, hombre, por Dios!

—A sus órdenes, señor.

Muy pronto Jean-Martin descubrió que Morisset, tan parco y desagradable en sociedad, podía ser fascinante en privado. El alcohol le soltaba la lengua y lo relajaba hasta el punto de que parecía otro hombre, amable, irónico, sonriente. Jugaba bien a los naipes y tenía mil historias, que relataba sin adorno, en pocas frases. Entre copa y copa de coñac fueron conociéndose y nació entre ellos una natural intimidad de buenos camaradas.

—Una vez Pauline Bonaparte me invitó a su *boudoir* —le contó Morisset—. Un negro antillano, apenas cubierto por un taparrabos, la trajo en brazos y la bañó delante de mí. La Bonaparte se jacta de poder seducir a cualquiera, pero conmigo no le resultó.

—¿Por qué?

—Me molesta la estupidez femenina.

—¿Prefiere la estupidez masculina? —se burló el joven, con un dejo de coquetería; también se había tomado unas copas y se sentía en confianza.

—Prefiero a los caballos.

Pero a Jean-Martin le interesaban más los piratas que las virtudes equinas o el aseo de la bella Pauline y se las arregló, una vez más, para volver al tema de la aventura que su nuevo amigo vivió entre ellos cuando permaneció secuestrado en la isla Barataria. Como Morisset sabía que ni los barcos europeos de guerra se atrevían a acercarse a la isla de los hermanos Laffitte, había descartado de plano la idea de presentarse allí sin invitación: serían degollados antes de pisar la playa, sin darles oportunidad de exponer el propósito de semejante osadía. Además, no estaba seguro de que el nombre de Napoleón le abriera las puertas de los Laffitte; podía ser todo lo contrario, por eso había decidido abordarlos en Nueva Orleans, un terreno más neutral.

—Los Laffitte están fuera de la ley. No sé cómo vamos a encontrarlos —le comentó Morisset a Jean-Martin.

—Será muy fácil, porque no se esconden —lo tranquilizó el joven.

—¿Cómo lo sabe?

—Por las cartas de mi madre.

Hasta ese instante a Relais no se le había ocurrido mencionar que su madre vivía en aquella ciudad, porque le parecía un detalle insignificante en la magnitud de la misión encargada por el emperador.

—¿Su madre conoce a los Laffitte?

—Todo el mundo los conoce, son los reyes del Mississippi —replicó Jean-Martin.

A las seis de la tarde Violette Boisier todavía descansaba desnuda y mojada de placer en la cama de Sancho García del Solar. Desde que Rosette y Tété vivían con ella y su casa estaba invadida por las alumnas del *plaçage*, prefería el piso de su amante para hacer el amor o sólo para dormir la siesta, si el ánimo no les alcanzaba para más. Al principio Violette pretendió limpiar y embellecer el ambiente, pero carecía de vocación de criada y era absurdo perder horas preciosas de intimidad tratando de enmendar el desorden monumental de Sancho. El único doméstico de Sancho sólo servía para preparar café. Se lo había prestado Valmorain, porque era imposible venderlo: nadie lo habría comprado. Se había caído de un techo, había quedado mal de la cabeza y andaba riéndose solo. Con razón Hortense Guizot no podía soportarlo. Sancho lo toleraba y hasta le tenía simpatía, por la calidad de su café y porque no le robaba el vuelto cuando iba de compras al Mercado Francés. A Violette el hombre la inquietaba: creía que los espiaba cuando hacían el amor. «Ideas tuyas, mujer. Es tan lerdo que no le da el cerebro ni para eso», la tranquilizaba su amante.

A esa misma hora, Loula y Tété estaban instaladas en sillas de mimbre en la calle, frente a la puerta de la casa amarilla, como hacían las vecinas al atardecer. Las notas de un ejercicio de piano martilleaban la paz de la tarde otoñal. Loula fumaba su cigarro negro con los ojos entrecerrados, saboreando el descanso que sus huesos reclamaban, y Tété cosía una camisita de bebé. Todavía no se le notaba la barriga, pero ya había notificado su preñez al reducido círculo de sus amistades y la única sorprendida fue Rosette, porque andaba tan ensimismada que no se había percatado de los amores de su madre con Zacharie. Allí las encontró Jean-Martin Relais. No había escrito para anunciar su viaje porque sus órdenes eran de mantenerlo secreto y además la carta hubiera llegado después que él.

Loula no lo esperaba y como hacía varios años que no lo veía, no lo reconoció. Cuando él se le puso por delante, se limitó a darle otra chupada al cigarro. «¡Soy yo, Jean-Martin!», exclamó el joven, emocionado. A la mujerona le tomó varios segundos distinguirlo a través del humo y comprender que en verdad era su niño, su príncipe, la luz de sus viejos ojos. Sus chillidos de gusto sacudieron la calle. Lo abrazó por la cintura, lo levantó del suelo y lo cubrió de besos y lágrimas, mientras él procuraba defender su dignidad en la punta de los pies. «¿Dónde está *maman*?», preguntó apenas pudo librarse y recuperar su sombrero pisoteado. «En la iglesia, hijo, rezando por el alma de tu difunto padre. Entremos a la casa, voy a hacerte un café, mientras mi amiga Tété va a buscarla», replicó Loula sin un instante de vacilación. Tété partió corriendo en dirección al piso de Sancho.

En la sala de la casa, Jean-Martin vio a una niña vestida de celeste tocando el piano con una taza sobre la cabeza. «¡Rosette! ¡Mira quién está aquí! ¡Mi niño, mi Jean-Martin!», chilló Loula a modo de presentación. Ella interrumpió los ejercicios musicales y se volvió lentamente. Se saludaron, él con una rígida inclinación de cabeza y un chocar de talones, como si aún llevara puesto el uniforme, y ella con un parpadeo de sus pestañas de jirafa. «Bienvenido, monsieur. No pasa un día sin que madame y Loula hablen de usted», dijo Rosette con la forzada cortesía aprendida en las ursulinas. Nada podía ser más cierto. El recuerdo del muchacho flotaba en la casa como un fantasma y de tanto oírlo mencionar, Rosette ya lo conocía.

Loula se hizo cargo de la taza de Rosette y se fue a colar café; desde el patio se oían sus exclamaciones de júbilo. Rosette y Jean-Martin, sentados en silencio al borde de sus sillas, se lanzaban miradas furtivas con la sensación de que se habían conocido antes. Veinte minutos más tarde, cuando Jean-Martin iba por el tercer trozo de pastel, llegó Violette acezando, con Tété a la siga. A Jean-Martin su madre le pareció más hermosa de lo que recordaba y no se preguntó por qué venía de misa desgreñada y con el vestido mal abotonado.

Desde el umbral, Tété observaba divertida a ese joven incómodo porque su madre le daba besitos sin soltarle la mano y Loula le pellizcaba las mejillas. Los vientos salados de la travesía marítima habían oscurecido varios tonos a Jean-Martin y los años de formación militar habían reforzado su rigidez, inspirada en el hombre que creía ser su padre. Recordaba a Étienne Relais fuerte, estoico y severo; por lo mismo atesoraba la ternura que le había prodigado en la estricta intimidad del hogar. Su madre y Loula, en cambio, siempre lo habían tratado como un crío y por lo visto seguirían haciéndolo. Para compensar su cara bonita, mantenía siempre una exagerada distancia, una postura helada y esa expresión pétrea que suelen tener los militares. En la infancia había soportado que lo confundieran con una niña y en la adolescencia que sus compañeros se burlaran o se enamoraran de él. Esas caricias domésticas delante de Rosette y la mulata, cuyo nombre no había captado, lo abochornaban, pero no se atrevía a rechazarlas. A Tété no le llamó la atención que Jean-

Martin tuviera los mismos rasgos de Rosette, porque siempre había pensado que su hija se parecía a Violette Boisier y ese parecido se había acentuado en los meses de entrenamiento para el *plaçage* en que la chica emulaba los gestos de su maestra.

Entretanto Morisset había acudido a la herrería de la calle Saint Philippe, porque averiguó que era una pantalla para encubrir actividades piratas, pero no encontró a quien buscaba. Estuvo tentado de dejarle una nota a Jean Laffitte pidiéndole cita y recordándole la relación que establecieron frente al tablero de ajedrez, pero comprendió que sería un error garrafal. Llevaba casi tres meses de espionaje disfrazado de científico y aún no se acostumbraba a la cautela que su misión demandaba, cada dos por tres se sorprendía a punto de cometer una imprudencia. Más tarde ese mismo día, cuando Jean-Martin le presentó a su madre, sus precauciones le parecieron ridículas, porque ella le ofreció con toda naturalidad llevarlo donde los piratas. Estaban en la sala de la casa amarilla, que se hacía estrecha para la familia y quienes habían acudido a conocer a Jean-Martin: el doctor Parmentier, Adèle, Sancho y un par de vecinas.

—Entiendo que han puesto precio a la cabeza de los Laffitte —dijo el espía.

—¡Ésas son cosas de los americanos, monsieur Moriste! —se rió Violette.

—Morisset. Isidore Morisset, madame.

—Los Laffitte son muy estimados porque venden barato. A nadie se le ocurriría delatarlos por los quinientos dólares que ofrecen por sus cabezas —intervino Sancho García del Solar.

Agregó que Pierre tenía reputación de tosco, pero Jean era un caballero de pies a cabeza, galante con las mujeres y cortés con los hombres, hablaba cinco idiomas, escribía con impecable estilo y hacía gala de la más generosa hospitalidad. Era de un valor a toda prueba y sus hombres, que sumaban cerca de tres mil, se dejaban matar por él.

—Mañana es sábado y habrá remate. ¿Le gustaría ir a El Templo? —le preguntó Violette.

—¿El Templo, dijo?

—Allí tienen sus remates —aclaró Parmentier.

—Si todo el mundo sabe dónde se encuentran ¿por qué no los han arrestado? —intervino Jean-Martin.

—Nadie se atreve. Claiborne ha pedido refuerzos, porque esos hombres son de temer, su ley es la violencia y están mejor armados que el ejército.

Al día siguiente Violette, Morisset y Jean-Martin salieron de excursión provistos de una merienda y dos botellas de vino en una cesta. Violette se las arregló para dejar atrás a Rosette con el pretexto de los ejercicios de piano, porque se había dado cuenta de que Jean-Martin la miraba demasiado y su deber de madre consistía en impedir cualquier fantasía inconveniente. Rosette era su mejor alumna, perfecta para el *plaçage*, pero completamente inadecuada para su hijo, que necesitaba entrar en la *Société du Cordon Bleu* mediante un buen matrimonio. Pensaba elegir a su nuera con implacable sentido de la realidad, sin darle oportunidad a Jean-Martin de cometer errores sentimentales. A la partida se sumó Tété, quien se subió al bote a última hora y con algunos reparos, porque sufría las náuseas habituales en los primeros meses de su estado y temía a los caimanes, las culebras que infestaban el agua y otras que solían dejarse caer de los manglares. La frágil embarcación iba conducida por un remero capaz de orientarse con los ojos cerrados en ese laberinto de canales, islas y pantanos, eternamente sumido en un vaho pestilente y una nube de mosquitos, ideal para tráficos ilegales y felonías imaginativas.

El bastardo

E l Templo resultó ser un islote entre los pantanos del delta, un cerro compacto de conchas molidas por el tiempo con un bosque de robles, que antiguamente era un sitio sagrado de los indios y todavía quedaban los restos de uno de sus altares; de allí provenía el nombre. Los hermanos Laffitte se habían instalado desde temprano, como todos los sábados del año, salvo si caía en Navidad o el día de la Asunción de la Virgen. En la orilla se alineaban embarcaciones de poca profundidad, botes de pescadores, chalupas, canoas, barquitos privados con toldos para las damas y las toscas barcazas para el transporte de los productos.

Los piratas habían montado varias tiendas de lona donde exhibían sus tesoros y repartían gratis limonada para las damas, ron de Jamaica para los hombres y dulces para los niños. El aire olía a agua estancada y a las fritangas de langostinos picantes que se repartían sobre hojas de maíz. Había un ambiente de carnaval, con músicos, juglares y un domador de perros. En un entarimado tenían para la venta cuatro esclavos adultos y un niño desnudo, de unos dos o tres años. Los interesados les examinaban los dientes para calcularles la edad, el blanco de los ojos para verificar su salud, y el ano para asegurarse de que no estuviera taponado con estopa, el truco más corriente para disimular el flujo. Una señora madura, con una sombrilla de encaje, estaba sopesando con su mano enguantada los genitales de uno de los hombres.

Pierre Laffitte ya había iniciado el remate de la mercadería, que a primera vista carecía de lógica, como si hubiese sido seleccionada con el único propósito de confundir a la clientela; un batiburrillo de lámparas de cristal, sacos de café, ropa de mujer, armas, botas, estatuas de bronce, jabón, pipas y navajas de afeitar, teteras de plata, bolsas de pimienta y canela, muebles, cuadros, vainilla, copones y candelabros de iglesia, cajones de vino, un mono amaestrado y dos papagayos. Nadie se iba sin comprar, porque los Laffitte también hacían de banqueros y prestamistas. Cada objeto era exclusivo, como pregonaba Pierre a pulmón partido, y debía de serlo, ya que provenía de atracos en alta mar a barcos mercantes. «¡Miren, damas y caballeros, este jarrón de porcelana digno de un palacio real!» «¿Y cuánto dan por esta capa de brocato orillada de armiño?» «¡No volverá a presentarse una ocasión como ésta!» El público replicaba con chirigotas y silbidos, pero las ofertas iban subiendo en una divertida rivalidad que Pierre sabía explotar.

Entretanto Jean, vestido de negro, con albos puños y cuello de encaje y pistolas al cinto, se paseaba entre la multitud seduciendo incautos con su sonrisa fácil y su oscura mirada de encantador de serpientes. Saludó a Violette Boisier con una reverencia teatral y ella le respondió con besos en las mejillas, como los viejos amigos que habían llegado a ser después de varios años de transacciones y mutuos favores.

—¿En qué puedo interesar a la única dama capaz de robarme el corazón? —le preguntó Jean.

—No gaste sus galanterías en mí, *mon cher ami*, porque esta vez no vengo a comprar —se rió Violette señalando a Morisset, quien se mantenía cuatro pasos detrás de ella.

Jean Laffitte tardó un instante en identificarlo, engañado por el atuendo de explorador, el rostro rasurado y los lentes de gruesos cristales, ya que lo había conocido con bigote y patillas.

—¿Morisset? *C'est vraiment vous!* —exclamó al fin, palmoteándolo en la espalda.

El espía, incómodo, miró alrededor calándose el sombrero hasta las cejas. No le convenía que esas efusivas muestras de amistad llegaran a oídos del gobernador Claiborne, pero nadie le prestaba atención, porque en ese instante Pierre remataba un caballo árabe que todos los hombres codiciaban. Jean Laffitte lo guió a una de las tiendas, donde pudieron hablar en privado y refrescarse con vino blanco. El espía le comunicó la oferta de Napoleón: una patente de corso, *lettre de marque*, que equivalía a una autorización oficial para atacar a otros barcos, a cambio de que se ensañara con los ingleses. Laffitte respondió amablemente que en realidad no necesitaba permiso para continuar haciendo lo que siempre había hecho y la *lettre de marque* era una limitación, ya que significaba abstenerse de atacar barcos franceses, con las pérdidas consecuentes.

—Sus actividades tendrían legalidad. No serían piratas sino corsarios, más aceptables para los americanos —argumentó Morisset.

—Lo único que cambiaría nuestra situación con los americanos sería pagar impuestos y, francamente, todavía no hemos considerado esa posibilidad.

—Una patente de corso es valiosa…

—Sólo si podemos navegar con bandera francesa.

El parco Morisset le explicó que eso no estaba incluido en la oferta del emperador, tendrían que seguir usando la bandera de

Cartagena, pero contarían con impunidad y refugio en los territorios franceses. Eran más palabras de un tirón de las que había pronunciado en mucho tiempo. Laffitte aceptó consultarlo, porque esos asuntos se decidían por votación entre sus hombres.

—Pero al fin sólo cuentan los votos de usted y su hermano —apuntó Morisset.

—Se equivoca. Somos más democráticos que los americanos y ciertamente mucho más que los franceses. Tendrá su respuesta en dos días.

Afuera, Pierre Laffitte había dado inicio al remate de esclavos, lo más esperado de la feria, y el clamor de las ofertas iba subiendo de tono. La única mujer del lote apretaba al niño contra su cuerpo y le imploraba a una pareja de compradores que no los separaran, que su hijo era listo y obediente, decía, mientras Pierre Laffitte la describía como buena reproductora: había tenido varios críos y seguía siendo muy fértil. Tété observaba con las tripas anudadas y un grito atascado en la boca, pensando en los hijos que esa desdichada mujer había perdido y la indignidad de ser rematada. Al menos ella no había pasado por eso y su Rosette estaba a salvo. Alguien comentó que los esclavos provenían de Haití, entregados directamente a los Laffitte por agentes de Dessalines, quien así financiaba sus armas y de paso se enriquecía vendiendo a la misma gente que había luchado con él por la libertad. Si Gambo viera esto, reventaría de rabia, pensó Tété.

Cuando la venta estaba a punto de consumarse, se oyó el vozarrón inconfundible de Owen Murphy ofreciendo cincuenta dólares más por la madre y otros cien por el chico. Pierre esperó el minuto reglamentario y como nadie subió el precio, gritó que los dos pertenecían al cliente de la barba negra. En la plataforma la mujer cayó medio desfallecida de alivio, sin soltar a su hijo, que lloraba aterrado. Uno de los ayudantes de Pierre Laffite la cogió por un brazo y se la entregó a Owen Murphy.

El irlandés se alejaba hacia los botes, seguido por la esclava y el niño, cuando Tété salió de su estupor y corrió detrás de ellos, llamándolo. Él la saludó sin excesivas muestras de afecto, pero su expresión delató el placer que sentía al verla. Le contó que Brandan, su hijo mayor, se había casado de la noche a la mañana y pronto los haría abuelos. También le mencionó la tierra que estaba comprando en Canadá, donde pensaba llevarse muy pronto a toda la familia, incluso a Brandan y su mujer, para empezar una nueva vida.

—Me imagino que monsieur Valmorain no aprueba que ustedes se vayan —comentó Tété.

—Hace tiempo que madame Hortense desea reemplazarme. No tenemos las mismas ideas —respondió Murphy—. Va a molestarse porque compré a este niño, pero me he atenido al Código. No tiene edad para ser separado de su madre.

—Aquí no hay ley que valga, señor Murphy. Los piratas hacen lo que les da la gana.

—Por eso prefiero no tratar con ellos, pero no soy quien decide, Tété —le informó el irlandés, señalando a la distancia a Toulouse Valmorain.

Estaba apartado de la multitud, conversando con Violette Boisier bajo un roble, ella protegida del sol por un quitasol japonés, y él apoyado en un bastón y secándose el sudor con un pañuelo. Tété retrocedió, pero era tarde: él la había visto y se sintió obligada a acercarse. La siguió Jean-Martin, que aguardaba a Morisset cerca de la tienda de Laffitte, y un momento después se reunieron todos en la escasa sombra del roble. Tété saludó a su antiguo amo sin mirarlo de frente, pero alcanzó a notar que estaba aún más gordo y colorado. Lamentó que el doctor Parmentier dispusiera de los remedios que ella misma preparaba para enfriar la sangre. Ese hombre podía demoler de un solo bastonazo la precaria existencia de ella y Rosette. Sería mejor que estuviera en el cementerio.

Valmorain estaba atento a la presentación que hacía Violette Boisier de su hijo. Observó a Jean-Martin de arriba abajo, apreciando su porte esbelto, la elegancia con que llevaba su traje de modesta factura, la simetría perfecta de su rostro. El joven lo saludó con una inclinación, respetuoso de la diferencia de clase y de edad, pero el otro le tendió una mano regordeta, salpicada de manchas amarillas, que debió estrechar. Valmorain le retuvo la mano entre las suyas mucho más tiempo de lo aceptable, sonriendo con una indescifrable expresión. Jean-Martin sintió el rubor caliente en las mejillas y se apartó bruscamente. No era la primera vez que un hombre se le insinuaba y sabía manejar ese tipo de bochorno sin alharaca, pero el descaro de este *inverti* le resultaba particularmente ofensivo y le avergonzaba que su madre fuese testigo de la escena. Tan evidente fue su rechazo, que Valmorain se dio cuenta de que había sido mal interpretado y, lejos de molestarse, soltó una risotada.

—¡Veo que este hijo de esclava ha salido quisquilloso! —exclamó divertido.

Un silencio pesado cayó entre ellos mientras esas palabras hincaban sus garras de buitre en los presentes. El aire se hizo más caliente, la luz más cegadora, el olor de la feria más nauseabundo, el ruido de la muchedumbre más intenso, pero Valmorain no se percató del efecto que había provocado.

—¿Cómo dijo? —logró articular Jean-Martin, lívido, cuando recuperó la voz.

Violette lo cogió de un brazo y trató de arrastrarlo de allí, pero él se desprendió para enfrentarse a Valmorain. Por hábito, se llevó la mano a la cadera, donde debía estar la empuñadura de su espada si anduviera de uniforme.

—¡Ha insultado a mi madre! —exclamó roncamente.

—No me digas, Violette, que este muchacho ignora su origen —comentó Valmorain, todavía burlón.

Ella no respondió. Había soltado el quitasol, que rodó en el suelo de conchas, y se tapaba la boca a dos manos, con los ojos desorbitados.

—Me debe una reparación, monsieur. Lo veré en los jardines de Saint-Antoine con sus padrinos en un plazo máximo de dos días, porque al tercero partiré de regreso a Francia —le anunció Jean-Martin, masticando cada sílaba.

—No seas ridículo, hijo. No voy a batirme en duelo con alguien de tu clase. He dicho la verdad. Pregúntale a tu madre —agregó Valmorain señalando con el bastón a las mujeres antes de darle la espalda y alejarse sin apuro hacia los botes, bamboleándose sobre sus rodillas hinchadas, para reunirse con Owen Murphy.

Jean-Martin intentó seguirlo con la intención de reventarle la cara a puñetazos, pero Violette y Tété se le colgaron de la ropa. En eso llegó Isidore Morisset, quien al ver a su secretario luchando con las mujeres, rojo de furia, lo inmovilizó abrazándolo por detrás. Tété alcanzó a inventar que habían tenido un altercado con un pirata y debían irse pronto. El espía estuvo de acuerdo —no deseaba poner en peligro sus negociaciones con Laffitte— y sujetando al joven con sus manos de leñador lo condujo, seguido por las mujeres, al bote, donde los esperaba el remero con la cesta de la merienda intacta.

Preocupado, Morisset le puso un brazo en los hombros a Jean-Martin en un gesto paternal y trató de averiguar lo que había pasado, pero éste se desprendió y le dio la espalda, con la vista fija en el agua. Nadie habló más en la hora y media que estuvieron navegando por aquel dédalo de pantanos hasta llegar a Nueva Orleans. Morisset enfiló solo hacia a su hotel. Su secretario no obedeció la orden de acompañarlo y siguió a Violette y Tété a la calle Chartres. Violette se fue a su cuarto, cerró la puerta y se echó en la cama a llorar hasta la última lágrima, mientras Jean-Martin paseaba como un león en el patio, esperando que se calmara para interrogarla. «¿Qué sabes del pasado de mi madre, Loula? ¡Tienes la obligación de decírmelo!», le exigió a su antigua nana. Loula, que no sospechaba lo que había ocurrido en El Templo, creyó que se refería a la época gloriosa en que Violette había sido la *poule* más divina de Le Cap y su nombre andaba en boca de capitanes por mares remotos, cosa que no pensaba contarle a su niño, su príncipe, por mucho que le gritara. Violette se había esmerado en borrar toda traza de su pasado en Saint-Domingue y no sería ella, la fiel Loula, quien traicionara su secreto.

Al anochecer, cuando ya no se oía el llanto, Tété le llevó a Violette una tisana para el dolor de cabeza, la ayudó a quitarse la ropa, le cepilló el nido de gallina en que había convertido su peinado, la roció con agua de rosas, le puso una camisa delgada y se sentó a su lado en la cama. En la penumbra de las persianas cerradas se atrevió a hablarle con la confianza cultivada día a día durante los años que vivían y trabajaban juntas.

—No es tan grave, madame. Haga cuenta que esas palabras nunca fueron dichas. Nadie las repetirá y usted y su hijo podrán seguir viviendo como siempre —la consoló.

Suponía que Violette Boisier no había nacido libre, como le contó una vez, sino que en su juventud había sido esclava. No podía culparla por haberlo callado. Tal vez tuvo a Jean-Martin antes de que Relais la emancipara y la hiciera su esposa.

—¡Pero Jean-Martin ya lo sabe! Jamás me perdonará por haberlo engañado —replicó Violette.

—No es fácil admitir que una ha sido esclava, madame. Lo importante es que ahora los dos son libres.

—Nunca he sido esclava, Tété. Lo que pasa es que no soy su madre. Jean-Martin nació esclavo y mi marido lo compró. La única que lo sabe es Loula.

—¿Y cómo lo supo monsieur Valmorain?

Entonces Violette Boisier le contó las circunstancias en que había recibido al niño, cómo Valmorain llegó con el recién nacido envuelto en una manta a pedirle que lo cuidara por un tiempo y cómo ella y su marido terminaron por adoptarlo. No averiguaron su procedencia, pero imaginaron que era hijo de Valmorain con una de sus esclavas. Tété ya no la escuchaba, porque el resto lo sabía. Se había preparado en miles de noches insomnes para el momento de esa revelación, cuando por fin sabría del hijo que le habían quitado; pero ahora que lo tenía al alcance de la mano no sentía ningún relámpago de dicha, ni un sollozo atascado en el pecho, ni una oleada irresistible de cariño, ni un impulso de correr a abrazarlo, sólo un ruido sordo en los oídos, como ruedas de carreta en el polvo de un sendero. Cerró los ojos y evocó la imagen del joven con curiosidad, sorprendida de no haber tenido ni el menor indicio de la verdad; su instinto nada le advirtió, ni siquiera cuando notó su parecido con Rosette. Escarbó en sus sentimientos en busca del insondable amor maternal que conocía muy bien, porque se lo había prodigado a Maurice y Rosette, pero sólo encontró alivio. Su hijo había nacido con buena estrella, con una refulgente z'etoile, por eso había caído en manos de los Relais y de Loula, que lo mimaron y educaron, por eso el militar le había legado la leyenda de su vida y Violette trabajaba sin descanso para asegurarle un buen futuro. Se alegró sin asomo de celos, porque nada de eso le habría podido dar ella.

El rencor contra Valmorain, ese peñasco negro y duro que Tété llevaba siempre incrustado en el pecho, pareció achicarse y el empeño de vengarse del amo se disolvió en el agradecimiento hacia quienes habían cuidado tan bien a su hijo. No tuvo que pensar demasiado en lo que haría con la información que acababa de recibir, porque se lo dictó la gratitud. ¿Qué ganaba con anunciar a los cuatro vientos que era la madre de Jean-Martin y reclamar un afecto que en justicia le pertenecía a otra mujer? Optó por confesarle la verdad a Violette Boisier, sin explayarse en el sufrimiento que tanto la había agobiado en el pasado, porque en los últimos años éste se había mitigado. El joven que en ese momento se paseaba en el patio era un desconocido para ella.

Las dos mujeres lloraron un buen rato tomadas de la mano, unidas por una delicada corriente de mutua compasión. Por último se les acabó el llanto y concluyeron que lo dicho por Valmorain era imborrable, pero ellas intentarían suavizar su impacto en Jean-Martin. ¿Para qué decirle al joven que Violette no era su madre, que nació esclavo, bastardo de un blanco y que fue vendido? Era mejor que siguiera creyendo lo que le oyó a Valmorain, porque en esencia era verdad: que su madre había sido esclava. Tampoco necesitaba saber que Violette fue una *cocotte* o que Relais tuvo reputación de cruel. Jean-Martin creería que Violette le ocultó el estigma de la esclavitud para protegerlo, pero seguiría orgulloso de ser hijo de los Relais. Dentro de un par de días regresaría a Francia y a su carrera en el ejército, donde el prejuicio contra su origen era menos dañino que en América o las colonias, y donde las palabras de Valmorain podrían ser relegadas a un rincón perdido de la memoria.

—Vamos a enterrar esto para siempre —dijo Tété.

—¿Y qué haremos con Toulouse Valmorain? —preguntó Violette.

—Vaya a verlo, madame. Explíquele que no le conviene divulgar ciertos secretos, porque usted misma se encargará de que su esposa y toda la ciudad sepan que es el padre de Jean-Martin y Rosette.

—Y también que sus hijos pueden reclamar el apellido Valmorain y una parte de su herencia —agregó Violette con un guiño de picardía.

—¿Eso es cierto?

—No, Tété, pero el escándalo sería mortal para los Valmorain.

Miedo a la muerte

Violette Boisier sabía que el primer baile del Cordon Bleu daría la pauta para los bailes futuros y tenía que establecer desde un comienzo la diferencia con las otras fiestas que animaban la ciudad desde octubre hasta fines de abril. El amplio local fue decorado sin reparar en gastos. Acondicionaron palcos para los músicos, colocaron mesitas con manteles de lino bordado y sillones de felpa para las madres y chaperonas, en torno a la pista de danza. Construyeron una pasarela alfombrada para la entrada triunfal de las niñas en el salón. El día del baile limpiaron las acequias de la calle y las cubrieron con tablas, encendieron faroles de colores y animaron el barrio con músicos y bailarines negros, como en el carnaval. El ambiente dentro del salón, sin embargo, era muy sobrio.

En la casa de los Valmorain, en el centro, se oía el rumor lejano de la música callejera, pero Hortense Guizot, como todas las mujeres blancas de la ciudad, fingía no oírlo. Sabía de qué se trataba, porque no se hablaba de otra cosa desde hacía varias semanas. Acababa de cenar y estaba bordando en la sala, rodeada de sus hijas, todas tan rubias y rosadas como era ella antes, que jugaban a las muñecas, mientras la menor dormía en su cuna. Ahora, gastada por la maternidad, usaba carmín en las mejillas y lucía un artístico moño postizo de pelo amarillo, que su esclava Denise mezclaba con el suyo color paja. La cena había consistido en sopa, dos platos principales, ensalada, quesos y tres postres, nada demasiado complicado, porque estaba sola. Las niñas no se sentaban todavía en el comedor y su marido tampoco, porque seguía una dieta rigurosa y prefería no tentarse. A él le habían llevado arroz y pollo cocido sin sal a la biblioteca, donde cumplía las órdenes estrictas del doctor Parmentier. Además de pasar hambre, debía hacer caminatas y privarse de alcohol, cigarros y café. Se habría muerto de aburrimiento sin su cuñado Sancho, quien lo visitaba a diario para ponerlo al día de noticias y chismes, alegrarlo con su buen humor y ganarle a las cartas y el dominó.

Parmentier, que tanto se quejaba de los achaques de su propio corazón, no seguía el régimen monacal que le imponía a su paciente, porque Sanité Dédé, la sacerdotisa vudú de la plaza del Congo, le había leído el futuro en las conchas de caurí y según su profecía iba a vivir hasta los ochenta y nueve años. «Tú, blanco, vas a cerrarle los ojos al santo Père Antoine cuando se muera en 1829.» Eso lo tranquilizó respecto a su salud, pero le creó la angustia de perder en esa larga vida a los seres más queridos, como Adèle y tal vez alguno de sus hijos.

La primera alarma de que algo le fallaba a Valmorain ocurrió en el viaje a Francia. Terminada la lúgubre visita a su madre nonagenaria y sus hermanas solteronas, dejó a Maurice en París y se embarcó hacia Nueva Orleans. En el barco sufrió varias fatigas, que atribuyó al vapuleo de las olas, el exceso de vino y la mala calidad de la comida. Al llegar, su amigo Parmentier le diagnosticó presión alta, sobresaltos del pulso, pésima digestión, abundancia de bilis, flatulencia, humores pútridos y palpitaciones del corazón. Le anunció sin ambages que debía bajar de peso y cambiar de vida o acabaría en su mausoleo del cementerio de Saint-Louis antes de un año. Aterrado, Valmorain se sometió a las exigencias del médico y al despotismo de su mujer, convertida en carcelera con el pretexto de cuidarlo. Por si acaso, recurrió a «doctores de hojas» y magos, de quienes siempre se había burlado hasta que el susto lo hizo cambiar de opinión. No perdía nada con probar, pensó. Había conseguido un *gris-gris*, tenía un altar pagano en su habitación, bebía pociones imposibles de identificar que Célestine le traía del mercado y había hecho dos excursiones nocturnas a un islote en los pantanos para que Sanité Dédé lo limpiara con el humo de su tabaco y sus encantamientos. A Parmentier no le contrariaba la competencia de la sacerdotisa, fiel a su idea de que la mente tiene el poder de curar y si el paciente confiaba en la magia, no había razón para negársela.

Maurice, que estaba en Francia trabajando en una agencia de importación de azúcar, donde lo colocó Valmorain para que aprendiera ese aspecto del negocio familiar, se embarcó en el primer barco disponible al saber de la enfermedad de su padre y llegó a Nueva Orleans a fines de octubre. Encontró a Valmorain convertido en un voluminoso lobo marino en una poltrona junto a la chimenea, con un gorro tejido en la cabeza, un chal en las piernas, una cruz de madera y un *gris-gris* de trapo colgado al cuello, muy deteriorado en comparación con el hombre altanero y gastador que quiso mostrarle la vida disipada de París. Se hincó junto a su padre y éste lo apretó en un tembloroso abrazo. «Hijo mío, por fin llegas, ahora puedo morirme tranquilo», murmuró. «¡No digas tonterías, Toulouse!», lo interrumpió Hortense Guizot, que los observaba disgustada. Y estuvo a punto de agregar que no iba a morirse todavía, desgraciadamente, pero se contuvo a tiempo. Llevaba tres meses cuidando a su marido y se le había terminado la paciencia. Valmorain la jorobaba todo el día y la despertaba de noche con pesadillas recurrentes de un tal Lacroix, que se le aparecía en carne viva, arrastrando su pellejo por el suelo como una sangrienta camisa.

La madrastra recibió a Maurice secamente y sus hermanas lo saludaron con educadas reverencias, manteniéndose a la distancia, porque no tenían idea de quién era ese hermano, que se mencionaba muy rara vez en la familia. La mayor de las cinco niñas, la única que Maurice había conocido cuando ella todavía no caminaba, tenía ocho años, y la menor estaba en brazos de una nodriza. Como la casa se hacía muy pequeña para la familia y los criados, Maurice se alojó en el piso de su tío Sancho, solución ideal para todos menos para Toulouse Valmorain, quien pretendía mantenerlo a su lado para prodigarle consejos y traspasarle el manejo de sus bienes. Era lo último que deseaba Maurice, pero no era el momento de contradecir a su padre.

La noche del baile, Sancho y Maurice no cenaron en la casa de los Valmorain, como hacían casi a diario, más por obligación que por gusto. Ninguno de los dos se sentía cómodo con Hortense Guizot, quien nunca había querido al hijastro y toleraba de mala gana a Sancho, con su bigote atrevido, su acento español y su desvergüenza, porque había que ser descarado para pasearse por la ciudad con esa cubana, una zorra *sang-mêlée*, culpable directa del tan mentado baile del Cordon Bleu. Sólo su impecable educación le impedía a Hortense estallar en improperios al pensar en eso; ninguna dama se daba por aludida de la fascinación que esas hetairas de color ejercían sobre los hombres blancos o de la práctica inmoral de ofrecerles a sus hijas. Sabía que el tío y el sobrino se estaban acicalando para asistir al baile, pero ni en trance de muerte les habría hecho un comentario. Tampoco podía hablarlo con su marido, porque sería admitir que espiaba sus conversaciones privadas, tal como le revisaba la correspondencia y se metía en los compartimientos secretos de su escritorio, donde guardaba el dinero. Así se enteró de que Sancho había obtenido dos invitaciones de Violette Boisier, porque Maurice deseaba asistir al baile. Sancho había tenido que consultarlo con Valmorain, porque el intempestivo interés de su sobrino por el *plaçage* requería apoyo financiero.

Hortense, quien escuchaba con la oreja pegada a un agujero que ella misma había hecho perforar en la pared, oyó a su marido aprobar la idea de inmediato y supuso que eso despejaba sus dudas sobre la virilidad de Maurice. Ella misma había contribuido a esas dudas soltando la palabra afeminado en más de una conversación sobre su hijastro. A Valmorain el *plaçage* le pareció apropiado, en vista de que Maurice nunca había manifestado inclinación por burdeles o por las esclavas de la familia. Al joven le faltaban por lo menos diez años para pensar en casarse y entretanto necesitaba desahogar sus ímpetus masculinos, como los llamaba Sancho. Una chica de color, limpia, virtuosa y fiel, ofrecía muchas ventajas. Sancho le explicó a Valmorain las condiciones económicas, que antes se dejaban a la buena voluntad del protector y ahora, desde que Violette Boisier había tomado cartas en el asunto, se estipulaban en un contrato de palabra, que si bien carecía de valor legal, de todos modos era inviolable. Valmorain no objetó el costo: Maurice lo merecía. Al otro lado de la pared Hortense Guizot estuvo a punto de gritar.

El baile de las sirenas

Jean-Martin le confesó a Isidore Morisset, con lágrimas de vergüenza, lo que le había dicho Valmorain y que su madre no lo había desmentido; simplemente, se había negado a hablar del asunto. Morisset recibió sus palabras con una carcajada burlona —«¡qué diablos importa eso, hijo!»— pero enseguida se conmovió y lo atrajo para que se desahogara sobre su ancho pecho. No era sentimental y él mismo se sorprendió ante la emoción que el joven le provocaba: deseos de protegerlo y de besarlo. Lo apartó con gentileza, cogió su sombrero y se fue a caminar al dique con pasos largos hasta que se le despejó la mente. Dos días después partieron hacia Francia. Jean-Martin se despidió de su pequeña familia con la rigidez habitual que mantenía en público, pero en el último momento abrazó a Violette y le susurró que le escribiría.

El baile del Cordon Bleu resultó tan magnífico como Violette Boisier lo había imaginado y los demás lo habían esperado. Los hombres llegaron de gala, puntuales y correctos, y se distribuyeron en grupos bajo las lámparas de cristal alumbradas por centenares de velas, mientras tocaba la orquesta y los criados ofrecían bebidas ligeras y champán, nada de licores fuertes. Las mesas del banquete estaban preparadas en una sala adjunta, pero habría sido una grosería abalanzarse sobre las bandejas antes de tiempo. Violette Boisier, vestida con sobriedad, les dio la bienvenida; muy pronto entraron las madres y chaperonas y se instalaron en los sillones. La orquesta atacó una fanfarria, se abrió una cortina teatral en un extremo de la sala y las muchachas hicieron su aparición en la pasarela, avanzando lentamente en fila india. Había unas pocas mulatas oscuras, varias *sang-mêlée* que pasaban por europeas, incluso dos o tres de ojos azules, y una vasta gama de cuarteronas en diversos tonos, todas atractivas, recatadas, suaves, elegantes y educadas en la fe católica. Algunas eran tan tímidas que no levantaban la vista de la alfombra, pero otras, más atrevidas, lanzaban miradas de soslayo a los galanes alineados contra las paredes. Una sola venía tiesa, seria, con una expresión desafiante, casi hostil. Era Rosette. Los vestidos vaporosos de colores claros habían sido encargados a Francia o copiados a la perfección por Adèle, los sencillos peinados ponían de manifiesto las lustrosas melenas, los brazos y cuellos iban desnudos y los rostros parecían limpios de maquillaje. Sólo las mujeres sabían cuánto esfuerzo y arte costaba ese aspecto inocente.

Un silencio respetuoso recibió a las primeras niñas, pero a los pocos minutos estalló un aplauso espontáneo. Nunca se había visto una colección tan notable de sirenas, comentarían al día siguiente en cafés y tabernas los afortunados que estuvieron presentes. Las candidatas al *plaçage* se deslizaron como cisnes por el salón, la orquesta abandonó las trompetas para tocar música bailable y los blancos comenzaron sus avances con inusitada etiqueta, nada de la atrevida familiaridad con que solían irrumpir en las fiestas de cuarteronas. Después de intercambiar unas cuantas frases de cortesía para tantear el terreno, solicitaban una danza. Podían bailar con todas las niñas, pero habían sido instruidos de que al segundo o tercer baile con la misma debían decidirse. Las chaperonas custodiaban con ojos de águila. Ninguno de esos jóvenes arrogantes, acostumbrados a hacer lo que les daba la gana, se atrevió a violar las reglas. Estaban intimidados por primera vez en sus vidas.

Maurice no miró a nadie. La sola idea de que esas chicas estaban en oferta para beneficio de los blancos lo ponía enfermo. Estaba sudando y sentía golpes de martillo en las sienes. Sólo le interesaba Rosette. Desde que desembarcó en Nueva Orleans, varios días antes, esperaba el baile sólo para encontrarse con ella, tal como habían acordado en su correspondencia secreta, pero como no habían podido verse antes, temía que no se reconocieran. El instinto y la nostalgia alimentada entre los muros de piedra del colegio en Boston le permitieron a Maurice adivinar a la primera mirada que la altiva muchacha vestida de blanco, la más bonita de todas, era su Rosette. Cuando logró despegar los pies del suelo, ella ya estaba rodeada por tres o cuatro pretendientes a quienes escudriñaba tratando de descubrir al único que deseaba ver. También ella había esperado ansiosamente ese momento. Desde la infancia había protegido su amor por Maurice con duplicidad, disfrazándolo de cariño fraternal, pero ya no pensaba seguir haciéndolo. Ésa era la noche de la verdad.

Maurice se aproximó, abriéndose paso, rígido, y se puso frente a Rosette con los ojos encandilados. Se miraron buscando a quien recordaban: ella al chico delgado de ojos verdes y llorón que la seguía como una sombra en la infancia, y él a la niña mandona que se le introducía en la cama. Se encontraron en el rescoldo de la memoria y en un instante volvieron a ser los mismos de antes: Maurice sin palabras, tembloroso, esperando, y Rosette saltándose las normas para tomarlo de la mano y conducirlo a la pista.

A través de los guantes blancos, la muchacha percibió el calor inusitado de la piel de Maurice, que la recorrió desde la nuca hasta los pies, como si se hubiera asomado a un fogón. Sintió que le flaqueaban las piernas, perdió el paso y debió sujetarse de él para no caer de rodillas. El primer vals se les fue sin darse cuenta, no alcanzaron a decirse nada, sólo a tocarse y medirse, ajenos por completo al resto de las parejas. Concluyó la música y ellos continuaron ensimismados moviéndose con torpeza de ciegos hasta que recomenzó la orquesta y volvieron a coger el ritmo. Para entonces varias personas los miraban burlonas y Violette Boisier se había dado cuenta de que algo amenazaba la estricta etiqueta de la fiesta.

Con el último acorde, un joven más atrevido que los demás se interpuso para sacar a bailar a Rosette. Ella ni siquiera notó la interrupción, estaba aferrada al brazo de Maurice, con los ojos prendidos a los suyos, pero el hombre insistió. Entonces Maurice pareció despertar de un trance sonámbulo, se volvió súbitamente y apartó al intruso de un empujón tan inesperado, que su rival tropezó y cayó al suelo. Una exclamación colectiva paralizó a los músicos. Maurice balbuceó una disculpa y tendió la mano al caído para ayudarlo a ponerse de pie, pero el insulto había sido demasiado evidente. Dos amigos del joven ya se habían precipitado a la pista y se enfrentaban a Maurice. Antes de que nadie alcanzara a desafiar en duelo, como ocurría con demasiada frecuencia, Violette Boisier intervino tratando de disipar la tensión con bromas y golpecitos de su abanico, y Sancho García del Solar tomó con firmeza a su sobrino de un brazo y se lo llevó al comedor, donde los hombres mayores ya estaban saboreando los deliciosos platos de la mejor *cuisine créole*.

–¡Qué haces, Maurice! ¿Acaso no sabes quién es esa niña? –le preguntó Sancho.

—Rosette, ¿quién otra iba a ser? He esperado nueve años para verla.

—¡No puedes bailar con ella! Baila con otras chicas, hay varias muy lindas, y una vez que elijas yo me encargo de lo demás.

—Vine sólo por Rosette, tío —aclaró Maurice.

Sancho aspiró a fondo, llenándose el pecho con una bocanada de aire enrarecido por los cigarros y la fragancia dulzona de las flores. No estaba preparado para esa contingencia, nunca imaginó que le tocaría abrirle los ojos a Maurice y menos que tan melodramática revelación ocurriría en ese lugar y a toda prisa. Había adivinado esa pasión desde que lo vio con Rosette por primera vez en Cuba en 1793, cuando llegaron escapando de Le Cap, con la ropa rota y ceniza del incendio en el pelo. Entonces eran unos mocosos que andaban de la mano, asustados por el horror que habían presenciado, y ya era evidente que estaban unidos por un amor celoso y tenaz. Sancho no se explicaba cómo otros no lo habían notado.

—Olvídate de Rosette. Es hija de tu padre. Rosette es tu hermana, Maurice —suspiró Sancho con la vista fija en la punta de sus botas.

—Lo sé, tío —replicó el joven serenamente—. Siempre lo hemos sabido, pero eso no impide que vayamos a casarnos.

—Debes estar demente, hijo. Eso es imposible.

—Ya lo veremos, tío.

Hortense Guizot nunca se atrevió a esperar que el cielo la librara de Maurice sin intervención directa de su parte. Satisfacía su rencor concibiendo formas de eliminar a su hijastro, la única ensoñación que esa mujer práctica se permitía, nada de lo que debiera confesarse, porque esos crímenes hipotéticos eran sólo sueños y soñar no es pecado. Tanto había tratado de alejarlo de su padre y reemplazarlo por el hijo propio que no logró concebir, que cuando Maurice se hundió solo, dejándole el terreno libre para disponer a su manera de los bienes de su marido, se sintió vagamente defraudada. Había pasado la noche del baile en su cama de reina, bajo el toldo con angelotes, que transportaban entre la casa y la plantación cada temporada, dándose vueltas entre las sábanas, sin poder dormir, pensando que en ese mismo momento Maurice estaba eligiendo una concubina, la señal definitiva de que dejaba atrás la adolescencia y entraba de lleno en la edad adulta. Su hijastro ya era un hombre y naturalmente empezaría a hacerse cargo de los negocios de la familia, con lo cual su propio poder se vería mermado, porque ella no tenía sobre él la influencia que ejercía sobre su marido. Lo último que deseaba era verlo hurgando en la contabilidad o poniendo límites a sus gastos.

Hortense no logró descansar hasta el amanecer, cuando por fin se tomó unas gotas de láudano y pudo abandonarse a un sueño inquieto, poblado de visiones angustiosas. Despertó cerca del mediodía, descompuesta por la mala noche y los malos presagios, tiró del cordón para llamar a Denise y pedirle una bacinilla limpia y su taza de chocolate. Le pareció escuchar una conversación en sordina y calculó que provenía de la biblioteca, un piso más abajo. El conducto del cordón para llamar a los esclavos, que atravesaba los dos pisos y la mansarda, le había servido a menudo para oír lo que pasaba en el resto de la casa. Acercó la oreja y oyó voces airadas, pero como no pudo distinguir las palabras, salió sigilosamente de su pieza. En la escalera se topó con su esclava, quien al verla en camisa y descalza deslizándose como un ladrón, se aplastó contra la pared, invisible y muda.

Sancho se había adelantado para explicarle a Toulouse Valmorain lo ocurrido en el baile del Cordon Bleu y prepararle el ánimo, pero no encontró la manera de anunciarle con tacto la descabellada pretensión de Maurice de casarse con Rosette y le descargó la noticia en una sola frase. «¿Casarse?», repitió Valmorain, incrédulo. Le pareció francamente cómico y se echó a reír a carcajadas, pero a medida que Sancho le fue dando una idea de la determinación de su hijo, la risa se le trocó en violenta indignación. Se sirvió un chorro largo de coñac, el tercero de la mañana, a pesar de la prohibición de Parmentier, y lo vació de un solo trago que lo dejó tosiendo.

Poco después llegó Maurice. Valmorain lo afrontó de pie, gesticulando y golpeando la mesa, con la misma cantaleta de siempre, pero esta vez a gritos: que era su único heredero, destinado a llevar con orgullo el título de *chevalier* y acrecentar el poder y la fortuna de la familia, ganados con mucho esfuerzo; era el último varón que podía perpetuar la dinastía, para eso lo había formado, le había imbuido sus principios y su sentido del honor, le había ofrecido todo lo que se le puede dar a un hijo; no le permitiría mancillar por un impulso juvenil el apellido ilustre de los Valmorain. No, no era un impulso, se corrigió, sino un vicio, una perversión, era nada menos que incesto. Se desmoronó en su poltrona, sin aliento. Al otro lado de la pared, pegada al agujero de espionaje, Hortense Guizot ahogó una exclamación. No esperaba que su marido le admitiera a su hijo la paternidad de Rosette, que tan cuidadosamente le había ocultado a ella.

—¿Incesto, monsieur? Usted me obligaba a tragar jabón cuando le decía hermana a Rosette —arguyó Maurice.

—¡Sabes muy bien a qué me refiero!

—Me casaré con Rosette aunque usted sea su padre —dijo Maurice, procurando mantener un tono respetuoso.

—¡Pero cómo vas a casarte con una cuarterona! —rugió Valmorain.

—Por lo visto, monsieur, a usted le molesta más el color de Rosette que nuestro parentesco. Pero si usted engendró una hija con una mujer de color, no debería sorprenderle que yo ame a otra.

—¡Insolente!

Sancho trató de apaciguarlos con gestos conciliatorios. Valmorain comprendió que por ese camino no iban a llegar a ninguna parte y se esforzó por aparecer calmado y razonable.

—Eres un buen muchacho, Maurice, pero demasiado sensible y soñador —dijo—. Enviarte a ese colegio americano fue un error. No sé qué ideas te han puesto en la mente, pero parece que ignoras quién eres, cuál es tu posición y las responsabilidades que tienes con tu familia y la sociedad.

—El colegio me ha dado una visión más amplia del mundo, monsieur, pero eso no tiene nada que ver con Rosette. Mis sentimientos por ella son los mismos ahora que hace quince años.

—Estos impulsos son normales a tu edad, hijo. No hay nada original en tu caso —le aseguró Valmorain—. Nadie se casa a los dieciocho años, Maurice. Escogerás una amante, como cualquier joven de tu condición. Eso te va a tranquilizar. Si hay algo que sobra en esta ciudad son mulatas hermosas...

—¡No! Rosette es la única mujer para mí —lo interrumpió su hijo.

—El incesto es muy grave, Maurice.

—Mucho más grave es la esclavitud.

—¿Qué tiene que ver una cosa con otra?

—Mucho, monsieur. Sin la esclavitud, que le permitió a usted abusar de su esclava, Rosette no sería mi hermana —le explicó Maurice.

—¿Cómo te atreves a hablarle así a tu padre?

—Perdóneme, monsieur —respondió Maurice con ironía—. En realidad, los errores que usted ha cometido no pueden servir de excusa para los míos.

—Lo que tienes es calentura, hijo —dijo Valmorain con un teatral suspiro—. Nada más comprensible. Debes hacer lo que hacemos todos en estos casos.

—¿Qué, monsieur?

—Supongo que no necesito explicártelo, Maurice. Acuéstate con la moza de una vez por todas y después olvídala. Así se hace. ¿Qué otra cabe con una negra?

—¿Eso es lo que desea para su hija? —preguntó Maurice, pálido, con los dientes apretados. Le corrían gotas de sudor por la cara y tenía la camisa mojada.

—¡Es hija de una esclava! ¡Mis hijos son blancos! —exclamó Valmorain.

Un silencio de hielo cayó en la biblioteca. Sancho retrocedió, sobándose la nuca, con la sensación de que todo estaba perdido. La torpeza de su cuñado le pareció irreparable.

—Me casaré con ella —repitió al fin Maurice y salió con largos pasos, sin hacer caso de la retahíla de amenazas de su padre.

A la derecha de la luna

A Tété no se le había pasado por la mente ir al baile y tampoco la habían invitado, porque se entendía que no era para gente de su condición: las otras madres se habrían ofendido y su hija habría pasado un bochorno. Se puso de acuerdo con Violette para que ésta actuara como chaperona de Rosette. Los preparativos para esa noche, que habían requerido meses de paciencia y trabajo, dieron los resultados esperados: Rosette parecía un ángel en su vestido etéreo y jazmines prendidos en el cabello. Antes de subir al coche alquilado, en presencia de los vecinos que habían salido a la calle a aplaudirlas, Violette les repitió a Tété y Loula que iba a conseguirle el mejor pretendiente a Rosette. Nadie imaginó que volvería arrastrando a la muchacha una hora más tarde, cuando todavía algunos vecinos estaban en la calle comentando.

Rosette entró en la casa como una tromba, con el gesto de mula porfiada que ese año había reemplazado su coquetería, se arrancó el vestido a tirones y se encerró en su pieza sin una palabra. Violette venía histérica, chillando que esa pindonga se las iba a pagar, que había estado a punto de arruinar la fiesta, los había engañado a todos, le había hecho perder tiempo, esfuerzo y dinero, porque nunca tuvo la intención de ser *placée*, el baile había sido un pretexto para encontrarse con ese desgraciado de Maurice. La mujer estaba en lo cierto. Rosette y Maurice se habían puesto de acuerdo de forma inexplicable, porque la niña no salía sola a ninguna parte. Cómo enviaba y recibía mensajes era un misterio que ella se negó a revelar, a pesar del cachetazo que recibió de Violette. Eso confirmó la sospecha que Tété siempre había tenido: las *z'etoiles* de esos dos niños estaban juntas en el cielo; algunas noches eran claramente visibles a la derecha de la luna.

Después de la escena en la biblioteca de la casa de su padre, cuando se enfrentó con él, Maurice se retiró decidido a cortar para siempre los vínculos con su familia. Sancho logró tranquilizar un poco a Valmorain y después siguió a su sobrino al piso que compartían, donde lo encontró descompuesto y rojo de fiebre. Con ayuda de su criado, Sancho le quitó la ropa y lo llevó a la cama, después lo obligó a tragar una taza de ron caliente con azúcar y limón, remedio improvisado que se le ocurrió como paliativo para las penas de amor y que tumbó a Maurice en un sueño largo. Le ordenó a su doméstico que lo refrescara con paños mojados para bajarle la temperatura, pero eso no impidió que Maurice pasara delirando el resto de la tarde y buena parte de la noche.

A la mañana siguiente el joven despertó con menos fiebre. La pieza estaba oscura, porque habían corrido las cortinas, pero no quiso llamar al criado, aunque necesitaba agua y una taza de café. Al tratar de levantarse para usar la bacinilla sintió todos los músculos doloridos, como si hubiera galopado una semana, y prefirió volver a recostarse. Poco después llegó Sancho con Parmentier. El doctor, que lo conocía desde niño, no pudo menos que repetir la trillada observación de que el tiempo es más escurridizo que el dinero. ¿Dónde se fueron los años? Maurice había salido por una puerta en pantalones cortos y regresó por otra convertido en un hombre. Lo examinó meticulosamente sin llegar a un diagnóstico, el cuadro todavía no era claro, dijo, había que esperar. Le ordenó mantenerse en reposo para ver cómo reaccionaba. En esos días le había tocado atender a dos marineros con tifus en el hospital de las monjas. No se trataba de una epidemia, aseguró, eran casos aislados, pero debían tener en cuenta esa posibilidad. Las ratas de los barcos solían contagiar la enfermedad y tal vez Maurice se había infectado en el viaje.

—Estoy seguro de que no es tifus, doctor —masculló Maurice, avergonzado.

—¿Qué es entonces? —sonrió Parmentier.

—Nervios.

—¿Nervios? —repitió Sancho, muy divertido—. ¿Eso que sufren las solteronas?

—Esto no me daba desde que era un crío, doctor, pero no se me ha olvidado y supongo que a usted tampoco. ¿No se acuerda de Le Cap?

Entonces Parmentier volvió a ver al chiquillo de cortos años que era Maurice en aquella época, volado de fiebre por el acoso de los fantasmas de los torturados, que se paseaban por su casa.

—Espero que tengas razón —dijo Parmentier—. Tu tío Sancho me contó lo sucedido en el baile y la pelea que tuviste con tu padre.

—¡Insultó a Rosette! La trató como a una golfa —dijo Maurice.

—Mi cuñado estaba muy alterado, como es lógico —interrumpió Sancho—. A Maurice se le ha puesto casarse con Rosette. No sólo pretende desafiar a su padre, sino al mundo entero.

—Sólo pedimos que nos dejen en paz, tío —dijo Maurice.

—Nadie os dejará en paz, porque si os salís con la vuestra peligra la sociedad. ¡Imagínate el ejemplo que daríais! Sería como un agujero en el dique. Primero un chorrito y después un aluvión que destrozaría todo a su paso.

—Nos iríamos lejos, donde nadie nos conozca —insistió Maurice.

—¿Adónde? ¿A vivir con los indios, tapados con pieles hediondas y comiendo maíz? ¡A ver cuánto os dura el amor en esas condiciones!

—Eres muy joven, Maurice, tienes la vida por delante —argumentó débilmente el médico.

—¡Mi vida! ¡Por lo visto es lo único que cuenta! ¿Y Rosette? ¿Acaso su vida no cuenta también? ¡La amo, doctor!

—Te entiendo mejor que nadie, hijo. Mi compañera de toda la vida, la madre de mis tres hijos, es mulata —le confesó Parmentier.

—¡Sí, pero no es su hermana! —exclamó Sancho.

—Eso no importa —replicó Maurice.

—Explíquele, doctor, que de esas uniones nacen chiquillos tarados —insistió Sancho.

—No siempre —murmuró el médico, pensativo.

Maurice tenía la boca seca y de nuevo sentía el cuerpo ardiendo. Cerró los ojos, indignado consigo mismo por no poder controlar esos tiritones, sin duda causados por su maldita imaginación. No escuchaba a su tío: tenía ruido de oleaje en los oídos.

Parmentier interrumpió la lista de argumentos de Sancho. «Creo que hay una manera satisfactoria para todos de que Maurice y Rosette puedan estar juntos.» Explicó que muy poca gente sabía que eran medio hermanos y además no sería la primera vez que algo así ocurría. La promiscuidad de los amos con sus esclavas se prestaba para toda suerte de relaciones confusas, añadió. Nadie sabía a ciencia cierta qué sucedía en la intimidad de las casas y menos en las plantaciones. Los *créoles* no daban demasiada importancia a los amoríos entre parientes de diferente raza —no sólo entre hermanos, también entre padres e hijas— mientras no se ventilaran en público. Blancos con blancos, en cambio, era intolerable.

—¿Adónde quiere llegar, doctor? —preguntó Maurice.

—*Plaçage*. Piénsalo, hijo. Le darías a Rosette el mismo trato que a una esposa y aunque no convivieras con ella abiertamente, podrías visitarla cuando quisieras. Rosette sería respetada en su ambiente. Tú mantendrías tu situación, con lo cual podrías protegerla mucho mejor que si fueras un paria de la sociedad y además pobre, como sería si te empeñaras en casarte con ella.

—¡Brillante, doctor! —exclamó Sancho, antes de que Maurice alcanzara a abrir la boca—. Sólo falta que Toulouse Valmorain lo acepte.

En los días siguientes, mientras Maurice se debatía en lo que resultó ser definitivamente tifus, Sancho trató de convencer a su cuñado de las ventajas del *plaçage* para Maurice y Rosette. Si antes Valmorain estaba dispuesto a financiar los gastos de una chica desconocida, no había razón para negárselo a la única que Maurice deseaba. Hasta ese punto, Valmorain lo escuchaba cabizbajo, pero atento.

—Además, fue criada en el seno de tu familia y te consta que es decente, fina y bien educada —agregó Sancho, pero apenas lo hubo soltado comprendió el error de recordarle que Rosette era su hija; fue como si hubiera pinchado a Valmorain.

—¡Prefiero ver a Maurice muerto antes que amancebado con esa pelandusca! —exclamó.

El español se persignó automáticamente: eso era tentar al diablo.

—No me hagas caso, Sancho, me salió sin pensar —masculló el otro, también estremecido por una aprensión supersticiosa.

—Cálmate, cuñado. Los hijos siempre se rebelan, es normal, pero tarde o temprano entran en razón —dijo Sancho, sirviéndose un vaso de coñac—. Tu oposición sólo fortalece la porfía de Maurice. No conseguirás más que alejarlo de ti.

—¡El que sale perdiendo es él!

—Piénsalo. También sales perdiendo tú. Ya no eres joven y te falla la salud. ¿Quién será tu sostén en la vejez? ¿Quién manejará la plantación y tus negocios cuando ya no puedas hacerlo? ¿Quién cuidará de Hortense y las niñas?

—Tú.

—¿Yo? —Sancho soltó una alegre carcajada—. ¡Yo soy un pícaro, Toulouse! ¿Me ves convertido en pilar de la familia? ¡Ni Dios lo quiera!

—Si Maurice me traiciona, tú tendrás que ayudarme, Sancho. Eres mi socio y mi único amigo.

—Por favor, no me asustes.

—Creo que tienes razón: no debo dar la pelea con Maurice de frente, sino actuar con astucia. El muchacho necesita enfriarse, pensar en su futuro, divertirse como corresponde a su edad y conocer otras mujeres. Esa bribona debe desaparecer.

—¿Cómo? —preguntó Sancho.

—Hay varias formas.

—¿Cuáles?

—Por ejemplo, ofrecerle una buena suma para que se vaya lejos y deje en paz a mi hijo. El dinero compra todo, Sancho, pero si eso no resultara… bueno, tomaríamos otras medidas.

—¡No cuentes conmigo para nada de eso! —exclamó Sancho, alarmado—. Maurice jamás te lo perdonaría.

—No tendría que saberlo.

—Yo se lo diría. Justamente porque te quiero como hermano,

Toulouse, no voy a permitir que cometas una maldad semejante. Te arrepentirías toda tu vida —replicó Sancho.

—¡No te pongas así, hombre! Estaba bromeando. Sabes que no soy capaz de matar una mosca.

La risa de Valmorain sonó como un ladrido. Sancho se retiró, preocupado, y él se quedó meditando sobre el *plaçage*. Parecía la alternativa más lógica, pero apadrinar el amancebamiento entre hermanos era muy peligroso. Si llegaba a saberse, su honor quedaría manchado en forma irreparable y todo el mundo les daría la espalda a los Valmorain. ¿Con qué cara iban a presentarse en público? Debía pensar en el futuro de sus cinco hijas, sus negocios y su posición social, tal como le había hecho ver Hortense con claridad. No sospechaba que la misma Hortense ya había hecho circular la noticia. Puesta a elegir entre cuidar la reputación de su familia, primera prioridad para toda dama *créole*, o arruinar la de su hijastro, Hortense cedió a la tentación de lo segundo. Si hubiera estado en sus manos, ella misma habría casado a Maurice con Rosette, nada más que para destruirlo. A ella no le convenía el *plaçage* que proponía Sancho, porque una vez que se calmaran los ánimos, como siempre ocurría al cabo de un tiempo, Maurice podría ejercer sus derechos de primogénito sin que nadie se acordara de su desliz. La gente tenía mala memoria. La única solución práctica era que su hijastro fuera repudiado por su padre. «¿Pretende casarse con una cuarterona? Perfecto. Que lo haga y que viva entre negros, como corresponde», les había comentado a sus hermanas y amigas, que a su vez se encargaron de repetirlo.

Los enamorados

Tété y Rosette habían dejado la casa amarilla de la calle Chartres al día siguiente del bochorno en el baile del Cordon Bleu. A Violette Boisier se le pasó pronto la pataleta de ira y perdonó a Rosette, porque los amores contrariados siempre la conmovían, pero de todos modos se sintió aliviada cuando Tété le anunció que no deseaba seguir abusando de su hospitalidad. Era preferible poner cierta distancia entre ellas, pensó. Tété se llevó a su hija a la pensión donde años antes vivía el tutor Gaspard Sévérin, mientras terminaban los arreglos de la pequeña vivienda que había comprado Zacharie a dos cuadras de la de Adèle. Siguió trabajando con Violette, como siempre, y puso a Rosette a coser con Adèle; era tiempo de que la chica se ganara la vida. Era impotente ante el huracán que se había desencadenado. Sentía inevitable compasión por su hija, pero no podía acercarse para tratar de ayudarla, porque se había cerrado como un molusco. Rosette no hablaba con nadie, cosía en hosco silencio, esperando a Maurice con una dureza de granito, ciega a la curiosidad ajena y sorda a los consejos de las mujeres que la rodeaban: su madre, Violette, Loula, Adèle y una docena de vecinas entrometidas.

Tété se enteró del enfrentamiento de Maurice y Toulouse Valmorain a través de Adèle, a quien se lo había contado Parmentier, y de Sancho, que le hizo una breve visita a la pensión para llevarle noticias de Maurice. Le dijo que el joven estaba debilitado por el tifus, pero fuera de peligro, y deseaba ver a Rosette lo antes posible. «Me pidió que interceda para que lo recibas, Tété», agregó. «Maurice es mi hijo, don Sancho, no necesita enviarme recados. Lo estoy esperando», le respondió ella. Pudieron hablar con franqueza, aprovechando que Rosette había salido a dejar unas costuras. Hacía varias semanas que no tenían ocasión de verse, porque Sancho había desaparecido del barrio. No se atrevía a asomarse cerca de Violette Boisier desde que ella lo sorprendió con Adi Soupir, la misma joven ligera de cascos de quien ya había estado prendado antes. Nada sacó Sancho con jurarle que sólo se habían encontrado por casualidad en la plaza de Armas y él la había invitado a tomar una inocente copita de jerez, nada más. ¿Qué malo había en eso? Pero Violette no tenía interés en competir con ninguna rival por el corazón de alcachofa de ese español, y menos con una a quien doblaba en edad.

Según Sancho, Toulouse Valmorain había exigido que su hijo fuera a hablar con él apenas pudiera ponerse de pie. Maurice sacó fuerzas para vestirse y acudió a la casa de su padre, porque no podía seguir postergando una resolución. Mientras no aclarara las cosas con él, no estaba en libertad de presentarse ante Rosette. Al ver a su hijo amarillo y con la ropa colgando, porque había bajado varios kilos durante su breve enfermedad, Valmorain se asustó. El antiguo temor de que la muerte se lo arrebatara, que tantas veces lo había asaltado cuando Maurice era chico, volvió a cerrarle el pecho. Azuzado por Hortense Guizot se había preparado para imponerle su autoridad, pero comprendió que lo quería demasiado: cualquier cosa era preferible a pelearse con él. En un impulso optó por el *plaçage*, al que antes se había opuesto por orgullo y por consejo de su mujer. Vio con lucidez que era la única salida posible. «Te ayudaré como corresponde, hijo. Tendrás lo suficiente para comprarle una casa a esa moza y mantenerla como es debido. Rezaré para que no haya escándalo y Dios os perdone. Sólo te pido que nunca la nombres en mi presencia y tampoco a su madre», le anunció Valmorain.

La reacción de Maurice no fue la que esperaban su padre ni Sancho, quien también estaba presente en la biblioteca. Respondió que agradecía la ayuda ofrecida, pero no era ése el destino que deseaba. No pensaba seguir sometiéndose a la hipocresía de la sociedad ni someter a Rosette a la injusticia del *plaçage*, en el que ella estaría atrapada, mientras él gozaba de plena libertad. Además, eso sería un estigma para la carrera política que iba a seguir. Dijo que regresaría a Boston, a vivir entre gente más civilizada, estudiaría abogacía y luego, desde el Congreso y los periódicos, intentaría cambiar la Constitución, las leyes y finalmente las costumbres, no sólo en Estados Unidos, sino en el mundo.

—¿De qué estás hablando, Maurice? —lo interrumpió su padre, convencido de que le había vuelto el delirio del tifus.

—Abolicionismo, monsieur. Voy a dedicar mi vida a luchar contra la esclavitud —replicó Maurice con firmeza.

Eso fue un golpe mil veces más grave para Valmorain que el asunto de Rosette: era un atentado directo contra los intereses de su familia. Su hijo estaba más desquiciado de lo que había imaginado, pretendía nada menos que demoler el fundamento de la civilización y de la fortuna de los Valmorain. A los abolicionistas los emplumaban y los ahorcaban, como merecían. Eran unos locos fanáticos que se atrevían a desafiar a la sociedad, a la historia, incluso a la palabra divina, porque la esclavitud aparecía en la Biblia.

¿Un abolicionista en su propia familia? ¡Ni pensarlo! Le lanzó su arenga a gritos, sin tomar aliento, y terminó amenazándolo con desheredarlo.

–Hágalo, monsieur, porque si yo heredara sus bienes, lo primero que haría sería emancipar a los esclavos y vender la plantación –respondió Maurice sin alterarse.

El joven se levantó apoyándose en el respaldo de la silla, porque estaba un poco mareado, se despidió con una ligera inclinación y salió de la biblioteca procurando disimular el temblor de las piernas. Los insultos de su padre lo persiguieron hasta la calle.

Valmorain perdió el control, la ira lo convirtió en un torbellino: maldijo a su hijo, le chilló que había muerto para él y que no recibiría ni un centavo de su fortuna. «¡Te prohíbo volver a pisar esta casa y usar el apellido Valmorain! ¡Ya no perteneces a esta familia!» No alcanzó a continuar, porque cayó desplomado, arrastrando una lámpara de opalina, que se hizo añicos contra la pared. A sus gritos habían acudido Hortense y varios domésticos, que lo encontraron con los ojos en blanco y amoratado, mientras Sancho, de rodillas a su lado, procuraba soltarle la corbata, enterrada en los pliegues de la doble papada.

Enlace de sangre

Una hora más tarde Maurice se presentó sin avisar en la pensión de Tété. Hacía siete años que ella no lo veía, pero ese joven alto y serio, con una melena desordenada y lentes redondos, le pareció igual al niño que ella había criado. Maurice tenía la misma intensidad y ternura de la infancia. Se abrazaron largamente, ella repitiendo su nombre y él susurrando *maman, maman,* la palabra prohibida. Estaban en la polvorienta salita de la pensión, que se mantenía en eterna penumbra. La poca luz filtrada entre las persianas ponía en evidencia los muebles destartalados, la alfombra en hilachas y el papel amarillento de las paredes.

Rosette, que tanto había aguardado a Maurice, no lo saludó, aturdida de felicidad y desconcertada al verlo demacrado, tan distinto al joven apuesto con quien había bailado dos semanas antes. Muda, observaba la escena como si la visita intempestiva de su enamorado no tuviera nada que ver con ella.

—Rosette y yo nos hemos querido siempre, *maman,* usted lo sabe. Desde que éramos chicos hablábamos de casarnos ¿se acuerda? —dijo Maurice.

—Sí, hijo, me acuerdo. Pero es pecado.

—Nunca le había oído decir esa palabra. ¿Se ha vuelto católica, acaso?

—Siempre me acompañan mis *loas*, Maurice, pero también voy a la misa del Père Antoine.

—¿Cómo puede ser pecado el amor? Dios lo puso en nosotros. Antes que naciéramos ya nos queríamos. No somos culpables de tener el mismo padre. El pecado no es nuestro, sino de él.

—Hay consecuencias… —murmuró Tété.

—Ya lo sé. Todo el mundo se empeña en recordarme que podemos tener hijos anormales. Estamos dispuestos a correr ese riesgo, ¿verdad, Rosette?

La chica no contestó. Maurice se acercó y le puso un brazo sobre los hombros en un gesto de protección.

—¿Qué va a ser de vosotros? —preguntó Tété, angustiada.

—Somos libres y jóvenes. Nos iremos a Boston y si allá nos va mal, buscaremos otro lugar. América es grande.

—¿Y el color? En ninguna parte os aceptarán. Dicen que en los estados libres el odio es peor, porque blancos y negros no conviven ni se mezclan.

—Cierto, pero eso va a cambiar, se lo prometo. Hay muchas personas trabajando para abolir la esclavitud: filósofos, políticos, religiosos, toda la gente con algo de decencia…

—No viviré para verlo, Maurice. Pero sé que aunque emanciparan a los esclavos, no habría igualdad.

—A la larga tendrá que haberla, *maman*. Es como una bola de nieve, que empieza a rodar, va creciendo, toma velocidad y entonces nada puede detenerla. Así suceden los grandes cambios en la historia.

—¿Quién te dijo eso, hijo? —le preguntó Tété, quien no tenía claro lo que era la nieve.

—Mi profesor, Harrison Cobb.

Tété comprendió que razonar con él era inútil, porque las cartas estaban echadas desde hacía quince años, cuando él se inclinó por primera vez a besar la cara de la niña recién nacida que era Rosette.

—No se preocupe, nos arreglaremos —agregó Maurice—. Pero necesitamos su bendición, *maman*. No queremos escapar como bandidos.

—Tenéis mi bendición, hijos, pero no basta. Vamos a pedirle consejo al Père Antoine, que sabe de las cosas de este mundo y del otro —concluyó Tété.

Se fueron caminando en la brisa de febrero a la casita del capuchino, quien acababa de terminar su primera ronda de caridad y estaba descansando un rato. Los recibió sin muestras de sorpresa, porque los estaba esperando desde que empezaron a llegarle los chismes de que el heredero de la fortuna Valmorain pretendía casarse con una cuarterona. Como siempre estaba enterado de todo lo que sucedía en la ciudad, sus fieles suponían que el Espíritu Santo le soplaba la información. Les ofreció su vino de misa, áspero como barniz.

—Queremos casarnos, *mon père* —anunció Maurice.

—Pero existe el pequeño detalle de la raza ¿no es así? —sonrió el fraile.

—Sabemos que la ley… —continuó Maurice.

—¿Han cometido el pecado de la carne? —lo interrumpió el Père Antoine.

—¡Cómo puede creer eso, *mon père*! Le doy mi palabra de caballero que la virtud de Rosette y mi honor están intactos —proclamó Maurice, azorado.

—¡Qué lástima, hijos! Si Rosette hubiera perdido su virginidad

477

y tú desearas reparar el daño perpetrado, yo estaría obligado a casaros para salvaros el alma —les explicó el santo.

Entonces Rosette habló por primera vez desde el baile del Cordon Bleu.

—Eso se arregla esta misma noche, *mon père*. Haga cuenta que ya ha sucedido. Y ahora por favor sálvenos el alma —dijo, con la cara roja y el tono decidido.

El santo poseía una admirable flexibilidad para sortear las reglas que consideraba inconvenientes. Con la misma imprudencia infantil con que desafiaba a la Iglesia, solía quitarle el cuerpo a la ley, y hasta ese momento ninguna autoridad religiosa o civil se había atrevido a llamarle la atención. Sacó una navaja de barbero de una caja, remojó la hoja en su vaso de vino y les ordenó a los enamorados alzarse las mangas y presentarle un brazo. Sin vacilar le hizo un tajito en la muñeca a Maurice con la destreza de quien ha realizado esa operación varias veces. Maurice lanzó una exclamación y se chupó el corte, mientras Rosette apretaba los labios y cerraba los ojos con la mano estirada. Después el fraile les juntó los brazos, frotando la sangre de Rosette en la pequeña herida de Maurice.

—La sangre siempre es roja, como veis, pero si alguien pregunta, ahora puedes decir que tienes sangre negra, Maurice. Así la boda será legal —aclaró el fraile, limpiando la navaja en su manga, mientras Tété desgarraba su pañuelo para vendarles las muñecas.

—Vamos a la iglesia. Le pediremos a la hermana Lucie que haga de testigo en este casorio —dijo el Père Antoine.

—Un momento, *mon père* —lo detuvo Tété—. No hemos resuelto el que estos muchachos son medio hermanos.

—¡Pero qué dices, hija! —exclamó el santo.

—Usted conoce la historia de Rosette, *mon père*. Le conté que monsieur Toulouse Valmorain era su padre y usted sabe que también es el padre de Maurice.

—No me acordaba. Me falla la memoria. —El Père Antoine se dejó caer en una silla, derrotado—. No puedo casar a estos chicos, Tété. Una cosa es burlar la ley humana, que suele ser absurda, pero otra es burlar la ley de Dios...

Salieron cabizbajos de la casita del Père Antoine. Rosette trataba de contener el llanto y Maurice, descompuesto, la sostenía por la cintura. «¡Cómo quisiera ayudaros, muchachos! Pero no está en mi poder hacerlo. Nadie puede casaros en esta tierra», fue la triste despedida del santo. Mientras los enamorados arrastraban los pies, desconsolados, Tété caminaba dos pasos más atrás, pensando en el hincapié que el Père Antoine había puesto en la última palabra. Tal vez no hubo énfasis, sino que ella se confundió con el acento golpeado con que el santo español hablaba el francés, pero la frase le pareció rebuscada y volvía a oírla como un eco de sus pies desnudos golpeando los adoquines de la plaza, hasta que de tanto repetirla en silencio creyó entender un significado en clave. Cambió de dirección para encaminarse a Chez Fleur.

Anduvieron casi una hora y cuando llegaron a la discreta puerta de la casa de juego vieron una fila de cargadores con fardos de provisiones, vigilados por Fleur Hirondelle, quien anotaba cada bulto en su libro de contabilidad. La mujer los recibió cariñosa, como siempre, pero no podía atenderlos y les indicó que fueran al salón. Maurice se dio cuenta de que era un sitio de dudosa reputación y le pareció pintoresco que su *maman*, siempre tan preocupada por la decencia, se hallara allí como en su propia casa. A esa hora, en la luz cruel del día, con las mesas vacías, sin clientes, *cocottes* ni músicos, sin el humo, el ruido y el olor de perfume y licor, el salón parecía un teatro pobre.

—¿Qué estamos haciendo aquí? —preguntó Maurice en tono de funeral.

—Esperando que nos cambie la suerte, hijo —dijo Tété.

Momentos más tarde apareció Zacharie en ropa de trabajo y con las manos sucias, sorprendido por la visita. Ya no era el hombre guapo de antes, tenía la cara como una máscara de carnaval. Así le había quedado después del asalto. Era de noche y lo golpearon a mansalva, no alcanzó a ver a los hombres que se le fueron encima con garrotes, pero como no le robaron el dinero ni el bastón con mango de marfil, supo que no eran bandidos de El Pantano. Tété le había advertido más de una vez que su figura demasiado elegante y su largueza con el dinero ofendían a algunos blancos. Lo encontraron a tiempo, tirado en una acequia, molido a golpes y con la cara destrozada. El doctor Parmentier lo compuso con tanto cuidado que logró ponerle los huesos en su sitio y salvarle un ojo y Tété lo alimentó con un tubito hasta que pudo mascar. Esa desgracia no cambió su actitud triunfadora, pero lo hizo más prudente y ahora siempre andaba armado.

—¿Qué puedo ofreceros? ¿Ron? ¿Jugo de fruta para la niña? —sonrió Zacharie con su nueva sonrisa de mandíbula torcida.

—Un capitán es como un rey, puede hacer lo que quiere en su barco, incluso ahorcar a alguien. ¿No es cierto? —le preguntó Tété.

—Sólo cuando está navegando —aclaró Zacharie, limpiándose con un trapo.

—¿Conoces a alguno?

—A varios. Sin ir más lejos, Fleur Hirondelle y yo estamos asociados con Romeiro Toledano, un portugués que tiene una goleta.

—¿Asociados para qué, Zacharie?

—Digamos que para importación y transporte.

—Nunca me mencionaste a ese tal Toledano. ¿Es de confianza?

—Depende. Para unas cosas, sí; para otras, no.

—¿Dónde puedo hablar con él?

—En este momento la goleta está en el puerto. Seguramente vendrá esta noche para tomar unos tragos y jugar unas manos. ¿Qué es lo que quieres, mujer?

—Necesito un capitán que case a Maurice y Rosette —le ordenó Tété, ante el asombro de los dos interesados.

—¿Cómo me pides eso, Zarité?

—Porque nadie más lo haría, Zacharie. Y tiene que ser ahora mismo, porque Maurice se irá a Boston en un barco que sale pasado mañana.

—La goleta está en el puerto, donde mandan las autoridades de tierra.

—¿Puedes pedirle a Toledano que suelte las amarras, dirija su barco unas millas mar adentro y case a estos niños?

De ese modo, cuatro horas más tarde, a bordo de una baqueteada goleta con bandera española, el capitán Romeiro Toledano, un hombrecillo que medía menos de siete palmos, pero que compensaba la indignidad de su menguada talla con una barba negra que apenas dejaba los ojos a la vista, casó a Rosette Sedella y Maurice. Fueron testigos Zacharie, con traje de gala pero todavía con las uñas sucias, y Fleur Hirondelle, que para la ocasión se puso una casaca de seda y un collar de dientes de oso. Mientras Zarité se secaba las lágrimas, Maurice se quitó la medalla de oro de su madre, que siempre usaba, y se la puso al cuello a Rosette. Fleur Hirondelle distribuyó copas de champán y Zacharie hizo un brindis por «esta pareja que simboliza el futuro, cuando las razas estarán mez-

cladas y todos los seres humanos serán libres e iguales ante la ley».
Maurice, que le había oído a menudo las mismas palabras al profesor Cobb y se había puesto muy sentimental con el tifus, soltó un largo y profundo sollozo.

Dos noches de amor

A falta de otro lugar, los recién casados pasaron el único día y las dos noches de amor que tuvieron en el estrecho camarote de la goleta de Romeiro Toledano, sin sospechar que en un compartimiento secreto debajo del piso había un esclavo agazapado, que podía oírlos. La embarcación era la primera etapa del peligroso viaje a la libertad de muchos fugitivos. Zacharie y Fleur Hirondelle creían que la esclavitud iba a terminar pronto y entretanto ayudaban a los más desesperados que no podían esperar hasta entonces.

Esa noche Maurice y Rosette se amaron en una angosta litera de tablas, mecidos por las corrientes del delta, en la luz tamizada por una raída cortina de felpa roja, que cubría el ventanuco. Al principio se tocaban inseguros, con timidez, aunque habían crecido explorándose y no existía un solo rincón de sus almas cerrado para el otro. Habían cambiado y ahora tenían que aprender a conocerse de nuevo. Ante la maravilla de tener a Rosette en sus brazos, a Maurice se le olvidó lo poco que había aprendido en los corcoveos con Giselle, la embustera de Savannah. Temblaba. «Es por el tifus», dijo a modo de disculpa. Conmovida por esa dulce torpeza, Rosette tomó la iniciativa de empezar a desvestirse sin apuro, como le había enseñado Violette Boisier en privado. Al pensar en eso le dio tal ataque de risa, que Maurice creyó que se estaba burlando de él.

—No seas tonto, Maurice, cómo me voy a estar burlando de ti —replicó ella, secándose las lágrimas de risa—. Me estoy acordando de las clases de hacer el amor, que se le ocurrieron a madame Violette para las alumnas del *plaçage*.

—¡No me digas que les daba clases!

—Por supuesto, ¿o tú crees que la seducción se improvisa?

—¿*Maman* sabe de esto?

—Los detalles, no.

—¿Qué les enseñaba esa mujer?

—Poco, porque al final madame tuvo que desistir de las clases prácticas. Loula la convenció de que las madres no lo tolerarían y el baile se iría al diablo. Pero alcanzó a ensayar su método conmigo. Usaba bananas y pepinos para explicarme.

—Explicarte ¿qué? —exclamó Maurice, que empezaba a divertirse.

—Cómo sois los hombres y lo fácil que es manipularos, porque tenéis todo afuera. De alguna manera tenía que enseñarme ¿no te parece? Yo nunca he visto un hombre desnudo, Maurice. Bueno, sólo a ti, pero entonces eras un mocoso.

—Supongamos que algo ha cambiado desde entonces —sonrió él—. Pero no esperes bananas o pepinos. Pecarías de optimista.

—¿No? Déjame ver.

En su escondite, el esclavo lamentó que no hubiera un hueco entre las tablas del piso para pegar el ojo. A las risas siguió un silencio que le pareció demasiado largo. ¿Qué estaban haciendo esos dos tan callados? No podía imaginarlo, porque en su experiencia el amor era más bien ruidoso. Cuando el barbudo capitán abrió la trampilla para que saliera a comer y estirar los huesos, aprovechando la oscuridad de la noche, el fugitivo estuvo a punto de decirle que no se molestara, que él podía esperar.

Romeiro Toledano previó que los recién casados, de acuerdo con la costumbre imperante, no saldrían de su aposento y, obedeciendo las órdenes de Zacharie, les llevó café y rosquillas, que dejó discretamente en la puerta del camarote. En circunstancias normales, Rosette y Maurice habrían pasado por lo menos tres días encerrados, pero ellos no contaban con tanto tiempo. Más tarde el buen capitán les dejó una bandeja con delicias del Mercado Francés que le había hecho llegar Tété: mariscos, queso, pan tibio, fruta, dulces y una botella de vino, que pronto unas manos arrastraron al interior.

En las horas demasiado cortas de ese único día y las dos noches que Rosette y Maurice pasaron juntos, se amaron con la ternura que habían compartido en la infancia y la pasión que ahora los encendía, improvisando una cosa y otra para darse mutuo contento. Eran muy jóvenes, estaban enamorados desde siempre y existía el incentivo terrible de que iban a separarse: no necesitaron para nada las instrucciones de Violette Boisier. En algunas pausas se dieron tiempo para hablar, siempre abrazados, de algunas cosas pendientes y planear su futuro inmediato. Lo único que les permitía soportar la separación era la certeza de que iban a reunirse pronto, apenas Maurice tuviera trabajo y un lugar donde recibir a Rosette.

Amaneció el segundo día y tuvieron que vestirse, besarse por última vez y salir recatadamente a enfrentar al mundo. La goleta había atracado de nuevo; en el puerto los esperaban Zacharie, Tété y Sancho, quien había llevado el baúl con las pertenencias de Maurice. El tío también le entregó cuatrocientos dólares, que se jactó de haber ganado en una sola noche jugando a las cartas. El joven había adquirido el pasaje con su nuevo nombre, Maurice Solar, el apellido de su madre abreviado y pronunciado a la inglesa. Eso ofendió un poco a Sancho, que estaba orgulloso del sonoro García del Solar, pronunciado como se debe.

Rosette quedó en tierra deshecha de pena, pero fingiendo la serena actitud de quien tiene todo lo que se puede desear en este mundo, mientras Maurice le hacía señas desde la cubierta del clíper que lo conduciría a Boston.

El purgatorio

Valmorain perdió a su hijo y perdió la salud de un solo golpe. En el mismo momento en que Maurice salió de la casa paterna para no regresar más, algo estalló en su interior. Cuando Sancho y los demás lograron levantarlo, comprobaron que tenía un lado del cuerpo muerto. El doctor Parmentier determinó que no le había fallado el corazón, como tanto se temía, sino que había sufrido un ataque cerebral. Estaba casi paralizado, babeaba y carecía de control de esfínteres. «Con tiempo y un poco de suerte podrá mejorar bastante, *mon ami*, aunque no volverá a ser el mismo», le dijo Parmentier. Agregó que conocía pacientes que habían vivido muchos años después de un ataque semejante. Por señas, Valmorain le indicó que deseaba hablar a solas con él y Hortense Guizot, que lo vigilaba como un buitre, debió salir de la pieza y cerrar la puerta. Sus balbuceos resultaban casi incomprensibles, pero Parmentier logró entender que más miedo le daba su mujer que su enfermedad. Hortense podía tentarse de precipitarle la muerte, porque sin duda prefería quedar viuda antes que cuidar a un inválido que se meaba. «No se preocupe, esto lo arreglo con tres frases», lo tranquilizó Parmentier.

El médico le dio a Hortense Guizot los remedios y las instrucciones necesarias para el enfermo y le aconsejó que consiguiera una buena enfermera, porque la recuperación de su marido dependía mucho de los cuidados que recibiera. No debían contradecirlo ni darle preocupaciones: el descanso era fundamental. Al despedirse retuvo la mano de la mujer entre las suyas en un gesto de paternal consuelo. «Le deseo que su marido salga bien de este trance, madame, porque no creo que Maurice esté preparado para reemplazarlo», dijo. Y le recordó que Valmorain no había alcanzado a realizar los trámites para cambiar su testamento y legalmente Maurice era todavía el único heredero de la familia.

Días más tarde, un mensajero le entregó a Tété una nota de Valmorain. Ella no esperó a Rosette para que se la leyera, sino que fue directamente donde el Père Antoine. Todo lo proveniente de su antiguo amo tenía el poder de encogerle el estómago de aprensión. Supuso que para entonces Valmorain estaba enterado de la precipitada boda y la partida de su hijo —toda la ciudad lo sabía— y su ira no estaría dirigida sólo contra Maurice, a quien los chismosos ya habían absuelto como la víctima de una negra hechicera, sino contra Rosette. Ella era culpable de que la dinastía de los Valmorain quedara sin continuidad y acabara sin gloria. Después de la muerte del patriarca, la fortuna pasaría a manos de los Guizot y el apellido Valmorain sólo figuraría en la lápida del mausoleo, porque sus hijas no podían pasárselo a su descendencia. Había muchas razones para temer la venganza de Valmorain, pero la idea no se le había ocurrido a Tété, hasta que Sancho le sugirió que vigilara a Rosette y no le permitiera salir sola a la calle. ¿Qué quiso advertirle? Su hija pasaba el día donde Adèle cosiendo su modesto ajuar de recién casada y escribiéndole a Maurice. Allí estaba segura y ella siempre la iba a buscar en la noche, pero de todos modos andaba en ascuas, siempre alerta: el largo brazo de su antiguo amo podía llegar muy lejos.

La nota que recibió consistía en dos líneas de Hortense Guizot notificándole que su marido necesitaba hablar con ella.

—Mucho le debe haber costado llamarte a esa orgullosa señora —comentó el fraile.

—Prefiero no ir a esa casa, *mon père*.

—Nada se pierde con oír. ¿Qué es lo más generoso que puedes hacer en este caso, Tété?

—Usted siempre dice lo mismo —suspiró ella, resignada.

El Père Antoine sabía que el enfermo estaba espantado ante el abismal silencio y la inconsolable soledad del sepulcro. Valmorain había dejado de creer en Dios a los trece años y desde entonces se jactaba de un racionalismo práctico en el cual no cabían fantasías sobre el Más Allá, pero al verse con un pie en la tumba recurrió a la religión de su infancia. Atendiendo a su llamado, el capuchino le llevó la extremaunción. En su confesión, mascullada entre hipos con la boca torcida, Valmorain admitió que se había apoderado del dinero de Lacroix, único pecado que le parecía relevante. «Hábleme de sus esclavos», lo conminó el religioso. «Me acuso de debilidad, *mon père*, porque en Saint-Domingue a veces no pude evitar que mi jefe de capataces se excediera en los castigos, pero no me acuso de crueldad. Siempre he sido un amo bondadoso.» El Père Antoine le dio la absolución y le prometió rezar por su salud, a cambio de suculentas donaciones para sus mendigos y huérfanos, porque sólo la caridad ablanda la mirada de Dios, como le explicó. Después de esa primera visita, Valmorain pretendía confesarse a cada rato, para que la muerte no fuera a sorprenderlo mal preparado, pero el santo no tenía tiempo ni paciencia para escrúpulos tardíos y sólo accedió a enviarle la comunión con otro religioso dos veces por semana.

La casa de los Valmorain adquirió el olor inconfundible de la enfermedad. Tété entró por la puerta de servicio y Denise la condujo a la sala, donde esperaba Hortense Guizot de pie, con ojeras moradas y el cabello sucio, más furiosa que cansada. Tenía treinta y ocho años y se veía de cincuenta. Tété alcanzó a vislumbrar a cuatro de las niñas, todas tan parecidas que no pudo distinguir a las que conocía. En muy pocas palabras, escupidas entre dientes, Hortense le indicó que subiera a la habitación de su marido. Ella se quedó rumiando la frustración de ver a esa desgraciada en su casa, esa maldita que había logrado salirse con la suya y desafiar nada menos que a los Valmorain, a los Guizot, a la sociedad entera. ¡Una esclava! No entendía cómo la situación se le escapó de las manos. Si su marido le hubiera hecho caso, habrían vendido a esa zorra de Rosette a los siete años y esto jamás habría sucedido. Todo era culpa del porfiado de Toulouse, que no supo formar a su hijo y no trataba a los esclavos como es debido. ¡Emigrante tenía que ser! Llegan aquí y creen que pueden abanicarse con nuestras costumbres. ¡Miren que emancipar a esa negra y además a la hija! Algo así jamás sucedería entre los Guizot, eso ella podía jurarlo.

Tété encontró al enfermo sumido entre almohadas, con la cara irreconocible, las mechas disparadas, la piel gris, los ojos lacrimosos y una mano agarrotada en el pecho. A Valmorain el ataque le había provocado una intuición tan portentosa que era una forma de clarividencia. Supuso que se había despertado una parte adormecida de su mente, mientras otra parte, la que antes calculaba las ganancias del azúcar en pocos segundos o movía las piezas del dominó, ahora no funcionaba. Con esa nueva lucidez adivinaba los motivos e intenciones de los demás, en especial de su mujer, quien ya no podía manipularlo con la misma facilidad de antes. Las emociones propias y ajenas adquirieron una transparencia de cristal y en algunos instantes sublimes le parecía que atravesaba la densa neblina del presente y se adelantaba, aterrado, al futuro. Ese futuro era un purgatorio donde pagaría eternamente por faltas que había olvidado o que tal vez no había cometido. «Rece, rece, hijo mío, y haga caridad», le había aconsejado el Père Antoine y le repetía el otro fraile que le traía la comunión martes y sábados.

El enfermo despachó con un gruñido a la esclava que lo acompañaba. Se le caía la saliva por la comisura de los labios, pero podía imponer su voluntad. Cuando Tété se acercó para oírlo, porque no le entendía, la cogió con fuerza del brazo, empleando su mano sana, y la obligó a sentarse a su lado en la cama. No era un anciano desamparado, todavía resultaba temible. «Vas a quedarte aquí a cuidarme», le exigió. Era lo último que Tété esperaba oír y él tuvo que repetírselo. Asombrada, comprendió que su antiguo amo no tenía la menor sospecha de cuánto ella lo detestaba, nada sabía de la piedra negra que llevaba en el corazón desde que la violó a los once años, no conocía la culpa o el remordimiento, tal vez la mente de los blancos ni siquiera registraba el sufrimiento que causaban a otros. El rencor sólo la había agobiado a ella, a él no lo había rozado. Valmorain, cuya nueva clarividencia no le alcanzó para adivinar el sentimiento que provocaba en Tété, agregó que ella había cuidado por muchos años a Eugenia, había aprendido de Tante Rose y según Parmentier no había mejor enfermera. Un silencio tan largo acogió esas palabras, que Valmorain terminó por darse cuenta de que ya no podía darle órdenes a esa mujer y cambió de tono. «Te pagaré lo justo. No. Lo que me pidas. Hazlo en nombre de todo lo que hemos pasado juntos y de nuestros hijos», le dijo entre mocos y baba.

Ella recordó el consejo habitual del Père Antoine y hurgó muy hondo en su alma, pero no pudo hallar ni una chispa de generosidad. Quiso explicarle a Valmorain que por esas mismas razones no podía ayudarlo: por lo que habían pasado juntos, por lo que sufrió cuando era su esclava y por sus hijos. Al primero se lo arrebató al nacer y a la segunda la destruiría ahora mismo, si ella se descuidara. Pero no logró articular nada de eso. «No puedo, perdóneme, monsieur» fue lo único que le dijo. Se puso de pie vacilante, estremecida por los golpes de su propio corazón, y antes de salir dejó sobre la cama de Valmorain la carga inútil de su odio, que ya no deseaba seguir arrastrando. Se retiró calladamente de esa casa por la puerta de servicio.

Largo verano

Rosette no pudo reunirse con Maurice con la prontitud que ambos habían planeado, porque ese invierno fue muy crudo en el norte y el viaje resultaba imposible. La primavera se quedó rezagada en otras latitudes y en Boston el hielo duró hasta finales de abril. Para entonces ella ya no podía embarcarse. Todavía no se le notaba la barriga, pero las mujeres a su alrededor habían adivinado su estado, porque su belleza parecía sobrenatural. Estaba sonrosada, con el cabello brillante como vidrio, tenía los ojos más profundos y dulces, irradiaba calor y luz. Según Loula, era normal: las mujeres preñadas tienen más sangre en el cuerpo. «¿De dónde creen que saca su sangre el crío?», decía Loula. A Tété esa explicación le resultaba irrefutable, porque había visto varios partos y siempre se asombraba de la larguez con que las madres daban su sangre. Pero ella misma no exhibía los mismos síntomas de Rosette. El vientre y los senos le pesaban como piedras, tenía manchas oscuras en la cara, se le habían salido las venas de las piernas y no podía andar más de dos cuadras por los pies hinchados. No recordaba haberse sentido tan débil y fea en sus dos embarazos anteriores. Le daba vergüenza encontrarse en el mismo estado que Rosette; iba a ser madre y abuela al mismo tiempo.

Una mañana en el Mercado Francés vio a un mendigo golpeando con su única mano un par de tambores de lata. También le faltaba un pie. Pensó que tal vez su amo lo había soltado para que se ganara el pan como pudiera, ya que había quedado inútil. Era todavía joven, tenía una sonrisa de dentadura completa y una expresión traviesa, que contrastaba con su miserable condición. Llevaba el ritmo en el alma, en la piel, en la sangre. Tocaba y cantaba con tal alegría y desbocado entusiasmo, que se había juntado un grupo a su alrededor. Las caderas de las mujeres se movían solas al compás de aquellos irresistibles tambores y los niños de color coreaban la letra, que por lo visto habían escuchado muchas veces, mientras se batían con espadas de palo. Al principio las palabras le resultaron incomprensibles a Tété, pero pronto se dio cuenta de que estaban en el *créole* cerrado de las plantaciones de Saint-Domingue y pudo traducir mentalmente el estribillo al francés: *Capitaine La Liberté / protegé de Macandal / c'est batu avec son sable / por sauver son general*. Le fallaron las rodillas y tuvo que sentarse sobre un cajón de fruta, equilibrando a duras penas su enorme barriga, donde esperó a que el músico terminara y recogiera la limosna del público. Hacía mucho que no usaba el *créole* aprendido en Saint Lazare, pero logró comunicarse con él. El hombre venía de Haití, que él todavía llamaba Saint-Domingue, y le contó que había perdido la mano en una trituradora de caña y el pie bajo el hacha del verdugo, porque intentó fugarse. Ella le pidió que repitiera la letra de la canción lentamente, para entenderla bien, y así supo que Gambo ya era legendario. Según la canción, había defendido a Toussaint Louverture como un león, luchando contra los soldados de Napoleón hasta caer finalmente con tantas heridas de bala y de acero que no podían contarse. Pero el capitán, como Macandal, no murió: se levantó convertido en lobo dispuesto a seguir peleando para siempre por la libertad.

—Muchos lo han visto, madame. Dicen que ese lobo ronda a Dessalines y a otros generales, porque han traicionado a la revolución y están vendiendo a la gente como esclavos.

Hacía mucho tiempo que Tété había aceptado la posibilidad de que Gambo hubiera muerto y la canción del pordiosero se lo confirmó. Esa noche se fue a la casa de Adèle a ver al doctor Parmentier, la única persona con quien podía compartir su pena, y le contó lo que había oído en el mercado.

—Conozco esa canción, Tété, la cantan los bonapartistas cuando se emborrachan en el Café des Émigrés, pero le agregan una estrofa.

—¿Cuál?

—Algo sobre una fosa común, donde se pudren los negros y la libertad, y que viva Francia y viva Napoleón.

—¡Eso es horrible, doctor!

—Gambo fue un héroe en vida y sigue siéndolo en la muerte, Tété. Mientras circule esa canción, dará un ejemplo de valor.

Zacharie no se enteró del duelo que vivía su mujer, porque ella se encargó de disimularlo. Tété defendía como un secreto ese primer amor, el más poderoso de su vida. Rara vez lo mencionaba, porque no podía ofrecerle a Zacharie una pasión de la misma intensidad, la relación que compartían era apacible y sin urgencia. Ajeno a estas limitaciones, Zacharie pregonaba a los cuatro vientos su futura paternidad. Estaba acostumbrado a lucirse y mandar, incluso en Le Cap, donde fue esclavo, y la golpiza que casi lo mata y le dejó la cara en trozos mal pegados, no pudo escarmentarlo: seguía siendo dispendioso y expansivo. Repartía licor gratuito entre los clientes del Chez Fleurs para que brindaran por el niño que esperaba su Tété. Su socia, Fleur Hirondelle, debió frenarlo, porque no estaban los tiempos para despilfarro ni para provocar envidias. Nada irritaba tanto a los americanos como un negro fanfarrón.

Rosette los mantenía al día con las noticias de Maurice, que llegaban con un atraso de dos o tres meses. El profesor Harrison Cobb, después de escuchar los pormenores de la historia, le ofreció a Maurice hospitalidad en su casa, donde vivía con una hermana viuda y su madre, una anciana chiflada que comía flores. Más tarde, cuando supo que Rosette estaba encinta y daría a luz en noviembre, le rogó que no buscara otro alojamiento, sino que trajera a su familia a convivir con ellos. Agatha, su hermana, era la más entusiasmada con esa idea, porque Rosette la ayudaría a cuidar a su madre y la presencia de la criatura los alegraría a todos. Esa casa enorme, atravesada por corrientes de aire, con habitaciones vacías, donde nadie había puesto un pie en muchos años, y antepasados vigilando desde sus retratos en las paredes, necesitaba una pareja enamorada y un niño, anunció.

Maurice comprendió que Rosette tampoco podría viajar en el verano y se resignó a una separación que se prolongaría más de un año, hasta que pasara el próximo invierno, ella se hubiera recuperado del parto y el niño pudiera soportar la travesía. Entretanto alimentaba el amor con un río de cartas, como había hecho siempre, y se concentró en estudiar en cada minuto libre. Harrison Cobb lo empleó como secretario, pagándole mucho más de lo que correspondía por clasificar sus papeles y ayudarlo a preparar sus clases, un trabajo liviano que le dejaba tiempo a Maurice para estudiar leyes y para lo único que a Cobb le parecía importante: el movimiento abolicionista. Asistían juntos a manifestaciones públicas, redactaban panfletos, recorrían periódicos, comercios y oficinas, hablaban en iglesias, clubes, teatros y universidades. Harrison Cobb encontró en él al hijo que nunca tuvo y al compañero de lucha que había soñado. Con ese joven a su lado, el triunfo de sus ideales le parecía al alcance de la mano. Su hermana Agatha, también abolicionista como todos los Cobb, incluso la dama que comía flores, contaba los días que faltaban para ir al puerto a recibir a Rosette y el bebé. Una familia de sangre mezclada era lo mejor que podía ocurrirles, era la encarnación de la igualdad que predicaban, la prueba más contundente de que las razas pueden y deben mezclarse y convivir en paz. ¡Qué impacto tendría Maurice cuando se presentara en público con su esposa de color y su hijo a defender la emancipación! Eso sería más elocuente que un millón de panfletos. A Maurice los encendidos discursos de sus benefactores le resultaban un poco absurdos, porque en realidad nunca había considerado a Rosette distinta a él.

El verano de 1806 se hizo muy largo y trajo a Nueva Orleans una epidemia de cólera y varios incendios. A Toulouse Valmorain, acompañado por la monja que lo cuidaba, lo trasladaron a la plantación, donde se instaló la familia a pasar los peores calores de la temporada. Parmentier diagnosticó que la salud del paciente era estable y el campo seguramente lo aliviaría. Los remedios, que Hortense le diluía en la sopa, porque se negaba a tomarlos, no le habían mejorado el carácter. Se había puesto rabioso, tanto que él mismo no se soportaba. Todo le producía irritación, desde el escozor de los pañales hasta la risa inocente de sus hijas en el jardín, pero más que nada Maurice. Tenía fresca en la memoria cada etapa de la vida de su hijo. Recordaba cada palabra que se dijeron al final y las repasaba mil veces buscando una explicación para esa ruptura tan dolorosa y definitiva. Pensaba que Maurice había heredado la locura de su familia materna. Por sus venas corría la sangre debilitada de Eugenia García del Solar y no la sangre fuerte de los Valmorain. No reconocía nada propio en ese hijo. Maurice era igual a su madre, con iguales ojos verdes, su

497

enfermiza propensión a la fantasía e impulso de destruirse a sí mismo.

Contrariamente a lo que suponía el doctor Parmentier, su paciente no encontró descanso sino más preocupaciones en la plantación, donde pudo comprobar el deterioro que Sancho le había anticipado. Owen Murphy se había marchado al norte con toda su familia, a ocupar la tierra que había adquirido penosamente, después de trabajar treinta años como animal de carga. En su lugar había un capataz joven recomendado por el padre de Hortense. Al día siguiente de llegar, Valmorain decidió buscar otro, porque el hombre carecía de experiencia para manejar una plantación de ese tamaño. La producción había disminuido de forma notoria y los esclavos parecían desafiantes. Lo lógico habría sido que Sancho se hiciera cargo de esos problemas, pero resultó obvio para Valmorain que su socio sólo cumplía un papel decorativo. Eso lo obligó a apoyarse en Hortense, aun sabiendo que mientras más poder tuviera ella, más se hundía él en su poltrona de hemipléjico.

Discretamente, Sancho se había propuesto reconciliar a Valmorain con Maurice. Debía hacerlo sin levantar las sospechas de Hortense Guizot, a quien las cosas le estaban saliendo mejor de lo planeado y ahora tenía control sobre su marido y todos sus bienes. Se mantenía en contacto con su sobrino mediante cartas muy breves, porque no escribía bien en francés; en español lo hacía mejor que Góngora, aseguraba, aunque nadie a su alrededor sabía quién era ese señor. Maurice le contestaba con los detalles de su vida en Boston y profusos agradecimientos por la ayuda que daba a su mujer. Rosette le había contado que recibía dinero a menudo del tío, quien jamás lo mencionaba. Maurice también le comentaba los pasos de hormiga con que avanzaba el movimiento antiesclavista y otro tema que lo tenía obsesionado: la expedición de

Lewis y Clark, enviada por el presidente Jefferson a explorar el río Missouri. La misión consistía en estudiar a las tribus indígenas, la flora y fauna de esa región casi desconocida por los blancos y alcanzar, si fuera posible, la costa del Pacífico. A Sancho la ambición americana de ocupar más y más tierra lo dejaba frío, «quien mucho abarca, poco aprieta», pensaba, pero a Maurice le inflamaba la imaginación y si no hubiera sido por Rosette, el bebé y el abolicionismo, habría partido a la siga de los exploradores.

En prisión

Tété tuvo a su hija en el bochornoso mes de junio ayudada por Adèle y Rosette, quien quería ver de cerca lo que le esperaba a ella al cabo de unos meses, mientras Loula y Violette se paseaban por la calle tan nerviosas como Zacharie. Cuando tomó a la niña en brazos, Tété se echó a llorar de felicidad: podía amarla sin miedo a que se la quitaran. Era suya. Debería defenderla de enfermedades, accidentes y otras desgracias naturales, como a todos los niños, pero no de un amo con derecho a disponer de ella como le diera la gana.

La dicha del padre fue exagerada y los festejos que organizó fueron tan generosos que Tété se asustó: podían atraer mala suerte. Por precaución, le llevó la recién nacida a la sacerdotisa Sanité Dédé, quien cobró quince dólares por protegerla con un ritual de salivazos propios y sangre de gallo. Después se fueron todos a la iglesia para que el Père Antoine la bautizara con el nombre de su madrina: Violette.

El resto de ese verano húmedo y caliente se le hizo eterno a Rosette. A medida que su vientre crecía, más falta le hacía Maurice. Vivía con su madre en la casita que había comprado Zacharie y estaba rodeada de mujeres que no la dejaban nunca sola, pero se sentía vulnerable. Siempre había sido fuerte —se creía muy afortunada— pero ahora se había puesto temerosa, sufría pesadillas y la asaltaban nefastos presentimientos. «¿Por qué no me fui con Maurice en febrero? ¿Y si algo le pasa? ¿Si no volvemos a vernos? ¡Nunca debimos separarnos!», lloraba. «No pienses cosas malas, Rosette, porque el pensamiento hace que sucedan», le decía Tété.

En septiembre, algunas familias que escapaban al campo ya estaban de vuelta y entre ellos Hortense Guizot con sus hijas. Valmorain se quedó en la plantación, porque todavía no conseguía reemplazar al capataz y porque estaba harto de su mujer y ella de él. No sólo le fallaba el capataz, tampoco podía contar con Sancho para que lo acompañara, porque se había ido a España. Le habían informado que podía recuperar unas tierras de cierto valor, aunque abandonadas, pertenecientes a los García del Solar. Esa insospechada herencia era sólo un dolor de cabeza para Sancho, pero tenía deseos de volver a ver su país, donde no había estado desde hacía treinta y dos años.

Valmorain se iba recuperando de a poco del ataque gracias a los cuidados de la monja, una alemana severa y completamente inmune a las rabietas de su paciente, que lo obligaba a dar unos pasos y ejercitarse apretando una pelota de lana con la mano enferma. Además, le estaba curando la incontinencia a punta de humillarlo por el asunto de los pañales. Entretanto Hortense se instaló con su séquito de niñeras y otros esclavos en la casa de la ciudad y se dispuso a disfrutar de la temporada social, libre de ese marido que le pesaba como un caballo muerto. Tal vez podría organizarse para mantenerlo vivo, como era lo conveniente, pero siempre lejos.

Había transcurrido apenas una semana desde que la familia había vuelto a Nueva Orleans, cuando en la calle Chartres, donde había ido con su hermana Olivie a comprar cintas y plumas, pues conservaba la costumbre de transformar sus sombreros, Hortense Guizot se topó con Rosette. En los últimos años había visto a la joven de lejos en un par de ocasiones y no tuvo dificultad en reconocerla. Rosette vestía de lanilla oscura, con un chal tejido en los hombros y el pelo recogido en un moño, pero la modestia de su atuendo nada restaba a la altivez de su porte. A Hortense la hermosura de esa joven siempre le había parecido una provocación y más que nunca ahora, que ella misma se ahogaba en su gordura. Sabía que Rosette no se había ido con Maurice a Boston, pero nadie le había dicho que estuviera encinta. Inmediatamente sintió un campanazo de alerta: ese niño, sobre todo si era varón, podía amenazar el equilibrio de su vida. Su marido, tan débil de carácter, aprovecharía ese pretexto para reconciliarse con Maurice y perdonarle todo.

Rosette no se fijó en las dos señoras hasta que las tuvo muy cerca. Dio un paso al lado, para dejarlas pasar, y las saludó con un buenos días cortés, pero sin nada de la humildad que los blancos esperaban de la gente de color. Hortense se le plantó por delante, desafiándola. «Fíjate, Olivie, qué atrevida es ésta», le dijo a su hermana, que se sobresaltó tanto como la misma Rosette. «Y fíjate lo que lleva puesto, ¡es de oro! Las negras no pueden usar joyas en público. Merece unos azotes, ¿no te parece?», agregó. Su hermana, sin entender qué le pasaba, la tomó del brazo para llevársela, pero ella se desprendió y de un tirón le arrancó a Rosette la medalla que Maurice le había dado. La joven se echó hacia atrás, protegiéndose el cuello y entonces Hortense le cruzó la cara de una bofetada.

Rosette había vivido con los privilegios de una niña libre, primero en casa de Valmorain y después en el colegio de las ursulinas. Nunca se había sentido esclava y su hermosura le daba una gran seguridad. Hasta ese momento no había sufrido abuso de los blancos y no sospechaba el poder que tenían sobre ella. Instintivamente, sin darse cuenta de lo que hacía ni imaginar las consecuencias, le devolvió el golpe a esa desconocida que la había atacado. Hortense Guizot, pillada de sorpresa, se tambaleó, se le dobló un tacón y estuvo a punto de caerse. Se puso a gritar como endemoniada y en un instante se formó un corrillo de curiosos. Rosette se vio rodeada de gente y quiso escabullirse, pero la sujetaron por atrás y momentos más tarde los guardias se la llevaron arrestada.

Tété se enteró media hora después, porque muchas personas habían presenciado el incidente, la noticia voló de boca en boca y llegó a oídos de Loula y Violette, que vivían en la misma calle, pero no pudo ver a su hija hasta la noche, cuando el Père Antoine la acompañó. El santo, que conocía la cárcel como su casa, apartó al guardia y condujo a Tété por un angosto pasillo alumbrado por un par de antorchas. A través de las rejas se vislumbraban las celdas de los hombres y al final estaba la celda común donde se hacinaban las mujeres. Eran todas de color, menos una muchacha de cabello amarillento, posiblemente una sierva, y había dos niños negros, en harapos, durmiendo pegados a una de las presas. Otra tenía un infante en brazos. El suelo estaba cubierto por una delgada capa de paja, había unas cuantas mantas inmundas, un balde para aliviar el cuerpo y un jarro con agua sucia para beber; a la fetidez del ambiente contribuía el olor inconfundible de carne en descomposición. En la pálida luz que se filtraba del pasillo, Tété vio a Rosette sentada en un rincón entre dos mujeres, envuelta en su chal, con las manos en el vientre y el rostro hinchado de llorar. Corrió a abrazarla, aterrada, y tropezó con los pesados grillos que le habían puesto a su hija en los tobillos.

El Père Antoine venía preparado, porque conocía de sobra las condiciones en que estaban los presos. En su canasto traía pan y trozos de azúcar para repartir entre las mujeres y una manta para Rosette. «Mañana mismo te sacaremos de aquí, Rosette, ¿verdad *mon pére?*», dijo Tété, llorando. El capuchino guardó silencio.

La única explicación que pudo imaginar Tété para lo ocurrido fue que Hortense Guizot quiso vengarse por la ofensa que ella le había hecho a su familia al negarse a cuidar a Valmorain. No sabía que la sola existencia de ella y Rosette era una injuria para esa mujer. Derrotada, fue a la casa de Valmorain, donde había jurado no volver a poner los pies, y se tiró al suelo ante su antigua ama para suplicarle que liberara a Rosette y a cambio ella cuidaría a su marido, haría lo que le pidiera, cualquier cosa, tenga piedad, señora. La otra mujer, envenenada de rencor, se dio el gusto de decirle todo lo que se le ocurrió y después hacerla echar a empujones de su casa.

Tété hizo lo posible por aliviar a Rosette, con sus limitados recursos. Dejaba a su pequeña Violette con Adèle o con Loula y llevaba comida a diario a la cárcel para todas las mujeres, porque estaba segura de que Rosette compartiría lo que recibiera y no podía soportar la idea de que pasara hambre. Debía dejar las provisiones con los guardias, porque rara vez la dejaban entrar, y no sabía cuánto esos hombres le entregaban a las presas y cuánto se apropiaban. Violette y Zacharie se hacían cargo del gasto y ella pasaba la mitad de la noche cocinando. Como además trabajaba y cuidaba a su niñita, vivía extenuada. Se acordó de que Tante Rose prevenía enfermedades contagiosas con agua hervida y les rogó a las mujeres que no probaran el agua del jarro, aunque se murieran de sed, sólo el té que ella les llevaba. En los meses anteriores varias habían muerto de cólera. Como ya hacía frío en las noches, consiguió ropa gruesa y más mantas para todas, porque su hija no podía ser la única abrigada, pero la paja húmeda del suelo y el agua que exudaban las paredes le produjo a Rosette dolor al pecho y una tos persistente. No era la única enferma, otra estaba peor, con una llaga gangrenada producida por los grillos. Ante la insistencia de Tété, el Père Antoine logró que le permitieran llevar a la mujer al hospital de las monjas. Las otras ya no volvieron a verla, pero una semana más tarde supieron que le habían cortado la pierna.

Rosette no quiso que avisaran a Maurice de lo que había ocurrido, porque estaba segura de que iba a salir en libertad antes de que él alcanzara a recibir la carta, pero la justicia se retrasaba. Transcurrieron seis semanas antes de que el juez revisara su caso y actuó con relativa prisa solamente porque se trataba de una mujer libre y por presión del Père Antoine. Las otras presas podían esperar años nada más que para saber por qué fueron arrestadas. Los hermanos de Hortense Guizot, abogados, habían presentado los cargos contra ella «por haber atacado a golpes a una señora blanca». La pena consistía en azotes y dos años de cárcel, pero el juez cedió ante el santo y suprimió los azotes, en vista de que Rosette estaba encinta y que la misma Olivie Guizot describió los hechos tal como fueron y se negó darle la razón a su hermana. Al juez también lo conmovió la dignidad de la acusada, que se presentó con un vestido limpio y contestó a los cargos sin mostrarse altanera, pero sin flaquear, a pesar de que le costaba hablar por la tos y que las piernas apenas la sostenían.

Al oír la sentencia, un huracán se despertó en Tété. Rosette no sobreviviría dos años en una celda inmunda y menos su bebé.

«Erzuli, *loa* madre, dame fuerzas.» Iba a liberar a su hija como fuese, aunque tuviera que demoler los muros de la cárcel con sus propias manos. Enloquecida, le anunció a quien se le puso por delante que iba a matar a Hortense Guizot y toda esa maldita familia; entonces el Père Antoine decidió intervenir antes de que ella también cayera en la cárcel. Sin decirle a nadie se fue a la plantación a hablar con Valmorain. La decisión le costó bastante, primero porque no podía abandonar por varios días al gentío que ayudaba, y enseguida porque no sabía andar a caballo y viajar en bote por el río contra la corriente era caro y pesado, pero se las arregló para llegar.

El santo encontró a Valmorain mejor de lo que esperaba, aunque todavía inválido y hablando enredado. Antes que alcanzara a amenazarlo con el infierno, se dio cuenta de que el hombre no tenía la menor idea de lo que había hecho su mujer en Nueva Orleans. Al oír lo sucedido, Valmorain se indignó más porque Hortense se las había arreglado para ocultárselo, tal como le ocultaba tantas otras cosas, que por la suerte de Rosette, a quien llamaba «la golfa». Sin embargo, su actitud cambió cuando el sacerdote le aclaró que la joven estaba encinta. Se dio cuenta de que no tendría esperanza de reconciliarse con Maurice si algo malo le pasaba a Rosette o al crío. Con la mano buena hizo sonar el cencerro de vaca para llamar a la monja y le ordenó que hiciera preparar el bote para ir a la ciudad de inmediato. Dos días más tarde los abogados Guizot retiraron todos los cargos contra Rosette Sedella.

Zarité

*H*an pasado cuatro años y estamos en 1810. Le he perdido el miedo a la libertad, aunque nunca le perderé el miedo a los blancos. Ya no lloro por Rosette, casi siempre estoy contenta.

Rosette salió de la cárcel infestada de piojos, demacrada, enferma y con úlceras en las piernas por la inmovilidad y los grillos. La mantuve en cama cuidándola día y noche, la fortalecí con sopas de médula de buey y los guisos contundentes que nos traían las vecinas, pero nada de eso evitó que diera a luz antes de su tiempo. El niño todavía no estaba listo para nacer, era diminuto y tenía la piel traslúcida como papel mojado. El nacimiento fue rápido, pero Rosette estaba débil y perdió mucha sangre. Al segundo día empezó la fiebre y al tercero deliraba llamando a Maurice, entonces comprendí, desesperada, que se me iba. Recurrí a todos los conocimientos que me legó Tante Rose, a la sabiduría del doctor Parmentier, a los rezos del Père Antoine y las invocaciones a mis loas. Le puse el recién nacido al pecho para que su obligación de madre la hiciera luchar por su propia vida, pero creo que no lo sintió. Me aferré a mi hija, tratando de sujetarla, rogándole que tomara un sorbo de agua, que abriera los ojos, que me respondiera, Rosette, Rosette. A las tres de la madrugada, mientras la sostenía arrullándola con baladas africanas, noté que murmuraba y me incliné sobre sus labios resecos. «Te quiero, maman», me dijo, y enseguida se apagó con

*un suspiro. Sentí su cuerpo liviano en mis brazos y vi su espíritu despren-
derse suavemente, como un hilo de niebla, y deslizarse hacia afuera por la
ventana abierta.*

*El desgarro atroz que sentí no se puede contar, pero no necesito hacer-
lo: las madres lo conocen, porque sólo unas pocas, las más afortunadas, tienen a todos sus hijos vivos. En la madrugada llegó Adèle a traernos sopa
y a ella le tocó desprender a Rosette de mis brazos agarrotados y tenderla
en su cama. Por un rato me dejó gemir doblada de dolor en el suelo y después me puso un tazón de sopa en las manos y me recordó a los niños. Mi
pobre nieto estaba acurrucado al lado de mi hija Violette en la misma cuna,
tan pequeño y desamparado que en cualquier momento podía irse detrás
de Rosette. Entonces le quité la ropa, lo coloqué sobre el trapo largo de mi
tignon y lo amarré cruzado sobre mi pecho desnudo, pegado a mi corazón,
piel contra piel, para que creyera que todavía estaba dentro de su madre.
Así lo llevé durante varias semanas. Mi leche, como mi cariño, alcanzaba
para mi hija y mi nieto. Cuando saqué a Justin de su envoltorio, estaba
listo para vivir en este mundo.*

*Un día monsieur Valmorain vino a mi casa. Lo bajaron entre dos escla-
vos de su coche y lo trajeron en vilo hasta la puerta. Estaba muy envejecido. «Por favor, Tété, quiero ver al niño», me pidió con la voz cascada. Y
yo no tuve corazón para dejarlo afuera.*

*—Lamento mucho lo de Rosette... Te prometo que no tuve nada que ver
con eso.*

—Lo sé, monsieur.

*Se quedó mirando a nuestro nieto por mucho rato y después me pre-
guntó su nombre.*

*—Justin Solar. Sus padres escogieron ese nombre, porque quiere decir
justicia. Si hubiera sido una niña, se habría llamado Justine —le expliqué.*

*—¡Ay! Espero que me alcance la vida para enmendar algunos de mis
errores —dijo, y me pareció que iba a llorar.*

—*Todos nos equivocamos, monsieur.*

—*Este niño es un Valmorain por padre y madre. Tiene ojos claros y puede pasar por blanco. No debería criarse entre negros. Quiero ayudarlo, que tenga una buena educación y lleve mi apellido, como corresponde.*

—*Eso debe hablarlo con Maurice, monsieur, no conmigo.*

Maurice recibió en la misma carta la noticia de que había nacido su hijo y Rosette había muerto. Se embarcó de inmediato, aunque estábamos en pleno invierno. Cuando llegó, el pequeño había cumplido tres meses y era un chico tranquilo, de facciones delicadas y ojos verdes, parecido a su padre y a su abuela, la pobre doña Eugenia. Lo apretó en un abrazo largo, pero Marice estaba como ausente, seco por dentro, sin luz en la mirada. «A usted le tocará cuidarlo por un tiempo, maman», me dijo. Se quedó menos de un mes y no quiso hablar con monsieur Valmorain, a pesar de lo mucho que se lo pidió su tío Sancho, quien ya había vuelto de España. El Père Antoine, en cambio, que siempre anda enmendando entuertos, se negó a servir de intermediario entre padre e hijo. Maurice decidió que el abuelo podía ver a Justin de vez en cuando, pero sólo en mi presencia, y me prohibió aceptar nada de él: ni dinero, ni ayuda de ninguna clase y mucho menos su apellido para el niño. Dijo que le hablara a Justin de Rosette, para que siempre estuviera orgulloso de ella y de su sangre mezclada. Creía que su hijo, fruto de un amor inmenso, tenía el destino marcado y haría grandes cosas en su vida, las mismas que él quería hacer antes de que la muerte de Rosette le quebrara la voluntad. Por último me ordenó que lo mantuviera alejado de Hortense Guizot. No tenía necesidad de advertírmelo.

Pronto mi Maurice se fue, pero no volvió donde sus amigos de Boston, sino que abandonó sus estudios y se convirtió en un viajero incansable: ha recorrido más tierra que el viento. Suele escribir unas líneas y así sabemos que está vivo, pero en estos cuatro años ha venido una sola vez a ver a su hijo. Llegó vestido con pieles, barbudo y oscuro de sol, parecía un kaintock. A su edad, nadie se muere de un corazón roto. Maurice sólo necesita tiempo para cansarse. *Caminando y caminando por el mundo se irá consolando de a poco y un día, cuando ya no pueda dar un paso más de fatiga, se dará cuenta de que no se puede escapar del dolor; hay que domesticarlo, para que no moleste. Entonces podrá sentir a Rosette a su lado, acompañándolo, como la siento yo, y tal vez recupere a su hijo y vuelva a interesarse por el fin de la esclavitud.*

Zacharie y yo tenemos otro niño, Honoré, que ya comienza a dar sus primeros pasos de la mano de Justin, su mejor amigo y también su tío. Queremos más hijos, aunque esta casa nos queda estrecha y no estamos jóvenes, mi marido tiene cincuenta y seis y yo cuarenta, porque nos gustaría envejecer entre muchos hijos, nietos y bisnietos, todos libres.

Mi marido y Fleur Hirondelle todavía tienen la casa de juego y siguen asociados con el capitán Romeiro Toledano, que navega por el Caribe transportando contrabando y esclavos fugitivos. Zacharie no ha conseguido crédito, porque las leyes se han puesto muy duras para la gente de color, así que la ambición de poseer varias casas de juego no le ha resultado. En cuanto a mí, vivo muy ocupada con los niños, la casa y los remedios para el doctor Parmentier, que ahora preparo en mi propia cocina, pero por las tardes me doy tiempo para un café con leche en el patio de las buganvillas de Adèle, donde acuden las vecinas a conversar. A madame Violette la vemos menos, porque ahora se junta principalmente con las damas de la Société du Cordon Bleu, *todas muy interesadas en cultivar su amistad, ya que ella preside los bailes y puede determinar la suerte de sus hijas en el* plaçage. *Se demoró más de un año en reconciliarse con don Sancho, porque deseaba castigarlo por sus devaneos con Adi Soupir. Conoce la naturaleza de los hombres y no espera que sean fieles, pero exige que al menos su amante no la humille paseándose en el dique con su rival. Madame no ha podido casar a Jean-Martin con una cuarterona rica, como planeaba, porque el muchacho se quedó en Europa y no piensa regresar. Loula, que apenas puede caminar por la edad —debe de tener más de ochenta años—, me contó que su*

príncipe dejó la carrera militar y vive con Isidore Morisset, ese pervertido,
quien no era un científico, sino un agente de Napoleón o de los Laffitte, un
pirata de salón, como ella asegura entre suspiros. Madame Violette y yo
nunca hemos vuelto a hablar del pasado, y de tanto guardar el secreto hemos
acabado convencidas de que ella es la madre de Jean-Martin. Muy rara vez
pienso en eso, pero me gustaría que un día se juntaran todos mis descen-
dientes: Jean-Martin, Maurice, Violette, Justin y Honoré y los otros hijos
y nietos que tendré. Ese día voy a invitar a los amigos, cocinaré el mejor
gumbo créole *de Nueva Orleans y habrá música hasta el amanecer.*

Zacharie y yo ya tenemos historia, podemos mirar hacia el pasado y
contar los días que hemos estado juntos, sumar penas y alegrías; así se va
haciendo el amor, sin apuro, día a día. Lo quiero como siempre, pero me
siento más cómoda con él que antes. Cuando era hermoso, todos lo admi-
raban, en especial las mujeres, que se le ofrecían con descaro, y yo luchaba
contra el temor de que la vanidad y las tentaciones lo alejaran de mí, aun-
que él nunca me dio motivos de celos. Ahora hay que conocerlo por dentro,
como lo conozco yo, para saber lo que vale. No me acuerdo cómo era; me
gusta su extraño rostro quebrado, el parche en el ojo muerto, sus cicatrices.
Hemos aprendido a no discutir por pequeñeces, sólo por lo importante, que
no es poco. Para evitarle inquietudes y molestias, aprovecho sus ausencias
para divertirme a mi manera, ésa es la ventaja de tener un marido muy
ocupado. No le gusta que yo ande descalza por la calle, porque ya no soy
esclava, que acompañe al Père Antoine a socorrer pecadores en El Panta-
no, porque es peligroso, ni que asista a las bambousses *de la plaza del*
Congo, que son muy ordinarias. Nada de eso se lo cuento y él no me pre-
gunta. Ayer mismo estuve bailando en la plaza con los tambores mágicos
de Sanité Dédé. Bailar y bailar. De vez en cuando viene Erzuli, loa *madre,*
loa *del amor, y monta a Zarité. Entonces nos vamos juntas galopando a*
visitar a mis muertos en la isla bajo el mar. Así es.